西方通识丛书

西方文学通史

文聘元◎著

A General History of Western literature

江西美术出版社
JIANGXI FINE ARTS PUBLISHING HOUSE

图书在版编目（CIP）数据

西方文学通史 / 文聘元著 . -- 南昌 : 江西美术出版社 , 2019.6

ISBN 978-7-5480-6614-9

Ⅰ . ①西… Ⅱ . ①文… Ⅲ . ①外国文学－文学史 Ⅳ . ① I109

中国版本图书馆 CIP 数据核字（2018）第 291080 号

出 品 人：周建森
企　　划：北京江美长风文化传播有限公司
策　　划：北京兴盛乐书刊发行有限责任公司
责任编辑：楚天顺　李小勇
版式设计：尹清悦
责任印制：谭　勋

西方文学通史

作　　者：文聘元

出　　版：江西美术出版社
社　　址：南昌市子安路 66 号江美大厦
网　　址：http：//www.jxfinearts.com
电子信箱：jxms@jxfinearts.com
电　　话：010-82093808　　0791-86566124
邮　　编：330025
经　　销：全国新华书店
印　　刷：保定市西城胶印有限公司
版　　次：2019 年 6 月第 1 版
印　　次：2019 年 6 月第 1 次印刷
开　　本：710mm × 960mm　1/16
印　　张：28.5
I S B N：978-7-5480-6614-9
定　　价：59.80 元

“西方通识丛书”总序

General Preface

“西方通识丛书”包括以下六部：历史是第一部，接下来依次是文学、哲学、艺术、科学、地理，构成整个西方文明的精髓。

一、《西方通史》

其内容包括从特洛伊战争开始直至1990年海湾战争结束的西方历史。主要包括古希腊与古罗马的历史、中世纪与文艺复兴的历史，以及当今西方的几个主要大国美国、英国、德国、法国、俄罗斯、意大利的历史。不但讲述了其中的主要历史事件，还讲了那些历史上的名人的人生故事，例如亚历山大大帝、恺撒、屋大维、拿破仑、丘吉尔等。使我们不但能了解这些国家的历史发展脉络，还能了解这些国家历史上的伟人生平。

二、《西方文学通史》

其内容包括两大部分，第一个部分是这些作家的生平事迹，一个作家的作品与他们的生平是密切相关的，很值得我们去了解。如古希腊三大悲剧家、但丁、塞万提斯、莎士比亚、巴尔扎克、雨果、狄更斯、托尔斯泰、劳伦斯、马尔克斯，等等。

第二个部分是西方文学史上的各大名作，那些我们所熟悉的西方文学名作，如荷马史诗、古希腊悲剧、《神曲》《哈姆雷特》《欧也妮·葛朗台》《大卫·科波菲尔》《战争与和平》《查特莱夫人的情人》《百年孤独》等，都包括在内，以讲故事的方式讲解了这些作品的主要内容，并且语言的风格也尽量遵循原作。

三、《西方哲学通史》

其内容同样包括两大部分，第一部分是西方哲学史上那些伟大哲学家们的生平事迹，如柏拉图、亚里士多德、奥古斯丁、托马斯·阿奎那、培根、洛克、笛卡尔、康德、黑格尔、尼采、叔本华、维特根斯坦、胡塞尔、海德格尔、萨特，等等。第二部分同这些哲学家们的思想一样，西方哲学史的内容是非常丰富的，所以我在这里也主要选取了那些既重要又有可读性的哲学家的思想。

我们知道，哲学著作一般而言是比较难的，不那么容易读懂，但在这里，所有哲学家，包括康德与黑格尔还有胡塞尔等人的思想都是以通畅明白的方式表达出来的，即使没有哲学的基础，也可以读得明白。

四、《西方艺术通史》

其内容同样包括两大部分，一是那些杰出的艺术家的生平事迹，如达·芬奇、米开朗琪罗、拉斐尔、提香、委拉斯凯兹、戈雅、大卫、伦勃朗、马奈、莫奈、罗丹、毕加索，等等。第二部分是这些伟大的艺术家们的作品，以形象的文字描绘了这些伟大作品的内容、特色与神韵等。对于古希腊罗马艺术，虽然没有具体的艺术家的生平可以介绍，但对于那些伟大的艺术作品也做了比较仔细的介绍，例如雅典卫城与罗马的大斗兽场等，甚至还以被火山埋葬的庞贝为例介绍了卓有特色的古罗马的家居装饰风格。

五、《西方科学通史》

其特色是将西方科学的内容分成六大基础学科，即天文、数学、物理、化学、地学与生物，分别讲述了这些学科的主要内容与发展历史。

而且，由于至目前为止，这些学科的主要内容都是西方人发展起来的，因此，我们在读了这本书之后，就对这些学科本身的内容与历史脉络都有了清晰的了解。此外还讲了那些伟大的科学家，如阿基米德、欧拉、牛顿、达尔文、居里夫人、爱因斯坦等人的生平事迹。

六、《西方地理通史》

这本书的内容与前面几本不大一样，它不是在讲人的故事，而是地理的故事。包括两大洲即欧洲与美洲的地理概况，主要内容则是西方历史与当今的几个主要国家，即希腊、意大利、法国、英国、德国、俄罗斯与美国的地理。

这些地理又包括三大部分，即自然地理、人文地理与游记，自然地理主要讲述自然方面的内容，例如地形地貌、山川河流、气候特征等等，人文地理则包括这些国家的语言、人口、民族、经济特色等。游记则讲述了这些国家的主要风景名胜与城市风貌等。例如当我们读了这本书中美国的部分之后，不但认识了美国的山川河流与气候特点，还会认识到美国虽然是多民族多种族的国家，但各个民族与种族都有自己相对独立的地盘，也会了解美国强大的经济实力以及很有特色的政府结构等。而最后将带我们去游览美国那些美轮美奂的风景名胜，如尼亚加拉大瀑布与黄石国家公园，还有我们慕名已久的城市，如纽约、好莱坞与拉斯维加斯，甚至还有著名的哈佛大学与麻省理工学院，等等，总之就像在美国多快好省地逛了一圈。

以上就是六部作品的大致内容介绍。

我之所以要写这样的作品，目的其实就是两个字“通识”。所谓“通”就是全面、“识”就是知识，即我希望读者们通过阅读这样的作品，可以得到比较全面的知识。

我国著名的科学家钱学森曾经提出过一个相当尖锐的问题：“为什么我们的学校总是培养不出杰出的人才？”对于这个问题可以有各种各样的回答。在我看来，一个根本性的问题是我们的学校包括大学培养的学生缺乏全面的知识教育，对知识的提供太过于追求实用性，从而导致了相当严重的片面性，例如过于重视数理化而对于人文知识不够重视。因此我们培养出来的学生往往视野比较狭窄，有“知识”而少“见识”，于是思维也比较片面，这样子是很难成为杰出人才的。

而要解决这个问题，一个比较简单的办法就是开展通识教育，以培养学生们更加宽广的视野，使他们不但有“知识”，而且有“见识”，这对于他们未来成为杰出人才当然是大有帮助的。

要进行通识教育的途径也不止一种，例如可以广泛地阅读文学、历史、哲学与科学的经典名著，到全球各大博物馆欣赏名画雕塑，或者去世界各国环球旅行。但这些办法有一个共同的麻烦，就是太难。例如有多少人有足够的时间、精力可以同时去读那么多文学与历史杰作呢？而亚里士多德与康德等的哲学杰作一般人又岂能读懂呢？更遑论牛顿与爱因斯坦的科学著作了，几人可以读懂呢？还有，我们一般人又哪有银子去世界各大博物馆欣赏那些艺术杰作、甚至作环球旅行呢？显然，对于绝大多数人，这样的通识教育是得不到的、行不通的。

而他们可以得到、也行得通的最简单的办法或许就是阅读这部“西方通识丛书”了，因为这部丛书有三个基本特点：

一是内容全面，这个特点前面已经做出了说明。

二是篇幅不长，每本都在35万字左右，400余页，大致是一本标准厚度的书籍，不难读完。

三是语言通畅，无论是历史、文学、艺术、地理，还是科学或者哲学，所有的内容都是以通畅明白的文字来表达的，即使那些一般而言是相当深奥的内容，例如亚里士多德与康德的哲学，还有微积分或者爱因斯坦的相对论，也都表达得清楚明白，基本上一读就懂。

正因为这样，所以，在读完了这套丛书之后——这其实并不太难，你就可以说接受了最基本的通识教育，无论你只是想增长自己的见识，还是想成为杰出人才，都应当是大有裨益的。

前言

Preface

我从小是个文学爱好者，小学的时候就写了第一首诗歌，歌颂了曼德拉和非洲人民为自由进行的奋斗。为什么要写呢？因为老师布置了一篇作文，说内容随意，而我恰好从广播中听说了当时在非洲发生的那些事儿，受到了感动，想要表达一下心中的情感，便写下了一首诗歌。

就这样，从小学开始，到初中、高中、大学、硕士、博士，直到现在，我从来没有中断过文学写作，写下了许多的诗歌、散文和小说，当然主要是小说，长篇的就有好几部，总字数有几百万吧。其中还包括一部史诗，想象了神秘的三星堆文明的起源与消失。这些作品如今正静静地躺在抽屉里。也许有一天它们会印成铅字，也许永远不会。

但我并不后悔，更不会觉得自己浪费了时间。

为什么呢？因为我写下这些文学作品，只有一个目的，就是为了表达心中的某种情感，或者说冲动。

如果说画家绘画是通过图像表达情感与冲动的话，那么文学家则是通过文字来表达这种情感与冲动。两者实质上是异曲而同工的，所以都可以称为艺术。也正因为如此，我们经常将文学与艺术合在一起来说。

什么是“文学艺术”？它有两个含义，一是文学和艺术，二是文学也是一种艺术。

艺术之为艺术的本质是什么？是情感，这是它与哲学和科学不同的地方。真正的文学是为了表达一种内在的情感，更精确地说，是一种强烈的情感，即冲动。

简言之，哲学与科学都是对世界的解释，角度不同罢了。而为了准确地表达对世界的解释，哲学与科学都需要克制情感，力图理性而客观地进行表达。

艺术，无论是图像的艺术还是文字的艺术，它都表达了人自身的一种情感，这种情感当然也是来自这个世界的，但它不是对这个世界客观的、理性的思考，而是一种主观的体验。当这种体验达到某种强度之时，我们就产生了情感，而当这种情感进一步地达到了某种更高的强度时，我们就有了一种冲动，想要将这种情感与冲动通过图像或者文字表达出来。这时候就产生了艺术。

这种情感是非常非常古老的，可以说是当猿进化成为人之后就产生了，所以同时也就产生了想要通过某种方式来表达这种情感的需要。于是，早在万年之前，还生活在岩洞里的人们就在洞壁上画下了许多动物。

为什么要画下它们？因为人们为了获得动物的肉用以食用而展开惊险的搏斗，感动了史前的人们，使他们产生了强烈的情感。而这时候他们还没有文字，所以只能通过绘画来表达。

人类如此，个体的人也是如此。

很多人在年轻的时候，或多或少对绘画和文学产生过爱好。例如小孩子，他们为什么喜欢在墙壁上乱写乱画？这种幼稚的涂鸦本质上和原始人的岩画是一样的，都是想要表达心中的某种情感。而当他们稍稍长大、学会了用文字来表达后，就会写一些文学作品了，即使不会写，也会去读一些。一开始是漫画和连环画，然后是纯文字的童话，最后就是诗歌与小说这种成熟的文学形式了。这就是诗人与作家的起源，也是诗歌与小说的起源。无论中国最古老的诗歌《诗经》《离骚》，还是西方最古老的诗歌《伊利亚特》与《奥德赛》，无不如此。

从上面这个例子，我们可以看出中国与西方文学之间一个很有意思的区别，即中国与西方早期的文学特征是一致的，都是以诗歌为主要的文学形式。但到了后来就慢慢地变化了，走上了不同的道路：西方不但诗歌依旧发达，还出现了小说，并且小说逐渐地代替诗歌，成为主要的文学形式或者说体裁。而中国则在很长一段时间内没有变化，虽然早在唐朝就有了小说，但却一直是“小”的，文学之大者依旧是诗歌。

这种格局直到明清之际才有所改变。

中国很早以前就有了原始的戏剧，例如《史记·滑稽列传》中所记载的优孟等就像最早的演员。但这些可算不上是真正的戏剧。而古希腊则早在公元前6世纪就出现了埃斯库罗斯这样伟大的悲剧作家了。中国有名的戏剧家则到元代才出现，比如13世纪的关汉卿。

西方的文学不但形式多样，诗歌、小说、戏剧等都很发达，而且内容也极为丰富，个中的伟大文学家与文学作品可谓汗牛充栋、车载斗量，令人眼花缭乱。

这时候就产生了两个问题：

一是要通读所有这些西方文学千年以来的巨作几乎是不可能的，即使对于专业的文学研究者也不可能，何况广大普通读者，更是遥不可及。

二是西方文学史中的许多作品是大部头的，例如托尔斯泰四大卷的《战争与和平》；或者说虽然篇幅不大，但并不那么容易读懂，例如古希腊的悲剧。一般的文学爱好者很难把这些作品从头读到尾。

但与此同时，我们又想了解西方文学，又想了解那些文学巨作的优美动人之处。怎么办呢？《西方文学通史》一书就能很好地解决上述两个问题。因为它有两个特点：

一是内容经过了精心选择。

我从灿若繁星的西方文学中选择了那些最伟大、最值得我们阅读的作品。虽然因为各人所见不同，我不敢保证我把最伟大的作品都选进来了。但我至少可以保证我所选择进来的作品都是伟大的、值得我们好好阅读的作品。

二是形式经过了精心改造。

这些我所选择的西方文学巨作基本上都是大部头的，一部就是一本或者几本书，倘若只是原文节选，那只能从其中选择极少的一部分才行，这样既不可能了解其全貌，也不可能了解它整体的美。

所以我在这里采取了这样的方式：将整部作品进行浓缩，根据具体情形浓缩成原著的若干分之一，即用简洁的语言述说整部作品的内容。同时，当原著中有特别精彩的对话或者情节的时候，则原文引用。

如此一来，既可以使我们了解整部作品的全貌，又使我们能读到其中的精彩文字。

正因为具备了上面所说的两个特点，我可以负责任地说，倘若您读了我在香港出版的西方文学系列作品，例如《西方文学简史》，就可以对西方文学有一个精当的了解：既了解它整体的优美，又可以了解它细微的精妙。

倘若您在读了《西方文学简史》之后，想对这些文学作品有更加深入的了解，那么就可以进一步阅读这部《西方文学通史》了。它的篇幅是《西方文学简史》的两倍以上。主要包括了“简史”中一些没有的作家与作品，例如弗吉尼亚·伍尔夫及其《到灯塔去》、海明威及其《永别了，武器》，还有普鲁斯特及其《追忆似水年华》。由于篇幅的关系，这些人与作品“简史”中都略过了，但在“通史”里弥补了这一缺憾。

特别是《追忆似水年华》，它是西方现代文学史上最主要的经典之一。但由于其篇幅十分宏大，我很难进行过度的浓缩而不失去原有的韵味，所以只能在“简史”中略过，在这部“通史”里就有了，篇幅还不小。所以总的来说，倘若您想对西方文学有比较多的了解，读这部《西方文学通史》是不错的，可以说，它几乎将西方文学史上那些最值得我们欣赏、也最有可读性的作品都收纳其中。

进一步地，倘若再结合我关于西方历史、地理、哲学、科学与艺术的作品，当您通读了它们之后，就可以自信地说：我掌握了西方文明的精髓。

而这，就是通识教育。

而这，也是不难的。

因为无论是这里的文学，还是其他的历史、地理、艺术，甚至科学中的相对论或者哲学中的古典唯心主义，我都会用通畅简明的文字表达出来，可以使您轻松地理解与掌握。

二十年以来，我一直在做这件事，以后也会一直做下去，因为这是有长远意义的事，是值得一个人用毕生精力去做的。

当然，我并不是说我的作品是完美的，它一定会有这样那样的毛病。所以我诚恳地邀请、热忱地欢迎读者朋友们批评、指正！也会在未来的新版中加以改正。

是为前言。

文聘元

2018年12月11日于海甸岛

目录

Contents

第一章　西方文学的起点

西方文学的起点是古希腊神话。

关于古希腊神话，大家或多或少都听说过一些，像美丽风骚的维纳斯、威严无比的“众神之王”宙斯等。我们不但听说过神，还知道一些同神息息相关的凡人。其中最有名的就是俄狄浦斯了，他的名字因为弗洛伊德一个“俄狄浦斯情结”而不朽。

但这些名字只是皮毛而已，在皮毛下还覆盖着一个广大的、有生命的血肉之躯。

它不但包括了那些我们听说过的诸神，还包括整个西方世界与人类的起源。

那些我们津津乐道的神话故事，例如特洛伊战争、金羊毛的故事、俄狄浦斯弑父娶母等实际上都是相当复杂的，有着完整的前因后果。我们所听说过的那些有趣的情节乃是许多前因后果的必然归宿。例如当帕里斯诱惑美丽的海伦时，并非只因为他是一个好色之徒，他是受了爱神的诱惑，而爱神为什么要让帕里斯得到海伦呢？这里还有另一个更复杂的背景……正是这一切导致了特洛伊战争，而诞生了不朽的荷马史诗。

我们现在就来讲述这些作为西方文学鼻祖的古希腊神话故事吧。

我们从哪里开始讲呢？

——当然是从天地的起源开始。

话说在很早很早以前，天地间本来是一个空壳子，后来不知历经了几世几劫，渐渐地在其中有了一个东西，名叫“混沌”，它像一个鸡蛋，在茫茫宇宙中慢慢孵化。一天终于有个东西破壳而出，它就是古希腊的第一个神——该亚。

这个该亚就是大地母亲，正是她诞下了我们极目所见的世界万物。

她首先生下的是儿子乌拉诺斯，由于这个世界尚无别的男人，该亚便嫁了自己的儿子，共交鱼水之欢。与该亚的地母身份相对，乌拉诺斯则是天父。

他们生了许多的孩子，先是三个妖怪，例如有五十个头、一百条胳膊。此后又生了十二个孩子，儿女各一半。这十二个孩子都长得漂亮而且身材巨大，被称为提坦神族。

虽然如此，他们的父亲却恨他们，等孩子们一生下来就关进地底，该亚既伤心又生气，决心奋起反抗。

她找了最小的儿子克洛诺斯，制定了复仇大计。某天夜色朦胧，乌拉诺斯像往常一样走进妻子的卧房，宽衣解带，赤条条走向在香榻上横卧、一丝不挂的妻子，克洛诺斯突然打暗处冲过来，一刀把他的“那话儿”割了下来，乌拉诺斯就这样稀里糊涂地变成“宦官”了。

他痛苦得大吼，漆黑的血淌向大地，立刻化成了一些怪物，例如复仇女神乎里埃，还有巨人族——一帮身体像山一般巨大的怪物。最有趣的是他的“那话儿”，它被割下来后掉到了海上，它漂呀漂，一直漂到塞浦路斯岛附近，在那里化成了一片雪白的泡沫，在泡沫之上慢慢浮起了一个绝色美女，有闭月羞花之貌、沉鱼落雁之容，就是爱与美之神阿佛洛狄忒。

失去了“那话儿”的乌拉诺斯再也没有力量控制有“那话儿”的强壮的儿子们了，克洛诺斯便将他的兄弟们释放出来，不过只释放了十一个健美的提坦，没有理睬那三个百臂独眼的妖怪兄弟。此后，以克洛诺斯为首建立起了第二代“神朝”。

克洛诺斯上台后，娶了姐姐瑞亚，父亲的下场令他感到自己也有可能面临同样的危机。于是，每当瑞亚生下儿子，他便一口吞到自己的肚子里。

瑞亚很伤心，就在生第六个孩子前，预先躲开了，来到克里特岛，在一个山洞里产下了孩子。

这个孩子名叫宙斯，他长大后，十分孔武有力，也很机灵。他有一次去见自己的父亲，说他有一副仙丹妙药，吃了后对身体大有好处。克洛诺斯天真地相信了这个陌生的年轻人，一口将那服“灵丹妙药”吞了下去，就像吞自己的孩子们一样。但一会儿后他就感到一阵恶心，口一张，“哇”的一声，把肚子里五个活生生的孩子吐了出来，他们一出来便一拥而上，把父亲制伏了。

从此便开始了以宙斯为首的神朝第三代。

宙斯虽然当上了神王，但位子并不稳固，首先是原来当政的克洛诺斯的众提坦兄弟向宙斯所住的奥林匹斯山大举进攻，宙斯抵挡不住，万般无奈之下，只得从地牢里放出了一直被关押着的三个独眼百臂怪，这样宙斯一下子势力大增，战事也空前猛烈起来。宙斯不停地打雷放闪电，提坦们也到处煽风点火，翻江倒海。

经过十年苦战，宙斯获得了最后的胜利。提坦们被打下地狱，囚在一个暗无天日的地洞里。

并非所有的提坦都反对宙斯，也有一小部分同宙斯站在一边或者保持中立，以后他们还将扮演一些重要的角色。

打败提坦们后，宙斯接着又打败了前来寻仇的由乌拉诺斯的血化成的巨人族。

经过这两场血腥的神界大战后，宙斯方才坐稳了宝座，开始了对神界的大规模治理整顿。

在这个神的国度里，神们各有职务，有的是“国防部长”，有的是“交通部长”，如此等等，共有十二位主神，还有无数的小神，我们试举几例。

高高在上，居于统治地位的是宙斯。他是众神之王，手握雷电巨盾，决定着一切神与人之命运，并且像帝王一样给诸神委派职司。

首先，他和他的两个兄弟波塞冬和哈得斯分别统治天空、大地、海洋与阴间。宙斯自己统治最好的一部分——天空与大地，波塞冬统治海洋，哈得斯统治阴间。

他的妻子也是他的妹妹，名叫赫拉，她是天后，就地位来说仅次于丈夫，是婚姻和妇女们的保护神。

阿佛洛狄忒是爱神，她是女神中最美丽也最放荡的，嫁给了长得最丑的神。关于她的身世有些复杂，我们前面说过，她是乌拉诺斯的“那话儿”掉到海里变出来的，但也有说法称她是宙斯的私生女。她的职责顾名思义应当是掌管爱情，但实际上不是这样，真正管爱情的是她那个瞎眼的儿子丘比特。他有两种箭，一种是金子做的，他要是用这个来射人呢，这人就会产生爱情；还有一种是用铅做的，他要是用来射谁呢，谁就会弃绝爱情。

古希腊神话中还有一个重要的女神——雅典娜。

她是最受人尊敬的女神，是从父亲宙斯的头里身披银光闪闪的铠甲跳将出来的，伟大的雅典城就是以她来命名的，这里面有一个故事。

却说雅典初建时并没有名字，后来打算以一个神的名字来命名，这个神也将成为雅典的保护神。许多神都来抢这个美差。经过一番争夺，最后剩下雅典娜和海神波塞冬。两人决定各自为雅典人献上一件礼物，看谁的礼物对雅典更有用，谁就是优胜者。

只见波塞冬用他的三叉戟在大地上一顿，刹那间在人们眼前冒出了一匹马，扬蹄吐气，神骏无比。波塞冬为他这件威力无匹的礼物而扬扬得意，雅典娜却不客气地告诉他：他这个礼物只会给雅典人带来战争与灾难，哪有什么好处！说罢她把自己给雅典人的礼物拿了出来：一棵绿油油的橄榄树。它全身都是宝，例如它的果实能榨油，油对人们生活的重要性不言而喻。

这样雅典娜便赢得了竞赛，城市也以她的名字命名，称为雅典。

雅典娜之后，另一个重要的神是她的兄弟——太阳神阿波罗。

阿波罗也是古希腊人最崇拜的神之一，他是宙斯的儿子，在所有神当中权力仅次于宙斯，当他闪耀着万丈金光的身影一出现，诸神甚至要发起抖来。

关于阿波罗最有名的传说是他同达芙妮悲惨的单相思故事。却说阿波罗爱上了达芙妮，于是天天像哈巴狗一样跟在她后面，不停地赞美她的美。她确实很美，不但美，而且贞洁无比，所以心中压根儿没有爱情的影子。不管阿波罗在后面如何追她，如何絮絮叨叨着自己的伟大，她仍是一个劲地飞逃，就是羊在狼前飞跑、发抖的鹿在狮子前奔逃、鸽子急鼓着颤抖的双翅避开鹰隼的利爪也没有她躲太阳神来得及。

她逃跑时，风儿吹动着她单薄的衣衫，更衬托出她如诗如画的美，阿波罗被迷得如醉如痴了，本来他怕追急了达芙妮会摔倒，因此速度上有所保留，只是跟在后面求爱。现在，被情火烧得迷糊了的太阳神再也想不到其他了，他开始加快步子猛追。年轻的女郎哪有太阳神的脚力！不久便气喘吁吁，跑不动了。她听到后面的脚步声越来越近，情急之下，她对父亲——珀涅俄斯河的河神喊道："唉，父亲，帮帮我！唉，大地，裂开了吞我进去吧！或者将我这个百忧之源的躯体变了样吧！"

话刚说完，她的祈求立刻得到了回应，刹那间她的骨节便僵硬起来了：从她的脚下长出根须，深深扎入了大地；她的秀发变成了翠绿的树叶，在风中摇曳；她曲线玲珑的身躯化成了挺拔的树干。

阿波罗只有抱着这棵树接吻了。他一边伤心落泪，一边发誓要好好珍惜这棵树：让它成为优胜与荣誉的象征，一年四季翠绿长青，像青春永驻的仙姬。

这就是月桂树，现在仍是优胜的象征。在古希腊，无论是诗歌比赛还是奥林匹克大会，夺标者的奖品不是金银财宝，而是一个用月桂枝扎的圈儿，最优秀的诗人们也被称为桂冠诗人。

除了这几个著名的神之外，其他的神还有许多。例如战神阿瑞斯，他是宙斯同他的天后赫拉唯一的孩子。狩猎女神阿尔忒弥斯，她是宙斯的女儿，阿波罗的孪生姐姐，掌管大自然的生灵们，也是贞洁的表率。还有酒神狄奥尼索斯，一个带有哲学意味的神。此外还有九位文艺女神缪斯、畜牧神潘，等等，不一而足。

第二章　人类之四代

古希腊人认为，人类分为四代。

第一代的人类是该亚在生神乌拉诺斯时生下的许多东西之一。他们同河流山川以及各式各样的动植物一起从大地之母该亚的子宫里落将出来，从此在大地繁衍生息。

不过，这第一纪的人类虽然来得这么简单，好像同那些无情的草木没有区别，但实际上他们恰恰是最幸福的人类，被古希腊人称为“黄金的人类”，他们生活的时代也是人类的黄金时代。

在这个时代，人类就像神一样，没有死亡，青春永驻。甚至于不会生病，因为世界上还没有疾病这种东西。他们在大地上无忧无虑地生活着，没有劳累，大地为他们提供丰富的食粮，他们无须耕耘，只要收获。因此他们可以把所有时光都花在享受人生幸福之上。他们也不会沉入地狱去受苦，相反，他们人人都会上天，变成准神仙，在云彩之中自由来去，继续幸福地生活，并且随时看着下界的人们，保佑他们，为他们排忧解难，让子孙们更加幸福地生活。

这时候统治天国的正是第二个神朝，也就是克洛诺斯为首的神朝。这个克洛诺斯虽然对子女不好，但对其他神与人都很好。因此这时候神与人之间关系十分和谐。甚至他们的地位同神也差不多，神并没有把人类降到服侍他们的地位。

这个黄金时代的人类后来又怎样了呢？不知道，也许他们渐渐地死光了，然后开始了第二代的人类。

这第二代的人类被称为“白银的人类”。

这些人类与前一代人类的生活差别相当大，但总的来说过得还不错。他们的主要特点是享有一个漫长无比的童年，有百载之数。在这期间他们受到母亲百般疼爱，天天在大地上无忧无虑地跑来跑去，做着游戏。大家都知道，童年是美好的，它唯一不那么美好的地方也许是儿童们并不理解这种美好，甚至盼望自己快快长大，好进入那如战争一般残酷的成年时代。

当这些白银的人们长大时，他们的生命也快结束了，因为童年已经耗掉了他们生命的绝大部分。在这短短的成年时期，这些白银时代的人们就没有黄金时代的人那么好了。他们放纵自己的情感，一切从心所欲。我们知道，人一旦不能节制自己就可能做出许多危险的事情来。因为我们每一个人都有着不那么高尚的本能，只求自己情感与欲望的满足而不去考虑道德与伦理等的要求。

人类的这些放纵不但令他们的成年短暂，而且令他们得罪了神——沉浸在纵欲之中的人不考虑神的感受。如果是在黄金时代，他们也许不会遭受怎么严重的惩罚，因为那时的神王乃是温和的克洛诺斯。但现在统治上界的已经是宙斯了。这个新神王同老神王完全不一样，有着浓厚的阶级观念。他认为人天生就低于神，因此人必须尊敬神，并且奉献适当的祭品来表达这种尊敬。

既然人不能做到这点，他当然不喜欢人类，因此宙斯毁灭了他们。

之后宙斯便创造了第三代人类，这一纪的人类之名大家可以猜出来。前面讲了金与银，接下来的应当是铜了。

这一代人类就是“青铜的人类”。

这些人类较之白银人类更加不如。他们的优点是长得十分魁梧强健，有着使不完的力气。不过这些优点到了他们身上反成了缺点。因为他们不是用力气来耕耘收获，而是用以互相残杀。他们像一群噬血的野兽，以屠戮为乐。他们的心比石头还硬、比冰更冷。

他们死后既不会像黄金时代的人类一样上天变成准神仙，也不能像白银时代的人类一样死后变成魔魂在大地游荡，而是变成鬼魂下到暗无天日的地狱受苦。

这些人宙斯更加讨厌，毫不客气地毁灭了他们。

此后，宙斯便接着创造了第四代人类——“黑铁的人类”。

大家也许想当然地以为，这黑铁人类应当比青铜人类更坏吧！不！恰恰相反。这第四纪的黑铁人类比以前任何一个时代的人类都要高贵。他们既勇敢又睿智，因为他们都是神的儿子，是半个神。

为什么这么说呢？大家以后就会知道，许多这些所谓“黑铁的人类”乃是宙斯、维纳斯等奥林匹斯诸神与人一起造出来的，更具体地说，男女诸神通过与凡间男女恋爱交欢而用精子和卵子“造”出了他们。

这些神与人如此造出来的人也就是我们下面将要大说特说的古希腊英雄们。

这些半神半人的英雄们既高贵又智慧，还酷爱争斗，就像青铜时代的人类一样。不过他们的争斗不再是一味血腥地杀戮，而是充满了伟大的英雄主义。

这些英雄们死后，他们有的变成了神，同奥林匹斯山上的诸神一样永恒，其他的也不会下地狱，而会在宙斯所赐给他们的极乐岛上过着无忧无虑的幸福日子，直到地老天荒。

古希腊人认为他们自己就是第四代人类，他们也同英雄们一样是神的后代。这种神人同源是古希腊神话中最引人注目的特点之一。

前面我们说过，“青铜的人类”由于做尽恶事，被宙斯灭了。他们到底是如何被灭，又如何诞生了黑铁时代的人类呢？且听我道来。

话说宙斯看见下界的人类做尽了坏事，准备将他们毁灭，但在实施毁灭之前，他亲自下凡考察了一番。他碰到了一个叫吕卡翁的国王，是坏人当中最坏的一个，他不但不敬神，反而想戏弄神，他杀了一个人，然后把他的肉一半儿煮烂，一半儿烤熟，送给宙斯当晚餐。

面对如此恶劣的人类，神不再抱任何希望，宙斯将被关在山洞里的爱下雨的南风放了出来，他一出来就张开了阴郁的翅膀，将大地变得一片昏沉，像太阳被创造出来之前那黑暗的天地一般。粗大的水柱从他的胸膛涌将出来，倾盆大雨像他的头发一样密集。宙斯的雷霆震撼着大地，像为将要死灭的人类放的丧炮。宙斯的兄弟——海神波塞冬，也用他巨大的三叉戟捶击着大地，河流在他的激发之下，像疯了一样从束缚它们的堤坝里冲涌而出，将一切人和他们所辛苦建立起来的东西，从茅舍到宫殿，冲了个稀烂。

就这样，从高高的屋檐到巍巍的山顶都被水淹没了。即使那些爬到最高的山上的人们也消失在洪流里。

是不是人类真的彻底消失了呢？

没有！还有两个。这两个人一个叫丢卡利翁，另一个是他的妻子，名叫皮拉。丢卡利翁不是个普通人，他的父亲乃是普罗米修斯，一个著名的伟大的提坦，他又是一个好人，是青铜的人们里最好的一个。

当众神决定毁灭人类时，他的父亲普罗米修斯提前告诉了他这个消息。于是他预先造下了一只小船。当洪水来时，夫妻俩便坐了上去，在洪水中像断了线的风筝一样漂荡。

后来他们漂到了一座山——帕尔纳索斯山前，天地间只有这座山仍高出洪水之上。这时候，万千人类，除了这夫妻俩，已经被毁灭了。宙斯知道这两个人是敬畏神的，便收起了洪水，让他们活了下来。

他们的小船停在了帕尔纳索斯山下。这时，宙斯已把南风关进了山洞，让北风吹散了乌云，波塞冬也收起了洪水。不久大地便又一次望见了苍天，苍天又一次俯瞰着大地。

然而这是什么样的大地哟！只有无穷的荒凉。广大的天地间只有一片死寂，万籁无声——因为发出籁声的万物已经被毁灭了。

看到这情景，丢卡利翁两口子不由抱头痛哭，但哭也没有用啊。后来他们在朦胧泪眼中看到了正义与智慧的女神忒弥斯已经被洪水冲毁了大半的神坛，不由跪了下去，对着神圣而正义的女神祈求道："告诉我们，女神呀，我们如何再创造消灭了的人类？请帮助我们让世界重生吧！"

一个声音在他们耳边响起："从我的神坛前离开，蒙着你们的头，解开你们身上的衣服，把你们母亲的骨骼掷到你们的后面。"

这是个古怪的命令，丢卡利翁夫妇开始还有些迷糊，后来突然眼睛一亮，犹如醍醐灌顶，猛醒过来：我们的母亲不就是该亚吗？该亚不就是大地吗？母亲的骨骼不就是地上的石头吗？

他们立即按照神的旨意，用衣服将头蒙起来，然后拾起地上的石头，往身后抛去。

顿时，那些抛在地上的石头变了：由坚硬变得柔软，慢慢地长出了皮肤毛发，站了起来，哇！终于变成了同他们一模一样的人。

这就是黑铁时代的人类诞生的经过。这些人中将要诞生古希腊伟大的英雄们，以后的历史就是这些英雄们的历史，正如以后的文学也将是描述这些伟大的英雄们的文学。

从此宙斯便没有再毁灭人类了，从古希腊起直到现在，人类都是这些黑铁人类的后代，也就是说是大地母亲该亚的嫡系后裔，从这个角度上来说，神人是同一的。

难怪古希腊人这么自信自豪。

您相信吗？也许正是这种自信与自豪令他们创造出了伟大的文学与伟大的艺术。

为什么千年之后，西方人再也不能创造出如此完美的文学与艺术呢？我想也许是因为他们不再敢认为自己与神如此之近，相反，他们将神看得神乎其神，距自己天差地远，就像《圣经》中的耶和华一样。

这也许是古希腊给现代人的一个深重教训。

第三章　人生的十字路口

上面说到了直到我们这一代的人——黑铁人——诞生的经过。

到这时候，该亚所有的后裔分成了三大类：一类是奥林匹斯山上的众神，他们是地道的天神；第二类则是这些天神同凡人做爱而生下的后代，他们是半人半神，古希腊英雄们大都是这种人；第三类就是普通的凡人了。虽然他们也是该亚的后代，但由于后来一直没有再同神混种，因此神性也慢慢地泯灭了。而那些半人半神的英雄们的事迹就成了古希腊文学的主角。

在古希腊所有伟大的英雄们中，最伟大的是赫拉克勒斯。

赫拉克勒斯的父亲乃万神之王宙斯，母亲名叫阿尔克墨涅，是阿尔戈斯王的嫡系后裔，阿尔戈斯是斯巴达的另一个称呼。

当初赫拉克勒斯的母亲阿尔克墨涅同宙斯相好，生下孩子后，宙斯预言说她的孩子将成为一个伟大的英雄。这话让他的妻子天后赫拉听到了，气得咬牙切齿，发誓要弄死这小子。

阿尔克墨涅知道了，自知没办法抵抗，只好忍痛把儿子丢到了荒野。但刚好这天智慧女神雅典娜同天后赫拉路过这里，雅典娜看见这长得冰雪可爱的婴儿，就疼爱地抱了起来，她又见这孩子饿得哇哇大哭，就请正乳房饱胀的天后喂他一喂。天后这时竟然鬼使神差地听了雅典娜的话，把乳头塞进了饥饿的孩子的嘴里。那天后的神圣乳汁岂是凡乳可比？一滴顶一万滴都不止，足以令赫拉克勒斯终生受惠无穷了。

接着雅典娜又把孩子抱着送给了住在附近王宫里的阿尔克墨涅，让她收养这个没娘要的孩子。她当然欢天喜地地答应不迭，以为逃过了天后这一劫。

但天后的法眼岂这么容易逃过？她不久便知道了真相，后悔得直砸自己的脑袋，狂怒之下，立刻把两条最毒的巨蛇投下凡间，让它们把那小孩咬死。

这时正值中午，小赫拉克勒斯在午睡。妈妈同保姆也一样在午睡。两条巨蛇乘机悄无声息地溜进来，一下紧紧地缠住了婴儿。

小赫拉克勒斯从睡梦中醒来，觉得不舒服，就信手捏住了那让他不舒服的东西，那两条蛇竟然被他捏得死翘翘了！

赫拉克勒斯渐渐长大，他母亲的丈夫安菲特律翁很喜爱这个孩子，决定给他以最好的教育，他亲自教他驾战车冲锋陷阵，还请当时最有名的神射手欧律透斯教他射箭。

但这时候赫拉克勒斯也展现了性格中的弱点——暴躁易怒。由于他天生神力，一怒起来可就不得了了，例如有次他的竖琴教师——竖琴之王太阳神阿波罗的儿子——打了他，他竟然把竖琴朝老师砸去，老头子当场毙命。

安菲特律翁感到了隐匿的恐怖，便将儿子派到农村去当牧童。

赫拉克勒斯就在乡下渐渐长大，到十八岁时已经身长一丈，十八般武艺样样精通，是全希腊最帅气强壮的小伙子。

也正在这时，命运之神让他走到了人生的十字路口。

有一天，他遇到了两个高大的美丽女人，一个美丽、高贵而有礼貌，穿着雪白的长袍；另一个艳丽动人，雪白的皮肤上擦满了香粉和香水。这个涂脂抹粉的美人对赫拉克勒斯说，假使他选择她，她将引导他走最平坦最安适的人生之路，那里没有他尝不到的快乐，也没有他不能避免的不幸，他将在锦绣丛中尽情享受一辈子。

而另一个美人说，如果他选择她指示的路，他将成为一切善良与伟大事业中的卓越人物，但她没有怠惰的快乐来贿赂他，她要让他明白，人不经过努力和辛苦，神祇是不会使他们有所收获的。假使他希望别人爱他，他就必须爱别人，他要是希望全希腊都称赞他，他就必须成为全希腊的恩人。总之他想要有收获，就必须耕耘。

赫拉克勒斯经过激烈的思想斗争后，选择了第二条道路——为希腊人民建立不朽的功勋，并且造就了十二大业绩。

这时候的希腊大地还是一片蛮荒，有三样坏东西：一是到处横行的毒蛇猛兽，二是妖魔鬼怪，三是一些坏人，特别是暴君。他们鱼肉人民，无恶不作。赫拉克勒斯决定替天行道，将这些东西从人间铲除。

赫拉克勒斯一共完成了十二项这样的伟大业绩，下面是它们大致的内容：

杀死涅墨亚铜皮铁骨的巨狮，拿它的皮来做盔甲。

杀死勒尔那的妖怪许德拉，它是九头水蛇，到处蹂躏人民。赫拉克勒斯杀了它，还把它的血蘸在箭头，这样的毒箭无药可解。

捕获金角铜蹄的阿卡迪亚赤牝鹿。它是狩猎和贞洁女神阿尔忒弥斯的宠物，赫拉克勒斯追了它整整一年，筋疲力尽。

一根毛也没伤地捉住了厄律曼托斯山凶猛无比的大野猪。不过在捉野猪的途中他犯了一个大错，射了善良的马人喀戎一箭。当赫拉克勒斯还是一个孩子时他们就是好朋友了。前面说过他的毒箭无药可解，因此喀戎将面对死亡的痛苦。然而，对于喀戎而言，比死亡更痛苦的是他不会死。因为他注定是永生的，不可能死。于是，他将永远生活在比死更痛苦的生里。正如我们中国一句老话：求生不得，求死不能。

这次他不得不干一件很脏的活，一位奥革阿斯王养了足足三千头牛，那牛圈已经几十年没有打扫过了，赫拉克勒斯的任务是要在一天之内把牛圈打扫干净，他在牛圈旁边挖了一条大沟，再引来河水，一天之内就把牛圈冲了个干干净净。

赶走一个大沼泽中的一些铁翅膀、铁嘴和铁爪的怪鸟。

驯服了克里特岛上米诺斯王一头疯了的公牛。这是头顶厉害的牛，把整个克里特岛闹得鸡犬不宁。但赫拉克勒斯把它变得像一只小猫，骑着它在海滩散步。

狄俄墨得斯是个残忍的王，养了一些妖马，这些妖马十分强壮，拴它们的马桩都是铁做的。最怪的还是它们的草料：那可不是燕麦或者青草，而是地道的人肉！赫拉克勒斯杀了这暴君，又把他的肉用来喂了马。

把亚马孙女王的腰带弄到手。这根腰带是女王的宝物，乃是战神亲手送给她的，她一天到晚系在腰上。当赫拉克勒斯来到时，女王被他天神般的威严慑服了，心甘情愿把腰带送给了他。

征服一个庞大的国家——伊比利亚，并且把伊比利亚国王的儿子革律翁的一群十分漂亮的牛夺到手。革律翁是一个巨人，他的牲口由另一个巨人看守，他有三头、六臂、三个身子、六只脚。赫拉克勒斯召集了一批勇士，经过残酷的战斗，征服了伊比利亚，夺了牛群。还有，赫拉克勒斯在这次行动中不但消灭了巨人，甚至两个伟大的神——太阳神阿波罗和天后赫拉——都成了他的手下败将。阿波罗怕他把太阳射下来，送给他一只金碗，赫拉则让他一箭射中胸脯，就是赫拉克勒斯刚生下来时曾经吃过奶的胸脯。

历尽艰难险阻，从大地的尽头夺取了金苹果。

去到地狱救出了另一个伟大的英雄忒修斯，打败了冥王普路托，并把看守地狱大门的有三个头、狂吠的大嘴里流着毒涎、身上的毛全是一条条毒蛇的恶狗带到了人间。

赫拉克勒斯之死　赫拉克勒斯的死同他的婚姻联系在一起。

赫拉克勒斯曾经发疯，并且在疯狂中杀死了自己的第一个妻子墨伽拉所生的三个儿子。他无颜再见她，便把她让给了他十分宠爱的侄子，出发去为自己再找一个妻子。

他先向欧律透斯的美丽女儿伊俄勒求婚，但欧律透斯耍赖把婚事黄掉了。他只得离开，并又一次发狂，这次他杀了十分善良、对他极友好的伊菲托斯。悲伤自责的英雄一度把自己卖身为奴，做了吕底亚女王的男宠。他脱下当衣服的狮皮，着上了五彩斑斓的吕底亚女人衣裳，甚至坐在女王的脚下替她纺纱织布，女王则披着赫拉克勒斯的狮皮，懒洋洋地倚在宝座上，听赫拉克勒斯一边纺织一边讲他从前的冒险故事。

一天，他醒悟过来，突然离开了女王温柔的怀抱，来到了另一个地方，在那里向卡吕冬国美丽的公主得伊阿俄拉求婚。

他经过一场激烈的比赛，打败了能变形的、十分强大的河川之神，得到了一个美丽的妻子。

有一天，他的妻子误信了马人的话，织了一件华丽的紧身衣，叫人带给了正在准备庆祝胜利的丈夫。赫拉克勒斯很喜欢，即时便穿上了。但刚一上身，那衣服便像毒蛇一样紧紧缠住了他，又像被唐僧念着紧箍咒的孙大圣头上的箍儿一样，不断地缩紧、缩紧，里面的毒液浸透了英雄的身体，他痛苦得发狂，在地上乱滚。

赫拉克勒斯自知命将不保，令人把自己抬上了俄忒山的绝顶，因为有神谕说他将在这里完结他的生命。

他叫人堆起火葬的柴垛，令人点上了火，他的呻吟声在熊熊大火中渐渐不闻。

然而，当大火熄灭，人们想从灰堆里找出他的遗骨时，却什么也没看到。

听说他被雅典娜接到了天上，在那里娶了永远年轻美丽的青春女神赫柏。她将在奥林匹斯山上为赫拉克勒斯，这位人间最伟大的英雄、现在的不朽的天神生育美丽而永生的孩子们。

赫拉克勒斯虽然上天去了，但他的事迹永留人间，成为从古至今西方艺术家——从作家、诗人、剧作家乃至画家与雕刻家们几乎取之不竭的灵感之源。

第四章　战争与史诗

在古希腊神话里，最伟大的英雄是赫拉克勒斯、最有名的故事就是特洛伊战争，而特洛伊战争所诞生的不只是神话，还有古希腊最伟大、也最古老的一部文学杰作——荷马史诗。

在西方文学史上，我们应当深入了解的第一部经典之作就是荷马史诗。

现在的史学家们一般认为荷马生活在公元前9世纪或者公元前8世纪，是小亚细亚的伊奥尼亚人。除了这点之外，我们对他其余的事迹简直一无所知，甚至有许多人认为荷马并不存在，只是一个传说中的人物，像赫拉克勒斯一样，而那两部史诗的作者也并非他，而是别人，甚或还有可能是许多人在许多世纪中陆陆续续完成的民间集体创作。

荷马史诗分成两部《伊利亚特》和《奥德赛》。《伊利亚特》本身所记录的只是阿喀琉斯——这位希腊盟军中最伟大的英雄被联军统帅阿伽门农侮辱而拒绝作战后发生的事，这些事发生于十年特洛伊战争的最后一年，主要情节只延续了约4天，然而荷马却通过这短短的4天把特洛伊战争的全部经过都一一道明，其间所用的复杂技巧——无论是文字上还是篇章结构上——都令人叹为观止。

《奥德赛》则讲特洛伊战争中的英雄之一 ——“狡黠的奥德修斯”在战争结束后回转故乡时所历经的种种磨难，长达10年，书中的情节像《伊利亚特》一样，并不涉及整个十年，而只涉及其中最后6个星期。

我这里只讲第一部《伊利亚特》，而且不是按照史诗的顺序来讲，那样的话太复杂了，我将依据特洛伊战争的起因、发展、结束的顺序将这次不朽的战争细致地告诉大家。

特洛伊战争的起源　话说在很久很久以前，有高贵的兄弟俩，他们是宙斯神的儿子，哥哥叫伊阿西翁，弟弟叫达耳达诺斯，兄弟俩感情很好。但哥哥伊阿西翁竟然去追求女神得墨忒尔，被宙斯用响雷击死。

哥哥死后，弟弟伤心极了，不忍心待在故国，远走他乡。

他来到了爱琴海对岸的亚细亚——透克里亚人居住的地方，在那里受到了国王透克洛斯的热烈欢迎，把女儿嫁给了他，他所居的封国后来就以他来命名，称为达耳达尼亚。

此后，经过几代，王位到了拉俄墨冬之手，他残暴、刚愎而愚蠢，甚至敢违逆神意，于是诸神诅咒他和他的后人。

特洛伊的命运从这时候起就被决定了。

拉俄墨冬死后，他的儿子普里阿摩斯继位。他是位极仁慈的君主，先后生了五十个儿子和好几个女儿。妻子仅一次怀孕时，预言家称这个孩子将带来灾难，他便将之扔到了荒山野岭。

然而小家伙命不该绝，先被母熊哺乳，后来丢孩子的仆人把他抱回了家，取名帕里斯，抚养长大，成了一个极英俊而健壮的年轻人，为父亲牧羊。

这天，他在一个深谷里放牧。三个女神，天后赫拉、智慧女神雅典娜、爱神阿佛洛狄忒来了，为了得到一只金苹果，相互比起美来。结果谁也不服谁，她们看到了帕里斯，便请他裁判，并都答应如果帕里斯判其为最美，便给予他种种好处。赫拉许他以权力，雅典娜许他以智慧，而阿佛洛狄忒则许以他世界上最美的女人。帕里斯便毫不犹豫地将金苹果授予了阿佛洛狄忒。

帕里斯的裁判令爱神大喜，深深祝福了他，再次保证履行她的诺言，将人间最美的女人赐予他，天后与智慧女神则被气得七窍生烟，她们不但对帕里斯恨之入骨，而且发誓要把整个特洛伊当作复仇的对象，这里就埋下特洛伊战争的种子了。

一天，帕里斯偶尔到城里去参加一个运动会，打败了所有对手。老王从先知口中得知他就是自己的儿子，立即认了他，把当初的神谕忘到九霄云外去了。

不久帕里斯就有差事了，他被父亲派到萨拉米斯去公干，率领一支强大的舰队直奔爱琴海而去。

路上，经过斯巴达的锡西拉岛时，由于爱神的神庙正在这里，他前去祭祀。这时斯巴达王墨涅拉俄斯外出了，执掌国政的是王后海伦。

这海伦乃是当时世界上最漂亮的女人。

他们在这里相遇了，当他们四目相视时，立刻一见钟情。

几天后，帕里斯就带兵冲进斯巴达王宫，带走了海伦，还把斯巴达王宫抢掠一空。

帕里斯劫走海伦的消息迅速传遍了全希腊，激起了全希腊邦国的愤怒，因为这是对全体希腊人的侮辱。不久后希腊人便聚集了一支庞大的军队，以墨涅拉俄斯的兄长、伟大的阿伽门农为首。

此外还有许多伟大的英雄，例如阿喀琉斯，他是这次特洛伊战争中最伟大的英雄，也是继赫拉克勒斯之后最了不起的战士。他是海洋女神忒提斯之子，他刚生下来时，忒提斯想让他成为神，因此每天晚上将他放在天火中焚烧，但当她快要完成使命、阿喀琉斯即将成为神的最后一个晚上，她丈夫看见了，吓得大叫起来，破坏了女神的工作，她气得飞离了丈夫，再也没有回来。这时的阿喀琉斯除了脚后跟之外全身都已成为不死的神体——因此这脚后跟便成了他的命门。

奥德修斯，他有一个大名鼎鼎的绰号——“狡黠的奥德修斯”，是所有英雄中最智慧的人物。

除了上面这些分量最重的人物之外，希腊英雄中还有大埃阿斯、小埃阿斯、神箭手透克洛斯和菲罗克忒忒斯、阿喀琉斯的挚友帕特洛克罗斯、狄俄墨得斯，等等。他们都为着一个伟大的目标——夺回海伦——集聚到了同一面旗帜下。

然而事情没有这么简单。就在希腊战船将要出发之时，阿伽门农由于得罪了女神阿尔忒弥斯，被迫将自己美丽的女儿伊菲革涅亚杀了，作为祭品奉献，才顺利驶出了港口。这也决定了阿伽门农未来的命运。

面对来势汹汹的希腊人，特洛伊人奋起迎战。

在特洛伊人这边也有不少出众之士，例如几乎同阿喀琉斯一般伟大的英雄赫克托耳和爱神阿佛洛狄忒的儿子埃涅阿斯，等等。

与地上的两国相争一样，这时天上的神祇们也分成了鲜明的两派：一派是希腊人的铁血盟友，主要有天后赫拉、智慧女神雅典娜、海神波塞冬；另一派则是特洛伊的坚定支持者，主要有太阳神阿波罗、爱神阿佛洛狄忒、战神阿瑞斯。

阿喀琉斯的愤怒　战争之初，希腊和特洛伊互有胜负，希腊人有伟大的英雄阿喀琉斯，特洛伊人则有坚城固池，双方虽然时有厮杀，但谁也征服不了谁。

僵持的局面一直延续了整整九年，直到第十年才风云突变。

这次突变的起因像整个战争的起因一样，又是为了女人。

这个女人就是美丽的克律塞伊斯，她是阿喀琉斯从别的特洛伊城市里抢来的女俘，此外，还夺取了一大堆的其他战利品。

按照规矩，战利品要大家来分享，阿喀琉斯获得了美丽的公主勃里撒厄斯，最美的克律塞伊斯则被分给了统帅阿伽门农，他是王，女人必须是最美的，金银必须是最多的，虽然他几乎从来没有出去攻城略地。

然而阿伽门农这次失算了。

这天，在希腊人军营外来了一个面相如天神般尊严的老者，他就是克律塞斯，阿波罗神的祭司，这次来是要赎取他被希腊人掳去的爱女克律塞伊斯的。他带来了巨额的赎金，按照惯例，希腊人理当将女儿还给他——何况他还是一位如此令人尊敬的老者，伟大的阿波罗神的祭司！

当他提出他的要求时，希腊英雄们以热烈的掌声答应了他的要求。

然而克律塞伊斯已经是阿伽门农的心头爱，他无论如何也不愿失去，因此他极其无礼地辱骂了老人，把他从军营中赶了出去。

老人伤心极了，他自知争下去只会惹来杀身之祸，便默默地退了下去。

他步履蹒跚地来到大海边，伸手向着苍天，喊道：

银弓之神，克律塞斯和神圣的基拉的保卫者，
统治着特涅多斯，灭鼠神，请听我祈祷，
如果我曾经盖庙顶，讨得你的欢心，
或是为你焚烧牛羊肥美的大腿，
请听我祈祷，使我的愿望成为现实，
让达那奥斯人在你的箭下偿还我的眼泪。

这是《伊利亚特》中的原话，达那奥斯人乃是希腊人的别称。

太阳神在奥林匹斯山上听到了老人的祈求，愤怒立即像严霜般罩上了他的脸，他执起神箭，来到了希腊人的军营，把神箭一支支朝希腊人射去。

顿时在希腊军营里蔓延开了可怕的瘟疫，士兵像苍蝇一样死去。

到第九天，希腊人实在受不了了，他们也知道瘟疫的起因，于是，在阿喀琉斯等众英雄们的强烈要求之下，阿伽门农被迫将克律塞伊斯送回去，赎金也不敢要了。

气急败坏的阿伽门农立即跑到阿喀琉斯那儿，将他心爱的女俘——公主勃里撒厄斯抢走了，因为阿喀琉斯在众英雄面前责备了他，他要报复，他甚至还用言语狠狠地侮辱了最伟大的希腊英雄。

正所谓英雄可杀不可侮，阿伽门农的侮辱像利箭一般刺痛着阿喀琉斯的心，他来到海边，含着热泪呼唤他的母亲——海洋女神忒提斯。

儿子的受辱也令女神肝肠寸断，她来到了神圣的奥林匹斯山，俯身在父亲——万神之王宙斯的怀里，祈求他替她儿子复仇，惩罚希腊人，直到他重新得回他的荣誉为止，宙斯允诺了女儿正当的要求。

希腊人真正的灾难就此开始了。

这就是著名的“阿喀琉斯的愤怒”。

伊利亚特　这时已经是战争的最后一年，却是伟大的《伊利亚特》的开始。

它是如此开始的：

女神啊，请歌唱佩琉斯之子阿喀琉斯的
致命的愤怒，那一愤怒给达那奥斯人带来
无数的苦难，把战士的许多健壮英魂
送往冥府，使他们的尸体成为野狗
和各种飞禽的肉食，从阿特柔斯之子、
人民的国王同神样的阿喀琉斯最初的争吵中
分离时开始吧，就这样实现了宙斯的意愿。

宙斯把对女儿的允诺付诸实践了。

在一次战斗中，最伟大的特洛伊英雄赫克托耳被神赋予无穷的力量，他像一头雄狮般疯狂地扑向希腊人，他双眼血红，像喷着火焰，口里发出惊雷般的吼叫。希腊士兵甚至希腊英雄们都被吓得手脚发软，四散奔逃。

赫克托耳和特洛伊人一直把希腊人驱赶到他们的船舷边，就像群狼奔逐群羊，一直到夜神藏起阿波罗的光亮，把大地同天空变得混沌未分时一般漆黑。

入夜，赫克托耳没有如往日一样让特洛伊人回城。他大声地宣告：他们无须回城，要就地驻扎，明天拂晓再向希腊人的船只猛攻，只要突破这最后的防线，希腊人就只能用双臂从宽阔的爱琴海游回老家了。

是夜，希腊英雄们集聚在阿伽门农王的营帐里，沉浸在失败的悲痛和对明天深深的绝望之中。

该怎么做呢？英雄们其实都知道：只有阿喀琉斯才能把他们从毁灭的边缘拯救出来，自从阿伽门农侮辱他后，他就拒绝为希腊人作战。

为了避免希腊人被毁灭，阿伽门农终于承认了自己有错，愿意向阿喀琉斯道歉，并给他巨大的赔偿，但阿喀琉斯毫不迟疑地拒绝了，说他第二天便要扬帆出海，回到自己的故乡。

第二天，黎明一到，特洛伊人便杀上来了，希腊人比昨天更惨。他们不停地后退，一直退到了他们的船边，在甲板上抵抗特洛伊人。赫克托耳则不停地前进，直到把一支熊熊燃烧着的火炬扔到希腊人的战船上。

正在阿喀琉斯船上的他最好的朋友帕特洛克罗斯看见希腊人遭受了如此惨重的挫败，甚至有被毁灭的危险，由于阿喀琉斯仍拒绝出战，他便穿上了英雄的盔甲，代替他出战特洛伊人，结果英勇战死。

听到残酷的噩耗，阿喀琉斯像一座大山似的倒在了地上，发出震天的号哭声，发誓为朋友复仇。

他与赫克托耳进行决斗，并砍死了他。

特洛伊人再也无力与希腊人对抗了，阿喀琉斯冲到了特洛伊城门之下，眼看要用他的神力撞断门柱，冲破城门。

但他被阻止了，阻止他的是太阳神阿波罗，他愤怒地张开他的神弓，一箭射中了阿喀琉斯那容易受伤的脚踵。

阿喀琉斯倒下了，大地发出沉闷的巨响。

阿喀琉斯死后，希腊人攻克特洛伊的希望愈加渺茫了。

但他们仍然继续战斗，在战斗中帕里斯被杀死了，他是被菲罗克忒斯用无药可解的毒箭射死的，在极度的痛苦之中死掉了，这时候他已经和世上最美丽的女人好了十年。

但特洛伊城依旧巍然屹立。

终于，奥德修斯想出了一个妙计来攻破特洛伊，这个妙计想必大家都听说过，就是西方历史上最有名的一计——木马计。

过程如下：希腊人先造了一匹硕大无比的木马，再把一批精兵强将藏在里头，然后将木马留在岸上，并留下一个人，诈称希腊人甘认失败，退走了，这个木马是他们用来献给雅典娜神的。

一切安排好后，希腊人就放火把军营烧了个干净，上船走了。

躲在高城厚墙里的特洛伊人看到希腊人的船只一艘艘扬帆而去，兴高采烈地拥到了海边，把木马运进了城。

深夜，希腊人偷偷自木马中钻出来，打开了城门，那些“回希腊去了”的战船也飞快地开回来，战士们一拥进城。

辉煌的特洛伊城就这样毁灭了，男人被杀，女人和孩子成为奴隶。

但也有一个人——埃涅阿斯，逃走了。他在海上历尽艰险之后，到达了意大利，在那里他将建立一座新的伟大的城市——罗马。

第五章　埃斯库罗斯与古希腊悲剧

除史诗外，古希腊另一种伟大的文学形式是戏剧。

古希腊的戏剧，尤其是悲剧，同荷马史诗一样，把这种文学形式发展到了几乎尽善尽美的境界。

什么是戏剧？无非是这样一种艺术形式：由一些实际的或虚拟的人物——例如人、木偶、皮影——在某一个场地进行各种活动。这些活动通常有三个要素：第一是有一个文字化的依据，这就是剧本，它乃是戏剧的核心，规定了戏剧的所有其他要素，例如有什么样的人物，这些人物从事什么样的活动，在一个什么样的空间从事这些活动，等等。后面这三项分别可以叫作戏剧的角色、情节、舞台。

戏剧的种类很多，总的来说有两种主要形式：悲剧与喜剧。

关于什么是悲剧与什么是喜剧我就不说了，我想大家心里明白。鲁迅曾说悲剧就是把好的东西毁灭给人看，也许可以更通俗地说：悲剧的结果是好人倒霉、坏人享福；喜剧的结果当然相反，是好人享福、坏人倒霉了。

在古希腊的许多城市，例如伟大的雅典，有“酒神节”，是十分重要的节日。当我们熟知的伯里克里执政时，这个节日的庆典达到了高潮，高潮来临的主要原因之一是在这个节日里有了一项活动——演剧。城市会挑出三位最有名望的戏剧家，由他们各自写出四个剧来上演，包括三个悲剧和一个喜剧。为了吸引更多的人来看戏，政府甚至发放“观剧津贴”。开始演的是三个令人垂泪的悲剧，然后是引人捧腹的喜剧，又叫“羊人剧”。最后由观众们做出评判，看谁获得胜利。

这是当时的戏剧家们最重要的节日，他们竭心尽智地发挥自己的天才，创作出最优美深刻的作品。我们从前面两卷就已知道，这些古希腊的人们乃是人类智慧的奇迹，他们创造出来的戏剧同哲学与艺术一样，是迄今为止人类智力最了不起的果实之一。

古希腊有三大著名悲剧家：埃斯库罗斯、索福克勒斯、欧里庇得斯。他们像三颗巨星一般在古希腊文学的天空中交相辉映。

还有，这三位悲剧家虽然诞生在几千年之前，但他们的作品即使在今天看来仍然激动人心，仿佛它们不仅仅是为几千年之前的观众写的，也是为几千年之后的我们创作的。

埃斯库罗斯　我们要谈的第一个伟大的悲剧作家是埃斯库罗斯。

关于埃斯库罗斯的生平我们知道得不多，不过比起古希腊的哲学家们来就不算少了。这是因为在任何一个时代，包括现在，哲学家的地位与知名度甚至口袋的饱满度永远是没法儿同作家或者戏剧家之类相比的。

埃斯库罗斯在公元前525年或者前524年生于雅典西北面一个叫埃莱夫西斯的地方，父亲叫欧福里翁。关于他童年的经历现在真的没什么可说，看样子他是个天才，还是一个小青年时就参加了雅典的戏剧比赛，并在39岁时第一次赢得桂冠，他一生共获得了13顶这样的桂冠。像前面说过的，每次参演的作品不是一部，而是四部，获奖也一样，这四部作品是作为一个整体获得胜利，因此他共有52部作品获得冠军。

不过，埃斯库罗斯生平最引以为豪的事好像并不是他的一次次获奖，而是他曾参加希波战争，捍卫了希腊人的自由。

公元前490年和前480年，波斯人两次入侵希腊，希腊人以雅典为首两次英勇抗击入侵者。这两次战争中有两个重要的战役，一次是马拉松之战，另一次是普拉太亚之战，埃斯库罗斯都积极地参加了，还立下不小的战功。他还根据希波战争写下了一部名剧《波斯人》，在公元前472年上演并获奖。这个剧作令埃斯库罗斯益发盛名远播，远在意大利之南的西西里岛上叙拉古的统治者都听说了，由于那时尚无电影电视甚至印刷的剧本来满足他的好奇心，他便恳请戏剧家本人亲往西西里去为他表演，对于剧作家这是莫大的荣誉，他欣然前往。

所谓人有失足，马有失蹄，埃斯库罗斯也不可能百战百胜，就在他的《波斯人》获奖仅四年之后，他经历了人生中最痛苦的挫败，这年，即公元前468年的戏剧比赛中，他败给了当时还名不见经传的无名小卒索福克勒斯。

这沉重地打击了埃斯库罗斯，但他可不是一个胆小鬼，他化悲痛为力量，更加刻苦地写作，第二年便重新赢得了胜利。他这次获得胜利的作品也是他所有作品中最有名的作品之一《俄狄浦斯》。本来是三部曲，现在只流传下来一部《七将攻忒拜》。他一辈子写过上百部的剧作，流传下来的总共也就区区七部而已。

又过了近十年，到公元前458年，埃斯库罗斯上演了《奥瑞斯提亚》三部曲，这是他所有剧作，至少是流传下来的剧作中之最伟大者，取材于我们前面已熟知的一个人——阿伽门农王——的悲惨遭遇，我们将把它作为埃斯库罗斯剧作的代表来叙说。

写完《奥瑞斯提亚》之时，埃斯库罗斯已经是69岁的老者了，但他的智慧并没有老，还可以创作出伟大的作品，然而所谓“天有不测风云，人有旦夕祸福”，一件令人瞠目结舌的事发生了。

此时伟大的剧作家已经退隐到了对他礼敬有加的西西里一座叫杰拉的小城。有一天，他正在野外漫步，构思一部新的剧作。这时天上飞来了一只雄鹰，它爪子里抓着一只大乌龟，不过这只乌龟把头尾牢牢缩进了壳子，令得鹰无从下手，聪明的它想找块石头，把龟儿扔下去，把壳儿砸个稀巴烂，这样就可以吃到肉了。它朝下一望，正好看见下面有一个亮亮的东西在发光，它想，这一定是块光溜溜的石头，便将爪子一松，乌龟从高高的天空带着风声砸将下去。鹰得意地想着，哈，马上可以吃到美味的龟肉了。很快它便听到了一声闷响，随即是“哇”的一声惨叫……

原来鹰眼中那块光亮亮的“石头”，正是伟大的剧作家埃斯库罗斯光秃秃的脑袋！

一个亘古少有的伟大剧作家就这样不明不白地死了，真是“祸从天降”啊！

杰拉城的人们听到这个不幸的消息十分震惊，他们替剧作家举行了盛大的葬礼，特意在他的墓前举行了隆重的演出，后来雅典人也为他树立了青铜雕像。

他生前为自己写下了墓志铭：

> 雅典人埃斯库罗斯，欧福里翁之子
>
> 躺在这里，杰拉的麦浪翻腾，
>
> 马拉松平原称他作战英勇无比，
>
> 头发飘扬的波斯人心里最明白。

这个说法也许只是后人，例如那帮最爱调侃人的喜剧作家杜撰出来的，好在舞台上抖包袱，也许不是，这事儿固然称得上古怪，然正所谓天下之大，无奇不有，比这更怪的事儿都有哩！

说完了埃斯库罗斯不平凡的生与死，我们现在来谈谈那令他伟大的东西——剧本，我们将讲解一部不朽之作——《奥瑞斯提亚》。

埃斯库罗斯的这部名剧和他的其他剧作一样，是以神话为题材的，这也是几乎所有古希腊悲剧的共同点。

《奥瑞斯提亚》有点像我们现在所谓的三部曲，由三部相互密切联系的剧组成：《阿伽门农》《奠酒人》《降福女神》。叙说的是特洛伊战争的领袖阿伽门农胜利归来后为妻所杀，他的儿子俄瑞斯特斯起来为父报仇并为之遭受复仇女神惩罚的故事。

由于古希腊的这些剧严格遵循所谓的“三一律”，即一出戏要以一个情节为限，发生在一个地点并于一天之内完成。因此我们单从剧本来看也许更像是一个片段，但这片段就像荷马的那个片段一样，在短短的片段之中蕴含了长长的内容，将整个事件的前因后果说了个明明白白。

我们来看《阿伽门农》的剧情。

阿伽门农的王宫，守望人正站在王宫屋顶上，伸长脖子望着远方，一面为自己的命运悲叹，远处闪现了火光，意味着特洛伊城已被攻克。

不久，阿伽门农带着他在特洛伊城的猎获物：阿波罗和雅典娜的女祭司卡珊德拉凯旋归来，阿耳戈斯长老们列队欢迎，设祭庆祝胜利。

在欢迎队列之中站着他的妻子克吕泰涅斯特拉，她也用一副热情洋溢的姿态接待了丈夫，用最热烈的话向他表达爱情与相思，在他要到达的地面铺上紫色地毯。这一切令她的丈夫十分高兴，毫不怀疑地跟着她走进了王宫的大门。

当卡珊德拉知道这就是阿伽门农的宫殿时，她发出了绝望的呼喊，说这就是为诸神所憎恶的家族，他们一代代都染上了鲜血，如今将受到神的惩罚。然而这也是她自己的命运，她只能走进宫门。

从宫里传出了阿伽门农的惨叫，卡珊德拉也倒在了血泊之中。

克吕泰涅斯特拉打开中门，她手握利剑，站在两具尸体之前，满脸得意，那高兴劲同她先前用爱与感激迎接丈夫一样。

她振振有词地宣告了杀死丈夫的理由：为她女儿报仇，我们在前面一章曾经讲过，希腊大军出发之前，阿伽门农杀了女儿伊菲革涅亚祭神，克吕泰涅斯特拉为之伤心欲绝，从此对丈夫恨之入骨，现在她终于报仇了。

接着她的情夫埃吉斯托斯也出现了。他进一步地申述了他杀阿伽门农的根由：阿伽门农的父亲曾杀死自己弟弟的孩子，把他们的肉做成菜送给做父亲的享用。而他，埃吉斯托斯，就是阿伽门农弟弟的儿子，被杀死给亲生父亲吃的孩子便是他的兄长。

剧本最后，这对情夫情妇与扮演歌队的长老们吵了一阵，胜利收兵，成为阿伽门农王宫的新主人。

这就是第一部《阿伽门农》的剧情，现在我们来看第二部《奠酒人》。

剧一开始，俄瑞斯特斯——阿伽门农唯一的儿子从国外归来。父亲被杀时他还是孩子，接着便被送出了国，母亲与她的情夫认为他还小，不足为患，现在他已长大，要回来替父复仇了。

他遇到了正日夜盼望弟弟回来报仇雪恨的姐姐。姐弟俩相会后，一同向被谋杀的父亲祈祷，祈求他帮助他们复仇。他们的复仇计划顺利地得到了实施，杀了埃吉斯托斯，但当轮到他要手刃母亲时，他犹豫了……

他知道这乃是神的意旨，没有选择的余地，他终于举起了屠刀。

弑母的大逆之罪立即令他心里充满了负疚感，这时复仇女神也找上门来，要惩罚他，他开始四处逃亡，复仇女神像影子一样紧紧跟随着他，无论他逃到哪里也无法摆脱她们的追踪。终于，在这内心的负罪与复仇女神的追踪的双重打击之下，俄瑞斯特斯发疯了。

他的逃亡之路似乎无穷无尽。

第三部《降福女神》的剧情是这样的：

本部的地点是德尔斐的阿波罗神庙，它是古希腊人最重要的神庙之一。它连同门楣上那句“人啊，你要认识自己”我们已经耳熟能详、振聋发聩了，如今它又成了一次重大事件的发生地。

藏在神庙里的憔悴不堪的俄瑞斯特斯，自从杀死母亲之后，被复仇女神到处追赶，现在他已经上天无路、入地无门，最后只得躲入阿波罗的神庙。复仇女神虽然恨俄瑞斯特斯，但也不敢冲入阿波罗的神庙滋事。但那毕竟不是长久之计，阿波罗用神谕告诉他前去雅典，在那里接受对他弑母罪的审判。

遵循神谕，俄瑞斯特斯来到了雅典，在这里，贤明的智慧女神雅典娜组织了一个由公民陪审团参加的审判。审判中由复仇女神做检察官，对俄瑞斯特斯的弑母恶行提出起诉，阿波罗则担任了被告的辩护律师。双方控辩之后，由陪审团成员们投票看俄瑞斯特斯是否有罪。然而结果却出人意料：判他有罪与无罪的人各占一半。这时主持审判的雅典娜走上前来，投出了关键性的“无罪”一票，俄瑞斯特斯便被宣布无罪开释！

事情并没有完，挫败的复仇女神气愤之极，宣称将把整个雅典作为复仇对象。雅典人恐惧了，神的力量是可怕的，所有凡人加起来也无法同一个神匹敌，何况是凶暴的复仇女神！

看到这情形，雅典娜知道这样下去将给雅典——她所珍爱的城市带来无穷灾难。她的智慧又一次发挥了效能，她巧妙地劝说复仇女神放弃她复仇的欲望，因为雅典人愿将她作为自己的保护神而膜拜，而她也将像智慧女神一样，定居在这座光荣之城。

一听只要不报复便能与伟大的智慧女神一样平起平坐，在这里接受光荣的雅典人的崇拜，复仇女神如何不允？她不但答应不报复雅典人，而且愿意从此保护他们，降福于他们！

这剧的大结局是，不但俄瑞斯特斯无罪开释，雅典人也因之获得了另一个女神的保护，这一切都是伟大而智慧的雅典娜的赐福，她真是仁慈的降福女神！

埃斯库罗斯剧作中的悲剧意识　现在我们要来谈谈埃斯库罗斯悲剧中的悲剧意识，这种悲剧意识在古希腊悲剧中有着典型与示范的意义，亦有助于我们了解后面的两大悲剧。

有三个方面造就了埃斯库罗斯悲剧中的悲剧意识。

第一个是英雄遭难。

埃斯库罗斯悲剧中的主角无一不是出身高贵，具有过人品质的英雄人物，这些人物的悲剧性遭遇自然能让人产生悲剧意识，他们的受难与毁灭就像拿破仑或者汉尼拔这样的英雄之死，乃是“悲壮的没落”。

第二是这些人之所以堕入这样的悲剧，其中的原因虽有自己的过失，然而这同恶有恶报却有极大的区分。首先是因为这些人之所以有这恶行可能是因为神：是因为神看见人类太伟大，或者生活太完美，于是产生了类似忌妒的情绪，从而令人类受难。

然而神却并没有直接地去伤害人，像恃强凌弱的恶霸一样。相反，神在处理人类时总是很公正的，人也总是以最大的尊敬侍奉神。当神忌妒人类时，他们常常只是让人类产生悲剧人格，而正是这悲剧人格令他们做出种种恶事来，并因之受到惩罚。如此，当我们掩去那神的影子——那影子通常很黯淡，不引人注目，甚至看不见之时，我们所看到的便是英雄的主人公由于他那悲剧人格而导致悲剧性的结局。

这种悲剧人格最直接的体现就是无穷无尽的复仇欲望，这正是《奥瑞斯提亚》的基本主题。克吕泰涅斯特拉为什么要谋杀亲夫？那是因为阿伽门农杀害了她的女儿；为什么俄瑞斯特斯要杀死自己的母亲？那是因为母亲杀害了父亲……

如此，一环扣着一环，由无穷无尽的复仇欲望带来无穷无尽的仇杀，而那些被仇杀者却是相对的无辜，再加上这些相互仇杀者乃是血肉相连的亲人！这一切令得整个剧本充满了悲剧意识。

第三个因素也许是埃斯库罗斯悲剧之悲剧分子的最大源泉乃是一种“相对的无辜”。

什么是相对的无辜？虽然埃斯库罗斯悲剧里遭遇悲惨命运的人们都有一定的过失，然而他们所遭受的命运却与他们的过失是不相称的，也就是说他们从某个方面来说是有罪的，然而他们所做的事却并非全无道理，因而从另一个角度来看他们不应当遭受如此的命运。他们虽然有过，但依然是英雄，因而他们的毁灭仍是悲剧——是一个相对无辜的人遭受了毁灭性惩罚。

这种相对的无辜可以从两个方面来看：一是这些受到惩罚的人之所以受到惩罚，是因为他们伤害了不应当伤害的人，然而这个他们所伤害的人其实并非全无过失，相反，至少是同他们自己一样有过的，是应当受到惩罚的。因而他们的惩罚与谋害乃是“替天行道”，是对犯罪的惩罚，是“正义的复仇”。例如为什么克吕泰涅斯特拉要杀阿伽门农呢？这是因为他杀害了她的女儿，她难道没有理由复仇吗？因此她是相对无辜的，对她的毁灭便是悲剧。

第二个方面则是，在埃斯库罗斯的剧作里，有罪者必得报应这是一个基本的规则。然而它却有着一个极大的灵活性。这就是：那些犯罪者们并不一定自己在有生之年受到惩罚，相反，他们可能平平安安地过一辈子。但他们的子孙后代却不得不为他们的恶行遭受严厉的惩罚——虽然他们的子孙后代并没有做出这样的恶行要遭受如此残酷的处罚，相反，他们完全可能是一些有德行的人，应当受到神的眷顾与庇佑而不是惩罚。然而，由于他们的先人的罪恶，他们却不得不遭受被毁灭的厄运！从他们自身来看，他们又是何等的无辜！因此，他们之毁灭乃是不折不扣的悲剧。

更可怕的是，虽然他们受到惩罚是他们先人之罪恶所致，是“父债子还”，是某一种形式的“罪有应得”，然而，又由于神并不是亲自去惩罚他们，而是假他人——常常是他们的至亲——之手而去惩罚，于是伤害相对无辜的他们，亲人又犯下了新一重罪孽。而他们又得遭受新一轮惩罚，上演新一轮悲剧。

总之，我们看到，在埃斯库罗斯这里，无论是受害者还是伤害者，都是“相对无辜”的，然而他们无不遭受命运最残酷的惩罚，而且这是一个绵延数代，似乎无穷无尽的过程，在这个过程里，兄害弟、妻杀夫、父屠子、子弑母，处处血肉横飞，处处充满血腥味，读来能不悲乎？

第六章　索福克勒斯与古希腊悲剧

这一章我们来讲另一个大悲剧作家索福克勒斯。

公元前496年，索福克勒斯生于雅典附近的小城科罗诺斯，比埃斯库罗斯小近30岁，死于公元前406年，活了整整90岁。

索福克勒斯出身富裕之家，父亲是专门制造武器的工场老板，他从小接受了良好的教育。

公元前480年第二次希波战争取得胜利后，雅典举行了盛大的庆祝大会，由于长得漂亮，歌唱得好，16岁的索福克勒斯被选担任歌颂诸神的合唱队的领唱。

索福克勒斯很早就开始创作悲剧，公元前468年，年仅28岁的他就在悲剧大赛上一举夺魁，被他击败的对手中包括伟大的埃斯库罗斯。

索福克勒斯还积极参与雅典的政治活动，担任过各种重要官职。例如公元前442年他负责雅典的财政事务，收取和管理与雅典结盟的城邦交给雅典的贡金，这个同盟就是由雅典为首组成的提洛同盟。

做财务官两年后，索福克勒斯更担任了雅典的首脑之一将军。雅典没有单独的国家元首，国家军务由公民选举的十将军来负责，与伯利克里平起平坐。

到公元前413年，索福克勒斯已经83岁了，还担任了审议员，且是有权干预一切国家大事的十人顾问委员会之一。

索福克勒斯生平最后一次有记载的活动是在前406年参加欧里庇得斯的葬礼并且率队唱挽歌，这时老人已经90高龄了。

这也是索福克勒斯自己的挽歌，此后不久他也辞世了。

其时雅典与斯巴达之间正发生着如火如荼的大战，据说由于他太有名了，斯巴达的将军特意下令停止对雅典人的袭击，好让剧作家的遗体回返故乡。

雅典人举行了盛大的葬仪，在剧作家墓前竖立了一个歌声最美的人头鸟雕像。

从28岁第一次夺魁起，索福克勒斯就在雅典的戏剧大赛中不断地赢得桂冠。他参加过30或31次比赛，得到24顶桂冠，是三大悲剧作家中最多的。

在索福克勒斯的七部著作中，《俄狄浦斯王》被公认为他最出色的作品，也一直被许多人看作最完美的悲剧。

《俄狄浦斯王》的开场第一幕是这样的：

在希腊强大的城邦底比斯，一群白发肃然、神情悲哀的老人，以宙斯的祭司为首，手持缠了羊毛的树枝走来——这是求助的标志，他们是前来向他们的王俄狄浦斯乞援的，因为瘟疫正疯狂地吞噬着生命，城里到处是求生的歌声和痛苦的呻吟。

俄狄浦斯迎着他们走来，双方谈起这场可怕的灾难来，祭司说他们的家园与祖国正面临毁灭，请求俄狄浦斯救救他们，像他过去救他们于那可怕的女妖之手一样。

现在让我们把镜头推向过去，推向俄狄浦斯初来底比斯之时，祭司刚才提及的事。

这个故事就是“司芬克斯之谜”。

却说当年俄狄浦斯从家乡科林斯离家出走，来到了底比斯城。这时底比斯正闹鬼，这个鬼就是司芬克斯。

司芬克斯是一个长着美女的头、有着狮子的身体、还生了一对翅膀的怪物，她来到底比斯城外，在一个交通要道驻扎下来，那里有一块突出大地之上的巨石，她就坐在那里，对底比斯人发出各种各样的提问，这是一些古怪的谜语，底比斯人怎么也猜不出来，猜不出来的结果就是被她撕成碎片吃掉。

就这样，许多底比斯人成了她的腹中之食，其中包括王后的兄弟克瑞翁的儿子。

恰在这时，底比斯的国王拉伊俄斯在三岔口被神秘的陌生人杀了，国政由克瑞翁主持。他无奈之下宣布，如果有谁可以破解司芬克斯的谜语，便可以继承死去国王的王位并娶国王的遗孀为妻。

其时俄狄浦斯正四处流浪、无以为家，而且那时他已经知道了那个令他恐惧万分的预言：他将弑父而娶母，这令他万念俱灰，甚至想一死以求解脱。当他得到克瑞翁的消息后，便主动去找司芬克斯，说要猜她的谜。

这司芬克斯看到竟然有人敢主动来找她，便出了一个她认为最难的谜语：

什么动物早晨四条腿走路，中午两条腿走路，晚上三条腿走路？这是唯一用不同数目的腿走路的生物。用腿最多的时候，正是力量和速度最小的时候。

一听这谜语，俄狄浦斯毫不费力便猜了出来，他回答：这是人呀！人在幼年，即生命的早晨，是个软弱无力的孩子，他用两条腿和两只手在地上爬行；他到了壮年，正是生命的中午，只用两条腿走路；但到了老年，已是生命的迟暮，只好拄着拐杖，好像三条腿走路。

一听到这答案，司芬克斯顿时慑服于人类的智慧，羞愧之余便从巨石上跳了下去，摔死了。

俄狄浦斯就此为底比斯立了大功，被克瑞翁和底比斯人奉为国君，同时也娶了故王的遗孀为妻。

我们又把镜头推回现在，俄狄浦斯与长老们对话的场所。

听到长老们的话，俄狄浦斯告诉他们，他比他们更加痛苦，因为他不仅要为自己而痛苦，还要为他的全体人民的不幸而痛苦。他已经采取了一个最适当的措施：请大舅子克瑞翁去阿波罗的神庙问卦，求神为他们指点得救之道。

克瑞翁恰在这时候回来了，带来阿波罗的神谕：他们必须找到杀害老王的凶手，并且惩罚他，这样才能使城邦免遭劫难。

以后的事便是俄狄浦斯为找杀人凶手而采取的行动以及这行动导致的后果。

他先是将那个名叫忒瑞西阿斯的先知找来，他是一个盲者，却能知过去预未来。

一开始他不愿告诉俄狄浦斯真相，他强烈地暗示俄狄浦斯不要管这事，否则他们两人都不会有好结果。然而俄狄浦斯一心想抓住杀人元凶，哪肯听他的？所以当他见忒瑞西阿斯知而不言时，大怒起来，用种种严厉的话训斥届已耄耋之年的先知，甚至恶毒地宣称老人就是那罪行的策划者。

老人终于忍不住了，他宣告：俄狄浦斯就是你自己要找的杀人凶手！

俄狄浦斯当然不信，结果两人发生了一场大争吵，俄狄浦斯称先知目盲，先知则称俄狄浦斯心盲，且相当明白地暗示俄狄浦斯是同一个他不应该同居的人生活在一起，等待他的将是无穷的苦难。

剧情继续往下发展，后来他的妻子伊娥卡斯忒来了，他们谈起了争吵的原因，俄狄浦斯说克瑞翁派了老先知来诬蔑他就是谋害老王的凶手。

这时，伊娥卡斯忒安慰俄狄浦斯说先知与神示都未必可信，并借之提起了她认为一个“失灵”的神谕：阿波罗的神谕曾说她的前夫老王将死于他与她所生的儿子之手，现在她的前夫却是在三岔口被一伙外邦强盗杀死，而他们的婴儿也在出生不到三天时便被用钉子将左右脚跟钉在一起，扔到荒山野岭了。

因此王后说，神谕未必是可信的。

王后的本意是想借此安慰丈夫，然而这话对于俄狄浦斯不啻晴天霹雳，他急问起老王被杀时的情形来。

王后告诉他：老王是在福喀斯地区的一个三岔口被杀的，他身材高大，面貌同俄狄浦斯相像，只是头上有少许白发。

俄狄浦斯又问，当时老王像平时出巡一样带了大批的士兵吗？王后答：没有！他只带了少数几个侍从。

这一切令俄狄浦斯想起了他来底比斯前在一个路口的遭遇：

那时他从阿波罗神庙得到了一个可怕的神谕：说他将弑父而娶母。便逃离了从小生长的家乡科林斯，经过一个岔路口时，同一个老人和他的随从们争吵起来，由于那个老人试图用尖头棍打他，他便顺手一棍将老人打翻在地，接着又杀死了他的四个随从。现在回想起来，这个老人正与王后所说的先王相似。

惊急之下他将自己的过去一一告诉了妻子：他本是科林斯王子，可是有次一个人在宴会上醉了酒，竟然说他不是父母的亲生儿子。他烦恼之下便去阿波罗神庙求告，神谕没有告诉他是不是父母的亲生孩子，却告诉了他那更可怕的预言——他命中注定将弑父而娶母。

他乍听之下惊恐万分，生怕真会如神谕所言，立即远远地逃离了家乡。后来他在旅途之中到了那样一个三岔口，发生了上面的一幕。

这太可怕了，难道真是他用自己的双手杀死了老王吗？俄狄浦斯极其痛苦，然而尚有一线希望不是。因为那个唯一逃生的仆人说是一伙人，而不是一个强盗杀死了老王。俄狄浦斯怀着天真的侥幸心理说，一个，总不等于许多。

王后也怀着同样的心理说，即使是他杀死了老王也不能说明神谕是对的，因为那个注定要杀死父亲的婴儿已经一生下来就死了。

然而他还是不放心，要王后将那个在他做王之后逃到乡下的仆者找来。

他们虽然不说，那不祥的预感已经令他们的心情非常沉重。

然而，在仆者尚未到来之前便发生了又一件意外的“喜事”。

故事仍发生在俄狄浦斯的王宫门前，一个外乡人急匆匆跑来，告诉俄狄浦斯他的父王波吕克斯已经死了，他可以继承王位。

听到这个消息，俄狄浦斯当然高兴，他想，这神谕至少有一半是不可能实现的了。

然而他仍不想回去继承王位，因为他害怕那另一半的预言将会实现：他将娶她依然健在的母亲。

当他把这个恐惧告诉报信人后，这个老人微微一笑，说：“你不用怕那个预言，因为你同波吕克斯没有血缘关系。”

这话对于俄狄浦斯的意义如何？是喜还是忧？都不是，是绝望。

接着报信人便将他的身世告诉了他。当年他从一个牧人手中接过了还在襁褓中的他，这个牧人乃是属于拉伊俄斯的，谁是拉伊俄斯？就是底比斯的老王，俄狄浦斯现在的王后伊娥卡斯忒的前夫。

报信人又告诉他，当他从牧人手中接过婴儿时，他的两个脚跟是被凿穿了连在一起的。

一听到这话，那正站在一边的王后伊娥卡斯忒顿时明白了一切。她绝望地冲进了王宫，临走时喊了一句："哎呀，哎呀，不幸的人呀！我只有这句话对你说，从此再没有别的话可说了。"

不久那个牧人也来了，道出了那可怕的真相：他的确在很久以前曾把一个孩子交给这个报信人，至于这个孩子，并不是他的，而是从拉伊俄斯的王宫里抱出来的，也不是仆人的私生子，而是拉伊俄斯自己的孩子，为什么拉伊俄斯要抛弃他？因为恐惧那个可怕的预言：儿子将弑父而娶母！

一切都昭如日月。

俄狄浦斯冲进了王宫，绝望之中大喊道：

> 哎呀！哎呀！一切都应验了！天光呀，我现在向你看最后一眼！我成了不应当生我的父母的儿子，娶了不应当娶的母亲，杀了不应当杀的父亲！

在王宫里，先进去的伊娥卡斯忒已经上吊自杀了，而俄狄浦斯也用从她身上取下的金别针刺瞎了自己的双眼。

他为什么不死？因为他害怕他的父亲此时也在地府，他何颜见他们？

再以后他就开始了四处流浪，直到若干年后，复仇女神在雅典裂开一座圣山，替他打开地狱之门，而他那同伊娥卡斯忒所生的儿女们将继续他的苦难。

第七章　欧里庇得斯与古希腊悲剧

三大悲剧家中最年轻的是欧里庇得斯，但绝不是成就最小的。

欧里庇得斯是雅典人，古希腊三大悲剧家之一，生于公元前484年，他的父亲叫谟涅萨库斯或者谟涅萨克得斯，据说他母亲叫克莱托，是个在市场卖菜的小贩。

虽然出身贫寒，欧里庇得斯还是接受过良好的教育，例如修辞、绘画、摔跤与拳击，等等。除了戏剧之外，他也爱好哲学，据说著名哲学家普罗塔哥拉还在他家里诵读了一篇著名的论文，第一句是："我不能断言是否真的有神的存在。这点的认识有许多障碍：第一，对象本身不明确；其次，人生短促。"

他曾同一个名叫美利托的女子结了婚，婚姻生活相当不幸，但有个好儿子，是出色的诗人。

公元前455年，欧里庇德斯29岁时第一次参加戏剧大赛，没有获得锦标，14年后才赢得第一顶桂冠。

他一生勤奋，写下了90多个剧本，但在世时得奖不过4次。

也许憾于剧本得不到雅典人的喜爱，他在76岁高龄时远离雅典，去到马其顿。这时他已风烛残年，一年后就死了，据说是被国王的猎狗咬死的。

有许多东西是在失去它之后才发现其价值的，雅典人这时候才来纪念这位伟大的公民，为他服丧、举行盛大的祭仪，还派人去向马其顿王求取他的遗骸，但马其顿王拒绝了。无奈之下，雅典人便在城外替剧作家建了一个衣冠冢，并竖起纪念碑，上面镌刻着另一个伟大的雅典人、历史学家修昔底德的诗句：

全希腊世界是欧里庇得斯的纪念碑，
诗人的遗骨在客死之地马其顿永埋，
诗人的故乡本是雅典——希腊的希腊，
这里万人称赞他，欣赏他的诗才。

金羊毛的故事　在欧里庇得斯所有的剧本之中，最有代表性、最有名也最激动人心的一部就是《美狄亚》。

在讲《美狄亚》之前，我要先讲一个在古希腊流传广远的神话——伊阿宋和金羊毛的故事。

伊阿宋是克瑞透斯的孙子、埃宋的儿子，克瑞透斯是爱俄尔卡斯王国的建立者，他死后将王位传给了大儿子埃宋，然而，他的弟弟珀利阿斯是个阴险的家伙，他篡夺了长兄的王位。埃宋去世后，伊阿宋便投到了喀戎门下。喀戎是一个“马人”，长着人的上身和马的下身，曾训练出不少伟大的希腊英雄，例如赫拉克勒斯。

光阴荏苒，转眼十多年已经过去了，珀利阿斯也在篡夺来的王位上安然坐了许久，然而这时，一个神谕让他大大地不安起来：神谕说他将受到某位穿一只鞋子的人的威胁，他在惊慌之中等待着这个人的到来。

这天，珀利阿斯像往常一样来到神庙前祭神。突然，祭坛下的人群骚动起来：他们看到一个年轻人大踏步走来。他身材异常高大健美，手执两根粗大的长矛，赤着上身，只在腰里系着一块豹皮。

这个人就是伊阿宋，他已经完成喀戎的训练，前来讨回本应属于他的王位了。

珀利阿斯是个聪明人，知道跟这个年轻人明争是不智的，他想出了一个歪主意：他答应将王位交给伊阿宋，但有一个要求，就是要伊阿宋前去为他夺取无价之宝——科尔喀斯的金羊毛。

伊阿宋以一个年轻人的憨直毫不犹豫地将这件几乎不可能完成的任务接了下来。

他知道凭一己之力是无法弄到金羊毛的，便在全希腊征集起勇士来。

他的征召十分成功，由于金羊毛在希腊十分有名，它一直以来都有人梦寐以求的，全希腊最有名的英雄们几乎都来了，其中包括最伟大的英雄赫拉克勒斯和歌儿唱得动听无比的俄尔浦斯、古希腊的“鲁班”阿耳戈以及古希腊的“阿里”——最伟大的拳王波吕克丢斯，等等。

阿耳戈在神的帮助之下，利用既轻又十分坚固的树，包括一棵会说话的神木，建造了一艘战船。船很大，足有五十支桨，又很轻，轻得众位英雄可以扛在肩膀上走，这个英雄群体就以替他们建造如此美丽坚固的航海之家的英雄命名，称为“阿耳戈英雄”。

像唐僧西天取经一样，一路上他们经过了无数艰难险阻，战胜了数不清的坏人和妖魔鬼怪，例如只有女人的妇人国、有六条胳膊的巨人、长着女人头的鸟儿、羽毛是箭的鹰，等等。最后终于抵达了科尔喀斯，见到了国王埃厄忒斯。

国王得知他们的来意后，本想立刻把他们宰了，但想到希腊不是好惹的，于是也像伊阿宋的叔父一样，想出了一条毒计：他要伊阿宋驾驭有着铜蹄、鼻中喷火的神牛去犁战神阿瑞斯的圣田，然后种下龙牙，并把长出来的巨人杀死。

这又是一个凡人所不可能完成的任务，怎么办呢？这时爱神帮助了他。

埃厄忒斯有一个小女儿，名叫美狄亚，长得既漂亮又聪明，她是地狱女神的祭司，懂得许多厉害的魔法。她一看到天神一样俊美的伊阿宋就疯狂地爱上了他。因此当伊阿宋知道只有她能够帮助他，请求她的帮助时，她答应了。她给了英雄一瓶魔水。伊阿宋涂上魔水之后就刀枪不入了，并且具有天神的力量，战无不胜，遗憾的是这种魔水的力量只能持续一天。

然而一天就够了，这天，伊阿宋如约来到了圣田，在众目睽睽之下将铜蹄喷火的神牛抓起来，硬给它们套上了铁制的犁铧，让它们耕田，又将龙牙一颗颗洒在耕好的沟垅里，当巨人们长出来时，又在他们中间扔下一块石头，让巨人们像饿汉争面包一样大打出手，然后他在旁边打太平拳，将巨人们一个个收拾了。这一切都多亏了美狄亚，否则他早被烈火烧成灰、被巨人们揍成肉饼了。

一切完成之后，埃厄忒斯得知是女儿帮了他们，不愿履行诺言，美狄亚再一次伸出了援手，她用魔法迫使那看守金羊毛的原来永不睡眠的巨龙呼呼大睡，然后让伊阿宋爬上树去取下了珍贵无比的金羊毛。

由于再也不能待在家乡，加之伊阿宋发誓爱她、要娶她为妻，美狄亚抛弃了父亲与故土，同伊阿宋私奔。

当他们逃跑时，她还做了件伤天害理的事，用毒计杀死了前来追击的亲弟弟。

最后他们总算平安回到了希腊，伊阿宋将金羊毛交到了叔叔手上，以为能够就此得享王位了。然而我们早说过，这只是一个阴谋而已，珀利阿斯岂会将王位让出来？

被叔父的背信气得发疯的伊阿宋再一次请美狄亚帮忙，现在她已经是他合法的妻子了，她当然从命。她先找来一只老羊，然后又找来珀利阿斯的女儿们，在她们面前将老羊大卸八块，丢进沸腾的锅里。一会儿后从锅里升上来的不是老羊煮熟了的肉，而是一只漂亮的小羊羔。

美狄亚对目瞪口呆的珀利阿斯的女儿们说：如果你们将父亲也像这头老羊一样处理，我会还你们一个年轻的父亲。

珀利阿斯的女儿们一听顿时高兴起来，她们真的找来自己的父亲，一把抓住他，将他砍成碎片，然后让美狄亚去“返老还童”。

结果不言而喻，她们得到的只是父亲的肉汤，这可怕的谋杀激起了爱俄尔卡斯人的愤怒，他们群起攻之，伊阿宋两口子待不下去了，只得逃到了科林斯，在那里隐居起来。

此后的十年是平静的十年，也是美狄亚最幸福的日子。他们像普通老百姓一样生活在科林斯，由于美狄亚集美、慧、贤于一身，她赢得了丈夫与科林斯人民的喜爱，还生了两个儿子。

不过，美狄亚虽然聪明能干，还懂法术，毕竟只是凡人，像凡人一样会衰老。十年之后渐渐不像往日青春美丽了。伊阿宋也渐渐地察觉到这点，于是对美狄亚冷淡了。后来，当他遇上科林斯年轻美丽的公主时，便迫不及待地做了一个负心男人通常都会做的事：抛弃美狄亚，向年轻的公主求婚。

公主看到这样一位驰名全希腊、又英俊非常的男子向她求婚，不由喜出望外。她的父亲也愿意找一个有本事的女婿来保护王位与国家。对于伊阿宋，他这样做不但可以得到一位年轻美貌的妻子，甚至还可能得到一个王国，圆他苦思了一辈子的国王梦！

不难看出，这一桩婚事里英雄、公主与国王各取所需，也各得所需，然而谁都没有去想想另一个人将因为他们的收获而失去一切！

这就是美狄亚。

一旦这场婚姻成立，她能怎么办呢？当初，为了对伊阿宋的爱，她抛弃了一切——国家、父亲，甚至杀害了弟弟。现在，丈夫与家庭就是她的一切！失去了这个对于她也就是失去了一切。

但他们，她的丈夫、科林斯王、公主，就是要剥夺她的一切。

这就是《美狄亚》一剧开始时的情势。

我们现在就来看看《美狄亚》一剧的内容吧。

美狄亚的悲剧　剧开场时出来的是保姆，她负责照管美狄亚的两个儿子，她将悲剧的背景大致叙述了一遍：美狄亚为了对伊阿宋狂热的爱而来到了希腊，又为他杀死了珀利阿斯，因而来到这科林斯城。她一向受人爱戴，且对丈夫百依百顺，家庭和美。像保姆所言："妻子不同丈夫争吵，家庭最是相安。"

然而现在一切都变了，伊阿宋抛弃了她，她全身都沉浸在悲伤里，悲叹丈夫的背弃婚誓、悲叹自己背弃了亲爱的父亲，并且，这悲叹现在已经变成了恨，她恨丈夫、恨与丈夫相关的一切——首当其冲的就是她同丈夫所生的儿子。

这时保傅，也就是男保姆，带着两个孩子来了，两人一起悲叹着俄狄浦斯对妻儿的伤害。屋里传来了美狄亚悲伤得发狂的呼喊，她一次又一次地呼喊着诸如此类的话：

> 哎呀呀！愿天上雷火飞来，劈开我的头颅！我活在世上还有什么好处呢？唉，唉！我宁愿抛弃这可恨的生命，从死里得到安息！

然而，可怜的女人！她没有想到，她如此的痛苦并不是痛苦的结束，还有更大的痛苦等着她呢！

这时克瑞翁来了，我们在上章曾看到过他，他就是俄狄浦斯的大舅子，俄狄浦斯出走后他便继承了科林斯的王位。

他给美狄亚送来了最后通牒：决定将她驱逐出科林斯。

他的话令正在悲伤之中的美狄亚大惊，她恳求国王收回成命，她说：

> 我只是怨恨我的丈夫，并不嫉妒你们的幸福。快去完成这婚事，欢乐欢乐吧！让我依旧住在这地方，我自会默默忍受这委屈，服从强者的命令。

然而克瑞翁心意已决，毫不留情。

美狄亚绝望了。

绝望令她铤而走险。

她请求克瑞翁让她多留一天，她如此说：

> 让我多住一天，好决定到哪儿去：既然孩子的父亲一点也不管他们，我得替他们找个安身的地方。可怜可怜他们吧，你也是儿女的父亲。我自己被驱逐出境倒没什么，我不过是心痛他们也遭受的苦难。

同为父亲的克瑞翁实在不能拒绝美狄亚这个恳求。

然而这将是他致命的错误。

这是第一场。

第二场一开始伊阿宋来了，他们吵了起来。她让伊阿宋回忆一下她为他做了多少。对此伊阿宋说，她帮他只是因为爱神的箭射中了她，实际上帮了他的是爱神。他还说，美狄亚从救他这回事中所得到的好处比她给他的还多哩！因为他将美狄亚带离野蛮的科尔喀斯，来到了文明的希腊！

第三场中又一个人物出场了，这就是埃勾斯——雅典的王，他为求子嗣去阿波罗神庙，路经科林斯。他听说了美狄亚的遭遇，不由义愤填膺，这时美狄亚表示：如果他让她到他的国家去避难，她将用她的法术让他生个儿子。

埃勾斯当然高兴，他庄严地保证收留、保护美狄亚。

这样美狄亚未来就有安身之地了，她可以放心地将她的计谋付诸实施了。

她派人找来伊阿宋，对他大放糖衣炮弹，说她知错了，甘愿接受被驱逐的命运，只求能把她的两个孩子留下来。直接求国王是一定不行的，因此她要伊阿宋先去求马上要成为他妻子的公主，让她转求国王。他立即答应了，但忧虑公主要是不同意怎么办？

美狄亚说，好办，她有两件宝物：一顶金冠和一件极精致的袍子。她要两个孩子将这两件宝物捧去送给公主，也许公主看在这两件厚礼的份上会答应他。

伊阿宋乐而从之。

接下来的事就很简单了，两个孩子跟着父亲进宫，把礼物献给了快要做新嫁娘的公主。看到如此精美的礼物，公主十分高兴，当即答允了未婚夫的请求，然后迫不及待地将金冠戴上，把袍子穿上。

她立刻感到呼吸困难，嘴里吐出了白沫，瞳孔上翻，面色惨白，又过了一会儿，那金冠开始冒出火焰，"她的面容已不像人，血与火一起从她头上流下来，她的肌肉正像松脂似的，被毒药从她的骨骼间一滴滴吮了去。"

当她的父亲想将女儿扶起来时，他的身体顿时也粘在了袍子上，他想挣开，"可他那老朽的肌肉却从他的骨骼上分裂开来"。

当父女俩在可怕的痛苦中挣扎时，美狄亚同样在感受着痛苦：一方面，她要杀了孩子，让伊阿宋痛苦；另一方面，这毕竟也是她的孩子、是她一向疼爱的孩子，她如何下得了手？她知道这只会"弄得我自己反受到双倍的痛苦。"

她一时喊道：

> 哎呀呀！我的心呀，快不要这样做！可怜的人呀，你放了孩子，饶了他们吧！即使他们不能同你一块儿过活，但是他们毕竟还活在世上，这也好宽慰你啊！

接着她又喊道：

> ——不！凭那些住在下界的复仇神起誓，这一定不行，我不能让我的仇人侮辱我的孩儿！无论如何，他们非死不可！既然要死，我生了他们，就可以把他们杀死。命运既然这样注定了，便无法逃避。

就这样，美狄亚亲手杀死了自己的两个儿子。

剧的最后，当伊阿宋前来为他的未婚妻报仇雪恨时，看到的是美狄亚乘着毒龙牵引的车子在空中出现，他们像前面一样吵了一会儿，最后美狄亚抱着孩子的尸体，凌空而去。

戏剧就这样结束了。

它没有说起伊阿宋的结局：同样失去了一切的伊阿宋绝望地自刎在自家门槛上。

第八章　《埃涅阿斯纪》，维吉尔的经典之作

维吉尔是最伟大的古罗马诗人，他的经典之作《埃涅阿斯纪》堪称自荷马之后最伟大的史诗，也是整个西方文学史上第二部最伟大的史诗。

还有，它不仅仅是一部史诗，还是以诗的形式写就的罗马的历史，是罗马人的“诗史”。

维吉尔传　维吉尔于公元前70年10月生于罗马曼图亚附近一个叫安第斯的地方，农民出身，父亲只有一小块土地。由于从小在农村中长大，培养了他对于农村广阔天地和这天地之下质朴善良的农民们的热爱，这些真挚的爱有一天将化于他的著作之中，成为优美的诗篇。

在如诗如画的乡村美景中度过童年后，离开了父老兄弟，到了帝国的中心罗马去求学。

他学了修辞、演讲术、哲学之类，然后在罗马当了一段时期的律师，生意不好，便回到了故乡，享受美好的田园生活去了，还开始写诗了。

但不久后罗马就开始了内战。

内战的最后胜利者屋大维打败了反对派、惩罚了谋杀恺撒者之后，随即履行了诺言，没收了意大利最好的土地，然后赐给了他的士兵们。

在这些土地被没收的人之中就有维吉尔。

这对于靠土地维持生计的维吉尔自然打击非小，因此他这时写的一些诗里便充满了一种悲哀：对失去财产感到的深深的悲哀。

后来由于他已经小有诗名了，屋大维又把没收了的土地还给了诗人。

这令得维吉尔简直感激涕零，从此成了屋大维最忠实的拥趸，他在三部主要作品之一的第一部《牧歌》中用第一首诗表达了对屋大维的感恩。

在他那一小块土地上，诗人过着极为简单甚至困苦的生活。

他没有健康，几乎一辈子都生活在半病之中。

他也没有爱情，他是那种一看到女子就脸红的人，要他去向美女献媚还不如杀了

他。他又不英俊，得不到女子主动的青睐，总而言之他一辈子都不知道爱情与婚姻这回事，如果古罗马有哪个著名的男人到死还保持童子身的话，那九成就是他了。

既然没有爱情与婚姻，也就更谈不上享受儿孙绕膝的天伦之乐了。

他唯一享有的东西就是诗以及由这些美丽的诗篇所带来的荣誉。

他最早的伟大作品是10首《牧歌》，然而给他带来最初的声誉的却是第二部杰作《农事诗》。

由于这部赞颂农耕与收获的《农事诗》符合是时帝国的政策，他得到了屋大维的青睐，据说屋大维曾一连四天亲自倾听他朗诵。

写完《农事诗》后，整整11年里他埋首创作另一部作品、一部伟大的史诗，据说是屋大维建议他写的，就是《埃涅阿斯纪》。

维吉尔也将这部作品看作他一生中最重要的事业，准备用一生来完成它。

然而天不假年，埋首创作整整11年后，史诗仍只完成了初稿，然而维吉尔已经走到了生命的终点。

据说他临死时叮嘱友人将只是初稿的《埃涅阿斯纪》烧掉，他不愿意让他认为尚不完美的作品流传于世。

所幸的是屋大维用他的帝王之权阻止了这个行动，因为，大家马上就会看到，《埃涅阿斯纪》的确是一部伟大的作品，虽不完美，但近乎完美。

《埃涅阿斯纪》实际上是罗马人的民族史与罗马帝国的建国史，所以我们在读完了《埃涅阿斯纪》后对罗马的整个历史也就一清二楚了。

《埃涅阿斯纪》大致的内容如下：

希腊人从木马中冲将出来，顿时令特洛伊变成了屠场，绝望中的特洛伊人仍然殊死搏斗，这其中就有埃涅阿斯，这位特洛伊人中仅次于赫克托耳的伟大英雄。这时赫克托耳显灵了，他命令埃涅阿斯立即停止战斗，逃出城出，在其他地方建立新特洛伊，一座比雅典更伟大的城市。

得到神谕之后，埃涅阿斯停止战斗，回到了家。他聚齐一家老小和仆人随从，在赫克托耳和他那爱神母亲的帮助下，成功地逃出了特洛伊，来到了大海上。

路上，他同妻子，也就是普里阿摩斯老王的女儿，失散了。她已经死了，她的幽灵告诉他，要他到遥远的台伯河边去，在那里建立一座新城。

以后的路漫长而艰险，最后他的船在阿非利加岸边遇险沉没。但正所谓“塞翁失马，焉知非福”，这次遇险却带来了他漫长艰难困苦之后的欢愉。

他遇险的地方是迦太基，迦太基的历史比罗马要悠久得多，当罗马人的始祖还在海上飘零时，迦太基的旗帜已经在阿非利加上空飘扬了很久。

这时迦太基由女王狄多执政，她美丽而忠贞，自丈夫死后一直守寡。她热情招待了远方来的遇险者。在宴会上，埃涅阿斯向女王讲述了特洛伊的陷落和他在海上的千般惊险遭遇，把女王听得一时目瞪口呆，一时又心摇意荡。后面的一切不说我们也明白，总之他们相爱了。埃涅阿斯留在了迦太基，享受起温柔艳福来。以他自己的意志，他会在这里终老天年、与女王相伴到永远。然而神却不让他这样，宙斯——在罗马神话中他改叫朱庇特——派神使来严厉地警告他，让他注意自己的伟大使命。在神意面前，埃涅阿斯别无选择，他离开了女王，前往神要他去的地方，绝望的女王用自杀最后一次表达了她的爱。

埃涅阿斯到了神指示他去的地方，台伯河边，在那里受到了国王拉丁努斯的盛情欢迎，他将自己的女儿拉维尼亚嫁给了这位特洛伊英雄，然而另一些人，包括国王的妻子，还有当地鲁图利人的王图耳努斯十分不满这帮异乡人。于是战争爆发了，结果是这样的：埃涅阿斯胜利了，他杀死了图耳努斯，并同拉维尼亚结婚，建立了拉维涅姆城。

这就是《埃涅阿斯纪》的大致内容。

然而这只是我们根据历史总结出来的内容，《埃涅阿斯纪》的具体内容却与这有相当的区别，作为文学作品它有复杂得多的结构，因此我们下面再分卷讲述其内容。

罗马人的史诗　《埃涅阿斯纪》全书共分十二卷，其中第一卷说的是埃涅阿斯在海上艰难漂泊，整整七年后终于抵达了迦太基；第二、三卷写他在宴会上向狄多女王讲述特洛伊的陷落以及他在来到迦太基之前历经的千辛万苦，还有他的父亲安喀塞斯之死；第四卷写他同狄多的相恋结婚，然而朱庇特派神使来警告他，他只得离开女王，以及狄多之死；第五卷讲埃涅阿斯离开迦太基后，来到了西西里岛，适逢安喀塞斯逝世周年，埃涅阿斯为父亲举行了纪念运动会。这时特洛伊妇女们厌倦了漫长而痛苦的航行，要留在这里，并纵火烧船。他的父亲安喀塞斯托梦献计。第六卷写埃涅阿斯一行终于到达意大利。在女先知西比尔的引导下，他到了地府，见到了父亲的亡魂，他向儿子描述了罗马人未来的英雄，埃涅阿斯伟大的子孙，从罗马城的奠基者罗慕洛斯直到恺撒与屋大维。第七卷写埃涅阿斯到达拉丁姆后，拉丁努斯因为受到神示，热情接待了远道而来的特洛伊英雄并答应把女儿嫁给他，然而图耳努斯——他也在向拉维尼亚求婚——起来反对，于是在埃涅阿斯与图耳努斯之间爆发了战争。第八卷写失利的埃涅阿斯寻找盟友和他的爱神母亲阿佛洛狄忒，现在她该叫维纳斯了，请匠神为儿子打造一副好甲胄和盾牌。上面描绘了罗马伟大的未来；第九卷写埃涅阿斯不在时特洛伊人作战失利；第十卷写天神们聚会，会上大神朱庇特谴责他的妻子朱诺——前面她叫赫拉，不应再去捣蛋。接着图尔努斯杀死了埃涅阿斯的好朋友派拉斯；第十一卷写埃涅阿斯提议双方军队停战，由他同图耳努斯单独决斗；第十二卷写两人都在为决斗做准备，但图耳努斯爽约了。在战场上埃涅阿斯迎击图耳努斯并杀死了他。

这就是十二卷《埃涅阿斯纪》的内容提要。

就结构与内容而言，《埃涅阿斯纪》的一大特色就是它没有多少自己的特色，只是对荷马史诗《伊利亚特》与《奥德赛》的大模仿。

首先，它内容本身就是《伊利亚特》的延续，是特洛伊战争结束后发生的事，因此可以说是《伊利亚特》的续集，里面的基本人物如埃涅阿斯和诸神等也都直接来自荷马史诗。

其次，在写作时，它述事的方式也有许多地方模仿荷马。例如前面讲埃涅阿斯在海上的历险就明显是参照了《奥德赛》，而后面讲特洛伊人与图利人之间的战争则模拟了《伊利亚特》。还有，《伊利亚特》中有希腊人最伟大的英雄阿喀琉斯为他的好友帕特洛克罗斯报仇的事，《埃涅阿斯纪》中也有埃涅阿斯替他的盟友派拉斯复仇，连神也像《伊利亚特》里头一样仍分成两派，明争暗斗。

当然，结构与内容上《埃涅阿斯纪》也并非全无创新，它也有自己的独特之处。其中最独特者也许是诗人在诗中表达了极强烈的民族自豪感与对和平的向往。

我们知道，在荷马时候，希腊虽然强大，但从来不是统一的帝国，希腊人在外邦人面前也许有点儿自我优越感，但断乎没有做什么帝国之梦，要把全世界的人都统一在它的旗帜之下，它甚至连自己都统一不了！

然而罗马就不同了，维吉尔时代的罗马已经是一个极其强大而统一的帝国了，它统治着欧洲、亚洲与非洲无数民族，地中海差不多要变成它的内湖了。而且它还在继续征服。

因此，当维吉尔写作《埃涅阿斯纪》时就不能不受到这种帝国理想的激励，将罗马人那种天生的伟大感，自认为有权统治所有其他民族的思想表诸文字间。这种文字是《伊利亚特》里断乎没有的。

在第一卷中朱庇特就用毫不隐晦的甚至令人生畏的语言宣告了罗马的伟大，他说：

> 对这些人我没有设置时空方面的任何限制
> ——我给予他们无限的统治。

这类文字中最著名的当然是第六卷中埃涅阿斯的父亲安喀塞斯在地府中告诉儿子的话：

毫无疑问，别人
会把青铜像铸造得精美无比，
会把大理石刻得栩栩如生，
会在法庭诉讼上说得头头是道，
会用规尺计量天体的运行，
会预告星辰的升起。
但你们罗马人呵，
却要牢记以威力统辖天下万民。
这正是你的天才所在——
在世界推行和平之道，
对驯服者宽宏大量，
对桀骜者严惩不贷。

大家猜猜这里的“别人”指的是谁？就是希腊人，作为特洛伊人后裔的罗马人虽然有点儿不服，却一向承认希腊人文化上的优越。

《埃涅阿斯纪》的主要特色是语言。

荷马史诗的语言虽然有如火如电的力度——这是它最主要的特色，但仍然是相当质朴的语言，是用一种文明初期所特有的无拘无束的人写出的无拘无束的语言，它的力量也是一种比较原始的力量。但《埃涅阿斯纪》就不同了，维吉尔受过良好的教育，包括哲学与修辞，这些学院式教育使得他的诗歌必然也是一种文人写就的中规中矩的文学作品，具有这些文学作品的特色，首先是文字的多彩多姿，维吉尔会依据不同的时间、情节与地点用不同特色的语言来写作，写到战争时就用战争般雄壮的语言，写到爱情时就用爱情般柔美的语言，这些语言都不再是那种质朴与原始的语言，而经过了精雕细琢，是典型的“文人之作”。

或者我们还可以来个比喻，我们可以把《伊利亚特》与《埃涅阿斯纪》比作两个美女，《伊利亚特》就像前面欧里庇得斯笔下的美狄亚一样野性十足、热情如火，而《埃涅阿斯纪》则像《红楼梦》中的林黛玉一样娇柔婉转、欲说还休。

第九章　但丁与俾得丽采

但丁在西方可说是与荷马齐名的伟大诗人，因为他的作品《神曲》堪与《伊利亚特》媲美。

在讲他的诗之前，我们先讲讲他的人生。

对但丁自己而言，他的人生既不算幸福，也不算成功。

但丁的全名是但丁·阿列格里，据他自己说，他出生于1265年的“双子宫时段”。用星象来定时间是中世纪时博学的人们爱用的相当复杂的一个法子，这段时间是5月21日到6月20日，然而到底是哪一天就不得而知了。

但丁出生在佛罗伦萨一个骑士家庭，据说他的高祖父名叫卡恰圭达，曾随神圣罗马帝国皇帝参加第二次十字军东征，埋骨异乡，这位高祖父的妻子姓阿列格里，丈夫死后她便让孩子们跟自己姓，这就是但丁后来姓阿列格里的原因。

但丁早年丧母，父亲后来续弦，但丁便有了两个同父异母弟弟妹妹。

他从小接受了良好的教育，如拉丁文、逻辑、修辞等，据说从小就是小大人，经常摆出一副若有所思的样子。

9岁时但丁遇到了他生命中最重要的人俾得丽采，她在但丁眼中“宛如幼小的天使”，从此情根深种。

几年后两人再次相遇，俾得丽采出落得更加美丽，有倾城倾国之色，更令但丁神魂颠倒的是：这位惊世美女居然还向他打了招呼！这下诗人更加堕入了深不见底的爱河，不能自拔了。但丁一生著有两部诗集《新生》与《神曲》，都同他对俾得丽采的爱情有关。

1277年，由父亲做主，按当时的早婚风俗，才12岁的但丁同杰玛·多纳蒂订婚。

这次婚姻给但丁带来了两个儿子，他们热爱父亲，以父亲的杰作而自豪，成为它最早的诠释者与传播者。

但丁的父亲死于1283年之前，为他留下了一笔不小的财产，足以令儿子过上小康生活。

意大利自罗马帝国崩溃之后一直四分五裂，此时统治意大利的主要是两股势力：教皇和神圣罗马帝国，它们在意大利互相倾轧，将美丽的意大利弄得破碎不堪。

佛罗伦萨也不例外，在这里支持教皇的人被称为归尔甫党，支持皇帝的人被称为吉伯林党，两派之间无休无止地恶斗着。先是归尔甫党人取得了优势，但在不久后的一次战役中，吉伯林党击败了归尔甫党，统治了佛罗伦萨。到了1266年，归尔甫党再次崛起，在教皇与法国人的帮助之下，取得了决定性的胜利，从此牢牢地控制了佛罗伦萨。

但执掌政权的归尔甫党人立即分裂成了两派，分别被称为“黑党”和“白党”，实际上又成了新一轮的归尔甫与吉伯林，开始了新一轮争斗，没有赶上前一轮的但丁如今积极地加入进来。

当时佛罗伦萨的法律规定，只有加入了某一个行会的人才能从政，于是但丁加入了“医师和药剂师行会”，因为但丁在当时被认为是哲学家，根据规定哲学家有权加入这个行会。

加入行会后，但丁在1285年成了“人民首领特别会议”成员，正式踏入仕途，属于白党。

1289年，但丁一口气参加了两次战争——坎帕尔迪诺之战和佛罗伦萨攻占比萨的卡普纳城堡的战斗，并立下战功。

大约十年之后，他成了佛罗伦萨百人会议的成员。

又过了5年，即1300年，他正式当选为佛罗伦萨行政官，并接受了第一项重大政治使命，率代表团去毗邻的圣吉米尼亚诺市商议对抗教皇。

大家听起来也许会感到奇怪，归尔甫党人不是属教皇派吗？怎么会反对教皇呢？

原来这时对意大利和佛罗伦萨的自由造成最大威胁的已经不再是皇帝，而是教皇了！特别是新上任的教皇卜尼法斯八世，想将教权与俗权结合起来统治全意大利。但丁虽然一开始属教皇党，但在认识到教皇统治的种种弊端后便开始反对教皇干政，并且寻找同盟者一起行动，这就是他之所以去圣吉米尼亚诺市的缘故。

一开始但丁所属的白党在政治斗争中取得了优势，放逐了黑党，黑党便同教皇和法国人暗暗联合起来。不久，一支法国军队要求进入佛罗伦萨，佛罗伦萨尚未知悉黑党与他们联合的事，但也不敢贸然让他们进来。那时教皇的种种举动已让他们感到了危机，便决定派员去罗马同教皇谈判，谁都知道这是一项危险的使命。这时但丁贵为行政官，他面对着自己去还是不去的两难局面，“若我去，谁留下？若我留下，谁又去？”就是他这时候留下来的名言。

为了城市的利益，他还是亲自去了。

这一去不啻是送羊入狼口，教皇立即将他扣了起来。

而这时的佛罗伦萨呢，1301年11月，市政当局允许法国军队进入，就在当晚，已经同法国人联合起来了的黑党偷偷溜了进来，随之夺取大权，紧接着便对白党展开大迫害。他们不但迫害正在市内的白党人，还想迫害不在市内的但丁，向但丁发出了宣召，令他回来。

但丁当然知道如果他回来等待他的将是什么，“莫须有”的罪名将令他坐牢甚至送命，因此他拒绝回来。

这更给了黑党以口实。1302年1月，他们正式给但丁判罪：罚款5000弗罗林，流放5年，并永久剥夺他担任公职的权力。

他们给但丁的罪名是贪污公款、反对教皇、扰乱佛罗伦萨共和国。

这些罪名当然像秦桧加给岳飞的一样，是“莫须有”的，“欲加之罪，何患无辞”。对这样的判决但丁自然不服，拒绝缴纳罚款，并再次拒绝回乡。不久他便遭到了更加严厉的重罚。1302年3月10日，他被判处以火刑。也就是说若他一旦被黑党逮住，等待他的将是同布鲁诺一样的命运。

这年但丁37岁，永远被驱逐出了故乡，从此不得不到处流浪，在异乡度过漫长的余生，如他自己所言：“几乎是乞讨着走遍所有说这种语言的地方”。

“这种语言”指的是意大利语，不过这时的意大利语还只是一种民间土话。

1308年11月，亨利当选为德意志皇帝，这时的新教皇是来自法国的克莱芒五世，他宣布亨利为神圣罗马帝国皇帝，并答应在罗马圣彼得大教堂替他加冕。

由于好久以来意大利一直分崩离析，根本没有统一的领袖，亨利七世一旦加冕，也就成为全意大利的国王了。这至少会令意大利表面上有一个共同的统治者，亨利七世也宣布他将致力于意大利诸邦的团结与统一，并答应让所有被流放者回到家乡。

这些消息令但丁倍感鼓舞，他成了亨利七世热烈的拥护者，不停地给意大利各地的大小封建诸侯和城市写信，号召他们团结在教皇的旗帜之下，又呈书给亨利七世，要他讨伐那些反对他的人。也正是在这段时间里，他写下了为皇帝与帝制辩护的政治学名著《帝制论》。

然而不久但丁便失望了。亨利七世面对强大的敌人无法实现理想、兑现诺言。1313年就病死了，但丁的殷切期望也化为泡影。

虽然到处漂泊，但但丁毕竟曾是佛罗伦萨的长官，又已经有了诗人的名声，他到处受到了礼貌的接待。特别是在维罗纳和拉文那，他得到了维罗纳的统治者格兰德·德·斯卡拉的礼遇，在这里度过了许多时光。此时的但丁早已经放弃了归乡的希望，决心以创作来追求不朽的荣誉了。

后来，他又接受了一个叫圭多的拉文那贵人的邀请，在这里度过了生命中最后的时光。

1321年9月14日，但丁因患疟疾逝世于拉文那，享年56岁。

他在逝世前终于完成了使他永垂不朽的作品，也是西方与世界文学史上最伟大的作品之一——《神曲》。

这就是但丁的一生，这样的一生恐怕无论如何也说不上幸福吧！他的一生，正如他在《神曲》中所言：

> 好像希坡利忒由于他残忍背信的
> 后母的诬陷，走出了雅典城，
> 你也不得不和佛罗伦萨分离。
> 这是天意如此，这计谋已经议定，
> 在那个基督整日被买卖的地方
> 计议此事的人就要把它执行。
> 那罪过必将归之于在名誉上
> 受损害的一方，那是由来如此。
> 但复仇必将公正地使真相大白。
> 你必将抛弃一切最可宝贵，
> 最可珍惜的事物。这是“放逐的弓弩”
> 必将向你射来的第一支毒箭。
> 然后你必将体味到吃人家的面包
> 心里是如何辛酸，在人家的楼梯
> 上去下来，走时是多么的艰难。

第十章　但丁与《神曲》

《神曲》之所以有这个名字，就是因为在西方人看来它是伟大的、神圣的，可以说是西方历史上唯一一部可以用“神圣”一词来称呼的诗歌。

《神曲》分为《地狱篇》《炼狱篇》和《天堂篇》，但丁大约从1307年左右开始创作，直到逝世前不久才告完成，历时14载。

《神曲》每篇33歌，第一篇《地狱篇》多了个第一歌算是全书的序言，实际上是34歌，这样加起来刚好100歌，共14233行。

《神曲》的情节说起来并不复杂，只是一个人——但丁自己——在1300年复活节前后的几天里进行的一次神奇的旅行：它由我们前面刚讲过的伟大的诗人维吉尔和但丁的梦中情人俾得丽采先后领着，在我们人死后要呆的那些个地方——地狱、炼狱和天堂——逛了一遭，《神曲》所描写的就是他这次的“旅行见闻录”。

《神曲》全诗一起始就开门见山地道出了诗的起源：

就在人生旅程的中途，
我在一座昏暗的森林之中醒悟过来……

此后，经过稍稍一番曲折之后，他就开始这趟旅行了。

他们先来到的第一个大地方是可怕的地狱，地狱的大门上镌刻着几句诗：

从我，是进入悲惨之城的道路，
从我，是进入永恒之痛苦的道路；
从我，是走进永劫的人群的道路。
……
你们走进这里的，把一切希望捐弃吧！

但大家可不要以为在地狱里承受那绝望的都是坏人，相反，里头好人可多呢。例如地狱的第一层叫林菩狱，里头住着荷马、埃涅阿斯、恺撒、亚里士多德、柏拉图和苏格拉底，等等。

他们下地狱只有一个原因，当他们出生之时，基督教尚未诞生，因此他们出生时没有受洗成为基督徒，而成为基督教乃是不下地狱的第一个先决条件。

离开林菩狱之后就不同了，以后地狱中每一层的每一个人都是犯了在神眼里不可宽宥之罪而下地狱的。

例如地狱的第二层是那些放纵自己情欲的，例如有个美女是因为同小叔子偷情而被丈夫杀害的，然而那却是十分动人的爱情故事，听得人不由潸然泪下。除这个美女外，这里还有我们熟悉的两个大美人——引发特洛伊战争的海伦和埃及艳后克莉奥佩特拉。

第四层中住着那些小气或者浪费的家伙，他们分成两边，要推动重物，但只是像推磨一样绕着圈子，永远地从事无效劳动，这里头包括许多在人间时有头有脸的人物，例如牧师、主教甚至教皇。

如此等等，但见到一个个犯下这样那样罪孽的人，有对他人使用暴力的人、自杀者、蔑视上帝者、淫媒与诱奸者、贪官污吏，等等。这些人都各自住在地狱的不同层面，在里头受着那永远没有尽头的痛苦。有的被火烤油煮、枪刺剑剁等，读起来令人心惊肉跳。

诗人最后到达的是地狱的第九层，这里住着“悲哀之国的皇帝”，也就是地狱之王，他身材巨大无比，上身以下被冻在冰海里，他有三副脸、三张口，每张口里都在不停地咀嚼着一个坏人，这三个坏人都是我们熟悉的背叛者：出卖耶稣的犹大、谋杀恺撒的卡西约和布鲁托斯。

在地狱中看过太多的眼泪与痛苦之后，两位伟大的诗人开始下一站的“炼狱之旅”了。

炼狱位于一个岛上，四周是茫茫大海，它是干什么用的呢？简而言之，它是用来忏悔的。那些在活着时虽然有错，但是“错”而非“罪”，上帝认为他们是孺子可教、朽木可雕，就让他们来这里，先好好地忏悔一番，洗净身上的罪过，然后就可以升天了。

这天是复活节，他们乘着刚萌芽的春之气息来到了虽然痛苦，却有无比珍贵的希望之所在。

他遇到的第一个人是“孤单的老翁”，他就是炼狱之门的守望者伽图。我们前面讲古罗马时曾提到过他，他是罗马深孚众望的元老院领袖，连恺撒也很尊敬他，当恺撒击败他时，他宁死不降，把自己的肠子掏出来，用手扯断，然后纵身投入大海。他自杀了，本来是该下地狱的，但由于上帝特别的恩宠，让他来到炼狱做了守门人。

伽图没有留难两位奇异的访客，让他们顺利进入了炼狱的“前界”。

炼狱前界不是炼狱本身，他们遇上了一队灵魂，里面有但丁的一位好友，他的歌儿唱得好，生前，当但丁累了时，就会来找他，听他歌唱，那些歌的词大多是但丁写的。这次，当但丁看到他时，惊喜之余，请他低唱了一首《在我的心灵中向我低诉的爱情啊！》，听得那群忏悔的灵魂呆住了，"仿佛任什么事都不再放在心上"。

接着他们来到了一座高山之下，它是那样的陡峭，望得但丁两腿发软。

经过一番努力，他们抵达了炼狱之门，它的名字叫"象征之门"。

踏过这门之后，但丁进了真正的炼狱之内。

他们看到了一面奇妙的墙，上面栩栩如生地雕刻着许多人物，描绘了一段段历史，有以色列人的王大卫在耶和华的约柜前跳舞的故事，有图拉真同那个可怜的寡妇一段著名的对话。寡妇请求正要出征的皇帝替她被害的儿子报仇，皇帝说："你暂且等等吧，等我回来再说。"寡妇说："要是你不能回来呢？"皇帝说："接替我位的人会替你办。"寡妇问："要是你不行这善，干吗又要人家行呢？"图拉真帝便说："请你安心吧，……正义这样命令，怜悯使我留下。"

此后他们开始遇到了炼狱中那些生时犯有这样那样错的人。例如骄傲者，他们必须在炼狱中低下他们生前高高昂起的头颅，弓腰背负起沉重的大石，不停地走动，直到上帝满意为止。这里头有但丁的几位艺术家朋友，他们像大多数艺术家一样，总以为他们的作品如何伟大，骄傲的结果就是如此。

像在地狱中一样，但丁在炼狱也遇上了各色各样的名人，有的是古代的英雄，有的是他同时代、较早死去的名人，例如古希腊的僭主庇西特拉图、阿德里安教皇、但丁一个叫多纳蒂的良友，等等，如果懒惰、贪财、好色、馋嘴……就在这里受到相应的处罚。但他们在炼狱中所受的责罚比起地狱中那些可怕的严惩来要轻得多了，最重要的是他们在这里拥有无比宝贵的希望，终有一天会洗尽自己的罪过上达天堂。

这一章里最美妙的事，是但丁见到了他的梦中情人俾得丽采。

这时已经是第三十歌了，维吉尔已离他而去，因为他已经抵达了炼狱的最高层，称作"人间的天国"，维吉尔这个只能待在地狱里的伟人，不能再往上行了。

诗中是这样描述但丁见到俾得丽采的情形的：

> 一位仙女忽然在我面前出现，
> 她戴着橄榄枝的花冠，遮着白面纱，
> 绿色斗篷内穿着火红的衣裳。
> 那么漫长的一段岁月已经过去了，
> 我的精神无从去亲她的芳泽，

她曾怎样使我面含羞涩，
敬畏不已，
如今再不能用我的眼睛详视，
但从她圣体中发出的灵气，
使我又一度感到旧情的炽烈。

然而他从她那里得到的是一场无情的指责，她让他看到了自己那样多的缺点与过错，令诗人羞愧得晕倒在地。其实俾得丽采只是为了令诗人看到自己的不足，并不是要惩罚他，看到他已经悔恨，她派了四个美丽的仙女将诗人浸到忘川之水里，洁净了身子。

当这一切完结之后，但丁将开始他这趟梦幻之旅的最后一站——天堂。

在《神曲·天堂篇》里，我们感到的是一片辉煌的金色调，到处充满了微笑与对主的虔诚，从头到尾是一曲《欢乐颂》。

天堂由九重圆环组成，每一重都有天使保卫，这里一切美好而和谐。

但并非一切都同样美好，就像人间一样，天堂也分等级，越往上越高级也越幸福，因此生活在天堂底层的人们相对而言就不那么幸福了，而且我们将可以看到每一层的人都或多或少有这样那样的缺点。

这其实很好理解，人即使能上天堂又怎能说是完美无瑕的呢？一切凡人必有缺点，唯上帝完美无瑕。

例如第一重是月亮天，住着一些虽然善良，却不那么坚定的灵魂。

月亮天之上是水星天，这里住着查士丁尼大帝，他制订了一部伟大的法典，在人间他在万民之上，然而在这里他只在一层之上。

再往上是金星天，这里住着相爱的人们。金星天往上是太阳天，它是“哲人之天”，“圣人哲学家”托马斯·阿奎那和所罗门王就在这里。

接着便是火星天了，这里住着那些为信仰而战的勇士。例如卡恰圭达，他是但丁的高祖，死于第二次十字军东征，他预言了但丁的悲惨生活。

火星天上层是正义者之天，住着图拉真等伟人。为什么作为异教徒的他能生活在天堂，而且是如此之高的天堂呢？这是因为他们虽然没有受洗，却怀着对救世主虔诚的信仰，正是这种虔诚令他们得救。

这时也许您在心里产生了疑问：为什么亚里士多德，这在中世纪被尊为圣人者只因为不是基督徒就不能上天堂，图拉真等反而能上呢？难道仅仅是因为他们信仰救世主的缘故吗？

这也许体现了但丁在上面一歌中说的话：

许多口中叫基督基督的人，

比不信基督的人更不靠近基督身边。

离开火星天后他们已经到达第七重天——土星天了。这里住着是那些严格遵守教规的主教与修士，他们是人间那时已经污秽的教会得以改良的希望。

第八重天是恒星天，但丁瞻仰了基督教中最为神圣之人物——基督、圣母玛利亚、天使加百列，等等。但丁还在这里接受了圣彼得、圣雅各与圣约翰三使徒的考验，分别考试但丁关于信心、希望和爱的问题。

但丁考试及格了，由此可以上升至最高的天——水晶天了，这就是第二十七歌的名字——《飞向水晶天》。

在水晶天里但丁看到了天使们，还看到一个奇异的景象：九个明亮的环一环套着一环，绕着中心一个圆点旋转。这个圆点象征上帝，旁边的九个环则象征九重天。

到达水晶天之后，但丁仍没有停止，因为虽然水晶天是最高的一层天，然而却并不是最后的，在它上面还有最后的天，它无名，也超越了一切凡俗可以言说的，那就是上帝本真所在的天。

在此，惊鸿一瞥之间，但丁看到了圣三位一体的“最后的幻象”。

第十一章　薄伽丘与《十日谈》

但丁一般被认为是中世纪的人物，从他的作品来看，确也到处有上帝的痕迹，他之后是哪个时代呢?

当然就是伟大的文艺复兴了。

文艺复兴始于意大利，意大利的文艺复兴又始于文学，那里有文艺复兴的开山之祖但丁，事实上他既属于中世纪也属于文艺复兴时代，除他之外的两杰是彼特拉克和薄伽丘，他们都是意大利文艺复兴文学方面最早也最杰出的巨人。

我们这里只讲薄伽丘。

薄伽丘传略　薄伽丘生于1313年，这是清楚的，但出生地就不那么清楚了，有人说他生于佛罗伦萨，有人说生于巴黎，还有人说他是生在佛罗伦萨附近的契塔尔多小村。不过这也没什么关系，反正他的佛罗伦萨人身份是确定的。

据说他是一个私生子，但不像查士丁尼或者孔夫子一样是高贵的男人看上地位低下的贫女，相反，薄伽丘的父母都是“上等人”，他的父亲是一个大阔佬，在巴黎做生意时碰上了一位贵夫人，两人一见钟情，便私通起来。在野地里播种也会结果子，贵夫人当然不能把果子带回家乡养起来，她的意大利情人便将孩子带回了家。

由于是爱情的果子，阔佬十分宠爱这私生子，就是嫡子也难得到这么多父爱呢。孩子就在父亲的呵护下平安长大了。由于自小娇惯，养成了一股纨绔习气。不过他同那些专门吃喝玩乐的阔少不同，喜欢读书，特别爱读希腊罗马的古典作品。

小纨绔15岁时被父亲送到了那不勒斯，他父亲在这里开了一爿商行，要他来学做生意。然而他的儿子天生不喜欢这行。他仍然不是出去吃喝玩乐就是埋首故纸堆，对父亲的反对正眼也不瞧。正如他后来在自传中所言：“我快要成年，有独立的能力，不需要别人给我指路，父亲固执地反对我钻研罗马古典文学作品，可我不同意他的看法，独自贪婪地研究懂得并不多的赋诗法，尽力领悟诗歌的内在含义。”

由于父亲是有名的富翁，年轻的薄伽丘在那不勒斯很吃香，连王宫也可以自由出入。那不勒斯这时是独立的王国，有自己的国王，这国王像薄伽丘父亲一样是风流浪子，有一个私生女儿，不用说是个美人儿。一天，私生子同私生女相遇了，两个都是天生的风流种子，一拍即合，又激发了可能诞生第二代私生子的爱情。

这个私生公主名字叫菲亚美达，自此便成了薄伽丘早期作品的主人公，就像俾得丽采之于但丁一样。不同的是薄伽丘还同梦中情人谈过几天恋爱，做过几回露水夫妻，但丁的梦中情人却是实实在在的“梦中”情人呢，大概连手都没碰过一下。

他的情人比他更风浪，几天后就把他“甩”了，另觅新欢，薄伽丘从此落了单。

这时他早已爱上了文学，那不勒斯也是当时人文气氛浓厚的地方，文人雅士不少。薄伽丘同他们交上了朋友。这些人中有许多是当时另一位大文豪彼特拉克的崇拜者。由于他们的影响，薄伽丘对那位大诗人也景仰起来。

在那不勒斯待了整整12年后，到1340年，父亲将他召回了家乡。这年他的父亲破产了，不久辞世而去。这令得过惯了衣来伸手、饭来张口，从不用为生计发一秒钟愁的薄伽丘陷入了危机，比鲁迅笔下的“一下由小康陷入了困顿”更惨，而是“一下由豪阔陷入了困顿”。

虽然困顿，他尚不至于饿死，一则他已经是小有名气的作家了，写过不少优美的诗歌和爱情小说；二则父亲毕竟留下了少许遗产。但再过以往那种一呼百诺、锦衣玉食的奢侈日子是不可能的了。在此后的许多日子里，他只能埋首家中写小说诗歌。还开始研究但丁，后来写了《但丁传》。

他在佛罗伦萨的日子相当贫困，但创作却取得了丰富的成果，完成了大量诗歌、散文、小说。例如史诗《苔塞伊达》、小说《菲娅美达的哀歌》，等等。

凭写诗是不能糊口的，他后来便从了政，当上了外交官。1351年左右，当薄伽丘还在佛罗伦萨政府做官时，曾去力邀已经名震天下的彼特拉克来佛罗伦萨大学执教，虽然彼特拉克没有答应，但薄伽丘见到了仰慕已久的伟大诗人，同他建立了亲密的友谊，这对他以后的人生有相当影响。例如他本来像但丁一样用意大利写作，这时却转而用起了拉丁文。

这段时间薄伽丘做的另一件重要的事是关注古希腊文学作品，他有一个朋友叫彼拉图，通晓希腊文，在薄伽丘的推荐下得以在佛罗伦萨大学担任希腊语教师。他翻译了一些古希腊文学作品，例如荷马史诗，这可以说是文艺复兴大师们接触古希腊经典之始，薄伽丘和彼特拉克等正是从他的译文中才读到了《伊利亚特》。

由于身体日差一日，1360年时他从佛罗伦萨退隐到了故乡的契塔尔多小城。据说曾有一个教士要他放弃尘世的事，专注于上帝，否则会短命。被这预言吓着了的作家有一段时间放弃了文学创作，专心研究起上帝来。当彼特拉克听到这事后，特地给他去了一封信，说他这样固然也不错，不过那学问还是要做的。薄伽丘便又听从了他尊敬的人的话，捡起了文学创作。

他晚年所做的最后一件重要事情是从1373年10月起在佛罗伦萨的一间教堂讲授《神曲》，这标志着但丁已经成了像维吉尔或者荷马一般伟大的经典作家。

总的来说，薄伽丘的晚景十分凄凉，据说到了没饭吃的程度，不得不替人家干些抄写的杂活，勉强糊口。

1375年，年底，贫病交加的伟大作家终于度过了他阔绰的早年、尚算成功的中年、赤贫的晚年，在凄冷的寒风中结束了他的一生。

这就是一个伟大作家的一生，不知大家有何感想？愿意像他那样度过一生吗？要是我，我倒愿意掉过来：度一个赤贫的早年、尚算成功的中年和一个阔绰的晚年呢！当然，您也许不会同意我的想法，宁愿像伟大的作家一样过一生，因为青春是我们最应该享受的时光，至于晚年，就是想享受人生也没这能力了，对吧！

这就是所谓“吃葡萄”的人生理论：有的人愿意先吃好的，有的人则相反。

好了，闲话少说，言归正传，我们聊聊薄伽丘的作品吧。

史上最色的巨著　薄伽丘最重要的作品是《十日谈》，我们就以这部让人血脉偾张的作品为范来谈谈薄伽丘。

《十日谈》是一本比较特殊的书，命名从体裁到写作方式同我们以前讲过的作品都有很大不同，无论是发生的时间、写作的方式还是小说的内容均是如此。

例如故事发生的时间：它是当代而非传说或者古代。

写作的方式：它是一部小说，具体地说，是一部短篇小说集，然而它又不同于现在所谓的短篇小说，是一种十分独特的文体。

写作的内容：大体是歌颂男欢女爱与抨击教会。前者令它有时仿佛是一部黄色小说，有许多十分色情的故事，正因为这个特点，因此可以说它是西方史上最“色”的文学巨作；后者令它遭到了势力强大的教会的猛烈攻击，教士们后来甚至将他的墓都掘了。

不过，正是因为《十日谈》这些与一般文学作品、甚至经典作品迥然相异的特色，它才吸引了古往今来那么多读者热切的目光。

《十日谈》故事的大背景是1348年佛罗伦萨发生的大瘟疫。

这次大瘟疫是实有其事的，它不仅发生在佛罗伦萨，而且遍及整个欧洲。这就是著名的“黑死病”，欧洲历史上最恐怖的一次天灾。“黑死病”是鼠疫的俗称，它在14世纪中期一度横行欧洲，杀死了2500万人，超过当时欧洲全部人口的1/4。

《十日谈》具体的小背景是这样的。在一个星期二的早晨，七个女郎，个个容貌美丽、仪态万方，到一座教堂里去做弥撒，这时候佛罗伦萨人死的死、逃的逃，差不多已经成了一座空城，弥撒过后，她们没有马上离开，而是聊了起来。

这七个姑娘的名字如下：第一个是帕姆皮内娅，她是老大，以后的六个分别叫菲亚梅塔、菲洛美娜、埃米利娅、劳蕾塔、内伊菲莱、埃丽莎。

她们都为眼前的情景感到伤心绝望，这时帕姆皮内娅提出了一个建议：离开可怕的佛罗伦萨，住到她们乡下的别墅去。

她的话得到了大家的赞同，然而她们七个女人家，这样一窝儿地往外窜，既不安全又不体面，应当有几个小伙子陪着才对。也是天缘凑巧，有三个小伙子刚好走进了教堂。他们分别是：潘菲洛、菲洛斯忒拉托、迪奥内奥，他们英俊又温文尔雅。

更巧的是，他们三个的情人都在七个女郎当中。这样顺理成当地成了七位小姐的陪伴，一起到乡下去。

第二天，礼拜三，他们便到了乡下。为了让大家把忧伤丢在脑后，帕姆皮内娅提出了一个办法，每天在十人中选一个做头，然后由其来决定一天行乐的法子。她的话得到了大伙赞同，并公推她为当天的女王。女王提出了一个妙招，午睡过后，太阳红火，不宜玩耍，大家便轮流来讲故事，一天一人一个，这样十个故事讲完，夕阳便会收起它最后一抹余霞，大家便可以重新开始嬉戏游乐了。

这当然是个好主意，于是大家便在当天下午开始了十日之谈。

由于足足有100个故事，我可不能一一给大家讲来，其实我就是不讲也没关系，《十日谈》不同于《神曲》，实在是通畅不过的，就像读《故事会》一样，大家完全可以凭自己的眼睛读个明明白白。既然它中译本的印数如此庞大，我相信大部分朋友已经读过了。

讲这十天的故事各人并不是像刘姥姥给宝二爷讲故事一样，信口开河，而是每天有其相连之处。我们先来把各天的故事整理一下。然后我会在每天挑个我认为顶有意思的故事大致讲讲。

第一天里，由于是开始，便由大家各自讲一个自己喜欢的故事，这些故事什么样的都有，从有关爱情的到谈人们不良品行的直到讽刺教会的，以第三类最多，占了一半。

实际上这第一天的故事也不是随意来排的，它是对整部《十日谈》整体性的概括，道出了以下的九天的故事类型。且第一天各类型故事的比例同以后的九天是大致相符的。例如讽刺教会，既是第一天故事的主体，也是整部《十日谈》的一大主题。

这天的故事里最值得读的是第一个，故事讲了有一个名叫切帕雷洛，绰号“夏泼莱托”的人，他是个十足的坏蛋与无赖，要多坏有多坏，几乎可以说是所有文学作品中最道德败坏的人物。就是这样的一个人，死后竟然被教会和人们尊为圣徒，称“圣夏泼莱托”。他是如何做到这一点的呢？大家看了自然明白。

这个故事不由令我们想起了基督教史上那么多的圣人，那些人是不是如此成圣的呢——就像我们现在的某些吹起来的所谓英雄个人先进事迹一样？令人深思。

第二天十个故事的特色是主人公开始都不顺意，最后经过一番曲折，逢凶化吉、遇难成祥，万事大吉。

其中顶有趣的是第十则故事，讲的是有个年老的法官设法娶了个年轻貌美的妻子，“当天晚上，新婚燕尔，自然要合婚一番。谁知这第一回就给他来了个下马威，差点儿就成了陷到那个坑里的死卒，一次就累得他气喘吁吁、面无人色、筋疲力尽了。”

从此老法官就吓怕了，为了躲掉“苦差”，他便发明了无数个节日，什么彻夜祈祷日、四季斋戒日、四旬节，等等，这些日子都是应该清心寡欲，决不同房的。总而言之，按他的算法，一年里不是忌日的只有十来天。

这可苦了他年轻的妻子，但他把妻子看得十分紧，她也没有逮着机会红杏出墙。直到有一次，他带妻子到海边度假，妻子被一个强盗抢了去。

开始被劫来的美人儿还哭，但一到晚上这个公牛般壮实的强盗就用行动让她服服帖帖了。

失去了妻子的老法官后来想方设法找到了强盗同他妻子住的地方，他提出愿意付无论怎样多的金钱把妻子赎回来，强盗客客气气地说，只要他妻子认他并且愿意跟他回去就让她走。

然而当那个法官见到妻子时，妻子毫不犹豫地拒绝了他，还把他讥笑了一顿，让法官感到了自己的不中用。不久他便痛苦得疯了，嘴里不停地嘟囔着：

“那强盗窝里是从不守什么安息日的。”

第三天的故事是赞扬聪明人的，里面的人物凭借自己的机智总能达到自己的目标，不管这目标有多难。我认为这一天的故事最值得一读。

这天的故事中第三个很有意思，它是菲洛美娜讲的。

有一位美丽的少妇爱上了一个小伙子，但这个傻瓜茫然不知。少妇便想了个妙计，她认识一个自以为很聪明正直的神父，知道这个神父同那小伙子常有来往。她就到神父那里去，向神父申诉那小伙子如何如何勾引他。神父十分愤怒，下回碰到小伙子时对他大加指责，小伙子当然否认，他本来就没做过嘛！但当神父说出是少妇亲口告诉他的时，小伙子立即明白了。他立即向神父保证以后不会再犯，然后直奔少妇家，像少妇预先向神父控告的一样，在她家门口走来走去。

以后，少妇用相同的办法让神父一次又一次地为她效劳：把一根精美的腰带交给小伙子，因为她告诉神父是小伙子硬扔给她的，她不要，让神父还给他。

神父最后一次帮的忙是：少妇跑去告诉神父，小伙子知道她丈夫昨天去了热那亚，就在今天早晨，天还没亮时就跳进她家的花园，爬上她房前的一棵大树，一直跳进她没关窗子的卧室。

第四天的是爱情故事，然而这些爱情故事都有一个不幸的结局。例如萨莱尔亲王杀了女儿的情人，把心脏挖出来，放进杯子送给女儿。她把毒药和着心脏一起喝了下去。还有一个女子的情人被她丈夫杀死，丈夫还挖出他的心脏做成菜给她吃了，她知道后跳楼而死。诸如此类，这些悲惨的故事我们还是少说为妙。

第五天的也是爱情故事，这些爱人像前一天的恋人们一样历尽艰险，但结局美满。

有一个武将，临死时把女儿托付给一个战友，叫他代为照料。这个战友谨遵诺言，把姑娘带大，出落得花朵儿一般。后来他带着姑娘回到故乡。这姑娘美丽又贤德，赢得了许多求婚者，其中有两个都既年少英俊，又家世高贵，他们自然成了情敌。

他们分别向姑娘家的两个仆人行贿，叫他们通风报信，准备等哪天她父亲一出门就把姑娘抢回去成亲。有一天姑娘的父亲真出门了，两个情敌通过各自的内线得到了同一个消息，于是他们都来到姑娘家，发生了一场争斗。两个人都被巡丁的抓了起来。

两人的家长吓坏了，立刻来到姑娘的父亲家求情。姑娘的父亲便将这个姑娘的身世一说，说这姑娘不是他的，也不是他战友的亲生孩子，而是他战友过去战乱时在本城捡到的。这时，有一个在他的战友捡到这个姑娘时也在场的人正好来了。一番质证之下，发现这个姑娘竟然是那两个家长之一失散多年的女儿！也即是一个求婚者的亲妹妹。

后面的结局当然是：不是姑娘胞兄的那个求婚者得到了姑娘。

第六天的故事挺好玩的，是一些人凭着唇枪舌剑克服险境甚至反捞一把，最有意思的是第十个故事。

有一个叫奇波第的教士，十分狡猾，经常用花言巧语欺骗老实的信众。有一天他又来到了信众间，宣称他要给大家看加百列，就是《圣经》里那个告诉圣母耶稣要诞生的消息的天使的一根羽毛，好乘机狠敲一笔。他预先准备了一根鹦鹉的漂亮羽毛，那时鹦鹉还是很稀罕的东西，这里的信徒们哪个都没见过，他们一定会相信那就是加百列天使的羽毛。

可是有两个奇波第的熟人，也是修士，知道了这事，就恶作剧地把他的羽毛偷了去，然后顺手把一些木炭塞进原来装羽毛的盒子。

弥撒过后，信徒们听说奇波第修士要给他们的看加百列天使的羽毛，成群结队地来了。奇波第打开盒子一看，发现羽毛不见了。这下难办了吧？

不，只见他且不忙拿出盒子，先给大家乱吹了一通他的神奇经历：他如何一直到了印度，那里的剪刀会飞，然后又到了圣城耶路撒冷，在那里碰上了一个最受人尊敬的什么教长，名字当然是他随口胡扯出来的，送了他许多圣物，其中包括一根加百列天使的羽毛，还有一盒曾烤死圣劳伦斯的木炭。这时他才把木炭拿出来，说是上帝的意思，是上帝要给他们看神圣的木炭而不是天使的羽毛。

由于篇幅有限，我也不能说得尽兴，反正十分有趣，总而言之两个字——瞎扯。然而那些天真无比的信众听到他这番话，大大感动了一番，除一拥上来看那盒神圣的木炭外，还送给他比往年多得多的奉献。

下面那两个本想作弄他，看他那副吓傻了的样子的修士先是听得目瞪口呆，继而笑得前仰后合，不能不佩服他的机智。

第七天是一些十分有趣的爱情故事，主要是一些俏皮的妻子一边同别人调情，另一边还捉弄她们的丈夫，而她们戴了绿帽的丈夫大都被老婆耍宝一样。例如有个阔佬的老婆同人通奸，约好幽会的方式，可是有天晚上丈夫突然回家，她的情人却半夜来敲门，而且她丈夫也听见了。你猜她怎么着？她不慌不忙地对丈夫说是有鬼，然后同他一起到门口，对着门念了一遍旷古未有的咒语，然后她的情人不但没有被发现，还到了后花园找到了她送去的一大堆美味。

至于是什么样的咒语，大家看就知道了。这是第七天的第一则故事。这天的其他故事也挺有趣，多半还带点儿颜色，我想会有不少人会认为这是十天中最有趣的一天呢。

第八天与第七天有些类似，尽是些捉弄人的故事，但这天可不光是女人捉弄男人，也有女人被男人捉弄的事。例如第一个故事里，有位绅士爱上了一位美丽的夫人，向她求欢，想不到那个女人竟然向他要两百个金币，顿时感到十分厌恶，于是假意答应了。他事先找到那女人的丈夫，向他借了两百个金币。然后当那个夫人趁丈夫离开了就约他来幽会时，他就把借来的两百个金币拿着，同朋友一起到了那女人处，当着朋友的面把钱交给了那个贪财的女人。接下来当然同那女人玩了个够。不久女人的丈夫回来了，这个人便同那位朋友一起再到女人家去，当着她的面对她丈夫说：我借你的那笔钱已经还给你太太了。由于证人在场，那个女人没有办法，只好认了，就这样被白玩了。

第九天的故事又像第一天一样没规定主题了，让大家自由发挥。

这里最有趣的也是第十个故事。

有个农民，很穷，也很虔诚。同一个教士交上了朋友，农民有一个年轻漂亮的老婆。有一天，教士对穷得叮当响的农民和他的老婆说他能够把骡子变成漂亮姑娘陪他睡觉，也能够把漂亮姑娘变成骡子替他干活。这个农民的老婆一听连忙求他教这个法术。教士推辞不得，只好答应。但告诉农民说，这个法术中最难的一步是“插尾巴”，要是这一步没做好就全完了。他到了农民的屋子里，让农民的老婆像头骡子似的四肢着地趴着，然后他摸着她的头、她的全身，口中念念有词：主啊，让这个头变成骡头吧！让这些头发变成鬃毛吧！但农民最终后悔了，教士便责备农民说：瞧你，把一切都毁了，骡马眼看要变出来了，现在全完了！

现在十天已经讲完了九天，到最后一天了。这一天的故事脱离了前面虽然好玩，然而相当低俗的笑话，变得挺崇高。不过，崇高归崇高，我却觉得这里头没有了前面那些故事中的灵魂，变得有些做作。也许《十日谈》的形式只适合写上面那些“俗”事，不宜于崇高伟大的“雅”事吧！所以这一天的故事我们且略而过之算了。

第十二章　塞万提斯的悲惨人生

在我们读到过其人生际遇的所有伟大作家中，塞万提斯的人生是最为悲惨的，几乎从头到尾都看不到一点儿幸福。

塞万提斯有一个冗长的全名米盖尔·德·塞万提斯·萨阿维德拉，1547年生于阿尔卡拉·达·埃那雷斯市，这是一座距首都马德里大约30公里的小城。

塞万提斯的家庭是个破落小贵族，爷爷做过蹩脚的律师，父亲是江湖郎中，主要治疗手段是用剃头刀替病人放血，这是中世纪时人们常用的疗法。

塞万提斯从小就跟随父亲浪迹江湖，父亲到处替人放血，他大部分时间则什么也不干，不过小时候也上过几天学，学会了拼单词，这就是他未来文学创作的基础了。

对塞万提斯一生的文学事业影响很大的就是这种游历，他从小跟父亲浪迹天涯，走过了无数地方、见过了无数的人，因此没有多少书本知识的未来作家却惊人地见多识广。我们知道，文学不像哲学，它主要不是靠老师或者书本，它以自然为师、以人生经历为书，社会就是大学。

18岁后，塞万提斯便开始独立谋生了，离开西班牙跑到了遥远的意大利。也有人说是他打伤了人，受到刑丁追捕，被迫逃到意大利去了。

到意大利后，塞万提斯先给一个红衣主教当随从，以后便从了军，加入当时正驻在那不勒斯的西班牙皇家军队，这是1570年的事。

当时意大利的威尼斯共和国拥有一支强大的舰队，土耳其人也正凭着它庞大的舰队横行地中海，就在塞万提斯从军这年，土耳其人占领了原来属于威尼斯人的塞浦路斯。这样作为基督教世界领袖的罗马教皇同作为教廷力量支柱的西班牙都站到了威尼斯人一边，1571年战争爆发了。这年9月，塞万提斯登上了“侯爵夫人”号军舰，一个月后，两军在地中海上展开了大海战，这就是历史上有名的勒班陀战役，是基督教同伊斯兰教之间的重要一役。

塞万提斯表现得极其勇敢，这英勇也令他付出了惨重的代价，他身中三弹，左手受到重创，落下了终身残疾。

受伤后的塞万提斯仍待在军队，驻防那不勒斯，后来也到过其他地方、参加其他战斗，直到1575年。这年，作为一个残疾人的他已不适宜从军，乘上了回到西班牙的船只。

当船已经靠近法国的马赛港时，被摩尔人的海盗船拦住了，厮杀一番后商船抵挡不住，塞万提斯和同船的弟弟当了俘虏。

被俘后，海盗们将塞万提斯送往北非大城阿尔及尔，当时最兴旺的奴隶买卖市场。奴隶大都是被俘的基督徒。被带到这儿后，由于塞万提斯身上藏有当时的基督教联军统帅以及某一个大人物公爵替他写给西班牙国王的推荐信，使那些精明的奴隶贩子知道了他不是个小人物。大人物有大人物的价值，塞万提斯家人要付的赎金顿时高涨起来。

然而，塞万提斯和他的家人都是那种什么都有，就是没钱的人，哪里有这么多钱来赎人呢？塞万提斯只好留在北非当奴隶了。

从当俘虏的第一天起，他就不断地想法逃跑。只是运气不好，一连逃了四次都被抓了回来，因为值一大笔赎金才没有被杀掉。

当了五年奴隶之后，由于他的父母四处哀求，费尽千辛万苦，终于得到教会的帮助，到1580年总算弄到了500个黄澄澄的金币，将塞万提斯赎了回来。

回到家乡的塞万提斯已经年过三十，而立之年，但还是一无所有。他已经残废，很多谋生的活他不能去做，他曾为国负伤，立下战功。他一次次向国王祈求，想弄个一官半职，然而每次得到的都只是失望。

这段时间里他得到的唯一果实是一个女儿，是他同某一位夫人生的，据说她实际上是塞万提斯唯一的子女，后来她到了生父的家里，由塞万提斯抚养。

无奈之下，塞万提斯找到了一个谋生的方法——写作。

这时西班牙已经有了不少剧院，需要剧本来排戏，不少庸才靠写一些俗不可耐的骑士小说发了财。塞万提斯看到这样的情形，认为自己的见识与写作能力比那些人强得多，为什么不也去试试呢？

他出版的第一部作品小说是《加拉苔亚》，替他挣了一笔不小的稿费。

1584年，他37岁时娶了妻子，也是破落贵族出身，比丈夫小了差不多20岁，给丈夫带来一笔陪嫁：1个果园、4箱蜜蜂、5株葡萄、大小鸡45只、外加干草1堆和锅灶1副。

这些陪嫁可养活不了老婆孩子，他还得写下去，又开始写来钱比较快的剧本。到1587年时已经写了二三十个剧本。但挣的稿费少得可怜，根本无法养家糊口。

后来他成功谋到了一桩美差，替“无敌舰队”搞采购。这美差要是到了某些人手里非大发特发不可，但书呆子般的塞万提斯怎么能发得了呢？结果不但没发财，还因为向粮食满仓的教堂“非法征收”被革除教籍，甚至进了班房，这是1592年的事。

他以后又找到了一份新美差——收税，结果依旧一样，由于他存放税款的银行的老板卷款潜逃，他进了班房，被关了差不多一年。

他几乎山穷水尽，住的是贫民窟中的贫民窟，楼下是饭堂，楼上是妓院。

所谓置之死地而后生，在楼道中间做饭的浓烟中、在孩子的哭闹声中、在妓女的呻吟声中、在泼妇的骂街声中，他开始写作不朽巨著《堂·吉诃德》。

《堂·吉诃德》第一卷于1605年出版，这时作家已经58岁了，立即大受读者欢迎，西班牙一时“洛阳纸贵”，并迅速被翻译成欧洲各国文字，一印再印，上至国王，下至平民百姓无不争相阅读，一睹为快。

按理说塞万提斯应当发了财，从此可以摆脱穷困了，没有！因为他将版权以不高的价钱一次性卖给了出版商。

虽然没挣到多少钱，却也挣了些名气。但厄运又一次袭来，这年六月的某天，他家门口的大街上发生了一件凶杀案，不知什么原因，他一家全成了疑犯，被送到监狱里关将起来。

出狱后他的日子更加难过。他债台高筑，债主像猎狗追赶野兔一样咬紧不放，让他终日惶惶不安。他被迫一次又一次地搬家，搬进越来越破旧的房子。

找不到别的办法谋生的作家只好快马加鞭地写作，写了不少小说和戏剧，最重要的是赶写《堂·吉诃德》的第二卷。

1615年，《堂·吉诃德》第二卷终于写成出版。这卷一直写到堂·吉诃德死了为止，死前一刻他才幡然顿悟，觉往事之可笑可叹。

写完《堂·吉诃德》之后塞万提斯已经风烛残年，虽仍笔耕不辍，但“夕阳无限好，只是近黄昏”。1616年，4月19日，塞万提斯在病床上写完了最后一部小说的献辞，四天之后溘然而逝，终年七十。

他死时几乎不名一文，家人只好把他草草收葬，连墓碑也没有立，所以人们至今不知塞万提斯葬于何地。

第十三章 《堂·吉诃德》，超级幽默的文学巨作

了解塞万提斯生平的人很难想象他能写出如此幽默的著作。有人说创作是生活的反映，如果真这样，那么塞万提斯的作品应当是阴暗低沉的，充满痛苦或者战胜痛苦的英雄气概，就像《英雄》交响曲一样。然而这一切都是表面现象，也许我们初看《堂·吉诃德》时，会觉得它是一部似喜剧的作品，这也是我第一次读时的感觉，当我再读时，却从中感到的不是喜剧，而是悲剧，是一个为理想奋斗的人、一个高尚的人，一个屡次被命运无情打击、愚弄，最终奉献了自己生命的人。

只是塞万提斯和堂·吉诃德并不像莎士比亚的哈姆雷特一样表达悲剧，而是以喜剧的形式表达悲剧的实质。所以我们在读《堂·吉诃德》时仍然会觉得它乃是一部喜剧，并且堪称古往今来最幽默的文学巨著。

《堂·吉诃德》 堂·吉诃德·台·拉·曼却是生活在拉·曼却的一个绅士，他瘦得像根竹竿，不过身子骨还算强健，家里面有一支长枪插在架子上，还有一面古老的盾牌和一匹瘦马以及一条猎狗。因为牛肉比羊肉便宜，他平常吃的砂锅里牛肉就总比羊肉多些。总而言之，无论从哪方面来看他都是一个再普通不过的绅士，这样的人在西班牙的乡村里随手可以抓出一大把来。

然而这位堂·吉诃德绅士也有一个与众不同的特点，就是他读骑士小说读得如醉如痴。

却说这位堂·吉诃德在家里日夜看骑士小说，渐渐地走火入魔了，竟然认为里面所说的都是真事，而且连这世界都是骑士小说里的那个世界呢，充满了游侠骑士、魔鬼和待拯救的贵族小姐与待伸张的正义，他这样渐渐地入魔下去，终于有一天，他彻底把两个世界混淆了，决心去做一个真正的骑士。

他找来一套还是曾祖穿过的盔甲，已经长满了铁锈，由于已经没有了面甲，他便用硬纸板做了一个，他那匹马已经瘦得像他自己一样，身上的毛病比毛还多，但在堂·吉诃德的眼中却是比关公的赤兔还难得的千里马，他给它取了个名字叫“驽骍难得”。骑士还得要个情人，堂·吉诃德想啊想，想起邻村有一个漂亮姑娘，他曾经爱

过的，那姑娘并不知道这事儿，就是知道也一定不会引以为荣的。我们的堂·吉诃德可不在乎，他把这个姑娘当作她的情人，决心为她去行侠仗义、成为伟大的骑士了。

他以后的经历举世闻名，可以说无论哪个伟大的骑士也没有他那么名扬四海。我在这里不能把他那些伟大的历险一一道来真是令人遗憾的事，不过我还是会选几件顶有趣的给大家说说。

这一切齐备之后，堂·吉诃德便策马出行了。他边走边想象着自己将如何名垂青史，甚至连史书上的字句都想好了。美中不足的是他游荡了一整天却什么值得游侠的事儿也没碰上。到晚上他进了一家小客栈，不过在堂·吉诃德眼里这乃是伟大的城堡，站在门前的两个下等妓女则是高贵的小姐。进了客店之后，堂·吉诃德的表现像极了一位勇敢而高贵的骑士，他温文有礼地向两位高贵的小姐问好，又请求那位大贵族，肥胖得像头猪的店东，封他为骑士。达到目的之后，堂·吉诃德骑士便可以堂堂正正地开始行侠仗义了。

堂·吉诃德那些令他名垂青史的游侠行动发生在他第二次出征时。

这次他更像书中所称的游侠骑士了。他有了一个侍从，这个侍从将如他自己一般闻名四海，他就是了不起的桑丘·潘沙。他无论从外表还是从性情都与主人形成了鲜明的、有趣的对比。例如堂·吉诃德像竹竿一样瘦长，他却像酒桶一样矮胖；堂·吉诃德是典型的理想主义者，处处为了理想而战，他却是一个十足的现实主义者，随时想着捞好处。他们的共同点是骨子里都是高尚不过的人。

堂·吉诃德第一次不朽的侠行乃是与风车的战斗。

西班牙是一个临海多风的国家，许多地方都有巨大的风车，用来碾米磨面等，它们像巨人一样屹立在西班牙的大地上。不过这次它们不是像巨人，而真的要成巨人了呢。

却说堂·吉诃德同桑丘·潘沙一起历险，走到一个地方时，远远地有三四十架巨大的风车耸立在旷野里。堂·吉诃德一见大喜，转头对侍从说：

运道的安排，比咱们要求的还好。你瞧，桑丘·潘沙朋友，那边出现了三十多个大得出奇的巨人。我打算去跟他们交手，把他们一个个杀死，咱们得了胜利品，可以发财。这是正义的战争，消灭地球上这种坏东西是为上帝立了大功。

听到这话儿，桑丘·潘沙当然不明白，因为本来就没有什么巨人呀，不过堂·吉诃德可不这样想，他挺枪冲去，嚷道：

即使你们挥舞的胳膊比巨人布利亚瑞欧的还多，我也要和你们见个高下！

他说罢，“一片虔诚地向他那位杜尔西内娅小姐祷告一番，求她在这个紧要关头保佑自己，然后用盾牌遮隐身体，托定长枪飞马向第一架风车冲杀过去。”

结果，勇敢的堂·吉诃德被“巨人的手”一扫，长枪顿时变作几段，他像秋天的落叶一般掉到了地上，动弹不得。

堂·吉诃德没有气馁，胜败乃兵家常事嘛！他继续自己的光荣之旅。他的第二次行侠是在一条大马路上，碰见两个修道士，还有一辆马车、四五个骑马人和两个步行的骡夫，堂·吉诃德一见大喜，硬说那两个黑衣修士是巫师、那辆马车上坐着被掳的公主、那几个骑马跟从的人当然是掳公主的坏蛋了。于是他冲将上去，一阵新的冒险开始了……

说真的，要把这样有趣的场景省掉是一件痛苦的事儿，不过没办法，因为《堂·吉诃德》里到处有如此有趣的地方呢！我们毕竟不能在这里把整部《堂·吉诃德》“克隆”下来呀！

这次冒险后的一段日子里，堂·吉诃德暂时没有碰上值得挺枪冲上去的惊险事儿，而是遇上了几拨好人，他们是一群质朴的牧人。他们热情接待了堂·吉诃德，把他们的干粮让骑士同他的侍者尽情享用，还告诉了堂·吉诃德一个哀婉动人的爱情故事：一个小伙子爱上了高傲的美女，他本是富家子弟，为她脱下袍子，披上牧人的短装，因为那姑娘也这样做了，他苦苦追求她，但姑娘冷漠地拒绝了他，他相思成疾，终于用生命来偿赎了那无望的爱情。他遗命把自己安葬在第一次遇见姑娘的水边，在他的坟前竖着墓碑，上面用简洁的字句刻下了他的遭遇。

两人继续前行，不久便再一次遇险。

这次遇到的可是真正的危险，起因是堂·吉诃德那匹世上少有的好马“驽骍难得”。它在林子边一片碧油油的草地上看到一群漂亮的小母马，一时情不自禁，冲过去想亲热亲热，却被母马的主人—— 一大群马夫打个贼死，堂·吉诃德见状，冲上前去，拿剑就砍。然而虽然他勇敢非凡，终究双拳难敌四手、好汉挡不住人多，被那帮人拿着木桩子狠揍了一顿。主仆两人被打得遍体鳞伤、动弹不得。堂·吉诃德躺在地上抱怨侍从，说这群家伙不是骑士，不配同他决斗，他们本该由桑丘·潘沙出面料理的。桑丘·潘沙一听，便这样回答他的主人道：

> 先生，我是个温和平静的人，不管受到什么冒犯都能容忍……从现在起直到我见上帝的日子，不管上等人、下等人，富人、穷人，绅士、贫民，随他什么地位、什么身份，如果冒犯了我，或者想冒犯我，我不管是过去、现在、将来，反正全都原谅。

如此种种，上面的倒霉事大家一辈子也遇不上一两遭，我们的堂·吉诃德简直一天就可以遇上一遭呢。那事儿不久，他便在一个客店里——在堂·吉诃德看来，这又是个不折不扣的城堡——遭到了残酷的打击，满口牙齿都被一个骡夫打掉了，直昏死过去。原因是他把那个前来同骡夫幽会的独眼罗锅女郎当作前来探望他的高贵公主，紧紧抱住，惹得骡夫大吃其醋。

好了，虽然我很想这样一直写下去，把堂·吉诃德一路的游侠生涯一一告诉大家，但这当然是不行的，所以我们就到这儿吧，就是下面他所遇到的无数比前面说过的更有趣的事儿，包括桑丘·潘沙终于当上了海岛总督，我也不说了，还是大家自己去看吧，我担保您看了后不会后悔。

我下面只讲一下堂·吉诃德是如何结束他的骑士生涯的。

堂·吉诃德行侠日久，他的朋友和亲人们越来越担心，虽然堂·吉诃德一向吉星高照，直到现在还没有被打死——那确是托了上帝好大的福，但难保上帝也有个打盹的时刻，那时他就难免会在同风车、骡夫之类决斗时呜呼哀哉了，他们想啊想，终于想出了一个妙招。决定由堂·吉诃德最好的朋友学士出面，扮成游侠骑士同他决斗，打败他之后令他答应一年之内不得再次出门游侠。他们想，也许一年之内能想出治好堂·吉诃德疯病的法子。

这个计划顺利成功，被打败了的堂·吉诃德只得答应。至于他是怎么为了争论谁是天下第一美人同“白月骑士”打了起来，又怎样被掀下马来，那些趣事这里就不说了，据堂·吉诃德的传记作者说这是他“生平最伤心的遭遇”。反正堂·吉诃德像真正的骑士一样，谨遵自己的诺言，回到了家乡，准备在未来的一年内老老实实做个牧羊人。

回家后不久堂·吉诃德就病倒了，他虽然一向比较瘦，但俗话说有钱难买老来瘦，他应该很健康才对，也许是由于他过不惯在家闲着的日子罢，也许是由于被打败、气伤了脾胃的缘故罢，反正他的病日重一日，连神仙也救不了他了。

就在他行将迈入那亘古未有人回来的地方时，他终于清醒过来，明白了自己过去的所作所为。他找来亲人、朋友们，对他们说了如下的话：

> 各位好先生，报告你们一个喜讯：我现在不是堂·吉诃德·台·拉·曼却了，我是为人善良、号称“善人”的阿隆索·吉哈诺。我现在把阿马狄斯·台·咖乌拉和他那帮子子孙孙都看成冤家对头，觉得荒谬的骑士小说每一本都讨厌，也深知阅读这种书籍是最无聊、最有害的事。我现在靠上帝慈悲，头脑清醒了，对骑士小说深恶痛绝。

接着，他写下了遗嘱，除了给忠诚的侍从桑丘·潘沙一笔钱之外，把他的全部财产传给外甥女，不过有一个要求：

我外甥女安东尼娅·吉哈诺如要结婚，得嫁个从未读过骑士小说的人。

以上就是了不起的末代骑士堂·吉诃德·台·拉·曼却的经历，也是塞万提斯的不朽杰作《堂·吉诃德》的大体内容。

非凡的幽默　评说《堂·吉诃德》就像读它一样，不是一件难事。我想每一个读过它的人，得到的第一印象都是一样的，就是它的幽默。

《堂·吉诃德》也许算不上最伟大的古典杰作——因为本来就很难说有哪部古典杰作是“最杰出”的，但如果说到哪部古典杰作是最幽默的，《堂·吉诃德》就当仁不让了。

我们前面读过了不少西方文学史上的经典之作，从《伊利亚特》《美狄亚》直到《神曲》，它们各有各的特点，如《伊利亚特》中那雷霆万钧般的力量、《美狄亚》中深刻的心理描写或者《神曲》中谜一般的地狱天堂。它们具备了种种特点，然而《堂·吉诃德》却有着与它们都不一样的特点，就是它的幽默。而且这幽默迥异于现在一般电视上那些低级的插科打诨，完全是另一种幽默，一种真正有品位的、读了不但让人发笑，而且读后更让人深思、也令人能增长知识、加深对人类与宇宙的理解的幽默——这也许就是《堂·吉诃德》并没有因为它的幽默而沦为通俗作品的缘故吧。

翻开《堂·吉诃德》，我们随处可以找到令我们捧腹的句子，例如现在我打开的是第十三章，这一章其实应该不那么幽默的。它写的是堂·吉诃德跟一伙牧羊人去参加一次葬礼的事儿。就是这里头也有一些称得上幽默的句子。例如路上牧羊人问堂·吉诃德是干啥的，堂·吉诃德谦逊地答道：“惭愧得很，我是一个微不足道的游侠骑士。”他还说，辛勤劳苦、披坚执锐是他的本分，如此等等，那群牧羊人立时便知道他是一个疯子了。

接着，为了明白他疯到了什么程度，他们又考问起什么是游侠骑士来，堂·吉诃德便从亚瑟王被魔术师变成乌鸦开始引出了一大段妙论，令他们忍俊不禁。

当然，这样的句子在《堂·吉诃德》里确算不上多么幽默的，我们还是另找几句吧。例如在第六章里，堂·吉诃德的神父和理发师朋友看到他被骑士小说弄得这样发昏，就乘着他昏睡的当儿把那些骑士小说来了个末日大审判。

书中写道：大家打开书房，管家妈一看见那些书，忙出去打了一盆水和“一把洒圣水的笤帚”来，要神父用圣水先“把书里那许多妖魔鬼怪赶出去，别留下来再在这里作怪，对咱们图谋报复”。

当神父看见一本叫《艾斯普兰狄安的丰功伟绩》的骑士小说，叫管家妈扔下楼去时，书中写道："管家妈欣然照办，这位艾斯普兰狄安就给抛入后院，耐心等待火焰焚身。"

后面形容管家妈看到这些坏书马上要被烧掉时的快意，说"即使织了一匹幅面最宽、质地最细的布，也不如这件事快意称心。"

这样的句子看来也许没有我们看笑话书时那么赤裸裸地幽默，让我们当下捧腹大笑，然而读罢之后，仔细回味，却不由不令人莞尔，露出会心的微笑。也许这就是经典作品的幽默同笑话书上的幽默之间的区分吧！就像欣赏凡·高的绘画或者贝多芬的音乐这类艺术杰作一样，第一眼时固然也会觉得不错，然而以后越是咀嚼，越是余味无穷。

除了这些，《堂·吉诃德》里面还有一大类幽默，它们不但听起来让人发笑，而且还蕴藏着大量的智慧，我们简直一辈子也汲收不完呢。

这些独特的幽默就是谚语。

翻开《堂·吉诃德》，简直到处都有这类既幽默又智慧的话儿，请看，"单有一只燕，还成不了夏天""只要是人，就能做到教皇""只要把指头放在我嘴里，就知道我咬不咬""看见我怀孕了，却指望我是处女"，等等，够幽默吧？而且耐人寻味。

一个人的智慧是水滴，众人的智慧才是大海，再幽默的人，如果不读书光凭自己一个脑袋想造出很多的幽默来也会有限，所以真正的幽默大师必然会借重自古以来由千百万个人民的脑袋形成的智慧之语，如谚语和俗语等，去构建他们的不朽之作。塞万提斯是这方面做得最好的人，这也是他的幽默得以不朽的主要原因之一。

除了语言的幽默而外，《堂·吉诃德》的另一大幽默之处是情节设计的幽默，这同《堂·吉诃德》幽默的语言一样共同构成了它那伟大的幽默风格。

前面我们曾提过第八章里著名的风车大战，当堂·吉诃德操起兵器向风车冲去时，我们便大笑起来了。

类似这样的情节在《堂·吉诃德》里所在多有，例如上卷第三十五章里他梦中把盛酒的皮袋当成巨人，挥剑与它们血战起来，酒浆四溅，气得酒主人真要同他决斗。此外还有他在酒店里同公爵府第中的种种奇遇，以及桑丘·潘沙当上"海岛总督"后，在岛上那些即便所罗门王本人也不过如此的贤明有趣的统治，等等，总之哪儿都有幽默。

第十四章　莎士比亚的奇迹人生

西方历史上曾经诞生过无数戏剧家、作家与诗人，倘若有谁天真地问：“他们中谁最伟大啊？”一定会被讥笑为“不懂文学”。文学不是12345，怎能比大比小呢？然而如果真的有人问——实际上也有人问过，谁是他们中之最伟大者，他可能得到的唯一答案是莎士比亚。

关于莎士比亚，至少有两点是可以肯定的：他是西方古往今来作品上演最多的剧作家，也是其作品和人生被改编成电影最多的作家，并有多部夺得奥斯卡奖。例如1999年的奥斯卡最佳影片就是《莎士比亚情史》；同时莎士比亚也是所有作家中其作品被引用最多的作家。无数人，从文学大师到哲学巨匠直至普通人都在他们的作品与言语中一次又一次地引用莎士比亚，包括我也是如此。

大家这样做的原因很简单，因为的确能从莎士比亚那里找到所要引用的最恰当的字句。因为，《莎士比亚全集》实在是一个无尽的宝库啊，您不信的话自己去看看就是了。

当然，作为一个文学爱好者，您八成是想了解莎士比亚这位被公认为古往今来西方作家之最伟大者的详情，不但想了解他的作品，还想了解他的人生。所以我在这里要好好地介绍一下莎士比亚，介绍一下他奇迹般的人生与作品。

人们对莎士比亚的作品是如此熟悉，对他的生平却极陌生。

这陌生并不是说我们对莎士比亚的人生知之甚少，相反所知不少，只是我们不能断定这些所知的真真假假，这些有关莎士比亚生平的所知之每一点都遭到过怀疑。到最后连莎士比亚其人的存在与否都成了要争论的话题。甚至于出现了这样的趣闻：前面说过的弗兰西斯·培根的后人说，莎士比亚的戏剧都是培根写的，威廉·莎士比亚只是弗兰西斯·培根的笔名而已！

当然，一般而言人们对莎士比亚的生平还是有一个主流的所知，我现在就把这个主流姑且当作史实，作为莎士比亚的生平记录呈献给大家。

莎士比亚是英格兰人，家乡是一座名叫斯特拉福的小镇。祖父名叫理查·莎士比亚，是个普普通通的农民。理查有一个儿子叫约翰·莎士比亚，他娶了罗伯特·阿登八个女儿中的一个，这个阿登家的女儿又给约翰带来了8个孩子，5女3男，其中的大儿子名叫威廉，全名威廉·莎士比亚，就是我们正在为之作传的这个。

威廉·莎士比亚生于1564年4月23日，这时他的父亲约翰已经靠着精明的脑袋瓜子发了点财，住进了大宅子，甚至还一度做上了斯特拉福的镇长。莎士比亚是长子，从小就从父母那里多得了些宠爱，据说把他宠成了一个淘气得要命的坏小子。

但他的快乐时光并没持续多久，7岁那年被父亲送进了学堂，就像羊儿被关进了羊圈。在学堂，他被逼着成天学些没意思的东西，甚至要学外语——拉丁文。早上六点就开始不停地背书、用拉丁文做祷告，直到中午十一点才能回去吃饭。下午一点又要来，直到五点钟才可以回家。

有证据表明，小莎士比亚在学校里得到最多的不是拉丁文，而是挨打。从前英国的教师们似乎有一个特别的癖好——打人。要是大家读过狄更斯的《大卫·科波菲尔》或者《简·爱》，读过可怜的小汤姆·特拉德尔和小简·爱在学校里的悲惨遭遇就会知道那是什么样的情形了。

莎士比亚的学校教育到他16岁时就结束了，因为他父亲破产了，不再能供他上学。他就乘机上社会大学了。据说他到了一个屠夫那里当学徒，他从这个屠夫那里学到的东西除了杀猪卖肉短斤少两的技巧外，就是演说了。因为这个屠夫是个讲道理的人，每当他要杀猪了，就会发表一通演说，向那头可怜的猪证明他有充分的理由要杀它。

做了两年学徒后，莎士比亚完成了人生一件大事：他结婚了！妻子是一个富农的女儿安妮。一年后他们有了一个女儿，两年后又一下生了两个儿子，其中一个叫哈姆雷特。

莎士比亚虽然已经是三个孩子的父亲了，但毕竟只有二十来岁，还是个毛头小伙子。喜欢各式各样的刺激，例如打猎。但在英国森林都是有主儿的，只有它的主人才有权在里面打猎，莎士比亚可不管，有一次他偷偷潜入一个贵族的森林，打了一头鹿，结果被发现了，贵族便派人狠狠揍了莎士比亚一顿，临走对他说：还没完呢，你等着瞧！

这个贵族是个地头蛇，莎士比亚害怕了，采取了一个最简便的办法：三十六计，走为上计，目的地是距斯特拉福不过两三百里路的伦敦。这大约是1586年的事。

前面说过，莎士比亚不过上过几年文法学校，顶多相当于我们的初中毕业。到伦敦自然找不到好活干，他好容易找到了一家剧院，在里面替人打杂。例如替来看戏的客人牵牵马，或者在后台帮演员们做这做那。

接下来的也许是文学史上最令人不可思议的事了！这个初中毕业的莎士比亚竟然动手写起剧本来了！而且从第一次提笔起写的就是经典名著！真是太不可思议了！一则以莎士比亚已有的知识基础似乎不可能写出像样的剧本来，更不可能写出如此伟大的作品来！二则即使莎士比亚是亘古未有的第一天才，靠着他成天与戏打交道，领悟了戏剧的真谛，也应该费些时日才写得出惊世之作来。要知道创作功可不像《天龙八部》里段誉的抗毒功，花几分几秒吃个莽牯朱蛤就百毒不侵了。

莎士比亚第一出戏上演的时间是1590年，这时他来伦敦才四年，年仅26岁，来伦敦前他对戏剧一窍不通。

他的第一个剧本是《亨利六世》。我想这也许是人们怀疑写《亨利六世》的人是不是这个叫莎士比亚的剧院伙计的原因，如果轮到我，也会觉得这几乎是不可能的事。

莎士比亚的第一出戏就大获成功。从此他的名字就跻身于当时一流戏剧家之列，且不久就用太阳般的光辉盖住了所有人，用他如涌泉般的新作统治了整个舞台。

也就是这个时候，他认识了对他的一生颇有影响的人——南安普顿伯爵。这位年轻英俊的伯爵很受伊丽莎白女王的宠爱。他一心学习古罗马的光荣传统，以文艺的保护人自居，当莎士比亚像太阳一般在文学界升起，他怎能不去注意、不去做他的保护人呢？莎士比亚对这位年轻英俊的贵族也充满了敬意，专门写了一首长诗献给他，就是《维纳斯与阿都尼》，这首诗像莎士比亚的剧本一样有趣，大家可以去读读，尤其是男同志一定会喜欢。听说伯爵对莎士比亚的这个奉献十分得意，赏了他足足1000英镑，这大概有点儿夸张，当时的1000英镑抵得上现在的100万英镑——莎士比亚后来在伦敦市内买了一幢房子也只花了区区140英镑。

莎士比亚认识他的这位保护人是1592年左右的事，这一年和下一年伦敦都在大闹瘟疫，一周要死上千人，莎士比亚就躲在保护人富丽堂皇的宅第内写他的剧本，外加一首首的十四行诗，这些诗同样是诗史上的顶峰之作。

当然他的主要精力还是用来写剧本，从1594年起的四年内他一口气写了7部喜剧、4部历史剧、2部悲剧。也就是说平均每三个多月就要写一部不朽巨剧。这几乎是不可能完成的任务，完成它们也是不折不扣的奇迹！

1596年莎士比亚发生了一件不幸的事，他的儿子哈姆雷特死了，年仅11岁。为这事，与故乡阔别整整11年后，莎士比亚这游子终于回来了。但这时他可今非昔比了，他已经不是威廉小子，而是莎士比亚先生了，就在这一年，他被册封为贵族。第二年，他在家乡买下了当地最大的一座宅子，准备将来叶落归根。

1599年，莎士比亚的剧团正式建成了属于自己的剧场，就是后来很有名的环球剧场。莎士比亚做了剧场的股东，每年都可以分红。这样即使他不再演戏写剧本，每年也有足够的钱过上足够舒服的生活了。

两年之后，莎士比亚来伦敦后一向一帆风顺的生涯涌起了一次不小的恶浪，差点儿要了他的命：一天，几个贵族来到环球剧场，要演莎士比亚四年前写的《理查二世》，并且愿出十个英镑的酬金，这在当时也是笔大钱，演员们答应了。

第二天，伦敦街头出现了一群手持武器的家伙，号召市民们起来造反、杀了女王。其中包括莎士比亚的保护人南安普顿伯爵。他们立即被逮捕法办了。环球剧场的职员们也被带到了法庭，受到审判。他们这才弄清楚那几个贵族叫他们演《理查二世》的用意：剧本里有国王被推翻的场景。他们也明白了，当演到这个场景时，为什么台下有那么多人起劲地欢呼。好在他们事先对此一无所知，不知者不罪，法庭就把他们全放了，至于那些叛乱者，他们被放到断头台上去了。

1603年，威风八面，带领英国成为欧洲首强的伊丽莎白女王死了，被她处死的苏格兰女王玛丽（茨威格为她写过一本很好看的传记《玛丽·斯图亚特传》）的儿子登上英国王位，是为詹姆士一世。这位新王很爱看戏，刚登王位便将当时最有名的剧团，当然就是莎士比亚的剧团，更名为“王家供奉”剧团，莎士比亚等人也被任为“王后寝宫近侍”。给莎士比亚这个头衔可不是要莎士比亚去侍候王后睡觉，这只是个最小的宫廷职位罢了，像孙悟空当过的“弼马温”。

自从儿子死后，莎士比亚不再把家乡当陌路，几乎每年都要回家乡一次，而且已经准备一旦退休就叶落归根、长居故土。他每年回斯特拉福镇时都要经过牛津，必在一个叫达维南特的人开的旅馆休息几天。这达维南特是个沉默寡言的人，唯一的爱好是看戏，对莎士比亚的莅临自然兴奋之至，为了表示感谢简直愿做任何事呢。事实上他也很可能做了一件一般男人和丈夫很难做出的牺牲。他有一个美丽活泼的妻子，对成天哑巴一般的丈夫可能有点那个，当她遇到十分健谈、又闻名遐迩的莎士比亚时，怎不芳心暗动，来个明修栈道、暗度陈仓？后来就有了一则传闻，说她同莎士比亚有了私生子，就是她的二儿子。他像莎士比亚一样也叫威廉，后来同样成了著名的戏剧家和诗人。他曾对人暗示过自己的亲生父亲是莎士比亚，甚至他的父亲达维南特先生也做过同样的暗示。

成了王家供奉的环球剧场生意更加兴隆，莎士比亚是股东，那分红得来的钱也一天多似一天。这时莎士比亚刚四十出头了，不但名声在外，而且是不大不小的富翁了。他一下子就花了足足440英镑在家乡买了一大片土地，准备老来好用。这时他的女儿也嫁了一个好丈夫，是个远近闻名的大夫。除了弟弟的去世令他伤心过一阵子，他的日子可谓风调雨顺、乐在其中。

1609年，已经发了大财的王家供奉剧团买下了另一个叫“黑花”的剧场，专用于冬天搞私家演出，这些私家演出的观众都是些阔佬，舍得买高价票，剧场当然更有钱了，莎士比亚也更富了。

然而得之东隅，失之桑榆，莎士比亚的毕生事业这时遭到了第一次、也是最后一次打击。

为了让演出多样化，剧团又请了两个人来写剧本，这两个家伙贵族出身，谈不上有什么戏剧天才，但却熟悉权贵们锦衣玉食的生活，也熟悉他们的种种癖好，他们写的剧本就正投其所好，充满了精雕细琢得曲折无比的情节。这些戏剧对那些趣味低级的权贵们，或者成天想着要过上权贵们日子、过不上看看也好的小市民们产生了莫大的吸引力。

这时的英国正是国势蒸蒸日上，到处一派歌舞升平。我们可以把它比作初建大观园时的贾府，观众们则像请贾宝玉题扇写字的趋炎附势之辈。他们当然爱看那两个“贾宝玉”写的花里胡哨的东西，哪里还有闲情去领会莎士比亚剧作里严肃深刻的意蕴呢？连莎士比亚剧本里的插科打诨他们也觉得大不如两个贵族子弟的浮词艳曲“有味”。于是有人站起来对莎士比亚说，你的剧本与弗莱契——这是那两个贵族子弟剧作家中的一个——相比，就像拿白水比蜜糖一样。

听到这样的比较莎士比亚不知是伤心呢，还是冷笑，反正他回到斯特拉福去了，从此不再理戏剧这档事，这时大约是1613年，莎士比亚49岁。论年纪已不年轻，但说到退休，那是太年轻了点。

我想莎士比亚这样做一是不想再与年轻人争虚名，反正他得到的名够多的了；二是他在喧哗的剧场里摸爬滚打快三十年了，感到疲惫了，很想找个地方安静安静。三是这两个年轻人写的剧本只要人爱看，他何尝没有好处呢？他只要在家里坐等分红就成了，要知道莎士比亚写剧本毕竟是为了挣钱啊！

总之，莎士比亚回到了家乡，住进了他早买好的大房子里，享受从前很少有机会享受的天伦之乐，他很爱女儿，但好像不大爱老婆，也许是因为她比他大了整整7岁，这时的莎士比亚正当盛年，而安妮已经五十有六、人老珠黄了，且夫妻长期分居，何曾有机会培养深厚的感情呢？

后来，在莎士比亚的遗嘱上我们看到这样的情节：他把大部分财产给了大女儿和她的医生丈夫；二女儿也得到了300英镑和一只名贵的银杯；连他在剧团里的朋友们也得到了一笔钱。唯有他的妻子，他给她留下了这样一些东西：一张“质地较差”的床、床上的被子、枕头、床单。仅此而已！更加过火的是，他还明文规定，他在伦敦城里那幢房子的所有收入他妻子无权过问。

是他的妻子曾对他不忠，或伤害过他吗？不是！在他离妻弃子、远走伦敦的漫长岁月里，安妮默默地、含辛茹苦地替他将三个孩子抚养长大，可以想象这日子是何等艰难。然而莎士比亚对这一切无动于衷，联想起莎士比亚对犹太人和黑人的偏见以及他的私生子来，我只能得出这样一个结论：

伟大的作品并不意味着伟大的人格。

莎士比亚是1616年4月23日去世的，这天他年满52岁。

第十五章　哈姆雷特

在莎士比亚所有的剧作之中，《哈姆雷特》不是最美的，然而无疑是最震撼人心的。

哈姆雷特是丹麦王子，他的父亲是前国王，丹麦现在的王则是他的叔父、他父亲的弟弟。他父亲在不久之前死去，据说是被毒蛇咬死的。此后弟弟便继承兄长的王位，并且更进一步继承了长兄的妻子。这一切几乎发生在同一时候，就如剧中所言：葬礼上剩下的残羹冷炙接着便用来做婚礼的佳肴了。

这就是《哈姆雷特》的背景。

生存还是毁灭　在第一幕中，第一场开始的地点是王城的城头，两个军官相对而上，另外还有王子哈姆雷特的朋友霍拉旭，他们谈起了近两夜在此处发生的惊人一幕：一个鬼魂，披盔戴甲，形貌酷似前王，在这里游荡。这时鬼魂又来了，霍拉旭想同它说话，但它没有搭理，当鬼魂第二次出现，好像正要与霍拉旭说话时，鸡已晨啼，鬼魂消失了。

第二场移到了城堡之内，国王、王后、哈姆雷特及剧中其他重要人物大都在场。

此时最引人注目的就是国王，他的言语无懈可击，一开始就在三个方面表现出了他是一个贤明的君主：一对前王，他的兄长表达了哀悼之情；二则表达了对国家的关心，要派人去制止挪威王子的妄行；三则表达了对侄子哈姆雷特的深切关爱，他要哈姆雷特把自己当作父亲。

哈姆雷特这时并没有怀疑他，只是仍感到悲伤，主要是因为母亲。他哀叹她丈夫尸骨未寒就嫁给了小叔子。哈姆雷特叹道：

> 脆弱啊，你的名字就是女人！

霍拉旭同前面的两个军官来了，他们告诉哈姆雷特鬼魂的事，他顿时嗅到了阴谋的气味。

第三场发生在波洛涅斯家中，他是丹麦王的重臣，他儿子雷欧提斯正要到法国去，父子俩一齐叮嘱奥菲利娅，叫她不要理哈姆雷特，因为他的地位太高，他的爱也就靠不住。

奥菲利娅是极美丽、温柔、贤淑的女子，令人心仪，结局却令人心碎。

第四和第五场里，哈姆雷特见到了父亲的亡魂，父亲告诉了他死亡的真相：他的弟弟乘他睡着时，把一种毒汁灌进他的耳朵。

同样可怕的是，这样被谋杀令得他连临终的忏悔都没有做，因此要背负着全部的罪恶，为之在地狱忍受骇人听闻的酷刑折磨。

听到这些惊心动魄的言语，哈姆雷特之悲愤可以想象，他立誓替父复仇。然而他也知道那十分困难，因为他要面对的乃是强大的一国之君，他想出了一个计策。

什么计策呢？接下来第二幕中便明了了。

这幕的第一场中，在波洛涅斯家中，由奥菲利娅道出了哈姆雷特王子的新消息——他疯了。

波洛涅斯老人家自以为聪明，忙跑去找国王，说哈姆雷特是因为得不到他女儿的爱而发疯的。

第二场又回到了王城。来了两个丹麦王的臣子，也是哈姆雷特的旧同窗，他们的到来乃是国王的主意，他看到哈姆雷特闷闷不乐、神经兮兮，特意请他们回来宽慰他。

他们了解自己的使命，特地找来一个剧团，想用看戏来调节王子的心情。接下来便在他俩与哈姆雷特之间展开了一场有趣的对话，疯了的哈姆雷特变成一个十足的哲学家，满口玄言奥语。

其实，他暗自高兴来了这群伶人，想出了一个计策来验证叔叔是不是杀人凶手。

这一幕的最后，哈姆雷特有一段有名的自白，表达了他这时矛盾而痛苦的心境。弗洛伊德对此曾有一番令人震惊的论述。

第三幕一开始，国王、王后同奥菲利娅等都来了，他们决定用奥菲利娅一试，看王子是不是为了红颜而疯。他们让奥菲利娅站在那儿读书，好像是偶尔遇上了王子。王子来后，道出了一段也许是古往今来最伟大的台词：

> 生存还是毁灭，这是一个值得考虑的问题，默然忍受命运的暴虐的毒箭，或是挺身反抗人世的无涯的苦难，通过斗争把它们扫清，这两种行为，哪一种更高贵？死了，睡着了，什么都完了。要是在这一种睡眠之中，我们心头的创痛，以及其他无数血肉之躯所不能避免的打击，都可以从此消失，那正是我们求之不得的结局。死了，睡着了，睡着了也许还会做梦，嗯，阻碍就在这儿：因为当我们摆脱了这一具朽腐的皮囊以后，在那死的睡眠里，究竟将要做些什么梦，那不能不使我们踌躇顾虑。人们甘心久困于患难之中，也就是为了这个缘故。谁愿意忍受人世的鞭挞和讥嘲、压迫者的凌辱、

傲慢者的冷眼、被轻蔑的爱情的惨痛、法律的迁延、官吏的横暴和费尽辛劳所换来的小人的鄙视，要是他只要用一柄小小的刀子，就可以清算他的一生？谁愿意负着这样的重担，在烦劳的生命的压迫下呻吟流汗，倘不是因为惧怕不可知的死后，惧怕那从来不曾有一个旅人回来过的神秘之国，是它迷惑了我们的意志，使我们宁愿忍受目前的折磨，不敢向我们所不知道的痛苦飞去？这样，重重的顾虑使我们全变成了懦夫，决心的赤热的光彩，被审慎的思维盖上了一层灰色，伟大的事业在这一种考虑之下，也会逆流而退，失去了行动的意义。

他又对奥菲利娅说了一大段疯话，结论是所有没结过婚的女人都应当“进尼姑庵去吧”！

他的疯狂令奥菲利娅心碎。

接下来的一场仍发生在王宫内。哈姆雷特带了一帮戏子进来，这时他好像完全正常了。他指导伶人们演戏，还请他的老朋友霍拉旭好好看着国王，看他对这个剧有什么反应。

国王的反应是这样的：当他看到扮演凶手的演员将毒药灌入公爵的耳朵时，立即站了起来，拂袖而去。

哈姆雷特明白了，鬼魂没骗他。

国王想哈姆雷特可能已经发觉了他的阴谋，决意采取断然措施。

那出戏也令得王后不高兴，她叫人找王子来见她。母子俩展开了一场深入的交谈，哈姆雷特明白地指责母亲的改嫁，改嫁给一个如此不堪的家伙。这些话像刀子一样戮进王后的心里，她求儿子不要说下去了。不过她也开始了解自己的可悲，决心保护儿子。

然而在这之前，在哈姆雷特刚进入母后的寝宫时，他杀死了波洛涅斯、他热爱的奥菲利娅之父。因为当他与母亲对话时，他发觉那帘幕的背后有人，乘机一剑刺去——他以为是国王，然而不是，他杀死的只是可怜的老臣，他正在那儿准备偷听母亲怎样将儿子责备呢。

疯狂与死亡　第四幕一开始国王便向王后索问哈姆雷特，王后告诉他哈姆雷特在疯狂中杀死了波洛涅斯，国王一听大惊，感觉事情不妙：如果是他躲在幕后，那死的不就是他吗！他立即决定将哈姆雷特送到英国去，又想好了一个借刀杀人之计。

奉国王之命，国王那两位双胞胎一样从来不分开的臣子又来找哈姆雷特了，他们要带哈姆雷特去见国王。

国王叫哈姆雷特立即起程去英国，那两位臣子带着他。

下面是第四场了，哈姆雷特在路上碰到了挪威王的侄儿，他正带领一队兵假道丹麦去攻打波兰，目的只是要夺取一小片毫无价值的不毛之地，但为了荣誉，他义无反顾。对方的波兰人基于同样的理由倾力捍卫。这一切震撼了哈姆雷特，他感到了自己的懦弱。

第五场先在城堡之中，从这里传出了一个令人痛苦的消息：奥菲利娅疯了！

她前面刚亲见爱人的发疯——虽然因为父兄的禁制她曾有意回避哈姆雷特，然而她的内心早已情根深种，接着又得知老父的惨死，他们乃是这世上她最爱的人呀！叫她如果不痛苦得发疯？！

她对着国王和王后唱了许多莫名其妙的歌，飘然走了。

这时宫外一阵喧闹，进来的正是雷欧提斯——波洛涅斯之子，奥菲利娅之兄。他在国外听到了父亲不明不白的死，怒发冲冠，正所谓杀父之仇，不共戴天，他领着一队叛军杀向王宫，打败了守宫的瑞士卫兵，冲将进来。

然而狡猾的国王很快就把激动的雷欧提斯安抚下来，告诉他，杀他父亲的并非他而是另有其人，他们应该共谋惩凶。

这时奥菲利娅又来了，雷欧提斯一看到她始而兴奋，继而心碎——妹妹，现在他世上唯一的亲人，疯了！

奥菲利娅又对着众人唱了一些既像无意义又似充满了哲理的言语，正如雷欧提斯所言：

> 这一种无意识的话，比正言危论还要有力得多。

看得出她实在是痛苦至极。

这一切令雷欧提斯复仇之心更炽。

下面第六场很简单：霍拉旭接到了哈姆雷特的信，叫他把一封信交给国王，然后“像逃命一般地火速来见我”。

第七场到了王宫之中，国王已经让雷欧提斯相信不是他杀死其父的，这时他收到了哈姆雷特派人送来的信，说他“已经光着身子回到您的国土上来了”。国王正满心盘算着告诉雷欧提斯他是如何巧计除掉哈姆雷特的，这消息有如晴天霹雳。不过比老狐狸还狡猾的他立即眉头一皱，计上心来。他如此这般告诉雷欧提斯，说这样就蛮有把握可以除掉他的杀父仇人了。

他们刚计议停当，王后奔进来，报出了一个大不幸的消息：奥菲利娅死了！她如是描述了奥菲利娅之死：

在小溪之旁，斜生着一株杨柳，它毵毵的枝叶倒映在明镜般的水流之中；她编了几个奇异的花环来到那里，用的是毛茛、荨麻、雏菊和长颈兰……她攀上一根横垂的树枝，想要把她的花冠挂在上面；就在这时候，一根心怀恶意的树枝折断了，她就连人带花一起落下呜咽的溪水里。她的衣服四散展开，使她暂时像人鱼一样漂浮水上；她嘴里还断断续续唱着古老的歌谣，好像一点不感觉到处境的险恶，又好像本来就是生长在水中一般。可是不多一会儿，她的衣服给水浸得重起来了，这可怜的人歌儿还没有唱完，就已经沉到泥里去了。

悲惨的结局　第五幕，也就是最后一幕里我们来到了奥菲利娅将要永眠之地，两个小丑携锄而上，要为她挖掘坟墓。

这时哈姆雷特同霍拉旭来了，雷欧提斯、国王和王后也都来了。哈姆雷特先躲到了一边，可当他看到雷欧提斯跳进墓坑，知道那被埋葬的是他倾心相恋的人儿时，他跳出来了，一边大喊着："哪一个人的心里装得下这样沉重的悲伤？"也跳进了墓坑。

所谓仇人相见，分外眼红，若不是国王暗示雷欧提斯他们的计谋，他们说不定马上就要拼命了。

下面第二场仍在王宫中，哈姆雷特同霍拉旭在说话，他告诉了一件令霍拉旭目瞪口呆的事。他说，他原来是同那两个臣子一起到英国去的，晚上不知为何突然感觉不妙，他知道那两个旧同窗、现在国王的忠仆是带着一封给英王的国书的，他偷偷将那封国书打开来，发现国王请英王"必须不等磨好利斧，立即枭下他的首级"。

哈姆雷特便不声不响地另写了冒名的新国书，命令英王在接到国书之后，立即将送信的两个人杀掉。

为什么丹麦王能命令英国国王呢？这可不是丹麦人吹牛，而是史实，那时英国还是丹麦的附庸，英国对丹麦要年年进贡、岁岁来朝的，那贡钱叫"丹麦金"，有关史实我们在前面讲英国的诞生时曾经说起过。

这坚定了哈姆雷特立即复仇的决心。

此时又来了国王的一个使臣，他告诉王子，国王对雷欧提斯说，要是他同哈姆雷特比起剑来，在十二个回合之中至多不过多赢三个回合，可是那雷欧提斯说他起码可以赢九个回合呢。国王不信，他已经同雷欧提斯打了个十匹骏马的赌，就等哈姆雷特去比试了。

哈姆雷特应战，《哈姆雷特》的最后一幕开始了。

比剑在王宫举行，就在他们即将出剑时，国王告诉他们他在桌上斟好了两杯酒，如果哈姆雷特占了上风，他要亲自把这杯酒端给他，并把一粒“比丹麦四代国王戴在王冠上的更贵重的珍珠”放在酒杯里。

二人一上手，果然哈姆雷特占了上风，接连刺中雷欧提斯两剑，国王看到这情形，便把预先斟好的那杯酒端给哈姆雷特，叫他喝。但哈姆雷特说要等比赛完再喝，王后看到儿子出了汗，就把手绢给他，要他擦汗，并代儿子喝下了国王斟的酒。

为什么雷欧提斯一再被哈姆雷特击中，自己却一剑也击不中对手呢？这并不是雷欧提斯真的剑术不如，而是他的良心不赞成他干这种事。

这时我可以告诉大家前面第四幕第七场中国王同雷欧提斯想出的计谋了：这场比赛其实是一个陷阱，哈姆雷特用的剑只是普通比剑用的伤不了人的钝剑，雷欧提斯拿的却是可以杀人的利剑，更可怕的是，雷欧提斯还在剑尖上涂了极剧烈的毒药！国王为了保险起见，他原来说当哈姆雷特占上风要亲手端给他的酒里也下了最厉害的毒药。

哈姆雷特看到雷欧提斯明显没有出全力同他比试，就责备了他，雷欧提斯终于提起剑来，一下刺中了哈姆雷特。哈姆雷特也还击，比赛顿时激烈起来，争斗中他们互相夺掉了对方手中的剑，哈姆雷特用抢来的剑刺中了雷欧提斯。

这时王后倒了下去，她对跑过来的哈姆雷特说“那杯酒里有毒”，说罢便死了。

受了哈姆雷特两剑的雷欧提斯也倒下了，临死他把他同国王定下的阴谋告诉了哈姆雷特，告诉他国王乃是一切的罪魁祸首。

哈姆雷特一听，得知手中的剑浸了毒，立即一剑向国王刺去，接着又把剩下的毒酒全灌进了国王的喉咙，一边喊道：

> 你这败坏伦常、嗜杀贪淫、万恶不赦的丹麦奸王！

国王立即一命归阴，到地狱受那永无希望的煎熬去了，已被毒剑伤了的哈姆雷特和雷欧提斯随即死去。

这时打败了波兰人，取道丹麦回国的挪威王侄福丁布拉斯正好赶到，被拥立为丹麦新王，并厚葬哈姆雷特。

第十六章 弥尔顿，无敌大诗人

前面我们已经讲过了两部伟大的史诗《伊利亚特》和《神曲》，现在我们要来讲第三部，也是西方文学史上最后一部伟大的史诗——《失乐园》，它的作者就是被另一位伟大的诗人雪莱称为“无敌大诗人”的弥尔顿。

约翰·弥尔顿1608年12月9日出生在伦敦，他老爹是伦敦金融界的公证人，一个小富翁，在赚钱的同时也爱好文学和艺术，还是当时一个相当重要的作曲家，对孩子的一生有重要影响。

七岁左右时弥尔顿进了当时一所很有名的学校，这里特重视语言教育，孩子们进校开始就学习诸如希腊文、拉丁文甚至希伯莱语这些创造了西方文明的语言。

17岁时他进了我们久仰大名、如雷贯耳的剑桥，在这里一待就是七年，获得了硕士学位。

在这里他有了一个绰号“淑女”。因为他脸蛋长得漂亮，这种漂亮可不是男子汉的英俊，而是宛如女孩的娇美。

我们可不要以为他的内心也如同外表一样柔弱，相反，他是一个有着坚强信念的人，从不盲目屈从于所谓的权威，大学的第二年曾与他那顽固的导师发生冲突，受到惩戒，被罚停学了一段时间。

大学毕业后，他觉得自己知识还不够丰富，于是回到了家，闭门苦读了整整六年，才终于出关了，一出就到了国外，到了伟大的文艺复兴的摇篮意大利去旅行。

他从佛罗伦萨、罗马、那不勒斯等一路行来，逛了一年左右才回到英格兰，然后在伦敦租了一套房子，办起私塾来。

除了给小学生们教授ABC之外，弥尔顿这时候也开始参与他将为之贡献毕生精力的伟大事业——为英国人民的自由而奋斗。

这时英国正处在查理一世的统治之下，他一心想剥夺英国人民的自由，实行腐败的君主专制，而英国人民以国会为首，开始了对国王的反击。

1642年8月，查理一世在诺丁汉郡举起了战旗，向国会宣战，英国内战正式爆发了。

弥尔顿自始至终参加了这场伟大的革命，是坚定的革命者。

不过他闹革命的武器不是火枪，而是笔。从1641年开始花了差不多整整二十年来写捍卫英国人民自由的“小册子”。所谓小册子就是一些小开本的书，它们通常都是一篇文章，不过当作一本书来出版，当然这样的书篇幅短小。然而它的力量在当时却是连长篇大论都比不上的。其因有二：一是这些小册子因为页数少，印装也很简单，因此售价极低，通常只有一两便士一本，大约就相当于我们现在的一两块钱罢，当然谁都买得起。第二是这些小册子虽然便宜，它的内容却像刀枪火药一般有力，别忘了它的作者是什么人！

他的不少小册子是有关婚姻问题的，名字叫《论离婚之原则与戒律》，这些文章中有时充满了痛苦，也充满了对婚姻的珍惜，他认为离婚是错误的，唯一能导致离婚的理由是通奸，这也许是对他自己婚姻不幸的呐喊。

弥尔顿是在1642年结婚的，对象是一个乡村贵族的女儿，时年才17，据说长得很漂亮。大家可以想象，一个诗人、学者与一个几乎是文盲的姑娘，一个生性冷静严肃的男人与一个娇憨活泼的姑娘能够顺利地生活在一起吗？何况这时候的丈夫由于成天忙于写小册子论战，几乎没有时间理会她，她如何待得下去？结婚才一个月，她就借着回家省亲的机会，一去不回了。

一直过了三年，在朋友的撮合下她才回到了家，几年之后，这年轻的妻子就死于难产，给他留下了三个女儿。

这是弥尔顿死去的第一个妻子，几年之后，他又娶了第二个妻子，也在婚后一年多就死于难产，55岁时他娶了第三个妻子，才伴他到老。

这也只是伟大诗人一生所遭受的许多不幸之一而已，而且绝不是最不幸的。

他最有名的小册子是一些政治论文。在这些小册子里弥尔顿阐述了国家权力属于人民的原则，即人民可以自愿把这些权力授予一个君主，然而若君主不肯为人民服务，或者想实行专制，人民就有权收回权力，甚至可以把暴君处死，这无疑是替革命者处死查理一世辩护的。当这篇小册子发表之时，查理一世刚刚在两周之前被斩首。

由于他鲜明的革命立场，继查理一世之后统治英国的克伦威尔政府请他做了国务会议的外语秘书，弥尔顿担当这个职务当然是毫无困难的，他精通从希腊语到意大利语等多国外语。不过请伟大的诗人当这样的“七品芝麻官”也有大炮打蚊子之嫌。

后来，正在大陆流亡的查理二世请当时欧洲最有名的学者之一萨马尔修斯写了一本小册子《为国王声辩》，对英国的革命者们进行了猛烈攻击，它写得相当出色，在全欧激起了强烈反响，大家仿佛一夜之间全成保王派了。

看到这种情形，弥尔顿当仁不让，他立即写出了《为英国人民声辩》，是用当时欧洲的国际语言拉丁文写成的，文中弥尔顿猛烈反击了《为国王声辩》里所有的论点，更有力的还是他对对手的人品进行了无情抨击。据说萨马尔修斯就像《三国演义》里的周瑜一样，被活活气死了！这篇文章加上后来写的《再为英国人民声辩》使弥尔顿作为政论家的声誉达到了顶峰，这大概就是他被尊为“无敌大诗人”的原因，因为在辩论场上他真的无敌呢！

当时给他声誉的小册子最后带来的却是灾殃。

我们知道，英国的共和国最后失败了。克伦威尔死后，共和国内乱，度过了十多年流亡生涯的查理带着一大群保王党人风风光光地回到了英国，继位称王，是为查理二世，这是1660年5月的事。

回到英国后，他立即展开了疯狂报复，不但处死了共和国活着的领导人，甚至把克伦威尔的尸体挖出来，像伍子胥对楚平王一样来了个掘墓鞭尸。

这时候共和国的重要捍卫者弥尔顿当然也要倒霉了，国王刚回来不久便对他发出了逮捕令，幸好朋友的相助，才没有掉脑袋。

诗人从此淡出了政治的旋涡，开始了一生中最为伟大的创造。

这就是文学创作。

这时候诗人已经失明，成了盲人。

也就是说，他三部最伟大的作品《失乐园》《复乐园》《力士参孙》都是在双目已经失明的情况下完成的。第一部《失乐园》写人类的始祖亚当因受魔鬼撒旦引诱而吞食智慧之果失去伊甸园的事；第二部《复乐园》则讲“第二个亚当”耶稣基督为人类找回失去的乐园的故事，第三部《力士参孙》是写《圣经》中的英雄参孙的故事。其中最有名的是《失乐园》。

《失乐园》大约始于1655年，历时10年完成，初版在1667年印行，立即引起了巨大的反响，诗人也随即跻身于最杰出的英国诗人之列。

写作时，他半躺在一张长椅上，把一条腿跨在扶手上，开始用口“写作”。他那漆黑一团的双眼好像通过心灵的天窗在望着远处缪斯的明眸，那美丽的诗句便如泰晤士的河水一般奔流而出。

他的“活录音机”，例如他弟子们、朋友们、两个外甥或者两个小女儿，便用笔记下他的一字一句。

1674年11月8日，他还差几日就满66岁，不过他永远也等不到那天了，残酷的痛风病就在这天夺去了他的生命。

第十七章　人类何以失去乐园

弥尔顿的代表之作是《失乐园》。

《失乐园》的内容很有趣，它可以为我们解开两个大谜：一个是宇宙的诞生；另一个是我们人自身的诞生，当然，最核心的是告诉我们，人类为何会失去曾经的乐园——伊甸园。

据《圣经》记载，人类始祖亚当与夏娃一开始都在伊甸园里过着神仙般的日子。但人类现在已经不住在伊甸园里了，人间也充满了苦难，这是为什么呢？

为了说明这个问题，我们先要引进一个魔鬼撒旦，他是《失乐园》的主角之一。

撒旦原来是一切神中仅次于上帝的神，是天上一切天使的老大——天使长。

他身为天使长，却带头反叛上帝，想与之一决高低，争夺天堂的宝座，无数天军也响应他的号召起来反叛，可他们哪是上帝的对手，被上帝从天堂中打将下来，一直落到无底的地狱深渊，被禁锢在金刚不坏的镣铐和永不熄灭的刑火之中。

昏迷了一段时间后，撒旦醒将过来，看到了他们所处的地方，感受到了那硫黄烈火炙烤的灼痛。他毫不畏惧，挺直了山岳一般的身躯，唤醒了他昏睡的战士们，发表了一通激动人心的演说，他告诉战士们，他们还有复仇的机会。他听说上帝不久就要创造一个新世界，里面居住着一个高贵的种族，他们将是上帝之子，是上帝的选民。撒旦告诉大家，当务之急就是设法去看看这个族类和他们居住的乐园，或许可以从中找到复仇的机会。

魔王出了地狱之门，看见在地狱与天堂之间有一个广漠无垠的“混沌界”，那路一开始就充满了艰难险阻，最后，在“混沌老王”的指点下，他终于到达了人类的新乐园，它是个什么样儿呢？它：

> 就是用金链条悬挂在空中的这个世界，
>
> 好像月亮旁边一个最微细的星球。

撒旦的作为岂能躲过万能之神的法眼呢？他在天庭中用天目对天上、人间与地狱的一切一览无余，也看到了魔王正沿着天国的城墙飞来，他把这指点给正坐在他右首的独子看，告诉他撒旦将要做的事，并说他将得逞，也就是说人类将被引诱犯罪，将被惩罚，并得不到救赎，除非有人替他们赎罪、为他们受难。

这时，神的独子说，他愿意如此，愿意舍己为人！

他的话令神感到高兴，他赞赏独子，也预言了独子将替人类受难。

这时撒旦又怎样了呢？他已经来到了混沌与天堂分界之处，在那里高视阔步，活像喜马拉雅山上的一只秃鹫，它“吃饱了羊羔的肉之后，飞向印度恒河或印度河的发源地，途中降落在丝利刻奈的荒野，那儿中国人用风帆驾驶藤的轻车。”

撒旦一直飞进了伊甸园。

他纵览园中那美妙无比的景致，看到了亚当与夏娃，他们的外貌也与天使不相上下，恩爱更是堪作后世一切夫妻的楷模，至于他们生活的幸福则是他一切的子孙所无与伦比的了。

这时撒旦化作一只鸬鹚，蹲在生命之树上，静观一切，暗下狠心要令这两人堕落。

他先像只青蛙般蹲在睡梦中的夏娃耳边嘀嘀咕咕，给她造出各式各样的梦魇、一个劲地引诱她，直到被上帝赶跑。

第二天清晨，夏娃醒来，把夜里做的梦告诉了亚当，神也了解他们将面临的危险，就派遣了天使拉斐尔前来向他们通告。在亚当家的餐桌旁，天使饱餐了一顿，然后告诉亚当，虽然上帝赐予他幸福，但也赐予他自由的意志，因此是否能保持住这幸福在于他自己。他又应亚当的请求告诉了许多天上的事。

他说，上帝在还没有创造大地的时候，宇宙间只有混沌与时间，神与天使就居住其间，有一天，上帝召令所有天军齐来，当众向他们宣告了他独子的诞生，并说这独子将继承他的权位，成为天上一切生灵的主宰。

他的话赢得了一片欢呼，然而不是所有的天使都欢呼，有一个在天上地位至高的天使，所有天军的大元帅，心生反感，竟然号召他手下的万千天军起来反叛。由于他崇高的地位，他赢得了大约全部天军的三分之一的支持，他们星夜往北驰去，在那里另立王朝。

神于是派出了以米迦勒和加百列为首的天军，前去讨伐。

战争一共进行了三天，第一天神的天军取得了胜利，撒旦被打伤，当天晚上，他便想出了一个高招，制造了一件威力强大的武器——大炮，它用钢铁与石制成。第二天开战，叛军一炮打去，天军顿时“成千成万地倒下去了，小天使压在大天使身上”。

叛军的得意并没有持续多久，天使军很快找到了新兵器，他们把巍峨的群山连根拔起，将撒旦的大炮压得稀烂，战斗又变得胶着。

第三天，上帝终于派了他的独子前来，他一个人走进叛军队列中，手一发就是万个雷霆，令敌人心生胆怯，像觳觫的羊群，一个劲地只想奔逃。他们一直奔逃到天国的尽头，从天国城墙的缺口掉了下去，一直掉到了地狱的火海之中。

前面第一卷中就是接着这里开始的。

最后，拉斐尔天使告诉亚当，他要汲取撒旦的教训，小心被诱惑而犯下罪孽。

天使又给亚当讲了他十分关心的事：天、地及他自己的诞生。

天使告诉他，神在击败撒旦叛军之后，对众天使说他要创造一个新世界。并派遣他的独子"言"来完成这个工作。

从这个"言"可以引出一个重大的哲学问题，就是"语言之意义"，甚至整个现代西方哲学的中心都可以归结到这个字上面，它的深奥与深刻超过大家所能想象的。

于是神的独子便统领众天使开始了那伟大的创造。

这个创造过程一共分六天，就是我们在《圣经》开篇中就可以读到的内容，总之，六天之中神创造了我们这个世界，包括万千生灵与人类。

这之后，亚当开始表现得像一个哲学家，他想要探讨那更深一步的问题，就是宇宙的结构与天体的运行，对这些问题，天使的答案是：

与其脱离实际，好高骛远地，
去探求幽玄奥妙的事物，
不如去谈谈目前日常生活的事，
倒是最根本的智慧。

这天，亚当夏娃两口子早晨醒来后，准备做活去了，从前他们一直形影不离，这天夏娃却要独自前去，她要显示一下自己的能力，没有亚当帮忙也可以做些事儿。

她独自前行，撒旦悄悄地来了，它现在的样子可好看了，变成了一条最美的蛇：

头戴高冠，眼红似玉，还有
金碧辉煌的头颈，……
以后再也没有那样可爱的蛇了。

这条美蛇对夏娃大加赞美，把她说得比天使还要美三分。听到这样的赞美话儿，夏娃十分高兴，又很奇怪，蛇怎么能说话呢？她天真地如是问蛇。

这问题正中撒旦下怀，它立刻告诉夏娃，那是因为它吃到了园中一棵树上的果实，才让它具备了这样的智慧。夏娃一听，好奇心大起，随蛇到了那棵树边，一瞧，原来正是神唯一不许他们吃其果实的那棵树，它结着如太阳般灿烂美丽的果实。

夏娃一开始还不敢吃，然而在撒旦的一再怂恿下，还是吃了，那滋味自然美极。

她大吃特吃起来，一直吃到肚子实在撑不下了才离开，肩上扛着一大条结着累累硕果的枝子。

夏娃回来后，告诉亚当她所做的一切，亚当大吃一惊，知道这下完了。然而，为了对夏娃的爱，他愿与她同死，因为神说过他如吃了必会死。但有了智慧的夏娃这时候不相信了，因为蛇吃了并没有死嘛！两人大吃果子的结果不但没死，反而满心的春意盎然、欲火如炽，便手牵手进到他们的茅舍，上了温床，大大快活了一番，直至累得昏昏入睡。

他们的所作所为神与天使们马上知晓了，急急忙忙跑去向神请罪，然而神告诉他们：这不是他们的错，这罪是他早预言了的，他派出神之子前去审判那蛇和人。

得到的惩罚是：蛇必得永远用腹走路，一辈子靠吃土过日子，而且永远与女人为敌，被她们伤头。夏娃呢，她必得承受生孩子的剧痛，而且永远受丈夫的管制。亚当则要一辈子辛苦劳动，才能过得了日子。死后他们都得化成泥土，因为“你既生自于尘土，将来也归于尘土”。

与此同时，撒旦的两个儿女“罪”与“死”本来看守着地狱大门，他们想起父亲在人间乐园，便建起了一座巨大的桥梁，从地狱一直通达伊甸园。他们在混沌之境的边缘遇上了正要回来报喜的撒旦，撒旦高兴之余，要他们立即到那新创造的世界去，成为那里的统治者。

从此罪与死便统治了大地万物，大地开始充盈着死亡与罪恶。

撒旦回到了地狱，得意扬扬地向部众们炫耀自己的胜利，等待着他们向他发出惊天动地的欢呼！然而没有，他听到的只是一片“咝咝”声——他手下的万千叛军都变成了无数纠缠成山一样的蛇！这就是撒旦天军的结局。

亚当与夏娃受到天罚之后，一度感到绝望，亚当疯狂地祈求上帝快将那最后的惩罚——死——加在他头上。

这时，他的爱侣夏娃匍匐在他脚前，说宁愿让所有的罪加在她一人身上，好减轻夫君的悲愁。她甚至还想到要让自己断子绝孙，好不让他们因先人的罪而蒙难。

亚当清醒过来了，不但阻止了夏娃这样的想头，还决心从此服从上帝的安排，在劳苦中生活，他深知犯了神的禁令是多大的罪愆，心中充满悔意，极其虔诚地向神忏悔。

他们的忏悔被神子听到了，他上达天庭，代亚当与夏娃向天父求情，并表示愿意为他们付出死的代价。天父接受他的请求，表示可以赦免那人的死罪，然而他们再也不能在伊甸园居住下去了，必须立刻离开乐园，在大地的其他地方耕耘求生。

这命令对于亚当开始无异于晴天霹雳，但不久就明白了，这是天意，他诚心诚意地接受了这个处罚。

来告诉他的天使对亚当怀着仁慈之心，他不但安慰了亚当，还在幻象中将他的子孙后代向他展现，从他的儿子该隐杀了亚伯直到挪亚方舟。

《失乐园》虽然大名鼎鼎，然而并不好读，我也并不怎么喜爱，虽然它文体华丽高贵，却缺乏魅力，打个比方罢，它就像一个女子，父亲是高干，自己长得也很漂亮，瓜子脸悬胆鼻樱桃小口身材苗苗条条，还是研究生毕业哩，这样的女孩子应当十分有魅力吧？然而不一定。

为什么这样呢？要说得明明白白是很难的，我用一句比方式的话来说吧，她缺少“灵魂”，这称为“灵魂”似的东西，用在女人身上，就是魅力。

魅力与漂亮是两码事，有的女孩子轮廓并不十分漂亮，然而却十分有魅力，反之亦然，男士也是这样。

具体点说吧，我觉得《失乐园》诚然写得好，然而称不上是莎士比亚似的天才之作，乃是精雕细琢而成。

这种精雕细刻的作品有何特点呢？就是你细读它的每一篇，甚至每一句时，会感到它的确优美精致，然而如果一整篇地读下来，却让人感到头痛，原来一句句读时那种精美的感觉就不知所踪了！

当然，这只是我个人的感觉，不敢要求大家认同的。

第十八章　莫里哀，悲惨的喜剧作家

莫里哀是法国人，活跃在17世纪，与英国的弥尔顿大约生活在同一时代，被称为17世纪两位最伟大的作家。

莫里哀生于1622年，他本姓波克兰，出身一点也不显赫。姓波克兰的人大都住在法国的博韦齐，莫里哀第一个可考证的祖先应当算是某个曾做过博韦齐行政长官的人，他有一个儿子，名叫让·波克兰，他从外省来到了巴黎，娶了一个皮货商人的女儿，还同岳父合伙做起了皮货生意。可惜的是四年后他的妻子就离开了他，紧接着两个女儿也跟着母亲走了。

这之后让又娶了一个妻子，她的地位比不上前任妻子，只是个替人洗衣服的姑娘，不过身体很棒，她一口气同丈夫生下了整整9个儿女。

这九个儿女中的老大后来成了地毯贩子，他是个有头脑的商人，挣了不少钱，后来还娶了个世代都是地毯商的妻子，不但替他带来了许多做生意的门路，还带来了一笔不小的嫁妆，让丈夫的财产整整翻了一番。

他们婚姻的第一个果子大约在1622年1月15日挂上了树梢，他们给他取名叫让，他的父亲与祖父也都是这个名字。

这个果子就是大名鼎鼎的莫里哀。

这夫妻俩都是精明的商人，生意就像那芝麻开花节节高，后来他从弟弟手中买下了一个官，叫“王家室内装饰师”。负责替王宫搞室内装修，提供各种家具之类，可是笔大生意。

这样美好的日子在莫里哀十岁时发生了大变故，他的母亲去世了，年仅三十岁。

这时他的父亲已是个富翁了，后来又娶了一个妻子，她又替他带来了一笔可观的嫁妆。

家境的殷实使莫里哀得以从小接受良好的教育，他进的是克莱蒙中学，一所久负盛名的好学校，曾培养出一大批法兰西精英之士，如大名鼎鼎的伏尔泰。

他父亲原来准备让大儿子上完学后就来接他“王室室内装饰师”的职位，现在大大失望了，儿子对桌椅地毯之类毫无兴趣，喜欢的是戏剧，他已经二十有一了，为什么会爱上演戏这一行呢？也许是命中注定的吧。

这时莫里哀认识了一个叫玛德莱娜·贝雅尔的女人，长得十分漂亮，曾经当过演员和作家，都是三流的，她主要挣钱的法子是当有钱人的情妇，听说她的情夫包括法国国王路易十三的弟弟。

认识莫里哀时她已经结束了情妇生涯，他们大概很快就住到了一块儿，并且不久就开始筹划建剧场的事了。

他们不是组建一个剧团，招几个人，付付工钱，而是要建整整一座新剧院！甚至还包括给剧院外的马路铺上石板，好让观众们的马车通过。

可以想想这得花多少钱！但莫里哀同玛德莱娜·贝雅尔好像满不在乎，以为观众会摩肩接踵而来，他们马上就可以赚大钱了。

事实上呢，听说从他们正式演剧的第二天起就只有演员们的亲戚同拿免费票的人来看了。这是1644年左右的事。

剧团赚不来钱，但他们为建剧院花费的大把金钱是要还的，把一切都投到了剧团中的莫里哀哪来的钱？因此在未来的一年里莫里哀两次被债主告上了法庭，两次被关进了牢房。

即便如此，莫里哀仍不肯放弃他热爱的戏剧生涯。他带着他的剧团，开始了漫长的流浪之旅，美其名曰“巡回演出”。

这段流浪生涯长达13年，在这漫漫岁月里，他们走遍了法兰西的角角落落，他们到底做了些什么？演出了些什么剧目？遭遇了些什么样的挫折？间或也撞了些什么运气？这些现在我们基本上一无所知，只能从一些他们到过的地方的市政厅或者教堂的有关记载中知道一鳞半爪的消息。例如他们1648年到了东部南特，又在数年里几次出现在西边的里昂，等等。这些岁月想必不是那么顺畅的，更谈不上成功了，要是他们的演出很成功，也不会这样被人忽略了。

虽然度过了漫长而无名的岁月，这些岁月绝非浪费，至少可以说在这些年月里他们毕竟在演出，毕竟在创作，这对于他们日后成功的作用不言而喻。

莫里哀和他的剧团的流浪与失意的生涯结束于1658年，这年10月的一天下午，莫里哀和他的剧团一起在名声显赫的罗浮宫里演出了，许多王室人员和达官显贵都来捧场，最尊贵的观众是国王路易十四。

这是一个标志，说明一向默默无闻的莫里哀先生从此受到了王族的青睐，这就像今天某某作家的某某作品受到了国家领导人公开的赞扬一样，自然会因此大发特发

（行）。这样的机会今天当然比那时的法国还要少得多，那时的君主们成天游山玩水，哪像今天的国家领导人一样日理万机？

从此莫里哀就待在巴黎了，时年三十有六。

莫里哀既是剧作家，又是剧团老板，还是演员。这就造成了两个结果：一是他的剧本有地方上演；二是他得保证自己的剧团总有剧本上演。这两个特征造就了莫里哀的特色：他几乎从来没有像别的作家一样，写专门供出版的东西，例如诗歌、小说、散文甚至剧本。他写的东西只有一个目的——上演。他甚至没有将他那些上演的剧本以书籍形式出版，它们中许多的命运是：一旦演出结束，它们也就消失了，直到若干年过去，后人要来研究莫里哀，把他视为一个伟大作家要出版他的作品时，它们才第一次以铅字呈现在世人面前。当然不全是这样，莫里哀生前也出版了自己的一些剧本，但他这样做的主要目的是他想向人们表明这部作品是他莫里哀写的，而不是其他人！

为什么要这样做呢？这是因为那时没有版权法，一些庸才剽窃他人作品是常有的事。莫里哀这样能让观众开怀大笑的作品当然是最值得剽窃的了。他们通常是去看看他某个刚刚上演的剧，然后就在剧场里用速记录下来，然后拿回去随便改改，就当作自己的作品上演或出版。

莫里哀在1662年2月结婚，妻子是演员，名叫阿尔芒德·贝雅尔。她是前面我们讲过的他的情人玛德莱娜·贝雅尔的女儿或者妹妹，年纪只有剧作家一半大，他40，她20。她长得很漂亮，还替丈夫带来了一笔不小的嫁妆。她的唯一缺点仅仅是女戏子们通常都有的缺点——轻佻。有没有轻佻到让伟大的作家戴颜色特别的帽子就不得而知了。

莫里哀第一部激起轩然大波的作品是《太太学堂》。《太太学堂》上演于1662年底，大意是一位老学究认为妻子应当是绝对“天真纯洁”的，心灵要像张白纸一样，然而现实中的女子哪个不是鬼精灵，丈夫一不小心就会戴绿帽子？他想了一个高招，收养了一个才四岁的孤女，对她进行了一番精心教养，目的是令她毫无知识，像个不识字的白痴，或者说像《神雕侠侣》中的小龙女或者《天龙八部》中的木婉清一样，可惜他没有杨过段誉那样俊。当姑娘已经长大，他认为已经成了如他所愿的那样的人后，他娶了她。他想这样一个姑娘才适合当妻子。

然而当姑娘一见到外面的世界，遇到翩翩少年，那心中的天然之爱就自然而然地喷薄而出了。

这样的作品在当时颇有些伤风败俗的嫌疑，包括不少伤风败俗的词儿，例如当那老学究逼问姑娘那个青年动了她哪里时，她吞吞吐吐良久，说：“他动了我的那……”，还说“你可能会生我的气……”，令男观众听了顿时感到一阵亢奋，令女观众脸红心跳加速，产生了大量丰富的联想。

如此等等，怎会不让那些卫道士大大生气？他们大加挞伐。

这样的卫道士毕竟是少数，莫里哀这个剧本一上演就获得了空前成功，连演了几十场，有时一天要演两场，莫里哀狠赚了一笔。

当时有个人写了这样一首诗来称道《太太学堂》引起的轰动：

在华丽的沙龙或殿堂，
为了王公贵妇们的欣赏，
剧团演出了《太太学堂》。
陛下伉俪捧腹开怀，笑声回荡。
……
尽管有人横加挑剔，
观众依然踊跃前往。
哪怕是题材更为重大的戏剧，
也没见过如此盛况。

《太太学堂》虽然受到了鞭挞，然而总的来说是成功的。但他的另一部引起更大轰动的作品命运就不同了。

这部作品就是《塔丢浮》。

《塔丢浮》第一次上演是1664年，立即引起轰动，同时也招致了教会的反对。首演后的第二天最高法院便宣布了对它的禁演令，为了不让演员们偷偷演，法院甚至派人守住剧院大门。

莫里哀立即四处活动，他找大法官，找国王，然而都没有成功，国王虽然一贯庇护他，但在这事上他也不好太同教会与最高法院过不去，何况王太后也不喜欢它。

后来做出的判决是：五年内不得上演《塔丢浮》，他的另一个剧本《堂·璜》被判终生不得上演。

莫里哀还是坚持不懈地努力，他一方面不断地找人说情或者说理，另一方面又对剧本做出了一些修改，好不那么触怒教会。

五年之后，也就是说，到1669年时，他总算获得了胜利，《塔丢浮》可以再次与观众见面了！

它取得了空前的成功，仅当年就上演了60多场，但它带来的麻烦并没因此中止，还不断地有人出来抨击它和它的作者。

当然，在这五年里莫里哀并没有把所有时间都用来为《塔丢浮》上演而奋斗，他一直在不断地写其他剧本。算起来，在他到达巴黎后的14年里，他一共写了31个剧本。

围绕《塔丢浮》的斗争耗费了莫里哀无穷的精力，终于成功之后，他的生命之火却已经很微弱了。

他并没有中止创作，对于莫里哀，创作就是他的生命，他就像蜡烛一样，用燃烧自己生命之烛来引出创作之火。

在《塔丢浮》上演后的四年里莫里哀又写了好几个优秀的剧本，包括《暴发户》和《没病找病》。

《没病找病》是莫里哀的“天鹅之歌”。1673年2月17日，在上演它的第四幕时，莫里哀昏倒在了舞台上。

他被人送回家时已经没有了生命的迹象。

由于他是个被教会憎恨的作家，死得又很突然，没有来得及进行临终忏悔，这在当时是最可悲的死了！

他的遗体被草草埋葬，仿佛死去的不是一个伟大的剧作家，甚至不是一个人，而是一条狗。

第十九章　吝啬鬼的故事

莫里哀的剧本总能让人捧腹大笑，虽然比不上塞万提斯，但另有高明之处。例如它从名字起就开始幽默了，《太太学堂》《丈夫学堂》《多情的医生》《冒失鬼》《可笑的女才子》《吝啬鬼》《没病找病》，等等，一看就让人发笑。这些剧作都挺有名的，也很有趣，不过最有趣，大家看得最多的还是倒数第二部《吝啬鬼》又名《悭吝人》，我们就来讲它吧。

吝啬鬼的故事　《吝啬鬼》的主人公叫阿巴贡，这名字如今已成吝啬鬼、守财奴的代名词了。

它的剧情是这样的：

在巴黎，有一个阔佬，名叫阿巴贡，他虽然有钱，但就像豆腐西施杨二嫂所言：愈有钱，便愈是一毫也不肯放松，人要从他身上榨出一个子儿来，那可比抽他的血还难呢。

他有一双儿女，女儿叫爱丽丝，儿子叫克雷央特，同乃父大不一样。

他还有一个仆人瓦赖尔，可不是货真价实的仆人，他出身富家，曾救过爱丽丝一命，于是自然而然地，爱丽丝把她的心交给了他作为报答。

克雷央特也爱上了一个美貌姑娘，名叫玛丽亚娜，像爱丽丝的心上人一样也没几个钱。

对于爱钱如命的阿巴贡来说这两桩婚事都是麻烦。这就是故事的背景。

为了博得阿巴贡的青睐，瓦赖尔一方面厚着脸皮说些违心的话儿去奉承主人，同时又让爱丽丝去找她哥哥想想办法。刚巧，为了爱上穷姑娘的事克雷央特也正想找妹妹聊呢，兄妹俩惺惺相惜，一块儿想着要找个法子对付老爸同他那可怕的吝啬。

这时他们的老爸在干啥呢？他在骂仆人，叫他滚到街上去，当他要走时又把他浑身上下搜了个遍，生怕他从家里偷什么东西出去。

阿巴贡平时已经够小气加小心的了，可今天比平时更进一步，为什么呢？原来昨天有人还给他整整五万法郎，他偷偷埋藏在了后花园里，无时无刻不提心吊胆，怕有人偷了。

正当这会儿，他看到儿子女儿交头接耳地一路走过来，立刻害起了疑心病，以为他们知道了他的秘密，在商量着要偷老子的钱呢！

他先是问听见他刚才说什么没有，他怕刚才他在自言自语，一不小心就把秘密说出去了。知道他们没有后，他松了口气，还叹着气说要是他有五万法郎，那家里的日子就不会这么难过了。

克雷央特天真地说他们的钱已经够多啦！阿巴贡一听可气坏了，大骂儿子，说他这样会让人觉得他家里有金山银山，会引得人来偷他，抹他的脖子。

一阵乱吵后，阿巴贡突然话锋一转，主动同他们谈起了自己的婚事。

原来他看上了一个聪明能干、持家有道的姑娘，想娶她为妻呢。

这些还罢了，当克雷央特一听到老爸说出姑娘的名字时，立时感到天旋地转，原来那个姑娘竟然就是他的心上人玛丽亚娜！

说完自己，阿巴贡又说起了儿女们的婚事，他也替他们做了最好的打算：他要儿子娶一个寡妇，她有钱，这桩婚事可以替他挣一大笔嫁妆；他又要女儿嫁给已经年过五十的昂赛米老爷，他保证不要陪嫁，这又可以替他省下一大笔了！

爱丽丝当然不从，她已经心有所属，但阿巴贡岂能理会女儿？在他看来，还有什么比不要妆奁更美妙的出嫁、比大笔陪嫁更好的娶妻呢！这时刚巧瓦赖尔来了，阿巴贡很相信他，赶忙要他来帮腔。正闹时，花园里狗叫起来了，阿巴贡一听大惊失色，飞也似的跑过去了。

这时瓦赖尔便乘机同爱丽丝商量怎样对付这事儿。

一会儿，阿巴贡又来了，瓦赖尔便故意大声地对爱丽丝说，做女儿的应当听父亲的话，要她嫁谁就嫁谁。这下可把阿巴贡感动死了，他庆幸自己找了个这样可靠的仆人。

现在我们回过头来说克雷央特，他的心上人玛丽亚娜是个穷姑娘，他一直想找个什么法子来帮帮她。他知道想从父亲那里要半个子儿都是“癞蛤蟆要吃天鹅肉——痴心妄想”。没办法，他便托一个仆人去找人借“阎王债”，为数15000法郎。仆人债主是找着了，不过一听他的条件他就不由痛骂起这个活阎王来，恨不得他早死！原来那债主的条件是这样的：15000法郎的年息是五厘——但因为他手头没有这笔款子，要向人转借，利息是两分，这得要他来负担，因此实际上的利息高达二分五厘，不但如此，还只付现款12000法郎，余下的3000法郎要由诸如四脚床、壁毯、火枪、砖炉、七弦琴、台球桌、鳄鱼皮等旧东西来替代。

也就在这时，阿巴贡正在家里同一个叫西蒙的聊这回事，像克雷央特托仆人作中介借债一样，他也在托西蒙作中介放债呢。

这当儿克雷央特带着仆人回家来了，仆人与西蒙碰个正着。这下，克雷央特以为仆人已经向西蒙透露了他的身份，西蒙来向他老子报告了，而西蒙以为他们是打听到了放债人的住址，来讨价还价了。但不管怎样，父子俩都知道了原来如此！

这下，阿巴贡痛骂儿子走上借高利贷的绝路，儿子也骂父亲逼他走上这条绝路。

正闹着，替阿巴贡做媒的人来了，但阿巴贡记起了自家园子里的钱，走了。克雷央特的仆人得知媒人是想通过做大媒从阿巴贡这里得点什么好处，不由笑掉了大牙，他说，想从阿巴贡那里要钱还不如要他的命哩！

媒人先还不信，等阿巴贡来后，他便大肆奉承起来，极尽阿谀之能事，听得阿巴贡眉开眼笑，但当他一提及那个意思时，阿巴贡的脸色立即由晴转阴，一直要等到这话题岔开，才又咧开了嘴。气得媒人暗暗咬牙切齿。

接下来是第三场了，阿巴贡把全家人召集过来，说要大请客了。客人中包括他替年轻的爱丽丝找的年老的未婚夫昂赛米老爷和替年老的自己找的年轻的未婚妻玛丽亚娜。

他给各人派发活计，叫这人打扫卫生，还要管好可以卖钱的空酒瓶，叫那人斟酒时要多掺水，还要等客人口渴了才斟，如此等等。

一切安排就绪，玛丽亚娜来了，她一看见阿巴贡那老脸就恶心，当她看到金发的克雷央特后，痛苦就更加剧烈了。然而感到无可奈何，她这样做乃是万不得已呀！

阿巴贡一看见青春美貌的玛丽亚娜，就像看见了光闪闪的金子一样，眼睛都瞪圆了。

后来克雷央特和妹妹带着玛丽亚娜进去吃点心，两个彼此相爱的人商量着怎样才能走到一起。这当然很难，一则爱丽丝的确太穷，二则阿巴贡如果知道了儿子的秘密绝不会答应他娶玛丽亚娜的。

还是那媒人经验丰富，他看从阿巴贡那里甭想榨出一滴油水，就替克雷央特出了个好主意：去找个老婆子来，装成有百万家财，爱上了阿巴贡，要同他结婚，还把所有财产做嫁妆。大家连声赞好。

正在这时阿巴贡来了，他刚好碰见儿子正吻未来继母的手呢，而她也好像挺愿意似的。不由疑窦丛生，想出了一个歪主意。

他先问儿子对玛丽亚娜看法如何，克雷央特这时也有了主意，声称感觉她不怎么样。

阿巴贡这时便惋惜地说，那很遗憾呢，因为他刚才想起自己的年纪不大适合娶玛丽亚娜这样的姑娘了，正想把她让给儿子呢！

克雷央特一听，不由恨死了自己，忙说：虽然玛丽亚娜不那么合他的胃口，但为了听父亲的话，尽尽孝心，他愿意吃点亏娶了她。

阿巴贡一听，连忙也声称他不能让儿子做出这样的牺牲，于是两人都“全心全意”地替对方着想起来。

没办法，克雷央特最后只得承认了自己对玛丽亚娜的爱情。

阿巴贡终于套出了儿子的话，立即原形毕露，板起脸孔告诉儿子，叫他赶快断了这想头。

克雷央特发觉自己被父亲骗了，也不由火冒三丈，发誓要不顾一切地同父亲争下去。

正闹得不可开交时，仆人雅克来了，父子俩便找他评理，他于是把俩人分别拉到一边，来了个两面三刀：对老子说，儿子说只要替他找门子好亲事，他就会听老子的话；又对儿子说，只要儿子听老子的话，他就会让他娶玛丽亚娜。

于是双方的气立即消了，等仆人一走，儿子立即便向老子道歉，又感谢他的仁慈，这样一来，他们立即知道被仆人愚弄了。

两人分开后，一会儿便从花园里传出了阿巴贡痛苦得发狂的呼喊声，喊出了一段有名的独白：

> 捉贼！抓凶手啊！抓杀人犯啊！我完蛋了，我的脖子让人割断了，我的钱叫人偷走啦！……我那可怜的钱啊，我亲爱的朋友啊！他们硬从我手里把你给抢走啦；你没了，我还活在世上干什么啊？我要死，我死了，我已经入土啦！你们没人肯告诉我是谁偷的吗？我要去报告法庭，我要请法官来审问全家的人：女仆、男仆、儿子、闺女都得审，连我也得审。你们不管谁我瞧着都可疑，都像偷我钱的贼。把你们全绞死才好。我求你们告诉我那个贼在哪里？如果我不能把钱重新找回来，我自己也得去上吊。

阿巴贡跑到法院找来了法警，说要把全城人都抓来审问。法警要先审问他自己家里的人。先审了雅克，他一向讨厌拼命拍主人马屁的瓦赖尔，便瞎扯说刚才看见瓦赖尔在花园里踱步来着。

阿巴贡立即信以为真，正巧这时瓦赖尔喜气洋洋地来了，大概想出了把爱丽丝娶到手的法子。阿巴贡一看见他就大骂，说他骗了他。瓦赖尔以为阿巴贡是发觉了他同爱丽丝的爱情，便干脆地承认了下来。而阿巴贡呢，以为他承认了偷东西，这样，两人误会人之间便展开了一场有趣的对话。

直到最后，当阿巴贡得知他偷的宝贝原来是他女儿时，那怒气不但没息，反而更加高涨，恨不得吊死他！

阿巴贡替女儿找的未婚夫昂赛米老爷来了。这时瓦赖尔已经知道阿巴贡认为他偷了钱，断然否认，并表明身份，说他其实根本不是出身低微的仆人，乃是贵族托玛爵爷之子。

阿巴贡当然不相信，昂赛米老爷凑了过来，说他认识托玛爵爷，他们全家已经在16年前的一次海难中去世了。

瓦赖尔便说起了自己的身世，他如何被救，如何到了这里，并说他父亲的红宝石图章、他母亲套在他臂上的一只玛瑙镯子等都可以作证。

一直在旁边听着的玛丽亚娜发出了惊喜万分的呼喊："哥哥！"

原来她就是瓦赖尔在那次海难中"死去"了的妹妹！她和母亲同样被救了。

当她说罢她的身世时，已经在一边激动了好久的昂赛米老爷扑了上来，他就是他们的父亲托玛爵士！一家人沉浸在团圆的幸福之中。

阿巴贡可不管这些，满脑子还是他失踪了的五万法郎。

站在一边同样高兴的克雷央特这时说话了，他告诉父亲，只要同意他娶玛丽亚娜为妻，就让钱箱完璧归赵。原来钱箱是他伙同仆人藏起来了。打算用它来"交换"玛丽亚娜。

昂赛米老爷也来劝阿巴贡同意这两桩婚事。阿巴贡为了拿回钱，就答应了，条件是两桩喜事都得由昂赛米老爷掏钱来办，此外还得替他做一身新衣服在办喜事那天穿。

略论喜剧　西方戏剧史上，莫里哀诚然是最伟大的喜剧家，他的作品也最好地诠释了何谓喜剧，即喜剧之成为喜剧所应当具备的元素，这些元素大致如下：

一是喜剧具有违背常理或者说理性的表面形式，这是它的核心，二是最后的结果必须能够避免与克服这个核心。所谓谎言、伪装、欺骗与不协调等其实都是用来表达喜剧中违背常理的特征，而喜剧最后皆大欢喜就是对于这个违背的克服。

可以说，莫里哀的喜剧无不体现着这些特性，我们拿前面的《吝啬鬼》来说吧。吝啬是生活中在许多人身上常见的品性，它通常并不能导致喜剧性的特点，也就是说它并不能令人发笑，一般而言只会令人讨厌。然而当我们看到阿巴贡的吝啬时却不能不感到"好笑"，这就是其喜剧性的基础了。

为什么会这样呢？这就是因为阿巴贡的吝啬达到了违背常理的地步，简直令人匪夷所思。例如他把自己的钱埋在花园里，连儿女都不让知道；接客时为了省钱，请十个人只让按八个人的准备；酒也让多掺水，还要等客人口渴时才倒。当他的钱被偷了，一般来说是值得同情的，但他那如疯似狂的表现非但不能令人同情，反而只会让大家莞尔一笑了。他撕心裂肺地大喊大叫："我完蛋了，我的脖子让人割断了……你没了，我还活在世上干什么啊？我要死，我死了，我已经入土啦！……我要去报告法庭，我要请法官来审问全家的人：女仆、男仆、儿子、闺女都得审，连我也得审。……如果我不能把钱重新找回来，我自己也得去上吊。”正是类似的吝啬达到了不理性的地步才令得阿巴贡的吝啬具备了喜剧的色彩。

除此而外，那结局的完满也是它成为喜剧的关键要素。如果阿巴贡终究失去了他的钱，他的儿女和相爱的人不能终成眷属，那么它就不是喜剧，反成悲剧了。因为喜剧，顾名思义，不但过程令人发笑，那结局也应当是“喜”的。

以上两者是喜剧的两个基本特点。莫里哀之所以能写出如此杰出的喜剧，还有许多其他的原因，例如对生活的深刻理解。当他要描写一个吝啬鬼或者一位生怕老婆不可靠的丈夫时，他必须首先对这类人有深刻的了解，了解他们是怎样地看重钱财、怎样地成天担忧妻子给自己戴绿帽。一句话，要做一个成功的喜剧家，首先要成为一个敏锐的观察者。莫里哀做到了这点，也正因为他有这本事——在他的剧作中对法国社会各阶层深刻而生动的描绘，他被伏尔泰称为“描述法兰西的画家”，得到了法国人历久不衰的热爱。

第二十章　雨果，葬于先贤祠的伟大作家

一提浪漫主义，大家首先想起的多半是拜伦和雪莱，然而，还有一位浪漫主义者却比他们更负盛名，那就是号称浪漫主义领袖的维克多·雨果。

雨果祖籍法国南特，他的爷爷据说是木匠，当过兵，后来荣升为军队里的掌旗官。他足足生了五个儿子，后来这些儿子全部子承父业，从了军，在血雨腥风之中，两个阵亡，其余三个都混出了名堂，成了军官。

他的第三个儿子名叫约瑟夫·雨果，身材魁梧、嗓门儿洪亮，是个典型的军人，由于作战英勇，据说一次作战之中两匹坐骑在他胯下丧命，得以步步高升，最后竟然做到了将军，还被封为贵族，他的顶头上司就是拿破仑。

雨果便是这位将军的第三个儿子，据将军自己说，有一次他同夫人去爬山，雨果就是山上一次浪漫狂欢结下的果子。雨果是1802年出生的，大家可以猜猜这次浪漫的狂欢发生在什么时候。

这个雨果将军尽管很爱妻子，但婚姻生活并不幸福，他妻子令他戴上了无数丈夫都戴过的那种颜色像树叶的帽子，对象乃是著名的拉奥里将军，大革命时一度声名超过拿破仑的法国莱茵军团司令莫罗的参谋长。

雨果出生之时是个十分孱弱的孩子，有一个硕大的头颅似乎要把脖子压断，由于母亲到巴黎找拉奥里将军去了，他很早就断了奶，他那五大三粗的军人父亲便同时当起了母亲，这样直到一岁多。但自此之后他的命运便同母亲紧紧联系在了一起。

雨果懂事后最初的回忆是巴黎一座宅院，这里住着母亲和她的情人拉奥里将军，这时的将军已经因为同莫罗一起反对拿破仑被废黜了，并遭到警察缉捕。同一个通缉犯过日子当然不是那么舒服，后来当她听说丈夫因为军功卓著升了上校并成为意大利一个省的总督时，就带着孩子又回到了丈夫身边。这是1807年的事。

但不久他又调到西班牙去了，母子俩只得又回到了巴黎，这时雨果已经六岁了，某一种意义上说，他的一生是从这里开始的。

在这里雨果遇到了他一生最重要的人之一，未来的妻子阿熏儿。不过对小雨果而

言她还只是他淘气折磨的对象。

这样宁静的日子四年后就结束了，由于父亲在西班牙宫廷中地位显赫，他已经成为将军和三个省的总督，并被西班牙国王、拿破仑之兄约瑟夫封为西冈扎伯爵，雨果的母亲的情人拉奥里则已成了阶下囚，她便带着孩子们前往西班牙。

在西班牙，作为征服者与高官显贵的儿子，雨果一家住在豪华的宫殿里，但日子过得并不快乐，雨果将军与妻子的关系已经无法挽回，最后她只得带着儿子们又回到了巴黎的老地方。

回巴黎之后雨果最大的收获是又见到了安熏儿，不过这还得等几年，等到拿破仑失败，而他的父亲也失势之时。

父亲的失势令雨果家再也住不起高堂大宅，他们搬到了老杜勒伊里大街，隔壁就住着阿熏儿。

这时的阿熏儿已经是个十足的美人胚子了，雨果也成了英俊少年。他们朦胧的心中播下了爱情的种子，只是尚未萌芽而已。

处于这种年龄的少男最容易成长为诗人，用诗来释放胸中的情火，而的确有这方面天才的就将成为诗人了。

其实，当雨果还是巴黎一个中学生的时候，他就已经在笔记本上写下了许多诗，还翻译了维吉尔不朽的诗篇，将它们由拉丁文译成法文。

1817年，已经很有自信的雨果将自己的诗拿到了法兰西学院，去参加诗赛，虽然没能得锦标，但却赢得了学院“不朽者”们的称赞，这对于一个15岁的少年已经是了不起的成就了。

这激起了少年雨果的凌云壮志，他开始全心全意地投入了创作之中，两年后参加了图卢兹的诗赛，结果一举登魁，连得两项金奖，也就在这一年，即1819年，他同两个兄弟办了一份杂志，叫《文学保守者》。

一个17岁的少年竟然能够办杂志吗？当然可以，欧美同中国不一样，还在那时，一两百年以前，人们就能够随意这样做了。就像现在我们的中学生办班刊一样。这份刊物只存在了短短的16个月，在这段时间里、在有限的几期杂志上，雨果竟然发表了近140篇诗歌与散文。

当雨果在事业上不断取得成功之际，另一方面也同样辉煌。阿熏儿，这个青梅竹马的儿时伴侣，把他的成功看在眼里，正是美女爱英雄，默默地爱上了他，他也一样。据说有一天晚上，在一棵高大的栗子树下，雨果告诉阿熏儿他有一个最大的秘密，那就是“我爱你”，阿熏儿告诉他，她最大的秘密也是“我爱你”。

不久，年仅二十的雨果走进了教堂。

就在这年，他的诗集《颂诗集》获得了路易十八的青睐，从名字上我们就可以看出来这是颂扬国王陛下的，他特地赐给年轻诗人一笔年金。就是每年给他一笔款子，什么也不要他做，一直到他死，有点儿像现在的退休金，不过得退休金的是没多少时间享受的老人得的，而这时的雨果才二十来岁罢了。

雨果继续迅速地在他的成功之路上走下去，1823年他发表了自己的第一部小说《冰岛魔王》，这些著作，同雨果以后将出版的大多数著作一样赢得了广大读者。事实上，从他的第一部诗集《颂诗集》和第一部小说《冰岛魔王》开始，他的作品几乎部部畅销，为他带来了源源不断的版税收入，使他能养活家中日渐增长的人口。

接下去说什么呢？雨果的日子仍然一帆风顺地过着，一部一部作品接连不断地出版，就说那些至今仍然不朽的作品吧，例如1827年创作了诗剧《克伦威尔》，使他一举成为法国浪漫派的领袖；1831年出版《巴黎圣母院》，令他登上了历史伟人的宝座，将同歌德或者莫里哀一样不朽；他从1831年开始问世的四部诗集《秋叶集》《黄昏之歌》《心声集》以及《光与影》，它们表达了作家的、也是整个时代的心声。整个十九世纪三十年代堪称雨果一生中最多产的时期，除了上面的小说与诗歌，他还写下了多部戏剧，包括散文剧《玛丽·都铎尔》，诗剧《吕伊·布拉斯》《卫戍宫》等，这是雨果作品中少数几部没有受到读者或观众热烈欢迎的作品。

此后雨果的文思仍然如潮之涌，虽没有以前那样多产，但却精品不断，创作了一些他一生中最富独创性的作品。诗歌方面有《惩罚集》与《静观集》，同前面那些诗集一起令雨果得居法兰西最伟大的诗人之列。在我国，也许大家主要把雨果看作是一个伟大的作家，但在他的祖国，他却更主要是一位诗人，堪与任何伟大诗人媲美。1862年雨果出版了他最伟大的作品《悲惨世界》，它勾勒出了人苦难的一生，读后令人不由产生对人生的恐惧意识。

雨果的最后一部小说是《九三年》，这也是我读的第一部雨果小说，它那最后一声枪响至今回响在我的耳畔呢。

这一声枪响之后，我就说完雨果的作品了，作为一个作家，他的作品当然是主体，但仅仅如此吗？当然不！他还有他的生活呢，而且我们现在这一节主要要讲的正是他的生活，他的作品要等到后面才讲。当然创作也是他生活的一部分，但我们这里要说的却是那些非创作的生活内容，像柴米油盐、沉浮荣辱等。

上面我们说到，雨果出版了第一部小说《冰岛魔王》，这是1823年的事，此前的一年，他已经结了婚，下一年他就做了父亲。距他举行婚礼只有9个月，八成是在新婚的第一个晚上他们就种下了爱情的果子。

不幸的是这果子并不强壮，没有经受住人世最初的风浪，两个多月后就离开了人世。雨果还未来得及痛苦，阿熏儿已经怀上了第二个孩子，此后仍是如此，就像他的一个朋友所言，雨果将“不停地写诗和生儿育女”，直到他们夫妻反目为止。

我前面说过的话也许会让大家觉得雨果的一生完全是一帆风顺，没有一丝风浪与痛苦，事实上当然不是这样。他的痛苦算起来还着实不少呢，像父母的离异、母亲的早逝、孩子的夭折、哥哥欧仁的发疯，等等。他哥哥是为阿熏儿而疯狂的，他也像雨果一样热恋上了邻家的女孩，只是在这场爱情的竞争连同事业的竞争中他都惨败了，这令得一向自视不凡的他难以忍受，终于在雨果结婚的那天彻底地疯了，在疯人院度过了漫长的余生。

对于雨果，这位天生的浪漫与乐观主义者，这一切的痛苦他都能坦然承受——只除了一件，就是妻子的背叛。

她所爱上的男人是一个批评家、也一度是雨果最好的朋友圣佩韦，这个家伙无论从哪个方面来看都远不如她那伟大的丈夫。她背叛的原因也许是雨果那过分强烈的性欲。他让身体本来就不强壮的妻子实在难以忍受，还一个接一个地怀孩子，几乎一年一个，这叫她如何受得了！这样的结果是夫妻生活于妻子成了不堪承受的痛苦。也因此，当她遇到脸色苍白、病病歪歪的圣佩韦后，看到他一点儿也没有丈夫的弱点，而且对她体贴入微，把她看作天仙一般敬奉，便不由体会到了那种她一直渴望的爱情，一种不是以“他”、而是以“她”为中心的爱情。

自己的老婆被最要好的朋友抢去，可以想象对那丈夫是多么难堪的事。

其实雨果也是自作自受。因为在他的一生之中女人实在太多太多。没有了妻子的牵缠后，他便在一个又一个的情人之间滚来滚去，而且随时随地得应付她们兴起的醋海风波。有次一个情人甚至冒称妻子找警察把他同另一个情妇赤条条地从窝里揪了出来。

这些挫折诚然不小，但较之雨果一生所受的尊荣富贵那真是相形见绌了，随着一本又一本的作品大获成功，雨果获得了从普通民众到政府甚至国王的爱戴推崇，版税和荣誉滚滚而来。1825年，当他还是一个23岁的年轻人时便获得了法兰西荣誉勋位团勋位，这可是他那当将军的父亲费尽心机都没有得到的！他甚至想为让他的父亲从少将升为中将，由此可见雨果在当权者心目中的地位。1841年，未满四十的雨果成了法兰西学院院士，获得了一个学者所能获得的最高荣誉。几年之后他更进入了法兰西议会贵族院。1848年二月革命后，他竟然又在共和国国会中堂而皇之地当上了议员，事实上他这时已经是全法国人民最敬仰的政治领袖之一了，从平民百姓到国王总统都侧耳聆听他的声音。

但此后雨果受到了他一生最大的挫折——被迫流亡国外。

这事起因于拿破仑三世的称帝，本来拥护拿破仑的雨果这时已经被革命熏陶成了一个热烈的共和主义者，他坚决反对拿破仑三世的称帝，失败后为了避免坐牢被迫逃亡国外。

这一逃亡就是整整20年，从1851到1870年，他这漫长的流亡生涯大部分是在大西洋中的泽西岛和格恩西岛度过的，那孤岛上的日子虽然不那么好过，倒也并没有想象的艰难，他仍然可以创作，生活必需品也充足，甚至连他那位最重要的情妇，天姿国色的朱丽叶也住到了岛上。雨果也更没有浪费这20年金子般的光阴，他最为了不起的杰作《悲惨世界》就是在这里完成的。

拿破仑三世倒台之时便是雨果的胜利归来之日，回国途中他受到盛况空前的欢迎，仿佛他就是当日从意大利战胜归来的拿破仑一般。

这时作家已经年近70，夕阳无限好，只是近黄昏了，但他离进坟墓的日子还远着呢。

我们知道，时光像自由落体一样，是加速度运动的。他仍运笔如飞，但时光过得更快，他晚年最主要的作品是《九三年》。

雨果死于1885年5月22日。法兰西举国哀悼，自从拿破仑死后这是他们最大的损失了。

他被葬于先贤祠，这是法兰西埋葬她杰出儿女的地方。

第二十一章　一个奇异的悲惨世界

雨果最伟大的作品是《悲惨世界》，它是一部充满了人道主义关怀的作品，充满了对普通劳苦大众的同情与爱，读来很可能令你不由自主地潸然泪下，因为书中描绘的着实是一个悲惨甚至邪恶的世界呢，当然，这个世界也并非一味地邪恶与悲惨，也有着快乐与善良，总之是一个奇异的悲惨世界，雨果在他的大作里生动地描绘了一个这样的世界。

在法国的迪涅有位叫密里安的老主教，他有一颗天使般的心，为穷人做过数不清的好事。

冉阿让与芳汀　1815年10月的一天，密里安主教家进来了一个怪人，他衣服破烂，像公牛一样强壮，名叫冉阿让。他这时已经饿得发昏了，因为他曾是个苦役犯，刚刑满释放，谁都不愿意接待他。但主教例外，他请那人进来一起用餐，然后留他住宿。

第二天天刚亮，有人敲门，进来的是几个警察，他们抓住了昨天那个人，原来他一大早出城，被警察逮住了，从他身上搜出了主教家的银器，所以抓了他来。主教一见他，就大声说："啊，您又来了？我不是把这对烛台也送给了你吗？怎么不拿走？"

他的话让冉阿让目瞪口呆，稀里糊涂地拿起烛台走了。

我们现在来谈谈冉阿让吧。他出生在社会的最底层，自幼父母双亡，只剩下他和一个姐姐，他是姐姐抚养长大的。后来他姐夫也死了，姐姐同她的七个孩子就全靠他来养活了，这时他只有24岁。

他没日没夜地拼命干活，勉强度日。有一年，天气特别冷，冉阿让怎么也找不到活干，七个孩子饿得哇哇叫。他急得一时失去了理智，把手伸进了面包店的柜窗里，立即被抓了起来，判刑5年。又由于他在狱中屡次三番想逃走，他的刑越加越重，当他最后刑满释放时已经在狱中足足待了20年！而源头仅仅是一个面包！

现在冉阿让拿着银烛台走了，另一个主人公又走进了我们的视野。

在巴黎附近的蒙费梅，1818年春天的一个晚上，一家客店门前。

客店门前停着一辆运木的大马车，两个好看的小女孩坐在上面玩，她们的母亲在旁边。这时来了另一个女人，她衣衫破旧不堪，愁眉深锁，但看得出来曾经十分美丽。她手里也抱着个孩子，同马车上的女孩差不多大，但更漂亮。这个小女孩就是柯赛特，本书的主人公之一，而她的妈妈就是本书的另一个主人公芳汀。

看到自己的孩子同马车上的两个小女孩一起玩得高兴，芳汀请求她们的母亲，客店老板娘泰纳迪耶太太帮她照看孩子，并且同意每个月付费七法郎。

要是知道泰纳迪耶夫妇是什么人芳汀就不会这么做了。芳汀一走，她的孩子从此陷入了无边的苦难，受到泰纳迪耶一家，包括那两个同龄小姑娘的残酷虐待。

芳汀一路前往孟特勒依，在那里找到了工作，有了稳定可靠的收入，这全靠一位叫马德兰的商人，他在这里建了家大工厂，不但自己发了财，也让这里所有的穷人找到了工作，过上了好日子。

这位马德兰同前面的主教一样是十足的好人，后来被任命为市长。

也许孟特勒依市所有人都爱马德兰市长，只除了一个——警察局的侦探雅韦尔，他是个阴险的家伙，怀疑市长原来是个苦役犯，成天像猎犬一样监视他。

有一天，当着雅韦尔的面，马德兰钻进了一辆马车底下，用他惊人的力气救出了快被马车压死的老人，但他自己却从此堕入了万丈深渊。

我们再来说芳汀，一开始她在马德兰的厂子找到了工作，能按时给女儿寄钱去，但一年之后，她失业了，再也没办法给女儿寄抚养费，她痛苦至极，以为是马德兰解雇了她，恨死了他。

这天晚上，在一家咖啡馆前，某花花公子在调戏一个妇女，他将一把雪从妇女的脖子里塞了进去。那女人大叫一声，同他撕打起来，这时那个雅韦尔来了，他抓起芳汀，宣布判她六个月刑。这怎么行呢？她还有女儿要养呢，芳汀跪下去哀求他不要进行这样不公正的判决，但雅韦尔是个冷血动物。正当芳汀绝望之时，马德兰市长来了，他严厉地命令雅韦尔释放芳汀，这令雅韦尔更痛恨他了。

马德兰把芳汀接了过去，让人好好地照顾，又给泰纳迪耶寄了300法郎，要他们立即将孩子送过来，他们的母亲病重。但泰纳迪耶告诉老婆不要放孩子走，说那样钱就会源源而来。因此芳汀至死也没见着女儿。

一直等不到孩子的马德兰正准备亲自去接一趟，这时雅韦尔来了，他告诉马德兰，他已经写信给巴黎警察总局，控告马德兰就是以前的罪犯冉阿让，但现在他发现自己错了，冉阿让已经找到了，他亲自去看了，的确是他。他又告诉市长最迟明天晚上就要判决了。

马德兰找到一个马车出租商，借了一辆最快的马车赶往巴黎。他终于看到了那个

“冉阿让”，他长得与自己几乎一模一样，他又看到他的几个狱中旧友异口同声地说那人就是冉阿让，一个惯犯、死不改悔的家伙，曾经偷过主教的烛台、抢过小孩的东西、现在又偷了苹果。依据法律他甚至有可能被处死。

偏偏那人又笨嘴笨舌，根本不会替自己辩护，眼看就要遭殃。

这时马德兰让所有人大吃一惊，他镇定地告诉大家，他才是冉阿让。

他被捕了，一夜之间头发全白。

时光转眼流到了1823年，这天，在土伦港，一艘大船驶进了港口，突然，一个人从高耸的桅杆上掉了下去，他死死抓住一根垂下去的绳子，但能坚持多久呢？眼看就要掉进大海，这时一个白发苍苍的老人敏捷地爬上桅杆，拉起绳子，救下了他。但救人者自己却掉进了大海，失踪了。

我们现在回头去看一个久违了的人——柯赛特。

自从母亲把她交给泰纳迪耶夫妇后，她就像进了地狱，受到泰纳迪耶一家极度残酷的虐待，现在她8岁了。

这天夜里，老板娘要她提着她大可以钻进去睡觉的大水桶，穿过一片片荒无人烟的树林，去城外打水。

在城外，有一位白发苍苍的老人救了她，他不但帮小姑娘把水提回了家，还到泰纳迪耶家住宿。

第二天一早，客人离开时带走了柯赛特，为此他给了泰纳迪耶3000法郎。

这个神秘的老人就是冉阿让，他从海里落下来后，并没有淹死，顺利地逃走了，本来他是被判了终身苦役的。

获得自由后他想做的第一件事就是找到柯赛特，现在他终于找到了，生平第一次，他体会到了什么是爱。柯赛特也深深地爱上了他，他们都是毕生没有爱过的人，现在都体味到了伟大的爱，这爱是半点也不亚于亲生的父女之爱的。

为了躲避可能的追捕，冉阿让租住了最偏僻的小屋子，但雅韦尔竟然也找到了他，他只得再度走上亡命之旅。

后来他逃到了一座花园，遇上了一个他曾经救过的人，他不但招待了冉阿让，还帮他找了份工作，从此冉阿让同柯赛特在这里平平安安地生活了好多年。

马吕斯与柯赛特　现在我们要从头开始，谈几个此前从未见过的人。

我们可以从遥远的滑铁卢战役开始，这场著名的战役我们前面已有叙述，大家可以参考。这是硝烟刚刚停息的战场。

只见夜色昏沉下无数尸体横陈，但竟然还有一个活人，像猎狗一样在死尸堆里翻寻什么。这人就是泰纳迪耶，他来偷尸体上值钱的东西。当他看到有具尸体上伸出一只手来，上面有金晃晃的戒指时，就去拽了下来。但他因此救了一个军官的性命，他叫蓬梅西。

蓬梅西的妻子已经死了，他的老丈人是个阔佬，也是死硬的保王党，根本就不承认有这个共和派军官的女婿。但他却同意抚养外孙，并且把全部财产遗留给他，条件是蓬梅西永远不能与孩子见面。

为了孩子，蓬梅西答应了，只有每当儿子上教堂时才偷偷地远远地望上一眼，这样直至死去。这个孩子叫马吕斯。

由保王党祖父养大的孩子自小就是保王党，但当他偶然看到父亲临死前留给他的条子，又从教士的嘴里得知他父亲如何偷偷望着他，年复一年，他感到祖父欺骗了他。他开始搜集有关父亲的资料，知道了他并非如外公所言是匪徒，而是真正的英雄。于是他毅然决然与痛恨父亲的祖父决裂了。

离开祖父后，马吕斯过着独立的、饥寒交迫的生活，经过一番苦斗，终于当上了律师。

每天他都要到卢森堡公园去散步，在那里他常常看到一位老人，白发苍苍、神情严峻，身边总跟着一位年轻漂亮的姑娘，马吕斯深深地爱上了她。那个姑娘似乎也对他有意，那位老先生察觉后便再也没有来了，马吕斯从此陷入了痛苦的爱情之网。

马吕斯住的破房子隔壁有一家人，包括夫妻两个、两个女儿和一个儿子，比马吕斯还穷，几乎成了乞丐。他们有一个儿子，名叫加弗洛什，才十一二岁，早被父母抛弃了，成天在街上流浪。

这天晚上，马吕斯突然看见了那老人和姑娘，他们竟然到隔壁去了。老人送来一些钱，等老人出去后他听到这家人竟然在商量着要去抢劫老人。他还听到原来这个家伙竟然就是他正要找的“恩人”泰纳迪耶。前面说过，他的父亲是由泰纳迪耶从死尸堆里挖出来的，他曾嘱咐儿子设法找到救命恩人，帮他报恩。听到他们的阴谋，马吕斯立即到警察局去报了案，泰纳迪耶一伙全被抓了，那位正受到他们要挟的老人却好像也怕警察，跳窗而去。

老人就是冉阿让。他隐身在修道院平平安安地过了好多年，马吕斯的出现打乱了一切。

后来马吕斯设法又找到了冉阿让，并且终于找到了向柯赛特表白爱情的机会，原来柯赛特也爱他，只是冉阿让根本不愿意别人分享女儿。为了独占女儿，他准备搬到英国去。

这消息让马吕斯绝望，他想不经冉阿让同意娶柯赛特为妻，但法律规定只有他满25岁时才可如此，于是他只能去找自己的监护人爷爷。他的爷爷其实也十分爱他，但孙子冷漠生硬的态度伤了他的心，他拒绝了，马吕斯愤然离去，他爷爷知道他永远也不会再回来，这个年近百岁的老人伤心极了，后悔极了。

这一切本来不知如何结束，但一场内战决定了它的结局。

这是一场巴黎工人的起义。起义发生在1832年6月，在这场起义之中有许多英雄事迹，最了不起的英雄乃是一个小孩，就是被泰纳迪耶夫妇抛弃的儿子小加弗洛什。他是革命的天使，他衣不遮体，全心全意地投入了起义者的行列，筑街垒、造子弹，还逮住了妄图混入起义者内部搞破坏的雅韦尔。最后，当起义者们子弹将要用尽时，他爬到街垒外面，在枪林弹雨之中从死去的敌人身上搜子弹，还唱着歌，直到被打死。

马吕斯也是这些视死如归的起义者中的一个。被祖父拒绝后，他深深地体会到了绝望的滋味，对生命也失去了兴趣，他给柯赛特去了一封信，扛起枪走到了起义者中间。当街垒快要陷落时，他打开火药桶，将火把指向它，对那些已经爬过了街垒的士兵说：滚，要不同归于尽！那些士兵吓得撒腿就跑，这样就保住了街垒。

他的行为赢得了起义者们的崇敬，把他看成他们的领袖。他抱定了必死的决心，给柯赛特写了诀别信。

战斗又开始了，实际上是几十个起义者对付成千的政府军，他们像濒死的雄狮那样疯狂地战斗，一个个倒下了，包括马吕斯，起义就这样失败了。

马吕斯并未死去，冉阿让救了他。

经过可怕的艰难险阻，冉阿让终于将马吕斯被血与污水浸透的躯体送到了他外祖父的家中，他并没有进去，悄悄走了。

马吕斯的外祖父虽然表面上对外孙十分冷淡，但骨子里全心全意地爱着他，外孙就是他的一切。他竭尽全力治好了他。

比从鬼门关里捡回性命更让马吕斯幸福的是他又见着柯赛特了，是她的父亲冉阿让把她带来的。两个本来反对这门亲事的老人如今都赞同了。

从此马吕斯和柯赛特过上了幸福的日子。

但冉阿让与马吕斯产生了误解，他又回到了孤寂的生活。等到马吕斯明白一切，赶到冉阿让面前时，他已经处于弥留之际了。

第二十二章　狄更斯，通俗而经典的伟大作家

这一章我们来讲狄更斯，这位在英国文学史上仅次于莎士比亚的重要人物。

一讲到狄更斯我不由在心中涌起一股亲情，因为他乃是我偏爱的人物，就像我的朋友一样。

其实持这种观点的远不止我一个人，若就其在世时受欢迎的程度而言，他超过了西方任何作家，甚至包括那些通常读者更多的通俗作家。然而与之不同的是，狄更斯不但有通俗作家一般广大的读者群，更是一个经典作家，一个能同巴尔扎克、雨果齐名的文学巨人。

狄更斯是地道的英国人，1812年2月7日生于朴次茅斯，这是位于英国南面的大海港、大军港。他的母亲原姓巴罗，一个鲸吞了英国国库五千英镑的官员的女儿。这官儿曾经替自己的儿子谋到一个美差，这个儿子有一个与他同一天上班的同事，名叫约翰·狄更斯。

当这位狄更斯同巴罗局长女儿恋爱时她还没有成年，局长大人也看不上这样的女婿，他便采取了在当时的英国十分盛行的办法：将情人拐走，待生米煮成熟饭后老巴罗不答应也不行了。

巴罗小姐是个美人，对自己的美貌一向自负，她很爱跳舞，据说在她的第一个孩子降生前几个小时还在跳呢，这孩子就是狄更斯了，全名叫查尔斯·狄更斯。

狄更斯最初五年生活在家乡普茨茅斯，五岁时随父母离开家乡，搬到了一个叫查塔姆的地方，这里给他留下了深刻的印象，是他真正的童年生活开始的地方。后来在他的作品之中多次提到过这里。

总的来说狄更斯有一个快乐的童年，这时他的父亲是海军军需部职员，年薪超过两百英镑，这在当时足够使一个小家庭过得滋润了。还在很小的时候母亲便教他认字母，这是最初的学习。不过也有一种说法，主要是狄更斯自己说的，说他有一个不幸的童年，因为母亲对他不好，如他自己在一封信中所言，他童年时是：“一个非常瘦小，没有得到特别照顾的男孩。”

但无论如何，比起他以后的遭遇来他生命中最初的十年时光是幸福的，从他12岁时起不幸就开始降落到狄更斯一家了。

这时狄更斯已经有了两个妹妹，与家庭一起扩大的是父亲挥霍恶习的膨胀。他们一家过得越来越艰难了，渐渐地连吃饭都成了问题。

狄更斯永远忘不了的一件事是他12岁时发生的。这一年为了给家庭找到收入来源，狄更斯夫人决定设立一所学校，就是前面讲过的夏洛蒂·勃朗特姐妹想办的那种私立学校，而且这次狄更斯夫人学校命运同勃朗特姐妹学校的命运也并无区分，都是姜子牙开店——鬼都不上门。

结果，狄更斯的父亲终于被捕，给送进了负债者监狱。这在当时是最为可怕的事情，它表示一个家庭已经到了最惨的地步，比现在的破产还要可怕呢。

时年12岁的狄更斯则被送进了一家新开的黑鞋油作坊给瓶子贴商标。

这样，当别的孩子们正在上学玩耍的年纪狄更斯却已经要独立谋生了，在一座摇摇欲坠的旧厂房里，在成堆的老鼠之中终日同玻璃瓶子打交道。

后来他父亲出了狱，家里经济条件也有了一些改善，他可以不去做工而接着上学了，他的母亲却想要他继续做下去，对于这事狄更斯后来回忆说：“我事后从来没有忘记、我也永远不会忘记母亲因为把我送回黑鞋油作坊而感到满意这件事。”

最后父亲的意见占了上风，他又进了学校。

狄更斯对这些学校没什么印象，多半因为它们一点也谈不上好，如果不算是很坏的话。两三年后他便结束了教育，又开始了工作。这时他已经15岁了。

这次的工作与上次大不一样，他当了一家法律事务所的职员，后来又到了法庭做速记，记录各种法庭辩论。为了掌握这个本事狄更斯能付出了极大的努力，因为这实在不是一种容易掌握的技巧呢，据说相当于学两三门外国话。狄更斯最后自豪地声称他速记的速度能赶得上最善辩的律师们的步伐了。

他对这个职位的满意没持续多久，他发现法庭里那些一本正经的法官们和口若悬河的律师们都很可笑，就像一群演戏的猴子一样。后来他又找到了新工作，替一家报馆干活，工作地点仍在议会，专门采访议会新闻。

1834年他转到《晨报》当记者，这是一家自由党报纸，很合狄更斯的胃口，他终于感到自己得其所哉。

这时他遇到了一个叫玛丽·比德内尔的姑娘，开始全心全意地追求她。然而他失败了，失败的原因不是他小伙子不行，而是他没钱，也看不到会有什么前途。

对于一个有才能、有自尊心的人，这种打击会产生什么样的后果呢？——只会使他更加努力，取得成就，去征服那个所爱的女人，去证明她当初的决定是错误的。

狄更斯一直梦想当作家，现在的打击促使他立即朝这条道路奔去。

其实他一直在小规模地写作，不时替报纸杂志撰写短篇故事和散文，现在他把更多时间投入写作，他的文风很快就激起了人们的兴趣，这些文章被编成《“博兹”特写集》，1836年出版，立即得到了广大读者的喜爱。

真正确立狄更斯在文坛地位的是下一本著作。当时一个很著名的版画家画了许多幽默的画儿，需要一些文字与画配对，狄更斯揽下了这差事。

这种故事与画相配的连载类似于现在的漫画连载，像《父与子》一样。几个星期后《匹克威克外传》第一篇问世了。要说明它激起了何等的影响是困难的，打个比方吧，在一堆英国人中扔下一袋金子所产生的反响也许都没有狄更斯把《匹克威克外传》扔出来时所产生的反响大呢。

英国人发疯似的抢购抢读《匹克威克外传》，匹克威克先生的下一步成为他们最关心的事，至少比他们对自己的下一步要关心得多呢。

据说每到邮差应该把新一期《匹克威克外传》送来的这天，没有一个人会老老实实地在家里等着邮差，他们总是走上一英里去迎接，书一到手都就地读将开来，一大堆人立即朝他围过来，大家一起聚精会神地看着，哈哈大笑声响彻云霄。

狄更斯在一夜之间成了英国最受欢迎的作家。

也就是在这年，1836年，他结婚了，对象不是他倾慕的玛丽亚，而是当时一个有名的记者和作家的女儿凯瑟琳。

他辞去记者的职务，开始了作家生涯。

他看到自己的连载小说那么受人欢迎，又不愿让出版商们白白赚掉自己的银子，就亲自动手编辑一份刊物《本特利氏杂志》。从1837年起的两年之间连载了《奥列弗·退斯特》。

这年他的另一个收获是儿子，这将是他9个孩子中的第一个。

他的新连载同《匹克威克外传》一样受到热烈欢迎，于是狄更斯趁热打铁，一部接着一部地写将起来，先是《尼古拉斯·尼科尔贝》，接着是《老古玩店》，还有《巴纳比·拉奇》，这些作品差不多每一部都是流传到今天的不朽之作。

在漫长的五年内狄更斯夜以继日地写作，直到1841年，他终于累了。

他决定去散散心，目的地是新大陆。

这时的美国像英国一样已经传遍了狄更斯的大名与大作，他一到就使得美国人狂热欢呼，仿佛他不是作家而是威尔士亲王。

狄更斯在美国尽情游玩，但对美国却是爱恨参半。一方面，他看到美国人给他如此厚爱，岂能不高兴又感激？另一方面他却看到尽管美国书店里摆满他的作品，到处有人夹着他的书招摇过市，然而他却没有收到几个版税，他感觉自己像是被人谋了财。他并没有把这些想法藏在心里，而是放到了嘴边上，那些美国人当然不会对他的反应感到高兴了，于是便有一些美国人，特别是新闻记者，开始冒出对他的不恭之辞。

这次美国之行的收获是《美国札记》和《马丁·朱述尔维特》。

这时已经到了1843年，这年圣诞节前夕，狄更斯突然想到了一种新的写作方式，并且在几个星期内写成了《圣诞故事集》，它由一个个的小故事组成，形式上就像给儿童们读的童话书一样。

这年它成了所有英国人最好的圣诞节礼物，从此，几乎每个识字的英国人每当到了圣诞节，除了想得到圣诞老人的礼物外就是想读到狄更斯的圣诞故事了。

从此，狄更斯几乎每年圣诞节都要给他们献上一本新的《圣诞故事集》，直到死前三年。

这时狄更斯在英国的名声已经如日中天，他的书不但摆满了英国的大小书店，甚至摆满了大小的剧院。由于它们通畅幽默，很适合改编成剧本，被大量改编上演了，有时光伦敦就有20家剧院同时上演按他的小说改编成的戏剧。

当时有个人写了本书叫《时代的新精神》，分析了那个时代的新精神领袖们，狄更斯高居第一，作者评论说狄更斯的作品“显然是时代的产物……真正散发着他所凝聚的时代的全部精神……他对时代的影响既深且远……”

这时的狄更斯不但是最著名的作家，而且是伦敦最快的速记专家、最好的业余演员、最佳戏剧朗诵家、甚至也是最成功的期刊编辑，一句话，他无论做什么事几乎都取得了成功。

伴随着他蒸蒸日上的事业的是他一天天扩大的家庭，他是一个强健的男人，生孩子简直就像写小说那么容易呢。仅仅由夫人生下来、并且活下来的就有9个！至于其他，例如情人生了几个就不得而知了，反正他是有情人的。

他也是一个比较顾家的男人，除了很少几次出远门外总待在伦敦的家里，照顾老婆孩子，他把全家搬进了一幢大屋子，一大群孩子加上川流不息的客人们，家里简直摩肩接踵，像集市一般热闹呢。

从1850年开始他编辑《家常话》和《一年四季》等综合性期刊，内容以文学为主，兼及其他，发行得十分之好，有时竟高达30万份！想想吧，那时候英国的总人口也不过三千来万呢。

读过狄更斯小说的人都知道狄更斯有一种特别的本领，能将社会与人性的阴暗面描述得入木三分，这种本领在他从1852年开始写作的小说《荒凉山庄》《艰难时世》和《小杜丽》中达到了极致，虽然当时英国的工业革命正搞得轰轰烈烈，但处于原始积累时期的资本主义社会确乎在许多方面是黑暗的，普通劳苦大众的生活无疑也是异常艰难的。

也许正由于狄更斯等作家们对穷人们苦难生活令人惊心动魄的刻画才令得英国统治者们开始注意人民的苦难，并进而开始了一系列的改革，让人民生活得更美好。从1870年开始，英国政府采取了一系列的措施，大力促进有利于下层人民的社会改革，其领域遍布教育、卫生、住房等。

然而，从1855年开始狄更斯的生活出现了波澜，他感觉从前的幸福悄悄自心中隐去，痛苦偷偷袭来。这一方面是由于他对时政的不满，他看到，伴随国家经济繁荣、资本家们纸醉金迷之下劳苦大众可怕的赤贫，整个社会好像被分成了两个世界：对富人而言是天堂，对穷人而言是地狱，而且统治阶级对于人民的苦难表现出惊人的麻木不仁，富于同情心与正义感的狄更斯如何不感到愤怒？如上面所言，他的《艰难时世》等作品就是这种愤怒与痛苦的呐喊。

另一个令他痛苦的原因就没有这么伟大了。我们知道他的妻子叫凯瑟琳，她很善于生孩子，光活下来的就有近十个，但夫妻俩的感情却不像孩子这么丰富。主要是由于狄更斯，不知何时起他总认为自己没找到一个好妻子，心中愤愤不平。

他不会将这些感觉深藏不露，而是以或明或暗的方式表达出来。凯瑟琳呢，依据有关材料来看，她似乎对自己的丈夫颇有些惧怕呢。

他们夫妻的感情一天天地淡下去，终于，1858年5月某一天，她，这可怜的女人，在为丈夫生育了十个孩子后，永远地离开了家。当然，她绝不是希望离开，更不是同什么人私奔。

由于这个事件狄更斯遭到了生平第一次猛烈的攻击，大家都把他看作一个无情无义的人，因为夫妻双方谁是受害者不言而喻。狄更斯把这归因于他们之间没有共同语言，他写了一封有名的“亵渎信”，信中写道：“据本人猜想，世界上共同生活的夫妻中，如果本身并不邪恶，那么，像我们这样互不理解、毫无共同之处实属罕见。”

我想大家明白，这样的借口直到今天都是丈夫或者妻子想离开对方而又找不到离开的切实有说服力的理由——例如对方的不忠——时最常找的所谓理由。

妻子离开后，不，其实远在妻子离开之前，狄更斯的感情生活就远不寂寞了，他有的是崇拜他的年轻漂亮的女子，其中最有名的是埃伦·特南，这个小狄更斯差不多30岁的女演员做了作家的情妇直到他辞世，她无疑是狄更斯离开妻子的原因之一。

前面说过，狄更斯被称为当时最了不起的朗诵家，妻子离开后为了挽回他在广大读者中受损的声誉，狄更斯全情投入了这种与读者更为贴近的创作方式。

早在此前他已经为一些慈善组织搞过朗诵，但从这时起朗诵将不再是慈善活动而是重要的收入来源了。这是1858年4月开始的事。

这是一种收门票的朗诵，来听他朗诵就像去戏院观剧一样，要买票的。

不同的是这场剧的演员只有一个，收票子的演员自然也只有一个，而看戏的观众却不比那些几十上百人的剧要少，甚至更多。这样门票费自然滚滚而来——甚至超过了他从最受读者欢迎的小说中获得的收入，把作家本来就鼓鼓的腰包都撑破了。

他先在伦敦朗诵，后来又到了英国其他地方，最后一直诵到了遥远的大洋彼岸。

这些朗诵会虽然替他带来了成堆的英镑和美元，但也有两个不好之处：一是由于他把大量精力用来朗诵现存的作品，自然没多少精力去写新作品了；二是这种朗诵十分劳神费力，几年下来大大地损害了狄更斯的健康。

1867年，当他到美国去朗诵时已经是个老人了，虽然举止同以前一样轻快敏捷，有如年轻人，然而他头发已经花白，经常感到筋疲力尽。他的朗诵会在这里激起的波涛丝毫不低于伦敦，如当时著名的诗人朗费罗所言：“人们无法相信这是真的，无法感受到他的名声是多么的大。”

从美国回来时已经是1868年了，他的身体更趋虚弱，但他仍然像上了瘾一样坚持干这种累人的活，直到下一年4月，他一病不起。

他只得取消了本已经安排好的巡回朗诵会，在伦敦举行了一次告别朗诵，最后一句话是：

现在我将从这耀眼的灯光中永远地消失了……

他的预言是正确的，不出三个月，即1870年9月的一天，他在家中猝然而逝。

第二十三章　最伟大的英国小说

在我看来，倘若有一部小说称得上是最伟大的英国小说的话，那就是《大卫·科波菲尔》。对此可以这样理解：作为最伟大的英国小说家，他的代表之作当然可以称得上是最伟大的英国小说。当然，这里也有偏爱的成分，但倘若在后面加上“之一”，即《大卫·科波菲尔》是最伟大的英国小说之一，那就显然是没有问题的了。

为了更好地呈现原作的神韵，我在这里也如原著采用了第一人称的手法。

我名叫大卫·科波菲尔，据说我是带着一层胎膜在半夜十二点整降生的，钟一敲响，我就开始哭，合拍得很。

我不幸的岁月　我生下来时第一个主要的特点是我是一个遗腹子，在我还没有看到这世界以前我可怜的爸爸就已经去世了。我们家族主要的大人物乃是一个姨婆，她在我来这世界的那天到了我家，用她天生的威仪把我可怜的母亲吓得半死。她本来打算要当我的教母，但当听到我是一个男孩子后她拂袖而去，从此永远没有再来。

在我幼年的记忆之中有两样模糊然而可靠的东西，一是教堂，另一样是辟果提，我记得她那带点儿香味的手指，我们三个在一起十分幸福，因为我们实在相亲相爱呢。

有一天晚上辟果提好像同我亲爱的母亲有了一点儿争执，因为她带了一个黑胡子的男人回来，从这天起那个男人经常地出现在家里，他叫摩德斯通先生。

又过了一段时间辟果提忽然带我跟她一起到她哥哥那儿去玩了几天。辟果提先生的房子是一所多么可爱的小房子哟——竟然是一条实实在在的船！家里还有古米治太太、海穆和小爱弥丽，他们都是孤苦伶仃的人，辟果提先生收养了他们。

我在这里的日子过得多么甜蜜哟，几乎忘却了家和妈妈。

但当我再回到家时，家里的一切都大变了，摩德斯通先生和他的姐姐住进了家里，以他们的严厉控制了一切，我从此失去了母亲的爱抚。

终于有一天，我被狠狠揍了一顿后，给送往学校去了。

我坐的公共马车的车夫巴吉斯先生是一个沉默寡言的人，后来娶了辟果提。经过十几个小时累得要命的颠簸，我像一袋没人认领的行李一样被扔在了票房，直到一个自称是萨伦学校老师的年轻人来接我。

他穿得很破，带我到了一个很穷的老太婆住的地方，我在那里吃了自己买的东西，他吹了一曲笛子后我们就去学校了。

这里叫萨伦学校，由一个木头腿的人管事，到处既脏又乱。我刚到就被在背上挂了块白板，上面写着几个醒目的大字——“当心他，他咬人！”每天我都得背着它在校园里到处走。

开学后，我认识了许多友善的新同学，最好的是斯提福兹，他比我大六岁，很英俊，是萨伦学校公认的学生领袖。他要我把所有的钱交给他保管，然后用它们买来了食品与酒，我们晚上就在寝室里办起盛宴来。

第二天上课时校长克里古尔先生来了，他一面跟我说话，一面用棍子在我身上造出了道道伤痕，但他并非特别地虐待我，那棍子落在几乎每一个人身上。

所有人当中受苦最多的是特拉德尔，他每天都要挨无数的棍打，但他也是最快乐的一个，每当挨了棍子、流过泪之后，他很快就又恢复了乐哈哈的天性。

不过也有一个人克里古尔先生是绝对不碰的，这就是斯提福兹，我渐渐地同他更为接近，甚至于把他当作了我的偶像，他也对我格外好起来。

终于放假了，我又回到了亲爱的家。

在客厅里我见到了亲爱的母亲，她正奶着一个很小的婴儿，见到我时母亲多么幸福呀！辟果提见到我也乐疯了，一时我们仿佛又回到了遥远的过去，家里还只有我们三个相亲相爱的人时的日子。

但我的到来对摩德斯通们是很讨厌的事，摩德斯通小姐每天都会计算我一个月的假期还有几天结束，随着她一声满意的叹息，假期终于结束了。我又回到了学校。

这个新的学期就像梦一样过去了，只有一件事深深地留在我的回忆之中，就是听到母亲的去世。

从辟果提口里，我知道了亲爱的母亲步步迈向死亡的情景。

虽然出自没有文化的保姆之口，但这一段话是多么地令人感动啊：

> “她一直不舒坦，”辟果提说，“有好长一段时间都这样。她心神不定，也不快活。那小孩儿生下来时，我以为她会好起来了。可她更虚弱了，一天比一天差。小孩儿出生前，她总喜欢一个人坐在那儿哭；小孩儿出生后，她总轻轻对着他唱——唱得好轻，有一次我听到后都觉得那是天上的声音，是正在飘着远去的声音。

……

“在最后那晚，她在夜里吻了我，并说：‘如果我的婴儿也死了，辟果提，请叫他们把他放在我怀里，把我们埋在一起。’（这都照办了，因为那可怜的小羔羊只比她多活了一天。）她还说：‘让我那最亲爱的儿子送我们去我们的安息地吧，并告诉他，他的母亲曾躺在这里为他祝福过，不止一次，而是一千次。’”

又是一阵沉默，保姆轻轻拍拍我的手。

“那天夜里很晚了，”辟果提又说；“她向我要点喝的。她喝过后，朝我那么温顺地微笑，多可爱！——多美啊！”

……

“‘把你那好心的胳膊放在我脖子下吧，’她说，‘让我把脸转向你，你的脸离我太远了，我要挨近你的脸。’我照她说的办了；哦，卫卫！我第一次和你分手时说的话可真应验了，这时候到了——我说过她喜欢把她那可怜的头放在她那笨头笨脑又坏脾性的辟果提怀里——她就这么死了，像一个睡着了的孩子一样！”

母亲去世后我终于获得了自由，摩德斯通们不再逼我学习或者做任何事，事实上他们几乎不跟我说一句话，好像家里压根儿没我这个人似的，他们最先下的第一道命令就是解雇辟果提。

终于有一天摩德斯通先生同我说话了，他带了一个人来，告诉我我应当到这个世界上去奋斗了。

第二天我就永远离开了生我养我的家。

我到了摩德斯通先生有股份的一家公司，主要工作是刷瓶子，在成群的老鼠之间，在肮脏的环境里，我同那些大我差不多一倍的人一起干活，每天都要挖空心思地筹划怎样用我那点可怜的工钱来填饱肚子。

我在这里认识的唯一朋友是密考伯一家。密考伯先生穷得可怕，还要养活一大家子，可这一切对于他似乎不是压力呢，他总是时时要表明他是一个上流人，装出那种样子来。密考伯太太生活的唯一乐趣是提起自己的娘家，回忆过去在娘家的美好生活。

终于有一天，密考伯先生被抓住了，投进了负债者监狱。

密考伯先生被放出来后就离开了伦敦，我再也不愿忍受这种生活，有一天终于下了天大的决心，逃走了，我要去找姨婆。

我幸福的岁月　这是一段什么样的旅程哟，我身上只有三便士，要去的地方却是我从来不曾踏足过的多佛尔。第一个晚上我睡在萨伦学校门外的草堆里，第二个晚上睡在一尊大炮下面，为了一片面包我把外衣和背心卖了，路上还被抢去了围巾。

第三天我到了多佛尔。

又费了好大的劲查问，我找到了姨婆的住处，这是一栋精致的海边小楼，这时我的鞋底已经掉了，帽子又扁又皱，破烂不堪的衬衣和长裤上沾着露水、草屑、泥土，总之街上的垃圾都比我干净。

我碰了一下姨婆，告诉她我是她外孙。她吃惊得一屁股坐在地上，我哭诉了自己不幸的遭遇：

我是大卫·科波菲尔，从萨福克的布兰德斯通来的，我出生的那晚你去过那儿，见到了我亲爱的妈妈。她死后，我很不快活，我被冷落，不能上学，被迫去独立谋生，干不适合我的苦活。所以我逃到你这里来。我刚动身就被人抢劫，只好一路走来，从动身后就永远不曾睡过床。

说到这里，我的自制力全部丧失，大哭起来，这场哭已憋在我心里好久好久了。

这样我就在姨婆家住下了，改名叫特洛乌德·科波菲尔。

我很快就把这里当作了自己的家，还同狄克先生成了好朋友。他是个脑子有点儿毛病的人，永远在写一个呈文，却永远也写不完。姨婆也越来越喜欢我、宠爱我了。

一天姨婆提起了我的教育，这是我实在关心的一个问题，姨婆按她惯常的雷厉风行的做派，第二天就把我送进了斯特朗博士学校。

同时我住进了威克菲尔先生家，认识了他的女儿艾妮斯，她是一个十分可亲可爱的姑娘，成了我的指路明灯，我多么敬重她呀。他们家另外一个人是尤利亚·希普，一个长着金鱼眼睛的瘦小的家伙，皮肤像青蛙一样惨白，他不停地声称自己十分谦卑。

我在斯特朗博士学校的学习与生活可以概括成两个字：快乐。我在学习上进步神速，生活上由于有艾妮斯和威克菲尔先生的照顾也十分的好。

我同尤利亚·希普也交上了朋友。一天，大概是星期四，到他家去喝了一次茶。希普和他母亲以他们谦卑的招数很快从我这里打听出了一切他们想知道的事。我像一个泄了密的人一样越来越不安，这时一个人从希普家门口经过，竟然是密考伯先生！他旧貌依然，一副上流人派头。

但第三天密考伯先生一家走了，临行前密考伯先生写了一封绝望的信给我，署名是“沦为乞丐的流浪者威尔金·密考伯手启”。当我跑去找他时，发现他已经坐上了脚车，又是一副怡然自得的上流人派头。

时光飞快地流逝，我在斯特朗博士学校的生活结束了。姨婆给了我一笔为数可观的钱让我出去做一次旅行，好历练我独自生活的能力。

这次的旅行同若干年以前那次有多么不同呀！那时我口袋里只有三便士，现在我穿着崭新的上流人衣服，口袋里有大把的英镑。

晚上在旅店里我碰到了那个我最崇拜的人——斯提福兹，我是多么高兴呀。斯提福兹也很高兴，还带我去他家见了他的母亲。

我在斯提福兹家度过了十分快乐的几天，唯一的缺憾是黎提摩，斯提福兹的仆人，一个最体面的家伙，好像时时刻刻在提醒我，我实在是很年轻呢，简直太年轻了。

然后我们又一同离开了，一起去看我那亲爱的老保姆辟果提，当她认出我后要描述出她有多么高兴真是太难了，一句话，她乐疯了。

第二天我又同斯提福兹一起去辟果提先生的旧船那儿。

我们的进来令他们惊愕了几秒钟，但很快他们更高兴了。辟果提先生高兴傻了，只是一遍又一遍地同我握手，一面猛抓自己本就够乱的头发，发誓说这是他一辈子最高兴的一个晚上。

我得知今晚爱弥丽已经答应嫁给海穆了。

几天后我收到了姨婆的一封信，问我愿不愿做一个代诉人，据斯提福兹的口气代诉人似乎是相当高贵体面的职业呢，我欣然接受了。

此时姨婆正在伦敦城里等我，我立即同斯提福兹分手，去看姨婆了。

姨婆见到我时高兴得哭起来了，第二天我们便去博士院里见斯本罗先生。我一进去就感觉这是一个像梦幻一样安静的地方，立即喜欢它了。唯一令我不安的是我到这里的代价太高了，整整一千镑。

随后姨婆又替我找到了住的地方，一套位于顶楼的窗外就是河的律师公寓，十分精致。

不久斯提福兹来了，还带着朋友们，不过我不大确定我们都干了些什么，只记得同斯提福兹和他的朋友们喝呀喝呀喝个不停，又好像有个什么人建议出去看戏，有个什么人在戏院里吵闹，反正我一跨出戏院的门就到了自己的床上。

第二天我醒来时很难说头与心哪个更痛，我是多么地为自己的行为后悔哟。

我这样痛悔最重要的原因是我记起来，在戏院里时遇到了艾妮斯，正是她请求我马上回去的。我真恨不得自己马上死了。

当我还在想着怎样向艾妮斯表达我的悔恨时，她派脚夫送来一封信，里面根本没有提及那可怕的事，只是请我去她住的那里做客。

艾妮斯住在她父亲的代理人那里，又见到她我真高兴呀，她丝毫没有责备我的意思，只是当我称她是我的吉神时，她严肃地告诉我提防我的凶神。

她指的竟然是斯提福兹，我当然不信，我用尽一切努力来向她赞美我了不起的朋友。

在这里的另一个收获是我见到了萨伦学校的另一个老朋友特拉德尔，他仍然是个顶老实的好人，在伦敦法律界做一个很低等的工作。

这夜唯一令我不舒服的是见到了尤利亚·希普，他还是那么叫人恶心，像只鹰一样在我与艾妮斯周围翱翔，不漏过我同艾妮斯说的每一个字。

我正式成了斯本罗·约金士事务所的学徒，斯本罗先生邀我去他家做客。于是我坐上斯本罗先生精致的马车，去他家拜访了。

斯本罗先生的府第十分华丽，还有一个漂亮的花园。不过我对那里的印象也仅止于此。我听到一个声音说："科波菲尔先生，这是小女朵拉。"

我的爱情与婚姻　没有疑问，这是斯本罗先生的声音，但是我听不出了，我什么都听不出了。刹那间一切都过去了，我已经应验了我的命运，我是一个俘虏、一个奴隶了，我爱朵拉·斯本罗爱到失了神！

这段时间里我唯一做过的分心事是见了特拉德尔，他告诉我他同一个最可爱的女孩订婚了，我还见到了住在他楼下的密考伯先生。他不久又破产走了。

斯提福兹又来拜访我了，他竟然是从辟果提先生那边来的。不久后我就知道他为什么去了，他是去找爱弥丽的，他还拐走了她！

这件事多么致命的打击了诚实的辟果提先生一家呀！辟果提先生快疯了，一夜之间失去他愿意为之而死的未婚妻的海穆则傻了。辟果提先生打定了主意要去找自己的外甥女，不管找到什么地方，也不管找到什么时候。

他说，他不在的时候，船屋里那盏灯要永远在那个窗口上亮着，以备哪天爱弥丽悄悄地回到家里来，古米治太太保证用她的生命来完成这个神圣的使命。

您也许会奇怪我怎么这么长时间没有提朵拉了呢？我不是爱她爱得发疯了吗？

是的，我是的！我的确爱她爱得发疯！疯得不能再疯了，要是世界上有任何人敢说曾经像我爱朵拉一样爱过或者说朵拉同任何其他女人一样平庸，我一定会像辟果提先生一样找遍全世界同他决斗呢。

要是能再见到朵拉我什么样的代价不愿付出啊！一段时间后我终于得到这个机会了，斯本罗先生邀请我参加朵拉的生日聚会，我高兴得发了痴。

闲话少说，在朵拉的好友密尔斯小姐的帮助下，我不久得到了机会，向朵拉宣布了我的爱情，朵拉竟然接受了，我们是多么相亲相爱啊。

对了，自从巴吉斯先生去世后，我亲爱的老保姆又与我快乐地生活在一起了。

这天晚上我同辟果提回到住处时发现姨婆已经威风凛凛地坐在那里了。

她平静地告诉我说：她破产了。

我决心尽一切可能去帮姨婆。第二天一大早我就去找斯本罗先生，请求他让我结束已经开始的学徒期，把一千镑的款子退一部分给我，但斯本罗先生一口拒绝了。

我颓丧地回去，在路上碰见了艾妮斯，此前我已经写信告诉她我同朵拉的爱情。一见到她我所有的烦恼顿时烟消云散，就像一个迷路的孩子看见了指路明灯一样。

艾妮斯又同我一起回家去见姨婆，不久威克菲尔先生也来了，他变得多么无神呀，仿佛已经是半个死人了。他后面紧跟着尤利亚·希普，看得出他已经被希普牢牢地控制了。

艾妮斯又帮了我的大忙，她告诉我斯特朗博士现在已经退休，住到了伦敦，需要一个秘书，问我是否需要这个工作。

我当然愿意！这对正处于困境之中的我和姨婆是多大的一桩恩德呀！她永远是我的吉神！

特拉德尔真好，他明智地建议我掌握速写的技巧，这是做一个好秘书首要的技能。然后特拉德尔转给我一封密考伯先生的信，与以前的信大不一样，这次密考伯先生意气风发，对未来充满信心，原来他被雇用了，而雇用他的竟然是尤利亚·希普！

一天，在博士院，斯本罗先生叫住了我，原来他发现了我与朵拉的秘密，来问罪了。

但第二天发生了一件更可怕的事——斯本罗先生死了，他是昨天同我谈过话后回家时从马车上跌下去摔死的。

我遵照艾妮斯的话，给现在监护朵拉的两个姑妈写了一封信，她们回了信，邀请我去访问，她们是两位像老小鸟一般的妇人，待我很好，不但让我看朵拉，甚至准许我每周两次去拜访她们。

我同朵拉的爱情就这样有了希望之光。

不过，这时候我的生活多么辛苦呀，白天我要到博士院中去做事，晚上还要步行到斯特朗博士那儿去做秘书，同时还要继续花费无穷心力去征服那可怕的速记。现在又要每星期两次步行去更远的朵拉姑妈家，这不是负担，但同样辛苦啊。

现在，到我写作这部小说之时，回顾我这段时期的生活，我知道是什么令我取得了成功。我把它记录下来，希望我的成功经验对亲爱的读者也有一点作用：

> 我这一生无论做什么，总是全心全意去做，无论我投身于什么，总是完完全全投入。事无巨细，我都认真到底。我从不相信，任何先天或后天的才能可以不需坚定、坦诚和努力的品质而获成功，世上并没有那样的成功。某

种可喜的才能，某种可庆的机会，可以形成某些人往上攀的梯子的两侧，但那梯子的一级级横木必须用耐磨经拉的材料制成。完全彻底、热诚坚韧的真本领是没有什么可以取代的。凡值得我献上全身心的事，我决不只献出一只手；无论我做什么，都决不自暴自弃；现在我发现这已成了我的金科玉律。

我也介绍艾妮斯见到了朵拉，朵拉一见到艾妮斯就像见到远别的老朋友一般搂住了她的脖子，而平时她在陌生人面前是多么羞涩哟。

这晚临别时朵拉默默地看着我，然后告诉我她很奇怪我为什么竟然会爱上她而不是艾妮斯。

就在这时我接到了一封信，竟然是密考伯太太的，信中她告诉我密考伯先生现在完全变了，变得对她和家人冷漠异常。

还有，我现在已经悄悄地喜欢上了一种职业，我开始写一些小文章，并且试着寄给杂志社，让我大为惊喜的是它们竟然很快得到了发表，这大大地鼓励了我，使我写更多，也渐渐地从这上面得到更多的报酬了。

以后的日子就像梦一样了，因为我和朵拉结了婚。

婚礼那天诚然是热闹的，艾妮斯来了，特拉德尔那位最可爱的姑娘也来了，还有许许多多的人，不过我都记不清楚了，我只知道，我结婚啦！

但从第一天起我们的家政就成了一切不幸的根由。我们请的每一个仆人似乎都在算计我们，我们花了大量的钱，可是从来没有吃过一顿好的，房子里到处是东西，经常绊倒人，但要找任何一件东西时却是那么的难。

我的写作越来越多，渐渐以作家著称了。这时我住的地方距斯提福兹的家不远，因此我常打那儿路过，这天，当我路过时，接到了达特尔小姐的邀请，她背后站着那个险恶的、有最体面举止的小人，黎提摩，他告诉了我有关爱弥丽的消息，好坏参半。好的是我们知道爱弥丽终于离开斯提福兹了，虽然是被他抛弃了。坏消息是她失踪了，生死不明。

我的第一部长篇小说终于出版了，它为我赢得了大量赞美。然而我知道一个有正当理由信任自己的人永远不会在别人面前炫耀，以使别人信任他。

与我事业的蒸蒸日上不同，我的家政依然不如意，也许更糟了。我原来想，一个新生命的降临或许会令她更成熟，然而没有。并且朵拉的生命也似乎在变轻了，现在她只能终日坐在椅子中了，然而她是快活的，当我抱着她上楼下楼时她发出最快乐的大笑。

我却分明地感到胳膊中的重量日渐轻了，眼泪偷偷涌出了我的眼睛。

一天我接到一封奇怪的信，是密考伯先生写来的，他约我某天晚上去重游我们很多年以前曾经住过的地方和他曾经待过的监狱。同一天特拉德尔也接到了密考伯太太的一封信，诉说密考伯先生近来的改变，他变得狂暴而冷酷。我们一合计，决定一同去赴密考伯先生的约。

我们的会见准时进行，密考伯先生挽着我同特拉德尔重游故地，他的内心显然像伏着一座火山。后来我们去见姨婆，火山在那儿爆发了，密考伯先生大哭起来，他痛哭流涕，大骂了希普一顿，然后约我们下星期大早晨一同到坎特伯雷的旅馆去，他要在那里清算一切。

就在我等待那个星期天的来临时我在一栋破楼的一间破房子里见到了爱弥丽，一会辟果提先生也来了，一见到他，爱弥丽喊了一声“舅舅”就晕过去了，他一把抱起她，用一块手帕盖在她的脸上，走了。

第二天早晨我同姨婆在花园里散步时辟果提先生来了，他告诉我他要把爱弥丽带到那没有人能认出他们的遥远的澳洲去，现在他准备回老家去告个别，我打算同他一起回去。

到了密考伯先生约定的那天，我们到了威克菲尔先生家，密考伯先生好像头一回见到我们一样，把我们引进去。我们见到了端坐在自己办公室里的尤利亚·希普。

一会之后，密考伯先生的火山终于爆发了，他拿出一沓纸，把尤利亚·希普这些年来所做的恶事一一公布，包括他一次就侵吞了威克菲尔先生为数达一万二千余磅的巨款，他用尽各种卑劣手段夺去了威克菲尔先生的名誉、财产，甚至最后威克菲尔先生要把事业全部交给他！

密考伯先生的各种宣告都有根有据，希普立刻完蛋了，被迫接受了我们的建议，吐出了从威克菲尔先生那里诈走的东西。

在完成这个伟大的宣告之后，密考伯先生要我们去见证他与太太之间恢复信任的感人一幕。

接下来，深知自己已经一无所有，并且再也无力供养庞大家庭的密考伯先生绝望地准备让他的孩子们去街头卖艺为生。还是我姨婆，在这关头提出了一个再妙不过的主意：他建议密考伯先生一家移居澳洲，因为辟果提先生也准备这样做呢，他们不是有伴儿了吗！至于费用，那好办，既然他帮了我们那么大的忙，我们为什么不能帮他？

密考伯先生接受了这个好主意，心情即刻好了起来。

我的孩子妻的病并没有如原先料想的一样渐渐好起来，我感觉她在我的怀里越来越轻，后来我是多么轻易地能抱她上去哟！

她说她想见艾妮斯，非常想，我答应马上写信给她。

这天晚上，艾妮斯已经来了，朵拉说想单独同她说话。

我在楼下等待，那晚的月光多明亮呀，如水般倾泻在大地上，我坐在火炉边。

朵拉的爱犬吉普哀号着，爬向楼梯，想要上楼，又慢慢地爬向我，舔了舔我的手，哀鸣一声，死了。

艾妮斯出来了，泪如雨下，双手指天。

完了，我眼前一片黑暗。

此后若干段时间发生了什么，我都忘记了。

我的指路明灯　当我渐渐回过神来，这里的一切只能使我想起亲爱的亡妻，我要出国了。

在我走前，密考伯和辟果提两家移民澳洲的日子到了，朋友们都去送行，那真是有趣、热闹而又悲哀的场面。

他们到那遥远的大洲去后我也到大陆去了。那是一种什么样的旅行呀，现在想起来有如一场梦，我梦见自己在外国的城市、宫殿、教堂、画廊、城堡、墓地、千奇百怪的街市中走过，我仍背负着痛苦的重担，心如槁木死灰。

我收到了艾妮斯的来信，这时我的孩子妻离开我差不多一年了。现在我知道我本来可以爱她的，甚至她也可能曾经对我怀抱某种爱情，只是我不经意地忽略了它。现在一切都晚了，我永远失去了她。

我又回到了英格兰，又到了多佛尔，被姨婆和辟果提用眼泪洗了个澡。次日我骑马去看艾妮斯，见到我她多么高兴呀！她仍一如既往，那么美丽、温柔、善良，仿佛人间天使。

我告诉她她永远是我的指路明灯，我要终生仰望她，她永远是我最亲爱的妹妹。

我看到，高兴之余，她的眼角似乎闪过一道阴影，一丝忧郁。

我也同样不快乐，忧伤像网一样罩着我。

时光飞逝，圣诞节近了。我经常见到艾妮斯，她也对我一如既往地友好，然而我并不快活。

我相信艾妮斯已经心有所属，但她从没向我公开这个秘密，我决定揭开它。

我永远不能忘记，那是一个寒冷的冬日，我骑着马去见艾妮斯。

房间里只有她一个人，我说："艾妮斯，你怀疑我对你是不忠实的吗？"

她有点吃惊地说："不！"

"你有一个秘密，"我说道，"告诉我吧，艾妮斯。"

她垂下眼睛，周身颤抖了。

她含着一种祈求（几乎是责备的）的眼光从窗前站起，好像不知要去哪里一样跑到房间另一头，用双手遮起脸，好像打在我心上一般地痛苦起来。

这眼泪在我心中唤醒了一种东西，引起了一种颤动，这是希望的颤动呀！

当她要走开时，我已经把她拦住，紧紧地抱住了她，我喊道："艾妮斯，假如我真有一丝新生的希望，有一天可以用亲于姐妹的、十分不同于姐妹的东西称呼你！——"

她泪如泉涌。

但这已经是愉快的、幸福的眼泪了。

在幸福的狂喜中我说了许多话，当然是——我有多么地爱她！

"我只有一句话，"艾妮斯把柔和的双手放在我的肩上，平静地注视着我的脸，说。

我含着热泪道："我不敢猜那是什么。告诉我吧，我亲爱的！"

"我从来是爱你的！"

第二十四章　拜伦，英国诗坛的拿破仑

拜伦是伟大的英国诗人，在英国诗坛的灿烂群星中，他的诗篇也许不是最深刻的，但可以说是最优美的、最能激动读者之心的，正如他自己所言，就曾经在英国诗坛拥有的地位而言，他称得上是英国“诗坛的拿破仑”。

走上诗坛　拜伦1788年1月22日生于伦敦一个高贵的家族，他的祖父是海军上将，父亲却是个败家子，花光了自己的财产后看到一个苏格兰姑娘有笔丰厚的嫁妆，就娶了她，把妻子的钱又花光后就抛弃了她，一走了之，从此浪迹天涯，终其一生再也没有回家。

遭受同时失去财产和丈夫的双重打击，年轻的妻子既伤心又愤怒，生下孩子后她对他就像对丈夫一样，既爱又恨，爱时她对他便好些，恨时便冷酷地对待他。这孩子又天生跛足，母亲的态度加上天生的残疾使拜伦从小就非常敏感，培养了他一种忧郁的气质。

而他后来的际遇也培养了他愤怒的气质，因此诗人拜伦一生是两种气质的合体——忧郁与愤怒。

拜伦4岁时入学，8岁被母亲带往一片苏格兰高地，叫钦勒伊盖，那里一马平川的壮丽景致深深打动了小拜伦，激起了他第一缕诗情画意，以后他的第一篇名作就叫《钦勒伊盖》：

去吧，浓艳的景色，玫瑰的园圃！
让富贵宠儿在你们那里悠游；
还给我巉岩峻岭——白雪的住处，
它们早已献给了爱情和自由；
喀利多尼亚！我爱慕你的山岳，
尽管皑皑的峰顶风雨交加，
不见泉水徐流，见瀑布飞泻，
我还是眷恋幽暗的洛赫纳伽！

啊！我儿时常常在那儿来往，
头戴软帽，身披格子呢外衣；
缅怀着那些亡故多年的酋长，
我天天踱过松柯掩映的林地。
直到白昼收尽它黯淡的余光，
北极星当空闪耀，我才回家；
是什么故事勾起迷人的遐想？
是山民的传说——在幽暗的洛赫纳伽。
……
洛赫纳伽呵，别后已多少光阴！
再与你相逢，还要过多少岁月！
造化虽不曾给你繁花和绿荫，
你却比阿尔宾的原野更为亲切。
从远方山岳归来的游子眼中，
英格兰！你的美过于驯良温雅；
我多么眷念那粗犷雄峻的岩峰！
那含怒的景色，那幽暗的洛赫纳伽！

10岁时他的叔祖父死了，他承袭了男爵爵位以及纽斯台德寺院和罗岱尔两处产业。他的第一首诗作于12岁时，是献给表姐玛格丽特的，以后他又做了一首，用来追悼那时业已香消玉殒的表姐，诗中说：

晚风沉寂了，暮色悄然无声，
林间不曾有一缕微风吹度。
我归来祭扫玛格丽特的坟茔，
把鲜花洒向我所挚爱的尘土。
这狭小的墓穴里偃卧着她的娇躯，
想当年芳华乍吐，闪射光焰。
如今可怖的死神已将她攫去，
美德和丽质又岂能重返天年！
……

拜伦17岁时从著名的哈罗公学毕业，随即进入剑桥大学三一学院，在这里他除了偶尔读书之外大量的时间都用来吃喝玩乐，大把花钱。

大三时他出版了第一本诗集《闲散的时光》，虽然它堪称杰作，但得到的只有冷漠与批判。

也就在这一年，20岁的拜伦从剑桥大学毕业了，回到了他的领地纽斯台德。

不久，拜伦又继承了世袭的英国国会上院议员。他同一个叫霍布豪斯的朋友一起第一次踏出了英伦三岛，到欧洲大陆旅行，他们走过了许多国家，期间最为得意的事是从欧洲游泳一直游到了亚洲。

这次旅行大大地开阔了诗人的视野，他写成了著名的《恰尔德·哈罗尔德游记》，它一经出版即得到了如涛的掌声，一年之内重印五次。像诗人自己所言：

早晨我一觉醒来，发现自己已经成名，成了诗坛的拿破仑。

他大约是在到希腊游历时开始写这本书的，主要内容是一个叫恰尔德·哈罗尔德的人的旅行见闻。见闻中表达了一个鲜明的主题——对自由的向往。

全诗共分四章，下面我们引用其中的一段，可名为《去国行》，描述的是恰尔德·哈罗尔德离开英国踏上旅途之时：

别了，别了！故国的海岸
消失在海水尽头。
怒涛狂啸，晚风悲叹，
海鸥也惊叫不休。
海上红日冉冉西沉，
我的船儿乘风破浪。
向太阳、向你暂时告别：
我的故乡呵，再会！
不几时，太阳又会出来，
又开始新的一天。
我又会招呼蓝天碧海，
却难觅我的家园。
华美的宅第已悄无人影，
炉灶里火灭烟消。
墙垣上野草丛生，
爱犬在门边哀叫。
……
谁会相信妻子或情妇

虚情假意的伤感？
两眼方才还滂沱如注，
又嫣然笑对新欢。
我不为眼前的危难而忧伤，
也不为旧情而悲悼；
伤心的倒是：世上没一样
值得我珠泪轻抛。
……
船儿哟，全靠你，疾驶如飞，
横跨那滔滔海浪；
任凭你送我到天南地北，
只莫回我的故乡。
我向你欢呼，苍茫碧海！
当陆地来到眼前，
我就欢呼那石窟、荒原！
我的故乡呵，再见！

就在《恰尔德·哈罗尔德游记》大获成功、他开始声名鹊起、在祖国的前途无可限量之时，他却恰恰走上了一条不是获得朋友，而是制造敌人的不归之路。

19世纪初英国发生了一场“卢德运动”，它起因于工业革命带来的大量失业，失了业的工人们认为是机器抢了他们的工作，便开始采取了一场破坏机器的运动，这就是“卢德运动”。英国政府残酷镇压了这场运动，国会也制定法案，规定凡破坏机器者一律处死。如此不人道的法律令拜伦十分愤怒，1812年初，他作为上议员在国会发表措施尖锐的演说，替工人们辩护。

这还不算，不久后他更进一步，在上议院又发表了另一次更激烈的演说，这次是替正处在英国的残酷统治之下的爱尔兰辩护，这在那些“爱国”的英国人眼中简直就是不折不扣的卖国。

这样一来，拜伦几乎与整个英国社会结下了不解之仇。

1813年，拜伦爱上了米尔班克，一个漂亮的贵族小姐，次年初两人便携手步入教堂。

但由于婚后他仍一如既往地风流放荡，身边总是美女如云，妻子只是其中之一。米尔班克是保守的贵族小姐，对丈夫这种行为怎会一味默默忍耐？加之拜伦经常在上议院发表演说，攻击政府，使他得罪了当时几乎整个英国社会，这些加在一起，使米尔班克在结婚的第二年，女儿出生才一个月时，就离开丈夫回了娘家，并正式提出与丈夫分居。

在这时候保守的英国，夫妻公开分居是极为丢脸的事，再加上前面的旧账，于是，一场声讨拜伦的运动展开了，其声势之凶猛、言辞之激烈堪称如火如荼。

在这种情形之下，愤怒不已的拜伦终于说出了这样的话：

> 如果这些话是真的，那么我就不配住在英国；如果是假的，那么英国就不配我来住。

1816年，4月25日，诗人离开了英国，有生之年再也没有踏足这片孕育他的土地。

他先在滑铁卢凭吊了拿破仑的遗迹，然后沿莱茵河逆流而上，到了瑞士，在日内瓦他遇见了雪莱。从雪莱这里，拜伦感染了他的乐观主义，这对他以后的人生与创作都有相当影响。

离开日内瓦后他又到了意大利，以后的三年中他基本上以这里为家，直到1819年迁往拉文纳。

这时的意大利正受着奥地利人的统治，他们奋起反抗，热爱自由的拜伦也立即投入到了这场轰轰烈烈的革命运动之中。

拜伦此次在意大利参加的这场革命就是著名的“烧炭党”运动。从1816年到1823年，拜伦将他创作之外的全部精力都投入了这场起义，为了筹措起义经费，他甚至卖掉了自己的祖产纽斯台德寺院。

当然拜伦也不全是付出，也有所收获，他最大的收获是一个美女——归齐奥利伯爵夫人。她是当时名闻全欧的美人，甚至被认为是当世的海伦，天下最美的女人。他俩是在1819年3月相遇的，一见钟情，拜伦称她“如日出般娇美，如正午般温暖人心”。她不久抛弃丈夫，与拜伦同居。

除革命与恋爱外，他这些年完成的作品也很多，例如1816年完成了《锡雍的囚徒》《黑暗》《普罗米修斯》；次年有诗剧《曼弗瑞德》；还有讽刺长诗《审判的幻景》等等，最重要的是《唐璜》。

代表之作　《唐璜》既是拜伦的“天鹅之歌”，甚至被称为他的代表作。

《唐璜》是以一个叫唐璜的西班牙青年的遭遇为线索而写就的长诗，拜伦在意大利时开始写作，但直到去世仍未完成。

《唐璜》共分十六章，第一至第六章写了唐璜的身世，他是一个英俊无比的青年，后来同一个有夫之妇谈恋爱，被丈夫发觉后，只能逃离故乡，到处流浪。他的流浪过程浪漫无比，他先是因为沉船被一个海盗的美丽女儿海蒂救下，同她有了一场美妙无比的爱情，然而好景不长，海蒂的海盗父亲归家了，将唐璜一刀砍个半死，后来将他卖到了土耳其苏丹的宫廷当奴隶。在那里他的美貌甚至引起了苏丹美丽的皇后的情欲，然而唐璜严厉地拒绝了她那动物似的性欲。第七到第九章写的是唐璜成功从苏丹的后宫逃走后到了俄国并且参加了俄国人围攻土耳其伊斯迈尔城的战役，在这里拜伦歌颂了土耳其人英勇的抵抗精神。由于作战有功，唐璜被送到了圣彼得堡。在诗歌的最后部分唐璜到了英国，这时候他已经是俄罗斯女皇的大使了。

其中唐璜同海蒂的那段爱情是整部《唐璜》中最美妙、最感人的一段，我们下面引用一部分，描述海蒂救下唐璜后，两人在海边漫步的情景：

那是一天逐渐凉爽的时刻，
一轮红日正没入蔚蓝的峰峦，
大自然鸦雀无声，幽暗而静止，
好像整个世界已融化在其间；
他们一边是平静而凉爽的海，
一边是有如新月弯弯的远山，
玫瑰色的天空中只有一颗星，
它闪烁着，很像是一只眼睛。
他们就这样手挽手往前游荡，
踩着贝壳和五色光彩的碎石，
有时走过平坦而坚硬的沙地，
有时走进了被风雨多年侵蚀
而形成的岩洞，好像精心安排，
有大厅，有晶石的房顶和居室；
他们并肩歇下来，以一臂相偎，
呵，紫红的晚霞已使他们陶醉。
他们抬头看天，那火烧的流云
像一片赤红的海，广阔而灿烂，
他们俯视着海，映得波光粼粼，
圆圆的一轮明月正浮出海面，
他们聆听浪花的泼溅和轻风，
他们看到含情脉脉的视线
从每人的黑眼睛照射对方的心，

于是嘴唇相挨，接了一个蜜吻。
……
他们远离了世界，但不像斗室中
一个人所感到的那种孤独滋味，
海是静默的，海湾上闪出星星，
红色的晚霞暗了，天越来越黑，
四周无声的沙石，滴水的岩洞，
使他们不由得更紧紧相偎；
好像普天之下再也没有生命，
只有他们两人，而他们将永生。
……
哎，他们是这么年轻，这么美，
这么孤独，这么爱，爱得没办法，
那一时刻心灵又总是最充沛，
他们谁也没有力量把它管辖，
于是犯下死后难逃的罪孽，
必得让永恒的地狱之火来惩罚
这片刻的欢娱，——凡人要想赠给
彼此以快乐或痛苦，就得受这罪。
他们彼此望着，他们的眼睛
在月光下闪亮；她以雪白的臂
搂着唐璜的头，他也搂着她的，
他的手半埋在所握的发辫里；
她坐在他的膝上，饮着他的轻叹，
他也饮着她的，终至喘不过气，
就这样，他们形成了一组雕像，
带有古希腊风味，相爱而半裸。
……
这少女看着她的恋人，而那一刻
爱情、夜晚和海洋都是最孤寂，
它们共同把寂寞注入她的灵魂；

呵，就凭这砂石和粗犷的岩壁，
她和她久经风波之苦的恋人
筑起爱之巢，和人寰的一切远离，
而太空中成群的星星遍观世界，
竟找不到什么比她的脸更喜悦。
……

应该说引用的这一段并不是《唐璜》中最出色的，只是比较感人而已，其余的内容大体上都有这个特色，就是充满了美妙动人的至情至性。

如果说到好，可能是第三章中那位希腊诗人所唱的歌，即著名的《哀希腊》，它磅礴如虹的气势与拜伦其他缠绵雅致的诗歌形成了鲜明对比：

希腊群岛啊，希腊群岛！
你有过萨福歌唱的爱情，
你有过隆盛的武功文教，
太阳从你的提洛岛诞生！
长夏的阳光还灿烂如金——
除了太阳，一切都沉沦！
开俄斯歌手，忒俄斯诗人，
英雄的竖琴，恋人的琵琶，
在你的境内湮没无闻，
诗人的故土悄然喑哑——
他们在西方却名声远扬，
远过你祖先的乐岛仙乡。
巍巍群山望着马拉松，
马拉松望着海波万里；
我沉思半晌，在我的梦幻中
希腊还是自由的土地；
脚下踩的是波斯人坟墓，
我怎能相信我是个亡国奴！
……
满满倒一杯萨摩斯美酒！
树荫下，少女们起舞翩翩——

一对对乌黑闪亮的明眸，
一张张鲜艳的笑脸；
想起来热泪就滔滔涌出：
他们的乳房都得喂亡国奴！
让我登上苏尼翁石崖，
那里只剩下我和海浪，
只听见我们低声应答；
让我像天鹅，在死前歌唱：
亡国奴的乡土不是我的邦家——
把萨摩斯酒盏摔碎在脚下！

死于希腊　1823年，拜伦为之献身的烧炭党人起义失败了，拜伦又将目光转向了另一个已经掀起了如火如荼的独立运动的被压迫国家——希腊。

这时的希腊已经被土耳其人统治近400年，然而他们从来没有屈服，现在独立运动已是风起云涌。这年7月拜伦正式前往希腊，随船携带着他为起义者们筹措的巨额钱财和物资，这些钱主要是卖掉他的最后一处祖产罗岱尔庄园得来的。

8月，拜伦抵达希腊，伟大诗人的到来令独立战士们欣喜若狂。

这年年底，拜伦起程前往独立运动的中心迈索隆吉翁，次年1月5日抵达，受到举城狂热的欢迎。

不久拜伦被正式任命为希腊独立军的方面军总司令，肩负起了统军作战的重任，走上了为自由而战的第一线。

拜伦深知自己肩上担子之重，他全副身心地投入了种种工作：他要组织、训练自己的部队，从军火粮秣到士兵的着装无不要他仔细关注，另外还有一件事也耗费了他大量的精力，这就是团结起义军内部这时候已经开始分裂的各派系。

大家想想这一切要耗费多少精力？而一个人又有多少精力呢？

详细的经过就不说了，反正这样的日子过了并不太久，不到3个月拜伦就病了，经久不愈。

但他并不把这病放在心里，仍然强撑着像往常一样工作。这年4月9日，他又要出门了，这时正下着大雨，有人劝拜伦等待雨停再去，他答道：

“我要是连下雨也害怕，还算什么军人？”

回来后拜伦便一病不起，并且越来越重，到了18日，他自知大限将至，在病床叹道：

不幸的人们！不幸的希腊！为了她，我付出了我的时间，我的财产，我的健康；现在，又加上了我的生命。此外我还能做什么呢？

次日，拜伦与世长辞。

希腊人民举国哀悼。

第二十五章　雪莱，一颗永恒的流星

雪莱的诗初看也许会让人觉得文字太过激烈，不那么美，但只要仔细品味，把真意品将出来，会令人感觉余香满口，其味无穷。

有如流星的一生　雪莱1792年生于英格兰苏塞克斯郡霍香镇的菲尔德庄园，他的祖父是专横的比希爵士，父亲蒂莫西则是辉格党的国会议员。

雪莱6岁就开始学习拉丁文，8岁就能作诗，10岁时已经开始在赛恩·豪斯学校学习数学、法语、地理、天文等课程。12岁时他上了与哈罗齐名的伊顿公学。

这时雪莱开始写作，如1809年他和一个朋友合写了长诗《流浪的犹太人》，又同妹妹合写了一本诗集，都在次年出版。

1810年10月，18岁的雪莱进入牛津大学，但仅仅5个月后就因为出版了一篇《无神论的必要性》被开除了，这令他的父亲非常生气，但雪莱坚决不肯认错。

倔强的雪莱终于离家住到了伦敦，在这里他遇到了漂亮但也有点不安分的海里霭，她是一家酒馆老板的女儿，雪莱很快就带着她私奔，这是1811年8月的事。

不久，他不顾父亲和祖父的强烈反对，同海里霭结了婚。

1812年2月，他和妻子到了正被英国统治的爱尔兰，想帮助他们。但年轻心热的诗人很快就承认了自己的失败，虽然他热情洋溢的讲演博得了一些知识分子的掌声，但广大爱尔兰人民对他却报以冷漠，一个多月后他就黯然离开了。

1814年6月，雪莱去拜见了他所崇敬的当时著名的思想家葛德文，进而认识了他芳龄十七的女儿玛丽。风流倜傥、年轻英俊的浪漫诗人让玛丽一见钟情。这时候雪莱的妻子海里霭已经为他生下了一个女儿，又怀了孩子，但雪莱仍接受了玛丽的爱情，并且不久就同她私奔了。

这位玛丽后来也成了西方文学史上的重要人物，被认为是科幻小说的开山鼻祖，她的名作《弗兰肯斯坦》是公认的第一部真正的科幻小说。玛丽一生还致力于传播丈夫的作品与思想，为雪莱写了一部很好的传记并编辑出版了相当完整的《雪莱诗集》。西方文学史上，夫妻双双成为名作家的除雪莱夫妇外，别无他人。

1816年，雪莱匆匆赶往瑞士。原来玛丽的妹妹克莱尔早已同另一个伟大的诗人拜伦有了私情，并且被他抛弃了。这次雪莱就是为了小姨子而跑去找拜伦的，希望他能够接受克莱尔。这当然是不可能的，但他们的相会仍然产生了有益的影响，特别是对拜伦，虽然他的诗名远大于雪莱，但他对雪莱也表达了强烈的好感，接受了他的许多观念。

这年9月，雪莱回到了英国，定居巴斯，准备在那里静静地生活、写作，但不久克莱尔和他的妻子海里needs接连自杀，这对雪莱造成了极大的冲击。

特别是妻子之死令他的名声受到打击，法院做出裁定雪莱不宜抚养孩子，他的孩子被判由别人领养，但雪莱必须负担抚养费。

这样有如侮辱的判决使雪莱感到再也无法在英国生活下去。于是，1818年3月，他终于离开英国，前往意大利。

在意大利的威尼斯，雪莱再一次会见了拜伦，并一度和拜伦同住地中海滨，一起泛舟、骑马、射击、谈诗。这是1818年8月的事。

1820年，雪莱移居比萨，第二年拜伦也来到了这里，这已经是他们第三度相聚了，这次聊得更多。

这时候已经是1822年，雪莱并没有意识到他的生命之路还有多长，仍然像往常一样生活，这年7月8日，他去里窝那迎接前来意大利主编《自由派人》杂志的朋友亨特，当他与朋友驾帆船从莱格亨港返回住所时，出海不久，暴风骤起，雪莱舟沉身死，时年仅三十。

雪莱的人生是短暂的，有如流星，但他的诗歌却是永恒的，他也会因他那些伟大的诗歌而永垂不朽。

永恒的歌者、不朽的诗人　雪莱虽然现在享有大名，但生前并不广为人知，他的诗大多只能自费出版，他早年的主要诗作是《仙后麦布》和《莱昂和西丝娜》两首长诗，但他更重要的长诗是《被解放了的普罗米修斯》。

较之这些长诗，雪莱更著名的作品是他那些充满了激情与活力的抒情诗，如《自由颂》《西风颂》《致云雀》等，正是这些优美且感情深挚的诗篇令雪莱成为英语文学中最伟大的抒情诗人之一。

这些名诗中我觉得最好的是《西风颂》，现在我就拿它来与君共享：

西风颂

一

哦，狂暴的西风，秋之生命的呼吸！

你无形，但枯死的落叶被你横扫，

有如鬼魅碰到了巫师，纷纷逃避：
黄的，黑的，灰的，红得像患肺痨，
呵，重染疫疠的一群：西风呵，是你
以车驾把有翼的种子催送到
黑暗的冬床上，它们就躺在那里，
像是墓中的死穴，冰冷，深藏，低贱，
直等到春天，你碧空的姊妹吹起
她的喇叭，在沉睡的大地上响遍，
（唤出嫩芽，像羊群一样，觅食空中）
将色和香充满了山峰和平原。
不羁的精灵呵，你无处不远行；
破坏者兼保护者：听吧，你且聆听！
……

四

哎，假如我是一片枯叶被你浮起，
假如我是能和你飞跑的云雾，
是一个波浪，和你的威力同喘息，
假如我分有你的脉搏，仅仅不如
你那么自由，哦，无法约束的生命！
假如我能像在少年时，凌风而舞
便成了你的伴侣，悠游天空
（因为呵，那时候，要想追你上云霄，
似乎并非梦幻），我就不致像如今
这样焦躁地要和你争相祈祷。
哦，举起我吧，当我是水波、树叶、浮云！
我跌在生活的荆棘上，我流血了！
这被岁月的重轭所制服的生命
原是和你一样：骄傲、轻捷而不驯。

五

把我当作你的竖琴吧，有如树林：
尽管我的叶落了，那有什么关系！

你巨大的合奏所振起的音乐
将染有树林和我的深邃的秋意：
虽忧伤而甜蜜。呵，但愿你给予我
狂暴的精神！奋勇者呵，让我们合一！
请把我枯死的思想向世界吹落，
让它像枯叶一样促成新的生命！
哦，请听从这一篇符咒似的诗歌，
就把我的话语，像是灰烬和火星
从还未熄灭的炉火向人间播散！
让预言的喇叭通过我的嘴唇
把昏睡的大地唤醒吧！要是冬天
已经来了，西风呵，春日怎能遥远？

看得出来，较之前面的拜伦，雪莱的诗不是那么好读的，个中原因之一是它们往往富于哲理，有许多哲理性的比喻与隐喻，要细细品味才能读出味道。例如《西风颂》中最后那两句——“要是冬天已经来了，西风呵，春日怎能遥远？”它们也许是雪莱诗句中最有名、也最动人的两句。

这两句诗为什么会如此动人？主要就是因为在它之中包含着深沉的哲理——对时间性的理解。

我们知道，生命其实就是时间，我们拥有了生命就是拥有了时间，对生命的体验就是对时间的体验。

作为诗人雪莱少有地深刻理解了，或者不如说是领悟了时间，这种领悟的精华就是将时间看作一个连续不断地流，看到每一个时间点与其他点之间的不可分割性。例如，冬日与春日实际上就是时间之流中的两个点，这两个点之间具有必然的连续性，也就是，在冬之后必然有春，这就是时间的“联系”，而我们的生命实质上也就是这种联系以及对这种联系的体验。正是这种体验、深刻的体验，令得我们可能从时间的连续与联系之中品味到生命的流逝。

雪莱的另一首诗中也有着这种对时间与生命之流逝的深刻体味，这就是《那时刻永远逝去了，孩子！》，在诗中，雪莱写道：

那时刻永远逝去了，孩子！
它已沉没，僵涸，永不回头！
我们望着往昔，

不禁感到惊悸：
希望的阴魂正凄怆、悲泣！
是你和我，把它哄骗致死，
在生之幽暗的河流。
我们望着的那川流已经
滚滚而去，从此不再回头；
但我们却立于
一片荒凉的境地，
像是墓碑在标志已死的
希望和恐惧：呵，生之黎明
已使它们飞逝、隐退。

从这样的诗里，我们分明地感到了对时间的苍茫与惆怅，事实上，这是任何一个诗人、哲人甚或普通的聪明人所无法避免的感受。

谈完了雪莱诗歌中的时间意识，我们也就谈完雪莱了，最后我想再请大家欣赏欣赏他一首同样充满哲理的诗歌《爱的哲学》作为全章的结束：

泉水总是向河水汇流，
河水又汇入海中，
天宇的轻风永远融有
一种甜蜜的感情；
世上哪有什么孤零零？
万物由于自然律
都必融汇于一种精神。
何以你我却独异？
你看高山在吻着碧空，
波浪也相互拥抱；
你曾见花儿彼此不容：
姊妹把弟兄轻蔑？
阳光紧紧地拥抱大地，
月光在吻着海波：
但这些接吻又有何益，
要是你不肯吻我？

第二十六章　巴尔扎克精彩又悲惨的一生

在所有的小说家中，只有一个人被称为“小说家中的莎士比亚”，就是巴尔扎克。

巴尔扎克1799年出生在法国西部大城图尔。

对于巴尔扎克，人生之始也是人生痛苦之始，他父亲生性风流，有好几个私生子女，根本不把婚姻生子当回事儿，母亲又只爱钱，把所有的爱都给钱了，对儿子简直不屑一顾。结果，是当地有名的富人、住着宽阔大宅的父母在儿子生下几天后就把他送到了乡下一个保姆家，从此一直生活在那里。

直到7岁后，他在保姆家实在待不下去了，父母又立即将他打发到了一所寄宿学校。他在那里一待又是7年，同他生命的最初7年一样痛苦。但这里也有一个好处，他可以读书，他读了很多书，这也许是他文学情愫的萌芽。

现在巴尔扎克已经14岁了，不能再在那学校里待下去，父母只好让他回了家。但这是一个什么样的家哟，父母，尤其是母亲，对他的极端冷漠无情简直令人不可思议。像以前当他还是个婴儿、幼儿、孩子时一样，他任何对母亲亲昵的表示都被严厉甚至残酷地拒绝了。

她不但对他如此，对其他孩子也是如此。

对于这样的母亲，巴尔扎克后来写道：

> 你真不知道我母亲是怎样一个女人！她是一个妖精，又是一个妖精一般的怪人。……她正在想法把我妹妹赶进坟墓。她甚至在我出生以前就恨我。……我相信她是疯了，并且请了一位和她有30年交情的大夫来诊断。然而他说：“不，她并不疯，她只是存心不良。”……我母亲是给我的生命降落一切灾祸的根源。

您相信这就是一位儿子对母亲的评介吗？

后来父母把家搬到了巴黎，他又一次被赶出家门，进了另一所寄宿学校，这些地方没有一个令他快乐，他的成绩在35名同学中倒数二三。

十七岁时他上了大学，按照父母的意思，他读了法律，毕业后当了律师助手，准备将来堂而皇之地戴起假发，做起大律师来。他的父母总算在儿子身上看到了一丁点希望，但不久他们的希望就化成了泡影，一天儿子突然告诉他们，他根本不想做什么律师、法官，他要当一个作家！这是1819年的事。

这个主意受到了家里人全体一致的反对，父母召集亲戚们一齐来劝说这个中了邪的儿子，巴尔扎克生平第一次坚持自己的主张，也许这时候全世界都没有比他更固执的人了！

最后，实在拗不过的父母终于同儿子达成协议，给他两年时间，在这期间每个月付给他120法郎生活费，如果两年之后他还没有成为伟大的作家，那么他必须重新回到律师事务所。

为了早点让他打消这个可怕的主意，母亲甚至亲自陪他在巴黎找了间作为贫穷象征的阁楼中最差的一间当宿舍。

巴尔扎克就在这样的地方开始了他的文学人生。

他首先得明白他到底想写什么，当那个决心像暴风雨般飞来时他只是想自己要献身于文学，但文学有好多种啦，从小说诗歌剧本散文直到文学批评都是文学呢。他到底要写什么？

在开始的两个月里，巴尔扎克像没了头的苍蝇一样在文学的花园里乱撞，时而写一段小说，时而来几句诗，过一会子又是半幕剧本，甚至还写过《关于哲学与宗教的笔记》之类乱七八糟的东西。

这种彷徨与痛苦没有永远持续，后来他终于找到了一个题目：他要写一个叫《克伦威尔》的剧本。

他疯狂地写着，通常一连多天不出门，出门也只是买面包咖啡。随着冬天临近，他的手指冻僵了，脚冻麻木了。他就成天坐在床上疯狂地写。这倒不全是因为他勤奋，而是他根本没有钱去买木料烤火，更不用说出去喝杯咖啡了。

一年之后，《克伦威尔》终于写完了，他的父母特意在家里举办了一场朗诵会，然后又特意去法兰西学院请人指教。那位可尊敬的作家老实地告诉他们：巴尔扎克先生最好不要把文学作为职业，至少不要写什么剧本。

不写剧本？这好办！巴尔扎克便将目光转向了小说，立即像从前那样疯狂地写将起来。

结果是再一次失败。

他父母这下有理由了。他们毫不犹豫地宣布中止对他的援助，因为两年期限已到。这时已经是1821年了。

然而正所谓天无绝人之路，正当巴尔扎克走投无路时他遇到了一个人，一个专门胡编乱造一些所谓通俗小说或者流行小说去挣钱的家伙。他们谈妥了一笔生意，由巴尔扎克去写那些东西，他来找人出版，得款平分。

这可以说是巴尔扎克找到的第一份“工作”。此后的两年里他成了一个写作疯子。1822年一年之内竟然写下了三部小说，每部四卷！也就是说一个月要写一卷！

当然，这些东西说它是小说有辱小说的大名，纯粹是胡编乱造。巴尔扎克写它们的唯一理由是快点儿挣钱好离开那烦人的家到巴黎再租间小屋子。这些小说没一部是用“巴尔扎克”的大名出版的，全是假名字，现在也没人会把它们当作巴尔扎克的东西。

从这时起差不多有十来年之久，巴尔扎克成了一个写手。他可以为任何人写任何东西，无论这些东西是多么地低级庸俗，例如一篇攻击对手的政治性小册子、一个教士让他写的所谓教会史，或者一个出版家让他写的什么情史，他都照写不误——只要给钱！说得不好听，他简直就像作家中的娼妓。

与写作只为了挣钱一样，巴尔扎克这时候甚至想到了另一个挣钱的法子，他写信给妹妹说，看她能不能帮他找一个有钱的寡妇来结婚。这样的婚姻在当时的法国很常见，就像今天中国女子出嫁的彩礼一样，那时候女子出嫁通常也要“彩礼”，不过是女方付给男方而已，这通常成了许多男人的发财之道，他的父亲就是这样。

读者们也许会问：巴尔扎克为什么不去找个有钱又比较年轻的小姐弄嫁妆呢？他何曾不想？只是不能，因为他长得太丑了，他的光辉形象如下：又胖又矮，头发乱蓬蓬，脸庞上骨骼粗大，一张大嘴巴里牙齿参差不齐。

巴尔扎克的第一个女人名叫伯尔尼夫人，比他年长二十余岁，生过九个孩子，甚至已经做了祖母。

大约也是在这个时候，巴尔扎克又宣布他要做出版家了，借钱出版了《莫里哀全集》，又出版了一部拉封丹寓言诗集，结果大亏本，欠下了6万多法郎的债。

面对巨额债务，巴尔扎克并没有气馁，他是那种像弹簧一样的人，压得越狠，弹得也越高。他终于明白自己不是做生意的料，于是重新执起了笔。

从1828年夏季开始巴尔扎克又投入了疯狂的写作之中。

但这次的疯狂与前次有了本质的不同，现在他所写出来的是真正的文学作品了。

他写的第一部严肃文学作品是以布列塔尼保王党人武装叛乱反对共和国为题材的，名《最后一个舒昂党人》，并第一次用巴尔扎克的真名发表。这书一经问世，便奠定了“巴尔扎克”这个名字在文学界的地位。

他接着发表了小说《婚姻生理学》《驴皮记》等，后者使他一夜之间成为法国最伟大的作家之一。

从1829年开始直到1848年的20年是他一生创作的高峰期，在这段时期里他创作了《人间喜剧》。

《人间喜剧》是巴尔扎克大约在1834年产生的想法，他要把自己所有的作品纳入一个伟大的总规划，计划中的作品分为三类，第一类是《分析研究》，即分析研究支配人生与社会的各项基本原则；第二类是《哲理研究》，揭示人的各种行为之所以产生的原因；第三类即《风俗研究》，用来分析上面那些原因所产生的后果。三类中的重点是《风俗研究》，即描绘法兰西的人情风俗，特别是复辟王朝时期的法国风俗。

从1829年开始的20年间，巴尔扎克共写了小说和随笔90余部，著名者如1833年出版的《欧也妮葛朗台》，次年出版的《高老头》，1843年出版的《幻灭》，等等。

《人间喜剧》堪称有史以来规模最大的小说连续剧。可以看到巴尔扎克每年平均要写超过4部小说或者随笔，绝大部分是小说。据说他最了不起的小说之一《高老头》竟然只花了三个昼夜。

作了热爱写作爱，成名了的大作家还有两个爱好，一是讲气派，二是爱女人。这时候他的房间里铺着华丽的地毯，摆满了漂亮的家具，腰里系着一条闪闪发光的金链子，上面还挂了一把金剪刀，他爱用手杖，其中一把也是用金子做的，他食不厌精，喝的是欧洲最名贵的酒。

他的第二个爱好就是女人，他有过数不清的女人，其中一个是高贵的德·阿布朗泰斯公爵夫人，她同巴尔扎克在一起时已经40多岁了，但风韵犹存。

但所有这些女人都不过是他生命的过客，都没有能够束缚住他这颗像波涛一样奔放的心。

一直到认识汉斯卡伯爵夫人，巴尔扎克这颗狂野的心才找到了归宿。

汉斯卡伯爵夫人是波兰一个贵夫人，拥有一个占地达两万公顷的巨大庄园和成千的农奴，但她的生活并不幸福，丈夫比她大25岁，又脾气古怪，她一直生活在孤寂之中，心中苦闷无比，唯一的消遣是读小说，当她在1831年冬读到巴尔扎克的《私人生活场景》时，深深地被作者对女性心理细腻深刻的描写感动了，她给他写了一封略带神秘感的信，署名“一个外国女子”。

这封浪漫而又多情的信激起了巴尔扎克的好奇心，他那好色的心立即把这位汉斯卡伯爵夫人想象成年轻貌美、出身高贵的白雪公主，由于来信没有写回信地址，他便在报纸上刊登了一则启事：“致巴尔扎克先生的信已收悉，今天才有机会通过本报致意，遗憾的是不知如何作复。”

他们开始了频繁的鸿雁传书，到1833年时两人终于在瑞士的避暑胜地纳沙特尔第一次见面了，两人堕入爱河，约好等又老又病的汉斯卡伯爵死后，她成为遗孀和巨额家产继承人后就结婚。

但这个约定并没有成为现实，虽然十年之后汉斯卡伯爵就死了，但汉斯卡伯爵夫人却久久没有同意与作家结婚，直到1850年，她已经怀上了他们的孩子时，才在新娘的故乡波兰举行了婚礼。

这时候伟大的作家已经病入膏肓，结婚五个月后就去世了。

如果用一句话来形容，他度过了既精彩又悲惨的一生。

第二十七章　欧也妮·葛朗台

在巴尔扎克的众多作品中，《欧也妮·葛朗台》具有一种特殊的地位，因此也可以说是他最有名的作品。这部作品有两个特点：一是篇幅不大，在巴尔扎克的作品里就篇幅而言算是小的；二是语言极为精炼而生动，具有典型的巴尔扎克特点。正因为这样，我们才将它作为代表来讲述巴尔扎克作品。

索漠是一座外省城市，有着古老而安静的街道、快活而无知的居民们，这座小城里最有名望的人物是葛朗台，他有一样大本事，就是特别会挣钱。

说到挣钱的本领，葛朗台先生像猛虎，像大蟒。他懂得躺着、蹲着，耐着性子打量猎物，然后猛扑上去，打开血盆大口的钱袋，把成堆的金币往里倒，接着又安静地躺下，像填饱肚子的蛇，不动声色地、冷静地，按部就班地消化吞下的食物。

除葛朗台外，索漠城最有名的人物还有两家六口人，分别是公证人克拉旭和他的兄弟和侄子、银行家德·格拉珊和他的老婆孩子。

这两家子六个人是葛朗台家的常客，总是千方百计地讨好葛朗台和他的独生女儿欧也妮，因为葛朗台只有这么一个女儿，他的百万家私以后一定全是她的。刚好克拉旭兄弟有一个侄子，德·格拉珊先生则有一个儿子，他们再也找不出比欧也妮更适合做他们媳妇的了！

1819年11月的一天，葛朗台家的大门猛响起来，进来了一个十分漂亮的年轻人，葛朗台在巴黎的弟弟的儿子，也就是他的侄子夏尔。

这个漂亮之极的年轻人的到来给这里每个人都带来了莫大的影响，老克拉旭和老德·格拉珊立即想到他们的孩子又多了个竞争者，几个女人则立即被这个年轻人的美貌吸引住了。

受到冲击最大的是欧也妮了，她一眼就被这个如此漂亮的年轻堂弟迷住了，简直为她们葛朗台家有这么出色的亲戚而骄傲万分呢。

葛朗台则把客厅里唯一的一支蜡烛拿过去，仔细读夏尔带来的信。这封信对他的冲击绝不亚于夏尔的美貌对欧也妮产生的冲击。信中弟弟告诉他自己已经破产了，资不抵债三百万法郎。他已经走投无路，准备用自己的生命去偿这笔债。他夫人已经去世，他死后哥哥就是夏尔在世上唯一的亲人了，他请求他好好照看侄儿，像父亲一样爱他。

这是一封漫长的信，措辞十分悲凉，毕竟是一个父亲的绝笔与托孤之信。然而这种感情对葛朗台产生的影响小到可以忽略不计，他想的只是：现在要由他养活这花花公子般的侄子了。“我可没有一百法郎供他花，”他想，而且一百法郎对他这样的浪子算什么哟。

所有这些想法他都深深藏在心里，外面人半点也看不出来。他叫夏尔早点休息，只是有意无意地说，他现在很是困难呢，简直穷得要命，一个法郎的财产都没有哩。

这天晚上，除了葛朗台，还有一个人也没睡安稳，就是欧也妮，她整夜都感到心像小兔子般蹦个不停。

第二天起床后，她第一次注意到了自己的外表，想把自己打扮得漂亮点儿，虽然她是一个漂亮姑娘，有巴黎小姐没有的清纯之美，但她对这一切全不自知，沉思良久的结论是：“我太丑，他看不上我的。”

第二天，安排好早饭后，欧也妮跟父亲到他的土地上看看去，路上遇到了克拉旭公证人，克拉旭高兴地听到葛朗台告诉他，他就是把女儿扔到河里去也不会嫁给侄子。

这消息给欧也妮那朦胧中的爱兜头泼了盆凉水，她内心痛苦极了。她接着又听到了堂弟父亲自杀的消息，那痛苦直要让她窒息。

这天晚上，葛朗台约了克拉旭叔侄来吃饭，故意装着特别的口吃，弄得小克拉旭把他要说的话都说了出来，那意思就是：葛朗台想让弟弟和侄儿不背上破产的名声，方法是由他出面把弟弟留下的那些现在一文不值的债券盘下来，因为既然有人买了那些债券，也就等于有人还债了，即使卖债券的人吃了大亏也罢。当然葛朗台不会傻到亲自去干这些事儿，他抓住了克拉旭们为了欧也妮想讨好自己的心理，让他们去代劳。

后来的结果甚至于比葛朗台想的还要好，原来德·格拉珊一家来了，他们是听到葛朗台要请克拉旭的消息连忙赶来的。那银行家德·格拉珊先生最后荣幸地从克拉旭那里“抢”到了这桩生意，也就是说，他自己花钱到巴黎去替葛朗台跑腿，路费都不问葛朗台要，而且仿佛那还是葛朗台给他的一桩恩德呢。

他们马上把葛朗台的伟大善举传了出去，虽然他其实没花一个子儿，但却得到了慷慨无比的名声。

至于夏尔呢，这几天的日子也比刚听到父亲不幸的消息时好过点儿了。尤其是当他同欧也妮之间有了点儿秘密之后。那秘密是欧也妮开始的，她悄悄去看堂弟时，看到他已经睡了，他手上有两封信，她第一次“犯了罪”，偷看了人家的信。正是通过这两信她知道了三件事：一是夏尔有情人，只是他要求同她分手；二是夏尔也许喜欢她，就像她喜欢他一样；三是夏尔现在需要钱用。

于是她将自己一生的积蓄拿出来送给了夏尔，夏尔也把自己最重视的宝贝，里面有父母肖像的首饰匣，送给了堂姐。

他们算是定情了，从此沉醉在那种朦胧而甜蜜的爱情里。夏尔虽然在巴黎的情场摸爬滚打了几年，但尝到的尽是些充满了势利气味的虚情假意，而他从欧也妮那里得到的乃是毫无功利目的的、全心全意的无私的爱，这如何不令他感到新鲜而陶醉！欧也妮呢，不用说，这是她生平第一次尝到爱情甚至人生的美味。

葛朗台呢，弟弟的死不但没给他带来一毛钱损失，反而接连大发了几笔，如何不乐！至于侄子，他一点也不急，他已做好了准备，把他送到印度去。在夏尔去印度前的这段日子里，他同欧也妮的爱情让他俩都度过了一生最幸福的时光。一天，在房子一个黑暗的过道里，夏尔抓住了欧也妮的手，“把她拉进怀里，搂紧了她的腰，让她靠在他的身上。欧叶妮不再反抗；她接受了、也给予了最纯洁、最甜蜜、最倾心相与的一吻。”欧也妮说会等他回来。

夏尔终于走了，欧也妮多么痛苦哟，眼泪差点淹没了她，她母亲和拿侬也差不多。葛朗台可不，相反，他美得很，因为一切都在他的算计之中。

欧也妮买来一张地图，时时刻刻地看着，估量夏尔已经到了哪里。葛朗台因为做投机生意大发其财，一直心情十分愉快。对妻子女儿也很和善。但随着年关一天天地走近，欧也妮母女越来越感到了害怕，因为葛朗台有一个习惯，每到大年初一都要给女儿一块新的金币，但同时又要她将以前积蓄的所有金币拿出来鉴赏一番。可现在她拿什么出来呢?

这一天很快到来了，这天早晨，虽然母女俩想尽了一切办法来让父亲忘掉或推迟这个习惯，但那可怕的时刻还是来到了。午饭后葛朗台递给女儿一枚崭新的拿破仑，接着要她拿出她那些宝贝来瞧瞧。

当然欧也妮什么也拿不出，葛朗台猜到是怎么回事了，他大声诅咒女儿和夏尔，把她关进自己的房间里，只给面包和清水。葛朗台太太在丈夫的淫威之中倒下了，从此一病不起。

葛朗台的这个做法让他在索漠大受打击，他在索漠人心目中的地位一落千丈。他自己也好像因此老了不少，甚至开始算错账了。但他固执地坚持自己的处罚，只给女儿面包和清水，这样一直持续了好几个月。在这几个月中无论葛朗台太太怎样地恳求丈夫原谅女儿，都得不到反应，她的病越来越重了。直到有一天她实在没办法了，就把这事儿隐隐告诉了克拉旭。这位老公证人一听既惊且怒，立即找了葛朗台。

他没有直接让葛朗台放了女儿，只是告诉他，他太太的病越来越厉害了，拖不了多久了。她死之后就得来一次清产，因为欧也妮有权继承母亲的财产。如此葛朗台家的财产就要大分离了，有的还要拿出去拍卖。葛朗台一听吓得脸都白了，一想到要把自己的财产拿出来分割，还有缴一大笔税，这简直就是抹他的脖子。克拉旭又告诉他，避免这个悲剧的唯一办法是让欧也妮放弃对母亲财产的继承权。葛朗台明白了，为了达到这个目的他必须讨好欧也妮。

他立即上楼去找欧也妮，却看到欧也妮正同母亲看着夏尔送给她的金匣子。一看到金子，他就像老虎看到羊肉般扑了上去，抢走了匣子，甚至要用刀撬下一块金子来。逼得欧也妮用自杀来威胁他，他太太也昏死过去了，葛朗台这才放下匣子，并且饶了女儿。

但这样也挽救不了葛朗台太太，她继续迅速地朝死亡走去，她临死前的一句话是对女儿说："孩子，幸福只有在天上！"

母亲死后，欧也妮立即发现父亲对她的态度有了明显的变化，他对她十分地好起来，甚至有讨好的味道了。欧也妮既高兴又奇怪，但不久她就知道为什么了。父亲是想让她无条件放弃对母亲财产的继承，她毫不犹豫地答应了。

葛朗台高兴得紧紧地拥抱女儿，仿佛她是金子做的，他说了一句颇有哲理意义的话："人生就是一场交易。"

母亲的死对欧也妮的打击巨大，她从此失去了在这世上最亲近的人，剩下的只有对那遥远而音讯全无的恋人希望渺茫的思念了。

日子一天天过去，眨眼就是五年，欧也妮每天都在孤寂中度日，陪伴她的除了父亲和拿侬只有三个克拉旭了。她的愁容像字一样地写在她的眉宇之间，仿佛这就是永恒。

几年过去，葛朗台也成了一个哆哆嗦嗦的老人。终于，在1827年，他82岁时，瘫痪了。他对黄金的爱好却不但没有衰退，反而变本加厉了。他经常要欧也妮去堆满黄金的密室抓一把金路易出来，把它们摊开在桌面儿上，这时，"老头儿就会像刚学会看的孩子傻盯着同一件东西，定睛看那几枚金路易，一看就是几个小时；他也像孩子一样不时地露出一个吃力的微笑。"

葛朗台直到生命的最后一刻都在想攫取黄金，在他弥留之际，当神父把镀金的十字架伸过来让他吻时，他突然伸出手来，想要抓住它的样子。这个动作耗尽了他生命的最后一声叹息。

现在这世上只剩下欧也妮孤独一个了，能做伴的只有拿侬和巨额家产，她常常默念着："我的堂弟在哪里呀？！"

日子就这样默默无声地流逝着，如今她已经年过三十，却还没有尝过一点儿人生的乐趣。

不，或许应该说她现在也有一些乐趣了，每日每夜，她的房子里都挤满了人，他们像前来朝拜的臣子一样，围绕着葛朗台小姐，并且把她的美貌夸上了天，好像全法兰西就数她最美。欧也妮开始也还脸红，但听得多了也就习惯了，甚至于如果现在还有谁敢说她不漂亮，那么她一定不会对他有好感的。这些围绕着她的人绝大部分是克拉旭党，他们一切行为的目的当然只有一个：让克拉旭庭长娶了欧也妮，然后吞并了她那巨大得惊人的财富。

但欧也妮心里仍只有那个人。这时候夏尔怎么样了呢？他发了财。

到了外面，夏尔才知道良心那些东西在这些野蛮的地方比在巴黎更不管用，他很快适应了这一切，他什么都敢干，只要能赚钱就行，变得狠毒而贪婪。

凭着天生的狡黠与强健，他迅速获得了成功，等他回来时已经积攒了差不多两百万法郎财富。至于他曾经发誓相爱的堂姐，他回想时还记得，只是把它当作一个纯粹的玩笑罢了。对婚姻他现在看得很透，那只是往上爬的一条路而已。刚好在回欧洲的船上他找到了一条这样的路。原来在这条船上有一个侯爵，他有一个独生女儿，长得好丑，但她有一个聪明的母亲，这母亲告诉夏尔，如果他娶了他们的女儿她就能设法让他承袭他们家的侯爵爵号。当然他要为此付出点代价才行。这一下子仿佛在夏尔眼前打开了一条通天之路，他如何不高兴！

夏尔回到巴黎大约一个月后，远在索漠的欧也妮收到了一封信，这封信只有两个字能形容——虚伪。信中他告诉欧也妮，他如何地记得她的恩情，但他不能跟她结婚，他要利用同贵族女子结亲来提高自己的社会地位。最后他给了欧也妮一张八千法郎的汇票，算是还她最初借他钱的本息，另外他又要欧也妮把那只她爱逾性命的首饰匣子托驿车寄去。

欧也妮有一阵子不明白这些话的含义。但她终归明白了，她知道了自己的人生，正如她母亲所言，将是"受苦，直至死"。

她嫁给了蓬丰，却始终保持着处女之身。她视财富如粪土，但财神却像淘气的爱神一样把一笔笔的财富加到了她身上，包括那三个克拉旭的。因为两个老克拉旭死了，财产交给了侄子蓬丰，他后来也死了，财产便统统归了欧也妮。这年她才33岁。

以后的岁月呢，她就这么平淡地过着，有如人世荒漠上一株孤独的小草一样静静地等着枯黄的日子。

第二十八章　夏洛蒂·勃朗特的一家，文学史上的神奇之家

我这里要写的其实不只是一个人，而是一个家庭，这就是《简·爱》的作者夏洛蒂·勃朗特的一家，这是西方文学史上独一无二的神奇之家。

帕特里克·勃朗特是个牧师，1812年时遇到了布兰韦尔小姐，两人一见钟情，几个月后就闪婚了。四年后就生下了他们的第三个孩子，女儿夏洛蒂。在她前面还有两个，都是女孩。以后牧师又生了三孩子，这样牧师就有了整整6个孩子，只有第四个是儿子。

1820年，勃朗特牧师被任命为哈尔斯的教区长，那里是英格兰最荒凉的地区之一。

到这里后不久，勃朗特夫人便去世了，不过她的孩子们早就知道自己照顾自己了，彼此之间也处得很好，特别是禀赋极高的大姐玛丽亚，她成了孩子们的“第二个母亲”。每天他们就在自家客厅里玩耍，在这个严肃有余、欢笑不足的家庭里，玩耍就是读报。

大约1824年时，在一个叫“柯文桥”的地方有位威尔逊牧师办起了一所“牧师女儿学校”，专门接收贫穷的牧师女儿上学，勃朗特立即把他四个大的女儿送了过去。

那里是孩子们的地狱。

玛丽亚和她的大妹妹很快就在学校里死了，那悲惨的景象一直深深地刻在夏洛蒂·勃朗特心里，留下浓重的阴影。

自从两个姐姐死后，夏洛蒂·勃朗特便成了剩下的几个孩子的“新母亲”，这时她才十来岁，默默地肩负起了过于沉重的担子。

夏洛蒂的责任还不止于此，她们的父亲只是一个牧师，虽然现在还能养活孩子们，但几乎没有任何积蓄，一旦他有什么不幸，他的孩子们将一无所有。为了预备那可怕的可能性，夏洛蒂被送进了伍勒小姐的学校。

这所学校同地狱般的“牧师女儿学校”有天壤之别，是那时流行的私人小学校，教师只是一些稍微受过教育的女士，但也有一些是真正有才华的，只是由于时代对女

性的不公才没有机会大展宏图。伍勒小姐也许就是这些人中的一个。她是一个好老师，最了不起的本事是让学习成为乐趣，女孩子们住在一块，互相之间产生了真挚的友谊。

在这里待了一年半后她回到了家，此后就待在家里教导弟妹们，度过了平静的三年。

离开伍勒小姐的学校三年之后，1835年，夏洛蒂又回来了，这次是来当老师。同去的还有她妹妹爱米莉，她后来也成了与姐姐一样伟大的作家。

爱米莉是去当学生的，夏洛蒂刚好可以用她的薪金来付妹妹的学费。

但仅仅三个月之后爱米莉就因为思乡成疾回去了，从此她的一生，除了短短几个月外，都将在荒原上那所阴暗的屋子里度过。

夏洛蒂一直在伍勒小姐的学校里工作，接替爱米莉来学习的是安妮。她的工作繁重累人，薪水却十分微薄，更加严重的是她患上了神经衰弱症，而且日重一日。

一次，安妮得了病，夏洛蒂发现正是以前夺去两个姐姐的病，但她的雇主伍勒小姐却不这样认为，也没有尽心为安妮治疗。她愤怒了，不久便带安妮回了家。这时已经是1838年了。

这时夏洛蒂·勃朗特已经二十三了，早到了论婚嫁的年龄，她虽然貌不惊人，矮小纤弱，但一个才智非凡的女人自有其魅力，例如她的眼神异常深邃，有若大海，平时她看上去是贞静的，一旦说起话来却神采飞扬，显出她才智过人，简直令人倾倒。

被她倾倒的第一个对象是亨利牧师，她是夏洛蒂最好的朋友纳西的哥哥，一个仪表堂堂、正直明理的人。无论从外表还是地位来说夏洛蒂都应当感谢上帝送给她一个这样好的求婚者，但夏洛蒂令人不可思议地拒绝了。理由很简单：她不爱他。

她对于婚姻的要求只有一个：她爱他。

她的第二个求婚者也是牧师，他同上面那个牧师的严肃不一样，是和蔼而诙谐的人。他只同夏洛蒂认识了一天就爱上了她，写了一封炽烈的情书来。她呢，只是笑笑而已。

她在给朋友的一封信中说："我从12岁起就打定主意不结婚了。"

不结婚怎么办呢？既然不能将来靠丈夫养活自己，家里又如此贫穷，她唯一的出路是去挣钱，对于夏洛蒂，她唯一可行的工作就是家庭教师了。在回家后的第二年，她又出门了，在一个有钱人家当上了教师。

但她的性格恰恰不适合这类工作，在几个家庭里干过，又都离开了。

后来，夏洛蒂想自己开一所伍勒小姐那样的学校，此时正好有她的一个好朋友玛丽在布鲁塞尔，便决定到那里去接受成为一个好教师所必须具备的各种能力的训练，例如音乐、绘画、外语、德行，等等。

1842年2月，夏洛蒂同妹妹爱米莉来到了布鲁塞尔。

她在这里的日子过得还不错，她们有一个热情而诚恳的老师赫格先生，他是这所学校的所有者，赫格夫人也热情地帮助这两个异国的姑娘。在这里姐妹俩都很快表现出了不同寻常的天赋，令赫格先生大为惊喜。他自己同样是博学而敏锐的人，发现妹妹的天赋甚至比姐姐更高，但姐姐却远比妹妹更易于被人接受。爱米莉在这里同她在家之外的任何地方一样永远是一个孤独的人。

但到这里不久便接到了姨妈去世的消息，对于她们这犹如失去母亲，姐妹俩立即回家奔丧。之后，由于赫格先生诚恳的邀请，夏洛蒂又回到了布鲁塞尔，这时她不但是学生同时也是教师了，负责教授学生们的英语，薪金是每年16英镑。

但她很快发现这次远没有上次快乐了，她每天形单影只，她同赫格先生的关系更令她尴尬。他们在相互之间表现出了某种热情，应该说夏洛蒂对赫格表达得更加明显，她并不自知，也远谈不上是爱情，但这已经足够让赫格夫人不安了，她开始冷淡夏洛蒂，赫格有所感觉之后明智地克制住自己。敏感的夏洛蒂如何不能感受到这一切，她忧郁而痛苦，意气消沉，终于回国了。

回到家里并没有给夏洛蒂带来快乐，她陷入更大的痛苦，生活中几乎事事不顺。

现在，她父亲差不多成了盲人，她们在家里办起了学校，但一个学生也没有收到，甚至没有人来问过。

夏洛蒂的心灵异常痛苦而空虚，令她稍稍快乐的只有一件事，就是与赫格的通信。

离开赫格之后，夏洛蒂才知道自己原来那么依恋他。她给他写了许多信，在一封信中有这样的话："即使在信中说再见也十分令人伤心，唉……我一定再去看你，哪怕只见你一分钟。"这时候夏洛蒂无疑已经爱上了赫格，而且爱得深刻，爱得绝望。

为了逃避痛苦的煎熬，她不顾一切地投入了写作。

这时，不但她，她的两个妹妹也在写作，安妮已经正式发表了一首诗，艾米莉也在默默地写一部"家族编年史"。

一天，夏洛蒂极偶尔看到艾米莉忘记藏起来的一本手稿，是本诗集。令夏洛蒂惊喜交加的是那些诗词精炼、简洁、充满活力。

她和安妮这时也写了不少诗，一个主意在她们心头升起，她们何不出版一本诗集呢？

经过一番努力，有一家出版社接受了，因为夏洛蒂说出版费由她们自己来付。这就是《柯勒、艾利斯及阿克顿·贝尔诗集》。

诗集的结局很悲惨，仅卖掉了两本。

她们虽然失望，但并没有气馁，而是继续各自的创作，夏洛蒂写的是《教授》，完工后她寄给各家出版社，结果如泥牛入海。她便把它像诗集一样丢到一边。凭着坚忍不拔的精神开始新的创作。

这次的新作就是《简·爱》，这时她正在医院里服侍接受白内障手术治疗的父亲。

到1846年冬天，异常寒冷，夏洛蒂把《简·爱》寄出去了，它这时的名字叫《简·爱：自传》。

她没想到作品会如此成功。

它被以最快的速度出版了，这时距它到达出版社只有六个星期，时值1847年。

虽然评论界一开始保持沉默，但它不需要任何评论，读者的眼光就是最好的评论，从普通读者到大作家萨克雷立即给予它极高的评价。

印数飞速地增长，评论界像梦醒了一样手忙脚乱地唱起了赞歌。

面对如潮好评，夏洛蒂没有表现出丝毫的得意忘形，她甚至依然不自信，也不愿人发现夏洛蒂·勃朗特就是亨利·贝尔——《简·爱》就是以这个名字出版的。

就在《简·爱》大获成功后不太久，二妹艾米莉的《呼啸山庄》和三妹安妮的《艾格妮丝·格蕾》也出版了。

第三部我们不谈，它从来没有被认为是一部巨作，当然这不是说它很差，它在文学史上还是有一定地位的，只是无法同两位姐姐的大作相比。现在《呼啸山庄》在人们眼中的地位丝毫不亚于《简·爱》，二者的命运当时却天差地远。甫一出版，它那雕刻般的语言——它雕出来的塑像有如鬼魅，黢黑而恐怖——吓着了许多人，特别是道学家们。

只有夏洛蒂从来坚信妹妹的伟大。

一对姐妹同时写出了了不起的文学杰作，这在整个文学史上是独一无二的，不但前无古人，恐怕也后无来者。所以我们才称他们的家庭为文学史上的神奇之家。

《简·爱》是成功的，它带来的喜悦却没有持续太久，不到一年之后，夏洛蒂经历了人生最大的痛苦。

这个痛苦来自她的弟妹们。

过去我们一直没有谈一个人，这个人对夏洛蒂姐妹们的一生有很大影响，他就是夏洛蒂的弟弟布兰韦尔。

还在很小的时候他就表现出了极高的禀赋，比他的任何姐妹都更像天才。然而由于过度的宠爱——想想吧，在有六个子女的家庭里，他是唯一的男孩，他会受到何等的娇惯！他很早就沉沦了。他酗酒、吸食鸦片，成天昏头昏脑，到头来一事无成。

1848年9月，他死了，年仅31岁。

父亲失去了唯一的儿子、姐妹们失去了唯一的兄弟，勃朗特家一片悲声。

但勃朗特一家的悲剧远没有结束，悲剧才刚刚开始。

紧接着发病的是艾米莉，她是在布兰韦尔的葬礼上发病的，她的身体本来就很羸弱，在葬礼上感冒了再加上心中的忧伤令她的病情迅速恶化，咳嗽时像要把整块的肺都吐出来。

但艾米莉这时候显出了她那不可思议的坚强与倔强，虽然病得要死，她也装着没事人一般，拒绝任何人——亲人甚至医生——的帮助。就像评论界拒绝帮助她一样，那些评论家们这时候对艾米莉仍只有冷漠与敌意。

这年12月19日，哥哥布兰韦尔死去仅三个月之后，艾米莉，她那个时代最伟大的作家之一，在批评家们的讽刺声中咽下了最后一口气。

夏洛蒂已经被痛苦压垮了，但痛苦还在压来。

艾米莉去世后安妮也开始发病，症状同刚死去的哥哥姐姐一样。

夏洛蒂拖着疲惫的双腿又开始照料病人，她知道这又是一场无望的战斗，安妮的命运早就决定了。

第二年，即1849年5月，安妮死了。同姐姐艾米莉不同，她病如羔羊之驯服，死如落叶般宁静。

短短8个月内夏洛蒂失去了三个亲人，都死于肺结核。

可如今只有夏洛蒂一个了。

1852年，她完成了《莱维特》，这是她生前出版的最后一部作品。

现在我们要来谈谈夏洛蒂生平最后一件大事，她的婚姻。

勃朗特牧师有一个助手，名叫尼科尔森，作为副牧师他几乎同勃朗特家生活在一起，每天都会见到夏洛蒂。渐渐地他被她深深地吸引住了。他知道自己是一个平凡的人，年收入不过100英镑，他曾力图克制自己的情感，但爱情的力量超出了他的力量。1852年圣诞节时，他终于鼓起勇气向夏洛蒂求婚了。

老勃朗特觉得一个穷副牧师竟然打他女儿的主意，这简直是对他的侮辱，他充分地表达了对可怜的尼科尔森的蔑视。

不仅如此，由于尼科尔森平时就不是一个讨人喜欢的人，夏洛蒂周围的人都对他这种胆大包天的行为也表现出了同样的轻蔑。

这倒令得富有同情心的夏洛蒂怜悯他了，尤其是凭她作家的敏锐感觉尼科尔森对她的爱何其深厚，她感动了。

虽然她生性比较冷漠内向，但毕竟是一个女人，岂会真的不渴望爱情？而且她已经三十有余，还有多少机会获得爱呢？

于是她瞒着父亲，开始了同尼科尔森秘密的交往，她越同尼科尔森交往就越发觉他有许多优点。

1854年6月29日，他们在哈尔斯教堂举行了婚礼，夏洛蒂时年38岁。

婚礼后他们随即开始了蜜月旅行，这段日子虽然只有短短几个星期，却是夏洛蒂一生最幸福的时光。

他们一起眺望大海，尼科尔森不是一个很浪漫的人，但是浪漫合格的保护者：他不会去打扰她浪漫的遐想，却时刻准备不让她浪漫到走近海岸悬崖危险的边缘。

蜜月的结束是夏洛蒂对丈夫热爱的开始，现在她写给朋友们的信中满眼都是“亚瑟”“我亲爱的亚瑟”“我亲爱的孩子”之类的字句。

然而这些幸福只属于她的心灵，不属于她的身体。1854年12月的一天，酷爱散步和呼吸新鲜空气的丈夫带着妻子出门，一口气走了几英里去看瀑布，路上遇到了暴风雨，这时正值冬天，身体本来就不好的夏洛蒂如何受得了这样的风寒！当天夜里重感冒就袭击了她。

这时她已经怀上了身孕，体弱、感冒、身孕加在一起成了一把屠刀，杀死了她。

时值1855年3月31日。

第二十九章　简·爱

《简·爱》是西方文学史上最成功的作品之一，若讲单部小说的印数或者读者数而言能跟它匹敌的恐怕只有另一部也是女人写的作品——《飘》。

《简·爱》是以第一人称写的，因此我们也不妨这样来写吧。

早年的苦难岁月　今天下午天气不好，我们不能出去散步了，不过这正合我意。我身体不怎么壮实，一次长长的散步会令我疲惫不堪。

大家，就是里德太太一家子同我，都待在客厅里。里德太太把我赶到了隔壁一间小餐室，后来约翰·里德开门进来，他是这家唯一的男孩，是小主人，比我大四岁，几乎每天每刻都在欺侮我。

他先骂了我好一会，接着把一本书朝我扔来，砸在我头上，血冒了出来。无缘无故地欺侮我到这样的程度，我一时失去了理智、也失去了恐惧，我拼命同他打了起来。

我们的打闹声惊动了里德太太，她立即叫人抓住我，将我关进了红屋子。

红屋子是一间大卧室，里德先生曾经死在这里，里头的东西好多都是红的，血一样。平常很少有人到这里来，甚至不走到它的近处。这里的一切都寂静得可怕。

我在一面大镜子里看到了自己，那样苍白，就像一个幽灵、一具僵尸。我想到了一向在这里的遭际，里德太太一家人个个横行霸道，没有谁不欺侮我，她的三个子女都很坏，可无论做什么都只会受到赞美，我呢，无论做什么只会遭到谩骂和殴打，从上午骂到下午，从下午骂到晚上。就像今天，约翰·里德这样无缘无故地打得我流血，受惩罚的却还是我！

这一切是多么不公啊，我真想死。

我昏了过去。

醒来时我已经躺在自己的床上了，一个男人坐在我旁边，他是常来里德府的医生。他问了一下我的情形就走了，贝茜过来照顾我，给我好东西吃，我向她要了一本《格列佛游记》，里面有这样的话："为什么要让我孤苦伶仃远走他乡，流落在荒野连绵峭岩重叠的异地。人心狠毒啊，唯有天使善良，关注着可怜孤儿的足迹。"

这时，那位大夫劳埃德先生又来了，当他问我愿不愿上学时，我说愿意。

可能大夫向里德太太提出了这个建议吧，她同意了。

整个里德府只有一个人不那么讨厌我，就是贝茜。她是个漂亮的、黑头发的年轻女人，常把我当下人使唤。

这天在餐室，我见到了一个黑衣服男人，像冰一样冷，他问我是不是好孩子，说坏人死了要下地狱，又问我怎样才能不下地狱，我说“我得保持健康，不要死掉”。

里德太太又说我不诚实，他说那样会下地狱，又保证在学校里对我严加管束。

他走后我再也忍不住了，我走到里德太太面前，直勾勾地盯着她，说：“我不骗人，要是我骗，我会说我爱你。但我声明，我不爱你，除了约翰·里德，你是世上我最不喜欢的人。”

我又说今生今世再也不会叫她舅妈了，长大了也永远不会来看她，我还要告诉每一个人她是什么样的人，她怎样的虐待我。

里德太太好像被我的话吓坏了，她不但没打我，反而像逃似的离开了我。

第二天一大早我就乘着月光离开了里德府。

经过一番折腾后我终于到了距里德府足有50英里的学校。

第二天一大早我就在睡眼惺忪中起了床，开始第一天学校生活了。

我们先就着冰冷冰冷的水洗了脸，然后开始上早课，早课讲完之后就是早餐了，喝烧煳了的粥，散发出令人作呕的气味。虽然这时我已经饿得两眼发昏，但这样的东西还是难以下咽。大家都愤怒地嚷嚷起来。15分钟后又开始上课了，这时一个漂亮的女老师走了进来，她就是这所沃罗德学校的校长坦普尔小姐。

下课后坦普尔小姐给大家准备了面包和乳酪。

接着学生们就到花园里去休息了。

这时天气还很凉，我瑟缩在一根柱子下，没人理睬我，这时我看到了一个学生，正静静地坐在那里读一本书，我便过去同她聊了起来。她告诉了我许多关于学校的事，我知道了这是一所专门供孤儿们读书的慈善学校，控制学校的并不是校长坦普尔小姐，而是布罗克赫斯特先生。

铃声又响了，我们去吃午饭。午饭是由几片小得可怜的臭肉同土豆混在一块煮成的。

饭后立即上课，直到下午五点，接着吃晚饭，是一杯咖啡加一小片黑面包。我吃完还很饿。休息半小时后又是学习。过后是一杯水加一个小燕麦饼，祷告后立即上床睡觉。

这就是沃罗德学校一天的作息表。

第二天还是同样的作息时间，只是我们不能像昨天一样洗脸了，因为冷水已经冻成了冰块。我被分配在第四班，由于是初来，那一门门来来去去的课让我头昏脑涨。今天我感触最深的是看到海伦的遭遇，就是昨天同我聊天的那个。她对课堂知识掌握得多么好呀，无论那位斯卡查德小姐问什么她都对答如流。但斯卡查德小姐终于找到了她的一个毛病：指甲没有剪好，她用木条狠狠抽打海伦的脖子。

海伦根本没有解释说是因为今天早上水冻成了冰块她才没洗指甲，每个人都没洗。

我不由为她感到愤愤不平，但海伦却一点也不，她说：

> 对我来说，生命似乎太短暂了，不应用来结仇和记恨。人生在世谁都会有一身罪过，而且必定如此，但我相信很快就会有这么一天，我们在摆脱腐坏躯体的同时也会摆脱这些罪过。到那时堕落与罪过将随同累赘的肉体离开我们，只留下精神的火花——生命和思想的本源。

我在沃罗德的日子就这样过着，一天天，一月月。每天的感受除了冷就是饿得发慌。这种感受每个人都有、每天都在强忍着。

在寒冷的冬日我们要走上好几里地到教堂去做祷告。我们个个衣裳单薄，冷风直从领子里灌进来，雪落进鞋子里，在里面化成了水，每个人手上脚上都长满了冻疮。

一天，布罗克赫斯特先生认出了我，叫人搬来一张椅子，放在教室中央，命令我站了上去，然后，他告诉所有的人说："这个女孩子是一个——说谎者！"

大约一星期后，坦普尔小姐把全校师生召集起来，公开宣布她已经做了调查，彻底澄清了我受到的诋毁。

我卸下了沉重的担子，更加努力地学习，成绩也飞快地进步，在学校里的地位也越来越高了。

但一个可怕的魔鬼扑向了沃罗德的校园。

这个魔鬼就是斑疹伤寒，由于这里的学生们长期吃不饱、穿不暖，体质很差，学校又建筑在林间空地里，一年四季既冷又湿，学生们一个接一个地病倒了，很快一大半都染上了可怕的斑疹伤寒。

运气好的还有人要她们，被接回家去了，其余的只有待在学校里等死或者求上帝保佑不要染病，死了的则立即在夜间被草草埋葬了事。

海伦也死了，临死前，我偷偷跑到坦普尔小姐的房里见到了她。

我们聊了很久，我钻进她的小床，我们紧紧地搂在一起。海伦对我说："简，你听到我已经死了的时候，可千万别悲伤。没有什么可以感到悲伤的。总有一天我们大家都得死去。现在正夺去我生命的疾病并不痛苦。既温和又缓慢，我的心灵已经安息。我不会让任何人感到太悲痛，我只有一个父亲，他新近刚结婚，不会思念我。我那么年纪轻轻就死去，可以逃脱大苦大难。我没有会使自己在世上发迹的气质和才能。要是我活着，我会一直错下去的。”

她虔诚地信仰上帝，全心全意地把自己托付给万能的主。

最后，我们互相吻了吻，道了晚安，睡着了。

我第二天醒来时，发现自己正躺在一个护士的怀抱里。

海伦已经死了。

海伦，还有这么多少女的死极大地震撼了公众。他们组成一个调查组，证明了沃罗德的恶劣，从地点到饮食都是如此。布罗克赫斯特先生大大地丢了脸。

结果，许多慷慨的绅士捐钱建了一所新学校，新学校的各种条件都大大改善了。我在那里又生活了8年。在前6年里是学生，我努力学习，成绩斐然，毕业时已经是第一班第一名。毕业后我被留在学校任教，又过了两年。

两年后一件事改变了我的命运，就是坦普尔小姐嫁人，然后离开了。

坦普尔小姐在这里时她就像我的坐标一样，我感到生活中有所依托，这是我留在沃罗德的主要理由。现在她走了，我也要离开了。

怎么离开？我想到了报纸广告，便给一家报社寄了封信，这彻底地改变了我的生活。

罗彻斯特先生　　不久我收到了唯一的回音，是桑菲尔德的费尔法克斯太太寄来的，条件似乎正合我意。

动身前一天我见到了贝茜，这是我八年来见到的第一个来自里德府的人，也许是这个世界上唯一关心我的人了。

她告诉了我许多里德太太家的事，约翰・里德成了一个败家子，漂亮的乔治亚娜竟然要跟人私奔。

第二天贝茜走了，我也到桑菲尔德去见费尔法克斯太太，准备开始我的新生活。

经过漫长的奔波，我到达了目的地，见到了和蔼可亲的管家弗尔法克斯太太，她并不是这所房子的主人，只是管家。

我的学生是个瘦小、脸色苍白的七八岁小姑娘，满口法语。

弗尔法克斯太太带我参观房子，下楼时我听见一阵笑声，清晰、悲哀而古怪。我问弗尔法克斯太太，她告诉我这大概是仆人在打闹。

这笑声一直留在我心里。

这天弗尔法克斯太太写了封信，我自告奋勇到镇上去寄。天色渐晚才回家，路上遇到一个骑马人掉下来摔伤了，我尽量帮助了他。

回家时我才知道他就是罗彻斯特先生，他胸宽腰细，既不高大也不优美，但有些古怪的性格给我留下了深刻的印象。

我从弗尔法克斯太太那里了解到，他大概曾经遭遇到什么不幸，也许是家庭的不幸。

有一天晚上，他跟我谈了许多，他告诉我的意思是，他本来是个好人，可惜造化弄人，被命运，或者一些坏人，玩弄于股掌之间。结果令他犯下了许多罪孽，他于是想赎罪，抚养阿熏勒便是赎罪的方式。她是他一个情人的女儿，但不是他的女儿，后来这个女演员情人同人私奔，并且抛弃了阿熏勒，他便把她接到英国来抚养。

这天晚上，我躺在床上想着罗彻斯特先生告诉我的一切，久久不寐。

我听到一些声音，很古怪，很近，就像是一只猫或者一个鬼蹲在我床头，突然我又听到一阵像是魔鬼发出来的笑声，令人毛骨悚然。

我吓得从床上弹了起来，不敢再在这里躺下去了，立即起身出门去找弗尔法克斯太太。

一出门我就看到外面烟雾弥漫，是从罗彻斯特先生房间里出来的，我冲进去，看到他的房间已经着火，烧到他的床单了，罗彻斯特先生躺在床上睡得正香。

我救了他，他却叫我不要把这事告诉任何人。

第二天罗彻斯特先生一大早就出去了，我得知他找他的贵族绅士朋友们去了。

我不由自主地问起同他们在一起的有没有贵妇淑女，莉娅说，当然有啦，例如布兰奇小姐和英格拉姆小姐，她描绘了她们的样子，她们十分美丽且出身高贵。

莉娅的话像锤子一样打中了我的心，我不由为自己刚刚萌生的对罗彻斯特先生那种幼稚的爱羞愧万分，我算是什么呢？一个既穷且不好看的平民女子！罗彻斯特先生有什么理由会喜欢我？天啦，我真不自量力！

两个多星期后，罗彻斯特先生同一大帮贵人朋友回来了。

他们来后第二天晚上，罗彻斯特先生叫我带阿熏勒到客厅去。我坐在那里，看着这群高贵漂亮的人们，尤其是布兰奇小姐，她像月亮女神一样美，但又那么骄傲。

罗彻斯特先生围着她献殷勤，他们还合作唱了一首歌，布兰奇弹钢琴，罗彻斯特先生唱歌，他的嗓音真美。

我知道自己对于他们，包括罗彻斯特先生，是完全不存在的。便找机会溜之大吉。但刚出得门来便被罗彻斯特先生叫住了，他问我最近怎么样，我强忍住眼泪，说我很好。

我知道自己已经爱上了罗彻斯特先生，爱得很深。

这天下午有人来，是一位梅森先生，自称罗彻斯特先生的朋友，说他来自遥远的热带。

这当儿又来了一个人，一个吉卜赛老太婆，她坚持要给这里的年轻小姐们算命。

闹了一番后这些未婚小姐们都跟她去了，她们回来后都大为惊奇，说她竟然知道她们一切的秘密。

我也进了那个算命的房间，那个穿黑袍子的吉卜赛老婆子正坐在那里，后来老婆子揭下了面目，她就是罗彻斯特先生。

他同我和蔼地聊天，我告诉他今天有一个陌生人，梅森先生，来了。

罗彻斯特先生听罢一下变了脸色，颤抖起来。我不由说出了心里话："我能帮助你吗，先生？——我愿献出生命，为你效劳。"

按罗彻斯特先生的要求，我去了客厅，找到了梅森先生，把他带给了罗彻斯特先生，然后睡觉去了。

深夜时分，我醒过来了，一阵尖厉恐怖的嚎叫像一个炸弹似的在整座大房子里爆炸开来，有人大喊："救命呀！"

我跳了起来，这里每一个人都跳起床，冲出了房间。一会儿后罗彻斯特先生来了，他十分冷静地告诉大家什么事也没有，只是一个人在做噩梦而已，连哄带吓地把大家弄回了房间。

我也退了回去，但没上床，而是穿好了衣服，我感到今天晚上一定发生了什么不平常的事。

过了一会我的房门上响起了敲击声，是罗彻斯特先生。

他要我拿来海绵和盐，带我进了三楼那神秘的房间，在那里我看见梅森先生躺在那里，滴着血。

罗彻斯特先生要我在这里看护梅森，他去找大夫。

就这样，在深夜里，我照料着一个浑身是血、似乎垂死的人，还要不时用海绵为他擦掉冒出来的鲜血。直到黎明时分，罗彻斯特先生才带着外科医生来，他们很快处理了一下病人，出去了。

不久我见到一个分别了九年的人，就是里德太太的马车夫，他告诉我里德太太快要不行了，想见我。

当她处于弥留之际时，告诉我说她很后悔两件事：一是违背了对先夫许下的诺言，没有善待我，二是没有给我看一封信。

我现在看到了那封信，是叔叔写来的，信中说他在马德里，富有而无后，希望收养我，把财产传给我。

清醒过来的里德太太告诉我，她一直恨我，不能看到我幸福，所以回信说我已经死了。

当我回到罗彻斯特府时，看到了罗彻斯特先生，他对我从来没有这样好过，我也从来没有如此爱他，那狂妄的爱的火苗又悄悄地烧灼着我的心。

但有一天他突然他告诉我我得走，因为他就要结婚了。

我的心好痛，装着平静。

他又告诉我阿熏勒要上学，他给我找了一个工作，在爱尔兰。

我本来暗自希望未来工作的地点不会距桑菲尔德太远，这样也许我还有机会看到他。但这时我知道永远也见不着罗彻斯特先生了。

我的眼泪终于夺眶而出，我浑身战栗着，痛苦万分。只希望自己从来没有生下来，从未到过桑菲尔德。

我抽泣着，不再能控制自己的感情，我说了，离开他如同离开我的生命一样。

到现在我还明白是怎么回事，但接下来发生的却太让我不可思议了。

罗彻斯特先生一下子否定了他前面说过的所有的话，什么我要走了，他要同布兰奇小姐结婚了，一切全都是假的，他要我留下来。

但我怎么会留下来呢？我对他说：

> 你难道认为我会留下来甘愿做一个对你来说无足轻重的人？你以为我是一架机器？——一架没有感情的机器？……难道就因为我一贫如洗、默默无闻、长相平庸、个子瘦小，就没有灵魂，没有心肠了？——你不是想错了吧？——我的心灵跟你一样丰富，我的心胸跟你一样充实！要是上帝赐予我一点姿色和充足的财富，我会使你同我现在一样难分难舍，我不是根据习俗、常规，甚至也不是血肉之躯同你说话，而是我的灵魂同你的灵魂在说话，就仿佛我们两人将穿过坟墓，站在上帝脚下……

罗彻斯特先生紧紧地抱住了我，说他要娶我，要我做他的终身伴侣。

我开始怎么也不相信他的话，坚持要走，但他越来越激动的言语令得我终于清楚了：他的确渴望娶我为妻。

还有什么好推辞呢？我本来就是那么爱他！

这晚，当我们分别的时候我成了世界上最幸福的人，虽然对这个突然而来的幸福还不那么自信。

嫁给爱情　第二天，我从他那里也知道了他之所以假意向布兰奇小姐求爱，目的只是要激起我的嫉妒，让我的爱情更加炽烈，确实，我对他的爱情已超出了我的言语所能表达的。

我们要结婚了，但就在结婚前夕，有一天晚上，我从梦中醒来时，看到了一个可怕的人，犹如鬼魂，正在我的卧室里，我看到她持着蜡烛，正仔细看我的结婚礼服，怀着憎恨把我的面纱撕成两半。

她举着蜡烛向我转过身来，脸孔向我凑近，她长得恰如传说中的鬼魅般恐怖，我顿时晕了过去。

罗彻斯特先生一开始断言说那只是我的梦，但当我把撕成两半的面纱给他看时，他脸都白了，他说那一定是格雷斯·普尔。

就在我们的婚礼正要完成时，它就结束了，那个梅森先生又来了，从他们的口中我知道了罗彻斯特先生还有一个妻子，还活着，并且生活在桑菲尔德。

罗彻斯特先生这时候的愤怒与自悲难以言述，他向我们讲述了他不幸的婚姻，他如何被骗娶了一个有精神病遗传史的家庭的姑娘，她后来像她母亲一样疯了……

他带我们到了他的妻子那里，原来就是我前天晚上见到的那个撕面纱的鬼魂，也是发出我无数次听到的怪笑的人。见到我们她像只疯狗一样向罗彻斯特先生扑来，掐住了他的脖子。

那个律师告诉了我一切是怎么回事。原来，我同罗彻斯特先生订婚后，把消息通知了我叔叔，就是曾写信给里德太太的叔叔，他同梅森先生刚好认识，并且知道他同一位罗彻斯特先生认识，就提起了这事。这消息让梅森先生无法容忍，他就把实情告诉了叔叔，叔叔立即找这位律师帮忙，好让我不要陷入这场骗局般的婚姻。

他们说完后就走了，我呢？我无语无泣，只感到自己陷入了深深的泥淖，无处立足，坠进深渊，激流已将我淹没。

我已经决定要离开他了，“离别”这两个字眼让我的心如刀剜般痛苦，但我别无选择。

罗彻斯特先生仍一如既往地爱我、渴望同我生活在一起，为了博得我的谅解与同情，他告诉了我他不幸的生涯。

他是家里的次子，父亲不愿意把财产分割开来，因此把所有财产留给了他哥哥。为了使次子免于赤贫，他替他安排了一桩婚事，对象是他一个在西印度群岛的种植园主朋友，他答应给女儿三万英镑陪嫁。

他被带到那个女人跟前，她是美丽的，也似乎多才多艺，还主动地引诱他——她比他要大整整5岁，当时他只是一个学生，被自己的亲人和这外表美丽的女人所迷，同她结婚了。

婚后他才发觉她原来是那样恶劣：缺乏教养、极度淫荡。更可怕的是她的脾气变得越来越坏，越来越没有理性，终于，她疯了。其实这一切早就注定了，因为她们整个家族都是如此。

他实在不堪忍受那地狱般的生活，就把这个疯妻从遥远的西印度群岛带回来，住到了桑菲尔德，那时候他的父亲和哥哥都死了，一切家产归他所有。

把疯妻安顿好后他开始四处漂泊，居无定所。他尝试过各种生活，也堕落过，找过情人，但那样的生活与他的天性格格不入。终于，他还是回到了桑菲尔德。

就在他快到桑菲尔德的路上，他碰到了我，我还帮助了他。

以后发生的事我们前面都说过了，要补充的是罗彻斯特先生告诉我，他打从见到我起就注意我了，很快就喜欢我了，我的一举一动都在他的注视之内，只是我并未知觉而已。

他求我忘掉昨天的不幸，仍同他在一起，他是多么的爱我、离不开我啊！

我相信他的话，但我不能接受。

第二天一大早，当晨曦还没有照亮东方的天际时我就悄悄地离开了桑菲尔德。

我到了一个叫惠特克劳斯的地方，身无分文，差点死掉，但我被救了，救我的还是我的亲戚，圣约翰，他的母亲的名字叫爱，她有两个兄弟，一个是位牧师，他娶了盖茨黑德的简·里德小姐；另一个叫约翰·爱先生，生前在马德拉群岛的沙韦尔经商，把他的财产留给那个当牧师的兄弟的孤女，这个孤女就是我。

我得到了两万英镑遗产，但我最感动的根本不是钱，而是我有了三个亲人：一个表兄，两个表妹，正是表妹在风雨中救了我。

至于财产，我打定了主意，由我们四个来平分，每人五千英镑，足够我们四人都舒舒服服地过日子了。

尽管他们一再推辞，我仍然实现了自己的主张。

后来圣约翰去印度传教了，我也在那天下午去桑菲尔德了。

然而当我看到它时，我差点失去了知觉，如今的桑菲尔德是什么样呀！——已经是一片废墟、完完全全的废墟，荒无人烟。

我的惊愕与担心非言语所能形容。我只想立即知道罗彻斯特先生怎样了。回到镇子上后我问起了旅店老板，幸好他曾是罗彻斯特先生父亲的管家，并且目睹了发生在桑菲尔德的那场可怕的灾难。

那是在我走后不久，一天夜里，罗彻斯特先生的疯妻乘格雷斯·普尔醉酒了，从关她的地方溜出来，把房子点上了火——先点着了我曾经睡过的那张床。

这时正值深夜，等大家醒过来时一切都迟了。

整座辉煌的罗彻斯特府和它里面的财富在火海里化为灰烬。

罗彻斯特先生呢，为了救他在顶楼上大喊大叫的疯妻，为了让所有的人先于自己离开，被一根倒下来的柱子砸中了，后来被截掉了一只手，两只眼睛也瞎了。

他没能救回她的疯妻，她从楼顶跳下来死掉了。

我并没有太伤心，因为我听到了那最好的消息：罗彻斯特没有死，而且没有离开英国，如今他住在芬丁，他的一个森林围绕中的荒凉山庄。

以后的岁月不用多说，我们结了婚，我终于嫁给了爱情，从此过着最幸福快乐的日子。

怎么评价《简·爱》呢？可以打个比喻：有的伟大作家，例如但丁或者福楼拜，是一座巨大的金山，由一整块的巨金组成的，有万吨之重。虽然是金子，但我们搬不动它，只能看看。《简·爱》就不同了，它也许没有《神曲》或者《战争与和平》那样伟大，不是一座金山。它只是小小的一块宝石，然而，缘其是小小的宝石，我们才能拿得动它，用它去换来我们所要的东西——粮食或者书籍。

这就是说，《简·爱》也许不是一部深刻的巨著，也许只是一部比较通俗的作品，但正因为它的“通俗”，很多人才会去读她，并且从她那里获取精神食粮，体验真、善、美的价值。

第三十章　莫泊桑，被病痛毁灭的大作家

莫泊桑的父亲叫古斯塔普·莫泊桑，是一个小贵族，本来住在罗伦纳，18世纪时迁居诺曼底。母亲叫罗尔，出身于诺曼底地区一个古老的家族。这个家族有一个好邻居，福楼拜家族。他的母亲是作家福楼拜和他妹妹童年的游伴，并且将他们深挚的友谊保持终生。

古斯塔普夫妻俩于1846年举行婚礼，4年之后，即1850年，有了他们爱情的第一个结晶，一个胖小子，他有一个漫长的名字，亨利-勒内-阿尔伯特-盖·德·莫泊桑。

在出生地，一个叫阿尔克村的小地方，小莫泊桑度过了生命中最初的4年后，父母把他带到了位于伊曼维尔的宅子。这时家里发生了一件大不幸：他父亲同家里的女仆发生了那种关系，给父母本来颇为热烈的夫妻感情浇了老大一盆冷水。

不过他们并没有决裂，而且还有那种关系，两年之后便产下了一颗新的种子，我猜这不能说是爱情的种子，只是性行为的产物了。这次又是一个男孩，取名叫艾维。哥哥毕生都很钟爱这个幼弟。

古斯塔普两口子的感情随着时光的流逝越发冷漠了，终于彼此都失去了最后一丝希望，干脆分居了，在那时这就是离婚。这是1861年的事，莫泊桑是年11岁。

他和弟弟都被分给了母亲，从此他们早年的岁月里便没有了父爱的影子。

13岁时他被送进了一所神学校接受初级教育。这种带宗教味的学校就像军营一样，刻板不过，从小好动的莫泊桑十分不适应，于是干脆捣蛋，直到被勒令退学为止，这一过程持续了整整四年，他进去时是个13岁的少年郎，出来时已经是长胡子的小青年了。

母亲带着这个淘气的儿子又搬到了一个新地方——卢昂，这也是夫妻俩成婚之地。她也许是为了替儿子找一所不那么令人腻烦的新学校，不久就把儿子送进了卢昂高级中学。

这里比原来的神学校好玩多了，莫泊桑没有再捣蛋，并且开始了朦胧的创作。

莫泊桑在这里结识了一个叫布依耶的诗人，他是莫泊桑最初的导师。

1867年秋天，母亲带他认识了对他一生将有重大影响的伟人——福楼拜。

早在十年之前福楼拜就因为写下了《包法利夫人》而进入名作家行列，不过由于他对作品过于追求完美，产量不多，于是乎生活就比较清苦了。

在高级中学待了两年后莫泊桑毕业了，准备上大学了。

他去了巴黎，本想进大学学法律，这时已经是1869年。我们知道第二年法国发生了一件大事——普法战争，年已二十的莫泊桑从了军，但还没轮到他上战场法军就一败涂地了，第二年他退了伍。

一开始他又去学习法律，不久在父亲的帮助下进了海军部，这是他独立谋生之始。但他放在心上的并非公务，而是文学。

我们前面说过莫泊桑的母亲是福楼拜童年的游伴，她几年前就已经把莫泊桑介绍给了福楼拜，莫泊桑退伍后她请求住在巴黎的福楼拜照看她的儿子。

从此，几乎每个星期天，只要福楼拜在巴黎，莫泊桑都会去拜访导师，请他批改自己的作品，教导自己如何写作。据说导师这时会让弟子坐在窗前观察街景，然后让他一一记录下来，以培养他观察的敏锐与行文的缜密。

他称得上是福楼拜的入室弟子，福楼拜很喜欢这个弟子，把他当儿子一样介绍给他的作家朋友们，例如左拉、都德、龚古尔兄弟等，他往往用这样的话来介绍："他是我的徒弟，我像爱儿子一样爱他。"

这句话正表明了莫泊桑与福楼拜的关系：一方面，他是莫泊桑的创作导师；另一方面又是他的父亲一般。我们知道，莫泊桑的父母早已离婚，福楼拜的关怀极大地弥补了他人生中那一巨大的缺憾。

尽管莫泊桑不很热心公务，但工作的第二年就升了职，成为印刷事务官。这时他经常在塞纳河上划船，他身强力壮，据说一天能划上整整80公里。

可惜的是，他只是强壮，并不健康。几年之前，他才20岁时就已经发现自己患上了梅毒这种可怕而可耻的恶疾。

1875年，25岁的莫泊桑在一本叫《庞・塔・穆逊年鉴》的杂志上发表了短篇小说《德柯尔谢的人》，初登文坛，从此一发不可收拾。他接连不断地在各种杂志上发表了诗歌、短篇小说、文学评论等。

第二年，莫泊桑病倒了，请假去瑞士的温泉疗养了一段时间。

由于福楼拜的劝告，他离开了海军部，到教育部任职。1880年，他年届而立时，写作有了质的变化。这年初他把短篇小说《羊脂球》交给了福楼拜，像往常一样请他斧正。

福楼拜立即被它吸引住了，不由击节感叹，一方面为自己不能写出这样完美的短篇而叹，另一方面也为自己培养了如此出色的弟子而叹。

三个月后这篇小说在左拉主编的一本书上出版，立即赢得了广大读者的喜爱，莫泊桑随即文名鹊起。

此前一个月，他的恩师与“父亲”福楼拜邀请他一起度复活节，想不到这竟是他们最后一次会见。

两个月后，也就是他一举成名仅仅过了一个月，福楼拜因中风突然去世。

这个不幸沉重地打击了莫泊桑。我们知道，长久以来他们情同父子，导师与父亲的永诀怎不叫他肝肠寸断？他差点崩溃了。

为了排遣心中之痛，他离开法国去北非的阿尔及利亚旅行，这是1881年的事。

就在这一年年底，他的第一部短篇小说集《德利埃公寓》出版了，一炮打响，这时莫泊桑便干脆从教育部辞职，成为专业作家。

1883年1月起莫泊桑开始在一份叫《吉尔·布拉斯》的报纸上连载长篇小说《一生》，这是他的第一部长篇，已经很出色了，连载完毕后就由出版社出版，八个月内销售了25000册。

作品的畅销使莫泊桑获得了大把版税，成为文坛阔佬，名利双收，春风得意。他购置了大量奢侈品，仅仅房子就有四五栋，还有好几艘游艇。他在巴黎有一个特别的秘密住处，专门用来跟女人幽会——这是他三大爱好之一，也许是他的最爱。每次航海他的游艇上总少不了女人，据说大都是现任或将任的妓女。又传说有一次，那时他正在英国游玩，一个作家请他吃饭，席间他看中了邻座一个女子，竟公然指着她要谦谦君子的作家“帮我弄到手”。

我不由想，莫泊桑得了梅毒之后，又令得多少女人患上了梅毒呢？这些女人又把它传染给了多少别的男人呢？从这个角度上说，有人称莫泊桑为“十足的色情狂”名副其实。

《人生》一完他紧接着又开始写作一部新的长篇小说《漂亮朋友》。这是莫泊桑自己最喜欢的小说，也许因为如他自己所言：“我就是漂亮朋友。”

为了纪念他喜爱的作品，1866年他买了一艘大游艇，就用“漂亮朋友”来命名。

有了游艇后莫泊桑简直就以它为家了，茫茫大海上到处留下他漂泊的身影。

他不敢回家，不敢让船停住，好像船的停止就是他生命的停止一样，令他十分恐惧。这时他身上那可怕的梅毒已经进入第三期。

第三期梅毒有多毒呢？它会破坏人身体的各个器官，会让人的皮肤长出最恶心的流脓发臭的毒瘤，让人的鼻子耳朵像蜡一样熔掉，还会破坏人的神经，让人发疯。最可怕的是，它无可救药。

这些病症在莫泊桑身上渐渐表现出来，令他痛苦不堪。他的大脑已经被病毒侵害了，经常产生各种幻觉与谵妄，这样如何还能创作呢？顶多只能抓住可怕的病毒休息那阵子写点东西。这是1887年左右的事。

莫泊桑仍到处旅行，有许多时间待在非洲，面对疾病的折磨他表现出顽强的斗志，是时他双目几乎失明——这也是梅毒的结果，但他仍然坚持写作又一部长篇，名叫《如死坚强》。

次年，1889年，《如死坚强》出版了，他的病情更趋恶化，实在没办法了就用麻醉剂来减轻痛苦。他不断地搬换住处，不断地旅行，在大海中穿梭，企图用不断的奔波忙碌来掩盖痛苦。

就在这年他弟弟艾维终于死了。其实对于他死与不死并无多大区分，虽然活了三十多年，但一直只有婴儿的智力。

莫泊桑一面为弱弟的死而伤痛，另一方面也深知自己不久将随他而去，他绝望了。

现在，每一年、每一月、每一天、每一时对于莫泊桑都是痛苦，再多的钱与再高的名誉也不能减轻之。

1890年，他40岁时写下了最后一部长篇小说《男人的心》。

下一年他仍到处旅行、写作、治病，他到过一个温泉，当他在格拉斯的大街上散步时幻觉冲击了他，他仿佛看到一群可怕的幽灵向他袭来，他撒腿就逃，一直逃回家。

1892年，他在美丽的尼斯与母亲共度元旦，午餐时他发出了呓语，这是梅毒正在毁灭他的大脑。

他自知命不久矣，绝望之余竟然用刀刺向自己的喉咙，一个仆人拦住了他，母亲带人来给儿子穿上疯子的紧身衣，把他送入了巴黎郊外的精神病院。

这时莫泊桑已经完全疯了。

在疯人院中关了一年多之后，1893年，7月6日，他死在那里。这时他距43岁生日还差一个月。

第三十一章　《漂亮的朋友》，英俊的力量

莫泊桑以短篇小说闻名，但他的长篇小说绝不逊于短篇，其中代表作就是《漂亮朋友》。

漂亮朋友的主人公是杜洛华，一个长得非常英俊的男人，被称为“漂亮朋友”，这也是书名的来历，书中的主体内容就是主人公杜洛瓦依仗着自己的英俊去勾引女人、利用女人终获成功的故事。

当然，他在做这一切时是超越了善与恶的，这是他成功的另一基石。

好运连连　乔治·杜洛瓦从小餐馆出来，思忖着怎么办。他身上只有三法郎四十苏了，现在距月底发薪还有整整两天，这就意味着他必须把晚餐或者午餐省掉一顿。

突然他发现一个人从身边经过，好熟悉，原来是以前他在军中的同事福雷斯蒂埃。

福雷斯蒂埃一开始认不出他来，一认出后立即同杜洛瓦亲热起来，他颇有些得意地告诉杜洛瓦自己现在是《法兰西生活报》的记者和专栏作家，混得十分不赖。他听到杜洛瓦谈他的惨状，十分同情，准备帮助他。现在他正要去《法兰西生活报》，得知杜洛瓦正闲着，就带他一起去了。

等福雷斯蒂埃忙完事后两人便去风浪牧女娱乐场玩，福雷斯蒂埃一个子儿没掏，大模大样地向售票员白要了两个上好包厢。

不过杜洛瓦也有他的优势，刚进去便有一个妓女看上了他，说他真帅。福雷斯蒂埃告诉杜洛瓦，这种魅力对男人比什么都重要，他感叹道：“一个人要想平步青云，通过她们才是最省力的捷径啊。”

第二天杜洛瓦应约来到了福雷斯蒂埃家，走到二楼时他看见迎面一位绅士走过来，他先是一惊，继而仔细一瞧，原来是镜子中的他自己，他又发现自己穿上礼服后十分英俊潇洒，不由自信满满，甚至有些扬扬得意了。

进了福雷斯蒂埃家后，美丽动人、风度优雅的福雷斯蒂埃夫人待他十分亲切友好。

今晚客人中有小巧玲珑的德·马雷尔夫人和她可爱的女儿小洛琳，还有福雷斯蒂

埃的、也是《法兰西生活报》的老板——矮胖子瓦尔特和他高大美丽的夫人。

席间，一开始杜洛瓦还有些拘谨，不大说话，但随着两杯酒入肚，他胆子大了起来，特别是当谈到有关阿尔及利亚的事时他更来劲了，他在这块非洲殖民地待过两年多，很熟悉那儿。

他口若悬河、滔滔不绝，加上他那迷人的外表，一下子把全座的注意力吸引过来。包括瓦尔特，福雷斯蒂埃乘机请他答应雇杜洛瓦当他的助手。

瓦尔特表现出很感兴趣的样子，要杜洛瓦明天下午去报馆找他谈。

饭后，在喝咖啡的时间，杜洛瓦又找机会同瓦尔特夫人、德·马雷尔夫人聊了一会，她们对他十分亲切，杜洛瓦知道今天晚上成功了。

晚上回家后他想起瓦尔特要他写点东西，便拿出了纸笔，却一个字也写不出来，第二天还是脑子里空空如也，只好去找福雷斯蒂埃帮忙。

他立即出发了，走到福雷斯蒂埃楼下时正碰上他出来，他把自己的请求吞吞吐吐地一提，福雷斯蒂埃立即明白了，就让他上去找他夫人，说她行。

他上楼见到了福雷斯蒂埃夫人，她真是美丽、高雅又聪明，她很愿意帮他的忙，他们立即行动起来，由杜洛瓦讲解他在非洲的所见所闻，文章则全由夫人来写，她们合作得很愉快，杜洛瓦还没有从兴奋与迷醉中醒过来文章已经好了。

正在这时一位绅士不通名就走了进来，他见到杜洛瓦显得很不高兴，福雷斯蒂埃介绍说这是沃德雷克伯爵，他同杜洛瓦打招呼时也一副傲慢的样子。

文章不用说很好，杜洛瓦不但文章见了报，而且成了报馆一员，帮福雷斯蒂埃跑新闻。

第二天，他找了几个报摊，终于找着了《法兰西生活报》，连忙买了一份，他又进了一家餐馆，大声叫侍者去替他买一份《法兰西生活报》来，然后，为了引起邻座客人的注意，他一面读，一面还不止一次地有意发出大声赞叹：

“这文章写得可真好。”

他甚至去印了套立等可取的名片，把自己的新头衔“《法兰西生活报》编辑”印上去。

开始上班后，福雷斯蒂埃马上摆出十足的上司架子，吩咐杜洛瓦跟老外勤记者圣波坦去采访一位中国将军和印度王公，还责备他没把关于非洲的下一篇文章带来。

一到外面圣波坦就大笑起来，他对杜洛瓦很友好，并且把报馆里的人都嘲笑了一番。他告诉杜洛瓦，瓦尔特老头是个十足的吝啬鬼，又贪又滑。至于福雷斯蒂埃，他娶了一个好妻子而已，他的夫人原是老色鬼沃德雷克伯爵的情妇，由他出嫁妆把她嫁给了福雷斯蒂埃。她是一个很聪明的女人，能力非同小可。

他很适合做采访这一行，他交游广阔，上至王公贵戚、部长将军、大使主教，下至门房警察、老鸨名妓、赌场老手，此外还有咖啡馆伙计、公共马车车夫和来路不明的外国阔佬，无不认识，他表面上他同这些人打得火热，实际上一转眼便撂到一边。

他很快成了一名出色的外勤记者，不但消息可靠，报道快捷，而且遇事反应敏锐。用瓦尔特老头的话说，都成报馆的台柱子了。

但杜洛瓦的日子根本谈不上好过，他收入倒是比先前多了两倍，只是花销多了三四倍都不止，而且自从第一次后福雷斯蒂埃再也没有邀请过他，他也没有别的朋友，这样他变得穷且孤单了。

这天他又无聊地在大街上荡来荡去，突然想起了德·马雷尔夫人，她曾经请他得便时去看她。他还记得那天她亲切动人的媚态，便信步往她的住处走去。

这是一个陈设普通甚至有点破旧的家，与德·马雷尔夫人极精致的装束形成了鲜明对比。见到杜洛瓦，德·马雷尔夫人十分高兴，他们像老朋友一样谈起心来，十分投机。

以后杜洛瓦又去拜访了几次，平时心中也老记着她，想着她那迷人的微笑和身段，不过他还不敢有非分之想。

这天他又去了，临走时德·马雷尔夫人告诉他，她准备下周请福雷斯蒂埃夫妇在一家饭店用餐，请杜洛瓦也去。

那天的晚宴在福雷斯蒂埃剧烈的咳嗽声中结束了，他一直患着要命的肺病，这时德·马雷尔夫人已经半醉了，请杜洛瓦送她回家。

马车上，杜洛瓦朝夫人扑了上去，夫人挣扎了几下便由他摆布了。

把德·马雷尔夫人送回家后，杜洛瓦简直不敢相信已经发生的一切。他终于弄到一个女人，而且是一位有夫之妇！一个巴黎上流社会的贵妇！事情竟如此顺利，实在出乎意料，他不由万分得意。

从此他们三天两头地约会，通常是德·马雷尔夫人去杜洛瓦的小屋子，两人在那里尽情颠鸾倒凤，翻云覆雨。

杜洛瓦可以经常同心爱的女人泡在一起了，不过他的日子却更加难过，终于有一天他身无分文、借款也无门了。

知道他的窘境后，他可爱的情妇立即对他产生了莫大的同情，对他百般温存，令他前所未有地痛快。

她走后杜洛瓦竟然发现自己口袋里凭空多了一枚金路易，后来经常如此。

这段时间他在报馆里也不顺，福雷斯蒂埃已经病得颠三倒四，对杜洛瓦却十分苛刻，有天他又厉声地训斥他。杜洛瓦气极了，不由暗想：“老兄，我要让你戴绿帽！”

他说干就干，第二天便去拜访福雷斯蒂埃夫人。

福雷斯蒂埃夫人听到他那爱情的宣告后，十分冷静地告诉他：这是不可能的，她不可能做他的情妇，不过他们可以成为好朋友。她并且向他提了一个建议：他应当去看看瓦尔特夫人，说夫人对他印象不错。

杜洛瓦丧气地告辞了，临走时加了一句：“万一哪天您成了寡妇，我愿意候补。”

他觉得福雷斯蒂埃夫人说得对，他应当去拜访瓦尔特夫人，便买了几个最好的梨，用绳子扎好，像是从外面弄来的，给瓦尔特夫人送去了，他不好贸然进门，只放在门房。

第二天他收到了瓦尔特夫人的请柬，到星期六他就去瓦尔特府做客了。

瓦尔特夫人见到杜洛瓦很高兴，一星期之后杜洛瓦便双喜临门：一是被任命为《法兰西生活报》的社会新闻栏主编，二是瓦尔特正式邀请他去参加宴会。他很清楚这两件事都是谁帮了他的忙。

这天瓦尔特府十分热闹，同上次的小聚会很不一样，他见到了许多人，例如暗地里操纵《法兰西生活报》的几名国会议员，其中的拉罗舍-马蒂厄先生尤其有名，很可能当上部长。还有老板的两个女儿，一个花容月貌，另一个却十分丑陋。

第二天一早他就起了床，慢慢地在街上游荡着，准备去德·马雷尔夫人家，在凯旋门前的大道上他看到那些法兰西社会的精英们一个个衣冠楚楚，坐着漂亮的马车扬长而过。他做了这么久新闻，岂不知道这些人背地里都干些什么！哪个不是吃喝嫖赌样样精通？哪个不是靠贪污受贿、巧取豪夺发的不义之财？他不由在心里喊了出来：“在人类的岸然道貌之下，不过是永恒的男盗女娼！”

两人幽会过后，夫人又请杜洛瓦过几天来做客，她要把他介绍给她的丈夫，到了这天，杜洛瓦应约而至，看到德·马雷尔先生是个身材高大、神情严肃的可敬绅士。一开始他心里还有些紧张，不过一会儿就好了，他装出诚恳的样子同这位帽子碧绿的绅士谈天，内心深处却不禁像顺利得手而又未被怀疑的窃贼一样感到一种邪恶的满足，为自己能瞒天过海而扬扬自得。

德·马雷尔夫人同时还请了福雷斯蒂埃夫妇，福雷斯蒂埃更加苍白了、面如死灰，谁都看得出来他快完了。不几天他们就到南方养他的肺去了，临别时杜洛瓦悄悄对福雷斯蒂埃夫人说：“您还记得我们上次的谈话吗？我们既是朋友，也是合作者，不是吗？因此，如果需要我，不论什么事，请切勿见外。届时您只需拍个电报或写封信来，我就会一切照办。”她带着感动答应了他。

娇妻的力量　不久后他突然接到了一封信，是福雷斯蒂埃夫人从他们休养的戛纳寄来的，说她现在需要帮助了，她说福雷斯蒂埃已经行将就木，她不敢一个人面对一切。

杜洛瓦立即出发了，没几天福雷斯蒂埃就突然地、迅速地死掉了。

回到巴黎后，他很快提起了他过去的请求，福雷斯蒂埃夫人没有拒绝，也没有明确接受，但看得出来她在心里已经接受了，同他说话时也带有了妻子对丈夫的口气。

这天福雷斯蒂埃夫人突然问他有没有把他们的关系告诉德·马雷尔夫人。

他说没有，他一转念，立即高兴得满脸通红。

她又有些羞涩地告诉他，她也有一般女人的虚荣心，希望能把他的名字改成贵族姓氏。杜洛瓦先是犹豫，认为这事不好办。但经福雷斯蒂埃夫人——从现在开始我们就叫她的本名玛德莱娜——点醒，立即找到了一个再好不过的法子来修正他的名字，他的新名字一是把杜洛瓦拆开来，变成杜·洛瓦，这“杜”也就相当于“德”了，二是在后面加上类似他家乡的名字“康泰尔”，他的名字就变成了杜·洛瓦·德·康泰尔。

当德·马雷尔夫人得知他要结婚的消息时，她很伤心，当她听到他的新娘将是前福雷斯蒂埃夫人时，她伤心欲绝。

伤心归伤心，事情很快就完了，杜洛瓦高高兴兴地向外界宣布了他要结婚的消息。

很快杜洛瓦就搬进了新家，就是过去福雷斯蒂埃的家。

这天他回去时带了一束红玫瑰送给妻子，发现家里多了一个人，原来就是那位沃德雷克伯爵，不过这天见到他，他不但没有一丝傲慢，反而十二分的热情。

两人开始合作写起文章来，现在杜洛瓦已是高手了，玛德莱娜更不用说，两人真是珠联璧合，几篇下来，杜洛瓦在政界顿时声名鹊起，政客们见到他时头上的帽子举得老高，握起手来热烈得不得了。

杜洛瓦自知相形之下妻子本事更大。她的消息之灵通、交游之广阔使他暗暗称奇。

每天，不论他什么时候回到家中，总可见客厅里坐着一位客人，参议员、众议员，或者一位政府高官和军中将领，他们待玛德莱娜一如多年知交，神态自然而亲切。

来得最勤的当然是拉罗舍·马蒂厄了，他在众议院中是有名的人物，一向在各派别之间谋求折中，是所谓拥护共和的耶稣会会员，名不符实的自由思想卫士。他们这种政客就像粪堆里的蝇蛆无处不有，他受小农思想的驱使，特别善于投机钻营，因而在失意潦倒、一事无成的众议员中一直被视为佼佼者。为了博取众人的好感，他十分注重自己的仪表，总是穿得衣冠楚楚，待人和蔼可亲，因此在鱼龙混杂、良莠不齐的社会显贵里取得了很大成功。

杜洛瓦也拼命地为他摇旗呐喊，他知道自己出人头地靠的就是他。

结婚后他诸事一帆风顺，只除了一件，就是报馆里的人喊他“福雷斯蒂埃”。

他没有办法，只好因此恨死福雷斯蒂埃了，仿佛是他把这个名字硬扣在他身上似的。只要在报馆里听到有人喊他两三次弗雷斯蒂埃，他一回到家中便会拿死了的朋友出气，怀着仇恨对他百般嘲弄。

6月末的一天杜洛瓦突然心血来潮，想到外面转转。他和妻子坐着一辆四轮马车，从香榭丽舍大街向布洛涅森林驰去。

一不小心他们又提起了福雷斯蒂埃的名字，杜洛瓦心中暗气，突然，他凑近妻子耳边，问她是不是让福雷斯蒂埃戴过绿帽子。

玛德莱娜开始什么也不肯说，后来突然答道：“你真蠢！这种问题，谁会回答？”

杜洛瓦顿时明白了，刹那间他再也不恨可怜的福雷斯蒂埃了，反而同情起他来，并且恨起了妻子。

很清楚，她既然能让前夫戴绿帽子，为什么不能让新夫戴？

他默默地、恨恨地想道：“没有一个女人是规矩的。对于这些人，只能利用，决不能有丝毫信赖。”

渐渐地内心的痛苦变成满腔的鄙视和厌恶，他一下对爱情也好、夫妻之情也好，都看穿了，深切地了解这是个弱肉强食的世界——强者要吞噬一切，包括弱者的妻子！他反复在心里念叨着一句话：“世界属于强者。我必须做强者，统驭一切。”

他明白了，他以后又何必还像现在这么缩手缩脚，这也不敢，那也不敢？

不久他又和德·马雷尔夫人在一起了，还决定对瓦尔特夫人下手。

这天下午，他到了瓦尔特家，瓦尔特夫人一见到他，立时满面春风。

杜洛瓦呢，他装出一副痴情模样，说些诸如此类的话，像“这些话，我藏在心底已经很久很久了，早就想对您说。可是我不敢……”让瓦尔特夫人胆战心惊，说出了些严厉的话，可她的表情出卖了她。杜洛瓦岂看不出来？他一屁股坐在椅子上，双手捂住脸，煞有介事地抽抽噎噎，装出一副不胜痛苦的样子，走了。

一路上他不由得意扬扬地想：“他妈的，这事成了！”

他真的成功了，在他们第一次幽会时，瓦尔特夫人大口喘着气说，“我已经是……有两个孩子的人了……我不是不知道自己这样做罪孽深重，可鄙可憎……可是我又不能……我不能……我简直不敢相信……连想也不敢想……我没有办法……实在没办法。您听我说……听我说……我在心里……偷偷地爱着您，已经有一年了。除了您……我谁也没有爱过。啊！我受了多少苦，进行了多么激烈的斗争，最后还是不行，因为我爱您……”

她双手捂着脸，呜呜咽咽，整个身子因伤心而不停地颤抖。

原来如此！可怜的女人。

前途光明 现在《法兰西生活报》在巴黎政治生活中的地位更高了，而杜洛瓦也已经声名大振，玛德莱娜的客厅也成了一处很有影响的场所，好几位内阁成员每星期都要来聚会，连总理也来吃过两次晚饭。

来得最勤的当然是那个拉罗舍·马蒂厄了，他几乎天天都来，带着重要文件，他对待杜洛瓦夫妇就像对待自己的秘书一样，在他的屋子里就像在自己家里一样随便。

但杜洛瓦知道他究竟有几斤几两，打心眼里看不起他，觉得自己比他高明多了。

这天上午，拉罗舍·马蒂厄叫他去吃午饭，餐间又要他写一篇文章，字面上要极力地说政府可能出兵摩洛哥，字里行间却要明明白白地告诉大家：这是不可能的，政府绝不会那样干。

杜洛瓦正要到报馆去写这篇文章，却接到了瓦尔特夫人的信，要和他幽会，杜洛瓦不由眉头一皱，骂出声来。

近来他一直试图同瓦尔特夫人断绝往来，可她却死缠不休。

那天失身后她先是懊悔万分，在随后一连三次会面中对杜洛瓦责备不休，杜洛瓦被这骂骂咧咧的场面弄得心如死灰，很快就对这徐娘半老、喜怒无常的女人失去了兴趣，疏远了她，希望这小小的插曲能很快过去。不想她忽然回心转意，对他一片痴情，不顾一切地沉溺爱河，那样子简直像是往脖颈上拴块石头跳进河里一样。她的情欲是那样炽烈，性欲也如狼似虎，她像一个情窦初开的少女，一丝不挂地仰卧在床上，故意扭动身躯，嗲声嗲气地对他说：“小宝贝，我是多么爱你！快来让你的小女人好好痛快一下！”杜洛瓦听了简直想吐。

他终于忍不住了，开始明明白白地冷淡她，瓦尔特夫人终于明白杜洛瓦已经不再爱她，她心中备感痛苦，但并不死心，仍时时注视着他的一举一动，甚至坐在窗帘放下的马车里，在报馆或他家的门前，在他可能经过的路旁等着他。

杜洛瓦再也不去她家了，也不再同她约会。

今天他又收到了她的信，本来想一撕了之，但还是去了。

看到他，瓦尔特夫人像一条被主人打怕的狗，一副胆怯又温顺的样子。

她告诉了杜洛瓦一个惊人的消息：政府早已决定出兵摩洛哥，只是不让他知道。现在瓦尔特和拉罗舍·马蒂厄都在准备赚大钱：把已经跌得很厉害的摩洛哥股票买下来，等出兵后再由政府宣布负责偿还摩洛哥的一切债务。那时摩洛哥的股票会涨多少倍?

由于杜洛瓦没钱买股票，瓦尔特夫人硬要代他买了一万法郎。

说话时瓦尔特夫人悄悄把几根头发扎在情人的纽扣上，杜洛瓦送走瓦尔特夫人一小时后便去同他真正爱着的德·马雷尔夫人相会，扣眼里的头发被她发现了，她掴了负心汉一巴掌跑了。杜洛瓦一点也不急，她那么爱他，很快就会原谅他的。

这天还发生了一件事，就是在德·马雷尔夫人跑了后，杜洛瓦一时无事，就去看沃德雷克伯爵了，他从妻子那里听说伯爵生了病。自从他与玛德莱娜结婚后他已经同伯爵成了良友。

他到伯爵家时门房告知他伯爵快死了。

伯爵死后，他的遗嘱公布出来，他将一切财产无条件赠予杜洛瓦夫人，共约110万法郎。

但根据法律规定，只有丈夫同意妻子才能接受这样的遗产。

杜洛瓦于是明明白白地告诉妻子，他要得到其中的一半，妻子同意了，杜洛瓦就这样成了富翁。

政府果真对摩洛哥出兵了，并且宣布由法国政府来承担摩洛哥政府的一切债务，就是上面说的摩洛哥股票。

这场战争最大的受益者是瓦尔特和几个政府部长，拉罗舍·马蒂厄赚了两三千万法郎，瓦尔特仅仅从摩洛哥股票中就净赚了三四千万，另外在摩洛哥的铜矿、土地等上面又赚了一两千万。一夜之间瓦尔特成了世界上最富有的人之一，犹太人瓦尔特也成了以色列富翁瓦尔特先生。

杜洛瓦呢，本来他为从妻子那里勒索了50万法郎而扬扬得意，现在同瓦尔特和拉罗舍·马蒂厄一比，顿时觉得心像被忌妒咬碎了。他的无名火与日俱增，他恨所有的人。他恨瓦尔特一家，再也不愿出现在那里；他恨自己的妻子，因为她上了拉罗舍的当，不让他购买摩洛哥股票。他更恨这位外交部部长，因为他骗了他、还利用了他。

更可恨的是他竟然还有脸每星期两次来他家吃晚饭，当他杜洛瓦是他的秘书、办事员、笔杆子。在杜洛瓦家拉罗舍现在是随意进出，对仆人说话也俨然一副主人神气。把杜洛瓦气得浑身发抖，但又不敢发作，像一条狗，虽想咬人又不敢张口。他便迁怒玛德莱娜，动辄对她恶言相向，自从她默认曾让福雷斯蒂埃戴绿帽子起他对她的爱情已荡然无存。

他将目标转向了瓦尔特迷人的小女儿苏姗，她既年轻美丽又有亿万家产继承。

他先用尽方法迷惑苏姗，让她无可救药地爱上了他，然后轻易地甩掉了妻子，她和现任外交部部长拉罗舍·马蒂厄幽会，被他捉奸在床，他不但顺利离婚，而且顺手打倒了死敌。

至于苏姗，他制订了一个计划，简而言之就是要她同他私奔，因为他知道瓦尔特夫妇，尤其是瓦尔特夫人，绝不可能答应把女儿嫁给他。

苏姗兴奋地答应了，她望着远处辽阔的天际，想起了那些浪漫小说中相爱的人月夜私奔的故事，顿时感到无比自豪，至于这样做会对她的名声造成怎样可怕的后果，她懵然无知。

成功私奔后，一切都在杜洛瓦的意料之中，几天后他收到了瓦尔特的信，同意把女儿嫁给他。

不久，《法兰西生活报》宣布，该报主编已改由杜·洛瓦·德·康泰尔男爵担任，他和亿万富翁瓦尔特的女儿举行了震撼全巴黎的盛大婚礼。

他的前途更是一片光明!

第三十二章　司汤达默默无闻的人生

很少有作家公开说自己的作品与政治有关，因为“政治性作品”在相当大的程度上是贬义词，它意味着作家不是依据自己的良知去写作，而是依附于某种政治势力，这样写出来的文学作品只是政治宣传品，是没有什么价值的东西。

但在西方也有一个作家与众不同，他公然宣称自己的作品是与政治密切相关的，当他的不朽之作出版时他坦率地说：“若是你的人物不谈政治，那就已经不是1830年的法国人了。”

这个作家就是司汤达，一个把政治与文学美妙地结合起来的人。这并不是说他要用作品来宣传某个政治主张，而是他将他那个时代的政治巧妙地融合于他的作品之中，使二者不是互相排斥而是互相依赖，融为一体，共同塑造出一部经典之作。

司汤达是法国人，1783年出生在法国一座叫格勒诺布尔的无名小城，他原来的名字并不叫司汤达，而是叫昂利·贝尔。他的父亲名叫谢鲁宾·贝尔，是高等法院的律师，颇有家财。他是顽固的保王党人，同儿子关系一向不好。司汤达十分爱自己的母亲，她比丈夫年轻许多，是一个著名医生的女儿，有丰富的学识，能用原文诵读但丁的作品。

才7岁时司汤达遭受了一个几乎是致命的打击——他热爱的母亲去世了。这也许是司汤达一生最痛苦的时刻，影响了他此后漫长的生命，他的性格也从此变得孤僻，并且加深了与父亲之间的敌意。

所幸的是他还有一个地方可以找到爱，就是他外祖父家。这个了不起的医生十分疼爱自己的外孙。他有一个大图书室，里面收藏着古希腊、文艺复兴和18世纪启蒙运动时期的文学与哲学名作，他把它们像老朋友一样介绍给了孙子，小司汤达也深深地爱上了它们，从那里汲取了无数宝贵的精神食粮，这在很大程度上弥补了缺少母爱所产生的精神空虚。

1792年，司汤达9岁了，父亲替他请了一个家庭教师。他是神父，一个同他父亲一样死硬的保王党人，一个蛮横、专制又很伪善的家伙，后来司汤达说：“这个人大概是要把我培养成一个无赖。”幸好有了外公的藏书，他才没有真的如此。

受自己热爱的母亲和外公的影响，司汤达从小就是坚定的共和分子，在他9岁那年，法国宣布共和了，他便自己动手做了一面小三色旗，在院子里一个人游行。把父亲和老师给气昏了头，旗子也在他们手里变成了碎布。

但共和国很快替他报了这一撕之仇。第二年雅各宾派专政，革命传到这座小城后他们第一个逮捕的就是他的家庭教师神父。他的父亲也受到追捕，只好躲了起来。

1796年对司汤达是重要的一年，他被送进了家乡中心学校，这样就离开了那沉闷压抑的家。这里的老师们可不同于神父先生，而是同他爷爷一样的启蒙思想追随者，他们的话很合乎小司汤达的口味。

三年后他以优异的成绩毕业，成了获得一等荣誉的学生。他没有回不喜欢的家，而是到了巴黎。他一度准备上大学，后来并没有那样，他拿着一封父亲写的介绍信找到了达吕家族。这是他家的亲戚，在巴黎属于最上层的达官贵人，其中一个皮埃尔·达吕后来成了拿破仑的元帅。他对司汤达十分友好，先将他安置在自己的办公室。第二年达吕随拿破仑大军进入意大利，之后他便写信给司汤达，司汤达立即飞马起程，翻越白雪皑皑的圣伯纳德峰，两天后追上了拿破仑的远征军，看到了景仰已久的拿破仑。

他随军进入米兰，看到了一生难忘的情景——长期以来被奥地利压迫的意大利人民热烈欢迎拿破仑大军，把他们看作解放者。意大利美丽的景致和悠久的文明深深地吸引了他，他母亲的先祖是意大利人，他对这片土地的感情就更深了。

这年6月他参加了马伦哥战役，他并没有亲自上阵打仗，不过得到的荣誉比打仗的还多呢，他到了米兰大剧院拿破仑的包厢里，向正在看戏的拿破仑报告胜利的消息。

之后不久他成了拿破仑手下的少尉军官，继而又成为米萧将军的副官。第二年他基本上是在意大利度过的。再下一年，即1802年，他回到了巴黎，开始实施他酝酿已久的计划。这个计划简而言之就是，他要成为当代的莫里哀。他经常去剧院参加各种戏剧活动，自己也写剧本，甚至参加了一个戏剧班，想通过培训纠正自己的外省口音。

他这些活动中唯一实在的收获是爱上了一个二流女演员，跟着她到了马赛，为了谋生在香料店、咖啡商行之类的地方干过活。

这样的生活对于他不啻浪费生命。直到4年之后，1806年，他的生活才有了另一个转机。经如今已经担任拿破仑军队总监的达吕伯爵的推荐，他被派往德国不伦瑞克，任助理军事代表，从此他就待在了军中，专门搞后勤。据说因为工作热情很高曾得到拿破仑的赞扬。

在拿破仑的军中他曾先后担任各种职务，例如粮食和伤兵的监督官、巴黎法制局审计官、皇室房产检察官，等等。1812年他随拿破仑大军侵入俄罗斯，当拿破仑逃回巴黎时，他的六十万大军只剩下百分之一都不到，司汤达就是这些幸运儿之一。

拿破仑没有忘记这些“二万五千里长征”的老部下，他委任司汤达为西里西亚萨冈省的总管，并同他进行过长时间的谈话。这是1813年左右的事。

我们可以相信，如果拿破仑没有在第二年失败的话，司汤达对拿破仑的忠诚加上良好的背景，可能会使他在军队里步步高升。但拿破仑的退位令一切都变得不可能了。如他自己所言：“1818年4月我和拿破仑一起下台了。”

这时他才31岁，怎么办呢？还在十多年前，他初到意大利时就被它迷住了，现在既然军旅生涯结束了，他决定移居意大利美丽的米兰。

此时的米兰重新处在奥地利人统治之下，但意大利人民并没有默然忍受异族的压迫，而是奋起反抗，其中最有名的就是烧炭党人的反抗。

定居米兰后，热爱自由的司汤达义无反顾地参与了意大利爱国者们的活动，像拜伦一样用行动来表达对自由的热爱。此外他把主要精力放在文学创作上。自打他同拿破仑一起下台后文学就是他的职业了。

这段时期他主要的作品是散文，包括游记、历史著作和人物传记。例如《1817年的罗马、那不勒斯和佛罗伦萨》《海顿、莫扎特和梅塔斯塔齐奥传》《意大利绘画史》，等等。

我们知道司汤达原名贝尔，他什么时候开始用“司汤达”这个笔名的呢？就是1817年《海顿、莫扎特和梅塔斯塔齐奥传》再版之时。

司汤达在意大利生活了7年，如果不是两件事赶走了他，相信他还可能继续待下去。一件是他的情人梅蒂尔达抛弃了他，令他痛苦万分；第二件是这年，即1821年，烧炭党人举行了起义，又失败了，由于司汤达有许多烧炭党朋友，奥地利政府便把他作为嫌疑分子驱逐了。

他只得回到法国，这时他父亲已死，他只能全靠自己谋生了。我们知道，即使到了现在，一个寂寂无闻的文学青年的日子也是不好过的，倘若他想依赖文学为生的话。不幸的是司汤达正是这样。虽然物质生活很窘迫，但由于他性格外向、能言善辩，形象也很气派，他在巴黎的精神生活还算充实。他交了许多朋友，包括一些著名人物，也交了一些女朋友，有过不少风流韵事。他没有结婚，他一辈子都没有，有人说这是因为他有恋母情结的缘故，谁知道呢？

在巴黎他一如既往地写作，例如《论爱情》，多半讲的是他自己的爱情体验，与在米兰时不同的是他写了不少文学评论，例如《拉辛与莎士比亚》，但这些如同他以前的作品一样，基本上是石沉大海。

他的第一部小说出版于1827年，名《阿芒斯》，写一对贵族青年的爱情故事。这部作品的命运仍同他以前的作品没什么不同。

下一年发生的一件事对司汤达产生了很大的触动。事情是这样的：在他的家乡格勒诺布尔市有一个出身贫贱的青年，由于富有才华，得以进入神学院学习，后来应聘到一个乡村贵族那里当家教，不久便同女主人发生恋情，被赶走了。后来他到了另个一家庭，又与这家的小姐缠绵起来，结果再一次失去了工作。他以为是原来那家的女主人告了他的密，就在一座教堂前向她开了枪。结果被处以死刑。

正是这件事给了司汤达以灵感，令得他在两年后推出了《红与黑》。

《红与黑》，连同他前一年推出的有关烧炭党人的短篇小说《伐尼娜·伐尼尼》和后来写的长篇小说《巴马修道院》是司汤达最伟大的作品。

1830年对于司汤达又是一个重要的年份。他的作品得不到应有承认的直接结果是销路不畅，这对于依赖写作为生的司汤达而言意味着他可能要另谋生路了。

这年在法国的历史上发生了七月革命，查理十世被推翻，建立了七月王朝。新政府对拿破仑时期的旧人不那么敌视了，任命司汤达为法国驻教皇国奇维塔韦基亚港的领事。这是个小官，但足以令他丰衣足食。

从这时起他的物质生活算是安定了，但精神生活依然不如意。这是因为他的作品没有得到应有的承认，从当红的作家到普通读者很少有人认同他的作品。雨果，这位当时全法国最受人尊敬的作家，也颇为看不起它们，认为没什么意义。

对于把作品视为生命的作家，这样的生活怎么会有意思呢？那种孤独与寂寞的感觉时常像一阵冷风紧裹着他，令他透不过气来。为了排遣心中的郁闷，他便经常到附近的罗马城去，在悠久的历史氛围中忘却烦恼。

他并没有自暴自弃，没有因为自己的创作得不到承认而停止创作，仍旧一如既往地笔耕不辍。在罗马的闲逛中，一个偶然的机会使他在一座古老的教堂内发现了一些文艺复兴时期的犯罪记录，主要是些因情欲而引起的很残忍的谋杀。这些东西又像以前家乡那个枪击昔日女主人的家庭教师事件一样触发了他的灵感，他写下了《意大利遗事》。

1836年，司汤达得到了三年长假。他抓住机会来了次长途旅行，走遍了法国与英国的城市乡村。并用口述的形式写下了另一部长篇《巴马修道院》，据说只用52天就写完了，他写作的方式正如他自己所言：“我在口述时，全凭即兴而成，口述这一章时，完全不知道下一章将写什么。”

《巴马修道院》出版后获得了巴尔扎克的高度赞扬，他曾在写给别人的一封信中说：“贝尔先生新近有书出版，依我看这是50年来最美的书了。”后来巴尔扎克还在《巴黎杂志》上发表了一篇《贝尔先生研究》，长达172页，高度评价了《巴马修道院》。

这也许是司汤达一生数十部作品获得的唯一一次有分量的赞誉。其他赞誉当然有，不过还要等很久，那时恐怕他坟墓里的骨头都烂掉了。

1842年司汤达又一度来巴黎休假。

3月的一天，他在外交部前的大街上突然中风，昏倒在地。有好心人立刻将他送到了一家药房抢救。过后又把他送回了他的“家”—— 一家旅馆。

但司汤达再也没有醒来，时年仅59岁。

他被朋友们安葬在蒙马特尔公墓，送殡的只有三个人。

这就是一个伟大作家总的来说默默无闻的一生。与前面的雨果比起来，不由令人感叹。虽然他们两人作品的伟大程度可谓伯仲之间，但一生的际遇却是天壤之别。

这就是命运。

第三十三章　《红与黑》，一个有为青年之死

《红与黑》是一部很动人的作品，也是政治与文学的美妙联姻，将作者的政治理念与文学堪称完美地结合在一起，也使司汤达成为一个成功地与政治同行的杰出作家。

至于它的具体内容，我用一句话来概括，那就是“一个有为青年之死”。

市长夫人　维里埃尔是一座风景如画的小城，这座城市的市长是德·雷纳尔先生，一个死硬的保王党分子，他最大的特点就是痛恨自由党人。他的妻子德·雷纳尔夫人长得很漂亮，还是一份巨大遗产的继承人，他们有三个孩子，都是男孩。

除了市长外维里埃尔另一个大人物是瓦尔诺先生，他同市长一样有钱，两个人经常暗地里攀比，看谁过得更气派。由于瓦尔诺先生最近弄了两匹诺曼底骏马，扬扬得意，德·雷纳尔先生很不服气，决心想个办法把他比下去：他要替他的孩子们找一个家庭教师。

他要找的家庭教师叫于连·索雷尔，是狡猾的索雷尔老爹最小的儿子，听神父说他精通拉丁文呢。

经过一番讨价还价，市长先生达到了目的。

于连到市长家做家庭教师后，第一天就拿出了他的看家本领。他把一本拉丁文的《圣经》递给孩子们，要他们随便在上面读出一句来，他立即从这里背下去，一直背到他们想要他停止为止。

这个了不起的本事再加上美貌、学识与亲切使于连迅速得到了孩子们的爱戴，甚至市长先生都开始尊敬起他来了。

受到触动最大的是德·雷纳尔夫人。自从这个年轻的家庭教师来后，在她敏感的心里激起了她自己也没有察觉的重重波浪，她的心已经牢牢地系在了这个年轻人身上。

现在我们要来谈谈于连，这个还不到二十的年轻人又是一个什么样的人呢？他十分聪明，脸蛋儿也很漂亮，还从一位远亲那里学到了许多知识以用于对拿破仑的狂热崇拜，又从城里的本堂神父那里学会了拉丁文。但在家里他是三兄弟中最小的一个，他的两个哥哥都像他父亲一样长得像公牛般强壮，他却脸色苍白、身材瘦弱，受哥哥

们的欺侮是家常便饭，父亲也看不起他。这令得他从小就立志要飞黄腾达，暗下决心为了达到这个目的不惜一切手段。

他制订了一个计划，决心像拿破仑打征服奥地利之战一样去打一场征服德·雷纳尔夫人之战。

一天晚上，他采取了一个最大胆的行动，他告诉德·雷纳尔夫人，他当天晚上要去她卧房。

德·雷纳尔夫人的严拒更激起了他的雄心，晚上，他鼓起了他认为应该有的天大的勇气，走进了德·雷纳尔夫人的卧房。

一开始他受到了夫人严厉的责骂，他看到灯光下德·雷纳尔夫人是如此之美，这一切夺去了他所有的勇气，他倒在夫人的脚下痛哭流涕。

可以相信，如果他仍然像白天一样自以为是个情圣，想用一套什么办法去“征服”德·雷纳尔夫人，那么他一定会惨败。但现在正是他的失去勇气、他的眼泪显露出了他本来的面目：他其实只是一个天真的孩子，一个毫无爱情经验的人，这次的眼泪是他内心深处的真正的爱的表达。

凭这，他达到了原初的目的，当他从夫人房里出来时他已经得到了一切的满足。

他们堕入了情网。

通过德·雷纳尔夫人的爱情，于连出人头地的人生目标第一次有了实现的影子。

渐渐地，于连越来越发现了情人的优点，她根本不是那种他原来想象的虚情假意的贵族女子，相反，她是一个热情而真诚的人，对他怀着最深最真的爱，她是如此的爱他，甚至超过了自己对儿子的爱，而她为此又多后悔呀！她愿意为自己的儿子死一百次呢！这样的结果是于连终于忘却了他的计划，实实在在地堕入了深不见底的爱河。

但这爱河却可能把他们淹没，因为他们的爱情已经处于空前的危险之中。

一天，市长收到了一封匿名信，看了信后他气得双手发抖。不用说，这封信是揭发他妻子同小家庭教师的私情的。

于连十分尊敬的朗谢神父命令他立刻离开维里埃尔，前往省城贝藏松的神学院。

他是谢朗神父推荐来的，神父请求学院院长给他全额助学金，神学院院长彼拉一直十分尊敬神父，答应了他的要求，在对于连经过一番考试后，他便知道这个年轻人有着不凡的才智与学识，将有远大的前程。

于连来一年多后，彼拉神父被迫辞职了，德·拉莫尔侯爵请他去了巴黎，他请求彼拉神父担当他的助手，并许以厚遇。

彼拉神父拒绝了，他只想从事圣职，但他推荐了一个人，他说这是他遗留在神学院里的一个孩子，他离去之后，那孩子可能受到最残酷的待遇，但他是个有才智的人，足以胜任侯爵的助手。

十分信任神父的侯爵立即写了一封信给神学院，请于连到巴黎的侯爵府来。

侯爵千金　侯爵府中有侯爵、他的儿子诺贝尔男爵、女儿玛蒂尔德、他的夫人，还有大量的宾客。

作为一个外省人、一个外省的平民，于连在高贵的德·拉莫尔侯爵府中地位之低可想而知，仅仅比那些仆人高一点而已。但他是个有才智的人、也有自尊，加上他高傲的举止和英俊的外表，还有所掌握的大量古希腊罗马知识，他的地位迅速上升。

作为侯爵的秘书，他主要替侯爵处理各种事务，他把这些事情都处理得很好，侯爵也就一天天地信任、重用他了。

侯爵的一次痛风加剧了他对于连的信任。在他养病期间于连天天陪着侯爵，同他聊天、给他读报。于连是个聪明人，很能找到侯爵爱聊的内容，甚至还替他读古罗马历史经典，并当场将拉丁文译成法文读给侯爵听。这些都令侯爵更加欣赏他了，他甚至认为他可能根本不是什么木匠的儿子，而是如一些谣言所说，是某一位贵族的私生子。

侯爵的病好后，就派于连去了伦敦两个月，等他回来时才知道侯爵竟用这种莫名其妙方式为他弄了枚十字勋章！别人耗费多少时间精力、立多少功劳都得不到的勋章他竟然这么不明不白地拿到手了。他感到了什么是权贵。

我们现在要谈一个人，这个人将决定于连此后的一生，她就是玛蒂尔德。

玛蒂尔德是侯爵的女儿，就某种程度而言乃是这个家庭的主人，她年轻有活力，在周围的平庸之辈中出类拔萃。她想找个不那么平庸的人聊天。

在德·拉莫尔侯爵府里哪个人称得上不平庸呢？唯有于连。

她发现这点后就开始接近他。而于连呢？他对她只有蔑视。打一开始他对骄傲的玛蒂尔德就没有好印象，觉得她虽然好看，但没有女人味，她那高高的声调、强硬的性格、傲慢的态度通通没魅力。

玛蒂尔德想方设法接近他，甚至要他带她去参加德·吕斯公爵家以奢华闻名的舞会。于连当然只能去。但在舞会上他根本不睬她，而是找那些他想找的有独立思想的人谈话，例如那位在自己的祖国俄罗斯被判了死刑的伯爵，同样他也能凭自己的优势获得这些人的欣赏。

玛蒂尔德看到了于连在舞会上的表现，她不但没有为他的无礼而讨厌，反倒更进一步重视他了，她听到于连谈起丹东这个平民出身的大革命伟人，突然想：他会是一个丹东吗？如果是的话，他要比丹东还棒哩！因为丹东丑，而于连又是多么英俊。

这样想的结果是，玛蒂尔德这个德·拉莫尔侯爵家高贵的公主开始尊敬、甚至崇拜于连了。

于连不但知识渊博，谈吐不凡，而且行为举止根本不像下人，而是和她一样的高贵。有时她也觉得这样同一个小秘书平等有失体统，想摆出贵族小姐的架子，立即遭到了于连猛烈的反击。他不会粗野，只是她再也别想从他那里听到一句她想听的有思想的话了。这更让她心动，甚至有些着迷起来。

于连呢？这时一个经常令他发疯的想法就是："她爱我吗？"

是的，德·拉莫尔侯爵小姐爱上他了。在一次又一次的接触中她渐渐发现了这个平民越来越多的优点，他的智慧与性格的力量，她知道他是一个有卓越性格的人、可能成为一个她梦想中的英雄，他完全有这样的潜质。这样的想法对崇拜英雄的玛蒂尔德是致命的。这，加上她将他与这些成天待在她家客厅的贵族求婚者一比较，心灵的天平顿时猛烈地往于连这边倾斜了。终于，她对自己说："我爱上了！我爱上了！"她主动向于连表达爱意，就是木头都看得出来呢。

于连又怎么办呢？他没怎么办，他用丰富的想象力认为这是侯爵小姐与那些公子哥儿们共同导演的一出戏，目的是让他以为小姐爱上了她，然后她便会同他们一起来羞辱他。

他立即采取了应对措施，对拉莫尔小姐更加冷漠，甚至用无礼来回应她的友好。最后，他决心干干脆脆地结束这一出游戏，他告诉德·拉莫尔侯爵说，他要去视察交给他管理的地产，打算一走了之。

得知他的计划，拉莫尔小姐立即给他写了一封信，几乎明明白白地表达了对于连的爱情。

于连狂喜了一番，不是为了得到贵族小姐的爱情，而是因为战胜了一个，不，是一帮出身财富都胜他百倍的贵族公子，到了这个地步他仍担心这是一场阴谋。

他于是把两封新信寄到了最好的朋友富凯处，并告诉富凯要是他出现了什么意外就把这些信交给报社和巴黎的贵族之家。要是他们要阴谋，这就是最厉害的武器。他甚至买了好几把手枪和匕首藏在衣服里。一切备妥之后，他才壮着胆子赴拉莫尔小姐的幽会密约。

当拉莫尔小姐明白了于连的一切预备之后，更加感觉到他的勇敢，她还有什么可说的呢？她觉得他的勇敢应该得到报偿，于是主动把处女之身献给了他。虽然她只有19岁，她的一举一动关乎着全家乃至巴黎整个贵族阶层的声誉，她献身的对象也并没有说过要爱她，而她又何尝是真的爱他！这个事实很快就得到了证实。

第二天于连晚上才见到拉莫尔小姐，她的行为却让他大吃一惊，她昨天晚上还与他发生过关系，他也知道那是她的第一次，可从姑娘眼里看到的是绝对的冷漠。以后的一连几天都是如此。

于连始而惊讶，继而痛苦，三天之后终于忍不住主动去找她，但德·拉莫尔侯爵小姐明明白白地告诉他她的后悔与鄙视。于连痛苦得要疯了。

他一时痛苦得失去了理智，将墙上的一柄古剑掣了下来，想杀了她。

当然他没有，但这个举动包含的英雄气概让拉莫尔小姐心醉神迷，她仿佛又回到了她所渴望的路易十四时代，看到了那时充满骑士气概的男人们。刹那间她又爱上了于连。

但她的爱转眼间又反复了，弄得于连快疯了，因为他对拉莫尔小姐的爱越来越深，两者互相激荡，他终于绝望了。于是，这天晚上，他像垂死挣扎一样沿着上次的路爬进了拉莫尔小姐的卧室。准备看她最后一眼就开枪自杀。

然而他并没有自杀，相反，他得到了最大的幸福。玛蒂尔德一见他进来，就扑入了他的怀抱。她接着又跪在地上，称于连是她的主人，说自己是他的奴隶。如此等等，于连恍若梦中，沉浸在不可思议的幸福之中。凌晨，当他离去的时候，她从窗口上丢下一大绺头发，说这是他作为她主人的标志。

他们的爱是否以这种方式固定下来了呢？当然不会！大家想想看，玛蒂尔德是什么样的女人！称得上是全巴黎最高贵、也最高傲的一个女人啊，她岂会长久把一个几乎是他们家仆人的人当作主人！

不到两天，于连从她的眼睛里看到的又只有冷漠了，不同于上次的冷淡的是，玛蒂尔德发现自己真的已经不爱于连了，决心同他一刀两断，于连感觉到她只爱了他两天，他却要爱她一辈子！他成了世界上最不幸的人。

正在内心痛不欲生之时，他接到了拉莫尔侯爵的一个重要使命，完成任务回到拉莫尔府后，玛蒂尔德原来以为于连会来缠她，甚至做好了对付的准备，然而她大失所望，于连甚至看都没有看她一眼，她的心里又激起了波澜。这颗高傲的心呀，只会服从高傲，决不会服从谦卑。

这时于连假装追求一位元帅夫人，她虽然没有爱上他，但已经习惯于每天接到他的信，后来她开始回信，再后来她每天都要给于连写信。以她那崇高的地位，这是多么的不容易呀！如果于连这样坚持下去，她迟早会让他当上巴黎一个最好的教区的主教，这对她来说易如反掌。

玛蒂尔德也看出来了于连的新追求，她一天天变得不能忍受了。终于，她来到了于连工作的书房，看到了元帅夫人写给于连的一封封信，于连甚至没有拆开它们。一个小秘书竟然不拆开元帅夫人的信，于连的高傲彻底打垮了她的高傲。她痛哭着拜倒在于连面前，再次向他臣服。

于连呢，他这时的心里何尝不激荡着汹涌澎湃的爱情啊，他用意志的一切力量来控制自己不要拜倒在她面前。他勉强成功了，甚至装出一副冷淡的神情来，问她她的爱情可否坚持一个礼拜。

于连的冷静让玛蒂尔德更加爱他，也更加痛苦了。

从这天起，他们在一起，可是于连随时都警惕着不要对她太好，甚至不能让她看出心中那炽热的爱，他知道这样的后果只会令他再一次失去她。

多么可悲呀，可恶的性格！在两个疯狂相爱的人之间造成了多少冷淡与分裂，但这又有什么办法呢？这样的情形一直延伸到那天，玛蒂尔德发现自己怀孕了。

她没有感到恐惧，而是惊喜，她幸福地告诉了于连，说：这就是保证，保证她对他永远的爱。

这时于连才终于可以放下他一直强装出来的高傲与冷淡了，他们第一次同时体味到了彼此相爱的幸福。

然而这幸福马上又要经受一次重大考验了，因为玛蒂尔德已经受孕，他们的相爱再也无法保密了，得告诉拉莫尔侯爵。

得知这可怕的消息后，他痛骂于连这个忘恩负义的恶棍，于连也知道错了，诚心接受责骂，甚至写下了绝命书，要侯爵把他杀了。玛蒂尔德知道后毫不犹豫地说：她将跟着他死，并且要告诉全巴黎人，她就是索莱尔的寡妇。

侯爵知道唯一的办法就是让他们结婚了。他于是就想，这也没什么，通过这么长时间的相处，他知道于连的才能，知道假以时日他也完全可能出人头地，如果他加以提拔，那更是不难了。他更想，为什么不能把爵位传给他呢？假如他做了自己的女婿。他的岳父，一位公爵，没有儿子，一直想把公爵爵位传给他的儿子。这样于连就完全有资格成为拉莫尔侯爵家的乘龙快婿了！

我们可以想象，只要事情沿着这条道路发展的话，于连将会获得什么样的成功啊！讲到才能、个性甚至相貌，这些巴黎的贵族公子们哪个及得上他！如果他成了拉莫尔侯爵，什么样的伟业他不能成就！

走上断头台 但拉莫尔侯爵还不能这么轻率。他先给了于连一个委任状，任命他为驻斯特拉斯堡的法军轻骑兵中尉，这是法兰西最精锐的部队之一。并给了他两万法郎，让他在一年之内花光。他的名字也不再是于连·索莱尔了，而是于连·索莱尔·德·拉韦尔奈骑士。

到自己的连队后，于连的身份这才完全变了，以前在拉莫尔府，不管他如何受宠，谁都知道他只是小秘书，一介平民。现在呢？在这里，他的同事们、上司们都不知道他的过去，都以为他天生就是德·拉韦尔奈骑士。他的坐骑是全团最漂亮的，他的衣服是最华丽的，连他仆人的号衣都异常干净漂亮。再加上他那极其英俊的相貌、冷峻的目光、高傲的神态，甚至还有娴熟的击剑射击本领。不几天他就赢得了全团上下的敬佩。于连的内心呢？虽然绝不表露，但他从来没有这样幸福过，最令他感到满足的其实并非玛蒂尔德的爱情，而是他的野心呀，他天生就是个野心勃勃的人，这是他的第一特征。

他的野心当然不会就此满足，他已经做着30岁当上司令的梦了。

正当他处在人生的新巅峰，并且望见了前面那更高的山峦时，他从天堂直接摔到了地狱，他看德·雷纳尔夫人的来信，信有这样的话：

"……这个人贫穷而贪婪，靠着彻头彻尾的虚伪，通过诱惑一个软弱、不幸的女人，试图谋求社会地位，出人头地……"

于连在教堂里找到了德·雷纳尔夫人，把枪口指向了她。

一声枪响，德·雷纳尔夫人倒下了。

于连的结局是这样的：

在狱中度过了平生最幸福的一段时光之后，他走上了断头台。富凯得到了他的遗体，玛蒂尔德来看他最后一眼：

"她点燃了几支蜡烛……把于连的头放在面前的一张小石桌上，吻那头的前额。"

简评　读完了《红与黑》后，不知您有什么感受？如果没有，那是我说得不好的缘故。我最初读它时，还刚上高中，可实实在在地被它感动了呢。是什么令我感动呢？现在想来有两者：一是德·雷纳尔夫人，她的美丽、纯洁与对爱情的坚贞。而且，正因为她不是一个普通的未婚姑娘，而是一个已经结婚并有三个孩子的母亲，她的爱情就更显得不平常、更加深切动人了。

第二个令我感动的是于连。具体地说，是他的野心。于连出身贫贱之家，似乎注定要默默无闻，但他不甘心被命运摆布，他要不惜一切手段往上爬，终于，他成功了，他不但进入了当时社会的最上层，在那里大展身手，他的表现压倒了所有那些出身高贵、自命不凡的贵族子弟们，还获得了两个美丽而有地位的女人的倾心相爱。虽然他最后失败了，但他眼看就要成功了，这就足以值得我们羡慕了。

我想，我自己，或者广大的读者们，毕竟大多数人没有处在社会上层，在那时的法国是宫廷、公爵、侯爵、伯爵等这些贵族组成的阶层，在我们这个没有世袭贵族、一切以官为中心的官本位社会则是县长、省长、部长等组成的官宦阶层，以及由老板、总经理、董事长等组成的富人阶层。对于我们这些年轻人，谁没有于连这样进入那个高高在上的阶层的“野心”呢？如果还能得到上层美女的爱情就更好了。当我们看到于连的一步步成功时，不由为他欢呼，仿佛那就是我们自己的成功。也许还会感到替我们指出了一条通向成功的光明大道。当于连功亏一篑，他的头颅从脖子上掉下来时，我们又为他深深惋惜，对于我们的未来，那又何尝不是一个教训，一个提醒？

我想，这种共鸣就是《红与黑》如此激动人心的原因。

第三十四章　歌德，作为科学家兼枢密顾问的文学巨匠

歌德是西方文学史上最后一位文艺复兴式的巨人，因为他如同文艺复兴时期的巨人们一样，不拘泥于某一个行业，相反，他们将自己纳入知识的整体之中，他不但是伟大的诗人，还称得上是科学家、教育家、自然哲学家甚至政治家，例如他曾贵为枢密顾问，他所著的自然科学著作竟有14卷之多！

“1749年8月28日中午，时钟敲了十二下，我在美因河畔的法兰克福降生了。”这是歌德在他的杰作之一、也是其自传的《诗与真》中第一句话，开门见山地道出了他的来历。

歌德是地道的德意志人，父亲是律师，后来娶了法兰克福市长的女儿，所以歌德算是高干子弟了。

歌德是长子，之后有过七个弟和妹，但只有一个妹妹活了下来，父母把全副心思放在了唯一的儿子身上，极为重视他的教育，在早期的学习中，他就掌握了堪称渊博的知识，包括好几门外语，例如英语、法语、希腊语、拉丁语、希伯来语等，还培养了观察世界的敏锐的眼光。这些都是他一生伟业的基石。

歌德在家乡一直生活到16岁，然后离开家乡，进了莱比锡大学法律系，这是父亲的主意，他希望儿子像他一样从事这门体面的、前途远大的职业。

年轻的歌德虽然也读法律，但他读得更多的不是法学，而是文学，并且走上了文学之路。

这时候正流行一种所谓的洛可可风格，它是一个艺术名词，我们可以用一个中文词形容它，就是“花哨”，洛可可风格的东西总是堂皇的、华丽的，华丽得有些过分。它诚然是美的，却缺乏内在的艺术魅力。歌德最初的文学创作便深受了这种风格的影响，他写了一本诗集，用洛可可般华丽的辞藻歌颂醇酒和爱情。

大三时，他患了重病，大口大口吐血，死神几次差点带走了他，但他吉人自有天相，都挺过去了。

在家里休养一年多后，他身体复原了，就改去了斯特拉斯堡大学，仍然学法律。

斯特拉斯堡的时光是歌德第一次的创作丰收季。他投入了西方文学史上有名的“狂飙突进”运动，认识了运动的精神领袖赫尔德，他热情引导歌德这个后生小子，介绍他读荷马、品达罗斯和莪相的诗歌以及莎士比亚的戏剧，这些伟大的作品极大地影响了歌德。

这段时期他还开始了他一生无数爱情之旅的第二次，对象是牧师的女儿弗里德里克·布里翁，歌德为她写出了他最早的美妙情诗。

大学毕业后，歌德回到了家乡，顺理成章地做起律师来。这是1771年8月的事。

不久他便陷入了苦恼，发现律师职业对他与其说是事业，不如说是折磨。他感觉自己实在不是当律师的料，最后只好三十六计——走为上计，离开法兰克福来到了神圣罗马帝国最高法院所在地韦茨拉尔。

他到这里表面上的目的是法律实习，但不久便像在法兰克福一样把文学置于重心了。

也正是在这里，歌德开始了新一度热恋——也许这是他一辈子N次热恋中最惊心动魄的一次。在一次舞会上他与夏洛蒂·布甫相遇，疯狂地爱上了她，但他这次注定要失望、无望与绝望。因为这位美丽动人的小姐乃是他的朋友克斯特纳的未婚妻。中国有句俗话说，“朋友妻，不可欺”，西方也是这样，歌德当然也不会做出对不住朋友的事来，何况那位美女并不爱他。

这痛苦得令他疯狂的绝望之爱的果子就是《少年维特之烦恼》，歌德走向伟大的开山之作。

这本小说大家一定相当的熟悉，在歌德的许多巨作之中它不是最伟大的，然而肯定是最流行的，读过它的人也许比读过他的其他作品的所有人加起来还多呢！

这部著作出版后在当时的欧洲犹如一块巨石投向一潭死水，激起了千重之浪。无数的青年白天捧着它朗诵，晚上枕着它入眠。甚至有些失恋者模仿它的情节，像维特一样将手枪塞进口腔，了结无望的生命。

他又一次恋爱了，并与恋爱对象订婚了，她是一个富有的银行家的女儿。由她带着，歌德走进了所谓的上流社会，但歌德似乎难以忍受这个圈子里的气氛，当他离开法兰克福时，也离开了那场预定的婚姻。

1775年对于歌德一生至关重要的，这年，年轻的卡尔·奥古斯特继承了魏玛公国大公之位，他继位后先做的事之一就是盛情邀请歌德去魏玛。

歌德欣然接受了邀请，这年11月，他到达了魏玛，从此将那里当作家乡。

魏玛公国是当时德国许多封建小邦中的一个，人口不过10万，首都魏玛只有几千居民。它毕竟是一国之都，所谓麻雀虽小，五脏俱全，凡一个国家政府所应有的机构它都不缺，还很讲排场呢。

作家与诗人歌德现在一头扎进了政治旋涡，他立即显示了如同胶泥般的可塑性，不久之后他就成了一个合格的政府官员，担任的职务也越来越高。他视察矿山、监督水利工程、管理国家剧院，甚至要替公国百十人的迷你军队发制服，这些事务都是罩在他肩头的大量职务带来的。公爵认为歌德既然是个全能的作家，当然也会是全能的官员。他从会计部长官、筑路大臣、军备大臣、艺术科学事务总监，直做到一人之下万人之上的枢密顾问，并成为贵族，称冯·歌德。

总结起来，歌德一生有三件大事：写作、做官、恋爱，它们像水般浸泡着他的一生。

这段时期，除了做官和文学创作，歌德还对自然科学产生了浓厚的兴趣，这爱好将伴随他一生。他用视察矿山的机会研究地质学和矿物学，还研究医学，他解剖人体，做出了一个不朽的发现——发现了人类的颚间骨，这是人身上最后一块以前没有被人发现的骨头。

歌德到魏玛后又开始了一场新的轰轰烈烈的爱情，这次的对象是一个同朝臣子的妻子夏绿蒂·冯·施坦因。她是一个才智高超的女人。在漫长的十年里他一直热恋着她，给她写了约1500封信。在信中歌德多半是一个小学生、一个新进的贵族，向她这位先生学习诸种社交礼仪，包括如何打点自己的日常生活，也仅此而已。歌德这次爱情就像对另一个夏绿蒂爱情一样，是失望加绝望的爱，“他的恋人”永远不能成为“她的恋人”。他的内心充满矛盾与痛苦，终于有一天，他用行动来摆脱这困境。

1786年9月3日，他改名换姓，像一个被追捕的逃犯一样神秘出走，越过了阿尔卑斯山，开始了不朽的意大利之旅。

这对于歌德是死亡，也是新生。

这次旅行从1786年9月初延续到1788年5月底。他游遍了伟大的古罗马和文艺复兴的故乡，从威尼斯、佛罗伦萨、罗马、那不勒斯一直走到意大利南端的西西里岛。他在罗马待的时间最长，在那里结识了一批侨居的德国艺术家、考古学者和作家。

歌德在意大利研究的首推希腊与罗马伟大的古典艺术，他用一个浪游者的姿态到处寻找那些古代遗址，怀着沧海桑田的感觉凭吊它们、用迷离的目光欣赏它们、用诗歌赞美它们。

1788年6月18日，歌德回到魏玛，这时他已经是一个新歌德了，公爵也认识到了这一点，只得允许他辞去一切政坛职务，只担任剧院的监督，这样他可以将其无穷的精力与巨大的才智用来做它们本来应当做的事。

就在这年7月，歌德与23岁的制花女子克里斯蒂安娜·武尔皮乌斯开始同居。

她原来是一家花坊的女工。歌德从意大利回来之后不久，一天早晨，当歌德在公园里散步时，她走了过来，她本想要为她那穷困的作家兄弟向大名鼎鼎的歌德求助，然而却从此翻开了人生崭新的一页。

歌德几乎毫不犹豫地将这位美丽的棕发姑娘带回了家，她从此留了下来。

在漫长的时期里她只是歌德的同居女友，是照料他日常生活的女仆，直至1806年他们才正式结婚，这时他们已经同居了差不多整整20年！

在他们同居的第二年她便为歌德生下了儿子奥古斯特，这也是歌德唯一的孩子，以后她又生了四个，但都没能保住。歌德十分疼爱孩子，这令他感到拥有了一个完整的家。就像后来他在一封信中对妻子所说的一样：

从东到西，

还是家里最好。

1789年发生了一件惊天动地的大事——法国大革命。

这是一场改写西方历史的巨变，对于这次革命歌德是缺乏理解的，像大多数文人一样，歌德好文不好武，他否定革命这种用暴力表达思想与主张的方式，还同他的公爵一起参加奥普联军进军法国。

革命给他带来了精神上深刻的苦恼，他便又一次求助于古罗马的荣光，1790年他重游意大利，然而这次远没有上次的美好感受。

然而他从意大利回来后，等待他的将是又一场新生！

这次他将与另一位伟人结下不朽的友谊！

这个不朽的故事是这样开始的：从意大利回来后，他接受了一份正式的邀请，替一份名叫《季节女神》的新刊写稿。这个行动的结果就是与席勒的结交。

这时席勒已经成名，虽然他还很年轻。歌德一开始带着怀疑的目光注视着这个后生辈的爆发。不过，这年，1794年，8月的一天，席勒给歌德写来了一封信，这也许是西方文学史上最著名的信之一。信是这样开头的：

尽管相隔遥远，我已经对您的思想历程旁观了很久，而且怀着不断重新激发起来的钦佩心情注视着您所描绘的道路。

接着，席勒用敏锐而深邃的目光分析了歌德的一生及创作。这一切令歌德有如受到雷击、又如饮用了甘霖，深感找到了知己。他迅速回信，邀请席勒来到了他的家中，两人一谈就是整整14天！从此歌德乃至整个德意志文坛面目焕然一新。

虽然两人有着观念的差异，但他们现在决心共同建立起文坛的新坐标，用完美的形式、纯洁的语言表达人道主义的思想内容，而这又是以希腊的古典艺术作为榜样的。

此后歌德的作品贯穿了这一理念，他与席勒之间所写的大量书信也成了人类宝贵的精神财富。歌德晚年将它们编纂成了一部杰作——《席勒与歌德通信集》。

这段时期他们用这个理念创作的果实包括席勒后期的许多著名戏剧以及歌德的《威廉·迈斯特的学习时代》等。当然最重要的是《浮士德》，歌德正是在席勒的极力鼓动下继续将这部如此庞大复杂的作品写将下去。

这也许是歌德创作生涯中最美满的一个时期，是他的第二个创作高峰期。我们知道，一个作家最害怕的是没有知音相赏，所谓"摔碎琵琶凤尾寒，子期不在对谁弹。满面春风皆朋友，欲觅知音难上难"。现在，他与席勒就像伯牙与子期一样，达到了人生的和谐之境。

然而天有不测风云，人有旦夕祸福，1805年，席勒因病谢世，年仅46岁。对歌德来说这等于失去了一半的生命，他在悲痛之中写下了《席勒的大钟歌尾声》，里面表达出来的真而深的哀痛令人潸然泪下。

就是在这个时候，西方正经历着一场暴风雨的洗礼，带来这场暴风雨的乃是拿破仑。1805年，前年已经称帝的拿破仑展开了对奥地利与普鲁士的战争，经过乌尔姆、奥斯特里茨等战役，他彻底打垮了奥地利，征服了普鲁士，也就是说已经征服了整个德意志，令德意志的大小诸邦都匍匐在他脚下。

拿破仑虽然对于孱弱的德意志颇有些蔑视，然而对于德意志人歌德却是礼敬有加。每次经过魏玛，不管多么劳累忙碌，他都要抽空接见歌德，对他表达最高的敬意。而歌德呢，虽然拿破仑征服了他的祖国，是他的祖国之敌，但他并没有因此而痛恨征服者，相反，他也对拿破仑表达了敬意。我想，这一方面是因为当时四分五裂的德意志很难说是一个"祖国"，另一方面则是因为"英雄惜英雄"。一个真正的伟人与英雄必具有超于常人的宽阔胸怀，对于另外的伟人与英雄，即使他是敌人，也会自然而然地产生敬慕之情。

拿破仑失败之后，歌德也开始度过他的晚景。这时歌德将眼光投向了东方，他专心专意地研究起阿拉伯和波斯的诗歌、印度的哲学、中国的古典文学等，让另一种文明的精神浸透他的思想与作品。

他离开了长久蛰伏的魏玛，经常在德意志各地漫游，在蔚蓝的莱茵河畔、图林根的莽莽丛林里流连。其中最令他难忘的是1831年那一次。

1780年他曾到过图林根的森林，曾在在那里的一座木屋墙上写过一首诗。这首诗是否还在呢？穿过更加茂密的森林，他找到了那栋几乎被林木掩埋了的小木屋。在墙上找到了那首诗：

群山
一片静寂，
树梢
微风敛迹，
森中，
群鸟缄默，
稍待，
你也安息。

时光如白驹过隙，倏忽之间，五十一年已经如水而逝，如今，他已由一个风华正茂、意气飞扬的年轻诗人步入了耄耋之年，这一切不能不令他感慨万千！

在生命的最后十年里，歌德虽然年事已高，却仍然像太阳一样焕发出智慧之阳光，创作了《威廉·迈斯特的漫游时代》等不朽之作，最伟大者当数《浮士德》，它被称为整个西方文学史上最辉煌的杰作之一，堪同《伊利亚特》《神曲》等巨作并称。

1832年3月22日，歌德与世长辞，在第二天，歌德行将入土为安的时刻，他最后的友人和传记作家温克尔曼再一次瞻仰了他的遗容：

在我面前，一位完美的人物十分优美地躺在那里，我因而感到的兴奋心情使我在一瞬间忘记，不朽的精神已经离开了这样一个躯体。我把手放到他心脏的地方——那里是一片深深的寂静——然后就离开了，以便使我的眼泪尽情地流出来。

第三十五章 《浮士德》，最后一部伟大的史诗

《浮士德》是西方文学史上最后一部伟大的史诗。

我们前面读过荷马的《伊利亚特》，它就像小说一样，不太难懂，《浮士德》就不一样了，它的写作时间长达近60年，几乎贯穿了歌德的整个文学人生，内容与结构也惊人地复杂而庞大，几乎囊括了西方诗歌中每一种押韵格式，内容则体现了歌德全部漫长的人生，同时也反映了当时的德意志乃至整个西方诸层面：从社会生活、文化直到内在的人文精神。

结构上说，《浮士德》的正文共包括两部，分别叫作《悲剧第一部》和《悲剧第二部》。第一部又分成24场，第二部则分成5幕。此外还有三个类似《序言》的小节：《献辞》《舞台序幕》《天堂序曲》。

《献辞》写于1797年。歌德写它时，距开篇《浮士德》已23年，而距他完成还有整整34年，为什么他要在中间写这个呢？原来，歌德虽然早已经开始写作《浮士德》，但中间曾数度停笔，尤其是到魏玛后，由于公务繁忙，更是没有时间写它了。后来由于受到席勒的再三敦促才又提笔。斯时歌德追忆逝水流年，其间种种际遇一一涌上心头，不由感慨万千，便提笔写下了这篇《献辞》，乃是一首深情且优美的诗歌。

《舞台序幕》与《献辞》写于同一年，也与《浮士德》的主题没多大关系，只是三个人物，经理、作者与一个小丑之间的对话。他们与其说是三个人，不如说是三种哲学，分别代表了对生活与艺术的三种态度。其中经理代表实用派，一切以利益为出发点；小丑有些玩世不恭，一心只想说几句笑话，让观众跟着他嘻嘻哈哈一番；艺术家则是个理想主义者，一心只想替艺术挣面子。

最后的前言《天堂序曲》作于1798年，它才是全书的引子。

这个引子之后，《浮士德》就正式开演了。

以下是《悲剧第一部》。

小世界：格雷琴的悲剧　《悲剧第一部》又可分为两部分，前半部的主角是浮士德，表达了浮士德对于知识所感到的极度空虚和烦闷；后半部的主角是格蕾琴，

叙述她对浮士德的挚爱及悲惨的结局。

第一部又分成24场，第一场叫《夜》。地点是一间拱顶高高、十分狭窄的哥特式房间，浮士德就住在这里，他浑身烦躁不安。为什么呢？我们且听他痛苦的呐喊：

> 唉！我劳神费力把哲学、法学和医学，天啦，还有神学，都研究了个透。现在我，这个蠢货！已是满腹经纶，却也并不比从前聪明，称什么学士、称什么博士，十年来牵着我的学生们的鼻子，天南地北，上下四方，到处驰骋——这才知道我们什么也不懂！

这时的浮士德已经年过半百，堪称时人中最饱学之士，可知识给他带来的却不是幸福，而是无比的痛苦。这是为什么呢？这是因为，虽然他博学，然而知识并不能给他带来任何实际的好处，他仍是一个穷光蛋——现在也是这个样子。还有，我们知道，越是有知的人往往越是深感“余生也有涯，而知也无涯”，物质的匮乏加上对自己相对无知的不满，这就是浮士德痛苦的根由。

怎么办呢？这时他的助手瓦格纳上场了，他是个传统的知识分子，一头钻进故纸堆，进行那些咬文嚼字、胶柱鼓瑟似的“学术研究”，对于实在的、生动的知识、对于创造万物的奥秘也毫无兴趣。然而，在浮士德看来，他所追求的东西只是一些毫无意义的鸡毛蒜皮。这一切令浮士德更加痛苦，他想到了死。他举起一杯毒酒，正要送入口中时，传来了复活节的钟声和唱诗班孩子们清脆的歌喉。这犹如天籁打掉了浮士德轻生的意志。

第二场里，重现生命意志的浮士德来到了春意盎然的郊外，看到了快乐的人们，然而他的心仍旧不能平静。他一方面欣羡世俗的欢乐，另一方面又想继续在理想的天地间翱翔。这时摩菲斯特来了，变成一条狮子狗，跟着浮士德进了书斋。

进书斋后，浮士德打开了《圣经》，将《新约全书》中的《约翰福音》由希腊原文译成德语。翻译时他特意将其中的“太初有道”译成了“太初有为”。表明他对于抽象的思考已经感到厌倦，想进入有为的实际生活。狮子狗不喜欢上帝之类的东西，于是大闹，浮士德以基督的十字架令其现了原形，奔逃而去。

下面是第四场了，它分成两个半场。前半场称为“订约之场”，变成狮子狗的摩菲斯特第二次来到了书斋。他现出原形，表示愿意为主人效劳。当然他不会白干，结果两人订下了约：摩菲斯特来到人间为浮士德服务；浮士德呢，他认为世界的一切都不可能令得他满足，让他安静下来，停止奋斗。因此，他说，倘若有一天他被摩菲斯特提供的享乐迷住，感到满足，那么这就是他宁愿毁灭之日。

下半场又称为“学生之场”。这一场里摩菲斯特装扮成浮士德，对一个特意来向他请教的学生大发了一通妙论，将从逻辑学、形而上学、法学直到医学诸学科大大地揶揄了一番，他的结论是：

尊贵的朋友，所有的理论都是灰色的，生活之金树长青！

一经订约就要履行，摩菲斯特带上浮士德来到花花世界，开始了浮士德的欢乐之旅。

摩菲斯特先给了浮士德一剂神药，喝下后浮士德返老还童，恢复了青春。

下面到了第七场，一个清丽动人的美女出场了。

从这一场起《浮士德》进入了一个感人至深的场面，被称为“格蕾琴悲剧”。

格蕾琴是一个十分漂亮、善良姑娘，出身小康之家，是典型的小家碧玉。

此时的浮士德已经返老还童，又成了翩翩少年，不谙世故的姑娘对他一见钟情，不久两人便开始相恋，这对浮士德只是一场游戏一场梦，对于格蕾琴却是比生命还要宝贵的爱情。

此后的几场直至第十三场都是浮士德同格蕾琴的恋爱过程。不用说浮士德顺顺利利地得到了少女的芳心，然而这一切仍没有令浮士德满足，他为自己的所作所为感到羞愧，空虚依旧浓雾一般笼罩着他。在这种心境之下他来到了森林之中，在一座洞窟之中反省自我。这就是第十四场《森林和洞窟》的情景。

摩菲斯特来就是要让浮士德堕落，好俘虏他的灵魂，岂会让他如此反省？他又用充满魔力的魔鬼之语言让浮士德重新燃起了欲火。

于是他又回到了格蕾琴身边，为了方便和格蕾琴偷欢，浮士德唆使少女拿安眠药给母亲吃了，想不到给得太多了，毒死了母亲，她从军的哥哥来找浮士德报仇，也被杀了。格蕾琴不但失去了处子之身，还失去了母亲和哥哥，甚至怀下了罪孽的种子，绝望之中的她痛苦得发疯，她将私生子抛进水中，犯下了新的罪孽——杀婴罪，因此被处以死刑。

得知格蕾琴悲惨的遭遇，浮士德再也不能安坐，他一定要去监狱探望情人。这就是第一部最后一场《地牢》剧情。

得魔力之助，浮士德来到了格蕾琴的牢房，要将她搭救。

他看到格蕾琴已经疯了，瑟缩在稻草堆里，喊着：“苦哇！苦哇！”一开始连情郎都不认识了。后来，当她终于知道是谁时，她没有恨他，她快乐无比，然而她不愿意逃走——虽然摩菲斯特已经打开了监狱的大门，她的镣铐已经去掉，她只要迈出一步就会得到自由。然而她不愿意，她只请求他将她一家安葬，她对心如刀绞的浮士德说：

妈妈要占最好的位置，哥哥紧挨着她，我稍微隔开一点，也不要隔得太远！小家伙在我的胸口右边！

以上就是《浮士德》第一部，它被称为“小世界”，即市民社会。因为这时的浮士德想靠魔鬼之助在市民中寻求世俗的官能愉悦。

大世界：政治、历史与美学的天地 第二部是“大世界”，这时的浮士德已经超脱了日常的市民社会，走进了更为广阔的天地，一片历史、政治和美学的天地。

他来到了当时德意志的政治中心神圣罗马帝国宫廷。

这时的宫廷里从皇帝到群臣都是酒囊饭袋，除了胡乱花钱外什么也不会，国家财政已濒临崩溃。

浮士德和摩菲斯特来时正巧皇帝的弄臣刚在台阶上跌了一大跤，摩菲斯特乘机填补了空缺。

群臣们为了酒窖和国库的空虚一筹莫展，这时摩菲斯特提出了一个妙法：将地下的宝藏挖掘出来，弄到一笔巨额财富，这样什么问题都迎刃而解。

摩菲斯特当然不是空口说白话，他乃是魔王，具有无上魔力，对哪个地方埋着宝藏一清二楚。

他的主意博得了皇帝的欢心，他要摩菲斯特快快将财宝弄来，但摩菲斯特说先别着急，他要陛下先举办一个盛大的假面舞会，舞会中他让浮士德化妆成财神来临，并用魔力弄出一场火灾，吓得皇帝发抖，然后又让浮士德能呼风唤雨，将大火扑灭。

当皇帝陶醉在笙歌燕舞之中时，摩菲斯特又拨弄诡计，让皇帝以地下的宝藏作为担保签字发行纸币，他又连夜令人赶印了成千张新钞，这笔横财让皇帝的财政困难一朝而解，龙颜大悦，封摩菲斯特与浮士德做了宝藏的总管。

然而皇帝的欲望岂会这么容易得到满足？一个欲望满足只意味着另一个接踵而来，他发现浮士德有魔力，便令他满足一个他久已有之的渴望——看到古代最美的男女。

浮士德以为摩菲斯特无所不能，便答应下来，然后把苦差交到了他头上。

摩菲斯特虽然为难，但还是勉强承担，他要浮士德去到一个最神秘的国度，我们可以称之为“太虚幻境”。它被称为“母亲之国”，是一个虚无缥缈、荒凉寂寥的至幻之境，在这里没有什么实体与实在的物质，甚至也没有时间与空间，更谈不上生命了，有的只是一些“形相”，这“形相”乃是一切造物的模子，它们作为一些幻影在那里飘飘荡荡。

虽然到这样的地方去是危险的，就是摩菲斯特也不敢去，但浮士德不顾一切。

他去了，成功了，取回了一个宝鼎，用一把钥匙触及它，宝鼎之中便升起一阵香雾轻烟，至美的海伦翩然涌现，旁边是俊男帕里斯。

正当大家看得如醉如痴时，已经被海伦的美丽迷倒的浮士德突然发难，想从帕里斯手中抢走海伦——他把美丽的海伦高高举起，手中的钥匙碰着了帕里斯，一阵爆炸声过后，美丽的幻影消失了，重新化为烟雾弥漫。

浮士德决心得到海伦。

一片混乱之中摩菲斯特将浮士德扛起，回到了原来狭而高的斗室。他知道要让浮士德得到海伦只有靠瓦格纳帮忙。

书斋旧貌依然，只是浮士德已经离去，昔日的助手瓦格纳已经成为昔日的浮士德。他现在是著名的学者，当上了教授，此刻正进行一项伟大的试验，他要从试验室、而非母亲的子宫里造出人来！

这时他的试验已经成功了一半，他真的已经造出了人类，但这个人还只有灵魂，没有肉体，这个小小的人儿下一步就是要去获取人类的肉体，好让自己成为真正的人。

这样就形成了有趣的互补：小人儿——我们姑且称那个孤独的灵魂为小人儿吧，没有肉体，只能藏在一个瓶子里头——想要为自己的精神寻找肉体；此时的海伦恰恰是只有肉体而没有灵魂的空虚的"形相"；浮士德呢，却正是要一个肉体与灵魂兼而有之的海伦。

从此他们踏上了寻找海伦的漫漫长旅。

他们各处打听，碰到了许多只有在传说中才能见到的神异动物，例如雕头的狮子、人头的狮子、巨大的蚂蚁还有歌喉动听得可怕的美人鸟，等等，但它们谁也不能告诉浮士德海伦在哪，后来见多识广的人马喀绒驮着浮士德来到了女预言家漫托的神庙，她答应将浮士德送进地府，死去的海伦就在那里。

但实际上不只是海伦被浮士德从冥府带出来了，就像科幻电影《回到未来》中的情景一样，浮士德让整个古希腊都回来了，回到了千年之前特洛伊战争结束的日子。

特洛伊战争结束后，海伦回到了希腊，丈夫墨涅拉俄斯叫她先回宫中。海伦见他神情有异，起了疑心。回到宫中后她看见了一个身高马大、十分丑陋的女人。她就是摩菲斯特，现在权称管家之职。

变成丑女人的摩菲斯特威吓海伦说，她丈夫这次弄她回来并不是让她重当王后，而是要杀死她以惩罚她的不贞，她还把墨涅拉俄斯是如何残害她的后夫的事一一向她述说：墨涅拉俄斯将他的头割下来，还割下了他的鼻子、耳朵和其他部位。如果她想活命最好是跟她逃跑，她知道有一个好地方可以躲灾。

这时墨涅拉俄斯回家的号声已经响起，海伦顿时决定跟她一起逃亡。

摩菲斯特将海伦带到了浮士德为王的新国度阿卡狄亚。

浮士德拜倒在海伦脚下，将一切，财富、国家、自己，都奉献给无上的美人。

海伦也在一分钟之内爱上了这位英武善言的国王，叫他坐在自己身边，二人相互依偎，两情相悦。

然而宁静不过片刻，又被拐了老婆的墨涅拉俄斯已经带着兵马冲过来了，浮士德召集诸将迎击，命令他们东南西北四面出击，他同海伦在中央安眠。

退敌后浮士德就同人间最美的海伦过起了神仙般的日子，后来还生下了一个儿子，名叫欧福里翁，他是个天才，也是一个早熟的孩子，浑身洋溢着火一般的热情，渴望战斗、渴望像鸟儿一样自由自在地翱翔。

于是他攀爬上高耸的山崖，从高处一跃而下，一直摔落到父母脚下，粉身碎骨。

儿子的死去令海伦伤心欲绝，她呼喊着“珀尔塞福涅[1]，请把孩子和我一起收容”，如烟如雾消失在空气中。

海伦离去之后，浮士德对美的追求与欲望就此走到了尽头，而《浮士德》也开始了第四幕。

永恒的女性，引我们飞升 幕一拉开，就见一片璀璨云彩飘来，浮士德冉冉而出。

这时美已经不能满足浮士德，他说：“事业就是一切，名望不过是空幻。”[2]

他要干什么呢？他看到了辽阔的大海，它的惊涛骇浪，它占领的无边面积，他想征服它，将它缩减，将昔日荒无人烟的海水变成绿洲。

摩菲斯特当然也会帮他将这个愿望达到，正巧这时，他们曾为之效力的皇帝遇了更大的麻烦，另一个人向他的皇位提出了挑战。

摩菲斯特想了一个主意，他叫浮士德去帮他平乱，然后从他手里得到赏赐，将沿海一大片据为己有，他还送给浮士德三个勇士，分别叫闹得凶、捞得快、抓得紧，都是有魔力的家伙，他们再加上摩菲斯特令浮士德的胜利信手拈来。

皇帝论功行赏，浮士德果然得到了一大片未经开发的海洋，可供浮士德成就他的壮举。

现在到了最后一幕。

第一幕第一场发生在平原旷野之中。一个旅人到了大海之滨，来找过去曾救过他性命的一对老夫妇，这对老夫妇已经老得不得了了，三人围小桌团坐，聊起天来，老夫妇给他讲了浮士德在这里干下的丰功伟业——他将一大片海水变成了平田，不过老

---

1 珀耳塞福涅即冥后，冥王普路托之妻。

2 第二部，第四幕，第一场。

妇似乎对他不大感冒，因为他显然是凭借了魔鬼的力量。

这时的浮士德呢？他虽然曾恢复青春，但这新一度的青春早已消逝，他又已老态龙钟，正在宫殿里烦躁不安。原来他虽然拥有了广大的土地，可老夫妇却占据了高坡上的一小块，那一小块对浮士德十分重要，因为他想在那里建立起一座高台，好站在上面眺望他辽阔的疆土。

他派了摩菲斯特带着他那三个战士去劝说老人，愿意给他们良田美宅交换那块坡地。

然而魔鬼能干得了良言劝说的事儿吗？他们将可怜的老夫妇轰出了门，害死了他们。那个旅人看到这情形想来打抱不平，可一人的双拳哪打得过四个魔鬼？白丢了卿卿性命。

听到他们得意扬扬的报告，浮士德十分内疚。

半夜里，浮士德的宫门外来了四个白发老妇，分别是匮乏、罪孽、困顿和忧愁。

前面三个根本无法靠近虽然年老，还精力充沛的浮士德，只有忧愁从钥匙孔里钻了进去。原来浮士德因为杀了三个无辜者，心中十分难过，那忧愁就乘虚而入了。

忧愁进门后，向浮士德吹了口气，他立即变成了盲人。

虽然又老又盲，然而他还记挂着他伟大的事业，在临死前的一刻发出了这样的豪言壮语：

> 只有每天都在重新争取自由和生存的人才配拥有享受这二者的权利！那么，即使为危险所包围，也请如此度过童年、成年和老年这样有为的岁月。我真想看到如此这般的一群人：在自由的土地上和自由的人民抱成一团！那时我才可以对正在逝去的瞬间说："逗留一下吧，你是那样美！"我的浮生的痕迹才不致在永劫中消融。

大家还记得前面浮士德同摩菲斯特所订的约吗？摩菲斯特来到人间，替浮士德服务。而浮士德答应如果有一天他被摩菲斯特提供的享乐迷住，安静下来，停止奋斗，那么这就是他宁愿毁灭之时，他将把灵魂交给摩菲斯特。

他现在这段话表面上似乎让摩菲斯特达到了目的，因为浮士德毕竟说出了"逗留一下吧，你是那样美"这样的句子，但摩菲斯特因此能得到他的灵魂吗？

当然不能！大家只要仔细看看浮士德的订约及临死之时所说的话，就不难发现他其实根本没有被摩菲斯特提供的享受迷住，也没有停止奋斗，他在临死前所说的那些话其实乃是表达他的希望——他希望有这么一个时刻，那时，人人都在不懈地为自由与生存而奋斗，并且终能在自由的土地上有自由的人抱成一团，如果这个时刻来临，那么他才会说："请逗留一下吧，你是那样美！"

但显而易见，这个时刻当他死去之时尚未来临，因此他不可能就此想留住逝去的瞬间，请它逗留。

也因此，摩菲斯特虽然付出了百年努力，想攫取他的灵魂，他也似乎成功了，然而毕竟没有、终究没有！因此，当摩菲斯特竭力想掠走浮士德的灵魂时，天使们来了，唱着充满爱的歌，洒下雨点般的玫瑰花瓣，在鲜花与歌声之中浮士德的灵魂与天使同飞升，直上天堂。

《浮士德》最后一幕叫作《山峡、森林、岩石、荒漠》，我们不妨将这里看作欢乐的天堂，一群升天童子、年轻的天使、神父们，甚至还有圣母玛利亚不停地高歌着，唱出春与天堂的气息，在高歌者当中还有可爱的格蕾琴，现在不是她的人，而是她天堂之中的灵了，前来引导被天堂的绚丽弄得头昏的浮士德，她对圣母说：

请允许我将他指点，
新的白昼还使他目眩。

至此便引出了《浮士德》全篇最后、也许同样是歌德诗人生涯最佳写照的那句话：

永恒的女性
引我们飞升。

评论：《浮士德》的剧情、立意与语言 《浮士德》之所以伟大，在于它具备了三大优点——复杂的剧情、广阔的立意、优美的语言。

《浮士德》有着相当复杂曲折的情节，在上下两部、数十场幕的剧情之中，浮士德带领我们走过了普通市井陋巷、寻常百姓家，领略了他们的离合悲欢，又从市民社会走进了政治与历史的广天阔地，走到了政治的顶点宫廷与皇帝，甚至移山填海，变沧海为桑田，这是多么波澜壮阔的事业！

这其中，在每一个场景、每一个地点，都有多少跌宕起伏的情节，这些都令得《浮士德》由一个结构简单的民间故事成为复杂曲折的巨作。

从全书之始，《浮士德》便展现了它令人叹服的广阔立意，一举摆脱了民间故事的阴影，成就了史诗的气魄，它在浮士德身上体现了人类精神的三个至高境界：美学、政治与创造，这也是《浮士德》的美学立意、政治立意与创造立意。

至于《浮士德》的语言，《浮士德》之所以号称为西方文学史上顶级杰作之一，最根本的原因是它那卓越的语言。

整部《浮士德》就像一片风光旖旎的海滩，令人心旷神怡，每一个字词、每一个句子至少是洁白的沙粒，我们仔细诵读时还会发现在洁白的沙粒之中不时有如珍珠、玛瑙、黄金、钻石般的佳句名言。

我们前面引用过一些美句，现在我信手翻开了一页，是第四幕第一场，一眼落去，看到了摩菲斯特的一句话：

咱们看看吧，活人总该有希望！让我们把他从狭谷里解救出来！俗话说，救人救到底。何况谁知道骰子怎么落地！他要有运气，会有诸侯来效力。

这句话当然称不上至理名言，然而它的明白畅达是一眼可见的，它就好比《浮士德》这片美丽海滩上普通的沙子，乃是构成巨作《浮士德》基本的成分。

第三十六章　托尔斯泰，最值得敬仰的伟大作家

如果说西方文学史上有一个人的灵魂与人格是最值得我们尊敬的，那个人当是托尔斯泰。

托尔斯泰全名叫列夫·托尔斯泰，1828年9月9日出生于俄罗斯图拉省，图拉位于莫斯科南面，是一个重要的武器生产地。他出生的具体小地方叫克拉皮文县的亚斯纳亚波利亚纳。

托尔斯泰家是名门贵族，据说族谱可以追溯到17世纪，也就是彼得大帝的时代，大帝有一个重要的谋臣叫托尔斯泰，曾贵为枢密官和帝国贸易委员会主席，他后来被彼得大帝的妻子，也就是继他为帝的叶卡捷琳娜女皇封为伯爵。

托尔斯泰的父亲尼古拉·伊里奇伯爵曾参加过抵御拿破仑入侵的战争，退役时是中校。他的母亲玛丽亚·尼古拉耶夫娜是尼·谢·沃尔康斯基公爵的女儿。托尔斯泰的早年是不幸的，一岁半时他亲爱的母亲去世了，9年之后他又失去了父亲。

一开始托尔斯泰被交给姑母监护，1841年她去世后便改由住在喀山的另一个姑母监护，托尔斯泰便到喀山生活去了。

虽然失去了父母，他的生活并不很惨，一则双亲虽失，家产犹在，他的日子过得仍然很富足；二则这些监护人对他都不错，生活上关心爱护他，从小让他受到了相当好的贵族式教育，也就是由从法国请来的家庭教师给他施以古典人文主义教育，熟读古希腊罗马的经典作品。

到1844年，托尔斯泰已经16岁了，这一年他进入了喀山大学东方系，学习土耳其语、阿拉伯语等东方语言，准备毕业后当外交官。生性比较自由散漫的托尔斯泰很不习惯于大学里的刻板生活，学习也不认真，结果期终考试不及格。一年后他转到了法律系，不过那似乎也没有什么不同，他仍然不能专心学业，像其他浪漫的年轻人与有钱的贵族子弟一样，托尔斯泰迷恋灯红酒绿、觥筹交错的社交生活。在大学待了三年之后，他怎么也待不下去了，干脆退学回家，这是1847年4月的事。

这时托尔斯泰已经19岁，成年了，可以不需监护地独立生活了。他回到了自己的

产业，即亚斯纳亚波利亚纳庄园。这是个颇大的庄子，原属于外公所有，他把它给了女儿、托尔斯泰的母亲做陪嫁，母亲死后就交给儿子托尔斯泰来继承了。

三年大学生活托尔斯泰也并非一无所获，他虽然不喜欢阿拉伯文和法律，但对哲学，尤其是有关道德的哲学问题发生了浓厚的兴趣，他特别喜欢卢梭，读了他的许多作品，也吸纳了他大量的思想。

除哲学而外托尔斯泰对文学也很有兴趣，读了大量文学作品，例如司汤达和萨克雷的作品，这些都将在他以后的创作中产生重要影响。

很久以来托尔斯泰就对农民产生了相当深厚的、混合着同情与敬佩的感情。也许是因为他看到了周围农民们的苦难，也许是因为他上大学时看到了同学中那些优秀的农民子弟，他们的勤奋与能力诚然是贵族出身的纨绔子弟们所不能相匹配的。

对农民的这种感情加上卢梭关于自由与平等理论的影响，托尔斯泰回到庄园后开始努力改善农民的生活。

也许这些世世代代受惯了苦的农民已经麻木了，也许苦难令他们变成了十足的怀疑主义者，他们根本不相信这个贵族老爷真的会这么好心，他的许多善意的努力就像施到了墙壁上一样，什么反应也没有，他只得自认失败。

在农庄里待了两年后，1849年，托尔斯泰到首都彼得堡去了，他想去考考法学学士，他上大学时学了多少法律我们上面提过，他只考了两门课便灰溜溜地回家了。

回到家后，托尔斯泰又用坚强的意志拾起了为农民服务的旧事，这次是想替农民的几乎百分之百是文盲的孩子们办学校。

从这年11月起托尔斯泰开始做官了，在图拉省的行政管理局任职，下年12月被提升为十四品文官。这一切只与他的出身有关，与他的才能和政绩无关。在这段日子里他的主要公务似乎是在彼得堡和莫斯科的所谓上流社会社交圈里同贵族达官美女们周旋。

这种灯红酒绿的生活无疑可以刺激托尔斯泰的感官，但他天生是一个重视理性的人，虽然一度理性被感性麻醉，但它终究就像潺潺流水一样，慢慢复活了。复活了的理性令他对这种醉生梦死生活感到十分厌倦。

这时他的哥哥尼古拉正在高加索从军，与当地的山民们作战，托尔斯泰想到没有比战争更能令他摆脱这种厌倦的了，就前往高加索，投奔长兄，这是1851年4 月的事。

到达高加索后，托尔斯泰入伍当了志愿兵，随即参加了袭击当地山民的战役，这些山民都是极勇敢的战士，就像今天的车臣人一样。由于作战勇敢，两年半后托尔斯泰当上了准尉，军官中最低的一级。

正是在这段时间里他开始搞文学创作，在《现代人》杂志上发表了第一篇作品

《童年》，《现代人》是当时一份十分重要的文学刊物，有点像我们今天的《收获》或者《大家》。

这也是我拜读的第一部托尔斯泰作品，写得确实不错，那种对童年生活的回忆与描述令人惊奇地细致动人。

1854年托尔斯泰由高加索到了多瑙河，这时候俄罗斯发生了一件重要的历史事件——克里木战争，为了挽救土耳其，使它免于被俄罗斯彻底征服，英法向俄国人宣了战。

这场战争对一向自以为不可战胜的俄罗斯人是一次莫大的教训，使他们看到了一个冷酷的现实：他们在欧洲已经算不上一个强国了，俄罗斯已经比英法这些欧洲发达国家落后得太多太多。在克里木战争中，俄罗斯军人依然像面对拿破仑时一样奋不顾身地作战，但他们已经不足以战胜敌人了，不是敌人太强大，而是自己太弱小。

来到克里木的战场后，托尔斯泰自愿奔赴塞瓦斯托波尔，这里正是克里木战争的主战场，发生着当时欧洲最惨烈的战斗，俄罗斯军人正遭受前所未有的屠杀。托尔斯泰据说在最危险的第四号棱堡当炮兵连长，战斗到军港最后被英法联军占领为止。

这次战争中托尔斯泰感触最深的是对俄罗斯农民有了进一步了解。

他亲眼看到这些农民士兵们是何等的勇敢，何等舍生忘死地朝敌人的枪口扑去，他们自知必死，因为他们枪的射程只及敌人的三分之一，但他们何尝后退半步？

那些贵族军官们呢，他们看上去也是勇敢的，也许实际上也是，但他们那种装腔作势的勇敢如何能同农民士兵们默默蹈死的勇敢相比呀！

这更加深了托尔斯泰对普通人民的同情和对罪恶的农奴制的批判。

1856年，战争结束之后，托尔斯泰离开了军队，来到彼得堡。

此前他的《童年》等作品已经在这里发表，为他赢得了杰出作家的声誉，他的到来受到了彼得堡文学界的热烈欢迎，许多著名作家和诗人，例如屠格涅夫、涅克拉索夫、冈察洛夫等都成了他的朋友。

托尔斯泰不久就感觉在这里过得并不如意，虽然作家同行们很尊敬他，但这时候的俄罗斯文坛分裂成了许多小团体，观点各异，争论不休，托尔斯泰这个后起之秀成了这些小团体争相拉拢的对象。托尔斯泰的回答是离开他们，回到了自己的庄园。

1857年，托尔斯泰已经29岁了，这年他踏出了国门，到西方各国去游历，如法国、瑞士、意大利和德国等。

回到俄罗斯后托尔斯泰依据这次游历写了一些故事集，但结果令他大失所望，这些作品没有得到《童年》发表时一样如潮的好评，这令得他一度对文学失去了兴趣。

他又把目光转向了他始终没有忘记的农奴们，旅行回来后，他在自己的庄园里办了一所学校，让农民的孩子们来学习，运用他从英法等国学到的现代教育方法来培养孩子们。这次他取得了相当的成功，为了更上一层楼，他再一次出国访问，专门到德国、英国、法国、意大利等去考察教育。后来他还创办了一份教育杂志，用以传播他的教育理论，并亲自动手编写课本。作为语言大师，他的课本比以前官方那些刻板的教材要有趣、有益得多，获得了公众的赞美。这是1861年左右的事。

这时的托尔斯泰已经超过三十岁了，早已到了结婚的年龄，他曾倾心于一个邻家的女孩，向她求婚，但被拒绝了。

到1862年，时年34岁的托尔斯泰认识了一位御医、八品文官别尔斯的女儿，这年她只有区区18岁，托尔斯泰爱上了她。恋爱中的他很羞涩，不敢当面用言语表达爱，于是他拿起了自己擅长的笔，给索菲娅写了一封信来表达了他的爱情，他信中透露出的真情深深感动了这位小姐，她答应了托尔斯泰的求婚。

打从托尔斯泰出版那份叫《亚斯纳亚波利亚纳》的教育杂志后他就引起了沙皇政府的注意。政府的贵族官僚们当然有理由对他不满，例如托尔斯泰作为他所在县的调解人，在地主和农民发生纠纷时老是站在农民一边。1862年 7月，乘他外出时宪兵连续两天来他家搜查，这给托尔斯泰很大的触动，不久他便关闭了替农民们办的那所学校。

也就在这一年，托尔斯泰同他的年轻未婚妻结婚了。新婚之后他脱离了喧嚣的社交活动，连教育也不关心了，一心一意在自己的田庄里过着俭朴、宁静而幸福的生活，并且同妻子大生孩子——整整13个！

结婚第二年起托尔斯泰进入了创作的高峰期，这时他花了差不多7年时间来写一部开天辟地似的巨著《战争与和平》。

结婚后托尔斯泰的心灵一直是宁静的，正是在这宁静之中他才能够全心全意地创作。然而，1869年时，一次他途经一个叫阿尔扎马斯的地方，住在旅馆里，夜深时分，他突然感到一种从未有过的忧伤与惊恐，这就是他所谓的“阿尔扎马斯的恐怖”。打这以后他在许多书信里谈到自己对死亡的恐惧。

这使托尔斯泰对叔本华哲学产生了兴趣，并受到它的影响，这也许是因为叔本华对死亡的理解相当深邃，而且这理解正是奠基于对死亡之痛苦与恐惧的超脱的。例如他曾说：“如果死亡终于来到而解散了意志这一现象，那么，死，作为渴求的解脱，就是极受欢迎而被欣然接受得了。”

是时托尔斯泰正在创作他的第二部巨作《安娜·卡列尼娜》。许久之后他终于在某种程度上摆脱了对死亡的恐惧，并且找到了生活的答案，这个答案对于他而言是简单的，那就是抛弃贵族生活，勤俭、克己，在勤俭与克己中求得生命的完满。

为此托尔斯泰抛弃了贵族生活，不单在表面上抛弃，而且从心底鄙视。他身体力行，自己耕地、做鞋、盖房子，摒绝一切奢侈生活，甚至持斋吃素。是的，这时候的托尔斯泰是个和尚般的素食主义者了，他关于素食有许多妙论，他说："素食既是通向天国的重要一步，也是一个信号，表明人类对完美道德的向往。"

1881年，因为子女求学的需要，托尔斯泰带全家迁居莫斯科。

即使到了繁华的大都市他也继续以前的俭朴生活，因为像在乡村一样莫斯科也少不了大堆贫民，过去帮助贫苦农民的托尔斯泰现在来帮助同样贫苦的市民了。他访问贫民窟，参加1882年莫斯科人口调查，深入了解城市最底层贫民的生活，还在1881年上书沙皇亚历山大三世请求赦免行刺亚历山大二世的革命者。

1884年他的信徒和朋友契尔特科夫等创办了一家叫"媒介"的出版社，出版托尔斯泰的或者接受托尔斯泰观点的著作。1891年，托尔斯泰给《俄国新闻》和《新时代》编辑部写了一封著名的信，声明放弃1881年后自己所有作品的版权。按照他的意志他要放弃所有作品的版权，只是他的妻子为了孩子们而不肯答应，她成功地把丈夫1881年以前作品的版权弄到了手，每年都带来滚滚的卢布。

从1891起的好几年里，他几次组织赈济活动以救济梁赞省和图拉省受灾的农民们，他又秉承宗教宽容的态度极力维护被官方的东正教会迫害的莫洛康教徒和杜霍包尔教徒，并在1898年用《复活》的全部稿费资助教徒们移居加拿大。

托尔斯泰这种博爱与宽容的精神与沙皇和他的教会的精神是殊不相容的，他们早就想整托尔斯泰了，只是一直没有找到合适的机会。71岁高龄时，托尔斯泰写下了第三部不朽之作《复活》，有人乘机指责他反对上帝，不信来世，并于1901年革除了他的教籍。这在那时简直等于判死刑——精神与名誉上的死刑，托尔斯泰处之泰然，正所谓无私者亦无畏！

现在的托尔斯泰已到晚年了，其实他晚年的日子并不好过。一则因为他同家庭之间的矛盾越来越严重，这主要是由他的人道主义精神所致，这种精神要求他无私奉献，要求他素食，摒弃一切奢侈。他可以做到，但要求他的家庭也做就有些过分了。二则因为他自己的创作也出现了问题，他对自己现在的创作感到颇不满意。

这样产生了两个结果：第一个是他不再发表作品，宁愿将其束之高阁，第二个结果则是致命的。

1910年11月10日，感到家已经是一种不能承受之负累的托尔斯泰从亚斯纳亚波利亚纳庄园秘密出走了，随行的只有他的医生和小女儿。

他希望能找到一个隐秘的所在，在那里他能够按照自己的理想宁静而俭朴地生活。

这时俄罗斯已经天寒地冻，出走几天之后可怕的肺炎袭击了托尔斯泰，已届耄耋之年的伟大作家如何抵挡得了肆虐的病毒？他迅速地死掉了，时年82岁。

这时他在阿斯塔波沃车站，正处在寻找宁静之乡的路上。

后来他被埋葬在一个最普通的小坟里，没有任何的装饰，就是一个小土堆，如同一个最普通的人的坟堆，但那里至今依然是无数人的灵魂朝圣之地。

如果说这世间有一个我最想去的朝圣之所，这就是。

看看托尔斯泰的生活，再看看前面那些伟大作家的人生，如莎士比亚、雨果、莫泊桑甚至拜伦等，就明白我一开始就说的话了：托尔斯泰是最值得我们敬仰的伟大作家。

第三十七章　《战争与和平》，西方文学史上最伟大的小说

在我看来，《战争与和平》是西方文学史上甚至是整个人类文学史上最伟大的一部小说——倘若有某部小说能够被称为“最伟大”的话。它的文笔、立意、格局、规模都非同凡响，其中所表达出来的作者的博大而良善的胸怀与深刻的哲理，以上种种综合得堪称完满，这几乎是一切文学作品中所仅见的！

第一卷　1805年7月的一天，大名鼎鼎的安娜·帕夫洛夫娜正在家里接待宾客，她是皇后的亲信，彼得堡所有的贵族都来奉承她，在她的晚会上可以看到首都所有大贵人。

第一个来的是瓦西里公爵，他有两个儿子和一个女儿，安娜·帕夫洛夫娜不喜欢他调皮的小儿子，想用婚姻来约束他一下，提议把自己的亲戚，一位公爵小姐嫁给他。瓦西里公爵得知她出身高贵又有钱，十分高兴。

客人渐渐到齐，挤满了客厅，其中年轻、有名、小巧玲珑的公爵夫人博尔孔斯卡娅最引人注目，还有一个人安娜·帕夫洛夫娜也很注意，他是一个胖胖的、身材巨大的年轻人，名叫皮埃尔，他是叶卡捷琳娜女皇时代赫赫有名的别祖霍夫伯爵的私生子，刚从法国留学归来，这是他参加的第一个社交宴会，对这一套规矩很不熟悉。

晚会进入了高潮，现在瓦西里公爵的女儿，美丽而高雅的海伦成了一堆年轻人的中心。这时安德烈来了，他就是博尔孔斯卡娅的丈夫，一位年轻、位尊、高傲的公爵，所有客人当中他只对皮埃尔客气。

晚会散了后皮埃尔直接到了安德烈家里，他到首都就是秉承父命来找一个职业。

离开安德烈家后，皮埃尔本来已经对安德烈发誓不去瓦西里公爵家，但还是去了，他抵挡不了那里的赌局和美酒的诱惑。

现在我们来到俄罗斯的另一个中心莫斯科。这天罗斯托夫伯爵家正在筹备为女儿举行“命名日”晚会，女客们像往常一样交换最近的重要新闻，今天的主角是皮埃尔，他被赶出了彼得堡，因为他同瓦西里公爵的小儿子把一个警察局长扔进了河里。

大家还知道他可能将非常富有，因为他的父亲拥有巨大无比的财产，而皮埃尔是他最宠爱的儿子。

大家正在聊天时一个十三岁的小姑娘冲了出来，她不怎么漂亮，但非常活泼可爱，她就是今天“命名日”的主角。

她手里拿着个洋娃娃，不小心冲进了客厅，很快又冲了出去，鲍里斯，她爱着的表兄，过了一会才追来。

这里还有另外一对小孩子也在闹恋爱，就是罗斯托夫伯爵的儿子尼古拉和他的表妹索尼娅。

小姑娘叫娜塔莎，她偶然看到了尼古拉吻索尼娅，她便把鲍里斯叫到花丛深处，吻了他，他们约好将来结婚。

鲍里斯是一个漂亮的年轻人，没了父亲，也没有家产。母亲带他到莫斯科来无非是想替儿子从据说已经病入膏肓的别祖霍夫伯爵那里弄一笔钱来置办军服。不久她到了府里，将瓦西里公爵准备烧毁的伯爵遗嘱抢了过来。

在离莫斯科150俄里的地方住着著名的安德烈耶维奇·博尔孔斯基公爵，帝国一员业已退休的大将，他是安德烈公爵的父亲，绰号“普鲁士王”。他一天到晚忙着，好用劳动来保持健康，今天他正等着儿子的归来。

安德烈回来了，带着怀孕的妻子，但他第二天晚上就走了。父亲交给他一封写给库图佐夫的信，叫将军不要老让儿子当副官，要上前线战斗。

到这里《战争与和平》第一部已经结束了。在读下面的一部之前我建议大家读读前面《西方通史》中的拿破仑传，特别是其中“拿破仑在奥斯特里茨战役”的内容，小说的背景正是那次战役。

这时是1850年10月，俄军开进了奥地利，库图佐夫把他的总司令部设在布勒瑙。奥地利的将军们敦促他立即率军去与马克元帅会师，但此时奥地利人已全军覆没。

由于马克率领的奥地利军被彻底击溃，两翼暴露的库图佐夫命令俄军往维也纳方向退却，为了阻止法军快速追上，一路破坏桥梁。

库图佐夫继续退却，奥地利人已经跑了，他只有三万五千军队，折损近半，拿破仑的十万大军穷追不舍，俄军只有在敌军追上时才回头应上一战，在这样的一次反击中俄军取得了胜利，击溃了法军莫蒂埃师团。

库图佐夫派副官安德烈到奥地利宫廷去报捷。这时宫廷已经逃离了维也纳，迁到了布吕恩。让安德烈愤怒的是，从来没有在拿破仑面前品尝胜果的奥地利人对他们艰难的胜利竟漠然置之，只问有没有取得决定性胜利，有没有抓住莫蒂埃！他还从朋友处得知奥地利人可能正暗地里准备同法国人签订和约。

安德烈立即决定前去寻找自己的部队。

一路上都是俄军逃兵，安德烈费了好大的劲才在一家农舍里找到库图佐夫，这位几乎陷入绝境的元帅向巴格拉季翁大将发出了进攻的命令，然后带上安德烈走了。

这时库图佐夫面对的情形是怎样的呢？是他的四万疲惫之师面对十五万法军的常胜之旅，而且法国人已经占领维也纳桥，正赶往他前头，要将他包围起来，全部歼灭。

库图佐夫派了巴格拉季翁率领四千赤着脚的俄军翻山越岭去阻挡想要包围俄军的法军，一面全速前进，要赶在巴格拉季翁被击退之前占领茨奈姆，在那里布防。为了赢得进军的时间，他甚至假装向法军建议投降。

由于安德烈的坚持，库图佐夫同意他去了巴格拉季翁的部队，他一来就先在整个的前线巡视了一番。

这次法国人上了大当，虽然人数多得多，却没有马上进攻。

进攻还是开始了，在法军优势兵力的攻击下，俄军左翼右翼后翼都出现了混乱。安德烈发现，巴格拉季翁虽然在前线，也说了不少话，但实际上什么命令也没有发出。战斗任其自然地发展。然而他那极其镇定的表情在这个时刻是最关键的，他的士兵和军官们被他这副表情感染了，也镇定下来，投入了战斗。

巴格拉季翁来到右翼，看到士兵们扎成一堆，在胡乱射击，这个团已经损失了一大半人。他下令调来两个营，在法军已经爬上山坡，看得见他们的肩章了时，俄国人喊着“乌拉”，朝惊慌的法国兵猛扑过去。这样，右翼的俄军阻止了法国人的攻势。

左翼却不是这样，这里有一个骑兵团长和一个步兵团长，两个团长都有指挥权，他们发生了争执，当右翼的战友正浴血奋战时，他们却一动不动地站在枪林弹雨中比勇敢，直到法国人来到了他们跟前，要消灭他们了，他们才发动逃跑似的进攻，其中就有尼古拉。

眼看四散奔逃的俄军就要被歼灭，突然追击的法国人又退了回去，原来树林里还有一连的俄军，他们没有惊慌，当法国人追到树林里时，立即迎头痛击，把他们赶了回去，使原来溃散了的左翼俄军又重新集合起来。

中央是安德烈来过的能俯瞰全部战场的炮兵阵地，他们一直在不断地轰击着，本来掩护他们的一营步兵已经被调走了，他们竟然在没有步兵掩护的情形下独立作战，他们一点也不惊慌，他们已经忘了自己，全心全意地战斗着。法国人看到这个制高点炮声隆隆，竟然认为这里是俄军主力所在。

炮手们一直战斗到安德烈过来命令他们撤退。

这个炮连的连长是图申，他带着剩下的两门好炮撤走。一路上帮助那些需要帮助的人，似乎他没有参加过战斗，什么都还有，这些求助的人中就有尼古拉，他受了伤，请求坐在炮车上。

夜里宿营时巴格拉季翁叫图申过去，责备他丢了两门大炮，质问他为什么不叫掩护的步兵帮着拖回来。图申什么也没有说。这时安德烈走过来，用生硬的声音说：他看到两门大炮已经被打坏了，掩护的步兵一个也没有，正是图申挽救了整个战局。

次日，巴格拉季翁的残部同库图佐夫的主力会师了。

继承别祖霍夫伯爵爵号和全俄罗斯最大的一份财产之后，皮埃尔感到自己变了，或者说世界变了。

以前他老担心自己说错话，并且总有人指出这一点，他也没有几个朋友。现在他却发现他说的每一句话都成了至理名言，博得大家的赞叹。所有人都成了他的朋友，每一个人都是那样友好，皮埃尔就像在梦中一样飘飘然，也像在梦中一样迷糊。

所有人当中最好的要数瓦西里公爵了，他借口要替皮埃尔弄个好差事把他带到了首都，住进自己家，让自己和美丽的女儿海伦将他淹没。一天晚上，她终于使得皮埃尔像认命一样认定海伦将是他的妻子了。

这时已经是1805年11月间了，一个半月后他们结了婚。

解决女儿的事后瓦西里公爵就开始解决儿子的事了，这次的目标是安德烈耶维奇·博尔孔斯基公爵的女儿。

他带了儿子一同去视察，然后又到博尔孔斯基公爵府去拜访。

公爵小姐立即被阿纳托利那自信的、充满活力的美貌征服了，她产生了幸福的幻想，第二天却在花房里看见阿纳托利正搂着家庭教师布里安小姐。她立即当着所有人的面清楚地说：她不想嫁人，她要永远陪着父亲。

罗斯托夫家很久没接到尼古拉的信了，直到冬天才来了一封，信中得知尼古拉负了伤，升了军官。

这时是11月12日，库图佐夫的大军已安然逃离法国人的包围，驻扎在奥尔米茨，另外两位皇帝，俄国沙皇和奥地利皇帝，都来了，还有俄罗斯强大的近卫军。

也在这时尼古拉接到了来自近卫军中鲍里斯的信，要他去拿家里的回信和钱。他去了，在军营还同来看鲍里斯的安德烈发生了冲突，高傲的安德烈很喜欢想求他帮忙当上副官的鲍里斯。

第二天，在奥尔米茨，两位皇帝检阅了八万俄罗斯大军，他们穿着整洁漂亮的礼服，当皇帝经过时，惊天动地地喊道——“乌拉！”士兵们心里只有一个念头，为陛下战死疆场。

检阅过后鲍里斯去大本营找安德烈了，他从安德烈那里得知，在军事会议上少壮派打败了库图佐夫等想坚守的老将，决定立即向法国人展开总攻。

法国人先是佯装失败，但他们在偷偷地准备一场大血战。

血战按法国人的计划开始了，当太阳完全从雾中升起，耀眼的阳光普照奥斯特里茨时，拿破仑向他一直在静候指令的元帅们打了个手势。

于是，几分钟后，做好了充分准备的法军冲向了战争制高点普拉茨高地，俄国人很快退却了。

库图佐夫被士兵们裹着慢慢前进，安德烈紧紧跟随着库图佐夫，周围是像波涛一样推着他们往后退的俄军，老元帅徒劳地叫喊着，没人理他。

安德烈眼看着这一切，流出了耻辱的泪水，突然他冲了上去，抢过一面军旗，大喝一声，朝敌军扑去。

他不停地往前冲，旁边已经跟来了一些士兵，突然他感到有人用一根大棍子猛击他的头，他倒下了，看到天空从来没有现在这样高远，周围一切都是那么安静、肃穆。

巴格拉季翁指挥右翼，他根本不支持这次作战方案，因此不愿意出击。他派了尼古拉去找库图佐夫或者皇帝，要他们下命令才出击。

于是尼古拉骑着快马驰过了整个战场，他看见到处一片混乱。他看见几千匹战马驰过眼前，这是俄军的精英，近卫军重骑兵，他们向攻过来的法军发起了冲锋。后来他才知道，这次冲锋过后，那几千名贵族、军官、士官和富家子弟只剩下了18个人。

尼古拉继续到处寻找总司令或者皇上，最后他在一块菜地里看见了皇上，他孤独地站在旷野中，显得那样伤心。尼古拉本应当跑上前去为他那么敬爱的皇上效劳，但他这时反而羞怯了，他为这个痛恨自己。

到下午，俄国人已经全线溃败了。

躺在普拉茨高地山下的安德烈并没有死，他呻吟了一下，被刚好到这里来视察的拿破仑看到了，吩咐把他抬下去治疗，就这样成了拿破仑的俘虏。

这时他脑子里又浮现出握着军旗倒下时看到的那么高远的天空。看着拿破仑的眼睛，他不由想到，伟大是多么渺小、生命是多么渺小、死亡又是多么渺小，谁也弄不清其意义。

第二卷　这时已经到了1806年初，尼古拉回家休假，带着他的连长杰尼索夫。

尼古拉的到来令整个莫斯科感到高兴，他成了莫斯科最受欢迎的青年、未婚青年。

到了3月初，他的父亲老罗斯托夫伯爵主持筹办了一次盛大的宴会，欢迎奥斯特里茨的英雄巴格拉季翁。

奥斯特里茨失败的消息着实让莫斯科人惊奇了一阵子，但不久就一致认为奥斯特里茨之所以失败最主要的原因是奥地利人背信弃义，没有供应充足的军粮。

欢迎巴格拉季翁的宴会在3月3日开始了，他受到莫斯科人狂热的欢迎与崇拜，仿佛拿破仑已经被他打败了。

宴会上皮埃尔坐在尼古拉对面，面色阴沉，他接到匿名信，信中把他妻子同多洛霍夫的事渲染了一番。他的眼睛碰到坐在对面傲慢而英俊的多洛霍夫。就是这个人，回到彼得堡后就径直住进了他家，此后就一刻也不曾离开。他终于大怒而起，提出决斗。

决斗在纷飞大雪中举行，结果是，生平第一次拿枪的皮埃尔胡乱扣动了扳机，打中了有名的决斗老手多洛霍夫。

这时，皮埃尔已经深知美丽的妻子是一个没有教养的人，一个荡妇。他离开了莫斯科，独自一人到彼得堡去了，把全部地产交给她管理，那是他财产的一大部分。

安德烈耶维奇・博尔孔斯基公爵接到库图佐夫亲自写来的一封信，信中说：他亲眼看见安德烈手擎军旗倒在团队的前头，他没有辜负自己的祖国与父亲。

家里弥漫着悲哀的气氛，大家没有把这悲惨的消息透露给小公爵夫人，她要分娩了，突然她看到了安德烈，但她这时已经不行了，很快死于难产。

决斗受伤的多洛霍夫并没有死，在他养伤的这段日子里尼古拉常同他在一起，他看到了多洛霍夫同母亲与妹妹之间深深的爱，他感动了，相信多洛霍夫有一个高尚的灵魂。

伤好后的多洛霍夫经常去罗斯托夫家，其实他是去看索尼娅的，他已经被这个爱着他朋友的美丽姑娘征服了。不久向她求婚，但她坚决地拒绝了，这令所有人感到意外，因为索尼娅是没有陪嫁的孤女，能够攀到这样一门亲事是她的幸运，尼古拉知道是为了他。

为了报复，多洛霍夫设下了一个赌局，尼古拉离开时已经欠了多洛霍夫四万三千卢布赌账。

皮埃尔同妻子闹翻后动身到彼得堡，中途停在一个驿站，在这里他接触到了共济会，开始满怀新生的希望与喜悦，不久在彼得堡正式加入了共济会，他感到自己完全变了。

战火已经蔓延开来，战场接近了俄国边境，皇上把早已经退役的安德烈耶维奇·博尔孔斯基公爵也召了来，担任八个后备军总司令之一。侥幸躲过了死亡的安德烈现在坚决拒绝再去从军，只在父亲手下负责招募新兵。

皮埃尔加入共济会不久就到了南方视察他的田庄，他要求解放农奴，改善他们的生活，但在狡猾的总管的摆布下，这一切措施都极大地加深了农奴们的痛苦。回彼得堡时他半途顺路去看了安德烈。

同皮埃尔对话后，安德烈感到新的生活开始了。

尼古拉回到自己的团队后才发觉它是多么可贵，他决心做一个好军官。现在副官鲍里斯已经是红人了，受到他的大将军的器重，连皇上都认得他了。这是1807年6月的事。

第二年两位皇帝在提尔西特再次会见。又过了一年，两位皇帝的关系竟密切到如此程度，以至当拿破仑再度攻击奥地利时，俄皇竟然将军队开到边界反对昔日的盟友。

安德烈决定到彼得堡去。因为他高贵的出身和一向崇高的名誉，也因为他曾经被认为战死的传奇，他在社交界受到热烈欢迎。他见到了斯佩兰斯基，现时的内务大臣和俄罗斯改革事业的中流砥柱，他对安德烈的话很感兴趣。不久安德烈被任命为军事条例委员会委员，成了法典编纂委员会的一个科长，负责参照《拿破仑法典》和《查士丁尼法典》来编纂俄罗斯民法的“人权”部分。

皮埃尔自从加入共济会后不久便成了彼得堡共济会的首领，令他最意想不到的是海伦这时已经成了整个彼得堡最受欢迎的沙龙女主人了，现在皮埃尔的家已经成了首都首屈一指的沙龙，所有贵族都以成为这里的客人为荣。

老罗斯托夫伯爵是个极慷慨好客的人，他的餐桌上每天都有数不清的客人，可是他也有一个毛病：他不知道自己有多少财产，只知道自己的财产越来越少，后来只能到首都去了，他必须谋个职位弄点薪水。

他的大女儿薇拉终于有人求婚了，一个叫贝格的小贵族子弟，凭着一本正经地编造些英勇战绩的谎言当上了近卫军大尉。他向薇拉求了婚，还强索了十万卢布陪嫁。

这时是1809年了，娜塔莎已经16岁，她同鲍里斯小时候的爱情已经完了，后来鲍里斯同丑陋但有丰厚嫁妆的朱莉结了婚。

1810年新年前夕，一位尊贵的老大臣要举行盛大舞会，连皇上都要来。罗斯托夫一家也应邀参加，这也是娜塔莎第一次参加大型舞会，从此她要进入社交界了。

舞会上这时在彼得堡炙手可热的安德烈请本来无人理睬的娜塔莎跳舞，一下展现了她的美与非同寻常的可爱。

从此安德烈就忘不了娜塔莎，他突然领悟了生活，他何苦在彼得堡这个狭窄的圈子里奔忙？他应当去追求幸福才对。他便去找皮埃尔，把自己的心事告诉他。他说，世界分成了两个部分：一部分有娜塔莎，光明而幸福；一部分没有，黑暗而痛苦。

皮埃尔赞美他的选择，不过他知道，安德烈愈光明，他就愈黑暗。

由于婚事必须先征得父亲的同意，安德烈先回了家。父亲虽然不高兴，但也没有反对，只要求把婚期推迟一年。安德烈决定先订婚，一年后再结婚。

安德烈回到首都后向娜塔莎求婚，娜塔莎答应了，她很幸福；不过得知要等待一年后才结婚，她又很痛苦。

订婚后安德烈按计划去了国外一年，这一段时间他把娜塔莎托付给皮埃尔。

尼古拉一直在军营里，他现在代替了杰尼索夫的职务，受到上下级的普遍尊敬和喜爱，在军中前途远大。他经常接到家里的来信，知道家境每况愈下。一天他母亲私下来信告诉他，如果他不马上回去，他们的全部家产就要被拍卖了，他们都得当乞丐，这样他别无选择了，他立即退伍回去了，但他像父亲一样不喜欢、也不善于管家。他们避免破产的唯一办法是让尼古拉娶一位陪嫁丰厚的姑娘。

皮埃尔在安德烈告诉他对娜塔莎的爱情以及得到他们订婚的消息之后，突然感到再也不能像以前那样生活了，他便离开了彼得堡，来到莫斯科，到这里后他干什么呢？他做的事很多，但归总起来只有一句话：千方百计地逃避生活。

安德烈耶维奇·博尔孔斯基公爵带着女儿到莫斯科来了，现在的他已经是个很衰老的人了，但因为他那伟大的历史和对政府新政策的公开抨击——这些抨击是很时髦的，他获得了莫斯科人的广泛崇拜。

老罗斯托夫伯爵1月底带着女儿和索尼娅到了莫斯科。他带着女儿去看戏。在那里她一下捕获了男宾们的目光，包括现在最受姑娘们宠爱的多洛霍夫和阿纳托利，尤其是阿纳托利。

阿纳托利是一个地道的花花公子，生平的最大爱好就是玩乐和女人，他漫不经心地征服了无数女人，现在看到娜塔莎，决心征服她。

第二天海伦来拜访娜塔莎了，她就是阿纳托利的姐姐。

在海伦家，阿纳托利缠着娜塔莎，甚至找机会吻了她。第二天娜塔莎接到了由多洛霍夫代写的阿纳托利的情书，向她倾吐了炽烈的爱情，娜塔莎惶惑了，以为自己爱上了他。她给公爵小姐写了封信，告诉她她不能嫁给安德烈了，她甚至同阿纳托利商量好私奔，但由于索尼娅的缘故被阻止了，而娜塔莎不久得知阿纳托利已经结婚了。

安德烈回来了，他镇定自若，甚至表现得很兴奋，但皮埃尔知道这是为了压抑内心的波澜。

第三卷　从1811年末起，在拿破仑与亚历山大一世之间、法国与俄国之间、法军与俄军之间，笼罩着战争的阴霾。

1812年6月，准备就绪的拿破仑率领一支庞大无比的军队不宣而战地侵入了俄罗斯。

这是欧洲历史上迄今为止从来没有过的大军，它的成员来自除英国和俄罗斯外几乎所有欧洲国家，总人数超过60万，其中法国人不到一半。

当拿破仑大军进入俄罗斯时，亚历山大一世在干什么呢？他在举办一个盛大的舞会。就在舞会上得到了法国人入侵的消息。拿破仑的不宣而战气得他发抖，他说出了一句流芳百世的话："只要有一个武装的敌人留在我的国土上，我决不讲和。"

安德烈从莫斯科到了彼得堡，他去找阿纳托利，但找不到，因为皮埃尔已经把他的到来通知阿纳托利，他逃走了。在这里安德烈碰到了库图佐夫，就留在了他身边。

安德烈感到了总司令部气氛的复杂，皇帝的侍从们、大臣们、军队的将领们分成了上十个小集团，各有各的主张，各有各的利益，互相争权夺利，一片混乱。皇上曾经问安德烈愿意在哪里服务，安德烈没有请求留在皇上身边，却请求进军队，这样他就永远失去了跻身宫廷的机会。

尼古拉在开战前接到父母的一封信，请求他回去，他说，现在不行了，因为战争已经开始，他不能在祖国最需要的时候离开连队。他现在是骑兵大尉了，不久因功被授予勋章，升任营长。

可尼古拉并不感到高兴，他的心里暗暗起了变化。

现在的娜塔莎也同以前不一样了，她深深地被过去伤害了，再也没有欢乐，她变得十分虔诚，半夜就起床去教堂祷告，她最贴心的朋友只有皮埃尔。

皮埃尔现在经常在罗斯托夫家度过，以前他心里总装着许多问题，现在却只萦绕着娜塔莎的影子。他知道自己早已爱上了她，但他永远不会让人知道。

拿破仑继续在俄罗斯无垠的原野上驰骋，俄国人一触即退。这并非如后来有些史书所说是诱敌深入，而是因为上层的将领们——例如俄国人与德国人的将领们——之间互相掣肘，根本不能形成统一的指挥，无法抵挡拿破仑大军排山倒海般的进击。

这时安德烈也带着自己的猎骑兵团回到了家乡，他说斯摩棱斯克即将被放弃，要父亲搬到莫斯科去。

老安德烈公爵没有到莫斯科，他把农奴与家仆武装起来，准备坚守童山。但不久就中了风，瘫痪了，接着这位俄罗斯最老最有名的大将之一死了。

公爵小姐想到了父亲与兄长的荣誉，她怎能让伟大的博尔孔斯基元帅的女儿当俘虏，她决定赶快离开，但农民们来了，声称要扣下她的马，不让她走。

这时候幸而尼古拉来了，偶遇蒙难的公爵小姐，像传说中的救美英雄一样帮助了她。而且他发觉自己竟然想娶她，她很符合他结婚的理想：性情温和、家财百万。

皮埃尔决定从军，他离开莫斯科，到达了前线，他一路上看到许多大车载着伤兵，他爬上一个视野很广的土岗，他看到了出奇地肥胖而高大的库图佐夫，看到了鲍里斯，他现在跟着总参谋长贝尼格森，是他的心腹之一。

随后皮埃尔跟着贝尼格森走了，去视察前线。

安德烈在一间破房子里躺着，想着明天就要进行的战争，眼前浮现了娜塔莎的倩影。

现在是1812年8月25日，波罗底诺战役前夜。

第二天天色渐亮，法军就开始了炮击，波罗底诺战役爆发了。

皮埃尔登上一个土岗，参加了战斗，这个土岗后来很有名，法国人称它为“致命的多面堡”，在它周围死了几万人，其实它只是在一条并不深的壕沟里列着十尊大炮。

安德烈的团是后备部队，但一发炮弹打来，把他的肚子打穿了。

他等了好久才动手术，他痛昏了，等他醒来时已经包扎好了，他听到旁边一个人在哭泣，原来是阿纳托利，旁边的医生让他看自己被锯下了的腿。

士兵漫山遍野的尸体、一个个将军的阵亡，使得拿破仑第一次感到了恐惧。

虽然俄国人损失更加惨重，但实质上是法国人在这场战斗中遭受了毁灭性的打击，他们第一次看到了在损失近半后仍巍然屹立的敌人，这是俄国人精神上的胜利，而这将引导他们走向最后的胜利。

库图佐夫带领俄军一路退去，最后放弃了无险可守的莫斯科，但俄国人不会把它留给敌人，而要留给熊熊烈火。

海伦现在在首都，她一度似乎陷入了困境。一个高贵的年轻的外国亲王和一个大官同时宣称对她有保护权，她不知道要嫁给谁，但她给丈夫写了一封信，请他办好离婚所需的手续。

这时皮埃尔正在波罗底诺战场上。

回到家后他看见了妻子给他的离婚信，第二天一早就走了，从此，直到莫斯科大破坏前夕再也没有人见过他，也不知道他去了哪里。

罗斯托夫家直到法国人入城前夕才准备离开，这天晚上进来了一个受伤的军官，快要死了，他就是安德烈，但家里人没有告诉娜塔莎。在离城的路上他们遇到了皮埃尔，他留在了莫斯科，度过了传奇般的一段日子。

这时已经是9月1日夜，第二天一早拿破仑已经到莫斯科城外了，但这时候的莫斯科除了几个醉汉已经是座空城。

法军进城时还排着整齐的队伍，但他们一进莫斯科，进到这一座如此庞大、到处摆满了可以随便拿的财物的城市后，就像水渗进了沙子一样。军队消失了，换成了一群毫无纪律的土匪。

娜塔莎终于知道了安德烈公爵在他家的队伍里，晚上，等母亲睡下后，她偷偷跑了出去，到了她住的房子对面一间小屋子里，见到了安德烈，安德烈也看见了她，双眼顿时放出光芒，向她伸出了双手。

“原谅我吧。”娜塔莎说。

“我爱您。”安德烈公爵说。

从这天起，在此后整个的旅程中娜塔莎不曾离开过受伤的前未婚夫一步。

第四卷 莫斯科失守了，彼得堡依然如故。现在社交界最大的新闻是皮埃尔的妻子海伦得了那种可耻的病，不久她就死了。

尼古拉没有参加波罗底诺战役，在战役爆发前几天他奉命到沃罗涅日买马去了。在沃罗涅日他成了这里社交界的大红人，在这里省长夫人要为他做媒，对象就是也住在这里的安德烈的妹妹，公爵小姐玛丽亚。

以前，尼古拉一想到要为了金钱结婚就感到很厌恶，这次却不这样想了，因为自从上次救过她后，他不由常常想起她，喜欢上她了。至于她有钱，那是另外的事。

玛丽亚公爵打上次被尼古拉救了后，心里一直想着他，但不敢想象她的爱情会有圆满的一日。

就这样，尼古拉和公爵小姐已经彼此在内心相爱了，却都不敢想象能与对方结婚。

在莫斯科，皮埃尔被法国人逮捕了，他被带去行刑，他排在第6个，但枪毙到第5个人后他们就停止了，法国人赦免了他，把他同战俘们关在了一起。

玛丽亚公爵小姐听说安德烈在哪后就决定去看他，娜塔莎一见她就哭了起来。见到哥哥时她明白娜塔莎哭泣的含义了，安德烈温和地看着妹妹，温和地同她说话，温和地谈到儿子，可他的语气说明他是在谈一些同他无关的、遥远的事，因为这一切行将与他无关了。

他平静地、甚至简单地度过了最后的日子，同儿子、同伯爵、同妹妹、同娜塔莎，同所有人告别后，他环顾了一下周围的人们，死了。

这时候并没有人哭，可是，当他洗浴过并且穿上衣服的遗体躺在棺材里的时候，所有人都哭了。

放弃莫斯科后库图佐夫率军退到了粮草丰裕的图拉地区，拿破仑的法军也在休息。

这时莫斯科已经被烧掉了，法国人既没有粮草，也没有冬装，这注定了他们的毁灭。

皮埃尔自从同战俘们待在一块，他的衣服又脏又破，头发又脏又乱又长，里头长满了虱子。但他的精神却从来没有现在这么好，他以前是萎靡不振的，现在则两眼炯炯有神，浑身溢满了活力，他感到自己终于找到了此前一生中从来没能找到的安宁。

这天夜里法国人开始行动了：他们拆毁屋子，把东西装上车，撤退了。

俄国人呢，他们组成了无数支游击队，随时随地打击敌人。如果一个个单独算，他们的战绩不是很大，每次不过消灭几名、几十名，顶多几百名敌人，但如果把这一个个加起来，那数字就十分惊人了。加上饥饿和寒冷，拿破仑的数十万大军就这样消失了。

皮埃尔也被这些游击队员救出来了。

安德烈公爵死后，娜塔莎感到五脏六腑都被撕裂了，痛苦难以言喻，能够同她交流的只有玛丽亚公爵小姐。

公爵小姐开始照管罗斯托夫家的人，尤其是娜塔莎，现在她同娜塔莎之间建立了一种只有女人之间才会有的热情而温柔的友谊。她们总是待在一起，如果一个人出去了另一个就会不安，赶紧去找她，这是一种只有在一起才能活下去的独特感情。

等到玛丽亚公爵小姐再也不能在罗斯托夫家待下去时，她坚决要娜塔莎同行，去莫斯科看病。

被游击队救出来后，皮埃尔病了，在奥廖尔住了三个月，他得知妻子海伦已经死了。

他的性格起了很大的变化，过去他是一个善良然而不讨人喜欢的人，也是个不幸的人。现在他嘴角经常挂着快乐的微笑，眼睛里闪烁着同情的亮光，倾听人家说话，而人家也乐于把最心底的秘密告诉他。这样他接触的每一个人都喜欢他了。

过去巨大的财富对于他是一个负担，他根本不知道怎样使用，也不懂拒绝，有求必应的结果是激发了人心中无穷的贪婪与永无餍足，所以他花掉了大量金钱而招来的常是怨恨；现在他懂得了拒绝，知道了怎样运用他的财富。

他回到了莫斯科，他听说玛丽亚公爵小姐也在这里，就去拜访她。见到皮埃尔，公爵小姐十分高兴，皮埃尔同她聊天时注意到她旁边有一个全身着黑的姑娘。他一开始不知道是谁，当他知道是谁时，仿佛感觉到这意想不到的幸福就像芬芳四溢、沁人心脾的花香，把他整个人都吞没了。

这就是娜塔莎，她对皮埃尔莞尔一笑，皮埃尔立即意识到：他爱她。

他知道娜塔莎忍受的苦难，他为她而流泪。娜塔莎也突然像打开了水龙头一样，把她同安德烈公爵之间的爱情故事讲出来了，她一刻也没有停。当她讲完后，她跑走了，呻吟着，仿佛肉体遭受着巨大的痛苦。

由于两位女士一再请求，皮埃尔开始讲他的真实经历，在他讲述的好几个小时里娜塔莎的眼睛一刻也没有离开过他，她的表情随着皮埃尔的改变而改变，公爵小姐感到他们之间有幸福的可能。

直到凌晨三点皮埃尔才回去，久久不能入睡。他打定主意要追求自己的幸福，仅仅是这种幸福的可能就令得一切都那么美好。第二天皮埃尔又去了公爵小姐家，再下一天又去了，在那里一直待着，深夜了，他还不想走。他知道自己应该告辞了，但无法让自己移动起来。

这时娜塔莎先休息去了，只剩下公爵小姐，皮埃尔求救似的把双手伸给她，诉说他的爱情，请求她的帮助。

公爵小姐答应帮助他，并且告诉他这件事有希望，只是她要皮埃尔按计划去彼得堡，她会帮他处理这事。

第二天皮埃尔来辞行，告别时娜塔莎对他说："我一定等着您。"

在彼得堡的日子里皮埃尔形成了一种以后影响他一生的观念：就是看任何人时都充满了爱，这种爱不是无缘无故的，而是他总能找到值得爱的理由。

就在皮埃尔向公爵小姐诉说爱情的那天晚上，娜塔莎在房门口等着，她请求公爵小姐把皮埃尔的话告诉她，她说，她也爱他。

从现在开始我们的巨著步入尾声了。

此后的事还有什么可说呢？很简单，第二年初，娜塔莎和皮埃尔结了婚，七年之后她已经生了四个孩子。她很幸福，全心全意地爱着丈夫和孩子。

老罗斯托夫伯爵在一连串打击下终于去世了，在就要步入另一个世界前他请求妻子和孩子们原谅他花光了家产。是的，他不仅花光了家产还欠着一大笔巨款，是他遗产的两倍。尼古拉本来可以拒绝接受遗产，那么他什么也不要还了。但他为了父亲的名誉接受下来。于是大批债主拥到他面前来要钱了，许多人的凭据是老伯爵给的作为礼物的期票。

他甚至不能把这一切告诉母亲，而她还要照样过着以前奢侈的生活。

尼古拉默默地忍受着这一切，像殉道者一样牺牲自己。

初冬时，玛丽亚公爵小姐到了莫斯科，来拜访老伯爵夫人，尼古拉冷淡地接待了她。他不能让她知道他的贫穷，他甚至恨她的富有，虽然他爱她。

几天后，由于母亲的一再要求，尼古拉来回访。

他的神态是冷淡的，似乎清楚地告诉公爵小姐，他不过是奉命来回访她。

过了礼节所需的10分钟后，尼古拉起身告辞。

在等着布里安小姐拿来公爵小姐送给尼古拉母亲的枕头时，两人又沉默了，时而彼此看看。

"是啊，公爵小姐，"尼古拉露出忧郁的微笑，突然说话了，"自从咱们第一次在博古恰罗沃见面以来，好像过了不久，可是发生了多大的变化啊。咱们都很不幸，——我愿意付出任何代价来挽回那段时光……但是挽不回来了。"

"是的，是的，"公爵小姐说，"对于过去，您没有什么可惋惜的，伯爵。……因为您现在过着自我牺牲的生活……"

尼古拉拒绝接受公爵小姐这种赞美，他又露出了冷淡的表情。但她已经在他身上看见了她所熟悉的、所爱的人。

她想问为什么现在他对她如此冷淡，她说："我不知道为什么，您从前不是这样的……"她的声音颤抖了。

"为什么——有上千种原因，谢谢您，公爵小姐，"尼古拉喃喃地低声说，"有时真好难过啊。"

"原来就是为了这个！就是为了这个！"公爵小姐内心有一个狂喜的声音说，"是的，他现在穷了，我富……是的，就是为了这个，没有别的事情。"

她多么地爱他呀！她哭了。她说："我心里难过，我……向您承认这一点。不知您为什么要舍弃我们过去的友谊。这使我痛心。"

她流着眼泪对尼古拉说："我的生活很少幸福，再见！"转身欲走。

"公爵小姐！看在上帝的分上，等一等！"他喊道。

她回头看了看。他们无言地相视了几秒钟，于是，那遥远的、不可能的东西，突然成为眼前的、可能的和不可避免的东西了……

第三十八章　劳伦斯，与师母私奔的大作家

读过劳伦斯的作品与人生后，我们会有一种鲜明的感觉，就是在他的人生与他的作品之间有一种奇异的联系、奇特的共鸣，这种联系与共鸣不但是灵魂的，而且是肉体的，甚至是令人心颤的。还有，看了劳伦斯，再对比一下前面的托尔斯泰，就更可以深深地体味到前者的伟大而后者的渺小了。

大卫·赫伯特·劳伦斯1885年9月12日生于英国的伊斯特伍德矿区。它是英格兰工业革命时期兴起的煤矿城镇，到处是煤灰和烟尘，丑陋而肮脏。

劳伦斯生下来时体弱多病，4岁了还是个面色苍白的小娃娃，走路摇摇晃晃，成天像影子一样跟在母亲后头。

长大上学后，劳伦斯开始显示自己的个性，就是决不循规蹈矩。由于他身体不壮，在男孩堆里占不了便宜，就明智地跑到了女孩堆里，他也确讨她们的喜欢，甚至当起了女学生的头，带她们做游戏。

12岁时，劳伦斯获得了诺丁汉高中的奖学金，但在中学里成绩不佳，尤其作文成绩不好。

中学毕业后，通过哥哥的帮助，他在一家公司里找到了一份差使，主要是翻译从德国和法国来的订货信件。但几个月后这份工作就结束了，因为他的家庭遭到了一个莫大的变故：他的哥哥威廉得肺炎去世了！

此前，劳伦斯的母亲一直把威廉当作心肝宝贝，对其余孩子则冷淡得多。现在，威廉去世之后，经过一段时间的阵痛，她慢慢把那种炽热的感情转移到了劳伦斯身上，这对劳伦斯一生及其创作将产生巨大影响。

母亲的第一个影响就是让劳伦斯离开了第一个恋人杰西，这时候母子之间的关系已经有些不正常了，就像他后来一封信中所言：“我们彼此爱着，几乎像丈夫与妻子那样爱着。”

1905年劳伦斯被诺丁汉大学录取，由于交不起学费，便作为一名临时教员在伊斯特伍德的一所学校工作了一年，凑齐了学费。这时候他已经遇到了他一生中的第三个

重要的女人露易丝·巴鲁斯。1906年9月他们一同进入了诺丁汉大学，她丰满性感，是第一个让他得到肉体满足的女人。

在大学里，劳伦斯喜欢的课只有一门，就是年长他20岁的现代语言系主任威克利教授的课。

现在劳伦斯已经将相当多的精力投入写作了，1907年秋，他在《诺丁汉卫报》的一次圣诞短篇故事竞赛中得到了奖金3英镑。

劳伦斯在诺丁汉大学就读的是两年制的教师资格证书课程，1908年毕业，成为一名合格的教师。这年10月他在伦敦南部的戴维森学校找到了工作，这是一所只收男生的学校，年薪95镑。

当老师时他又结识了不少女性，其中包括金发碧眼的爱丽丝·达克斯。达克斯是一个社会主义者，思想前卫。一天，劳伦斯在她家里写诗，苦思不能下笔，她便将他带到楼上，发生了性关系，事毕他立即下笔如有神了。

1909年夏天，《英语评论》发表了他的5首诗并刊登了他的照片，主编许弗还给劳伦斯去了信，表达了他的赞赏，这是劳伦斯在文坛初试啼声。

1910年，他的母亲得了癌症，匆匆而逝。对于劳伦斯等于是同时失去了母亲、妻子、情人和姐妹。

第二年初，劳伦斯出版了第一部小说《白孔雀》。从这第一部小说中他就显示了自己的独特之处：他最在意的不是情节而是人物的内心，而且，这个内心不同于一般的心理描写，而是直指人物的内心深处那个也许连他自己都不明白的、无意识的自我。更进一步地说，这个自我有类于弗洛伊德精神分析中的“本我”，是一个本能的、充满了里比多——性之张力——的自我。

英国文坛很快对这部小说有了反应，《文学协会》《伦敦学报》《星期六评论》等都发表了评论文章。其中最中肯的应当是率先认识劳伦斯的《英语评论》，它说：“在D.H.劳伦斯身上，我们发现了一位新作家，一位肯定会得到人们重视的作家。”劳伦斯因此书得到了50英镑稿费，相当于他大半年的工资。

这年11月，劳伦斯得了肺炎，好不容易挺过来后，医生告诉他他的体质已经不适合教师这样的职业了，于是他辞去教职，到伯恩茅斯疗养去了。

疗养过后，劳伦斯又对自己能否依靠写作谋生产生了疑虑，想找一个糊口的职业，于是他去拜访在诺丁汉大学时的老师威克利教授。这是1912年4月初的事。

这次拜访对劳伦斯的一生产生了决定性的影响，因为他在这里遇到了弗丽达。

弗丽达是威克利的妻子，时年31岁，比威克利小15岁，出身德国普鲁士贵族家庭，父为男爵，亲戚中包括普鲁士外交大臣和国务大臣这样的高官。她本人身材高挑，金发碧眼，丰满健壮，热情洋溢，充满了生命力，她与劳伦斯一见钟情。

几次拜访密谋之后，劳伦斯就带着她私奔了。这时候弗丽达已经是三个孩子的母亲，她将儿子留给了丈夫，将两个女儿送到了父母那里，自己则跟着劳伦斯远走高飞。她后来在自己的回忆录《不是我，是风》中如此描述这桩轰动一时的风流韵事：

他仿佛使我的身躯和灵魂摆脱了我过去的全部生活。这个26岁的年轻人掌握了我的全部命运，全部前途。而我们相识还不到六个星期。我无能为力，只得听任命运的安排。

1912年5月3日，劳伦斯和弗丽达渡过了英吉利海峡，前往德国。

他们在德国享受着蜜月般的生活，特别中意那些远离尘嚣的地方。这时候的劳伦斯文思如泉之涌，写出了大量作品，如组诗《瞧，我们熬过来了！》等，其中有这样写他与弗丽达的生活的句子：

她的两个乳房之间是我的家，在她的两个乳房之间，
我的家三面带来空白与恐惧，但是第四面安稳地立
着，像力量之塔，在她乳房的墙壁之间。
……
于是我希望度过永恒的时间，
将我的脸埋在她的乳壕。
我宁静的心里充满了安全，
我宁静的双手盛满了她的乳房。

这时劳伦斯已经离开了德国，来到了意大利，《儿子与情人》是在意大利最后完稿的，《儿子与情人》的出版并非一帆风顺，由于其中有相当多的肉欲情节，出版社拒绝出版，不过几经删改之后于次年5月出版。

《儿子与情人》是劳伦斯最著名的小说之一，其主题正如其名，描写了一对母子之间是母子又似情人的关系，不用说是以劳伦斯自己的人生经历为蓝本的。其中有这样的情节，母亲对儿子保罗说：

“其实我从来没有——你知道，保罗——我从来没有过丈夫——实际上没有过——”

他抚摸着母亲的头发，他的嘴唇贴在她的喉部。

“呃，我并不爱她，母亲。”他喃喃道，同时可怜巴巴地低下头，把双眼埋在她的肩头。母亲给了他一个热烈的长吻。

“我的孩子！”她发抖的声音里充满着激情。

不知不觉地他轻轻地抚摸起她的脸来。

这描写的哪是正常的母子，而是正常的情人，不正常的母子，是弗洛伊德恋母情结的生动的文学表达。

1914年第一次世界大战爆发了，虽然英国举国陷入战争狂热，然而劳伦斯却狂怒地诅咒战争。他甚至设计了一个理想国瑞奈宁，要集合20来个人在欧洲之外找一小块移民区，大家在那里过着共产主义式的生活，永远没有战争的阴霾。为此他向那些著名的文人学者发出了一封又一封信件，号召他们支持他，然而基本上杳无回音，令他沮丧而愤怒。

1915年9月，《虹》出版了，《每日新闻》评论说它是“一部关于空洞概念的理论书籍”，不是“有价值的文艺作品”，“全书主要是茫茫一片枯燥无味的生殖力崇拜的荒野”。《环球》杂志则说“整本书都是一次性的狂欢”。这些声讨导致了当局对《虹》的查禁。

这个后果又直接导致了另外一个更坏的后果：没有人再向劳伦斯约稿了，他日益阮囊羞涩。劳伦斯只好离开伦敦，跑到了偏远的康沃尔定居。这时候他的脾气更加急躁，喜怒无常，经常弄得来拜访他的朋友们乘兴而来，败兴而去，这些朋友中包括与他最亲近的默里。

到1917年底，他更加贫困了，有时候吃饭都成问题，他在一封信中甚至说想去沿街乞讨。

据这时候来看望他们的一位朋友描述，弗丽达穿着花花绿绿的非常廉价的棉布连衣裙，劳伦斯光着脚板穿了双破鞋，戴着顶破旧的巴拿马帽，他的衣服裤子由于穿得太久，洗得太多，已经短了许多，手腕和脚脖子都裸露在外。他还自嘲地说这是他唯一的裤子，他必须趁晚上的时候把它洗干净，等到早晨干了再穿。

1918年战争结束之后，劳伦斯仍一样赤贫，几乎饭都吃不上了，弗丽达忍不住经常哭泣，因为生活实在太艰难了。他决定离开这个使他如此痛苦的祖国，到一个新国家开始新生活。

他到了意大利都灵，口袋里只剩下9英镑。所幸得到了一个侨居意大利的英国人贝克尔的帮助，不过劳伦斯马上再次显示出他不善于与人相处的缺点，与贝克尔发生了争执。

他离开了贝克尔，此后在意大利各地犹如逃亡地到处流浪。

1920年2月底，他到了西西里岛。这时正值春天，阳光明媚的西西里令劳伦斯心旷神怡、诗兴大发，他写下了许多诗篇，如《光秃秃的无花果树》《木槿和鼠尾草》，等等。

此时一直受着贫穷折磨的劳伦斯也略微时来运转了，他的旧作如《恋爱中的女人》《虹》等的销路好了起来，得到的版税大为增加，不用为生计发愁了。

这时他接到了一封信，是美国富婆梅布尔来的，她力邀劳伦斯去新墨西哥一个叫陶斯的地方，描写了那里极富特色的风俗与风光，甚至随信寄来了一些那里的土特产，像印第安人巫师的符咒之类。

梅布尔的信让劳伦斯大为动心。于是，1922年2月，劳伦斯夫妇乘上了英国邮船"奥斯特利"号，经过地中海、苏伊士运河和红海，进入印度洋，经锡兰往东，到了澳大利亚，8月份时抵达了美国旧金山。

梅布尔专程到旧金山来迎接劳伦斯夫妇，然后一起前往陶斯。陶斯位于高原之上，是印第安人保留区，景色壮丽。劳伦斯夫妇先住在梅布尔家，后来搬到了梅布尔专为他们准备的一座十分漂亮的用土砖砌成的房子里，铺着当地印第安人编制的地毯。

但劳伦斯与梅布尔的关系很快出现了裂缝，也许是因为弗丽达与梅布尔合不来，于是劳伦斯离开了，搬到了附近牧场上的一栋木屋里。不久，两个丹麦画家，贫困而年轻，也来到了这里，劳伦斯接待了他们，四个人愉快地生活在一起。他还接待了专程来看望他的忠实的读者和朋友塞尔泽夫妇，据说塞尔泽甚至不让妻子在洗手前读劳伦斯的来信。

1923年3月，他离开陶斯，到了墨西哥城，在这里写下了名作之一《羽蛇》。

在墨西哥的生活结束后，劳伦斯回到了美国。两人不久就发生了最严重的一次争吵，因为弗丽达要回欧洲，劳伦斯却不想。两人愤怒地分手了，劳伦斯留在美国，弗丽达回了欧洲。

但他们的愤怒只是暂时的，弗丽达不断请求丈夫回到身边来，终于打动了劳伦斯，这年11月他动身返回欧洲。

回来时他一见到妻子就感觉不对劲，她是与朋友默里一起来迎接他的，他很快看出来他们之间的关系不是普通的朋友那么简单，看样子弗丽达这段日子并不孤单，后来证明他的感觉是对的。

这时已经是1924年了，梅布尔同劳伦斯重修旧好，她甚至送给劳伦斯一个叫弗林哈特的农场，于是劳伦斯夫妇又去美国了，生活在他的农场里。

1925年时，一位大夫检查了劳伦斯的身体后，告诉弗丽达他得了肺结核，最多只能活一两年了，于是弗丽达带着丈夫住进了自己的农场，这时候的劳伦斯已经是个典型的结核病患者了，瘦得皮包骨头。

这年9月，劳伦斯回到了英国，此后在德国和意大利等地旅行。他们在热那亚附近租下了一座别墅，别墅的主人是一名军官，叫拉瓦格利，他与作家夫妇成了朋友，并且在25年后娶了劳伦斯的遗孀。

在这里劳伦斯开始写他最著名的小说《查特莱夫人的情人》，1928年初交付出版。

刚一出版，由于里面有许多赤裸裸的性描写，立即在英国和美国都遭到查禁。

《查特莱夫人的情人》的主题其实很简单，就如劳伦斯在一封致友人的信中所言："这是一部宣传崇拜阳具的小说。"

1929年 8月底，劳伦斯去了德国的巴伐利亚治疗他的肺结核，在病痛中度过了44岁生日。这将是他的最后一个生日。

他死于1930年3月2日，弗丽达后来是这样回忆劳伦斯的最后时刻的：

> 这会儿，他的呼吸平稳多了。可突然，他又开始大口大口地喘气。最后的时刻终于到了。生命之线在他起伏的胸膛里断了，他的脸变了颜色，面颊和下颚松垮了。死神已经俘虏了他。死神来了，劳伦斯死了，如此简单，只有细微的变化。然而，这又是决定性的、让人震惊的变化，他死了！

第三十九章 《查特莱夫人的情人》，西方文学史上最色情的杰作

康妮精力充沛，身体健壮得像乡下姑娘。她父亲是皇家艺术学会会员，母亲是博学的费边社成员，所以她和姐姐从小对艺术、历史、理想主义政治等都有充分的理解。

她在15岁时与姐姐一起被送往德国的德累斯顿学习音乐，姐妹俩在那里生活得自由自在，非常快乐，18岁时康妮就品尝了性爱的滋味。

第一次世界大战爆发后，她们急急忙忙回到了英国。1917年，她与从战场回国休假的克利福德结了婚，度过蜜月后他就回了前线，在那里被炮弹炸得支离破碎。经过整整两年的治疗，他奇迹般地活下来了，只是胯部以下的身体永远失去了知觉，也失去了性能力。

1920年秋，成了查特莱男爵的克利福德回到了英格兰中部的老家拉格比。

拉格比是一幢有两百年历史的用棕褐色石头砌成的又长又矮又阴暗的老房子，坐落在一个山岗上，前面有一个相当大的猎园，长满了橡树，猎园的景色很美，只是与它紧挨着的特弗沙尔村煤矿大煞风景，它由一排排的小屋构成，用砖头砌就，黑石板屋顶，显得破烂又凄凉。

克利福德两口子在拉格比的社交很少，稍微热闹的时候是当克利福德请那帮作家评论家编辑什么的来家里做客时。之所以邀请这帮人是因为克利福德现在是一个作家了，自从他回到拉格比就开始写小说，他的小说很精致却空洞无物，但由于很合乎现代人的口味，受到了欢迎，还挣了不少稿费。康妮在写作上也尽量帮助丈夫，然而，她瘦了、憔悴了，也日益强烈地躁动不安。

这年冬天，克利福德邀请了一个人从伦敦来拉格比做客，他叫米凯利斯，是个三十来岁的成名剧作家。他明显不是英国人，之所以能够成功靠的是他不顾一切地奋斗和绝对的厚颜无耻抓住了公众的胃口，他吸引了康妮，这天晚上，她走进了他的房间。做爱时她控制着他，使他能够坚硬地留在她的体内，让她在上面发狂地运动，直到高潮来临。

三天后米凯利斯就回去了，性的满足使康妮恢复了久违的活力，她的活力也传染给了克利福德，使他写出了自己最好的小说。可以说，康妮从米凯利斯的坚挺中得到了快感，克利福德则从她的快感中收获了果实。

这时到了2月，在一个有着淡淡阳光的早晨，克利福德和康妮出门散步。路上遇到了一个端枪带猎狗的人，他是梅勒斯，克利福德雇来的看林人。康妮觉得他虽然低微，但却是个奇异的、灵敏的、与众不同的人，孤独又自信。

这天米凯利斯又来了，他突然向康妮求婚，保证给康妮各种各样的快乐，康妮没有接受，但答应晚上去找他。

这天晚上他挑起了康妮炽烈的情欲，自己却很快就泄了，是时康妮还在继续求战，疯狂地摇摆起落着她的腰肢，他只能死撑。当康妮终于达到了高潮时，他抱怨她没有与他同时达到高潮。他的话令康妮震惊，她觉得自己太天真了，非常失望，甚至对所有的男人都如此。

此后她经常地郁郁寡欢了，天天感受着生命中巨大的空虚。

为了排遣空虚与郁闷，康妮天天去林中散步，在杳无人烟的丛林中享受一份真正的孤独。这天，刚好克利福德要给梅勒斯递个口讯，康妮就自告奋勇去他的农舍。

她在农舍后面看到梅勒斯裸着上身在擦澡，他那修长白皙的身体和像戏水的鼬鼠一样灵活的动作令康妮不由浮想联翩，她觉得那是一种纯洁的生命之美。

这天晚上，康妮在卧室的镜子前脱得一丝不挂，仔细打量自己的裸体。她记得以前她的身体是很美好的，娇小结实，女人味十足。但现在不同了，她的皮肤已经松弛，身体僵硬，毫无光泽。可她才27岁，她感到自己还没有真正生活就已经年华老去了。

她倒在床上痛哭起来。

第二天早晨她还得一早起来，因为克利福德的起居全靠她。他呢，好像她侍候他是天经地义的事，甚至永远是那副贵族的傲慢派头，那种有教养者的冷峻，虽然表面上体贴周到，实际上毫无热情。但康妮也知道，这一切都是装出来的，骨子里他们对名利趋之若鹜，像哈巴狗一样吐着舌头、喘着粗气追逐在名利这个婊子女神后面。

她觉得克利福德简直是个小丑！

不久，她的姐姐希尔达来了，看到妹妹如此憔悴，她直截了当地告诉克利福德，要他找个仆人侍候他，不要再依赖康妮。

于是博尔顿太太来了，她是一个丈夫在井下丧命22年了的寡妇，很能干，长得也比较端正。到拉格比不久，博尔顿太太就完全接过康妮的手照顾起克利福德的日常生活来。

博尔顿太太对康妮也很爱护，经常劝她到外面去走走，呼吸新鲜空气，康妮听从了。

这天下午她又到了林子里，在阴冷而潮湿的树林里走了许久，当她准备回家去时，听到了一阵轻微的叩击声。她循声而去，发现了林中有一条不显眼的小路，沿着它她一直走到了一片幽秘的小空地上的一栋小木屋前，梅勒斯正在那儿抡锤子。看到她来，他明显地不高兴，讨厌有人干扰了他宝贵的孤独。当然他不能对女主人无礼，他请她进小屋，给她生起了火，烤暖冻青了的双手。

康妮坐在那里，出神地看着梅勒斯全神贯注地干活，他装着不知道她在观察，就像一只独自忙活的动物般劳动着，仿佛与人世的一切都不相干。这些让康妮看得出神，像做梦般地坐在那里，全然不知道时光的流逝。

过了两天，康妮又冒雨去了小屋，那里没有人影，她坐在屋檐下避雨，这时梅勒斯带着他的狗儿来了。当她要走时，梅勒斯提出把钥匙给她，然后他挪个窝，到另外的地方养他的野鸡去。他的话令康妮愤怒，他为什么要觉得她是要赶他走呢？为什么要认为他在旁边会碍她的眼呢？他在不在旁边对她是一件很重要的事吗？

她的恼火倒令得梅勒斯一脸坏笑，他连忙接受了康妮的一切主张，不但不再要挪窝，还提出要为康妮配一把钥匙，也不介意他干活时康妮在一旁瞧着。

这时候克利福德已经完全离不开博尔顿太太了，他在她面前与在康妮面前完全不一样，他不需要表现什么，他可以尽情地、随心所欲地表现他主人的权力，任意支使博尔顿太太干这干那，她则利落地、甚至带着快乐地遵循他的命令。当博尔顿太太学会打字后，康妮就可以推卸掉她最后一项任务——替丈夫打印稿子了。

康妮更加孤独了。为了逃避，她尽可能地经常去树林里的小屋，梅勒斯的母鸡在那里孵出了小鸡。

一天傍晚，她也不管家里有客人，又逃到了这里。她遇到了梅勒斯，她看到梅勒斯用缓慢而轻柔的动作捧出来一只小鸡。太可爱了！康妮感叹着。梅勒斯在一旁兴致勃勃地看着这位与众不同的贵夫人，突然他看见一滴眼泪落在她手腕上，她的神情那样绝望，那绝望的神情令他无法自持，他坚硬的心熔化了，爱怜之心油然而生，不可止遏。

他把手放在她肩上，温柔地，轻轻地，他的手沿着她的脊背向下游荡，盲目地轻轻抚慰着，直到她弯曲着的腰际。后来，他同样温柔地拉着她的手，将她拉进了小屋。他拿出一张毯子，铺在地上，又关上门，在一片完全的黑暗之中，她躺了下来。她感到一只温柔的、无限渴望的手在轻轻地抚摸她的身体，在她脸上印下轻吻。她只是静静地躺着，仿佛在做梦。这只手又慢慢地解开了她的衣服，小心地拉下了她的绸裤，直到脚踝。终于，在极乐的颤抖中，他进入了她安静柔软的身体。

她仍然只是静静地躺着，恍若做梦，所有的动作都是他的，即使当他的身体更加激烈地运动，将精子射在她体内时，她还没醒。直到他完事了，趴在她身上喘息时，她才悠悠醒转。但还不敢相信已经发生的事实。是的，这时候的查泰莱夫人已经老了，仿佛有一百万岁，她再也承受不起加在她身上的重担了，她现在只能将自己拱手相让，任人拿去。

回家后，查泰莱夫人依旧有些迷糊，她觉得他并不见得真喜欢自己，他也许并不专一，对别的女人也是这样。但他是个热情而健全的男人，而且也把她当成一个健全的女人，这就令她感动了。

有一天，她在茂密的小杉间狭窄的小路上遇到了梅勒斯，她随他走到一片林中空地，在那里躺了下来。

起初她仍然只是静静地躺着，感到他赤裸的肌肤紧贴着她。后来他在她身体里的膨胀与颤动终于唤醒了她的快感。这是一种多么奇妙的快感呀，它火焰一样飘逸，羽毛一样轻柔，熔化了她。它又像是波浪，一波接着一波，直至登峰造极。她的子宫这时候张开着，轻柔地张开着，任他以有节奏的运动使她里面奔涌、膨胀，直至将她整个的意识充满，直至他将那生命之源撒播在她体内，她终于发出了无意识的含混的喊叫声。

后来，他们四目相视，他说这回咱俩同时达到了高潮，大多数人活了一辈子还不知道这个呢。

当康妮缓步往家里走时，她意识到心灵之中的另一个自我复活了，这个自我要她去崇拜他，不可救药地崇拜他。她的子宫之门为他打开了，里面仿佛有了一个孩子，一个新生命，但这不仅不令她有负重之感，反而令她轻松极了。

“我要是能够和他生一个孩子就好了。”她不由地想。

梅勒斯这天晚上坐在火炉边想了许多，想到了自己的军旅生涯，他的前妻，他的生命。当军官时，与那一个阶级生活在一起，他看到了有产阶级的冷酷无情，这令他心灰意冷，觉得他并不能真的钻进那个阶级，他与他们不是同一类人。因为身体的缘故从军中退出后，他又从军官回到了无产阶级的身份。他有退伍金，生活没有问题，因此不愿意像穷人一样为一个铜板的工资较真，他原准备满足于自己孤单而惨淡的生活。但查特莱夫人的出现打乱了一切，他将会面对许多困难，他要处置自己的新生活。他想，怎么处置呢？他无论如何不愿意靠查特莱夫人的钱过日子，吃软饭当寄生虫。想着这些，他无法入眠。

后来他干脆起来了，他走出门去，一直走到拉格比，站在通向它的小路上，一动不动地看着那里，像一尊雕像，直到东方已晓。

康妮告诉克利福德，她准备7、8两月去威尼斯过一段时间，不过当克利福德担心她是否回来时，她说她一定回来，当然不是为了他。

第二天，午饭过后，康妮到了梅勒斯的农舍，告诉了她要去威尼斯的事，还说到了生孩子。当梅勒斯得知克利福德甚至不在乎她在外面生孩子，并且要抚养时，他觉得查泰莱夫人当初与他相好也许是为了要他帮她生个孩子。他说出了这样的话：

“啊，随男爵夫人的便，如果你有孩子，克利福德男爵高兴。我也不吃什么亏。恰恰相反，我倒有了个很愉快的经历。”

她于是一肚子不高兴了，对梅勒斯所称地被她利用耿耿于怀。下午，她又往小屋去了，看到了梅勒斯。当他们躺在毯子上时，当梅勒斯第一次进入她身体并且很快发泄完毕后，她只是带着一种冷淡、嘲笑甚至愤怒的态度在一边看着他，仿佛隔岸观火。当她感觉他泄了后像退潮般地离开她，正在变得越来越远时，她感到痛苦，终于，她哭了起来，越哭越厉害。

她说她想爱他，但没办法爱。他说那没关系，又没人逼她。当他从她身上移开时，她突然紧紧地抱住他，呻吟道：“不！不要离开我！不要生我的气！紧紧抱着我！”她的愤怒与痛苦都消失了，她平静地躺在他的怀中，仿佛一只依人的小鸟。

他顿时觉得她无比可爱，欲火重新燃烧起来，她也感觉了，这一次，她将自己的门户向他彻底洞开，彻底屈服了。当他以令人感到奇异的平缓、温柔、犹如润物细无声地进入她的身体时，她毫无顾忌地、彻底放纵地将自己投入了惊涛骇浪之中。

她仿佛是大海，海中只有那幽暗的波涛，澎湃上升，形成巨浪。在她下面，在里面的深深的地方，肉体慢慢分开，波涛长长涌入，左右荡漾，悠悠地，一波波越荡越远，直抵她最敏感之处，在那一下下温柔探索的着力部位，深深的海底继续分开，那探索越探越深。她也越来越深、越来越深地敞开着。探索一下紧似一下，探索着那只可意会、不可言传的东西。她自己像波涛一样，越荡越远，离开了肉体，把肉体丢在一种突然而至的温柔、战栗与痉挛之中，她整个生命的最美妙处触了电，她飘飘欲仙，方死方生。于是她消失了，她出生了——作为一个女人出生了。

当他离开她的体内时，她不自觉地发出一声纯属失落的尖叫。后来，她紧紧地偎依着他，那温柔令他再一次勃起，两人一起陷入了无底深渊之中，那不可言说的感觉之中。

在回去的路上，她感觉到连山坡也洋溢着生命。

这个礼拜天的晚上，她又溜了出来，直抵他的农舍，他正在门口等她。

这次他又告诉了她他的情史，他以前有过三个女人，前面两个都是那种喜欢爱情，但讨厌性爱的，她们喜欢他，但却不爱跟他做爱。他受不了，就走了。至于他的妻子，她能够满足他性方面的要求，他可以随意地拼命地干她。但他将她惯坏了，使她什么家务也不做，甚至要他侍候她在床上吃早餐。对她的要求他只要说个不字她就大吵大闹。他也不是省油的灯，于是他们打起来了，后来越来越冷淡，终于分床而睡了。战争爆发后，他参军了，直到听说她与别人搞到了一起才回家。她走时卷走了一切值钱的东西，只扔下了那张合照。

他还对他认为的几类女人进行了一番品评，他说，现在人世间再也没有真正的性爱了，再没有哪个女人能够和男人真正地自然而然地达到性高潮了。如果不能达到性事的和谐，他宁愿孤独。接着他们争起来了，他说他从未自女人身上得到过快乐与满足，这需要双方都同时得到，同时进入角色。那种冷淡的、没有热情的做爱会导致毁灭。他说就是打死他也不愿意冷淡地做爱，今天晚上他恰恰不想做爱。他要她去床上睡，他到楼下去。

她只觉得眼前一片漆黑，什么都不知道了。她失魂落魄的样子令他心疼不已，他抱她起来，喃喃地说："俺的小心肝儿，咱们别斗气了。俺爱你，俺要好好缠着你。"

当她问他是否真的想和她在一起时，他说："真想！在一起，誓不分离！"

她无声地流着泪，他们在炉前的地毯上躺了下去，然后做爱。

她又与梅勒斯谈起了即将出国的事，她说，等她回来后，他们就可以出走，她一年有600英镑的利息收入，足够他们花了。他说他们先得把婚离了，否则会有麻烦。他还说他认为生一个孩子到这世上来是造孽，这她受不了，恳求他说他希望有一个孩子。她真切的恳求让他退了一步，不过他又抨击起人世来。这些她就没认真听了，她正在玩弄他的第四种颜色的毛，他的爱情之毛，她说它像一丛亮亮的金红色槲寄生，是最好看的毛。还在里头插了几朵乳白色的勿忘我花。他则还在滔滔不绝，她看出来了，他这些愤世嫉俗的话其实也是因为她快要离开了，感到郁闷才说的。她不禁有点得意。

突然，她打开门，跑进外面滂沱的大雨里，全身脱得一丝不挂，像只敏捷的动物在雨中飞跑、尖叫、狂笑。他被刺激得也同样裸跑进雨中。他们一前一后在林中飞奔，一直跑到了路上，在那里，他追上了她，紧紧地抱着她，他们一起摔倒在地上，在狂猛的大雨中狂猛地做爱。

到了约定的日子，希尔达开着她的轻便汽车来了，她不反对妹妹有情人，不过对梅勒斯这样的出身大感不满，她断言妹妹将会后悔。康妮当然不同意，她为他骄傲，还称希望怀上他的孩子。两人当天就出发了，按照与梅勒斯的约定，康妮先到了曼斯菲尔德，晚上又要姐姐将车开回到了树林附近，梅勒斯正在那儿等她。

这是一个情欲之夜，在这个夜晚，康妮感受到了一种与温情甚至性爱都不同的肉欲的战栗。这是一种尖锐的、甚至可怕的撕心裂肺的肉欲的战栗，像箭一样将她刺穿了。或者说，将她最后一层羞耻之皮剥去了。她彻底开放了，开放的不是爱情，那她此前已经开放，而是赤裸裸的肉欲，现在她成了这赤裸裸的肉欲的奴隶，梅勒斯则成了这具仿佛就是性欲女神化身的肉体的绝对主人，他也将自己阳具的力量发挥到了极致。他想做什么就做什么，她则他想做什么就让他做什么。总之，在这个夏夜，人类那古老的肉欲之火已将他们焚得化骨扬灰，他们就在极度的快感之中死了，这是一种无法言传的神奇之死。

第二天早晨他们不得不早点起床，希尔达会来接她。她多么不愿意离去啊，多么舍不得离开这个让她如此满足的男人啊！她知道世界上这种男人差不多绝种了。她要他答应将与她一起生活，共同缔造他们的新生活。

当她终于不得不离开他，坐上姐姐的汽车时，她在流泪，仿佛这不是生离，而是死别。

到威尼斯后，她们将汽车寄存好，租了条小船前往她们将要住在那里的别墅，别墅坐落在威尼斯的泻湖边上，相当漂亮，阳台面对大海。

康妮经常接到一些信，主要是克利福德的，他的信写得很好，不过像是准备在报纸上发表似的，康妮不感兴趣。直到有一天，她收到了一封信，信中说起了在特弗沙尔村最近的一桩大新闻。

从信中康妮得知，猎场看守人的妻子又回到了农舍，宣称这是她的家。当丈夫不准她进门时，她就打烂玻璃钻了进去，丈夫来赶她走，她一丝不挂地躺在床上。他于是逃到了母亲那里。

但事情还没完，她不但声称是梅勒斯的合法妻子，还指控梅勒斯在家里留女人，因为她在那里发现了一瓶香水和几根金嘴的香烟蒂还有其他女人的东西。

流言蜚语传起来比风还快，迅速占领了整个特弗沙尔村，许多特弗沙尔村人相信了梅勒斯是个纵欲狂。

这些信让康妮震惊，但她不久就冷静下来，想起了梅勒斯和他那挺直的话儿，他待她的温柔，她对自己说：不，我绝不后悔，她还给梅勒斯去了一封短信。

几天后她接到了克利福德的一封信，说起梅勒斯的事现在像雪球越滚越大，他准备解雇他了。康妮在信中看到了丈夫的愤恨，而且发现他对梅勒斯没有一丝同情。当她接到梅勒斯的回信后，才知道原因。原来，她跑到了他们的林中小屋，在那里发现了一本有她的签名的书，于是她便到处宣扬，说他的情人就是查泰莱夫人。他还说到他已经被辞退了，准备到伦敦去，住在他原来的房东那里。

康妮决定六天之后就回去，出发前给梅勒斯写了一封信，告诉了她回去的情况以及她在伦敦的住址。

他们在一家咖啡馆里见了面。他们谈到了那件事，他显得冷静而阴沉。当她告诉他她就要有他的孩子了时，他似乎更加阴沉了。于是康妮恳求他说他高兴有一个孩子了。他可高兴不起来。康妮便说他不要担负什么责任，因为克利福德将接受这个孩子，并将视如己出，将他抚养长大。

梅勒斯问她自己愿意怎样。康妮毫不犹豫地回答：她愿意和他一起生活。

他说他一无所有。

康妮说他拥有的东西比大多数男人拥有的都多。她告诉他，他应该相信他们之间的柔情，他相信。于是他们急忙跑去了他租的狭小而干净的小阁楼，在那里他们又在从身到心的交合中享受着爱情与快感。当他进入她的身体时，他感谢上帝给了他这样一个女人，意识到他要有柔情，也要有他自己的尊严、骄傲与男子汉的完整。她则决心与他永不分离。

他们现在不能只顾彼此的爱情了，他们必须理智地处理所发生的事：她要生孩子了，他则要尽快离婚。因此离婚前不能让他的妻子知道他们在一起，否则离起婚来就麻烦了。

她还说最好先为孩子找个父亲，因为在她生孩子时，梅勒斯是肯定没离婚的。梅勒斯起初不愿意，他要好汉做事好汉当。但得知要想离成婚就必须这样时，他妥协了。于是康妮就去找了年轻的艺术家邓肯·福布斯，他同意了，但提出了一个条件，就是康妮必须给他当一回裸体模特。

不久克利福德收到了一封信，信中康妮告诉他，她爱上了另一个男人，要与他离婚。

克利福德回信说，无论她想要什么，她都必须首先回拉格比来，因为这是她走时亲口答应的，对于这个他绝不让步。

推辞不掉，康妮只得回来，两人谈判的结果令她大失所望，特别当他得知她爱的是梅勒斯时，更充满了愤怒，断然拒绝离婚，毫不动摇。

康妮只得收拾起一些自己的东西，离开了拉格比。

这时候梅勒斯已经在一个农场里找到了工作，他们的计划是先干六个月农活，那时候他大概能够离婚了。他和康妮将会有一个小农场，他将在那里辛苦工作，养活家人。

他知道、他相信、他祈祷他们的幸福，他此后的一生将为此等待。

简评　《查特莱夫人的情人》是劳伦斯的代表作，至少是他最有名的作品，它在其中展现了一个永恒的但此前的文学作品从来没有如此大胆地展现的主题，那就是性，它毫不羞涩与客气地告诉我们：所谓爱情，它的基础就是性，更具体地说就是性交，除此之外，岂有他哉！

但与此同时，尽管如同中国的《金瓶梅》一样，有大量的赤裸裸的性描写，它依旧不失为一部了不起的文学杰作。正因为如此，我才称它为西方文学史上最色情的杰作，也可以称为“西方的《金瓶梅》”。

第四十章　弗吉尼亚·伍尔夫，最伟大的女作家

我要在这里向大家介绍的女作家是西方文学史上无可争议的最伟大的女作家，她名叫弗吉尼亚·伍尔夫。

不幸的早年　弗吉尼亚的一生是不幸的，她早年丧母又遭兄长性侵害，导致患上精神病，终于不堪其苦，自杀而死，结束了她不幸的一生。

弗吉尼亚·伍尔夫生于1882年1月25日，出生地是伦敦肯辛顿海德公园22号。

她的父亲叫莱斯利·斯蒂芬，母亲是裘丽亚，他们都是死了配偶后再婚，他们的前次婚姻都留下了孩子：斯蒂芬有一个女儿劳拉，裘丽亚有儿子乔治、杰拉德和女儿斯蒂娜。莱斯利与裘丽亚婚后又生了四个孩子，弗吉尼亚是老三，上面有姐姐文妮莎、哥哥索比和弟弟安德里，共八个孩子，加上所请的七个用人和经常来往的大群亲戚，家里总是热闹非凡。他们所住的海德公园22号原来是裘丽亚的房子，莱斯利将房子同夫人一起娶了过来。这是一栋五层高的大房子，里面的小房间多得数不清。

莱斯利是一位著名的传记作家，他主编的《大英传记辞典》是英国最有名的人物传记之一，享有盛誉，后来他还因此被封为爵士。他的第一个妻子是著名作家萨克雷的女儿，第二个妻子就是弗吉尼亚的母亲裘丽亚，她是一个美丽的女人，弗吉尼亚继承了父母双方的优点，既美丽又聪明。

她父亲拥有一座庞大的私人图书馆，他很早就让女儿自由使用，她在里面博览广读，像海绵一样吸收了极丰富的知识。

童年时代，除了待在海德公园的家里，弗吉尼亚常去的地方是圣伊维斯海滨的塔兰宅第。

塔兰宅第位于英国西南部的康沃尔半岛，风光绮丽且远离尘嚣，孩子们也极喜欢，他们在这里划船、钓鱼、游泳，或者在海边闲逛，感受着大自然的美丽。

然而，弗吉尼亚的早年生活远称不上幸福，她幸福最大的敌人就是死神。1895年5月，才13岁的弗吉尼亚就失去了母亲。

母亲的去世使海德公园的住宅立时陷入了沉闷与悲痛之中，莱斯利被彻底打垮

了，甚至于经常大喊：“我希望我已经死了！”这时裘丽亚与前夫生的长女斯蒂娜便开始照顾起父亲和兄弟姐妹们来，但婚后不久就因难产去世了。

这时候她的父亲已经聋了，变得暴躁又阴郁，身体也不好。他这时候已经著作等身，是剑桥大学、牛津大学的荣誉博士，还拥有英国平民能够得到的最高奖赏之一：国王御封的爵士勋位。然而他还是不停地抱怨，使孩子们在家里过得了无趣味。

到1904年，他也死了。

安葬父亲后，兄弟姐妹们不久就去法国和意大利做了一次长途旅行，然而这时候的弗吉尼亚已经面临着一个大大的危机——精神病的危机。

精神病患者　国外旅行归来后弗吉尼亚的精神病发作了，她莫名其妙地感到待她很好的文妮莎在憎恨自己，便拒绝见她，甚至从窗户跳下去想自杀。

旅行归来后，他们离开阴暗古旧的老房子，搬到了位于伦敦布鲁斯伯里街46号的戈登广场，这个地方没海德公园那么高档，但光线明亮、通风好又宽敞，大家都很喜欢。

这时弗吉尼亚已经开始将写作视为自己未来的事业了，她最早的作品是1904年底在《卫报》上发表的一篇评论，某人提出了一点批评，对于一个初出茅庐的作者而言，这是很正常的，但弗吉尼亚却感到万分难受。

不久她又应约为父亲写了篇小传发表，这篇还算成功，有编辑开始拿来一些书请她写评论。1905年时，她开始在一所学院教书，讲英国历史和写作，不算成功，然而当教师对她颇有好处，她变得落落大方，此前的她一直是羞涩而内向的。

这年，斯蒂芬家在剑桥上大学的兄弟们和朋友们一起在这里举行了一次集会，参加者大都是艺术家、作家、评论家等，从此他们每周四晚上定期在这里集会，讨论文学艺术等，被称为“布鲁斯伯里小组”。在这些聚会里，文妮莎和弗吉尼亚都是女主人。与这些才智超群的人交往令弗吉尼亚如鱼得水，她的滔滔雄辩经常听得那些剑桥才子们惊叹不已。

斯蒂芬两姐妹所具有的不只是才智，还有惊人的美貌，伦纳德·沃尔夫曾这样描述她们说：

> 文妮莎，我认为，通常比弗吉尼亚更显漂亮，她的特征的形式更加完美……她的美令人敬畏，因为它综合了三女神之美。弗吉尼亚是一种不同的美，在两姐妹中，她不太具有家族的相似特征。当她状态很好的时候，她无忧无虑、快乐开朗。当她兴奋愉悦的时候，脸上光彩照人，带着近乎天界的美丽。当她平静地、恬然无虑地读书或思考时，她也是极其美丽的。当她心情焦虑、紧张开始萦绕，她的表情甚至她脸的形状都会以超常的速度急剧地

改变，她仍然是美丽的，只是她的焦虑与痛苦使其美丽本身带有痛苦的特征。

另一位朋友还曾这样描绘弗吉尼亚：

> 她美丽绝伦……有着如同雕刻一般的眼睑、鼻子和双唇，其间镶嵌着一双忧郁的大眼睛……她个子高挑，身材修长，双手长得非常精致。

1906年11月，她的兄弟索比匆匆而逝，这已经是弗吉尼亚死去的第四位亲人了，一直像母亲一样负责照料弗吉尼亚的文妮莎也匆匆结婚了，这对她又是一次打击。文妮莎婚后，还以一家之长的名义带着丈夫住进了戈登广场的家里，这样弗吉尼亚和安德里姐弟俩就只得另找住处了，这使弗吉尼亚有些不满。经过一番寻找，他们在附近菲茨罗伊广场29号找到了住处。

文妮莎有了孩子后，把全部心思都放到了孩子身上，她的丈夫、也是剑桥才子的贝尔就经常同弗吉尼亚在一起了，他们俩一个喜欢评，一个喜欢写，简直如鱼得水，相得益彰，他们的关系密切到只差发生肉体关系了，这令文妮莎大吃其醋，于是姐妹之间、夫妻之间便经常发生争吵。

为了挽救自己的婚姻，文妮莎提出让妹妹赶快结婚，向弗吉尼亚求婚的人很多，但弗吉尼亚一直非常冷淡，后来她终于接受了布鲁斯伯里小组成员之一利顿的求婚，但不久他们就解除了婚约，因为利顿是个同性恋，同时利顿致信给布鲁斯伯里圈中另一个成员伦纳德，建议他向弗吉尼亚求婚。这时候伦纳德还在锡兰的殖民政府做事。

伦纳德是犹太人，这时候在锡兰的英国殖民政府里，由于工作出色，他正步步高升，不过同弗吉尼亚结婚的可能性使他下决心回到了英国，到1912年5月，经过再三努力，弗吉尼亚接受了他的求婚，这年8月就举行了婚礼。

然而他们的新婚生活并不甜蜜，因为弗吉尼亚不喜欢履行她作为人妻的业务，厌恶性生活，令当丈夫的倍感苦恼。这是为什么呢？起因是她的两个同母异父哥哥童年时对她的性侵犯，使她对与男性的性接触产生了心理障碍。后来弗吉尼亚曾经在其回忆录《往事随想》中描述过那可怕的经历：

> 在餐厅门外有一个供站立的大石板。我很小的时候，有一次杰拉德·达克沃斯将我举到台上，当我坐在那里时，他开始在我身体上摸索。我能记住当他的手在我的衣服下面往前游走时的那种感觉，它坚定地、不断地越来越往下。我记得我当时多么希望它能停下。当他的手靠近我的私处时，我是多么地僵硬与扭动不安，但它没有停下来，还是摸索到了我的私处。我记得对此的愤怒与不喜欢……

这样的事情不止一次，那时她还只有6岁，不过也正因为有了6岁，才记得那么清楚。实事求是地，这两个异母哥哥并不是坏人，他们那时也不过十多岁，对这个小妹妹还是爱护的，一直到成年后都是如此，乔治更是曾向弗吉尼亚提供了不少帮助。他工作后有着十分可观的收入，负担了弟妹们的大部分生活费用，然而他也占有着妹妹们，据弗吉尼亚的一位传记作者所言，他算得上是妹妹们的情人，当然并不指他曾经与她们发生过肉体的性关系，但除此而外什么都有了，包括晚上同寝。

虽然厌恶性生活，但后来弗吉尼亚又想要一个孩子，然而始终没有怀上，想当母亲而没有当上，可想而知这对于女人是一个多么沉重的打击。

与弗吉尼亚的自感失败相比，伦纳德却要成功得多，1912年时他出版了第一部小说《丛林中的村庄》，受到了欢迎并多次再版。弗吉尼亚的第一部小说《远航》直到1913年才完成，她将书稿交给同母异父哥哥杰拉德的出版社准备出版。

也许由于太过忧虑其处女作会失败，弗吉尼亚的精神病又发作了，产生了迫害狂的病状，她总是怀疑所有人包括爱人亲人和陌生的路人都在背后说她坏话，她在幻象中还看到自己是一个庞然大物，有一个巨大的肚子，她甚至还莫名其妙地迁怒于自己的丈夫，视之为仇敌，连看都不要看见他。

在这种情况下，伦纳德被迫不与妻子生活在一起，只在她看不见他的地方关注她，并且请弗吉尼亚的一个朋友来照料她。后来弗吉尼亚终于被说服去找医生，但并没有见好，甚至又一次想要自杀，喝下了大量安眠药，经过洗胃才摆脱危险，这种情形一直延续到1914年初。

1914年8月，第一次世界大战爆发了，他们原来住的地方成了战时医院，他们找到了一所乡村房舍，并给新家命名为“霍加斯”。

第二年，可怕的疯魔又缠住了弗吉尼亚，她狂躁不安，甚至攻击了一个护士，又威胁伦纳德要揍他，眼前还出现了幻象，幻觉中他与早已去世的母亲谈起话来，简直成了一个疯子。这样的情形一直持续到年底才真正好转，所幸的是这次也是她最后一次发作，此后，她虽然还常受着精神折磨，但再也没有这样大规模地发作了。

这时候，他们有了一个共同的事业，运作他们自己成立的出版社——霍加斯出版社。

两夫妻很早前就有了成立一家出版社的想法，这样就可以自由地出版任何想出版的作品，不必受到编辑的留难或者删改。早在1917年，有一次他们在街上闲逛时，发现有家商店里正在卖一台手动印刷机，立即买下了它，运到了自己的房子里。

印刷机买好后，出版社的成立也就完成一半工作了。西方有出版自由，谁都可以成立自己的出版社，政府不能干涉，所谓出版实际上就是将写的东西印刷出来，若没有种种人为的限制是相当简单的事。

接着夫妇俩买来了纸张、胶水、油墨等，还特意去学习了如何印刷、装订、制作封皮等，这一切工作完成之后，就开机出版印刷了。

他们的出版不断推出好书，许多著作大都是他们从那些名不见经传的作者手中拿来的，他们就像伯乐一样，不断地在无名作家群中发现千里马，这些人及其著作后来都鼎鼎有名，例如乔伊斯和他的《尤利西斯》、艾略特的诗歌等，普鲁斯特的《追忆似水年华》也是他们介绍给英语读者的。在霍加斯出版社出版作品的作者中先后有五位获得了诺贝尔文学奖，霍加斯出版社也成了西方世界最知名、最受尊敬的出版社之一。

他们获得的不仅仅是社会效益，经济效益也非常可观。最初成立出版社时他们的投资不过20英镑。后来获得的收益是这成本的不知多少倍。有时一年的收益就超过2000英镑，这在当时是一笔巨款了，不亚于现在的百万英镑，可以对比一下前面的劳伦斯，他就职时的年薪不过95英镑，这在当时已经足够养家糊口了。

作品与死亡　现在我们来谈几句弗吉尼亚的创作，1915年时，她的第一部长篇《远航》正式出版了，两年后又在自己的霍加斯出版社出版了《墙上的斑点》和《邱园纪事》，1921年时她出版了《星期一或星期二》，从1922年到1927年，她连着出版了三部杰作《雅各的房间》《达洛卫夫人》《到灯塔去》。1931年她出版了《波浪》和《弗拉西》，六年后出版了《岁月》，1941年出版了《幕间》，这也是她的收山之作。

我们知道，弗吉尼亚是以意识流而闻名于世的作家，若讲意识流的特征而言，她的作品甚至是比《追忆似水年华》还要地道的意识流，她的大部分作品，如《墙上的斑点》《雅各的房间》《达洛卫夫人》《到灯塔去》《波浪》《弗拉西》等等都是意识流的杰作，也是她最重要的作品。

到20年代后期，弗吉尼亚已经在文学界和出版界均享有盛誉了，就女作家而言，其名声在整个西方世界无有出其右者，而且她的作品兼具两方面的特点：一是具有文学价值甚至学术价值，富于创造性；二是同样能为许多普通读者所接受，不像乔伊斯甚至普鲁斯特的作品一样，盛名卓著，却曲高和寡，普通读者鲜有问津。各种荣誉也随之而来，1926年她接受了牛津大学的荣誉博士学位，这对于一个女性是极其难得的荣誉，还应邀去剑桥举办了讲座。

1939年，他们离开整整生活了15年的塔维斯托克广场，搬到了麦克林伯格广场37号，霍加斯出版社也一起搬到了这里。

1940年，这时候第二次世界大战已经爆发，蝗虫一样的德军战机飞抵伦敦上空狂轰滥炸，大量建筑被摧毁，9月时一颗燃烧弹将霍加斯出版社给毁掉了。

但战争毁掉的不仅仅是弗吉尼亚的出版社，更是她的心，1941年3月28日凌晨，弗吉尼亚给丈夫留下了一封信：

最亲爱的：

我要告诉你，你已经给了我完全的幸福。没有人能比你做得更多，请相信。

但我知道，这次我越不过去了。我正在浪费你的生命，就是这疯狂。没有任何人能用任何言辞说服我。你还能工作，没有我，你会好得多。你看我甚至连这封信都写不下去了，这表明我的选择是对的。我所要说的归结为一句话，病魔袭来之前，我们幸福美满。这完全归功于你。没有人能如你般一如既往地善良、好心。

写完这封信后，弗吉尼亚偷偷溜出了家门，将许多石头放在口袋里跳进了附近的河中。20来天后尸体才被找到。

第四十一章　《到灯塔去》，弗吉尼亚意识流小说的代表作

《到灯塔去》是弗吉尼亚的代表作之一，是一部结构奇特的作品，是文学形式上的巨大创新，让我们看到了光阴流逝，岁月无情，读来令人扼腕长叹。

第一部　窗

“好，要是明儿天晴，准让你去。”拉姆齐夫人说。

这话是对她儿子詹姆斯说的。这对于他来说是一个天大的好消息，虽然他才6岁，但盼望去灯塔已经有几年了。他席地而坐，剪杂志上的一幅冰箱图片。他母亲骄傲地看着他高高的额角、个性强烈而纯真无瑕的蓝眼睛，仿佛看到他已经披上红色绶带，穿起法官的长袍了。

可这时候他的父亲走过来，说：“明天晴不了。”

要是手头有一把斧头或者任何可以捅穿父亲心窝的致命凶器，詹姆斯当时就会将它对准父亲。拉姆齐先生一出场就会在他的孩子们心中激起这样极端的情绪。他说的永远是事实，而且他永远不会把一句刺耳的话说得委婉一点。

“风向朝西。”塔斯莱说，这时候他正与拉姆齐先生在室外的平台上来来回回地踱步，这就是说，船要向灯塔去，这样的天气是最不利的。

拉姆齐夫人看到了镜中自己灰白的头发和憔悴的面容，她才50岁，也许她什么都能做得更好一点，但她对一切做过的也没有丝毫后悔。女儿们的眼睛离开了餐盘，看着她，她们认为母亲不要老是关心照料这些男人，但母亲的严命令她们望而生畏并且肃然起敬。

“明天不可能到灯塔去。”塔斯莱和她丈夫站在窗前，仍在说。她真希望他别来打扰她与詹姆斯。孩子们都说他是丑八怪，他最大的爱好是与拉姆齐先生一起来回不

停地踱步，一面唠叨着什么人得了这个荣誉那项奖金，或者某一位是“第一流的拉丁语诗人”之类，而且特爱咬文嚼字。不过孩子们讨厌的不是他的样子和言谈举止，而是他本身——当人们说什么好事儿时，他总要在旁边唱几句反调，大煞风景。

这时塔斯莱走进了客厅，除了她外，其余人都走了，只有他窘迫地站在那里，于是拉姆齐夫人邀他一块儿出去走走。经过正在晒太阳的卡迈尔先生时，她问他需要什么，他什么也不需要。在路上，她告诉塔斯莱，如果卡迈尔先生没有缔结那不幸的婚姻，他本来可以成为大哲学家的。他现在对她已经萌发了一种感情，在这之下一切事物都有点变形了。

她带他到了一个穷人家，他听见她在楼上说他们需要什么东西当场就提出来好啦。当她出来时，他要过了她的手提包拿着，生平第一次感到无比骄傲。

回到家后，她又看到了在画画的莉丽，她好难看，她的画也不会有人重视。她注意到有人从屋子里出来，是班克斯，他们一起在村子里借宿，经常一块儿做些小讨论，他现在就带着这种讨论的神态站在她的画旁，他的年纪可以当她的父亲，是一位植物学家兼鳏夫，特爱干净。他已经注意到她的生活极有规律，她虽然穷，但通情达理，颇有见识。

莉丽想起她的画，那画面还有不足之处，因为远处的景色似乎要比观景者多活100万年，早在那时这片景色就已经在和俯瞰着沉睡的大地的天空娓娓交谈了。莉丽在内心默默地对班克斯说：他有各种哲学家拉姆齐不具备的优点，他比拉姆齐更好。

拉姆齐夫人抬起头，看见班克斯和莉丽经过窗前，她突然有了一个好主意，他们俩应该结婚。

她对丈夫说她想把手中的袜子织完，好明天到灯塔去。拉姆齐先生打断她的话，说明天完全不可能到灯塔去。她没有和他争执，反而给了他很多的安慰。这时一个人影投射到书上，她一看，是卡迈克尔先生。

卡迈克尔先生一声不吭，他抽鸦片，把胡须也熏黄了。她觉得他很不幸，他每年都要到这里来，作为对现实的一种逃避。但卡迈克尔先生不信任她，也许是因为她曾经亲眼看见他的妻子把他赶出家门。卡迈克尔先生的冷淡伤害了她，拉姆齐夫人喜欢帮助人，喜欢听人们得到她的帮助后赞美她的话，他的冷淡使她难受。

看着身边的班克斯，莉丽猛然醒悟，知道他要看什么，如果这画非得给人看不可，那就给他看吧，他没有别人那么可怕。这幅画是她33年的生活凝聚而成，她从未告诉人，让别人的眼睛看到它对她而言是莫大的痛苦，也是极大的兴奋。

现在已经过了孩子们就寝的时间，她给詹姆斯读的渔夫的故事也完了。但她看见，在他的眸子里，对于故事的兴趣消失了，某种其他的事物取而代之。原来是灯塔已经点燃了。咱们明天不会到灯塔去了，她想，他一辈子都会记住这件事。

啊，那不是莉丽和班克斯吗？他们在一块儿散步，拉姆齐夫人想，对，他们俩必须结婚！

餐厅里传来咭咭呱呱的谈笑声，是出去散步了的雷莱和敏泰回来了吗？还不是，拉姆齐夫人想要他们结婚的，她想知道雷莱是不是向敏泰求婚了。

就餐时，拉姆齐夫人在首席，她还一向负责安排各人坐在长桌子的哪个位置，莉丽这儿，雷莱那儿，等等。她把一盘汤分给大家，大家全都坐着，互不攀谈，她强烈地感到男人们缺乏能力，需要帮助，依赖她来创造气氛。如果她不打破僵局，谁也不会开口。于是，就像人家把一只停了的钟表拨了一下，她又开始振作了。

“塔斯莱先生，你常写信吗？”拉姆齐夫人问。莉丽想，她在怜悯塔斯莱呢，拉姆齐夫人永远同情男人，好像他们总缺少了什么东西。“我一个月还写不了一封信。”塔斯莱简洁地回答。他可不想去说那些别人想叫他说的废话，他也不需要女人对他格外施恩，女人，哼！“明儿灯塔去不成喽，拉姆齐夫人。”塔斯莱说，他仍旧坚持自己的意见。

莉丽看着塔斯莱，心里说，他长得真丑。不过口里说：“塔斯莱先生，请您明儿一定要陪我到灯塔去，我可真想去。”明显地，这是莉丽在故意惹塔斯莱生气，在嘲笑他。他想，要是他在书房里看书就好了，在那儿他才逍遥自在，他生平从来不欠人一个子儿，打15岁起就独立谋生。

现在所有蜡烛都点了起来，大家的心情马上起了变化，雷莱和敏泰他们还没有回来，拉姆齐夫人开始担心了，刚好他们进来了。

我把祖母给的别针丢了，敏泰说，声音有点悲伤，眼睛发红。她在拉姆齐先生身边就座，引起了他的爱怜之心，他摆出骑士风度来和她逗趣。她装出害怕他的样子，她使自己显得比实际更加幼稚无知，因为他喜欢把她叫小傻瓜。她坐在他身边微笑。

他们必定已经私订终身了，拉姆齐夫人想，出乎意料地，她有点儿嫉妒，她的丈夫也感觉到了，今晚敏泰容光焕发，他喜欢那些闪耀着青春光辉的少女，这吸引他，使他精神欢畅，她们可以为他弄头发，可以在他工作之际打扰他，拖他去打网球。

莉丽想，她是多么幼稚，坐在那里谈论什么菜皮，她却有某种惊人的气质，最后总能随心所欲，如愿以偿。她看着敏泰坐在拉姆齐先生身边撒娇，对自己说：她不必结婚，多谢老天爷，她不必去遭受那种有失身份的灾难。

现在，拉姆齐夫人已经开始兴奋了，正在用非常强烈的语气说话，她看到莉丽有点落落寡合，塔斯莱也如此，他们被那一对的夺目光彩掩盖了，只要敏泰和保罗在这里，没有人会瞧他们一眼。不过，她把敏泰与莉丽做比较，认为到了40岁后者会更胜一筹，她有独特的品质，只是男人不会欣赏，除非是一位像班克斯一样的高龄长者。她要设法让他们在一起散步谈心。她现在达到了安全的境界，有把握左右局势的能力，她瞧着他们全都在吃喝，感到了平静与安慰。

晚餐结束，是离开餐桌的时候了。她丈夫吟诵了一首诗：

在我们过去和未来的生活里，

充满着郁郁葱葱的树木，

和不断更新的枝叶。

莉丽看着拉姆齐夫人，忽然想到要对自己那幅画做出修改，马上走开了。她一走，人群马上散了。拉姆齐夫人也在灯光中往楼上走去。她想，他们还会继续生活下去，不论他们活多久，他们会回到这个夜晚、这轮明月、这阵清风、这幢房屋中来，也将回到她的身边，这使她感到不胜荣幸。

她走进里间，看得出丈夫不愿受到干扰，于是她拿起袜子开始编织。白天发生了那么多事，她要挑哪件与他说说呢？于是她说："他们订婚了，保罗和敏泰。"

这他也猜到了，不过，对于这桩婚事，就像他对于任何婚事的看法一样：那个小伙子可远远配不上那位姑娘。他默然思考着，思路又向悲观的方向进发，他指着袜子说："今晚你是织不完的。"

对，织不完，她说。那又如何呢？她感到他还在瞅着她，她知道他想要那个东西，那个他常想要而她办不到的东西——要她对他说，她爱他。可是她办不到。他比她会说话，可她从来不会。为此，他突然会对此不满，指责她是没心肝的女人，因为她从来不对他说一声她爱他。但事实上不是这样，不是。只是她从来不会表达自己的感情。她只会说有什么事情她可以帮他做吗？不会说她爱他。她站起来，手里拿着织不完的袜子，站在窗前，一方面想避开他的注视，另一方面想起了大海的夜景是多么美丽。她又转过身来，对着他看，开始微笑，虽然她仍然不发一言，但他当然知道，她爱他。"对，你说得对。明天会下雨的。我们去不成了。"

第二部　岁月流逝

"嗯，究竟将来如何，我们必须等到将来才能见分晓。"班克斯先生边说边从平台上走进屋里。这时天已经黑得连大海和陆地也分不清了。

“我们还让灯继续点着吗？”莉丽问道。

“不，”普鲁说，“既然大家都进来了，就把它熄了吧。”

一个晚上就这么过去了，但一个夜晚又算得了什么呢？不过是短短的一瞬罢了。不久鸡就叫了，天也明了。然而，黑夜的降临也是周而复始、循环不休、无穷无尽。

眨眼间，十年也过去了，在这十年里，拉姆齐夫人猝然而逝了，普鲁也挽着父亲的胳膊出嫁了，多么美丽的新娘啊，但她在生头一个孩子时就难产而死了。

十年后，9月的一个黄昏，莉丽叫人把她的行李搬到了这幢屋子前面。战争已经过去，和平已经来临，莉丽躺在这幢屋子里，把脸贴在枕头上，倾听大海的涛声，现在，这屋子又住满了人，有贝克威斯夫人，还有卡迈克尔先生，等等。卡迈克尔先生在烛光下看书，这里和往昔完全一样，他想道，合上书本，进入了睡乡。

第三部　灯塔

餐厅里只有莉丽一人，这是她与拉姆齐先生一家重逢的第一天，可是，过了这么多年重游故地，她的感觉呢？没有什么，真的没什么。不过有一次远征，他们打算今天到灯塔去，拉姆齐先生、凯姆和詹姆斯，等等，他们必须在涨潮顺风时启航，可凯姆还没准备好、詹姆斯也没有、南希也没有，拉姆齐先生发火了，他咆哮道：“现在去还有什么用？”

他气冲冲地在平台上来回踱步，南希茫然地过来，问：“给灯塔看守人送些什么东西呢？”这句话打开了莉丽心灵中的许多扇窗户，它们在不停地乒乒乓乓打开又关上，使她茫然不知所措。这幢房子、这个地方，多么陌生，她觉得自己与这一切毫无瓜葛。她瞅着面前的咖啡杯想：人生是多么漫无目标、多么混乱、多么空虚啊！

正在低头徘徊的拉姆齐先生经过窗前时，她突然想起，十年之前，当她坐在此处时，桌布上一个小小的图案曾经激起她的灵感，使她想到了要把她那幅画作一点修改。十年了，她一直没有完成那幅作品，现在她要把它画出来。她站了起来，去拿了她的颜料、画笔，端了把椅子，在草坪边支起了画架。是的，十年了，这幅画一直在叩击着她的心扉，现在她知道要干什么了。但拉姆齐先生打扰她，她什么也干不成。

莉丽突然注意到他的鞋带松了，“多漂亮的皮鞋！”她惊叹道。拉姆齐先生大大地高兴了，他赞美了一番自己的皮鞋和自己发明的系鞋带的方式，并且一连三次解开系上，要她学习。当她这样做时，她感到热血涌上面颊，泪珠在眼眶里转动，想起拉姆齐先生要自己买皮鞋、自己系鞋带，在人生的道路上再也没有人来帮他。她的同情如洪水涌来。她刚想说时，凯姆和詹姆斯来了，拉姆齐先生已经变成了一个非常高贵的长者，把几个马马虎虎扎起来的小包分给两个孩子，孩子们看上去好像命运已经赋予他们某种严肃的使命，他们准备奔赴目标。当拉姆齐先生带着他们经过草坪时，彬彬有礼而冷淡地向她挥手致意。多么不平凡的容貌啊，她想。

她茫然地盯着画布，想起了在脑海里的规划，但那些与真正画上第一道色彩完全是两码事。在一阵痛苦而兴奋的沉醉状态中，她的手在空中哆嗦着停留了片刻，终于在画布上抹上了第一道色彩。带着一种奇妙的肉体上的激动，好像是被某种力量驱使着，她迅速画下了那决定性的一笔。接着，第二笔，第三笔，停了停，又添上一笔，画笔的起落形成了带有节奏的舞蹈。

她又看到，海面上拉姆齐先生和孩子们坐的那条小船，在遥远与寂静里，向着大海乘风破浪而去。

拉姆齐先生坐在小船中央，詹姆斯在船头，凯姆在船尾。风小，船很慢，拉姆齐先生痛恨这种徘徊不前，他烦躁了，厉声呵斥船夫麦卡力斯特的儿子，后者就拿出双桨使劲地划。詹姆斯和凯姆是被父亲逼迫来的，出于愤怒，他们希望风永远别刮起来。上船前，他们被迫拖拖拉拉地跟在父亲后面，心中默默发誓要齐心协力抵抗暴君，宁死不屈。小麦卡力斯特划了一会后，风刮起来了，帆慢慢地兜满了风，船身平稳，像离弦之箭疾驶而去。拉姆齐先生伸开了盘坐着的腿，拿出小烟袋儿，递给麦卡力斯特，不顾詹姆斯和凯姆的失望，心满意足地与船夫悠闲地抽起板烟来了。

拉姆齐先生的心情好了，看见女儿神思恍惚，就开始逗她，问她看得懂罗盘吗，分得清东南西北吗，她当然不懂。不过这有什么？他不是相当喜欢这种女性的糊涂吗？现在他要设法逗她向他微笑，特意谈起了家里的小狗。詹姆斯在一边想着，凯姆要屈服了，今天他要一个人来对抗这个暴君了。是的，凯姆正在心里犹豫，她要向哪个妥协呢，是父亲还是兄弟？因此她迟疑着没有回答父亲的问题，拉姆齐先生想，她与她母亲不同，她不会屈服的。好吧，他不打扰她了，他从口袋里拿出一本书读起来。

凯姆把手伸进水里，在海面上划出一道波痕，后来那波痕减弱了，詹姆斯一直在盯着帆，它慢慢地瘪下去了，于是小船就停在那儿了，漂荡着，等候着风。现在他们离开海岸已经很远，但隔灯塔还有一段距离。詹姆斯望着灯塔，他能够看见那些粉刷成白色的岩石，那座灯塔，僵硬笔直地屹立着。这就是那座他朝思暮想的灯塔？他又记起有一次在平台上，他把刀子从他们母子中间直砍下来，使母亲浑身僵硬，手足无措。那时如果他手边有刀子，他就会一刀捅进父亲的心窝。母亲愣了一会，原来搂着他的手臂松开了，不理睬他了。现在，他感到好像有一根绳索把他捆在那儿，父亲把它打了一个结，如果他想逃脱，只有拿起一把刀子，把它刺进……海面上又起风了，小船乘风破浪地前进。

凯姆又把她的手指浸在水中，她想，我们就这样乘上了一叶轻舟，父亲为了她不懂看罗盘会多么生气，詹姆斯又多么固执地要坚持与她的那个盟约，她多么痛苦。她回想起过去在房间里看到父亲与老朋友们在一起读报聊天、在书房里写作的情景。她想，他并不是虚荣自负的人，也不是暴君，也不想迫使别人去同情他。可詹姆斯会说相反的话。她重新抬起头来，凝视着大海。她半睡半醒地喃喃自语着父亲爱说的话：我们都灭亡了，各自孤独地灭亡了。

莉丽凝视着大海，心想，距离的作用有多大，我们对别人的感觉就取决于他们离开我们距离的远近。拉姆齐先生那么远了，似乎被距离吞没了。她想起了，十年以前，她几乎站在此时相同的地点，也许就是某种像这样循环回归的感觉使她对自己说，她一定是爱上了这个地方。她的目光停留在拉姆齐先生帆船那个棕色的斑点上，猜想吃午饭时他们就该到了。她转过身来看自己的画，感到无名的惆怅，她一直在浪费今天早晨的大好时光。她没能在拉姆齐先生和这幅画的力量之间达成微妙的平衡，也许还有什么地方需要调整？它的问题何在呢？她必须试图抓住某种从她手里溜走的东西，抓住那对她神经的刺激，她要在它变成任何别的东西之前抓住它。她重新坚定地站在画架前，不顾一切地说，抓住它，从头画起。她又停了下来，看着草坪和一边的卡迈克尔先生，他日渐苍老，也日益闻名，他在报纸上是那样显赫的一个人物，在这儿却是这个老样子，只是头发更灰白了一点。她听说，自从安德鲁战死后——要是他不死会成为一位大数学家——卡迈克尔先生就完全失去了生活的兴趣。以前就他不太喜欢拉姆齐夫人，他对拉姆齐夫人一无所求让夫人好失望。还有塔斯莱，他获得了研究员职称，结了婚。大战期间她去听过他的一次讲演，他对着半空的讲演厅大讲同胞应该友爱。还有拉姆齐夫人——她的身影是她完美品德的一部分——就坐在椅子里，轻巧地来回抽动着她手里的钢针，编织着那双准备送给灯塔看守人儿子的袜子。莉丽感到好像有某种东西要和别人共享，然而她又几乎离不开她的画架，她心里充满着正在想到和看到的东西，莉丽经过卡迈克尔先生面前，手持画笔一直走到草坪边缘。现在那条小船又在哪儿呢？还有拉姆齐先生呢？她需要他。

拉姆齐先生差不多把书看完了，他读得非常迅速，好像急于把书看完。他光着脑袋，完全暴露在空气与阳光之中，显得非常苍老。詹姆斯想，他看上去就像躺在沙滩上的古老岩石。他们现在已经离灯塔非常近，它赫然耸现在眼前，光秃秃、直挺挺地巍然屹立，浪花飞溅，迸裂成白色的碎片，就像在岩石上摔得粉碎的玻璃。可以清楚地看到灯塔的窗户，在一扇窗上糊了小块白纸，岩礁上有一小片绿色青苔。一个男人走出来用望远镜瞭望他们，然后又进屋去了。詹姆斯想，这些年来隔海相望的灯塔原来就是这般模样，它不过是光秃秃的岩礁上一座荒凉的孤塔罢了。但它使他感到心满意足。他瞅着父亲紧紧地盘着腿，狂热地阅读，他们有着共同的认识。“我们在一阵狂风之前疾驰——我们注定要淹没”，他开始一半大声地喃喃自语，与他父亲念这句话时一模一样。

似乎好久没人说话了，凯姆望着大海，感到厌倦了，父亲仍在看书，她和詹姆斯都在瞅着他，她凝视着一望无际的大海，他们居住的那个岛屿变得如此渺小，看上去就像一块岩石的顶端，比较大的一点浪涛就能将之淹没，她想起了那上面的一切，平台、小径、卧室，梦见了小鸟、鲜花、羚羊……她睡着了。

“来吧！”拉姆齐先生突然把书合拢说道。凯姆蓦然惊醒了，父亲说：“瞧，那就是灯塔，咱们快到啦。”

麦卡力斯特说掌舵的詹姆斯干得不错，把舵撑得稳极了。詹姆斯反感地想到，父亲可从来不赞扬他。拉姆齐先生把纸包里的食品拿出来，大家在船上吃午餐。拉姆齐先生掏出他的怀表，也许在心里计算着时间，最后他得意扬扬地宣布：

“干得好！”他称赞詹姆斯给他们掌舵就像一个天生的水手一样。

凯姆明白，詹姆斯得到了他梦寐以求的东西——父亲的称赞。但他不会向父亲或任何人瞧上一眼，他正襟危坐，一只手放在舵栓上，看上去有点儿绷着脸，皱着眉头。其实，他是如此心满意足，不准备让任何人来分享他的喜悦。

灯塔到了，拿着准备送给灯塔看守人的纸包，七十岁的拉姆齐先生像年轻人一样轻快地一个箭步跳上岩礁，其他人也跟着跳了上去。

“他一定已经到达了，”莉丽大声地说，她松了口气，感到那天早晨离去之时她想要给予他的东西，现在终于给他了。卡迈克尔先生懒洋洋地爬了起来，站在她后面，伸出一只手来遮在眼睛上方说道：“他们已经登岸了。”

她忽然想起了什么，敏捷地转向她的画布。它就在眼前——她的那幅画。是的，包括所有那些碧绿湛蓝的色彩，纵横交错的线条，以及企图表现某种意念的内涵。她想：它会挂在阁楼上，它会毁坏湮灭。然而，她扪心自问：这又有什么关系？她重新提起了画笔。她望望窗前的石阶，空无人影；她看看眼前的画布，一片模糊。带着一种突如其来的强烈冲动，好像在一刹那间她看清了眼前的景象，她在画布的中央添上了一笔。画好啦，大功告成啦。是的，她极度疲劳地放下手中的画笔，心想：

我终于画出了在我心头萦回多年的幻景。

简评　倘若西方文学史上有一部女性写就的最伟大的文学杰作的话，在我看来首推《到灯塔去》，而不是《简·爱》或者《飘》，原因很简单：后两者虽然有名，但主要只是情节出众，就文学成就而言并无独特与创新之处，而这正是《到灯塔去》的优势，所以就文学的地位而言，《到灯塔去》是明显要高过《简·爱》或者《飘》的。

至于《到灯塔去》的文学特色，那是很明显的，就是意识流，它是西方文学史上这个重要流派的代表之作，与后面的《追忆似水年华》各有千秋。其主要特点是情节不遵守一般日常的时间与空间秩序，而是遵循了人内心的意识之流，将时间与空间幻化于意识之流中，达到一种超越时空的幻境，读来令人思绪万千。

第四十二章　卡夫卡，现代派文学的鼻祖

卡夫卡被尊为现代派文学的鼻祖，他在西方文学中的地位简单说来就是一个地标，现代西方文学的地标。

格格不入　　卡夫卡1883年7月3日生于当时属于奥匈帝国的布拉格的一个犹太人家庭。

卡夫卡的父亲不但身强体壮，性格也很刚硬，说起话来粗门大嗓。他希望儿子也是像他这样的人。但他失望了，卡夫卡从小体质就差，性格也很内向而羞涩，恰与乃父形成了鲜明对比。

父亲也是家里的绝对权威，对孩子实行着一种专制君主似的统治，母亲也少有时间照顾孩子。这样，卡夫卡的童年虽然衣食无虞，然而绝对称不上是快乐的童年，甚至可以称得上是不幸的、孤寂的童年，总之与周围环境格格不入，这样的童年也奠定了他一生的基调，包括创作的基调。

1889年，6岁的卡夫卡上学了。在小学里，他那极其内向而羞涩的性格、瘦弱的身躯使他难免成为强壮的男生们欺侮的对象，使上学对他成了一种折磨，也使他非常不自信。

10岁时卡夫卡小学毕业了，成绩还相当不错，随即进入布拉格旧城区的德语文科中学。它是当时布拉格校规最严厉的学校之一，学生很难从这里毕业。

这所中学最重视的课程是语言与文学教育，学校给学生提供了大量文学阅读，卡夫卡学得十分用心。

但这时候卡夫卡总的特点就是毫无特别引人注目之处，和小时候一样，与周围的环境格格不入，与他人保持距离。

到1901年夏，卡夫卡已经临近毕业了，在必须通过的各门考试中有一科令他很害怕，就与同学干出了一桩与他的性格很不相合的事：他和两个同学一块儿买通了为教师收拾屋子的工人，趁老师不在家，到他家偷出了笔记本，其中就有他给学生们出的考题。他还知道不能照单全抄，考试时故意留下几处小错误，结果取得了好成绩，顺

利毕业。

毕业不久，他就进入了布拉格的斐迪南·卡尔德文大学，这是1901年11月的事。

父亲希望他读法律，不过卡夫卡不喜欢，因此一开始选择了化学专业，但两个星期后还是转到了法学专业。

虽然身在法学系，但卡夫卡一点也不喜欢法律，于是他经常将本系课程丢到一边，去选修文学和哲学课程。是时在斐迪南·卡尔德文大学主讲哲学的是著名哲学家布伦塔诺的学生马尔蒂，他开设了“描述心理学的基本问题”，卡夫卡在第二学期选修了这门课。对他影响颇大。学生们还组织了一个“布伦塔诺沙龙”，组织讨论布伦塔诺的哲学思想，卡夫卡也参加了，虽然他在讨论中不怎么发言，但是一个很认真且持之以恒的听众。

正是在积极参加布伦塔诺沙龙的时候，卡夫卡写下了他的第一篇小说《一场斗争的描写》，小说带有明显的受布伦塔诺思想影响的痕迹。

在大学里他更进一步拓宽了自己的文学视野，阅读了大量文学作品，从古代到现代，从东方到西方，无所不读，甚至包括在西方少有人问津的中国文学作品，例如他读了由海尔曼编辑的《中国抒情诗选——从十二世纪至今》，他在第一篇小说《一场斗争的描写》中就引到了中国的诗歌，后来他还有一篇名作叫《中国长城建筑时》。

1903年夏天，20岁的卡夫卡有了第一次性行为。那一天天气闷热，他正在自家楼上复习备考，楼下有家服装店，有一位年轻的售货员小姐，她不断向年轻的卡夫卡抛媚眼，正在无聊的卡夫卡也回应起来，于是两人很快订下了幽会。不幸的是当他到时候下去找那姑娘时，那姑娘又约好了另一个男人。她挽着另一个男人的手，却做手势让卡夫卡跟着她，等那家伙走后，卡夫卡便带姑娘进了一家旅馆，在那里初试云雨情了。两天后他们又去弄了一次。性关系给他的感觉是矛盾的：他一方面觉得性生活令他舒服满足，另一方面却又令他觉得十分龌龊，打心眼里感到厌恶。

性觉醒后，他并没有去找适合恋爱结婚的姑娘，找的都是妓女，不用说非止一个、更非止一次了。

1905年，卡夫卡大学四年级了，即将毕业，由于长期精神紧张，他得了神经衰弱症，住进了疗养院，在那里待了一个月。从疗养院回来后，开始准备毕业考试了。并于这年6月18日通过考试，获得法学博士学位。

此后他先在一些法庭实习了一段时间，法院烦琐无聊的条条框框激起了他强烈的反感。这从我们以后在他作品中见到的对法庭的描写就看得出来，在那里，法庭无非是一些臃肿无比、毫无效率，却又拥有生杀予夺特权的神秘而令人恐惧的机构。

1908年初，卡夫卡一口气在杂志上发表了8首散文诗，6月又找到了一份钱多事少的好工作，在半官方性质的布拉格工人事故保险公司负责工伤事故的保险赔偿。

他一直想从家里搬出来，这需要钱，于是他尽量存钱，还向父亲借钱投资妹夫开办的石棉厂，结果失败，使卡夫卡苦恼不堪，甚至想一死了之。

虽然没有死，但他离家独居的计划化为泡影了。家里这时候更加吵闹了，因为他妹妹生了孩子，经常带孩子来父母家玩，把家里弄得人声鼎沸，热闹非凡。但热闹是他们的，卡夫卡什么也没有，他只想安静。于是便出现了这样的场面：下班后，卡夫卡一个人默默地吃饭，同谁都不说话，吃完饭后就往自己的房间一躲，读书去了，或者出门散步，总之不理人。家里人成了比陌生人更陌生的人，虽然他们的身体近在咫尺，心却远隔天涯。

性的觉醒　1912年，卡夫卡遇到了他一生中最重要的人物之一费利莎·鲍尔小姐。

费利莎半犹太半普鲁士血统，比卡夫卡小4岁，既不漂亮也不温柔，但心直口快而且大方，令卡夫卡怦然心动。经过一段时间的交往，他开始给费利莎写信，询问关心她的一切。但襄王有意，神女无情，使卡夫卡十分痛苦。

后来费利莎终于给卡夫卡回了第一封信，卡夫卡狂喜，从此你来我往，开始了频繁的通信，有时甚至一天三封。到1914年他们终于订婚时，仅仅卡夫卡写给费利莎的信就达400封。

卡夫卡虽然生性内向寡言，不是谈情高手，但在书信里可不一样了，那字句火辣辣的，直可以把人烧起来呢！信中的称呼很快由费利莎小姐、亲爱的费利莎小姐变成了亲爱的、最亲爱的，例如有封信说："最亲爱的，最亲爱的，世界是如此美好，人不必害怕，不必焦虑，你的信到达了……"简直爱得有点语无伦次。

费利莎也很快地接受了卡夫卡的感情，这给了卡夫卡极大的推动力。

其实，刚刚认识费利莎后卡夫卡就从她那里得到了动力。其中早在他给费利莎写第一封信的时候，他已经感受到了她给他的灵感，这天夜里他通宵未眠，写下了第一部成功的、重要的作品《判决》。

1912年底，卡夫卡出版了他的第一部作品《观察》，这是卡夫卡的处女作，没什么反响。

他开始想到了同费利莎结婚，然而又顾虑重重，犹豫再三，他总是不自信，他对爱总存着这样一种态度：既想获得，又害怕拥有。在一篇日记中，他总结了自己赞成和反对结婚的七条理由，其中只有第一条是支持结婚的。

但有一天，他突然做出了决定，给费利莎的父亲寄去了一封信，正式请求他同意他与费利莎结婚。不过几乎是同时他又后悔了，再度处于矛盾与痛苦之中。

这年9月，他获得了一次去维也纳出差的机会，然后乘便去了意大利，住进了里瓦一所疗养院，在这里他与一位姑娘萍水相逢，很快发展成了肉体关系。虽然卡夫卡对于结婚与否很是犹豫，但对于是否与女人发生关系那可是毫不犹豫的，只要有机会就绝不肯放过，这样的机会也非止一次。如果没有这样的艳遇他也会主动去找妓女，每到一座城市，他都会有意地去那些有妓女出没的街道逛，遇到中意的就去开房，他甚至曾在一则日记中有这样的话：

我经过妓院就像经过所爱者的家门。

当他处于矛盾痛苦之中时，从9月去意大利直到10月底，他中止了与费利莎的通信，这令费利莎十分焦虑不安，情急之下她找了一个经常在布拉格与维也纳之间来往的女友格莱特，请她去找卡夫卡，希望她从中斡旋。格莱特是一个活泼开放的姑娘，见到卡夫卡后倒是履行了斡旋的责任，不过同时也来了个鸠占鹊巢，先上了女友爱人的床。据说后来她可能就此怀孕并生下一子，只是在7岁时就夭折了。

到1914年春，经过再三犹豫，卡夫卡还是与费利莎订婚了。他们郑重其事地在4月21日的《柏林日报》和24日的《布拉格日报》上刊登了订婚启事，6月1日，在费利莎柏林的家里举行了正式的订婚仪式。

订婚仪式本来应该是喜气洋洋的，但卡夫卡可不是这样，相反，他觉得自己像是只供人观赏的猴子，难受极了。

但就在他订婚仅仅一个多月后，他去柏林看费利莎时，在他住宿的旅馆里受到了一次审判，由费利莎和她妹妹、格莱特以及一位作家组成了一个私家法庭，在法庭上，费利莎发表了严厉的指控，一是称卡夫卡在处理与她的关系时反复无常，二称卡夫卡对她不忠——格莱特并没有隐瞒她与卡夫卡的私情。审判的结果是解除卡夫卡与费利莎的婚约。

卡夫卡半推半就地接受了判决，并很快将它用到了创作中，几天之后，就在他的日记中出现了约瑟夫·K这个名字，他就是卡夫卡的代表作之一《审判》的主人公。

也就在这个时候，第一次世界大战爆发了，这时候卡夫卡已经31岁了，身体很差，没有被征召，只服了预备役，他的两个妹夫都被征召入伍了，他的大妹由于带着两个孩子，就搬到了娘家住。这样家里就不够住了，卡夫卡乘机搬出了家，在外面租了一间房子过起真正的单身汉生活来。

独居对卡夫卡的创作来说是大好事，他终于得到了梦寐以求的孤独，迎来了创作的高潮，写出了长篇小说《美国》的第一稿，另一部长篇《审判》也进展顺利。

这时费利莎也回心转意了，他们恢复了通信，到1916年6月，他们重新订婚了，甚至还商定战争一结束就结婚，然而，卡夫卡不久再次后悔了。他在这时的一篇日记中有这样的话：

> ……我总是依赖他人生活，因而在每方面，我对独立、自主、自由有着无限渴望。我宁可对一切视而不见，一意孤行，哪怕落得可悲下场，也不愿让疯狂的家庭生活干扰我的视线。……任何一种不是我自己缔结的关系……都毫无意义，它妨碍我走路，我仇视它，或近乎仇视它。路正长，能力又那么薄弱，因而这仇视大有其理由。固然，我是父精母血的产物，并因而被缔结在与他们和几位妹妹的血缘关系中。平时……我意识不到这一点，然而从根本上说，我对它的重视出乎我自己的意料。某些时候这也成为我仇视的目标。看着家里那张双人床，床上铺好的被单和仔细摆好的睡衣，我会恶心得作呕，五脏六腑都要呕出来……

这年11月，《审判》出版了，他的创作激情也复燃了。他住进了小妹奥特拉在外面用来幽会情人的房子，从1916年11月一直住到1917年5月，这几个月里创作了大量短篇小说，如《乡村医生》《中国长城建造时》《致科学院的报告》，等等。

死亡与最后的阳光　1917年8月，卡夫卡突然吐起了血，一开始以为只是急性感冒之类，后来他去找了一个专家看，经过详细诊断，证实卡夫卡已经患上了可怕的肺结核。

肺结核在我们中国被称为痨病，这种传染病现在没什么大不了，已经有了特效药。在当时的欧洲它却被称为“白死病”，与在14世纪时曾经夺去欧洲近一半人口的“黑死病”——鼠疫——相对应，每年都要夺去大批人的生命。由于没特效药，医生能够开的最好的方子就是让病人找个空气洁净的地方好好疗养。于是卡夫卡去了妹妹在那里有个农场的楚劳。

得知未婚夫病情的消息，费利莎立即赶往楚劳，但卡夫卡很冷淡地对待她，她表示决不会因此离开他，要与他同甘共苦，但卡夫卡断然拒绝了，他甚至将自己的病看作是一根救命稻草，可以借之正式与费利莎决绝。由于卡夫卡极为顽固的坚持，费利莎只得同意解除婚约。但他随后在一封信中说：“昨天下午我哭了，把我成年以后所有的哭泣加在一起也没有昨天下午那么多。”

15个月后，费利莎嫁给了一个有钱的商人，卡夫卡听说后很为她高兴，婚后她生了一子一女，纳粹刚掌权她就举家移居瑞士，后来又到了美国，直到1960年才去世，这时候卡夫卡已经名扬天下了。

卡夫卡随后又到了楚劳，他在那里读书、晒太阳、还帮妹妹管理农庄，甚至干点农活，锄地除草什么的，真是锄豆东篱下，悠然见南山。这种田园生活令卡夫卡十分满足，他在楚劳共生活了8个月，他将这段时间看成他一生中最幸福的时光。

这时候已经是1918年11月了，第一次世界大战已经结束，奥匈帝国崩溃了，布拉格成了新生的捷克斯洛伐克共和国的首都。由于身体虚弱不堪，公司只好准他休假，他在母亲的陪同下到锡莱森去休养。在这里卡夫卡有了另一次艳遇。

这次是朱丽叶，她年方28岁，也是布拉格的犹太人，她没什么文化，满口粗话俚语，但热情开朗，必要时也很安静，身材还很棒。他们第一次见面时，两人的目光一相遇就笑了起来，这令得平时很少有笑的卡夫卡很是难忘。他们开始密切交往，卡夫卡甚至产生了同她结婚的念头，他觉得他与朱丽叶有真感情，两人在一块会幸福的。但他的父亲可不这样想，主要是朱丽叶家的社会地位太低，他觉得儿子要同这样的女人结婚，而且是在认识没几天的时候，简直是发疯。

由于父亲一再这样对他，卡夫卡心里十分难受。他其实是打心眼里爱自己父亲的，他曾在日记中说一辈子最大的希望就是赢得父亲的称赞，他之所以创作，想在这上头闯出名堂，原因之一也是为了让父亲看到他不是一事无成。这年，当他的《在流放地》出版后，他将书拿去送给父亲，父亲竟然看也不看，只冷淡地说了句："把它放在床头柜上。"这令得卡夫卡忍无可忍，于是，这年11月他写下了著名的致父亲的信，这也许是文学史上最长的信之一呢，长达3万字！

由于父亲的阻挠，卡夫卡与朱丽叶的婚约也就搁浅了，但卡夫卡并没将这事太放在心上。因为这时候有一个更好的女子闯入了他的生活。

1919年10月左右时，他收到了密伦娜的信，她是捷克人，25岁，已经是一个小有成就的作家，已婚，父亲是著名的医学教授。她这次来信是希望卡夫卡能够允许她将他的一些作品由德文译成捷克语。卡夫卡立即去信表示同意。两人开始通信，后来几乎一天一封，就像以前同费利莎的通信一样。密伦娜是一个很热情开放的女子，参加过捷克共产党的活动，与伏契克这样著名的共产党作家过从甚密，后来被关进纳粹集中营。她在与卡夫卡的交往中很快产生了感情，因此要他去维也纳找她。

这年6月底，他离开梅兰前往维也纳，在那里待了4天，不用说密伦娜成了他的情人。

但不久他又疲倦了，要求密伦娜停止通信。他们并没有就此失去联系，密伦娜后来还去看望过卡夫卡，卡夫卡也将自己的日记全部交给了密伦娜保管，还把《美国》和《致父亲的信》的手稿交给了她。可以说，一直到死，密伦娜都是卡夫卡最信任、感情也最深的朋友之一，堪与他的终生好友布洛德相比。

到1922年初，他的身体已经非常差了，神经也很衰弱，几到了崩溃的边缘。在医生的陪同下，他到了巨人山脉中的斯宾德尔米勒疗养。后来公司在请专家鉴定后，终于同意他暂时退休。

他和妹妹奥特拉夫妇一起去波希米亚森林附近的普拉纳，在那里向布洛德发出了一封信，信中说："我一辈子都是作为死人活着的，现在我将真的要死了。"

这时已经到了1923年夏天，卡夫卡随大妹艾莉一家去波罗的海的海滨疗养胜地米利茨，在这里结识了他生命中最后一个重要的女性——多拉。

多拉还是一个犹太姑娘，是时年方19岁，能够流利地讲犹太人的本民族语言意第绪语，遇到卡夫卡后，她很快爱上了他，他的知识、修养与忧郁都深深地征服了她。卡夫卡呢，他也仿佛发现了生命中最后一抹阳光，使他甚至忘却了正在步步进逼的死神，他们很快生活在一起了，并准备将来一起去柏林共同生活。

他的这个想法当然遭到了家人的反对，但卡夫卡可不管了，他真的带着多拉移居柏林。这是1923年9月的事。

正是在柏林，卡夫卡平生第一次真正地过起了自己的生活，家庭的生活，也迎来了一生最后一次创作高潮。

1924年3月，卡夫卡在布洛德的陪同下回到了布拉格，介于他的健康状况已彻底恶化，被送进了维也纳大学附属医院，此时他已经只能靠流质食物和麻醉药维系生命。

1924年6月3日，他的病情急剧恶化了，大夫为他注射吗啡，卡夫卡对大夫又说出了他那种卡夫卡风格的话："杀死我，否则你就是凶手。"因为他已经太痛苦，不想再这样痛苦下去了。

片刻后，他从一阵昏迷中醒来，用尽全力拔掉了身上的各种管子。

他很快就死了，终年41岁。

他的遗体被运回布拉格，安葬在那里的犹太人公墓，一如普通人，根本无人意识到一个伟大的作家就此离开了人世。

第四十三章　《审判》，现代派文学的代表之作

这是一部看上去有些令人压抑的作品，因此不太好读，也不讨人喜欢，你要有心理准备。

奇怪的被捕　一天早晨，K莫名其妙地被捕了。

那天早上八点，两个他从未见过的男人走进了他租的房子，宣布K已经被捕了。这让K完全懵了，他以为是朋友们跟他开玩笑，因为今天是他的生日，他们说不定趁这个日子给他搞点恶作剧呢。

但他不久就感觉这并非恶作剧了，那些人都是正儿八经的看守，甚至大模大样地吃掉了格鲁巴赫太太为K准备的早餐。可是，当K问他到底犯了什么罪时，他们这样回答："我们不过是每天看管你十个钟头，拿工钱罢了，和你的案子毫不相干。"也就是说，他们像K一样也毫不知道他被捕的罪因。

K只有默默退回自己的屋里纳闷，直到看守喊他去见监督官。

能够见到更高级别的官员K倒有些高兴，他想这时候也许可以明白自己究竟为什么被捕了。根据看守的要求，他穿了身黑衣服，被带到了隔壁毕尔斯泰纳小姐的房间里。在那里，他见到了监督官和另外三个年轻人。

监督官以一种居高临下的态度对待K，K问是谁指控了他，是什么样的机构来审理这个案子。监督官说他完全弄错了，其实他们对这案子也是一无所知，他们也只知道他被捕了而已。

K虽然被捕了，但还有行动自由，可以正常去银行上班，不过那三个年轻人竟然是K的同事，是银行里的三位低级职员，现在竟要来监视他了。

K接到了电话通知，告诉他下星期天要对他的案子进行一次简短审理，这让K感到高兴，他想只要经过当面对质，就会证明他的无罪，这第一次审讯也将成为最后一次。

到了星期天，天阴沉沉的，法院位于城市偏僻郊区一条街道深处一栋灰暗的大楼里的第六层，那里有一个眼睛亮晶晶的少妇。

K进去，看到里面的大厅里已挤满了人，这些人大都穿着黑衣服，明显地分成两

派，中间隔着一条狭窄的通道，尽头是讲台，后面高高在上地坐着一个又胖又矮的家伙。他问K的第一个问题就是："你是室内粉刷工吧？"这说明他连K的身份都没有弄清楚。于是，愤怒的K理直气壮地开始了对法官的一系列诘问，甚至根本不承认这是一场什么诉讼。他的话激起了右边的人们的一阵阵喝彩声，还有人大声要他讲下去，于是他就将那天早晨被捕时发生的事情原原本本地讲了出来，他提到了两个看守是如何掠夺他的早餐又想骗取他的衣服的。这时候大厅里鸦雀无声，K感到已经完全控制了会场，他于是十分温和地发表了这样的见解：

"毫无疑问，在这个法庭一切活动的背后，以我的案子来说，也就是在逮捕及今天预审的背后，活动着一个庞大的机构。这个机构不仅雇用了贪赃枉法的看守、愚蠢可笑的监督官和养尊处优糟糕透顶的预审法官，而且无论如何还豢养着一个高级的和最高级的判决组织。……先生们，这个庞大的机构存在的意义何在呢？它的存在不外乎就是滥捕无辜，给他们施加荒唐的和大多数情况下不了了之的诉讼，就像我这桩案子一样。"

审讯是这样结束的：K终于发现，原来大厅里所有的人都戴着同样的徽章，他认识到所有这些人都是一丘之貉，原来支持他的那帮人实际上是在耍弄他而已。他愤怒地道出了这个真相，就拿起帽子离开了。毫不理睬预审法官对他说过的这句话："我只想提醒你，你今天——我想你现在可能还没有意识到吧——放弃了对被捕者必然会带来的好处。"

下个星期里K天天都在等着再开庭，一直没有接到消息，到星期天，他以为会像上个星期一样，于是就自己去了。他到那里时发现不开庭，只有上回见到的那个女人在，他得知她丈夫就是法院的听差，她对K很好，表示愿意帮K的忙，于是K要求看看大厅里法官桌子上面的两本书。那是两本破书，一本里面画着一对赤身裸体的男女，另一本叫《格莱特怎样遭受丈夫汉斯的虐待》。那个女人满心要帮助他，甚至想到可以找那个预审法官帮忙，因为他在打她的主意呢。这时候一个年轻的大学生来了，K看到他强迫似的吻她的脖子，不由大怒。但当K想去夺她时，她请求K不要干涉，因为这个大学生不过是替预审法官来架她去的。K跟着大学生一直走到了一道窄窄的木楼梯前，发现楼梯旁有一张小纸，上面歪歪扭扭地写着："法院办公室在楼上"。楼上迎面是一条狭窄的通道，两边有许多阴暗的小房间，是法院的各个办公室。有一些人坐在各个门前，都是一副胆小而猥琐的样子。

接着的一天晚上，K离开办公室，穿过主楼梯走廊时，听到从一间堆放杂物的小仓库里面传来哀叹声，他进去了，发现他被捕的那个早晨看守他的两个看守正在里面被鞭打，原来是因为上次K在法庭上说他们抢了他的早餐还想骗他的衣服。他们告诉K，犯人的衣服归看守所有这是向来的行规，但这却不能说出来，现在K说出来了，他们就要挨打。

一天下午，K正在银行里忙得不可开交，他的叔叔，一个乡下小地主，曾经是K的监护人，找他来了。他急急忙忙的样子使K明白了他为什么要来。

叔叔问到底是怎么回事，并建议K到乡下去躲一阵子，这样法院就不好找他了。但K拒绝了，因为这样无异于承认他有罪。他叔叔提这样的建议其实是因为看到K如此忽视案子故意这样说的。他叫了一辆出租车，到了他认识的一个胡德尔律师家里。

混乱的求助　胡德尔律师的家与法院位于同一片郊区。K看见律师和一个叫莱尼的长得像布娃娃似的女佣住在一起。当叔叔告诉律师他侄子的事时，律师的回答让他吃了一惊，律师说："关于你侄子的案子，如果我有力量能够胜任这项极其艰巨的任务的话，当然会感到非常荣幸。可我真担心我心有余而力不足。"

原来律师早就听说了这个案件，因为他与法院的法官们打交道多可呢。就像现在，有一位就在他家里。这时候K和叔叔才发现房间黑洞洞的角落里坐着一位老先生，他们竟然一直没有发现。胡德尔律师做了介绍，原来这位显得小心翼翼的老人乃是尊贵的法院书记官。K的叔叔在这样的人物面前显得拘束了，书记官风度十足，打着手势高谈阔论，听得那位叔叔心醉神迷。K这时候却在走神，想着刚才那位小女佣。门外突然传来一阵像打碎瓷器的声音，K站起来去看是怎么回事，刚一到前厅，黑暗中就伸来一只手抓住了他，原来是那个女仆，她说她是故意引他出来的，K说他也正在想着她。他随她到了律师阔大的办公室。两人相拥着坐在律师的大靠背椅上，情话绵绵。K注意到门右边有一幅法官画像，他身材伟岸，坐在镀金的宝座上，身披法衣。莱尼告诉他，这都是出自虚荣心，那位法官，只是名预审法官，其实矮得像侏儒，却故意把自己画得高大，他在法院里坐的也不是什么镀金宝座，而是一张餐椅，上面铺着块旧毛毯。她表示愿意帮助他，但有一个前提，她说："你要改掉自己的毛病，别再那么倔强。你抗不过这法院，必须认错。一有机会就认个错吧。你要不认错就无法逃得出他们的掌心，只有认错才是上策。"K把她紧紧抱在怀里，还吻了她，她给了K一把门钥匙，告诉他什么时候想来就来。

一个冬日的上午，外面下着雪，K坐在办公室里，他不想干活，耷拉着脑袋，一动不动。现在这案子已经时刻挂在他心里了，他想也许应该自己写一份辩护书，他不指望律师能够替他做什么，他当然去找过胡德尔律师，不过他觉得律师对自己的案子毫不关心，总是东拉西扯地说一些不着边际的话，提一些毫无意义的劝告，像哄小孩一样哄他。每次当K找他时，律师就发表一通长篇大论，没完没了，而且每次都是老调重弹。可是他的第一份辩护书永远没有准备好。K知道他现在绝对需要亲自过问这个案子了，他以前的轻视已荡然无存，现在他的家族已经被拖进了这个案子。如果他不解决好这个案子，后果将不堪设想。

究竟怎么办呢？K认为首先要摒弃任何自己可能犯了罪的心理，其次是要换掉胡德尔律师，再是要想办法把辩护书递交给法官，然后无论用什么办法，包括通过那几个女人，缠着法官，让他坐下来研究自己的辩护书。然而这一切谈何容易，首先是辩护书，他怎么才写得出来呢？现在K在银行里的地位已经蒸蒸日上了，工作忙忙碌碌，可没有时间也得写，他要事无巨细地回忆整个一生，替自己辩护。当K从这种沉思中清醒过来时，发现已经过了几小时，他什么也没干，几个客户仍在外面等着。他连忙叫第一个客户进来。

这是一个工厂主，原来他也知道了K的事，他是从一位经常替法官们画像的画家那里听来的，他建议K去找这个画家，他熟悉法官们，或许可以帮点忙。他还给了K一封介绍信。

他立即驱车去找那个画家。他住在另一个郊区，与法院所在的郊区遥遥相对。那是一个更加贫穷而阴暗的地方，大街小巷污秽不堪，气味简直令人作呕。一群小姑娘带他去找那个叫梯托雷里的画家，沿着一条又长又狭的小楼梯直到尽头就到了画家的家兼画室。这是一个可怜巴巴的小洞窟，能够用来当画室简直不可思议。

他立即看见一幅正在画着的画像上显然是位法官，与他在胡德尔律师办公室里看到的画像很相像，法官坐在宝座上，身躯肥胖，身材高大，神情咄咄逼人。画家告诉他，他所画的对象实际上远不是这个样子，他甚至于不曾见过这样的宝座，他一切只是听从委托人的吩咐而已，人家叫他怎么画他就怎么画。他爽快地承认自己是法院信得过的人，不过没有官方的职位，但他强调他这种非官方身份更有影响力。他知道K来是为了他的案子，他向K提出的问题是：“你是清白无辜的吗？”K脱口而出地答道：“是的。”并强调自己是完完全全清白无辜的，还说他的清白无辜并没有使事情变得简单些。画家说：“事情取决于许许多多的微妙关系，法院就沉醉于这微妙的关系网中。”他说法院一旦提出起诉，认定被告有罪，再要改变之就难上加难了，他们会对所有证明无罪的证据充耳不闻。

但他又说，法院虽然对在法庭上公开质对的证据充耳不闻，对靠私人关系进行的幕后活动的东西就是另一码事了。那些幕后活动可能在顾问室、法院走廊或者他的画室里。K意识到既然私人关系如此重要，那些满脑子虚荣心的法官们与画家的私人关系的作用就不可小视了。

画家告诉了K有三种解脱的办法：真正开释、假释还是拖延审理。真正开释当然是最理想的，嫌犯从此可以一劳永逸地获得自由。然而这几乎是不可能的，画家说，依据他同法院打了一辈子交道的经验，这是绝不可能的，无论什么私人关系都不能，虽然这从法律的文本上是可能的，但实际上，画家强调说，它们只在传说中存在，他一辈子可从来没有看到过实际的先例。不过他又说不能断定确实从来没有过这样的实例，因为法院的最终裁决是不公布的，连法官们自己都无法摸透。既然真正开释不可能，那么就只剩下假释和拖延审理了。画家同意K可以任意挑一种，他都可以帮助他达到目的。

离开时，为了要画家帮忙，K买下了三幅完全雷同的荒原风景画。然后从画家的床上踏过，从床后被床挡住了的小门钻出去了。他刚踏出门便惊讶不已地发现外面就是法院，与他在审理他案子的法院的阁楼上看到的法院办公室外面走廊的情形一模一样。

K终于下定决心，不再让胡德尔律师代理他的案件了。某天，在做了许多痛苦而累人的心理准备后，他去找律师了。

在律师那里他遇到了一个形容矮小猥琐的陌生人，他们聊了起来。他名叫布洛克，曾经是个相当大的商人。5年前他也像K一样陷进了某个案子，胡德尔律师当了他的代理人。他们约定彼此透露一个秘密，好在律师面前相互没有戒心。布洛克透露除胡德尔律师外他还有五个小律师，甚至还准备请第六个，因为他不想输掉这场官司，为此他把自己的一切包括金钱和时间全搭进去了。不过这不能让胡德尔律师知道，以免他生气报复。K打听布洛克这个拖了五年的案件的进展情况。布洛克说虽然经过了多次审理，他每次都到了场，也搜集了证据，还将所有账簿都交给了法庭，胡德尔律师也为他写了各式各样的辩护书，但并没有任何进展。他还告诉K，胡德尔律师那些辩护书全是废纸一堆。他说，当时他是一个地道的商人，盼望案子有一个看得见的进展，有一个合理的结局。然而总是事与愿违，只有一次次内容几乎千篇一律的传讯和走过场一样的作答。他也曾经要求胡德尔律师使法院为他案件的审理确定一个日期，但律师告诉他这是不可能的。他告诉K，胡德尔律师总喜欢称自己为大律师，并因此而看不起那些小律师，但那大字是他自己加的，他们实际上也只是小律师而已，还有真正的大律师无与伦比地高踞于他们之上。这些大律师他从来没有见过，也不可能找到他们，他们只为他们愿意辩护的人辩护，而且案件必须先经过低级法院的审理。比起那些大律师来，胡德尔律师的帮助简直令人作呕，一钱不值。K发现这个样子猥琐的布洛克对他还是有用的，至少他有丰富的经验。

这时候莱尼来了，她告诉K律师在等他，还说不是谁都能够像K一样什么时候想见律师都可以，就如这位布洛克，经常等两三天还见不着，因为律师不肯见他，为了使律师一旦要见他时他随时都在，他干脆住在这里了。K看到了莱尼让布洛克住的那间可怜的只能放一张床的黑屋子。突然间K再也忍不下去了，他再也不愿意见到律师、布洛克或者莱尼。当布洛克根据他俩的协定，要K也讲一个秘密给他听时，K大声说道："我现在就去律师那里，是要解雇他。"说着他不顾莱尼的拼命阻拦，已经冲进了律师的房间，并且从里面把房间锁上了。

律师好一会儿才听明白K的话，他从床上坐了起来，告诉K，由于他叔叔的关系，他已经渐渐喜欢上了K，他并不如K所说的那样没有尽力，有许多事情是他看不到的，例如法院的内幕活动、他自己秘密的工作。他还说，K之所以这样是因为人们对他太好了，使他误入歧途，这其中当然也包括他自己。他要K看看其他委托人在这里会受到什么样的对待。他钻进了被子，按铃命令莱尼把布洛克召进来。

接下来K看到，布洛克像一条挨惯了打的狗一样卑怯地蹭进来，都不敢看律师，只不停地央求莱尼，求她帮他说句好话，甚至跪在了律师的床前。K不由庆幸自己在律师这里浪费的时间还不太多，还没有像布洛克那样。律师终于告诉了布洛克法官对他的案子所说的话，法官说："布洛克只是狡猾而已，他积累了不少经验，懂得怎样来拖延诉讼。不过，他的小聪明远远甚于他的狡猾。如果他得知自己的案子压根儿还没有开始审理，如果有人告诉他，连开庭审理的铃声还没有摇响呢，你想他会说些什么呢？"

有一位意大利的业务伙伴首次来到K所在的城市，他是银行举足轻重的老主顾，K受委托陪他去参观城里一些艺术珍品和名胜古迹。于是这天早晨K七点钟就来到了办公室，他在经理办公室里见到了那个意大利人。他只想K带他仔细参观城里的大教堂，并与K约定十一点钟在教堂大门口见。

莫名的死亡　他到达大教堂时，雨小了，天气还是一样的阴冷潮湿。他走进大教堂，钟刚好敲十一点，但客人还没有来。K裹紧大衣，竖起领子，在教堂里的长凳上坐了下来。

在大堂里一个隐秘的小讲坛下面，K吃惊地看见了一位神父，他望了K一眼，迈着轻快的步子登上了讲坛。难道他要布道吗？K觉得奇怪，在这空荡荡的教堂里只有他一个人，而且也没有先奏管风琴。K想要赶紧走开，要是布道开始他就不能走了。他慢慢地走到了教堂中间宽阔的走道里，快步往外走了。他在神父目光的追随下走着，孤零零地一路走过去，旁边一排排的椅子上空无一人，他油然升起一种被遗弃的感觉。当他差不多已经走过最后一排椅子时，突然，在空旷的教堂里响起了神父清清楚楚的喊声："约瑟夫·K！"

K吓了一跳，他快步朝讲坛走过去，一直走到一个比较近的，他要使劲地仰头才看得见神父的地方。神父的话很明白，他说："你是约瑟夫·K，你是一个被告。"K承认了，还应神父的要求把手中的旅游手册扔掉了。"你可知道你的案子很不妙吗？"神父问道。"我也有这样的感觉，"K说，"我该尽的心都尽到了，但至今毫无成效。当然，我的第一份申诉书还没有递上去。""你认为结果会怎么样？"神父问道。"以前我想肯定会有个好结果，"K说，"可是现在，我自己有时也不抱什么希望了。我也不知道结果将会怎么样。你知道吗？""我也不知道，"神父说，"可是我担心结果将会不妙。"神父说他们认为K是有罪的，并且有根有据，当K辩说自己清白时，神父说凡有罪的人都这么说，当然他不是针对K的。他又问K下一步准备怎么办。K说他还要寻求帮助。神父听罢带着指责的口气说他尤其想从女人那儿寻求不正经的帮助。K说女人具有很大的力量，只要他所认识的女人一齐为他出力，他就一定能够克服重重困难，尤其是针对法院那个充斥着好色之徒的地方。神父愤怒地责备他目光短浅，就像他对着的是一位正掉下万丈深渊的人，他这样也许是因为听到K指责了法院的缘故，神父自己就是法院的人呀。他的好意是明显的，如果K低三下四地请求他，他很可能会帮K的忙，但K却不能这样。

后来神父走下神坛，与K并肩在昏暗的弄堂里走来走去，一边交谈。神父说，K弄错了有关法院的情况。接着，神父讲了这样一个"故事"：

在通往法院的大门前站着一个守门人。有一个从乡下来的人求进法门。守门人说，现在不能允许他进去。这人想了想后又问道，那以后会不会准他进去呢？"这是可能的，"守门人说，"可是现在不行。"由于通往法的门敞开着，而且守门人也走到一边去了，这人便探头透过大门往里望去。守门人见了后笑着说："如果你这么感兴趣，不妨不顾我的禁令，试试往里闯。不过，你要注意，我很强大，而我只不过是最低一级的守门人。里边的大厅一个接着一个，层层都站着守门人，而且一个比一个强大，甚至一看见第三道守门人连我自己都无法挺得住。"这个乡下人料不到会碰上这许多困难，照他看来：法院嘛，应该是每个人随时都可以进去的。他仔细地看看那个守门人，打定主意还是等得到允许再进去。守门人便给了他一只小凳子，让他坐在门边。他就坐在那里，长年累月地等下去。他作了许多次尝试，想使守门人让他进去，死乞白赖地搞得那个守门人也厌倦了。守门人也常跟他聊上几句，问问他家里的情况和其他一些事情，可是那些问题都是无关痛痒的，好像是大人物在提问题，可到后来总是说还不能让他进去。那个人出门时本来随身带着许多东西，他把所有的东西都送掉了，不论多贵重的东西，只希望贿赂那个守门人。他的一切都被收下了，不过，在收每一件礼物时守门人总是说，“我收下这件东西只是为了免得你觉得还有什么事情没有完成。”许多年里，那人就这样一直守着那个守门人。他忘记了还有许多其他守门人，总以为阻拦他进去的只是这个人。开头几年他大声诅咒自己的命不好，到得后来，因为年纪老了，他就只是暗自嘀咕。因为长年守在门口，甚至连守门人皮袍上的虱子他都认识了，他竟去求虱子帮他来劝这个守门人回心转意。最后，他的眼睛变得看不清楚了，他不知道究竟是他周围的人真个变黑了还是他的眼睛在捉弄他。可在这样的黑暗里他也能看见一道永不熄灭的光芒从法院那扇门里射出来。后来他的生命快要结束了，死前，他根据在法院门口坐了那么久得到的经验总结了一个问题，一个他从来没有向那守门人提出过的问题。他用手招招那个守门人，因为他僵硬的身体再也抬不起来了。守门人不得不把身子弯得老低才能听见他说话，那人说：“人人都拼命要到法院里去，可这些年来怎么只有我一个人跑来要求进去呢？”守门人看到这人筋疲力尽，听觉衰退，就在他耳边大声吼道：“除了你，谁都不能进去，因为这门本来就是为你而开的。现在我要去把它关上了。”

K就这个法的故事中包含的寓意与神父讨论了许久，外人看来这就像是K对神父的临终对话。

“谎言被说成是普遍的准则。”K最后说。

K31岁的前一天晚上，约莫九点钟，大街已经笼罩在一片寂静之中，两个男人来到他的寓所。他们身穿礼服，脸色苍白，身躯肥胖。K这时候身穿黑礼服，坐在门旁的扶手椅里，好像在等客人，K跟他们出去了。

一出大门，那两个人便一边一个紧紧地夹住K，K开始也挣扎过几下，但他突然领悟到，反抗是徒劳无益的。他一直被带到了城外，一个荒无人烟的小采石场。他们把K按倒在地，抽出了一把又长又薄的屠刀，一个人用双手扼住K的喉头，另一个则把刀深深地戳进了他的心脏。

简评 卡夫卡的作品看上去总有些荒谬，然而稍加思索就会感觉这种荒谬只是形式上的，他反映的正是这个世界的本来面目：人情冷暖，世态炎凉。我们可怜的渺小的人，被一些异己的力量——他人或者某些机构——所压抑，它们像铁帽一样压在我们头上、魅影一样压在我们心上，剥夺我们天赋的、理当享有的自由与权利，然而我们却毫无反抗的余地，它们使我们的生活了无趣味。

也因此，读卡夫卡的作品不是一件轻松的事，它令人感到压抑甚至痛苦。

也许正因为如此，它才成了文学史上独具一格的伟大作品，成为现代派文学的开山与代表之作。

第四十四章　伟大作家马塞尔·普鲁斯特的病态人生

他自幼体弱多病，在母亲的极度溺爱之中长大，身体与心灵均呈病态。

他的生命并不长久，但他的作品很漫长，一部小说长达七卷数百万字。

这个人就是普鲁斯特，伟大的《追忆似水年华》的作者，这部作品现在都称得上是最伟大的现代派作品之一，某种程度上甚至用不着加“之一”二字。

马塞尔·普鲁斯特1871年7月10日生于巴黎附近的奥特伊尔市。

普鲁斯特的母亲生于富有的犹太人家庭，他的父母都是犹太人，因此普鲁斯特是纯种的犹太人。他的父亲是大名医、巴黎大学卫生学教授，还是皇家医学科学院院士，后来还当上了法兰西第三共和国的卫生总监。

普鲁斯特的童年岁月大部分是在巴黎度过的，假期时就到祖父母所在的伊利埃玩。这里附近有一个小镇叫沙特尔，那里风光优美。给小普鲁斯特留下了深刻的印象，成为日后《追忆似水年华》中贡布雷的原型，普鲁斯特对它的描写极为细腻生动，使之名声大噪，后来这座城市也因此更名为贡布雷。

不到两岁时，父母又给普鲁斯特添了一位小弟弟罗贝尔，他与哥哥感情甚笃，由于普鲁斯特无儿无女，还终身未婚，去世后弟弟便成了他作品的继承人，将许多他生前未曾发表出版的作品整理出版。

普鲁斯特最早的不幸在他9岁时来临了，这一年他患上了哮喘，这种小儿哮喘在当时几乎是无法治愈的，就是现在也难以根治。这种可怕的慢性疾病不但从此改变了普鲁斯特的生活，也改变了全家人的生活，或者说，它成为全家人生活的指南针，只要什么对它有利，全家便得干什么。例如，因为在海滨疗养更有益于它的治疗，全家便从此不去伊利耶度假而是去诺曼海滨。后来这里就成为《追忆似水年华》中的巴尔贝克。还有，自从得了病之后，普鲁斯特再也不能像普通男孩子一样天天外出玩耍了，大部分时间必须留在家里，这给他平添了许多痛苦与焦虑。

母亲对他极其溺爱，这也极大地弥补了父亲的相对严厉给极为敏感的孩子带来的痛苦，使他感到生活之甜美。但这也使得普鲁斯特对母亲极度依恋，远远超过了正常的孩子。

普鲁斯特在1882年入著名的孔多塞中学就读，这里被称为“作家的摇篮”，许多著名作家曾就读或就教于此。也就是在学校里，普鲁斯特开始有了当作家的渴望。

这时候普鲁斯特过着巴黎阔少的生活，放学后经常由保姆陪着在家附近的香榭丽舍大街散步，据说正是在这里他与弗朗索瓦·菲利克斯·福尔的千金们相识，这位富尔在1895年成了法兰西第三共和国的总统。当然，他认识的可不只是这两位尊贵的千金，他认识的小姑娘多着呢，他天生是一个多情种子，很早就一次次地与这些小姑娘中的这个或那个堕入情网了。

1889年，普鲁斯特中学毕业，获得文学学士学位，已经认真地开始文学创作了。他也有些巴黎上流社会花花公子的形象了，经常出入贵夫人们开办的文艺沙龙，在这里见识了许多大人物和巴黎社交界的精英。这时候的普鲁斯特是这个样子的：

> 长着黑眼珠的大眼睛炯炯有神，目光特别温柔，声音更加和婉，有些气喘吁吁。他的衣着非常讲究，宽宽的丝绸硬胸，礼服扣眼上插着一朵玫瑰花或兰花，平檐礼帽。最初到别人家去拜访时，他将礼帽放在扶手椅附近。后来，渐渐地，随着他病情的逐步加重，加之与人相熟，使他敢于想怎么穿衣就怎么穿衣。即便晚上出现在沙龙中，不论冬夏，他都毛皮大衣不离身，因为他总是觉得冷。

这时候普鲁斯特已经显示了他那独特的个人魅力，使那些高贵人物都很高兴认识他，他不是贵族，是犹太人，并不特别富有，却能够经常出入许多出身比他高贵得多的人也难以进入的巴黎最上流社会，并且在那里受宠。也许正因为如此，他很早便有了“势利眼”的雅号。

但这些交往对普鲁斯特的创作极为重要。我们在《追忆似水年华》中看到，它的绝大部分内容记叙的就是巴黎上流社会的生活，更具体地说，是“我”与上流社会成员们的交往经历。正是在这些沙龙里，普鲁斯特结识了许多著名作家如法朗士等，他们对年轻的普鲁斯特也很友好，不吝提携。

中学毕业后，普鲁斯特虽然身体不好，却做出了一个奇怪的决定：志愿入伍，他成了法国陆军第76步兵团的普通兵，但在军队只待了一年便退伍了，随即进入著名的巴黎政治学院学习，这是培养法国政府精英的学校。他同时还在巴黎大学进修哲学，他选修了柏格森的课程，柏格森的思想对他的创作产生了莫大影响。我们知道，普鲁斯特是“意识流”这种西方现代文学最基本的创作手法的奠基者，而“意识流”的概念乃是柏格森在他的哲学中提出来的。这些都是1890年左右的事。

初入文坛　从1896年起，普鲁斯特开始撰写长篇小说《让·桑德伊》，这也是他的第一部长篇，长达千页，普鲁斯特一直断断续续写了8年之久，不过一直没有完稿，也一直没有人知道他有这部作品，直到他去世数十年后才被偶然发现并出版，这是普鲁斯特仅次于《追忆似水年华》的重要作品，《追忆似水年华》中许多情节实际上就是从《让·桑德伊》中直接引下来的。

也就在这年，普鲁斯特出版了他的第一本作品，是由他以前写的一些文章编在一起凑成的，他取名叫《欢乐与时日》，自费出版。普鲁斯特请人精心制作了封面，绘制了精美的插图，甚至还请法朗士作了序。尽管法朗士在序言中称《欢乐与时日》具有“罕见的魅力与细腻的优雅”，另一位名作家巴尔代尔也称它是“等待雕琢的宝石”，它还是没有激起什么反响，颇像一部公子哥儿们的附庸风雅之作。

第二年，虽然身虚体弱，普鲁斯特也经历了一次“决斗”，对手是一个叫让·洛兰的人，据说是因为他在报上发表文章批评《欢乐与时日》时侮辱了普鲁斯特的人格。

1903年时，普鲁斯特的父亲去世了，这对于普鲁斯特算不上是多大的打击，但母亲的去世就不一样了，两年后，是时正在瑞士埃维昂与儿子度假的普鲁斯特夫人突患重病，普鲁斯特迅速将母亲送回巴黎治疗，但医治无效，于这年9月26日病故。

母亲是普鲁斯特一生中最爱的人，也是他的精神支柱，他从小在母亲的精心照料下长大，即使现在年过三十，母亲仍然像他还是个小孩子一样照顾他。现在，这根精神的支柱突然之间坍塌了，对他的打击之重可想而知。普鲁斯特在母亲去世之后不久的一封信中这样写道：

> 母亲知道，离开她，我根本无力独立生活。她知道我没有生活能力。假如临终前她预感到将要永远离开我（想到这一点，我现在仍感到万分恐惧），肯定会焦虑不安的。一想到这儿，我内心就会受到可怕的折磨……从此，我的生活丧失了它唯一的目标，失去了唯一的一点乐趣、一点恋情和仅存的一丝慰藉。母亲生前始终温柔安详地照料着我，使我的生活如蜜般甜美，如今我失去了这一切，在一片宁静中，我不时怀着惶恐的心情缅怀那甜蜜的岁月。母亲生前曾使我生活在宁静的气氛中，尤其在我休息的时候，她使家里的仆人养成了安静的习惯。她去世后，这种习惯还一直沿袭下来。当时，我内心充满了悲哀，我失去了她，并且亲眼看见了她遭受的痛苦。我相信当时母亲已经知道自己就要离开我了，但又不能把心中的焦虑告诉我。我能体会到，由于我的身体孱弱，母亲一直忧心忡忡，为我操尽了心。……然而，她

意识到自己就要和我永别了，并且深知我缺乏在生活中拼搏的能力，这些使她痛苦万分。

他这时候不停地在各种报刊上发表各类文章，法国最重要的报纸之一《费加罗报》成为普鲁斯特发表作品的主要阵地，此外还有许多文章发表在由纪德主持的新杂志《新法兰西评论》上。

《追忆似水年华》 母亲去世以后，普鲁斯特的主要工作或者说生活的主要内容就是写作《追忆似水年华》。

为什么要在母亲去世之后才着手写呢？原来，很早以前普鲁斯特就开始构思《追忆似水年华》了，只是一直未曾动笔，这也许是出于一种惰性，也许是出于一种临产前的犹豫与痛苦：那些伟大作品的创造者们，在动笔写作之前往往都要经过一个时期的犹豫甚至痛苦、彷徨，迟迟不能下笔，直到某一天某个事件或者某种力量触动了他内心深处的某根弦，他才会奋袂而起，动起笔来。

《追忆似水年华》从开始写作到正式发表大约经历了7年，即从1905年到1912年，这时的普鲁斯特过的是一种什么样的生活呢？简而言之，他过着几乎是传说般的生活，一种与世隔绝的、极其孤寂的生活。这时候他的身体更不如前，肺部对外界的任何刺激都无法忍受，例如春天的花香，因此，普鲁斯特将自己重重包裹起来，与外界隔绝，在极其安静而孤寂的环境下进行写作。

到1912年，普鲁斯特终于拿出最早完稿的《追忆似水年华》第一部《在斯万家那边》，他先后交给了几家出版社，包括纪德的《新法兰西评论》出版社，均遭拒绝。最后他只得自掏腰包在重视出版当代新作的贝尔纳·格拉塞出版社出版，这是1913年的事。

《在斯万家那边》出版后，立刻在文坛激起了巨大反响，特别是一些眼光独到的作家与批评家看到了它之中所蕴含的革命性力量。

1914年1月1日出版的《新法兰西评论》上发表了署名评论文章，正式代表《新法兰西评论》为先前拒绝出版普鲁斯特的作品表示歉意，并对之大加赞扬。《新法兰西评论》也在这年的6月和7月连载了《追忆似水年华》之《在少女们身旁》中的某些章节。

正当《追忆似水年华》紧锣密鼓地准备在法国文坛“兴风作浪”时，第一次世界大战爆发了，人们一下子将全部注意力投入到战争之中去了，《追忆似水年华》自然也就被搁置下来。

普鲁斯特呢，以他那样的身体可以说自顾不暇，哪还能去理会战争呢！他在1914年的9月份就移居到了卡堡，在那里，他继续潜心写作，将《追忆似水年华》的各卷内容不断充实。对于他，战争几乎不存在，而战争中的法国也忘了他的存在。

1918年，战争结束了，几乎在战争结束的同时，《追忆似水年华》的第二部《在少女们身旁》由《新法兰西评论》出版了，立即在法国激起了热烈的反响，它对于久在沙场的法国人而言犹如极度干渴时喝到了一杯甘霖，令他们感到痛快淋漓。第二年，在普鲁斯特的朋友，也是著名作家阿尔丰斯·都德的儿子吕西安·都德的大力帮助下，《在少女们身旁》获得了在文坛仅次于诺贝尔文学奖的龚古尔奖。

吕西安·都德像纪德一样，据说都曾经与普鲁斯特有过暧昧关系，普鲁斯特一生未婚，一个重要的原因是他有特别的性取向，当然他不是像纪德那样赤裸裸的同性恋者，但至少也有这方面的苗头。他与许多有这种性取向的人成了十分亲密的朋友，而在《追忆似水年华》中，同性恋特别是男同性恋的描写也是其最生动甚至震撼的情节之一。

《在少女们身旁》获得龚古尔奖之后，普鲁斯特生活的主要内容是完成《追忆似水年华》余下的几卷，他不顾健康，更加玩命地写作。

1920年，《追忆似水年华》第三部《盖尔芒特家那边》的第一卷由《新法兰西评论》出版。

1921年，《盖尔芒特家那边》的第二卷以及第四部《索多姆和戈摩尔》的第一卷出版。

1922年，《索多姆和戈摩尔》第二卷出版。

这年10月的一天，普鲁斯特出门去看望一位伯爵朋友时支气管炎发作了，这对于被哮喘折磨了一辈子的他是致命一击，是压在他早就不堪重负的病弱不堪的身体上的最后一根稻草。

1922年11月18日，普鲁斯特与世长辞，终年51岁。

此时他已经完成《追忆似水年华》所有章节的写作，余下的校订工作也继续有人在完成，到1927年，《追忆似水年华》最后一卷《重现的时光》由《新法兰西评论》出版。

第四十五章　《追忆似水年华》，西方现代派文学的扛鼎之作

我可以负责任地告诉您，我尊贵的读者朋友，《追忆似水年华》是现代西方文学史上最值得精读、细读的作品之一，您只要肯读进去就绝不会后悔。

当然它实在有点长，细读是相当难的，所以我在这里为您进行了改写，内容大大地减少了，但保留了它独具特色的精华。

第一部　在斯万家那边

很长一段时间，我早早躺下了，这时，周围漆黑一团，我不知道几点了，我听到火车鸣笛的声音，忽远忽近。汽笛声中我仿佛看到一片空旷的田野，匆匆的旅人赶往附近车站，走过的小路将在他心头留下难以磨灭的回忆。

我情意绵绵地将腮帮搁在枕头上，通常并不急于入睡，一夜里大部分时间都用来追忆往昔，追忆我们在贡布雷外祖父母家、在巴尔贝克、在巴黎、在董西埃尔、在威尼斯以及在其他地方度过的岁月。

在贡布雷，我上楼去睡，唯一的安慰是上床后妈妈会来吻我。哪怕时间很短，也总算不错了，而且比起客人太多，她不能上来的那些晚上，总要好得多了。

所谓我家的客人，除了偶尔几位顺路来访的外地客人，平时只有斯万先生。

斯万先生比我外祖父年轻得多，却同他关系密切，他一连好几年，尤其是在结婚以前，常来贡布雷看望我们。

由于并不觉得斯万这个姓氏有多显赫，我的长辈们接待他就像那些浑然不觉地接待了微服私访的贵人一样的人。他们根本没想到斯万先生乃是跑马总会里数一数二的阔绰会员，巴黎伯爵和高卢公爵宠信的密友，圣日耳曼区上流社会的大红人呢!

我们对斯万这些显赫的身份毫无所知，有一次，姨祖母对斯万谈起某位大贵人，

并说：“这几位大贵人，您跟我一样，永远都高攀不上。”她没想到，这时候斯万口袋里也许正有一封这位贵人写给他的信呢。偶然地，姨祖母听到一些这方面的信息，例如斯万同某位王妃共进晚餐，或者同某位亲王是至交，她并不会因此高看斯万，而是低看那位贵人罢了，因为他竟然同斯万这样的人交往。对于姨祖母们，我们家接待斯万简直是给他天大的面子！

斯万先生这样被低看有一个原因是他与一位与他不般配的，类似于交际花的女人结了婚，这更大大降低了他在人家心目中的地位。不过，像我母亲这样善良的人总是避免提到他的夫人，就是询问他的家事也只是关于他女儿。

不过，斯万的到来在我们家终归是一件令大家高兴的事，尤其当他带来了美酒之时。全家只有一个人将他的到来视为痛苦，那就是我。因为每次他来，我就会在晚饭还没有结束时就被打发去睡觉。这时，我就会两眼盯住妈妈，想着临别时与妈妈匆匆的一吻，因为为了不使父亲扫兴，妈妈是不会像往常一样让我亲好几遍的。我早在为那悄然而短促的一吻做准备了，我用眼睛选定妈妈脸上的某个部位作为我的吻的落点，并做好了充分准备，以便当妈妈的脸凑过来的刹那间，我能充分地感受到我的嘴唇贴着她那部分肌肤的温存。

然而这天，晚饭的铃声还没响，外祖父就残忍地——虽然他没有意识到——叫我上楼去睡。我连亲妈妈的权利都被剥夺了。对于我，这等于连盘缠都没领到就得上路了，我的悲哀是不言而喻的。可是，在葬身我的铁床之前，我萌生了反抗的念头，给妈妈写了一封信，说有重要事情得禀告她，并求负责照料我的弗朗索瓦交给妈妈。严厉的弗朗索瓦所持的原则只有一条：尊长敬客，并且严格地要求我也这样。这次她没有看出我的目的，答应送信了。然而妈妈甚至没给我一点面子，让弗朗索瓦回话说：“不理他！”我钻进被窝，本来准备逆来顺受以求安宁，可突然我下定决心，不再勉强自己在见到妈妈前就入睡，我要等妈妈上楼睡觉时，不顾一切地去同她亲一亲，即使这样会惹她接连几天生我的气。我听到大人们送斯万出去的声音，我听到他们在谈论斯万，姨祖母说斯万看上去都像老头子了，还说起斯万的妻子，说起她曾与夏吕斯先生同居闹得满城风雨。我蹑手蹑脚地走过过道，看到了妈妈，我扑上前去，妈妈先是一愣，接着脸露怒容，叫我快跑，免得爸爸看见。可是我反复地说：“来跟我道声晚安！”这时父亲看见了，我想，完了！然而爸爸的反应完全出乎我的意料，他耸耸肩说：“事情明摆着，这孩子心里不痛快，脸色那么难看，做父母的总不能存心折磨他吧！等他真弄出病来，你更要迁就他了。”他甚至说我屋子里有两张床，要母亲今晚跟我一起睡。这天晚上母亲就在我的卧室里过夜，我犯了这样严重的错误，准备受到最严厉的惩罚，不料父母却对我宠爱有加，平时即使我做了好事也得不到这样的奖赏。我觉得，我取得胜利是跟她作对，不过她是因为怜悯我有病，怕我伤心过度，顾念我年幼。

我觉得那天晚上是一个新纪元。

就这样，在很长一个时期，每当我半夜梦中忆及贡布雷时，就只看到上面这段光明，其他一切都沉入无边的黑暗了。不过，有一年冬天，我回到家里，母亲见我冷，劝我喝点茶暖暖身子。母亲着人拿来一块点心，是那种又矮又胖名叫“小玛德莱娜”的点心，我无意中舀了一勺茶送到嘴边。起先我已经掰了一块“小玛德莱娜”放进茶水准备泡软后食用。当带着点心渣的那一勺茶碰到我的上颚，顿时使我浑身一震，一种舒坦的快感传遍全身，我感到超尘脱俗，却不知出自何因。我只觉得人生一世，荣辱得失都清淡如水，背时遭劫亦无甚大碍，所谓人生短促，不过是一时幻觉，那情形好比恋爱发生的作用，它以一种可贵的精神充实了我。也许这感觉并非来自外界，它本来就是我自己。我不再感到平庸、猥琐、凡俗。这股强烈的快感是从哪里涌出来的？我感到它同茶水和点心的滋味有关，但它又远远超出滋味，肯定同味觉的性质不一样。那么它从何而来？又意味着什么？哪里才能领受到它？显然我所追求的其实并不在于茶水之中，而在于我的内心。我无法说清这种感觉究竟证明什么，但我只求能够让它再次出现，原封不动地供我受用，使我最终彻悟。我放下茶杯，转向内心。只有我的心才能发现事实真相。可是如何寻找，我毫无把握，总觉得心力不逮：这颗心既是探索者，又是它应该探索的场地，而它使尽全身解数都将无济于事。探索吗？又不仅仅是探索：还得创造。这颗心灵面临着某些还不存在的东西，只有它才能使这些东西成为现实，并把它们引进光明中来。

我又回过头来苦思冥想：那种陌生的情境究竟是什么？这渺茫的回忆，这由同样的瞬间的吸引力从迢遥远方来到我的内心深处，触动、震撼和撩拨起来的往昔的瞬间，最终能不能浮升到我清醒的意识的表面？我不知道。然而，回忆却突然出现了：那点心的滋味就是我在贡布雷时某一个星期天早晨吃到过的“小玛德莱娜”的滋味，我到莱奥妮姨妈的房内去请安，她把一块“小玛德莱娜”放到不知是茶叶泡的还是椴花泡的茶水中浸过之后给我吃。见到那种点心，我还想不起这件往事，等我尝到味道，往事才浮上心头。那点心的气味和滋味在我心中长期存在，即使人亡形毁，久远的往事了无痕迹，它们虽脆弱却更有生命力，更虚幻却更经久不衰，它们仍然对依稀往事寄托着回忆、期待和希望，坚强不屈地支撑起整座回忆的大厦。

贡布雷远看上去是座以教堂为中心的城镇，它代表了市镇，像一位身披大氅的牧羊女迎风站立在田野之间。那时我们住在外祖父的表妹——我的姨祖母——家里，她是莱奥妮姨妈的母亲。自从奥克达夫姨夫去世之后，莱奥妮姨妈就从此不肯离开贡布雷、离开她的家、离开她的床了。她总是一副凄切的样子，有气无力，病病恹恹，老想不开。经常地，我听到姨妈在梦里面喃喃自语，她说起话来总是轻声细语，因为她认为自己的头脑里有什么东西已经破碎，她若大声说话，那东西就会移动，可她又忍受不住长时间沉默，于是养成了这种轻声自语的习惯，这成为她生活的方式。她整天这样有气无力地苟延残喘，每一点小小的感觉都看得非同小可。我听到她自言自语地说："我准没记错，又是一夜没睡。"这是她最大言不惭的话了，我们大家都尊重她这种说法，从不提她竟然做过睡觉这种事儿。

我在外面稍候片刻，进去向她请安，姨妈这时正用椴花茶泡"小玛德莱娜"点心，待点心泡软后，就送我尝一口。然后打发我走，叫我去楼下喊弗朗索瓦早点上楼来照料她。

在贡布雷时我还经常到外祖父的兄弟阿道夫外叔祖父曾住过的那间不通阳光的起坐间待一会。在巴黎时，家里每个月都要派我去看阿道夫外叔祖父一两次，他是位老军人，以少将军衔退役。我每次去时他总咕哝着埋怨我好久没来看他了，没人理他了，然后给我吃一块杏仁饼之类。当车夫来问他什么时候要用车时，他沉吟良久，犹豫再三，然后说出的永远是同一个时间：两点一刻。

在这个时候，我最爱的是戏剧，不过这是一种柏拉图式的爱，因为父母还不准许我看戏，只准许我去看戏院外面的海报，我热烈地崇拜那些名演员，渴望见识他们。我知道阿道夫外叔祖父认识不少女演员，常请她们来家做客。我之所以必须在某些日子去他家，是因为家里人不允许我与她们打照面。我想了一个主意。我借口有课故意耽搁了好几次去看外叔祖父，然后有一天乘家里同意我去看戏剧海报的机会，跑到外叔祖父那儿去了。在那里我遇到了一个优雅的女人，她对我很好，令我不能自持，抓起她的手就吻。回到家后，我忍不住将在阿道夫外叔祖父家的奇遇告诉了父母和外祖父，我只是想告诉他们我有多快乐，他们却立即措辞严厉地质问了阿道夫外叔祖父，令我极为羞愧，以至于几天后我在街上遇到他时都不敢正眼看他，转过脸去。此后，直到他去世，我们一直没有再去看望他。

在贡布雷，除了几个特别的日子，例如街上有次偶尔路过军队，大家都蜂拥去看，大部分日子我都能安心读书。当时我喜欢上了贝戈特的作品。贝戈特的大名是我一位朋友布洛克告诉我的。我很敬佩布洛克，一度他经常来我家串门，对于各个作家的评价他总是出语不凡，例如他说缪塞是坏蛋中的坏蛋，畜生中的畜生。拉辛一生只写了一句好诗“米诺斯和巴西法埃的女儿”，他的诗的最高价值就是毫无价值。不过后来他被我家拒之门外，因为他得罪了我的长辈们。例如有一天我的父亲问他是不是下过一场雨，他说他不知道，因为他“一向把物质的琐事置之度外，以至于我的感官已经不必告诉我晴雨表之类的变化”。父亲认为他是智障者。有次外祖母说有点不舒服，他竟然抹起眼泪来，外祖母认为他这是虚伪，因为他几乎不认识她呢。一次他来我家吃饭迟到了一个半钟头，竟然说他从来不受时间的约束。当他说我的姨祖母年轻时曾经是风流女子，受过别人的供养后，就被彻底地排斥于我家门外了。

有一个礼拜天，我正在花园里读贝戈特，斯万来访了，跟我聊天。他听说我如此喜欢贝戈特，就说他跟贝戈特很熟，可以让贝戈特为我在书上题词。他还告诉我，我无论要什么他都可以向贝戈特提，因为一年当中他没有哪个星期不到他家吃饭呢，他还是他女儿的好朋友，经常带她一起去参观历史古迹。

父母从来不允许我拜访斯万夫人和斯万小姐，这倒增添了她们在我心目中的神秘感。我听说斯万夫人喜欢涂脂抹粉，不是为了斯万，是为了夏吕斯先生，我还听说斯万小姐是非常漂亮的。现在我才知道她的地位如此显赫，竟然认识贝戈特先生！我强烈地意识到若能成为她的朋友该多好！然而对于我这又是多么不可能。

在贡布雷，星期六时午饭总要提前一小时，如果是在5月，星期六晚饭后我们还要去参加“玛丽月”的祈祷仪式。这时候，由于总能遇到严厉谴责现在的青年人不修边幅的凡德伊先生，母亲便特别要我衣着整齐。凡德伊先生带着女儿坐在我们旁边。他本出身于富裕之家，当过我两位姨祖母的钢琴教师，妻子死后得到一笔遗产，就在贡布雷附近买了房子住下来，他一度也是我们家的常客，可是由于他过分讲面子，不想在我们家遇到另一个常客，就是同一位门第不当的女子结婚的斯万先生，就少来了。他喜欢作曲，我母亲常客气地请他给大家演奏几段他的大作，但他太过谦逊，总设身处地为别人着想，不想让自己未必好的东西占了大家的时间。凡德伊先生唯一的激情是对女儿的疼爱，他女儿长得像男孩子那么壮实，他却体贴入微，总要给她披上披肩之类，唯恐她着凉，谁见到这种情景都忍不住要微笑的。

就在姨妈同时接待欧拉莉和神父的那个星期天，我们上楼去向姨妈道晚安，父亲趁大家在一起时说起今天遇到了勒格朗丹先生，他向他打招呼，但勒格朗丹先生只是勉强点了点头，当时勒格朗丹先生正与一位女庄园主在一起散步。我们一开始认为是父亲多心，勒格朗丹先生没有理由冷淡我们。后来的一个星期天终于改变了我们对勒格朗丹先生的看法。那天，我们看到，当他被介绍给一位大地主的夫人时，他那敬礼的模样，那俯首帖耳、极尽谄媚的神态令我看到了完全不同的另一位勒格朗丹先生，与平时严厉批判贵族的勒格朗丹先生判若两人。当我们经过他身边时，由于他完全沉浸在献媚之中了，竟然对我们视而不见。

不过，就在那天的前一天，他还要求我父母让我去陪他吃晚饭，对于这邀请我父母很犹豫，他们看出来勒格朗丹先生是个城府极深的人，也许还是个贪慕虚荣的人，不过还是决定不要让他看出来我们对他的这种了解。我还是去他家里吃饭了，我现在知道了他同附近的贵族有交往，就问他是否认识盖尔芒特家的某一位？他立即断然否认，甚至说从来不想结识他们。不过，我已经看出来事实与他所说的恰恰相反。他醉心于趋炎附势，当然他也许无意或故意地佯为不自知。此后，我们与勒格朗丹先生的来往就大大减少了，妈妈每当发现他想附攀高枝的新行径，总觉得十分有趣，当然勒格朗丹先生对此是矢口否认的，仍口口声声称趋炎附势是罪不可赦的行为。某一年，我们要去巴尔贝克度假，我们知道他姐姐就嫁在附近，父亲便乘机问勒格朗丹先生附近是不是有熟人可以代为引见，虽然我父亲一再盘问，但勒格朗丹先生总是顾左右而言他，用一通乱扯令我父亲空手而返。

在贡布雷，我们可以到两个“那边”去散步，一是梅塞格利丝那边，我们又称为斯万家那边，因为要经过斯万的宅院；二是盖尔芒特那边。两个“那边”的路线完全不一样，出发点也不一样。我们从来不在同一天同一次同时去两个地方散步，因此这两个“那边”的区分也就变得绝对了。梅塞格利丝那边距离较近，我们去散步时也就不会很早出门。这天我们去的就是梅塞格利丝那边，此前我们听斯万说他妻子和女儿到兰斯去了，他要乘机去巴黎住两天，既然斯万家没人了，我们便想抄近路穿过斯万家的花园去散步。想到无缘见到美丽的斯万小姐，我不由深感遗憾。然而，在僻静的花园里，我竟然遇到了一位黑眼睛炯炯发亮的少女，她冷淡而傲慢地转过身去，仿佛觉得我们不值一理。我又听到了一位太太在喊“希尔伯特”，她便走了，那边还有一位我不认识的先生，正盯着我看，那眼珠仿佛要从眼眶里蹦出来似的。我听到外祖父在一边小声说那男的他认得，就是夏吕斯先生，斯万真可怜，被妻子打发走，好让她在这里与夏吕斯先生鬼混。回去后，我们把散步所见的动人情形讲给姨妈听，暗自希望通过这种手段怂恿她下床，当然我们不会成功。

这一年我父母比往常早得多地定下了回巴黎的日子，动身那天早晨，为了照相，他们特意给我卷了头发，穿了精致的衣服。我悄悄跑去向小山楂树告别，哭着说我将永远爱它们，并且长大之后决不像别人那样荒唐地过日子。

多年之后，也是在贡布雷，我们也经常去梅塞格利丝那边散步。凡德伊先生的住宅就在我们去梅塞格利丝那边散步时经过的路上，面临一渊深涧。所以我们常常能遇到她女儿驾驶一辆轻便货车飞快地从我们身边驶过，近年来我们已经不见她独来独往，总有一位年纪比她大的女友陪着她，那人在这一带名声不好，因此大家觉得凡德伊先生准许女儿与她来往简直是鬼迷心窍。可凡德伊先生说那女子有音乐天分，只是未得发挥而已，对此贝斯比埃大夫说凡德伊先生自己还同他女儿的女朋友一起搞音乐呢，他们家简直成音乐窝了，只是他们玩音乐玩得太过分，令得凡德伊先生腿力不济，连站都站不稳了。那一阵，凡德伊先生遇到熟人就要躲，如果不能不交谈也是一幅极尽谦卑的样子。人也明显地老了，愁眉苦脸，成天徘徊在亡妻坟前，显然痛苦得要命。

有一天，我的长辈们有事出门，白天不回来，就告诉我多晚回来都随我的便。我便一直走到了凡德伊先生门前的池子附近，躺在他家旁边的那片灌木丛生的山坡上，睡着了。当我醒来时，天几乎黑了，我正打算爬起来，却看到了凡德伊小姐。这时候她已经是个少女了。她准是才回家，离我很近，几乎就在我眼前。我看得到她在房间里的一举一动，她却看不到我。这时候她的父亲刚刚去世，我母亲虽然蛮同情她，却没有去看她，因为廉耻之心阻止她这样做。她慨叹凡德伊先生，他凄凉的晚年，他对女儿如此无微不至，却在余生之中陷入了女儿带给他的痛苦之中。种种情状历历在目。这时候我看到了什么呢？简而言之，我看到了凡德伊小姐的女友，她在凡德伊小姐的酥胸上亲吻，她压在凡德伊小姐的身上。我还听到她骂凡德伊先生是讨她们嫌的老东西，她还向凡德伊先生的遗像啐唾沫。

如果说去梅塞格利丝那边去散步是很容易的事，那么去盖尔芒特那边就不一样了，因为路程长，先得打听清楚天气如何，得找那些一连几天都是大晴天的日子。盖尔芒特那边最动人的地方是维福纳河几乎总在身边流淌，河里景象万千，令人迷醉。我一直对盖尔芒特夫人这个神秘的姓氏和神秘的贵人深感着迷。当我散步时，我老想着若能成为盖尔芒特夫人的朋友该多快活。

就这样，我经常通宵达旦地回忆在贡布雷度过的时光，多少往事的生动形象一一跃然眼前。

维尔迪兰夫人出自一个极有钱但地位寒微的资产阶级家庭，不过她已经与这个家庭中断了一切联系。要参加她的“小核心”只需满足一个条件，就是要默认它的两个信条：一是承认得到维尔迪兰夫人宠爱的那位青年钢琴家和戈达尔大夫都是最棒的，二是承认别人家所有的聚会都无聊之极。

经过这样的筛选，能够经常来维尔迪兰家聚会的人自然就少了，核心是那位青年钢琴家、戈达尔大夫，以及两位女客，一个是钢琴家的姑妈，据说以前是个门房，另一个是半上流社会的女子德·克雷西夫人，小名奥黛特，维尔迪兰夫人管她叫“爱神”。

维尔迪兰夫妇从不请旁人吃饭，餐桌上几乎总是这几位常客，他们不穿礼服，每天到维尔迪兰家来吃晚饭，要是哪天，包括元旦或者复活节，有哪位不能来，就是维尔迪兰夫人愁得要命的头等大事了。要是哪位男客或者女客有追求者，使他们不能前来的话，那么维尔迪兰夫人就会说：“好吧，把您的朋友带来吧。”如果这位能够成为他们的小核心成员，那就皆大欢喜，否则他们就会设法让他们与情人闹翻分手。

斯万先生就是这么进入维尔迪兰的小圈子的。这时候斯万差不多已经认遍了他熟悉的那个贵族阶层的女子，那些公爵夫人或者公主之类，即使她们委身于他也提不起他的兴致了。现在他感兴趣的是某个小地方的某个漂亮女子，例如某乡绅或者法院书记官的女儿，甚至某位青春靓丽的女工。这些美比起公爵夫人来自然有些俗气，然而却能激发起他的情欲来，使他那个在上流社会已经麻木了的肉体苏醒。

例如，有某位公爵夫人，与他相识很久，一心想委身于他，一天却接到他一封电报，要她给他来封电报，让他立即跟她的一个管家联系。他便拿着这封电报去找公爵夫人的管家，因为他看上管家的女儿了！事情过后，他也会哑然失笑，但却总是如此。因此，他那些众多的朋友们，包括我外祖父，难免会经常接到他给公爵夫人那类的信件电报，我外祖父是一概回绝的，但他的那些公爵亲王等达官贵人朋友却没几个会这样。有这样一个例子：我外祖父的某位朋友一直抱怨怎么老见不着斯万，却在某天突然宣布斯万最近变得可爱极了，老是跟他们在一起。忽然有一天他突然消失了，连招呼都不打，人还以会他病了，要去探视，却突然有一天在自家的厨房里发现他的一封信，信中说他有事不能再来了，原来厨娘是他的情妇，他觉得只要告诉她一声就行了，他的情妇通常就是这类人。对这些情妇，他会非常起劲地为之效劳，让她们满意，直到她们满足他的欲望为止。

当斯万最初在剧院里被介绍给奥黛特时正是这样的情形。

第一眼时，斯万并不认为奥黛特很美，至少不是他中意的那种美，没有激起他的情欲。相识后不久，奥黛特很主动地接近他，奉承他，次数越来越频繁。慢慢地，当奥黛特走后，斯万想起她曾对他说过，她觉得每次在等待他答应她再来之前这段时间是过得多么慢的时候，就不免微微一笑。他又想起有次她请他不要让她等待太久的时候的那副焦急不安、腼腆羞涩的神情，还有她注视着他时那含羞带怯的眼神，使她显得非常动人。慢慢地，这些回忆在他的脑海里占有越来越重要的位置，成为他每天生活的一部分。于是他们的关系越来越密切起来，由于奥黛特属于维尔迪兰家的小圈子，她就将斯万带了进去。

一开始维尔迪兰夫妇对斯万的印象很好，由于斯万在上流社会养成的那种优雅的举止，善于讨人欢心的本领，他迅速得到了小圈子一致的认同，成为其中的一分子了。无论他们去什么地方他都随时奉陪，他也从来不透露与巴黎最高级的上流社会有什么联系，除了有时候不小心露出马脚，例如有一天维尔迪兰夫人想要张特别通行证，他脱口而出地说他能弄到，因为他正要去爱丽舍宫跟警察总监吃饭，还有他称总统为某某先生，令得小圈子里的人万分震惊。不过这并不能提高他在小圈子里的地位，甚至相反。因为，对于维尔迪兰夫人，任何别人家的聚餐，包括总统的，都一无例外地无聊之极呢。

斯万之所以加入维尔迪兰家的小圈子，当然是为了奥黛特。现在他几乎每天晚上都要送奥黛特回家，奥黛特也想他送她去维尔迪兰家，但斯万总不能，因为这时候他有一个小情妇，是个像朵盛开了的玫瑰的小女工，每天在去维尔迪兰家的半路上她都会等在某个街角，钻进他的马车，依在他怀里，直到维尔迪兰家附近。虽然每天送奥黛特回家，一开始他从来不进奥黛特的家门，后来进去喝了两次茶，这时候他对奥黛特已经深有好感了。第一次时，他刚走便接到奥黛特的一封信，说他把烟盒丢在她家了，她写道："您为什么不连您的心也丢在这里呢？如果是这样的话，我是不会让您收回去的。"第二次去时，他发现奥黛特跟某位艺术家的画作中的模特很相像，这又大大增添了她在他心目中的重量。他甚至在书桌上放了一幅《耶斯罗的女儿》的复制品，看它就当看奥黛特的相片。

有天晚上，他突然对每天送奥黛特回家感到不快，就与他的小女工多玩了一会，去晚了，等他到维尔迪兰家时奥黛特已经走了，他顿时感到一阵强烈的失落，没走的几个人一看就知道他已经爱上了她。不过他们算不上多高兴，因为他们有人觉得斯万在他们跟前有点"摆架子"，这可是大逆不道之罪。没见到奥黛特对斯万简直是难以忍受的，他怎样了呢？简而言之他找了她一整个晚上，找遍了整个巴黎。直到突然遇上了她。就在这天晚上，他腼腆地彬彬有礼地与她上了床。从此，每天晚上他送她回去时，都要进她的房间去。不久他的朋友们感到他变了，他们再也收不到他要求介绍女人的信了，他甚至不再注意别的女人了，避免到能碰见女人的地方，连他的性格举止也变了。现在每天晚上，无论多晚，他也要去奥黛特家，在那里与她玩爱情的小游戏。

不过他一直只是晚上去，他并不知道白天奥黛特在干什么，他听说过奥黛特曾经是妓女，但他根本不信，他觉得奥黛特善良、纯真、诚实，断断不可能是那样的女人。奥黛特嘱咐他千万不要在任何人面前提起她的名字，因为她曾经得罪过一个女人，那女人为了报复说过她的坏话，而且好事不出门，坏话传千里。这时候，斯万也发现了，奥黛特并不爱好艺术，虽然在认识他的初期她竭力表现得如此。她对艺术、诗歌之类毫无兴趣，她也缺乏概念，例如她说她只到“够派头的地方去”，当斯万问什么是够派头的地方，她说“够派头的地方就是够派头的地方呗”。她对于斯万那些上流社会的关系也不感兴趣，除非能够替她弄到什么紧俏的入场券之类。因为她不爱慕虚荣，不过她对斯万住处的地段很不满意，因为那个地方“不够派头”。

斯万已经是她固定的情人了，他对她十分慷慨，尽量与她厮守在一起，对她日益表现出来的低劣趣味不但不蔑视，反而像她一样地欣赏起来。总之他喜欢奥黛特及她周围的一切，当中自然包括维尔迪兰家的小圈子。现在这里是他最主要的活动场所了，因为在这里总能见到奥黛特，如果在这里奥黛特与哪个客人聊得多了一些，他就会气愤加心焦，他还时时担心奥黛特会不会哪天离开他单独行动，例如出去度假。由于维尔迪兰夫人提供了对他如此重要的与奥黛特的场所，他对维尔迪兰夫人也更加尊敬了，居然宣称她有一颗“伟大的心灵”，宣称他百倍地喜欢维尔迪兰夫妇。对于他过去的老朋友，他渐渐疏远了。总之，现在，在维尔迪兰家的小圈子里再也找不出比斯万更忠实的信徒了。

然而这并不说明维尔迪兰夫妇也这么想，他们觉得斯万并不合他们的胃口。首先是斯万有太多的秘密，例如他从来不向维尔迪兰夫人透露他与奥黛特之间的事，这令维尔迪兰夫人很不高兴，认为他不够爽快。还有，他明显地并不忠实于这个小圈子，时常找理由不来他们家吃饭，自然是跟另外的“讨厌的家伙”吃饭去了。此外他们也慢慢发现了斯万在上流社会里有着显赫的地位，并不属于他们的小圈子，这让他们很恼火。更令他们无法容忍的是，他们发现在斯万心里还有一个他们无法进入的王国，在这个王国里，他认为萨冈亲王夫人并不可笑，认为戈达尔大夫的玩笑并不好笑。总之，他虽然表面上亲切，但实际上在内心里并不接受他们的信条，不能彻底归化为小圈子的一员。不过这些并不会促使维尔迪兰夫妇将斯万赶出他们的圈子，直到奥黛特介绍进另一个新人：福什维尔伯爵。

比起斯万来，福什维尔伯爵是愚钝的，不过，他对戈达尔大夫的笑话、对画家和钢琴家的技艺由衷地表示倾倒，虽然他并不能听懂或看懂多少，对小圈子里面的任何人都表示由衷地崇拜与爱戴，这就使他迅速获得了小圈子成员的青睐，他们觉得伯爵比斯万可要好多了。于是这也加快了斯万在小圈子里失宠的步伐。福什维尔伯爵斯万是早就认识了的，并且一向有点瞧不起他，现在看到他竟然能够赢得大家包括奥黛特的爱戴，不由心怀妒意。福什维尔伯爵呢，他为了讨斯万欢心，便告诉维尔迪兰夫人说斯万成天跟某公爵夫妇在一起，以为这是奉承了他，想不到结果适得其反，夫人狠狠地盯着斯万说：任给她多少钱，她也不会让这些人到她家里来。这时候，如果斯万聪明点，说几句那些贵人们的坏话，就万事大吉了，但他竟然回答道："我敢说谁都喜欢上她家去，说真心话，她是个聪明人，而她丈夫是个真正的文人。他们俩都很可爱。"

他这番话几乎摧毁了他在小圈子里的地位，也使他在奥黛特心目中的地位开始大跌，与之相应的是福什维尔伯爵地位的上升。当然，她还是跟斯万一道回去，不过眼睛却遗憾地看着福什维尔伯爵的背影。

这时候斯万已经真正地爱上了奥黛特，他随时都希望与她在一块，他不停地送她礼物，她似乎总是手头拮据，向斯万求助，斯万总满足她的要求，不停地给她钱。有一天他忽然想到有人告诉过他奥黛特曾经是那种被人供养的女人，他想到自己不也在供养她吗？不过爱情使他很快把这想法硬压下去，下个月给她更多。现在，甚至他与那些上流社会的朋友们交往时也是为了这些人有一天或许会对奥黛特有用。

有一天，他过了十一点才到达奥黛特家，她说她累了，催他赶快走。他走后，怀疑是不是有别的男人要到她家去，于是等了一个多小时后又折回她家，发现她本来黑了的窗户竟然亮起了灯光，他猜一定是来了另一个男人，于是敲窗喊她开门，结果出现的竟然是一位老者，原来因为天黑他敲错了房子。这件事更增添了他对奥黛特的感情。然而奥黛特对他的感情却有些变了，她面对斯万不再是柔情似水，而是若即若离，她更频繁地向斯万要钱，却不愿意与他待在一起，经常以种种借口不理他，以前她对斯万说，无论什么时候她都有空，现在却很少有空了。当她离开巴黎，经常回来几天后才想起有斯万这个人并通知他一声。有一次，斯万大着胆子白天去找她，发现她家里有人，但她把那人从后门打发走后才出来见他，他发现那是福什维尔伯爵。

到这时，斯万还是经常去维尔迪兰家，他不知道这时候他的地位已经岌岌可危了。就在他这次白天去找奥黛特后的一个月左右，一天，小圈子一起在外面晚餐后，他注意到其他人在交头接耳，商量着明天要去某地聚餐，不过斯万并不在应邀之列。这等于是下逐客令了。晚餐结束后，他像平常一样想送奥黛特回家，但维尔迪兰夫人说她的马车里还有空位呢，她让斯万送她回家够多的了。从此斯万再也不能踏进维尔迪兰家的门了。

现在，以前是他与奥黛特会面的场所的维尔迪兰家倒成了他们见面的障碍，奥黛特总是说要到维尔迪兰家去而推却与他的约会。其实经常是她在撒谎找借口，以前她在他面前这样做时会感到难为情，现在却毫不犹豫了，她甚至对着斯万说出了这样的话：

"我必须知道的是你到底是不是最没有头脑，甚至是最没有魅力的一个人，如果你是这样的话，别人怎么能爱你呢？因为你连一个人，一个实实在在的，虽然不完美，然而至少是可以完美起来的人都不是。你就成了一滴没有一定形体的水，沿着别人安排的坡而滑下去，你就成了一条没有记忆、不会思想的鱼。在鱼缸里活一天，就上百次地撞那玻璃，一直认为那也是水。我并不是说听了你的回答马上就会不再爱你，不过当我明白你不像人样、人头太次、不求上进的时候，你就不会那么迷人，你明白不明白？”

这话只让斯万加倍地爱起奥黛特来，他想尽一切办法与她在一起，甚至只要看到她就行了。偏偏奥黛特现在总是避免见到他。有一次，奥黛特要去比埃尔丰，他竟然向一个侯爵朋友提出请他去参观他在那里的产业——那位朋友自然喜不自禁——以有个借口也去比埃尔丰，好在那里“巧遇”奥黛特。奥黛特对这一切都无动于衷，对于她给斯万造成的痛苦完全不在意。甚至有一天，她向斯万要一笔钱，好租座古堡带维尔迪兰家和福什维尔伯爵去看歌剧，却不让斯万去。她不在乎斯万生气，因为她知道他很快会来求她和解的。斯万也真的只是生气片刻就赶快把钱送过去了。奥黛特在他心里又成了动人、善良的姑娘。后来，即使在他知道了奥黛特过去那尽人皆知的风流史后也是一样，因为他盲目地使自己相信那些只是人家编出来中伤她的。

由于奥黛特总不肯跟他在一起，他又极想知道她干了些什么，就找了他的朋友夏吕斯先生，要他跟奥黛特在一起，他们回来后他就向他打听奥黛特的行踪，并且为她与其他男人的相处而痛苦，然而他总是在心里很快找借口原谅了她，认为她对他够好。这一切也都在一天一天地加深着他对奥黛特的爱情，虽然奥黛特对他在一天一天地越来越冷冷冰冰、漠不关心。结果斯万也就一天一天地憔悴了。他这种表现让他那些属于巴黎最上流社会的朋友们惋惜不已，例如洛姆亲王夫人，她深喜斯万，也了解奥黛特，知道她既不聪明，也寡然无味，可惜只有旁观者清。

有一天斯万收到一封匿名信，告诉他奥黛特过去是什么样的人，是个放荡无比的妓女，跟许多男人甚至女人都干过那种事。这令斯万痛苦无比，他先是怀疑这封信，后来便向奥黛特刺探，结果伤心地发现她做过的事比他想象的还要多，例如，那天晚上他找她一夜，也是他第一次与她上床的那晚，突然遇到她时她并不是从餐厅出来，而是从福什维尔伯爵家里出来。但这一切并没有令斯万离开奥黛特。这时候，维尔迪兰家已经买了一艘游艇，奥黛特经常与他们一起出海，后来有一次逛遍了整个地中海，足足逛了一年。在这一年里，斯万也就渐渐地要忘记奥黛特了。有一天，他偶然遇到了戈达尔大夫夫人，她告诉斯万，在外面的一年里，奥黛特是如何的天天说斯万的好话，如何的爱他想他，事实上她爱斯万远甚于爱他们这个小圈子里的人。这令得斯万又对奥黛特产生了柔情。不过这似乎并没有激起他对奥黛特的爱情，他准备永远放弃她了。他决定动身前往贡布雷，这时候，他在心里咆哮道："我浪掷了好几年光阴，甚至恨不得去死，这都是为了把我最伟大的爱情给了一个我并不喜欢，也跟我并不一路的女人！"

我在无眠之夜经常回忆的那些卧室之中，除了贡布雷的就要数巴尔贝克那间了，不过，由于身体不好，我不能常去巴尔贝克旅行。而且，我还被禁止去剧场听戏，唉！不过家里让我每天到香榭丽舍公园去走走，由弗朗索瓦陪着。自从莱奥妮姨妈去世后她就来侍候我们了。

我并不喜欢来这里，直到有一天在这里遇上了希尔贝特。我爱上了她、深深地爱上这个年纪同我差不多的小姑娘。我经常与她在一起玩，甚至觉得她对我也挺好，不过没有我对她好，而且她似乎并不因为有多天见不到我而不高兴呢。那时是冬天，她兴高采烈地谈到要去南方度假，要离开好久。当她离开时，我经常在她家附近的街道上游走，要是能够见到她家的哪怕一个厨师就感到十分幸福了！我也见到过斯万先生，还有奥黛特，她当然不认识我。我还偶然听到旁边某个人在谈论奥黛特，说他是在麦克马洪辞职那天同她睡过觉的。这时她已经是斯万夫人了，是赛马俱乐部尊贵的会员，是威尔士亲王等贵人的密友。

第二部　在少女们身边

在商量请德·诺布瓦先生第一次来我家吃饭时，母亲说如果能够请戈达尔大夫和斯万来陪客就好了，可惜的是戈达尔大夫——现在应该称为戈达尔教授了，已经是闻名全欧的名医——目前在外旅行，她又断绝了与斯万的来往。父亲却回答说，有戈达尔教授这样著名的学者在座当然好，可那个爱好卖弄、唯恐别人不知道自己结交了达官贵人的斯万在座一定会让诺布瓦先生恶心。现在的斯万已经不是从前在贡布雷时来我们家的小斯万了，添加了一个新头衔——奥黛特的丈夫。

与奥黛特结婚后，他建立了自己的小圈子，是适应他们两个人的圈子，不用说其成员的地位是远低于原来斯万所交往的圈子的，主要是一些政府部门的官员，现在的斯万甚至会炫耀某办公室副主任的妻子曾登门拜访斯万夫人，而此前他即使对白金汉宫的邀请都保持沉默的。

诺布瓦侯爵先生是政府的重要人物，曾多次代表法兰西政府出使国外，执行重要外交使命，在政界和巴黎贵族社会都有重要地位。诺布瓦先生来的这天对我是一个重要的日子，因为我终于被允许去看拉贝玛主演的新戏《菲德尔》了。父亲之所以恩准完全是因为诺布瓦先生认为看戏对我并无害处。还有另一件事诺布瓦先生也帮了我的大忙，原来父亲一心要我进入外交界，我却想搞文学，父亲认为它比外交要低等得多。可有一天诺布瓦先生对父亲说，当作家和当大使一样，受到同样的尊敬，而且更具有独立性。父亲一下就改变了自己的观点，并要我在诺布瓦先生来的那天写出点东西，露上一手。

我终于走进了剧场，看我崇拜已久的拉贝玛和《菲德尔》。说实话有些看不懂，我跟着旁人使劲鼓掌，越鼓掌就越觉得拉贝玛演得好了。回家后，晚饭前父亲将我介绍给了诺布瓦先生。他是一个身材高大的老人家，地道的外交官风度，随时准备伸出手来，说“很荣幸认识您”之类的话，对我也是这样。听说我喜欢文学，他立即充满敬意地谈论起文学来，他的话甚至令父亲得意起来，好像看到我几年之后就成为院士了。不过诺布瓦先生谈论文学的样子使我不但认为自己没有创作才能，也失去了创作的欲望。

莱奥妮姨妈现在已经去世了，将她的几乎全部遗产都给了我，我获得了一大堆各种用品家具和现款，现款由父亲代管，父亲又从诺布瓦先生那里得到了如何用现款投资的高明建议。

为了准备这顿晚饭，弗朗索瓦已经忙活了几天，十分成功，诺布瓦先生满意极了，说巴黎最好的馆子也没有做得这样好的焖牛肉和冻汁。席间父亲问诺布瓦先生有没有出席昨天的外交部宴会，诺布瓦先生说他没有，因为他去参加了另一个完全不同的晚会，去一位女士家吃饭。这位女士就是美丽的斯万夫人。他还微笑着透露去那里的主要是男士们和共和派。他很奇怪像斯万这种出入最上流社会的人竟然会向这些三教九流的人大献殷勤。他还谈到奥黛特为了与斯万结婚，着实利用女儿敲诈了他几年。现在结婚了，他竟将妻子说得那么贤惠，简直过分，因为巴黎社交圈子里了解他妻子的人可不少呢。不过奥黛特现在对丈夫确实不错，她很感激丈夫为她所做的一切，并且变得像天使般温柔。

事实上奥黛特的变化并没有这么大，不过她现在真的很欣赏丈夫的能力，包括他在书信之中表现出来的创作力，她希望人们也能发现丈夫的这些才能并使他以之成名。此外她还有一个最高的梦想：创立一个像维尔迪兰家一样的沙龙。

关于斯万一家的谈话深深地迷住了我，我不愿意他们从这个话题岔开，就又问起了贝戈特是否也在斯万家的聚会上。诺布瓦先生回答说也在。当他得知我十分钦佩贝戈特时，他称不敢苟同，他说贝戈特只是一个吹笛手，虽然动听，但过于矫揉造作，他的作品缺乏结构，情节简单，因此虽然分析细腻，但底气不足，价值有限。他还看了我写的一段东西，说表明我受到了贝戈特的坏影响，却没有学到他的任何长处。他还提到了贝戈特的为人，说他自己和作品相去十万八千里，他一本正经、自命不凡、缺乏教养，总之平庸。

诺布瓦先生这番话让我无比沮丧，我感到自己根本就是一个庸才，毫无文学天赋可言。

我趁午餐结束，大家一起去客厅的机会，强作镇定地问诺布瓦先生斯万夫人的女儿是否也在场。他说在，她挺可爱，不过比不上她母亲。我说我也很欣赏她，常去布洛涅林园就是为了碰见她。诺布瓦先生说他要把我这番话告诉斯万夫人，她听了一定会得意的。他的话令我无比感动，我几乎要吻他那好像在水中浸泡过的泛白发皱的手了。我说："啊！先生，您要是这样做，您要是对斯万夫人谈起我，那我将一生感激不尽，一生将为您效劳！不过，我要告诉您，我和斯万夫人并不相识，从来没有人将我介绍给她。"

我说这话的意思无非是表明我是个诚实的人。没想到诺布瓦先生马上认为对认识斯万夫人这样一件区区小事我都如此感激，一定怀有不可告人的动机或者一定曾经做过什么错事才至今没人肯将我介绍给他。于是他立即打定主意，不在斯万夫人面前提关于我的一个字儿了。

元旦到了，我在拜亲访戚结束后，跑到一家商店，请女老板将一封我写给希尔贝特的信交给每星期都会几次来这里买香料蜜糖面包的斯万家的仆人，让他转交希尔贝特。在信中我说我们旧日的友谊与过去的一年一同结束了，我的抱怨和失望已成往事。从1月1日起我们要建立起一种崭新的友谊，它将异常牢固，任何东西也无法摧毁。我希望希尔贝特精心照料它，使它永葆美丽。

希尔贝特终于度假回来后，我们几乎天天在一起玩。我觉得我对她的爱情在日日更新，但突然又有一事改变了我们每天下午两点钟的爱情方式。有一次，我对希尔贝特说我十分钦佩她的双亲，她露出一种含糊的、有保留的、秘密的神气说："你知道，他们可看不上你。"然后像滑溜溜的水精一样大笑起来。

斯万先生和夫人并没有要求希尔贝特不和我玩耍，但他们希望这事根本没有发生。他们认为我是那种厚颜无耻的青年，会对他们的女儿产生坏影响。可事实上绝非如此，我心中对斯万充满了强烈的感情，我相信如果他稍加觉察就一定会察觉。于是我大着胆子写了一封长达16页的信，真诚而热情洋溢地抒写了我对他们的感情，请希尔贝特转交给她的父亲。

第二天，希尔贝特将我带到小径上一大丛月桂树后面，告诉我当她父亲看到这封信时，耸了耸肩说："这一切毫无意义，反而证明我看得准。"我问是否可以与她父亲面谈，她说毫无必要。她把那封信递给我，这时候她坐在椅子上，仰着身子，叫我接却不把信递给我，于是我凑近她，把她紧紧夹在两腿之间，去抢那封被她藏在身后的信。我一下就将信抢了过来，希尔贝特和气地对我说："你要是愿意，我们可以再搏斗一会。"这时候她也许已经朦胧地感觉到了我玩这个游戏的目的，不过我的目的既已达到，为了不让她发现，宁愿不再玩了。

一段时间以来，许多母亲不喜欢她们的孩子到香榭丽舍去，因为那里对孩子不吉利，不止一次地使孩子发烧头痛出麻疹，我母亲出于对我的爱让我去。我虽然一直感到身上不适，仍然天天往那里跑，直到有一天我实在撑不住了。于是立即请来了医生，医生检查后说是由肺充血引起的病毒性高烧，而且将转化为更加危险的形式。后来我用喝酒来缓解充血，却仍一直感到窒息。最后父母请来了戈达尔教授，他具有一种诊断复杂疾病的神秘天赋，诊察到我的具体症状可能有多种起因：神经性痉挛、刚刚开始的肺结核、哮喘、伴以肾功能不全的肠道毒素性呼吸困难、慢性支气管炎，或者由这其中几个因素构成的综合征。他犹豫片刻便以不容反驳的口气宣布处方："大泻强泻。几天以内只能喝奶。禁肉，禁酒。"

母亲却认为我需要滋补，大泻加节食会使我垮掉的。于是没有按他的要求去做，为了怕遇到他会询问我的病情甚至躲开可能遇到他的所有场合。几天后我的病情日益加重，他们才决定不折不扣地执行戈达尔的处方，三天后我便大大见好了。我们才明白他是位了不起的医生。不过此后他们便不再允许我去香榭丽舍玩耍，说那里的空气对我不好。我认为这只是他们不让我见斯万小姐的借口，于是便强迫自己时时刻刻念着她的名字。

有一天我接到一封信，是希尔贝特的，她说知道我病了，不去香榭丽舍了，她也不去了。她每星期一和星期五招待女友喝茶，妈妈说欢迎到时我也去。我一开始简直不相信自己的眼睛，每隔五分钟就要把信再读上一遍，亲吻一次。后来我才明白，我之所以得到这我已经不敢奢望的邀请，是因为布洛克的缘故。

原来，此前，布洛克来看我，当时戈达尔教授正在我的卧室里，布洛克说他前天与一位夫人共餐，这位夫人是斯万夫人的密友，她说斯万夫人很喜欢我。我本想告诉他他一定弄错了，我并未有幸见识斯万夫人，然而我没有勇气纠正他的错误，因为我明白他是故意这样做的，他之所以臆造斯万夫人喜欢我的话，只是为了表明他曾经有与斯万夫人密友共餐的体面。戈达尔教授听到这番话后，真的以为斯万夫人喜欢我，而他此时正是斯万夫人的私人医生，就打定主意在斯万夫人面前赞赏我一番，好讨斯万夫人欢心。而斯万夫人则是在听到戈达尔教授这位了不起的人称赞我之后才向我发出邀请的。

从此，斯万家的大门就向我敞开了。在风和日丽的季节我和希尔贝特整个下午都待在她的房间里，有时我亲手开窗换换空气。每逢她母亲的接待日，我们便俯在窗口观看接踵而至的客人们。他们下车时往往仰起头向我招招手，把我当成女主人的某位侄子。希尔贝特的爸妈曾长期不允许我和她见面，现在他们看我到来便会微笑着与我握手，并说："您近来可好？希尔贝特知道您来了吗？好，你们自己玩吧。"希尔贝特与女友的茶话会在过去当我们在香榭丽舍玩儿时成了我见不到她的鸿沟，现在则成了我们的纽带。她每次都会写信通知我，并且每次都用不同风格的信纸。我对斯万家的一切都充满了尊敬，包括他们那奇妙的楼梯。为了表示我的敬意，我对父母说那是斯万从远方运来的古物呢。但我的父亲告诉我他知道那座房子，他本来也在那里租了一套的，但放弃了，因为设计不太合理，门厅太暗。

在斯万家，我完全忘记了还有时间这个东西，希尔贝特叫我干什么我就干什么，她叫我吃蛋糕，我就麻木地吃；希尔贝特叫我喝茶，我就一杯一杯地喝，全然不知道一杯茶就足以叫我一整天睡不着觉。因此我的母亲常抱怨，我每次去斯万家回来总要生病。

斯万夫人的客人不少，邦当夫人就是其中之一，她是公共工程部秘书长的妻子，就像斯万所说，秘书长是个重要人物，部里除了部长就是他，他还得过荣誉勋位第四级勋章。他有一位外甥女，叫阿尔贝蒂娜，与希尔贝特在同一所学校。我这时候还不知道这个阿尔贝蒂娜将与我发生什么样的关系。

斯万夫妇现在对我与希尔贝特的交往鼎力支持，他们认为我能够对希尔贝特产生好影响。他们也在我面前称赞自己的女儿，指出她有这样那样的优点，例如她对朋友甚至仆人的细致入微的关心，我当然也有同感。例如我与她谈起凡德伊小姐时，她说永远不想认识凡德伊小姐，因为她对父亲不好，让他伤心，而她自己是永远不会这样的。有时候，我还和斯万一家子出门散步，这时候的奥黛特已经是一个标准的贵夫人了，有一次我们遇上了马蒂尔德公主，她乃是拿破仑的侄女，拿破仑三世和俄国皇帝曾向她求婚，她也是福楼拜、大仲马的朋友。

不过希尔贝特的行为有时候也令我遗憾，有一天，正是她祖父去世的忌日，往年到这个日子她总是尽力讨好父亲，使他高兴，但这次她却不听劝阻，坚决要去剧院看日场演出。

斯万夫人还给了我另一个莫大的恩典，就是介绍我认识了贝戈特。不过，当我见到他时觉得他作品中的美要粉碎了，他长得实在普通，这样缺乏美的外表与风度其作品怎么能够产生美呢？当然我这种从外表得来的观念是不会持久的，我与贝戈特谈了许多，也谈到了诺布瓦先生，像诺布瓦先生不喜欢贝戈特一样，贝戈特也不喜欢诺布瓦先生，说他是个头脑简单的老头。

离开斯万家时，由于贝戈特与我住在同一个街区，便与我一同走，他说，虽然他知道我身体不大好，但我有智力乐趣，这对我这种人来说是最重要的。回来前我还听希尔贝特告诉我，贝戈特对她母亲说他觉得我很聪明。

就这样，有人为了与贝戈特结识花费了无穷心力，只能与他成为点头之交，我却如此轻易地与他成了朋友，这就好比大家在排队买票，只能买到不好的票，我却从暗门进去买到了最好的票。回家后，我把与贝戈特结识的事告诉了父母，开始他们不以为然，甚至有点生气，但我一说贝戈特觉得我很聪明，立即形势突变，贝戈特成好人了。

就在这个时期，布洛克使我的世界观完全变了，他向我展开了另一种通向幸福的可能性，他告诉我女人最爱的莫过于交媾了，还带我逛了几次妓院。我还将莱奥妮姨妈遗留给我的几件家具送给了她们。我又卖了一套她给我的古老而漂亮的银餐具，好给斯万夫人送巨大的花篮。为了不离开希尔贝特，我还拒绝了去驻外使馆的工作。

这时候我与希尔贝特的关系却产生了变故。有好几次我感到希尔贝特不希望我去得太勤。以前，我与希尔贝特交往的障碍来自她的父母，现在她父母希望我去的次数多多益善，希尔贝特自己却不这么认为了。她父母的障碍只会激起我努力克服障碍的欲望，她自己的这种表示却给了我致命一击。我还记得我最后一次去看希尔贝特时，正下着雨，她要去参加舞蹈训练，她准备出门时斯万夫人喊了声："希尔贝特！"并指指我，意思是我是来看她的，她不应该离家。但希尔贝特只是耸耸肩，最后她虽然没有去，但脸上整天没有一丝欢乐、干涩木然、怏怏不乐，仿佛整个下午都在责怪使她跳不成舞的人，首先当然是我。而且我们这时候也真的无话可说了，只把今天的天气之类说了一遍又一遍。

我受到的伤害是难以言喻的，我本来想说："我什么地方不好？你告诉我，我一定按你的话去做。"但我鼓起勇气，突然决定不再和她见面。

以后我真的再也没有见过希尔贝特了，虽然我仍然去看斯万夫人，但总是先打听清楚希尔贝特不在家才去。希尔贝特曾多次托她母亲邀请我见面，我总是先答应，但到那一天总是给她去封信，说我临时有事不能去了。其实我心里并没有不爱她，我一天又一天地等她来一封信，她能够白纸黑字地告诉我我们的感情没有变，但我从来没有收到。也有一天，斯万夫人又说希尔贝特要是见到我会多么愉快。我便下决心第二天去看她。我还决定此后每天送她世界上最美丽的鲜花，为此我特意去一家中国古玩店卖莱奥妮姨妈留给我的一只中国古花瓶，得到一万法郎。就在我回家的路上，经过斯万家附近时，我在暮色中看到希尔贝特走过，身边有一个年轻的男子。我很快花光了那一万法郎，我与希尔贝特重见的希望也一起消失了。后来我也停止了对斯万夫人的访问。

我当初为希尔贝特所感到的忧伤如今早已消逝。但每当我仿佛在日晷上看到5月份从中午十二点一刻到一点钟这段时间时，我仍然心情愉快，昔日的种种情景，例如斯万夫人站在宛如紫藤绿廊的阳伞下和我谈话，又浮现眼前。

两年后我与外祖母动身去巴尔贝克时，我对希尔贝特已经完全无所谓了。我常常忧郁地想，我们心中对某一少女的爱可能并不是确有其事的。在巴黎，我躺在自己床上，从鹅毛大雪漫天飞舞中想象巴尔贝克那波斯式的教堂时，我的身体对这次旅行并没有提出异议。可当我的身体不得不亲自出马，来完成这趟旅行时，才提出异议了，因为我得知母亲和父亲都不能陪我去。不过治疗我的大夫说如果他能够去巴尔贝克，那一定不会摆架子地等人来请，于是我也痛苦地向往巴尔贝克了。

当我离开巴黎时，母亲因为怕我不去巴尔贝克了，就躲来躲去，刻意地与我匆匆分手。我生平第一次感到，母亲没有我，或者说不为了我，也能够生活。为了避免旅行可能造成的气闷发作，医生建议我动身时稍微多喝些啤酒或白兰地。在车上，我向外祖母提出了这个要求，外祖母一开始还不大同意，我大叫起来："怎么，我病得这么厉害！医生对我说的话，你是知道的！可是你倒这么劝我！"外祖母立即充满了歉疚，让我去酒吧车厢大喝了一顿。我在半途中先送外祖母到她女友家里，晚上我一个人上了火车。在火车上过夜我总觉得比在旅馆里要好。当列车停靠在一个小站时，我看到一个美丽的个子高高的村姑，背着牛奶，向停靠的列车里刚醒来的乘客们出售牛奶咖啡，她的脸蛋儿在晨光的照耀下仿佛日出般娇美。当列车加速时，我仍然依稀看见那个姑娘，她是与我熟悉的生活完全不同的另一种生活的一部分。

列车到达了巴尔贝克老城，这里既不是海滨，也没有海港，大海距这里还有好远。我在城里逛了一圈，然后去车站等待外祖母和弗朗索瓦再一起坐当地的小火车去海滨。小火车不停地停了一站又一站，好不容易到达了巴尔贝克大旅社。

在旅社里，那经理增加了我的痛苦。他虽然一个月也挣不上五百法郎薪水，但却深深地鄙视那些认为五百法郎是个数目的人。但如果他知道某个家伙舍不得花钱不是因为穷而是因为吝啬，就会同样赢得他的尊敬。我外祖母却在这样同他砍价："房钱，什么价？太贵了，我这点钱可不够！"这使我们在经理眼中立即贬低到了贱民一类。

我感到身体不舒服，我的不舒服让我外祖母也不舒服了。弗朗索瓦由于走错了路，今天晚上不能来了，外祖母便穿上了她的“用人服”，准备照顾我一整个晚上了。她住在隔壁，与我只有一墙之隔，她告诉我，如果我有任何需要，可以敲三下墙壁，她会立即过来。以后的几天里，我每天早晨都会这样敲三下，她也总是立即过来。当我说曾经担心她也许会以为是邻房别的什么人在敲时，她笑了，说就是有一千个人在敲，她也辨别得出来哪里是她可怜的小狼在敲呢！

巴尔贝克大旅社的游客中有相当一部分是法国这一地区的杰出人士，像地方法院的主审法官、首席律师、重要公证人之类，每到度假时，他们便从各个地方汇集到这家旅社，他们与装成贵族模样的妻子一起构成了一个小小的群体，习惯于以提防的神态注视着每个新来乍到的人，一面装着不感兴趣的样子，一面暗地盘问那位侍应部的领班埃梅。只要有理由就一律加以蔑视，他们几乎总可以找到各种理由的。如果他们偶尔遇到某位他们认识的贵族，甚至还与他们交谈了一会，他们就会在与那一小群人聚会时不经意地提到昨天与他聚餐的是他的朋友某某侯爵之类，甚至还显示出他并不认为这是一种荣幸。在这个旅社里确也住着真正的贵族，他们总是高视阔步，除非极特别的情况，绝不会看一眼这些地方重要人物的。对此我很痛苦，因为有位家世极为古老的贵族带着他美丽的女儿住在这里，我多么希望能够结识她啊。

一个偶然的机会使得我在经理和那些旅客们中间的地位迅速提高，因为外祖母遇到了她的朋友德·维尔巴里西斯侯爵夫人，虽然外祖母一开始不愿意让大家看到她与侯爵夫人的友谊，然而这是避免不了的，不久维尔巴里西斯夫人与我们便常来常往了。通过她我们有一天还在海滩上被介绍给了卢森堡亲王夫人，她是英国国王与奥地利皇帝的外甥女，她十分善意地为我和外祖母买了大量零食。

过了一段时间，维尔巴里西斯夫人告诉我们她不久就不能与我们这样经常见面了，因为她的侄孙要到她身边来过几个星期。她还对我们大谈她的侄孙如何如何绝顶聪明，特别是心地善良。不过她也流露出他的侄孙目前陷落在一个坏女人手里，她对他紧抓不放。

一个酷热的下午，我待在餐厅里，透过窗帘的缝隙看见外面的海滩与大路之间有一个小伙子走过，高个，瘦削，目光敏锐，满头金发，高傲地扬着头，健步如飞，加之衣着华丽，这使他在人群中极为与众不同。这就是维尔巴里西斯夫人的侄孙，年轻的圣卢·昂·布雷侯爵，或者叫罗贝尔·德·圣卢。

他的父亲就是著名的德·马桑特伯爵，我最近还读过他的有关传记。由于他的时髦、那幼狮般的狂傲还有非同寻常的俊美，巴黎最上流社会里最标致的女人都在争夺他，而他怎样地追求女性也是尽人皆知的。我多么渴望与他结识啊，不过他像那些贵族一样，在旅馆里从来目不斜视，而维尔巴里西斯夫人似乎也没有兴趣将他介绍给我。直到有一天，我与他们狭路相逢，但他似乎没有听见维尔巴里西斯夫人报出的我的名字，连面部的肌肉都没有弹一下。然而第二天他便来拜访我了。我们谈了许久，他并没有对我们的谈话表现出多少兴趣，我明白了，这拜访不过是他生来受到的贵族教育的一部分，这种礼仪实际上已经成了他的一种本能了。我发现他对文学和艺术都很感兴趣，作为大贵族，他却有点热衷于社会主义，对自己的阶层表现出深深的蔑视，经常花几个小时阅读尼采和普鲁东。

圣卢与我们不久就熟识了。他十分巧妙而自然地向我表示好意。他既毫无拘束地拿我的毛病开玩笑，又热情地、毫无保留地尽情赞美我的优点。我稍感不适，他就会去叫人来，天气转凉，我自己还没有发觉，他已经用毯子盖住了我的腿。我们两人也很快说好了，我们将是永不相弃的挚友。

有一天我们在沙滩上偶尔听到帐篷里有人在咒骂犹太人，原来是犹太人布洛克。布洛克很没有教养，追求时髦，不过我了解，他来自不受尊重的家庭，承受着巨大的压力。这压力不仅来自表层上的基督教徒，还有高于他所在阶层的一层层犹太阶层，每一层都以蔑视压迫着下面的阶层。他不断引用荷马，在圣卢面前大说我的坏话，又在我面前大说圣卢的坏话。他还邀请我去他家，我看到了他那一家子，所有子女都崇拜父亲，而他的妹妹们又是那么崇拜哥哥。这种爱使他们构成了一个奇特而紧密的家庭小圈子。不过他们的虚荣心也够强的，也不诚实。布洛克向我打听斯万夫人的名字，他有一天曾看见我与她在一起散步。他声称在看见我与斯万夫人散步前几天，他在环城铁路上遇到她，她宽衣解带，一连委身给她三次。

我还遇上了圣卢的舅舅帕拉墨得。这是一个真正古老而极受尊敬的名字，来源于中世纪。他比圣卢更要高傲而难以接近，衣着也比圣卢更华贵。他与自己的弟媳等几个精心选择的人在一起组成了人们称之为的 “凤凰圈子”。虽然有几个亲王头衔供他选择，但他只称自己为夏吕斯男爵，他说这是法国最古老的男爵。他的一言一行乃是整个巴黎社交界的楷模。不过维尔巴里西斯夫人还是把他介绍给了我，她叫他德·盖尔芒特男爵，我景仰已久的盖尔芒特城堡的主人就是他的兄弟。外祖母发现帕拉墨得人极聪明，感受力也强，因此，虽然他对关于世家和社会地位这些东西极其重视，外祖母也轻易地原谅了他这种贵族成见。

夏吕斯男爵的理想有些做作，就是与几个有倾城倾国之色的女子在一起谈论艺术。有意思的是那天他凑近我，邀我晚饭后去维尔巴里西斯夫人处喝茶。这天晚上我去了之后，他表现得很高兴，却像完全没有上午的邀请似的，当我下决心向他再三说起这事时，他根本不屑于回答。也许就像圣卢所言，帕拉墨得从头到脚、直到指甲尖都是大老爷派头，即使在盖尔芒特家族里也是独一无二的。据圣卢说一个男人曾经向他求爱，那人现在在巴黎社交界是处于顶尖位置的，他和两个朋友将那个人打得半死扔到了街上。

在他离开前的一天晚上，他与我们谈起爱情、谈起外祖母最喜爱的塞维尼夫人的著作，见解敏锐不凡。例如谈到爱情，他说最重要的不是我们爱谁，而是我们在爱。

天晚了，在外祖母的再三暗示下，我上楼睡觉去了，一会儿后有人敲门，竟然是夏吕斯男爵。他声音干巴巴地告诉我，听说我入睡前有些烦闷，又喜欢贝戈特的书，他箱子里还有一本，很可能我没有读过，他把书给我送来。在我房间里来来去去地踱了一阵后，他宣布在他房间里还有另一本贝戈特的书，他派人去给我拿来。他还如此地教诲我要好好利用青年时代学会两件事：第一，要避免表达一些过于自然的情感，以免让人听出弦外之音；第二，别人对我说的话，在我未明白那些话究竟意味着什么之前，不要趾高气扬地回答。第二本书是后来他寄给我的，是高级皮面精装，书面上镶了一块皮革，半凸起，呈现一枝勿忘我花的形状。

圣卢有一个情妇，是个戏子。这个情妇在许多方面培育了圣卢。不过现在她成了他痛苦的根源，因为她开始讨厌他了，于是不停地折磨他。她是一个所谓的女演员，在某一天晚上，当圣卢好不容易得到一位姑妈的首肯，让她在她家里表演一回时，她那可笑的扮相让观众们笑翻了天。于是她更恨起他来。她甚至不容许他留在巴黎，把他赶到巴尔贝克来。现在圣卢的大部分时间都用来给情妇写信，她这个时候还在折磨他。

目前我在恋爱方面正处于这样一个阶段：还没有一个具体的恋爱对象，心里还空着，因而到处在寻求、到处在看美人。

一天，我站在旅社门口，看见五六个少女向前走来，并且与在巴尔贝克司空见惯的姑娘不同。几乎无一例外地，她们全都姿容姣好，活力四射，如闪光的彗星，沿着海堤，向前推进。一位年迈的银行家坐在一个音乐表演台边，少女中个子最高的一个故意冲到表演台上，从老人头上跳了过去，吓得老人面如土色，她们则是一副兴致勃勃、满不在乎的表情。从此我生活最大的目标就是与这些少女们结识了，我甚至开始无数次幻想成为她们中一个的男友。

我想尽了各种办法去与她们相识，我首先找旅馆经理要了份外地客人名单，看到了“西莫内及其家属”，我便知道她们中有一个就姓西莫内。我又向那些几乎每年都来巴尔贝克的旅客探听她们的情况，但没有得到更多的信息。

关键性的突破来自我与埃尔斯蒂尔的相识。一天，当我与圣卢在里夫贝尔饭店用晚餐时，我看到一个身材高大的人孤单单地坐在那里，就好奇地问老板这是谁。他惊讶于我们竟然不认识他，他就是鼎鼎大名的画家埃尔斯蒂尔。我想起了这个名字，我记得他是斯万的朋友之一，便告诉圣卢说他是一位非常著名、身价极高的艺术家。于是我们当场写了一封信托侍者转交给他，说我们是他的朋友斯万的朋友，很崇拜他。他在离开时到了我们的餐桌旁，他对我十分和蔼，并邀请我来日去参观他的画室。

我回去后告诉了外祖母与埃尔斯蒂尔的相遇，外祖母十分高兴，一力撺掇我快去找埃尔斯蒂尔。不过这时候我满心只有那几个少女，我每天不停地换新衣服，找各种借口到海滩上去，希望能够有机会与她们搭上话。对于她们，我不专爱哪一个，个个都爱，现在她们已经成了我生活的全部。直到我外祖母再三催促才去看了埃尔斯蒂尔。埃尔斯蒂尔高兴地接待了我，我最高兴的却是在那里看到了从他窗外经过的属于那一小帮子的一个少女，她乌黑的秀发，戴着棒球帽，面颊丰满，有一双快活而有些执拗的双眼。我问埃尔斯蒂尔是否认识她，埃尔斯蒂尔说她叫阿尔贝蒂娜·西莫内，同时还依据我的描述一一道出了她那一帮子女友的名字。他还说没有哪一天她们当中这个或那个经过画室时不进来拜访他一下。

我不顾一切地抓住这个机会要与她们相识。我编出一百样借口来，要埃尔斯蒂尔同意与我到海滩上走走，希冀在那里遇到她们，让埃尔斯蒂尔介绍我认识。好不容易等到埃尔斯蒂尔画完最后一笔，到了海滩上，我又使了不少诡计让他待久些，等待那些少女出现。直到夜幕降临，终于看到她们出现在大街尽头。她们装着没看见我，不过我相信她们在对我进行冷嘲热讽、评头论足呢。这时正经过一家古玩店，我停住了脚步，装着去看古玩，让埃尔斯蒂尔先走。我则在那里心惊肉跳地等着埃尔斯蒂尔喊我过去，将她们一一介绍给我，我则装出对她们毫不在意的样子，冷冰冰地认识了她们。然而埃尔斯蒂尔没有叫我，她们走了。当我说我多想认识她们时，埃尔斯蒂尔说："那您为什么躲在十里开外呢？"

现在圣卢已经走了，我终于促使埃尔斯蒂尔答应举办一次小小的招待会，那时我将会遇到阿尔贝蒂娜。的确这样，在那里我看到了那个少女，我故意磨蹭了好一会才让埃尔斯蒂尔介绍我们认识。我竭力压抑内心的狂喜，等回旅馆后才释放出来。这时我早已感到自己对阿尔贝蒂娜有了一种道德义务，在想象中向她许下了爱情的誓愿。当然，同样令我高兴的是可以通过阿尔贝蒂娜认识其他少女们。

在最初几天我也常遇到她，不过她每次只与我远远地打个招呼而已。直到一个早晨，雨后天很凉爽，我们迎面遇到，才聊了起来。她说："这是什么天啊！总而言之，说巴尔贝克夏季无尽头，纯粹是胡说八道。怎么，你在这什么也不干哪！从来也没见过你打高尔夫球，去游艺场参加舞会。你也不骑马。你该多烦闷啊！你不觉得一天到晚待在海滩上，人都变傻了吗？啊！你喜欢蜥蜴？你倒是有时间。我看出来，你跟我不一样。我对各种运动都酷爱！拉索尼赛马，你没去吧？我们坐火车去的。我明白，坐这样的破车，你不会觉得好玩！我们路上花了两个小时！有那工夫，骑我的破车已经跑上三个来回了！”

这番话向我展现了她全部的个性。这时她的那群朋友出现了，但阿尔贝蒂娜没有理睬她们，当然也没有介绍我与她们认识。我遇到了布洛克，他向我打招呼，阿尔贝蒂娜很讨厌他，因为他总不会将简单的事情简单地说出来，要为每一样事物找一个形容词。当我与阿尔贝蒂娜分手时已经约好一起出去玩一次。

不久，虽然阿尔贝蒂娜不那么愿意，我还是通过她认识了其他少女，有安德烈，就是那个高个子、从老人身上跳过去的女孩。我说我想第二天再与她见面，可她说她母亲病了不能来。但我在埃尔斯蒂尔那里得知她只是先与别人约好出去玩罢了。在这群中她是最聪明最富有的一个，阿尔贝蒂娜却是最穷的，孤苦无依。安德烈像大姐姐一样照顾她。还有一个是希塞尔，当阿尔贝蒂娜说出我的名字时，刹那间我看见女孩碧蓝的双眼中闪过一丝热情、爱恋的笑容。令我顿时浑身发热，心中暗想，这是一个爱恋起来很腼腆的姑娘。阿尔贝蒂娜最讨厌她了，不怎么搭理她。为了跟我在一起，她仍然跟在我们后面，与我眉目传情。当我得知第二天她就要坐火车回巴黎时，我便一早去了火车站，也想登上去巴黎的火车，在火车上与她订约。可惜的是当我到达车站时火车已经开走了。

认识少女们后，我便像她们一样经常待在游艺场了。我发现，虽然安德烈第一次见我时好像有些冷淡，但她比阿尔贝蒂娜文雅、多情、细腻，她总坐在我旁边，与我说话，为了我宁肯错过华尔兹，因为我身体也不大好，她甚至会不去游艺场而来旅馆陪我。她与我在许多方面相似，身体也像我一样不大健康，我不会爱上她的。

偶尔，哪一位少女热心的关怀会在我心中唤起激烈的震颤，在一段时间内移开了对其他少女的向往。有一天就是这样，阿尔贝带娜说：“谁给我一支铅笔？”安德烈给了她铅笔，罗斯蒙德给她纸。阿尔贝蒂娜对她们说：“各位女士，正在书写，严禁观看。”她把纸贴在膝盖上，专心致志地将每个字母工工整整地画出来，然后把纸递给我，对我说：“注意，别叫别人看见！”我将纸条打开，是“我很喜欢你”。我心中明白，我罗曼蒂克的对象肯定是她了。这段日子里，若没找到理发师为我修好面就出现在她们面前，我会感到难堪之极，通过这些信号我明白自己已经坠入情网。

有一次，当我们在树林里做游戏时，我想方设法坐到了阿尔贝蒂娜身边，她那抚慰人的手指滑到了我的手指下面，她还向我眨巴眼睛。她多美呀，当我们一起回去时，我与安德烈走在一起，对她大大地赞美起阿尔贝蒂娜来。但这并不令安德烈开心。不过此后我并不千方百计地要见阿尔贝蒂娜，而是佯装更喜欢安德烈。我安排每天晚上都与安德烈单独在一起，倒不是为了叫阿尔贝蒂娜妒意大发，而是抬高我在她心目中的地位。可是安德烈明白是怎么回事，她的话中显示出酸楚。这时候阿尔贝蒂娜已经照我喜欢的样子弄她的头发了，虽然她的姨妈嘲笑她这个发式。

有一次，阿尔贝蒂娜第二天早晨要到她姨妈家去，为了及早赶上火车，她要先到我所在的旅馆住一晚，她约我晚上去找她。她还说她有些感冒，会在床上接待我，我们要一起度过夜晚。她的话令我产生了错觉，因此当我进了她房间，看到她真的躺在床上，微笑着望我时，我扑上去想吻她，拥抱她。她拒绝了，但我不管，这一刻就是死亡袭来我也不会在乎的。于是阿尔贝蒂娜死命挣扎起来，拉响了电铃。

这天晚上，我知道我对阿尔贝蒂娜的爱情是不可能建立在肉体占有之上的。一个星期后，她冷冷地对我说，她原谅我了，甚至因为令我难堪而后悔，但叫我永远不要做那种事了，她还送了我一支烫金的铅笔。我说我感到奇怪，她为什么要拒绝我呢，那对她有什么坏处？她说："使我奇怪的是你觉得这事令人奇怪。真不知道你过去都见识过什么样的姑娘，以致我的行为才会使你感到奇怪。"她说，如果是别人想那样，会挨上两巴掌，她因为相当喜欢我才会饶恕我，而且，她可以肯定，我不会把她放在心上。说我喜欢的是安德烈，因为她比她热情得多。当然事实上不是这样，我喜欢的不是安德烈。

实际上我最大的悲哀不是这些少女中我最喜欢的一个拒绝了我，而是我无法做到立刻真的喜欢上哪一个，我想，我是不是对她们怀着一种集体性的爱呢？

不久之后，天气转凉，我的那些女友在一个星期之内通通离开了巴尔贝克，阿尔贝蒂娜是第一个。旅馆现在几乎空了，我也确实应该离开了。

……

第三部　重现的时光

我这次在贡布雷附近逗留也许是我一生中最少想到贡布雷的时候。

这时候，我在希尔贝特位于贡布雷附近当松维尔的城堡里做客，每天晚饭前两小时出去散步，有时与希尔贝特一起，有时一个人。我现在对贡布雷已经兴味索然，很少回忆在这里的过去的岁月。希尔贝特却不这样，她对我说：“怎么，您走这条过去常走的斜坡小道竟然毫无感受？”我却感到她也像昔日的美景一样，不再美了。

这些散步虽说是在晚饭前进行，但总是在晚上，因为希尔贝特的晚饭总是很晚。我们有时走进一个月光覆盖的美妙深谷，身处神秘的环境之中，我们停留片刻，犹如两只昆虫，即将钻进青色的花萼之中。有一次，在这时候我不由对她感叹道：“我那时多么爱您！”希尔贝特回答说：“那时我也爱您！”她说她还有两次讨好过我，我却一点没有觉察到。一次就是我第一次在贡布雷时遇到她的那次，那时候我还不认识她。第二次是在盖尔芒特公爵夫人家里重见她的前一天，她遇见了我，她并没有立即认出我来，不过产生了儿时第一次见到我时的那种冲动。

唉，当我们在几年后再遇到我们不再喜爱的女人，在她们和我们之间相隔的难道不就是死亡，犹如她们已不在人世间一样吗？我也想告诉她我那时对她的爱情，特别是我为她卖了一只中国古瓷花瓶以便给她买花这事，不过我没说，我想，我还有整个一生可以去说呢。

不过我一生也没有对她说过。

一起散步时，希尔贝特常和我谈起她的丈夫圣卢，现在的圣卢已经和我过去认识的大不一样了。年龄并没有使他身材变胖，动作变迟缓，就像夏吕斯男爵那样，而是相反，他瘦多了，动作更加敏捷。他常去烟花柳巷鬼混，他爱希尔贝特，但总对她撒谎，又不会撒，因此常常被拆穿。这时他便装出一副多愁善感的样子，有时候，一半是真的悲伤，一半是对生活感到难以忍受，他更装疯卖傻，抽抽噎噎地哭泣，泪流满面，说他就要死了，有时候甚至突然倒在地板上。希尔贝特不知道他这样是真是假，怕万一是真的，就不敢惹他生气了。圣卢还坚持要我留在当松维尔，脱口而出说这对他妻子来说是一种快乐。他说自己还爱着另外的女人，但很快就会同她一刀两断。其实他真正爱的是夏尔莉，就是莫雷尔，圣卢花大笔的钱供养着小提琴手。在我眼中圣卢现在成为某种稀有动物，譬如当我看到他进入我所在的一个晚会之时，他昂起了头，头发如羽冠般显得喜悦而自豪，金色的冠毛有点脱落，脖子转动时的灵活、自豪和卖弄风情是人类所没有的。他使我产生的好奇和赞赏，一半与社交界有关，一半与动物学有关，我不禁会猜想自己是在圣日耳曼区还是在植物园，是在端详穿过大厅的一位大贵族还是在观赏笼子里跳跃的一只小鸟。

圣卢这种索多姆的爱好是夏吕斯男爵传给他的，而且他像男爵一样，竭力使别人认为他们所爱的是女人，因此他们经常故意和某个女人一起招摇过市。不同的是夏吕斯男爵让妻子感到十分幸福，圣卢则让希尔贝特嫉妒得要死。他不但性欲倒错，而且还毫无乐趣地供养着几个情妇。圣卢从不让人谈及他的那种“爱情”，一谈到这方面的话题他总是立刻回答：“啊，我不知道，对这方面的事我一窍不通。”神情冷淡得让自己的单片眼镜都要掉下来。

有一次，我对希尔贝特谈起阿尔贝蒂娜，问她阿尔贝蒂娜是否爱女人。希尔贝特断然否认，而阿尔贝蒂娜曾对我说过希尔贝特也喜欢女人，曾向她求过爱的，甚至几乎承认她与希尔贝特之间曾保持同性恋关系。是不是阿尔贝蒂娜故意编这些故事，好显示她的经验比她看上去得更为丰富呢？好用这种反常的魅力在巴黎迷住我，犹如初次相遇时她用贞洁的魅力迷住我一样？

我现在感到自己缺乏文学才能，但在漫长的岁月中这种这些想法并未增加我对自己的惋惜，因为在那些年里我完全放弃了写作的计划，一心在远离巴黎的一所疗养院里治疗，直至1916年初这所疗养院无法找到医务人员为止。我于是回到巴黎，这时的巴黎和我第一次回来时的巴黎相比已大不一样，这点读者马上就会看到，那是在1914年8月，我来巴黎是为了检查病情，然后返回疗养院。

1916年这次重返巴黎，我听到别人谈论的唯一感兴趣的事是在两年前爆发的那场规模巨大的战争。回来头几天的一个晚上，我去看维尔迪兰夫人，她与邦当夫人一样是战争期间巴黎的王后之一，许多公爵夫人都向她的沙龙趋之若鹜。在这里我还见到了莫雷尔和一个“落魄者”，他就是安德烈的丈夫，阿尔贝蒂娜曾经的追求者，使她离开我出走的原因之一，现在已经成了巴黎沙龙里的明星。莫雷尔本该待在军队里，他当了逃兵。维尔迪兰夫人的沙龙现在在圣日耳曼区变得光彩夺目，然而她却在想与一个似乎不会给她的沙龙增光添彩的人恢复关系，那就是奥黛特，不过她没有成功，奥黛特并未露面。

现在，由于战争，即使原来最富有的人都因为无法得到新收入而紧缩开支，维尔迪兰夫妇却因为他们的巨大财产而更显豪华，来这里享受他们豪华的人也越来越多。她的客人中间包括布洛克，现在的布洛克已经不同往昔了，过去他根本没有资格出入的沙龙现在都欢迎他。他写了许多著作，这些东西并非杰作，但由于他的辞藻符合大众需要，大家都将他捧为天才。与此相似的是布里肖，他现在也成为沙龙里人人景仰的大师，不过他乃是货真价实的巴黎大学教授，而且学识渊博。

此前，当我在1914年那次回巴黎时，我也见过圣卢、夏吕斯男爵和布洛克。那时候战争刚刚爆发，当我与布洛克和圣卢在一起时，布洛克立即表现得像个十足的民族沙文主义者，圣卢什么也不说，但等布洛克一走，他立刻责备自己没有立刻再次入伍——结婚时他已经辞去了军职，他大声甚至有些粗暴地说：“所有那些不去打仗的人，不管提出什么理由，都是出于害怕。”布洛克有些看不起圣卢，说他害怕德国人，只能待在巴黎的参谋部里炫耀自己。他却完全错了，圣卢根本不是这样的人，他愿意为法兰西献出生命，但永远不会这样说出口，就像我的母亲会毫不犹豫地为她的母亲献出生命，但永远不会说“我会为母亲献出生命”一样。圣卢后来找关系进入了骑兵部队，由于同样上不了前线，他又申请当了步兵军官，最后进了轻步兵，终于上了前线。布洛克却是相反，他只喊爱国，却什么也不做。他一直大喊爱国与战争，有一次他改变了口风，虽然他眼睛近视，但被认可可以入伍，这令他恐惧万分。

1914年这次我在巴黎并没有待多久，很快便回到了疗养院，在那里我几乎与世隔绝，但还是收到了两封信，分别来自希尔贝特和圣卢。希尔贝特说她为了躲避德国人对巴黎的轰炸逃到了贡布雷。然而她刚到，德国人就在一场战斗中取得了胜利，占领了她所在的地区。不过她对德国的占领军毫无怨言，也许由于她现在所属的盖尔芒特家族出身于德国巴伐利亚，与德国最高等级的贵族有亲缘关系，她说占领军只是请求她准许他们采摘长在池塘边的勿忘我花。她还把这些受过堪称完美的教育的德国人与那些漫无纪律的法国逃兵做了比较。

圣卢的来信则只谈战争，这时候已经参加了几场大战，法军伤亡惨重，圣卢说人民、工人是最好的人。他特别谈到了夫人像男人般魁梧的福古贝大使的儿子，他在被打死之前曾七次负伤，每次打仗回来之前只要没受伤，他就显出一副抱歉的样子，好像说这不是他的过错。后来他终于英勇战死。

1916年我第二次回巴黎时，到达的第二天就收到了希尔贝特的信。不过这封信的内容与上次已经大相径庭，上封信她说之所以离开巴黎去当松维尔是因为害怕德军飞机的轰炸，现在却说去当松维尔是为了保护她的城堡和她父亲珍贵的收藏品，使之不受德国人的骚扰。她倒真的过上了货真价实的前线生活，身边到处都是军人。此时贡布雷已经一分为二，法国人和德国人一边一半。她作为女人的这种勇气得到了巴黎人的崇拜，大家纷纷谈论应该为她授勋。收到这信的第二天，圣卢来进行了一次只有几秒钟的拜访，他是回巴黎休假的。这次我感到圣卢变了，由一个喜欢追逐女人也喜欢被女人追逐的金发青年变成了一个满口只有战争的雄辩家，他还谈到了我们可能得到美利坚合众国的帮助。

圣卢走后，我一面回忆着他的来访，一边在巴黎的大街上散着步，这时发生了一件我永远难忘的事。

我在路上遇到了高大肥胖的夏吕斯男爵，由于他的亲德立场和性格的桀骜不驯，已经越来越远离社交界，过着相当孤独的生活。他已与维尔迪兰夫人彻底闹翻了，维尔迪兰夫人现在的主要使命之一就是将夏吕斯男爵孤立起来，她假装认为他不是法国人，说他曾是普鲁士上议院的世袭议员，而莫雷尔则对这种指责大加赞成并且不遗余力地到处宣扬。夏吕斯男爵的亲德立场是可以理解的，因为他母亲就是巴伐利亚公爵夫人，所以他没有那些法国人通常都有的爱国主义。如此一来他这位昔日圣日耳曼区最大的红人现在有些被社交界厌弃了。不过这对男爵的生活并没多少影响，他仍然继续寻欢作乐。他将自己的住宅改成了军医院，这样他就不会缺少成熟的休假军人做伴了。

今天，我遇到夏吕斯男爵时，他不说德国人半句坏话，相反他十分讨厌法国的盟国英国。他还谈到了莫雷尔，他声称莫雷尔希望与他重修旧好，他也同意，但强调说不应该由他主动跨出第一步，他的目的当然是要我去为他跨出第一步。我也曾经做出过努力，在这次散步之后两三年，我有一次带着些强迫要莫雷尔去看那时候已经病重的男爵，我认为男爵毕竟曾经对他有恩。但莫雷尔死也不去，但说他并不反对去或者与他和好，但他就是不去，我看得出来他当时极其害怕见到男爵。后来在男爵去世后特意留给我的一封信中我才知道端倪。原来，男爵那种极冲动易怒的性格曾使他决定杀掉莫雷尔，他还为此做了杀他的准备，某天如果莫雷尔来到了他家里就杀了他。莫雷尔得知了男爵的图谋，当然怎么也不也敢去找他了。

今天，我与男爵分手后，边走边沉思，渐渐走进巴黎一些黑暗的街道。我偶然走到了一家旅馆边，令我惊讶不已的是我看到从里面迅速走出来一个军官，竟然是圣卢。他没有发现我就走了，我悄悄走进旅馆，看到几个士兵在聊天。其中一个谈到了他昨天夜里用链条把某人锁起来，并且打了他整整一夜，打得两手都出了血。这样残忍的事令我想弄明白真相。我便去旅馆里订了间房。就在我去找自己订的房间时，我听到一端的一间偏僻的房间里传出了呻吟声，我悄悄走过去，通过房间侧面的一个小圆窗看到了里面的情形，有个人正被铁链锁着，被人用带刺的鞭子抽打，已经被打得浑身是血。

那人就是夏吕斯男爵！

我还看到絮比安走了进来，微笑着同他说话，我立即明白这并非是一般的酷刑了，这是有受虐狂的男爵在满足自己那变态的欲望。事实上，这幢旅馆就是由男爵出钱买下而由絮比安经营的，絮比安负责在这里为他提供种种淫乐，找的当然都是身强体壮的男性军人，这些人很容易找，谁不想挣钱呢。我看到两位优雅的俄国人也挣钱来了，不由想起了“婊子”这个词儿，也想起了弗朗索瓦曾经说过这词，那是阿尔贝蒂娜还住在我家的时候，有一天，她正一丝不挂地与我抱在一起，我们没听到弗朗索瓦进来，她看见了我们这样子，口里低声用方言说了声“婊子”。絮比安发现了我，他并没有太惊慌，只是要我躲起来。我看到男爵由于挨了打走起路来相当困难，他把钱付给那些来与他淫乐的军人们，听他们说话，他们说的话越不道德他就越高兴，相反则满脸不悦。在这些淫乐的人中还有一位神父。絮比安把男爵送走后，我们谈了一会，他说希望不要因此对他有不好的看法，他说他唯一的目的是为男爵效劳，让他愉快地度过晚年。他说男爵现在是个大孩子，他在旅馆里要什么就有什么，他把许多钱送给那些男人们，他们则把身体给他，有时候还奉命虐待他。我告诉他，他这幢房子比疯人院还疯，简直就是个魔窟。

我回到家时，弗朗索瓦对我说圣卢来过，来找他的军功章，看是否丢在我家里了。在旅馆里时，我记得有人发现了地上的一枚十字军功章，原来是圣卢丢的，不过他没有机会再带它了。他离开我这里后就去了前线，第三天就被打死了，他是在掩护士兵们撤退时被打死的，鼻子都断成了两截，整个人面目全非。好几天我都把自己关在家里想念他，想起我们过去交往的种种情景。我还想起了阿尔贝蒂娜，他们的一生这么晚才为我熟知，现在却都这么早就结束了。

圣卢在战死前还做过一件事，就是找莫雷尔，他通过关系想找到有一段时间与他失去了联系的莫雷尔，这种查找活动使莫雷尔本该在他的部队里服役的一位将军得知莫雷尔是个逃兵，就把他抓了起来。莫雷尔却以为他是被夏吕斯男爵告了密，因为男爵曾说过要报复他，那当然是开玩笑的，但莫雷尔可不这么认为。他随即告发了男爵和另一位同样与他闹翻的先生，他们都立即被捕，审讯表明他们都有大量的同性情人，不过他们很快被释放了，莫雷尔则被送到了前线。在那里他作战勇敢，并且逃脱了所有危险，最后将带着十字军功章回到巴黎。他没有想到夏吕斯男爵曾经为使他不得到这枚军功章——也就是不上前线——求过人情，而圣卢则间接地为它付出了生命。

此后我去了另一家疗养院，它并不比我前面住的那家好，过了许多年之后我才又回到了巴黎。

即使我长期不在巴黎，由于我的名字仍留在我的老朋友们的名单上，所以他们仍忠心耿耿地给我寄来请柬。我这次回巴黎时就看到了两份，一份是著名演员拉贝玛为女儿和女婿举办的茶话会，另一份是第二天盖尔芒特亲王府举行的音乐会。

到这一天，我便前往盖尔芒特亲王府。现在的亲王府已经不是原来的，而是在布洛涅街新建的一座豪华府第。就在去亲王府的路上我又遇到了夏吕斯男爵，他中风之后正在康复。他两眼发呆，驼背，说他在车里坐着倒不如说是放在车里，他为了立直身子所做的努力就像人们要孩子听话时孩子所做的努力一样。他的草帽下露出完全发白、难以驯服的竖起的头发。他下巴上长出的白胡子就像雪。只见絮比安在他身边忙个不停，像照顾小孩一样照料他。絮比安将他放在一张扶手椅上，然后同我攀谈了一会，他说他得处处留神，因为男爵心肠太好了，会把自己所有的东西都送人。他老了，但还像年轻人一样好色。有一次男爵安排他去进行重要采购，絮比安知道他的伎俩，就特意很快赶回来，发现他竟然同一个10岁的男孩干那种事。就在同我交谈的一刻，男爵已经设法同一个当园丁的小伙子谈上了。

我怀着一种绵绵愁思走进盖尔芒特亲王府的大院，由于我心不在焉，竟没有看到迎面驶来的车辆。我连连后退，就在我恢复平静的时候，我的脚踩在一块铺路石板上，我沮丧的心情——此前我曾久久地忧虑我在文学上缺乏才能，感到沮丧——突然消逝，升起了一种至福的感觉。这种感觉就像在我生命的各个不同阶段，例如当我乘车环绕巴尔贝克兜风、当我尝到浸泡在茶汤里的小马德莱娜点心的滋味、当我听凡德伊某些作品时所感受到的那种至福。

这时，我对命运的惴惴不安，还有萦绕心头的种种疑云统统烟消云散。是什么在此时或彼时能给予我如许欢乐，足以使我对死亡都无动于衷呢?

进了盖尔芒特府，由于音乐会已经开始，我不能在中间进去，就进了书房，在那里默想这些事，直到第一个节目演完，总管请我到客厅去，我才发现自己身在何处。不过置身客人们中间并没有打乱我的思绪，我仍然在继续着绵绵思绪，我想到了时间、人生、生活。在我此刻的回忆中，生活竟像童话中的仙境，我一幕一幕地看到人由婴儿变成了少年、成人，直至直弯腰曲背走进坟墓。我看到了以前认识的一位少妇，现在白发苍苍、拱肩缩背成了个一副凶狠相的老太婆。我看到了盖尔芒特夫人，她仪态高贵地款款向我走来，说：“啊！我最老的老朋友，见到您真高兴！”

她的话并没有让我高兴，我一向认为像斯万这些人才算得上是她的老朋友，我则是一个年轻人。我自忖：“最老的老朋友，她言过其实了吧？难道我真的……”这时，亲王的一位侄儿来对我说：“您是老巴黎了。”过一会又有一个年轻人，大概是公爵夫人的一位什么亲戚，交给我一张纸条，说他相信能成为我的稔友，落款是“您的小朋友……”“小朋友”过去我就是这样给大我三十几岁的人这样写信的，现在竟然有人这样称呼我了！难道对这样自称为我的“小朋友”的人而言，我真的那么遥远，成为一名老朽了吗?

这时候又有一个好心人向我谈起了现在正流行的感冒，并安慰我说：“容易得感冒的人大多数是年纪还轻的人。您这种年龄的人不会再有多大危险。”我看着周围的老相识们，我已经与他们中的一些相处了多少年啊。例如公爵夫人，昔日那么美丽高贵的公爵夫人，现在已经是一个地道的老太婆了。她还惋惜我为什么不曾结婚，说如果那样，我在战时就会有几个成年的儿子了，不过，如果他们被送上战场，那么像我这样多愁善感的人如何能活下去呢。还有布洛克，我刚步入生活的时候就认识了他，一直不断地看到他。对我来说，他是我的同窗，一个少年人，我是用无意识地给予自己的青春去测定他的青春的。我听说他挺显老，我惊讶地注意到他脸上那种衰老的人们才有的迹象，我明白了，老翁正是生活用持续多年的青春制成的。

布洛克请我将他介绍给盖尔芒特亲王。过去，当我第一次接到亲王的请柬时，在亲王府想找人介绍给亲王时还碰了壁，现在这对我已不是难事了。又认识了盖尔芒特亲王夫人后，布洛克失望地对我说："你也许把它对我描述得太好了，就像这地方的女主人，德·盖尔芒特亲王夫人，我知道她已不年轻了，可你在不那么久以前还对我说过她天香国色、绝代无双。当然，我承认她雍容大方，那双眼睛也确如你所说顾盼迷人，可说到底，我觉得她并不美得像你所说的那样除却巫山不是云呢……"

我不得不告诉他我们说的不是同一个人，原来的德·盖尔芒特亲王夫人已经亡故，因为德国的失败而破了产的亲王便另娶了嫁妆极丰的前维尔迪兰夫人当续弦。"你弄错了，我在今年的《哥达》上查过，"布洛克天真地向我供认，"我查到了住在我们目前所在的这座府第的德·盖尔芒特亲王的有关介绍，说他以当今最隆重的仪式，在西多尼亚与德·杜拉斯公爵夫人结秦晋之好。"实际上，更详细的情况是维尔迪兰夫人在丈夫去世后不久就改嫁破了产的杜拉斯老公爵，这样她便成了德·盖尔芒特亲王的表亲，婚后两年老公爵就死了。这对维尔迪兰夫人是一个十分重要的过度，现在，她通过第三次婚姻成了德·盖尔芒特亲王夫人，从而在圣日耳曼区地位显赫。

看到如此种种，我感到某种痛苦，姓氏的继承就像其他各种继承、像各种产业的侵占一样令人伤感。这个姓氏绵延不绝地往下衍续，仿佛有一大群新的德·盖尔芒特亲王夫人，或者不如说就是一个德·盖尔芒特亲王夫人，她不知道死亡，对改变和伤害我们情感的一切全然无动于衷，千年来由各种不同的女子一代又一代地取代她的职位，而在这些不时消失的女子身上，这个姓氏一再封闭它自远古以来始终如一的平静。

同盖尔芒特亲王说完话，布洛克便把我介绍给了他的一位朋友，一个少妇，她是当天在这里的最漂亮的女人。她听人介绍过我的许多情况，然而她对我向她提到的许多昔日辉煌的贵族姓氏完全陌生，即便对盖尔芒特家族也一样。她打听圣卢夫人凭什么关系和在座的各位最杰出的上流人士显得那么关系密切，她根本不知道圣卢夫人希尔贝特是盖尔芒特·德·圣卢的妻子，也是盖尔芒特家族的主要继承人。更不用说会知道夏吕斯男爵曾是巴黎地位最显赫的人，而斯万曾是大家最喜爱的人。这位女士甚至认为福什维尔乃是当今社会最高贵的姓氏，然而就是这些人组成了当今社交界的基本队伍。

我想也是，她为什么要知道那些已成明日黄花甚至绝了嗣的姓氏呢？那些对她毫无价值，它们被忘得一干二净也是自然而然的事。总之，我们谁不知晓岁月流逝、衰老必会取代青春，最牢靠的宝座和巨额财产也会分崩离析，名望更是过眼烟云，一切必将随风而逝。

我发现盖尔芒特公爵夫人正同一个十分丑陋的老婆子高谈阔论，我望着她，压根儿猜不出她是谁，对她绝对地一无所知。后来我才知道，这就是拉谢尔，圣卢的老情人。今天她是应邀来朗诵维克多·雨果和拉封丹的诗篇的，她现在已经是红得发紫的女伶了，各个贵族沙龙争相邀请她、奉承她。

然而，就在此时，在巴黎的另一头却完全是另一幅景象。拉贝玛这天也有茶话会。她也邀请了一些人去喝茶，为她的儿子、媳妇庆贺。她的客人们却迟迟不去赴会。当她得知拉谢尔在德·盖尔芒特亲王夫人那里朗诵诗歌的时候，这使拉贝玛这位大演员十分恼火，对她说来拉谢尔仍是无名小辈，过去让她在由她拉贝玛领衔主演的戏里露个脸儿是因为圣卢给她买了登台演出的服饰。更使她恼怒的是巴黎流传着一条新闻说，这次邀请虽说是以德·盖尔芒特亲王夫人的名义发出的，实际上在亲王府接待来客的却是拉谢尔，拉贝玛硬是给一些忠实可靠的朋友写了信，邀请他们务必光临共进茶点，因为她知道他们也是德·盖尔芒特亲王夫人的朋友，亲王夫人还姓维尔迪兰的时候他们就认识了。

然而，时间过了，谁都没到拉贝玛家，他们都去盖尔芒特亲王夫人府了。现在谁都知道拉贝玛正受着女儿和女婿的压榨，他们不顾她的病体，强迫她继续演出，好给他们带来演出酬金，她为了强打精神甚至不惜注射吗啡，这只会加剧她死亡的到来。就在这天，看到没有人来参加他们家的聚会，拉贝玛的女儿女婿立即穿上了最华丽的衣服，丢下口中正在吐血的母亲，未经邀请就跑到盖尔芒特亲王府来了。他们低声下气地再三乞求拉谢尔让他们进来。他们就这样一下子毁掉了拉贝玛的声誉和社会地位，就像毁掉了她的健康与生命一样。

应该说盖尔芒特公爵夫人的生活十分不幸，公爵几乎一辈子都在不断地欺骗她，现在，虽然老了但身子骨还硬朗的盖尔芒特公爵黏上了福什维尔伯爵夫人，也就是前斯万夫人奥黛特。他像对待以前的情人一样，将这个新情妇软禁起来，同她一起用午餐、晚餐，他不再出门，一天到晚都与情人厮守在一起。迟暮之年的奥黛特还得到了这样一位名声显赫、不可一世的情人，不由得意非凡，便一心一意只想讨他喜欢，穿他爱看的晨衣，给他做他爱吃的饭菜。她这样做的另一个目的也是要捉弄一下高贵的公爵夫人，将她的丈夫抢在自己家里，还将她的许多显赫的朋友也从公爵夫人那边弄过来，这些都使她感到惬意。盖尔芒特公爵现在离不开奥黛特，妻子对他却是可有可无，他从不在奥黛特面前发脾气，却总是将他的雷霆之火保留下来，到公爵夫人面前去发。当然，奥黛特就像她过去的一生一样，仍然欺骗她的新情人。她现在既不妩媚，也不高贵，她扮演什么角色都不过尔尔。倒不是生活难得分派她美好的角色，而是因为她不会演。

一位胖妇人向我问好，就在这问好的短促瞬间，具有云泥之别的各种想法涌上我的心头。我先是犹豫了一下，不敢答礼，怕她错把我当成了别人。我的目光继续在她的外貌上搜索，搜寻还没有想起来的姓氏。就像参加业士会考的中学生，目光盯在考官的脸上枉费心机地搜索答案。就这样，我朝这位胖妇人微笑着，凝视着她的脸。我觉得这张脸像斯万夫人，所以我的微笑中也略略带上些尊敬的色调。我正待结束迟疑不决，就听到那位胖妇人对我说："您把我当成妈妈了，确实，我开始变得同她挺像的。"就这样，我认出了希尔贝特。

同她在一起，我相信能找到乐趣，其实也就是谈谈文学。当然，从明天开始，我希望重新开始过与世隔绝的生活。即使在我家，我工作的时候也不会让人进来看我，完成我作品的职责比讲究礼貌更重要。她自然会邀请我，我对她说，倘使她在邀请我的同时还邀上一些年轻姑娘，我是很乐意的——我其实对她们一无所求。

经过一番思考，希尔贝特为我所做的这个请求找到了比我能设想的还要大胆的解决办法。一段时间之后，我看到希尔贝特朝我走来。我惊讶地发现她身边走着一位妙龄少女，一刹那，我仿佛觉得圣卢的婚姻就是昨天的事。姑娘高挑的身材标出了这段我一直视而不见的间隔。我感到，无色无嗅、不可捉摸的时间为了使我能够看到它、触摸到它，物化在她身上了，并把她塑造成美的杰作。她两眼深凹、熠熠有神，那娇美的鼻梁呈鹰钩状微微隆起，这只鼻子，虽说一点也不像斯万的鼻子，却很像圣卢的。那位盖尔芒特早已逝去，可他那颗长有一双飞禽般炯炯有神的眸子的秀美头颅却降落在女儿的肩上，使曾认识她父亲的人们浮想联翩。

喜气洋洋的她还充满希望、来日方长，我觉得，由我失去的那些年头造就的她仿佛就是我的青春。

我记起了维克多·雨果的诗：

> 青草应该生长，孩子们必须死去。

我早就说过，严酷的艺术法则是生灵死亡，我们自己也在吃尽千辛万苦中死去，以便让青草生长，茂密的青草般的作品不是产生于遗忘，而是产生于永恒的生命，一代又一代的人们踏着青草，毫不顾忌长眠于青草下的人们，欢快地前来享用他们“草地上的午餐”。

总之，一切都在时间之中，注定都会在逝水年华之中流逝。

简评　我十余年前就花了大量时间读《追忆似水年华》。现在写它更耗费了大量心力，本来就是缩写的篇幅也长达8万余字，已经是尽力压缩了。到了本书之中，我设定的篇幅不能超过4万字，因此不得不再次压缩。但却不能如以前一样再次缩写了，只能裁掉中间一大截，保留首尾。具体而言只有七部中的三部，即第一部《在斯万家那边》、第二部《在少女们身边》和第七部《重现的时光》。所幸的是，这三部的内容是比较连贯的，并不会因为裁掉了中间而显得突兀、因而不好理解。

实际上这也正是普鲁斯特大作的主要特点之一，就是它的情节就整体来说并不复杂，他最了不起的地方就是那细腻无比的分析，而这样的分析甚至是可以孤立地阅读的，即我们只要随便打开什么地方开始阅读，几乎都可以体味到这部作品的伟大。

为什么这样呢？一是因为“大”。《追忆似水年华》全书结构复杂，篇幅庞大，共分七部，中译本厚达3000余页。二是因为它“小”。虽然它的篇幅如此之大，大概是《战争与和平》的两倍，然而里头根本没有《战争与和平》中那样波澜壮阔的场面，有的只是一个人“我”的体验与回忆。

这个“我”只是一个普通人：先是一个小孩子，爱母亲爱得发痴；然后长大了，与一帮少女混在一起，关系暧昧，还与其中一个发生了是爱又不是爱的奇特恋情；“我”只是一个普通的小布尔乔亚，种种因缘却使我得以出入巴黎一些最高贵的沙龙，结识许多上流人物。故事发生的地点也很简单，主要只有三个：贡布雷、巴尔贝克、巴黎。《追忆似水年华》的庞大篇幅就是用来描写这些简单对象的。作家如何用如此庞大的篇幅来描述如此简单的对象呢？那就是普鲁斯特写作的最大特点了——细腻。我们在读《追忆似水年华》时，第一印象无疑是“细腻”二字，不能不处处惊诧于作家的描述之细腻，无论是描述人物的动作、表情，还是言语、心理，都极尽细腻之能事，细细道来，细致入微，无微不至，令人惊叹！

更令人叹为观止的是，虽然这些描述是如此细腻，却一点也不给人以哆嗦之感。为什么呢？因为它生动！书中那些细腻的描写使人物的动作、对话、言语与心理等都跃然纸上，栩栩如生。其中最令我惊叹的是心理描写，我们知道，心理的东西是无影无形的，无从把捉，然而普鲁斯特却似乎具有某种几乎不属于人类的“神力”，能够像抓住现实的物体一样抓住抽象的心理，将它的前思后想、前因后果一一道来，不仅入木三分，而且娓娓动听。令我感到他对人类心灵了解之深刻殊不亚于弗洛伊德，只是普鲁斯特是以文学来描写，弗洛伊德则是用科学来分析而已。

总之，《追忆似水年华》既是西方现代派文学的扛鼎之作，也是整个西方文学史上最值得精读、细读的作品之一。

不过，由于它的篇幅如此庞大，描述如此细腻，真要读完它难度确实太大。这样的话，读我上面这3万余字的简写也就差不多了。我可以负责地说，它从内容到形式都浓缩了《追忆似水年华》的精华。

第四十六章　纪德，同性恋者与大作家

纪德有一个才智出众的父亲叫保尔·纪德，30岁时就成了巴黎法学院的罗马法典教授，他的妻子出身富裕之家，结婚时给丈夫带来了约40万法郎的丰厚嫁妆。

1869年11月22日，他们结婚7年之后生下了唯一的孩子，就是未来的大作家纪德。

从小就是同性恋　纪德有一本自传《假如麦子不死》，其中描述了他5岁开始的一些事，从这里我们知道了童年时纪德的许多情况，其中最不一般的就是他的性取向。这也是纪德一生最与众不同之处，我们后面会知道，杰出的作家中像他这样的人几乎是绝无仅有的。

纪德5岁左右时就有了第一次性行为：他与一个男孩躲在桌子下面手淫，并将这当作一件顶好玩的事。这年纪德开始上学，是那种私人办的小学校。

这时候的纪德总的来说是个很文静的孩子，不怎么合群，也许与是独生子有关。但不久他就有了一个朋友，是一个小名叫“绵羊”的温驯的小男孩，他们俩经常像小恋人一样手牵着手在公园里散步。

8岁时，他上了小学，但过得不快乐，因为他成绩太差，经常全班倒数第一。还有一次他当众大出其丑。原来，上课时，一位老师发现纪德满脸通红，发现了他在干什么，立即将他赶回了家。原来他又在手淫了。直到三个月之后才又回到学校并且留了级。这对纪德并不是坏事，留级后他在新班上表现出色，由最差的变成了最好的。

就在这年，纪德第一次深深地陷入了情网，像以前一样，他爱上的是男孩子，这是一个“俄国”小男孩，令纪德神魂颠倒。然而有一天他突然没来上课，就此消失，纪德后来说，这是他“一生中最初和最深沉的悲痛之一”。

八年级结束后，纪德离开巴黎到了乡下，在那里有一座拉罗克·贝加尔城堡，是他母亲的产业，包括一座城堡和宽阔的田地与森林，仅农场就有6座。

除了拉罗克·贝加尔城堡，纪德少年时期最常去的地方是居韦维尔，这是爱米尔舅舅的产业，舅舅的三个女儿是他童年时代最好的玩伴。不过纪德只能在放假的时候才能见到她们，他很早就幻想着将来能成天跟表姐妹们泡在一块。

他美好的童年生活并没有持续多久，1880年10月底，他的父亲去世了。这时候纪德还不到11岁。

父亲去世对纪德的影响之大难以言喻，为了让他尽快适应没有父亲的生活，母亲将他带离了巴黎。从此，纪德将过一种几乎像流浪的生活，母亲经常带着他四处迁移，这里住住，那里住住，正是受了母亲的影响，纪德一生中大多数时间都在这种不断的迁移之中度过。这些频繁的迁移我们在这里当然不能一一叙说。要说明的是，纪德母子的这些迁移可不是日子过不下去因而要到处求亲告戚，寄人篱下，相反，他们家财殷实，无论在哪儿都过着富足的日子。

一开始母亲将他带到了住在鲁昂的兄弟家，还替他请了一位家庭教师，纪德在这里与表兄弟姐妹们过着快乐的日子。在这里纪德还办了一份“杂志”，刊登表兄弟们和自己的作品。但不久母亲又将他带到了拉罗克，然后是蒙彼利埃，在那里住着他那位杰出的夏尔叔叔。

在阿尔萨斯的时候，有一天晚上，他在外面玩到天黑才回家，回来时发现他最亲的表姐玛德莱娜跪在地上哭泣。原来她的母亲有了情人。这件事在他尚不成熟的心灵里刻下了极深的痕迹。这是1882年的事。后来那位母亲抛弃了丈夫，同情人生活在一起了。

1887年10月，他进了阿尔萨斯学校的修辞班，在这里遇到了一个新朋友。他们都爱好诗歌，特别是歌德，两人在学校里成天形影不离。这时候纪德已经过了17岁，要满18岁了，他在这时候的一篇日记中写出了这样的话：“我是一个童男子，我不能长期这样下去……我对上帝发誓，……哦！第一个夜晚和第一个女人！”他竟然向上帝起誓要在这年丢掉处男之身。

第二年，纪德进了著名的亨利四世中学，它就在巴黎万神庙的后面。这时候纪德已经迷恋于文学了，每天花大量时间与朋友们讨论文学，花在功课上的时间则很少，这样的结果就是他没有通过中学毕业的会考，直到第二年才勉强通过。

这时候纪德快要20岁了，他对于自己的人生打定了两个主意：一是要成为作家，二是要娶玛德莱娜表姐为妻。这时候他舅舅已经去世了，由于母亲已经抛弃了孩子和家庭，表姐事实上成了孤儿，他相信她没有理由拒绝他。至于写作，他决定找一个清静的地方写出自己的第一部作品。

1890年5月，他住到了一个位于湖畔的小村子里，在那里写出了后来称为《安德烈·瓦尔特笔记》的作品，并于次年自费出版。纪德早年的大部分作品都是这样出版的，他从来不想通过出版作品挣钱发财，他也没有这样的必要，他继承的财产足够他一辈子过上富足的生活了，完全不需要靠写作挣钱。

纪德这第一部著作销售大概为零，除了赠送出去一部分外，其余的被打成了纸浆。不过在评论界也获得了一些赞许的声音，勉强可以当成他跨入文坛的第一步。他参加了一些文学沙龙，认识了许多著名作家与诗人，如瓦雷里、王尔德、梅特林克等，并与王尔德走得很近，甚至有传言说他是王尔德的“情人”。对了，这位王尔德和纪德一样，是个公开的同性恋者，曾因此被判刑两年。

1893年10月，他与朋友保尔·洛朗斯去了久已经渴望的地方——非洲。

他们到达的地方是当时属于法国殖民地的阿尔及利亚。后来他们到了内陆一个叫比斯克拉的小镇，这里气候宜人，令纪德十分喜爱，以后他将多次再来这个地方。

在去比斯克拉途中，他在一个叫苏塞的地方遇到了一个叫阿里的男孩，他将纪德带到一个沙窝，仰面躺下，纪德第一次有了真正的同性恋性行为。

痴迷的同性恋者　一旦开始，纪德的同性恋行为就越来越多了，不久便习惯成自然，越来越痴迷于此。

到达比斯克拉后，他有了一个15岁的小黑人，叫阿特曼。纪德并不只来同性恋，他也要与女人做爱。在比斯克拉他还同妓女睡觉。这里的一个部落有样奇特的风俗，姑娘结婚前都要做一段时间的妓女，好为自己挣一笔嫁妆，纪德与同伴经常同玩一个16岁的女孩。

在非洲玩够后，纪德直到1894年春天才经由意大利回到欧洲，途中又把意大利从南到北玩了个遍，还在瑞士住了一个来月。当他在科莫湖漫游时，又和一个年轻的划桨工有了性关系，直到这年底才回到巴黎。

当然他在外面漫游时并不只是玩，他仍在勤奋地写作，第二年就出版了《沼泽》。这年他又一次来到了北非的阿尔及利亚，在那里他竟然遇到了王尔德，到了晚上，他们各带一个男孩进了房间。

1895年，纪德未满26岁时，母亲就去世了，他成了无父无母的孤儿，由于他是独子，甚至连亲兄弟姐妹都没有。

在这种情况下，对表姐玛德莱娜的爱情几乎成了他唯一的心理依靠了。因此安葬母亲几天之后他们就订了婚。纪德想快点结婚，于是，10月7日，两人在居韦维尔举行了婚礼。此前几天他们还签署了有关夫妻财产分配的法律文书，决定将双方的婚前财产分开，只在婚后获得的财产才共有。不用说妻子也带来了不少财产，居韦维尔的大厦就是财产之一。

婚后夫妇俩去蜜月旅行，他们横越地中海，去了北非的突尼斯。

在那里，已经17岁了的阿特曼正在等着纪德，小伙子穿着一身新衣服，为这他花光了自己所有的钱。他们带着阿特曼一路到了比斯克拉。在比斯克拉他又见到了上次与王尔德在一起时睡过的男孩，他叫穆罕默德。

不过他们这次在非洲待的时间不长，很快回法国去了，在巴黎待了几天后就去了纪德的大本营拉罗克。不久纪德被选为拉罗克市市长，这时候他才26岁，是法国最年轻的市长。

现在纪德有两个地方都可以称为家，这里有他们两处最大的家产，就是纪德所有的拉罗克和玛德莱娜所有的居韦维尔，他们大部分时间在这两个地方转来转去，当然他们在别的地方还有住处，例如巴黎。

到1897年，纪德一直在写作的《地粮》终于出版了，这是纪德最重要的作品之一，是一部散文风格的小说，带有浓厚的自传色彩，例如其中提到了阿特曼等人的名字，行文优美而奇特。它还是本带有伦理色彩的作品，论述了纪德关于善的观念，他认为感官的乐趣乃是人生最大的善。

接着他们又去意大利旅游了，在罗马时，玛德莱娜由于身体不好经常得卧床休息，纪德便自己去街上逛，找一些年轻的男模特拍照，当然这是借口，目的是同他们上床。这时候已经是1898年了。

这年8月纪德又到了一个叫特鲁维尔的地方避暑，在海边、在月光下与一个水手相好。这种浪漫的刺激使得纪德后来说：“我的快乐是如此狂暴，以致我要哭出来……”

1900年是纪德的大忙之年。除了写作，纪德还参与了《隐修》杂志的编撰，杂志主要稿件的写作与编辑大都是他完成的，很是辛苦。祸不单行的是这年6月，玛德莱娜在协和广场出了车祸，被一辆大车从身体上碾过，严重骨折，需要长期休养。这样一来他就不能照管居韦维尔和拉罗克两处地产了，于是卖掉了拉罗克。

1902年，纪德出版了另一部重要作品《背德者》。次年他再一次去了北非，干的还是那些老事。

所谓“常在海边走，难免会湿鞋”，后来纪德因为和一个男青年干那事，结果得了梅毒。

1906年初，他搬进了耗巨资建成的蒙莫朗西别墅，这是他在巴黎的新家。纪德原来想建一座比较朴实的房子，然而建出来的却是一幢堂皇的大厦。

在纪德的所有作品中，《窄门》是最重要且出世最艰难的一部，其创作在他的第一部著作《安德烈·瓦尔特笔记》出版时就已经开始了，其书名源自《圣经》中的一句“通往生命的门是狭窄的”，它于1909年出版，并在巴黎的《杂志》上连载，5年后在纽约出版，这也是纪德第一本译成英语的著作。

成功的同性恋作家　《窄门》也是纪德第一部世俗意义上的成功之作，它不但得到了许多评论家的喜爱，还被有的人称为“也许是用我们的语言所描写的关于内心生活最优美的小说”。

这一年纪德40岁，这时候他已经出版了10部以上的作品，并且终于得到了成功——评论与销量就是成功的标志。

1912年，纪德遭遇了平生最大的失败与耻辱之一——与普鲁斯特的超级巨作《追忆似水年华》擦肩而过。

这件事说来复杂也简单。纪德很早就得到了《追忆似水年华》的手稿，他读了几页，也许并没有真读，只是随便翻了翻而已，就像大多数成名作家对待无名小辈做的事一样，表示拒绝出版。对了，这时候他的《杂志》，全名叫《新法兰西杂志》，已经不仅仅是一家杂志，而且是一家出版社了，纪德是老板之一。

此后不久，《追忆似水年华》第一卷由另一家出版社出版了，立即引起巨大轰动。纪德随即发觉了自己可悲的失误，他如饥似渴地阅读起来，并给当时还寂寂无闻的普鲁斯特写了信，称他已经有几天没离开他的大作，充满快乐地沉浸在书中，他坦然承认拒绝出版普鲁斯特的书是“我一生中最为痛苦的遗憾之一”，说“我永远不会原谅自己……我恳求您对我的宽容，已经超过了我对自己的宽容。”他又主动提出由他来出版《追忆似水年华》后面几卷。这样谦卑的来信令普鲁斯特颇受感动，他说他一点也不介意以前的被拒绝，还说如果没有那拒绝他就不会收到纪德的信件，他收到信的快乐已经超过了出版他的作品所带来的快乐。

1914年，第一次世界大战爆发了，纪德在这时候的一篇日记中写道：

“我们将要进入一个漆黑漫长、充满血腥的地道。”

由于纪德已经45岁了，身体也不好，被免除兵役，他还是自己到了红十字会帮忙，但他自感没用，说：“我装成有用的样子，而事实上没什么用处。”后来他又到了“法国—比利时难民收容所”，还成了副所长，他每天一大早去，晚上很晚才回家，几乎没什么休息，至于写作，连想的时间都没有了。

他就这样连着干了一年又四个月，直到1916年2月才离开。

阿莱格雷是一位随军牧师，有六个儿子，两个大儿子在军中，纪德1917年时第一次到了阿莱格雷家并住了下来，帮他照顾四个儿子，这些孩子中第二大的是17岁的马克。从那时候起马克就留在了纪德的心里，他对这个17岁少年的热爱较此前他一生中任何一次恋情都不逊色，而且更炽烈而持久——持续了他以后的一生。

纪德喜爱十多岁的少年是不奇怪的，他一辈子都这样，马克之前他也同数不清的少年有过性关系，但那大都如过眼云烟一般逝去了。然而他与马克完全不一样，他对马克的感情似乎的确是爱情，而且是一种无私的、把对方而不是自己放在第一位的爱情。不过，如果考虑到这是一位近50岁的老男人对一位十多岁少男的爱情，那就不能不说纪德真是变态得可以了。

1918年6月，纪德带着马克到了英国，在那里生活了三个多月。他到了剑桥，见到了许多学术大腕，知道了他们中也有同性恋者。

这年底，他回到了居韦维尔。这时候他已经在写自己的回忆录了，需要参阅他给玛德莱娜写的信。他曾经给玛德莱娜写过无数封信，然而玛德莱娜告诉他：她已经将它们全都烧掉了。

他为此哭泣了整整一个星期，就坐在起居室的炉火边，从早晨哭到晚上。

1920年新年伊始，纪德就去找一个印刷商，说他写了两本能把他扔进监狱的书，一本是他的回忆录《假如麦子不死》，另一本是《科里东》。这两本书纪德不敢公开出版，只是“印刷”而已，前者印了12本，后者印了21本，书上连出版社与作者的名字都没写。为什么呢？原因很简单：这本书满是同性恋内容，与当时的风俗乃至法律都是违逆的，公开出版要坐牢的。纪德只把这些书分送给最可靠的朋友，而且嘱咐他们要为他保守秘密。

这时候纪德仍经常阅读普鲁斯特的《追忆似水年华》，一边赞叹不已，甚至觉得它让自己失去了写作的勇气，因为他自知无法写出这样好的作品。他专门写了分析、赞美它的文章，登在他的杂志上。

这时候他已经和普鲁斯特成了好朋友，有一段时间，普鲁斯特经常派他的马车将纪德接到他那所有窗户都被蒙住的黑屋里，同他一谈就是好几个小时。谈的内容几乎只有一个：同性恋。

我想，纪德之所以如此赞美《追忆似水年华》，一个重要的原因是我们在《追忆似水年华》中可以看到前不见古人，也很可能后不见来者的最精彩的同性恋描述，这些描述无疑也深深打动了纪德的心，令他自叹弗如：他虽然如此实践过，却无法像普鲁斯特一样如此精彩地描述。

1922年纪德得知了一个好消息：他终于有一个孩子了。孩子当然不是玛德莱娜生的，他们结婚几十年，玛德莱娜连怀孕的影子都没有。他的孩子是伊丽莎白怀上的，她是少数与纪德固定发生性关系的女性之一，称得上是他的情妇。这个消息让纪德十分高兴，同性恋再好毕竟也有它的缺憾：它是不下蛋的公鸡，但人谁不希望在世上留下一颗种子呢？纪德决定先当孩子的教父，将来想办法正式收养。这个孩子就是他的女儿卡特琳。

1924年最大的事是《科里东》公开出版了，书名是以它的主人公的名字命名的。它在形式上像柏拉图的著作，是对话体的作品，以不喜欢同性恋的“我”与同性恋者“科里东”之间的辩论展开，实际上是为同性恋辩护的，也希望读者能够通过阅读之接受同性恋。纪德自己一直以为《科里东》是他最重要的作品，其他人是不是这么认为就难说了。

《科里东》出版仅仅20天之后，另一本专门反对它的作品《反对科里东》就出版了，作者是纪德的一个老对手，据说是用三天时间写成的。

由于《科里东》在出版时经过了一定删改，并没有给纪德带来牢狱之灾，相反，不久他就成了皇家文学会的荣誉会员，这个位子是因伟大的作家法朗士去世而刚刚空缺出来的。

1925年，纪德带着马克去非洲中部做了一次远程探险。在那里，他看到许多白人官员残酷地对待黑人，有一个酋长以为纪德一行是从宗主国来的钦差大臣，就冒着生命危险千里迢迢赶来找他，向他控诉了一桩令人发指的罪行：白人殖民地官员有次想惩罚某个部落，就派士兵一路走过去，从经过的每个村子抓两三个人，然后将男人枪决了，女人则被乱刀砍死，更将小孩关在草棚里活活烧死。

由于他们是总督的客人，这一路对他们的招待是再好不过的，他们身后总跟着大队的侍从，是当地统治者派给他们的，有一个苏丹甚至给他们派了两个纪德曾经看到过的最英俊的青年，他们的唯一目标是站在纪德一行身边显示他们尊贵的身份。在这个旅途中，纪德自然不会忘记他的“猎艳”，无论在哪里，他的目光永远落在那些英俊的小伙子身上。

在非洲玩了近一年之后，1926年5月，纪德回到了法国，第一次见到了女儿。

第二年，为了与女儿经常在一起，他出资10万法郎在诺瓦大街买下了一套房子，让伊丽莎白、卡特琳和小妇人等生活在一起，纪德也经常住在那里。

后来，为了使孩子的身份合法化，有一个法律意义上的父亲，伊丽莎白·贝特需要有一个丈夫，于是她找了一个叫埃尔巴的人，才28岁，比她小了整整13岁。纪德对此也不担心，也就是说，不担心他的女人会将心思转到埃尔巴身上去，因为这位埃尔巴和纪德一样，对女人兴趣不大。

现在我们要谈谈纪德与苏联的关系。纪德一向同情苏联。1935年6月，他参加了共产主义者们主持召开的“保卫文化第一次国际作家大会”，并被选为大会“名誉主席”。他还到过苏联，参加了在红场举行的高尔基葬礼。虽然在苏联受到国宾待遇，住的、吃的、让他参观的地方都是苏联最好的，苏方甚至在他参观时组织了几千名少先队员，手舞鲜花高喊：“安德烈·纪德万岁！”此前他们只有对斯大林本人才敢喊这个口号的。然而这一切并没有使纪德对苏联的印象比在国内时更好，而是相反。他发现这里的人民仿佛就像机器上的螺钉一般，了无生气，只是一架庞大的苏联国家机器的配件，他们从思想到衣服都惊人地相似，毫无个性。这一切都给他一种精神上的巨大压迫感。

回国后纪德将他在苏联的见闻很快写成著作《苏联归来》，客观地描述了他在苏联的观感，批评了苏联的一些现象。这使得他立即由苏联的朋友变成了敌人。法国共产党的报纸《人道报》也紧跟而上，大骂纪德是叛徒、骗子、伪君子、颓废者，等等。

纪德本人并不将《苏联归来》看成是他的重要作品，然而在市场上却是极成功的，它在10个月内就卖了近15万册，第二年就被翻译成14种文字出版，这些数字都超过了纪德迄今为止其他所有作品的总和。

1938年1月，他的妻子玛德莱娜去世了，这使纪德很难过，虽然他们的婚姻说不上幸福，但他俩青梅竹马，纪德始终爱着妻子。

妻子过世后，不久纪德收养了自己的女儿，血缘的亲生女成了法律上的养女。

第二年初纪德又去了非洲，不过这次去的是新地方——埃及，他来这里一方面是为了访古，看看金字塔，另一方面却是为了猎艳，这个年近70的老人那方面的兴致不减壮年。他在这里待了两个来月，大部时间用来在大街小巷寻找青年男子，这里的青年们对这码事十分在行而且热情，使纪德大感满足。

这是1939年，也是第二次世界大战的爆发之年，这也是纪德一生中经历过的第三次大战：第一次是普法战争，那时他还只有一岁，第二次是第一次世界大战，第三次就是第二次世界大战了。

不像第一次世界大战时他还能去红十字会服务，现在纪德已经太老，战争不需要他了。

1943年5月，英国广播公司播出了一则消息，盟军在突尼斯找到了纪德，他现在74岁，身体很健康。

纪德并不想成为万众瞩目的对象，他离开突尼斯到了阿尔及利亚，还应邀与戴高乐将军共进了午餐。将军很恭敬地对待作家，似乎在表明两人的相会乃是他戴高乐的荣幸呢。

1946年11月2日是纪德的77岁生日，虽然纪德从来不喜欢过生日，更不想搞什么庆祝活动，还是有人要庆祝一番，连广播都播出了这个消息，许多著名人士，如杜伽尔、加缪、马尔罗等都发表了庆祝演说。

这时候的纪德已经是公认的仍然活着的最伟大的作家之一了，从前的性取向问题现在已经不是问题，也许见惯不怪，人们不再为此责难他了。1947年6月，他获得了一个重要的荣誉：牛津大学授予他名誉博士学位，他还专门去了一趟英国参加颁授典礼。

一个更大的荣誉在这年的11月3日来了，就是诺贝尔文学奖。他的授奖理由是“因为他的著作的重要性和艺术价值，他在这些作品中以对真理的无所畏惧的热爱和巨大的心理洞察力表现了人类生活中的种种问题。”

获得诺贝尔文学奖也许是一个作家可能获得的最高荣誉了，但这对纪德没什么影响，这天他看电影去了，大群记者像猎犬一样到处找他。

1949年11月22日是他的八十大寿之年，他悄悄地在女儿家度过了。他感到自己仿佛已经成了古董，有艺术家来为他的手制作模型，好摆放在博物馆里，还有人来给他拍照，让他摆各种姿势，好等他去世后搞展览。

1951年是纪德生命中的最后一年，死神一天天向他步步紧逼，2月13日他写下了最后一部著作《但愿如此或大局已定》的最后几行，其中说：“不！我不能说，在这个笔记本的最后，一切都结束了……”

6天后，纪德去世了。

最后，我想引用一段话作为纪德这篇短传的结束，它集中地表达了纪德思想中某些最核心的观念：

> 我从来不追求荣誉……很长一段时间，我的书并不成功。这对我几乎没什么影响，因为我从来不怀疑它们应当被阅读……我所梦想的荣誉是济慈、波德莱尔、尼采、谢尔克高和许许多多其他去世之前很少被人倾听的人梦想的荣誉。……
>
> 如果我代表什么，我相信，它就是自由探索的精神，独立、不服从，抗议心灵和理性拒绝的东西。我坚定地相信，这种探索精神是我们文化的来源，这也是左的或右的所谓极权主义政权正在想摧毁和限制的精神。……

第四十七章　《伪币制造者》，同性恋文学的代表之作

《伪币制造者》这部作品读起来给人一种怪怪的感觉，因为它处处展现男人之间而不是男女之间的脉脉温情，但它依旧是一部文学杰作，这是一眼可见的，所以我称它为同性恋文学的代表之作。

第一部　巴黎

这天，其他人都不在，裴奈尔一个人躲在家里读几封信，额头上已经汗水淋漓。他读的是母亲写于17年前的12封情书，在那里他知道了自己根本不是他一直称之为父亲的人的孩子。

现在是四点钟，六点以前他们是不会回来的，他还有时间安排一下出走的事。他要去找他亲爱的俄理维，暂时在那里栖身。

裴奈尔的家临近卢森堡公园，每天下午都有一帮同学在那里会面，讨论哲学、艺术或者政治之类。在那里裴奈尔很快看见了俄理维。俄理维看见裴奈尔走近，脸红了起来，裴奈尔是他最好的朋友，但他总是故意装着没看见他，他很温柔，一种内在的缄默与腼腆使他与同学们不易接近。

裴奈尔把正在与一堆人讨论的俄理维拉到一边，告诉他他准备家离出走，问今天晚上能不能睡在他的房间里，说罢裴奈尔急急回家去了，俄理维留在那里心不在焉地与柔弱的吕西安讨论他要写一个剧本。

法官普罗费当第先生与法院院长俄斯卡·莫里尼哀一起走着，他急着回家，可莫里尼哀年纪比他大，个子没他高，身体也没他健壮，走得很慢。普罗费当第只能等他，他们谈着一桩与搞女人有关的案子，十五个被告中有九个是未成年孩子，而且有些出自极有身份的家庭，莫里尼哀建议把几个成年的教唆犯抓起来，孩子们则暗地告诫他们的家长，要他们严加管教就算了，普罗费当第庆幸自己的孩子不是这样。

回到家后，家里只有服务了15年的老仆人安东尼，裴奈尔虽然不想将自己要出走的事跟任何人说，但还是告诉了老仆，并说他有一封信留在公事房的书桌上。见到老爷回家后，安东尼装出平淡的语气告诉了他。

普罗费当第跑进公事房，看到了那封信，信中对父亲毫无感情可言，甚至庆幸自己不是他的亲生孩子。

普罗费当第先生只感觉痛苦与悲哀，这信实在太残酷了，他自己的孩子是绝对写不出这样的信的。但正因为裴奈尔那独特的、雄劲的、倔强的脾气，他爱他远甚于自己亲生的孩子们。

妻子终于回来了，知道这件事之后，妻子后悔的不是当时的罪恶，而是那之后为什么要对他忏悔，为什么要回到他身边。

而他的长子、律师查理对此事倒颇感高兴，因为裴奈尔在他心目中本来就是一个捣乱者。

听到有声响，俄理维跳起来开了门，把进来的裴奈尔紧紧抱在怀里。他问裴奈尔父亲知不知道他不回家，又问他为什么要走。裴奈尔说那是家庭间的事，他不能告诉俄理维。俄理维又问他准备靠什么生活，裴奈尔说瞧着办吧，他还说他身上的钱只够明天吃中饭的。

在床上，俄理维告诉裴奈尔他已经干过那事儿了，他还说那真令人恶心，事后真想吐，想去自杀或者把她杀掉。裴奈尔说他不会追女人，他在等待奇遇。俄理维还说他念医科的哥哥文桑有一个情人，那天晚上他深夜在房间里听到了他们的对话，那女的请求他不要抛弃她，甚至给他跪下了，可他哥哥还是把门关上了，女的在他家门外哭了很久。

他们说这些时以为同睡在一个房间内的弟弟乔治没听见，他突然在后面说话了，说他俩是“笨伯”，其实他一直醒着，什么都听见了。

俄理维告诉裴奈尔，他明天要去车站接他的舅舅爱德华，他是一个作家，他很佩服他。他曾给他看过他写的诗，他老实地告诉他写得很不好，只有两句是好的，而那两句恰恰是俄理维自己也觉得最好的。

让我们来看看俄理维的哥哥文桑·莫里尼哀吧。他每晚都出去，到巴萨房伯爵富丽堂皇的府第里，这是应老巴萨房伯爵的儿子罗培耳的邀请去为他父亲诊治。文桑去的原因之一是他这时候正需要钱用。他使一个女人——萝拉——有了孩子，那天晚上俄理维听到哭的女人就是她。

萝拉生孩子需要钱，本来他有母亲给他开业用的五千法郎，这笔钱足够分娩和养孩子前期用，然而，一天晚上罗培耳将他带到了彼特罗家的赌场，第一天他赢了，于是他又去了几天，结果五千法郎输得一干二净。这天晚上，萝拉在扶梯上一直等到凌晨三点才见到回家的文桑。此前她接到了文桑的信，说他的五千法郎已经输光，没钱给她了，要她回去找她丈夫或者回父亲家。但这都是不可能的了，所以萝拉来找他，哭着哀求他，想把他拖住，但文桑甩开她跑进房间关上了门。就像俄理维听到的一样，萝拉在他们家门外哭了很久。

今天文桑又到罗培耳家去了，他到达时罗培耳正在写东西，他告诉文桑他就是杜尔美办的杂志的后台老板，他要文桑找他弟弟俄理维写点东西，他也许可以帮他发表。他拿出五千法郎，说他很遗憾文桑输了钱，那他也有责任，他现在给文桑五千法郎，如果他赢了就还他，如果输了也不要他还，就算他们之间清了账。他要文桑马上去赌。当文桑问他父亲今天需不需要诊治时，罗培耳泰然自若地说他父亲去世了，现在正停尸在楼上，仿佛那根本不关他的事。他还坦承自己对父亲毫无感情。

在楼上，死去的老伯爵躺在床上，只有小儿子龚德朗和老女仆在守灵，龚德朗要女仆先去睡，他在这儿守到天明，独自一人看着父亲的尸体，他拿出一本书，沉湎在阅读之中。

莉莉安正在家里和罗培耳聊天。罗培耳说他已经要文桑在赌完后到她这里来。原来，罗培耳给文桑的五千法郎是她要他给的，他相信文桑肯定会输，于是莉莉安就与他打了一个赌：如果文桑输了，她就要替文桑还那五千法郎；如果文桑赢了，文桑还的五千法郎就归莉莉安。罗培耳对莉莉安说她爱文桑，但莉莉安说不是。莉莉安说当他们在一起时，总是他对她说话，讲他的恋爱史或者自然科学的话题，她都感兴趣。此前文桑已经详细地告诉了莉莉安他的恋爱史：当他在波城疗养时遇到了萝拉，他们都认为自己得了肺病，没几天活头了，她们谈心，他得知萝拉虽然结了婚，但根本没有体味过性爱的乐趣，于是晚上便去找了她，爱情使他们恢复了健康。她还怀孕了，她不能再回丈夫那里去，就跟文桑来到了巴黎，后来就发生了五千法郎以及赌博的事。莉莉安说她劝文桑不要为了爱情而放弃自己的前途，但罗培耳告诉她她其实是想代替萝拉的位置。他接着说，他的父亲去世了，他请莉莉安当巴萨房伯爵夫人，但莉莉安说她记起了她在英国还有一位丈夫呢。

这时候文桑进来了，浑身显示出胜利的喜悦。原来他赢了足足五万法郎，打赌赢了的莉莉安高兴极了。当他们离开时莉莉安悄悄将一把她房间的钥匙塞进了文桑手中。

这时候，在一家小旅馆一间阴冷的斗室里，萝拉正在哭着，而作家爱德华正在回法国的船上读萝拉写给他的凄惨的信，她在向他求助。

天边已经露出曙光，该是我们去找裴奈尔的时间了，他正沿着卢森堡公园的铁栏杆走着，身上只有14个铜子，他花十个买了早餐，其余四个两个当了小费，两个给了乞丐。这样他便真的一无所有了。“我等着上天赐给我一切。”他思量着。

在一张宽大的床上，文桑躺在莉莉安身边。她也许真的爱文桑，她以情人兼母性的本能对待这个大孩子，把教养他当作自己的责任。因为文桑虽然思维敏捷，高大英俊，但缺乏修养，这便是她的责任。她看见文桑脸上有一种痛楚的皱纹。她于是告诉文桑，如果他想回到萝拉身边去，现在就去，她不怪他。如果他不想，那就不要做出这种哭丧脸。她说，文桑也许以为她是一个狠心的女子，所以她要给他讲一个故事。那是在“部尔哥尼号”出事的那天，她也在船上，她本来已经到了救生筏上，又跳下水去救了一个三岁的小女孩，她拼命带着她游上了救生筏。这时候筏上两个水手拿着斧头砍刀，砍断那些趴在船舷上的手，他说：“再上来一个，我们大家都要送命了。船太满了。”从那以后她就永不再是昔日那个多愁善感的女孩子了。她憎恨一切低能者，她能帮他去征服，但疼爱他、哀怜他之类，她不会，只有萝拉会。文桑请她让他晚上再答复她，他现在先要回去找弟弟俄理维说件事。

开往巴黎的快车中，爱德华正读着刚在车站买的巴萨房的新作《铁杠》，在他下船买的三份报纸上都有一篇赞颂巴萨房新作的文章。爱德华自己的书可从来没有引起过如此热烈的评论，也从来没有被放到报摊上卖过。虽然他对此并不在意，但他对巴萨房的一切都感到不愉快，他觉得巴萨房不配称为艺术家，只是一个跑江湖的。

他从口袋里掏出萝拉的信，重读起来。信上谈到了她的苦难，她没脸回到丈夫身边，他太好了，她太惭愧了。她的父亲一定会拒绝她，她也不想伤母亲和姐姐的心。她甚至不愿意把过失推在文桑身上。他正是为了多帮她一点才开始赌博，结果把本来要用作她生活费的钱都输掉了。他现在抛弃她她也不怨恨他。现在她栖身在一家小客栈里，靠赊欠度日，爱德华是她唯一的希望了，救救她！

收到这封信后爱德华当天就启程来巴黎，不过他来巴黎的第一件事是要去一个狎邪之所。他将信夹到了一个日记本里面。

爱德华日记

10月18日

萝拉似乎并没有意识到她自己的魅力，我却很知道直到今天，每一行我所写的都间接地从她身上汲取灵感。……我所见到的、听到的无一不使我立刻就想道：她会说什么呢？我抛弃一己的情绪，而唯她命是从。我竟感到如果没有她在那儿控制我，我自己的个性会消失。离开了她我只是涣散而无定形的一团。……

爱德华耸耸肩，把信夹入日记本中，把日记本放在手提箱内，他准备下午四点把箱子取出，送回家，然后去救援萝拉。

爱德华微微入睡，思路不自觉地转向另一个方向，他想他自己写的那部小说应该与他以前的作品完全不同，他不能确定把书定名为《伪币制造者》是否适宜。很久以来他一直在构思，但一行也没有写成。只把感想写在本子上。他还写了一段，是批判巴萨房和《纵杠》的，它现在热闹，但那只是投机，很快会变成最陈腐的东西。

他一看表，已经11点35分，要是到站的时候俄理维在月台上接他该是多奇妙的事！但他认为这是绝对不可能的，因为他与俄理维不过一面之交，怎么可能来接他呢？即使他想，又怎么可能偶然看到他写给他父母的明信片呢？而且那上面也只是附带地、草率地注明了车到的时刻。车停了，天哪！那可不是俄理维吗！

然而，当他们相见时，每个人都以为只有自己单方面的感动与热情，因此都尽量抑制它们。俄理维为自己找了一个借口，说是顺便来接他的，这话让爱德华心里一沉，许多深情的话都压在舌根了。他们默默地走着，谁都不说话。爱德华等待着俄理维用“你”来称呼他，俄理维却刻意避免不用。最后，他们到了一间咖啡馆，由于双方都在压抑自己，因此互相感觉到对方的外表冷淡，他们互相痛苦着，就这样分手了。

太阳把裴奈尔晒醒了，他感到头痛欲裂，更感到迷惘，做什么好？上哪儿去？他一无所知。他茫然地往车站走去，他知道俄理维一定在那里接他舅舅。他真的见到了他们，当他看到爱德华一见面就将俄理维抱入怀中，心中涌现一种特别的感觉。他悄悄地紧随着他们。当爱德华因压抑对俄理维的感情而痛苦时，就把手中的纸条随便一扔，裴奈尔赶紧跑过去捡了起来，原来是一张行李房的收条。裴奈尔想这倒是认识爱德华的好借口，他看到他们进了咖啡馆，另一个念头又涌现了，他不是跟俄理维说过他什么都敢做吗？为什么要像人人都会的那样去做呢？于是他到了行李房，将爱德华的手提箱领了出来。他正愁没有钥匙，顺手一按，箱子便开了，他拿了些钱去餐馆大吃一顿，然后赶紧回房，看箱子里有些什么。

最令他感兴趣的是日记。

爱德华日记

11月1日

两周前……其实我早应把这事用笔记下来。并不是我没时间，只是我的心还整个被萝拉占据着。但如今我感觉到，而且我也无须否认，俄理维的面目已经在开始孕育我的思想。没有认清这一点今日我就无法解释我自己，无法认清我自己。

那天上午，我从出版社回来，沿着河散步，在法尼亚书铺不远，一个约莫13岁光景的中学生吸引了我。他身上的衣服已经破旧不堪，趁店员进去的一忽儿，他飞快地把一本书塞进自己破旧的大衣口袋里。突然看到我在注视着他，他的脸红起来，后来故意跑到一边，把口袋翻开，好像找钱的样子，一看就知道是在故意表演给我看，然后装着遗憾地没找着钱，把书又从口袋里掏出来，放回书架上。他离开时我跟着他，问他到底是一本什么书，他告诉我是一本阿尔及利亚的旅行指南，要两法郎多，我就给了他三法郎，要他买下来。孩子声称他最喜欢的是地理，我怀疑这是他一种流浪的天性使然。当他把新书放进包里时，我看到里面有几本教科书和练习本，我拿出一本练习本来，上面写着他的名字：乔治·莫里尼哀。

（当裴奈尔念到这时，心狂跳起来。）

如果我把自己在这儿扮演的角色放到我要写的《伪币制造者》中，人们就会怀疑，既然他与姐姐未曾断绝交往，为什么竟然不认识外甥呢？但事实就是如此。这孩子的母亲是我的同父异母姐姐，是我父亲的前一个太太生的。直到老人们去世时，我们因为遗产继承的问题才开始了来往。我也知道姐姐有三个孩子，但我只见过最大的一个，而且也只见了一面。其余两个当我去看姐姐菠莉纳的时候总不在家。眼前这个无疑是最小的，我没有露出一点异状，只是把书还给了他。分手后我跳上车，比他更早赶到了菠莉纳家，顺便把新近再版的一本书送给她。她自然留我在她家吃饭，这是我第一次。吃饭时我提起要见从来没有见过面的两位外甥。姐姐说俄理维要等一会，乔治已经回来了。当乔治出来时，我真佩服他作假的本领，他装作根本未曾见过我似的与我亲吻。当大家准备吃饭时，他悄悄塞给我一张纸条，说如果我提起那桩事，他就说是我教唆他干的。下面又附上：我每天10点钟从学校出来。

我把乔治的事写得这么长，现在俄理维非出台不可了。这天我第一次见到他，当他投出第一道目光时，我立刻感到这种目光射中了我，而此后我再也无能安排我自己的生活了。

11月2日

与杜维哀长谈。他是那种胆怯的人，经不起别人的沉默。以为必须用夸大的言辞去装缀。他会立刻就对你说："我对您始终非常坦白。"可是重要的不是你的坦白与否，而是别人是否对你坦白。不过至少，我认为他可以成为萝拉的一个好丈夫。婚礼会在三天后举行。

11月5日

今日婚礼在夫人路的新教小教堂内举行。萝拉的浮台尔·雅善斯家全体出动，包括萝拉的外祖父、父亲、母亲、两个姐妹和小兄弟等，还有一大群亲戚。父母双亡的杜维哀家则只有他三位姑母，还有雅善斯补习学校的学生们，大家拥挤在教堂里，我昔日的老师拉贝鲁斯在台上弹琴，他说我已经忘了他，我说只是比较忙，答应不久就去看他。离我不远，我看到了姐姐和俄理维，俄理维看到了我，立刻向我招呼，他在母亲身边挤出一个空位，让我站在他身边，他把我的手很紧地久久地握在他手中，这是他第一次对我这么亲昵。他的眼睛闭着，像是睡着了。

菠莉纳把乔治带走了，留下俄理维交给我。他对我说以前不知道我与雅善斯家有来往，我说我曾在他们家寄宿过两年，这使他非常吃惊，对我选择住在一个这样不自由的地方感到惊奇。他也在这里补习，只是每天用一顿午饭已经感到难受了，他说现在他来这儿纯粹是因为与阿曼的友谊。这时候我才知道他与萝拉的小兄弟原来是同学。

……

俄理维正在等我去莎拉的房间里玩，我先去找雅善斯老人聊了一会，他告诉我一件令他感动的事，他说乔治和几个同学组织了一个励志同盟会，以追求品德的高尚，并且在每人的纽扣中挂一条小带子为标志。他感动极了，但我知道他是上了乔治的当了。

我到莎拉的房间时，俄理维正躺在莎拉床上，看样子像睡了，他们四个都醉了，阿曼尽情地发泄他的醉劲，把姐姐与俄理维的脑袋压在一起，他俩也就顺水推舟地依从了。阿曼又问我为什么不娶萝拉？我有钱，不应当在乎她嫁妆多少，她又爱我。我无言以对。莎拉过来拉我到另一个房间，在那里她拿出了父亲的日记让我看。

裴奈尔不得不中止阅读，他刚才注意力太集中了，简直忘了呼吸，弄得自己喘不过气来。

爱德华日记（续）

11月8日

拉贝鲁斯老夫妇住在一栋破旧的楼里，开门的是拉贝鲁斯，他戴着用破长筒袜做的睡帽，他既老又穷，哀叹现在的年轻人做什么都急，因为嫌他的教学法令他们进步太慢，就一个个离开了，他现在已经入不敷出。他的夫人不肯谅解他，说是他不行。他还谈起了他的儿子，儿子与他的一个俄国女学生同居生下孩子，后来他们回到波兰，几年后儿子就死在那里，留下了一个孙子，他从来没有见过他，他曾秘密地寄了一点钱过去，夫人不知道，那边也不知道是他寄的，那个他从来没有见过的小孩子现在是他在世界上最爱的人。他的诉说不时被呜咽声打断，当邻室的拉贝鲁斯夫人叫他时，他要我赶紧走，并请求我不要老不去看他。

11月10日

俄理维快会考了，他的前途已被家里策划得很好，如果不是这样，我会收他做秘书。但他并不关心我，也不理解我对他的关心，如果我刻意引他去注意这些反倒会令他厌恶，为了避免这点，我才故意在他面前装出冷淡的样子。只有在他不注意时我才敢细细地观赏他。有时在街上悄悄尾随着他，我想他一定会因为遇见我而心烦。

我感到自己在他那里实在是多余的，我不想走，但正因如此，我才决定走。我决定明天动身去伦敦。

裴奈尔最后念到了夹在日记中的萝拉给爱德华的信，他感到眼前一阵昏眩，他无法怀疑这位在信上哀诉求援的女子就是昨天晚上俄理维所说的被他哥哥抛弃的情妇。他现在意识到，由于俄理维和爱德华的日记，他成了唯一一位对故事的两边都一清二楚的人。他还意识到，就是今天早上他还不知道自己将要做什么，但他现在知道了。

他即刻跑到了信上说的萝拉的住址，敲门，里面传出修女似的声音，掺杂着一点胆怯。他看到了萝拉，她衣着简朴，全身黑色，像戴孝一样。因为被抛弃，她已经失去了一切勇气。当裴奈尔进来时，她像怕强烈的阳光一样用手挡住了自己的眼睛。裴奈尔对萝拉说他来这里是为了找爱德华，他有很要紧的事情要告诉他。当然，这只是他灵机一动找出来的借口。由于裴奈尔是一个面孔秀丽的孩子，萝拉很快不再恐惧了。这时候裴奈尔说出了他的身份：他是俄理维·莫里尼哀的朋友，他就是那个无情的文桑·莫里尼哀的弟弟。萝拉顿时身子摇摇欲坠，最令裴奈尔心慌的是她发出的哀鸣，几乎是一种非人的哀诉，能够令刽子手也感到羞愧的。裴奈尔这才知道什么是痛苦，而他以前的所谓痛苦不过是夸张与游戏罢了。萝拉眼看着支持不住，想要坐下，裴奈尔看出了她的意思，忙把那张靠背椅移来，但那是坏的，萝拉刚一坐下便塌了，她也往地上摔去，亏得裴奈尔扶住了她。不过这倒让他们之间的关系自然了起来。裴奈尔便去修理椅子，萝拉问他的名字，他只说自己叫裴奈尔，没说姓，他说他没有姓，他是个私生子，就像萝拉肚子里的孩子一样。这叫萝拉感到受了侮辱，当她责问他时，裴奈尔一下子慷慨激昂地说出了肚子里的话：他是唯一两方面的秘密都了解的人。这时候叩门声响起来了，裴奈尔能够猜到是谁，进来的果然是爱德华。

爱德华已经在门外听了一会儿，他现在已经知道了这位就是窃取他箱子的小偷。不过这种不平常的事情倒激起了他的兴趣。裴奈尔知道躲是躲不过的了，于是挺身迎接，说他也希望在这儿能够遇到爱德华，他也正是他所希望的人。按照爱德华的要求，他下楼去付萝拉的账去了。

萝拉把头靠在爱德华的肩头哭泣，爱德华一边哄着她，又问她打算怎么办。萝拉说她没有办法，她不想使父母绝望，也没有脸再回去找丈夫。她说她活着只是等爱德华来，如今她一天也不能在这里待下去了，“把我带走吧！”她哭着说。

裴奈尔上来了，爱德华问他什么时候可以取回他的东西，裴奈尔说他随时都可以完璧归赵，现在他比爱德华更需要那些东西，因为他连栖身之所都没有。他还告诉了他是如何拿到箱子的，还说他拿他箱子的最大原因就是想借此机会认识他。他的话让爱德华觉得这孩子很可爱，于是裴奈尔接着说，您不是需要一个秘书吗？我相信我不会太不称职呢。

爱德华说明天他可以到这里来，他们再商量。裴奈尔告诉爱德华如果他去看望一下年老的可怜的拉贝鲁斯，老人一定会非常高兴的。他这话让爱德华很高兴，觉得他可以胜任他的秘书之职。

爱德华在萝拉身边待了一会就到俄理维家去了，想同他谈谈他的朋友裴奈尔的事，他待了很久却没有等到他，因为他应邀去巴萨房伯爵家了。

巴萨房看见俄理维进来很高兴，自从在戏院遇见俄理维后他就对他很感兴趣，这次他请俄理维来是希望他能在他的指导之下编辑出版一份文艺刊物。不用说俄理维很高兴，但他压抑住内心的喜悦，甚至找了借口推脱，说母亲也许会不同意。

当俄理维回到家时，爱德华刚刚离开。

文桑此刻正在莉莉安家里。抛弃萝拉后，他现在已经成了魔鬼掌握下的傀儡，不过文桑并非心地不良之辈，他始终没有为现在的际遇沾沾自喜。莉莉安正在教育他，说他可以出人头地，他身上有一种无上的智慧与力量，她愿意帮他和供他，条件是如果别人以后这样说他，他能毫不在乎。她还要他把五千法郎给萝拉送去，这事了结后她要带他到他最适宜的地方去度假。她不知道的是此前文桑已经把五千法郎装在信封里送到萝拉住的旅馆去，萝拉拒绝了，她在信封上写道："太迟了。"

这时罗培耳来了，他们一起到一家小旅馆的凉台上边用晚餐边聊天。在莉莉安与罗培耳的怂恿下，文桑一个人起劲地说起话来。

在回去的车上，罗培耳向文桑说起两件事，一是他想带文桑的弟弟俄理维出去旅行，当他的秘书和他办的那份文艺杂志的总编辑；二是他想把文桑赌博赢的五万法郎找个借口弄过来。由于文桑此前已经得到了莉莉安对此的警告，找借口拒绝了。

爱德华日记

午后二时

失落提箱，箱内除了我的日记，别的倒无所谓。那本日记在我出发去英国时就中止了，我在英国另有一本。这时候我有了一本新的，随时放在袋中，就像一面随身的镜子。但自从回来后发生的一切与我预想的完全是两码事，与俄理维的谈话多令我难堪，但愿他也同我一样失望。

午后七时

那个取走我提箱的人已经找到，他是俄理维最好的朋友，只要我愿意，很快可以建立一重新关系。

访拉贝鲁斯老人，开门的是拉贝鲁斯夫人，她说拉贝鲁斯不一定能见我，明显地想独占我。进屋后，她立即喋喋不休地说起丈夫的罪状来，无非是一些无关轻重的小事，小小的摩擦却使得夫妻的共同生活变得像地狱般痛苦。

客厅的门轻轻开了，拉贝鲁斯走了进来，他毫不客气地把我从拉贝鲁斯夫人那里带走了，到了另一个房间。他说，他很高兴我能听她谈话，她每天说的话都是这些。他跑去关上窗子，并说街上的喧哗令他难受，他整天的工作就是去关这两扇窗子，而拉贝鲁斯夫人的工作就是去把它们打开。接着他也开始说起拉贝鲁斯夫人的不是来，并说他已打定主意，如果她继续这样就把她送到养老院去，他已经准备了一笔款子，足够送她到一间挺好的养老院膳宿。他现在授课所得的收入几乎为零，不久后手头的钱就会花光，但他实在不能动那笔款子，因此他打算三个月后实行他的计划。他又委托了我一件事。原来，他办了一份年金，是留给他那从来没有见过的孙子的。他请求我帮忙交给那孩子，因为他太老了，而且他们也不认他。当我同意时，他的眼睛放射出异样的光辉，他进去拿了一个信封出来，上面写着地址：沙费。我知道这是瑞士的一个小村落。信封里就装着那年金证，他还说，如果能够见到那孩子，他死也瞑目了。我答应尽一切可能把他带来给他看，但他必须答应不去想他三个月后就计划要实行的那件事。

第二部 沙费

裴奈尔寄俄理维的信

老俄：

我先要告诉你，我已经放弃会考，有一个唯一的机会让我出发去旅行，我毫不犹豫地接受了，时刻紧迫，我连向你去告辞也来不及。同时你的旅伴也嘱我向你表示歉意，他就是你的舅舅、大名鼎鼎的爱德华。我就是在他来巴黎的那天下午遇到他的。

你试想一位被你哥哥文桑所遗弃的可怜的女性，就是那天晚上在你门口啜泣的那一位（而你连门都不敢给她开），她正是爱德华的挚友，也是浮台尔的女儿，你朋友阿曼的姐姐。这事你千万不要对人说。她才结婚不久，这你也知道。在波城她认识了你哥哥，结果你哥哥把一个孩子放进她肚里又抛弃了她。她却一无怨恨。这是一个极难得的好女人。同样难得的是爱德华，她不知道往哪里去，他便建议带她去瑞士。为了避嫌，他又建议我一起去。因此我们三人同走。

这次旅行相当艰苦，因为萝拉怀孕已有三月，处处都得极其慎重，而萝拉自己却不肯小心，还巴不得出意外。唉，朋友，这真是一位令人敬佩的女性，与她认识后，我感到自己判若两人。在她面前我总不由肃然起敬，并要时刻约束自己的某些邪思，以免不配站在她的面前。但萝拉并不是那种矫揉造作的女人，因此我们三人间谈笑自如。你一定会相信我爱上她了，没错。这岂不疯狂？我爱上了一个腹中怀着孕，又是我所尊敬的、连手指也不敢碰的女人。

历尽千辛万苦，我们到达了沙费，旅馆只能提供我们两个房间，一大一小，大的里面有两张床。由于爱德华和萝拉对外称是夫妻，因此表面上他们两人晚上睡一个房间，但实际上每晚睡小房间的总是她。

爱德华和我已经登过几次山，非常有趣，空气极度新鲜，使肺部舒畅。旅馆里各国人都有，我们和一个波兰女医生特别友好，她和她女儿以及一个由她看护的小男孩在这里度假。那男孩神经有病，实在是一个可爱的孩子，那小女孩也是我生平仅见的最美丽的小女孩，他们形影不离。

当你再见到我时，我相信你会说我变了，但我只能是你更亲密的朋友。

裴奈尔为人正直，又太纯洁，对俄理维缺乏认识，因此不可能想到这封信会在俄理维心中激起如许漆黑的妒恨。特别是与爱德华同住那间大屋，令妒恨之蛇在他心头扭结，他同时妒恨他们两人，脑海中涌起了无数不洁的幻想。这是晚上的事，第二天早晨他就直赴罗培耳家。

爱德华日记

我全不费力地找到了小波利。我们到后的第二天他就出现在旅馆台阶上，在一架为旅客所设的望远镜里眺望远山，我立刻知道那就是他。不久，一个长得稍高的女孩子跑到他身边，我听到了他们的对话。

“波利，你不愿意过来散散步吗？”

“是，我很愿意。不，我不愿意。”

“为什么不？”

“天太热，天太冷。”

波利口中的总是这样古怪的话语，就像那小女孩子所言：“波利，为什么你整天胡说？”

我独自用完早餐，正想去接近莎弗洛尼斯加时，她自己跑来了，手中拿着我的一本书，问她荣幸地见面的是不是作者。我们聊了起来，她对我书的评论比我惯常听到的高明得多。她说她唯一感兴趣的是有关心理与人性的诸问题。她谈到了小波利，他是他母亲托她带来度假兼治疗的。她是个钢琴家，带着孩子在剧院、游艺场或者音乐会中到处演奏，那些地方对孩子的神经全无益处。因此她把孩子带离那些地方对他更好。我问孩子得了什么病。她说他犯种种小毛病、怪习、幻觉，是一个神经质的孩子。她相信这种病的病根是一个人在其生活中曾受某种事件的打击，治疗就是设法发现这一事件。患者只要知道这个病因，治疗也就完成一半了。不过这种病因往往他自己并不知道，它隐匿在阴影之中，治疗的工作就是要找出它。她还谈起了对小波利的治疗，现在主要的方式是随意与他谈话，绝不强迫，首先要取得他的信任，使他能够克服审慎、尽情吐露。我问是不是小波利会告诉一些不洁的秘密。她说在诊治中无所谓洁与不洁。治疗需要知道病人最想隐瞒的一切，并且是在孩子无意中吐露出来，绝不能在旁边给以暗示。她现在开始的地方往往是小波利昨夜所做的梦。我们从一个孩子的呓语中所得到的启示远胜于一个最理解这些问题的人所做的缜密的分析。

我已经把萝拉介绍给莎弗洛尼斯加夫人，她们很是投合。

虽然表面和睦，但骨子里爱德华和裴奈尔之间始终有间隙，同时萝拉也不满意。她怎么能满意呢？现在这环境使她扮演着与她的本性相反的角色。她一切都受爱德华供给，自己却无以为报，爱德华也从未向她索取任何报答。就像蒙田曾引用塔西佗所说："恩惠只在清偿的条件下，受者才是舒服的。"萝拉愿有赐予人，结果却总是受人之赐，这就引起了她对爱德华的反感，相处也越来越不自然。她又回忆起了昔日的一切，爱德华当初唤起了她心中的爱，却又径自离去，徒使她的爱在心中蔓延却无所依傍。日后她的种种过失，包括与杜维哀结婚以及受文桑的诱惑，岂不都源于此？然而，由于她在心中无法恨爱德华，所以她不断地自怨自艾起来。唯有对裴奈尔的像母亲又像姐姐的关怀能使她心中稍感慰藉。

裴奈尔虽然名义上是爱德华的秘书，但爱德华根本不交托他做任何事，他所有的时间都由自己支配。他认为这是爱德华不能欣赏他的天资，不能善用之。同样他也不能忍受爱德华对他所处的优越地位，因此每当爱德华要影响他时他就加以抵抗，而爱德华根本就没有要影响他的意思，这样裴奈尔执拗不驯的态度反而令他自己自恼自苦起来。爱德华则经常问自己是否太荒谬：他把这两人带在一起而他们却联合起来反抗他。

喝茶的时候他们三人总在一起，莎弗洛尼斯加夫人也经常应邀加入。有一天，应裴奈尔与萝拉的怂恿，她大胆地问爱德华计划中的那部小说。

爱德华是一个异常敏感的人，每当有人提及他的工作，尤其是让他报告自己的工作，他总感到狼狈不堪。他一向蔑视作家们惯有的自负，因而特别苛责自己，但他很愿受人器重来作为自己谦逊的报偿，如果没有这器重，他的谦逊也化为乌有了。他特别重视裴奈尔的尊敬，也正因如此，他的表现立刻与他的心愿相反了。他以一种反击挑衅的姿态开始了他对于文学与小说的演讲。

我所希望的一本小说就要像《阿达利》《伪君子》，或是《西那》那样，不离现实，同时又不是现实；是特殊的，同时却又是普遍的；很近人情，实际却是虚拟的。也许我的小说最使人惊奇的是小说的主题，就是它没有主题，就是说，它其中没有一个唯一的主题。我要把一年以来我所经历的一切都放于这本小说内，决不在材料上任意加以裁剪。我要把一个小说家当作小说中的中心人物，而这书的主题，如果你们一定要有一个主题的话，正就是小说家如何把眼前的现实用作他小说中的资料时导致的挣扎。

他的话让萝拉笑起来，她叫道，您小说中的小说家除了描写您自己以外，您再没有别的办法了。

斐奈尔说他已经知道了书名，爱德华要他告诉她们，是《伪币制造者》。

斐奈尔说，再请您告诉我们，伪币制造者究竟是指哪些人呢？

那我也不知道，爱德华说。他最初指他的某些同行，如巴萨房伯爵，但不久含义就转移得很广了。他还以一枚伪币为例：一枚十法郎的金币，它是假的，实际上只值几分钱，但只要你不发现它是假的，它就值十个法郎，我就是从这意境出发。

爱德华日记

> 莎弗洛尼斯加、斐奈尔与萝拉询及我的小说，为什么我竟随便发表了意见？全是些废话。幸好两个孩子回来把话题打断了。勃洛霞回来告状，说波利要光着身子躺在雪地上。后来两个孩子不在时，我与她讨论，我说她太相信以善制恶。她说她坚信善能制恶，如果有错误，那是她信心不足的缘故。她还说没有神秘主义世界就无从产生任何伟大的、美的事物。我在旅客登记簿上发现了维克多·斯托洛维鲁的名字。他在我们到达的两天前才离开沙费。

萝拉，我想问您，世间是否有任何不容置疑的事物？一切的存在都是可以怀疑的，除了怀疑本身。

这是斐奈尔在问萝拉。因为他想写一本关于一个人的故事，但经验告诉他，各人对任何事物的意见都是互相矛盾的，公说公有理，婆说婆有理。他和爱德华一样预备了一本小册子，每当遇到两种相反的意见时就分别写在书的左右页，结果就发现了这个问题。他说，任何事物只能对某一部分人而决不能对所有人都是有益的。任何事物也绝不可能使任何人都认为是对的。不过，我们至少可以自由选择，但如果没有选择的自由，事情就更简单。

他这些问话的目的只是想告诉萝拉，自从遇到她之后，他立刻就放弃了他以前憧憬的自由，完全听从她的指挥。他还只是一个中学生，并不要求她注意他。但如今他努力地唯一目的就是为了不辜负她对他的器重。他说着说着就跪倒在了萝拉的跟前，拉着她的手按在自己的嘴唇上。

萝拉冷静地听他说完，把手收了回来，说：“斐奈尔，您多孩子气啊，我自己也并不是自由的人。”说着她拿出了一封信。是杜维哀写的，信中请萝拉快快回去，并保证爱萝拉腹中的孩子就像爱自己的孩子一样。

原来萝拉此前已经写信回去，并向他承认了一切，这是回信。萝拉说她准备回去，他问裴奈尔是不是准备继续当爱德华的秘书，裴奈尔说是的，只要爱德华肯用他，他希望能帮他写那本小说，因为爱德华一个人永远也写不成的。她告诉裴奈尔，他对生活还一无认识，劝他千万别对生活绝望。

萝拉请裴奈尔把那枚十法郎的伪币给她作纪念，他给了她。

爱德华日记

莎弗洛尼斯加乂和我谈到她相信已经完全治愈小波利，他已经将他的一切全向她供认。那是他九岁时，他在华沙入学，班上一位比他大一岁的同学教给他那神秘的手技，说可以体味到难以言传的美妙滋味，他们给这种恶习起名为“魔术”，还有一张纸，上面写了“瓦斯电话十万卢布”字样。这就是手淫。他的母亲曾看见他这恶习，她一定为此斥责他，别人也告诉他说这是罪恶。恰逢这时候他的父亲去世，他便相信他应该对父亲的死负责。他害怕起来，于是在他很弱的体质中就造出一大堆的遁词来解除他内心的痛楚。这就是他的神经疾病的起源。莎弗洛尼斯加说她并没有恐吓他去掉这种恶习，只是说可耻的是他不去追求真正的幸福，经过一番努力得到的报偿才是真正的幸福，而这仅仅是一种贪懒的习惯。她相信现在他已经被治愈了，因为他确实去掉了几乎所有的怪异的行为。

我谈到了在旅馆登记簿上看到的“斯托洛维鲁”这个名字，得知他拿走了波利写着“瓦斯 电话 十万卢布”的字条。我还谈到了我所认识的斯托洛维鲁，还有我们昔日相处的补习学校以及萝拉一家人。最后我谈到了拉贝鲁斯老人以及他与小波利的亲属关系，还有我这次来前答应他的事。因为莎弗洛尼斯加说小波利不宜与他的母亲一起生活，我就建议将他送到雅善斯补习学校去，希望在那里能够将他培养成一个脚踏实地的人，使他摆脱虚幻的追求，得到真正的解救。

俄理维给裴奈尔的信

老裴：

让我先告诉你我已顺利通过会考。但此事无关紧要，一个千载难逢的机会让我也能出去旅行。当时我尚在犹豫，但接读你的来信后我就下了决心。……我想告诉你的事还多着呢！

第一，先让你知道给你写这信的是新杂志《前卫》的总编辑。巴萨房伯爵是杂志的后台老板，但他不想出面，因此封面上只有我的名字。第一期拟于10月出版，千万请你写点东西来。

……

再见，老裴，到今年10月，你可以发现我也变了，每天我都增加一点自信。

裴奈尔把这封信给爱德华看，俄理维对罗培耳的各种恭维令他生气，俄理维信中只字不提他也令他伤感，但他绝不表露出这些情感。他竭力想辨认最后的三行附笔，但没有成功。那三行原来是：

“告诉我舅舅说我时时想念他；我不能原谅他把我丢下，而这致命的创伤永远存留在我的心头。”

爱德华一言不发地把这封信交还给裴奈尔。两人正拟就寝时，裴奈尔鼓起勇气问萝拉是不是给他看了杜维哀的信。爱德华说看了，他早就相信杜维哀不会拒绝，而且将来一定会溺爱这小东西，这小东西也一定会比他自己生得更为坚实，因为他自己并不太强壮呢。他还说这倒不失为结束萝拉绝望的适宜的办法。

爱德华又说，他恐怕与裴奈尔之间很难有合作，继续与他相处反倒可能使他迷途。裴奈尔原来也有相同的想法，但爱与人作对的习惯使他反驳说，也许正是他的不同能够对爱德华有所帮助。他还提了一个建议：小波利不是要去雅善斯的实习学校吗？他可不可以去那里当一个监堂之类呢？他不要报酬，只要提供膳宿就行了，他在那里可以保护小波利，其间还可以为爱德华工作。

爱德华虽然在心里赞同裴奈尔的计划，但一言不发，后来说：“我们再作考虑吧！”

经过很长时间，他们都未入眠，后来裴奈尔忍不住问爱德华他对巴萨房伯爵做何感想？爱德华反问裴奈尔，裴奈尔愤然说：“我想杀了他！”

第三部　巴黎

爱德华日记

9月22日

酷热、沉闷，我带小波利去看他的祖父，昨天莎弗洛尼斯加事先通知了他，得知拉贝鲁斯夫人已进养老院。我让小波利单独与爷爷相见，一个小时后莎弗洛尼斯加把他领了出来，说她发现老人独自坐在棋盘前，孩子则在另一端的角落里发呆。

9月27日

今晨在戏院门口遇到莫里尼哀，家里只他一人留在巴黎，菠莉纳与乔治要到后天才能回来，他见到我很高兴，一同去吃午饭。吃饭时他故作趣论，有时竟失于检点。……他告诉我一桩案子，一群孩子竟然在茶社里聚娼，放学后他们就去那个地方与妓女乱搞。很多有背景的家庭的孩子都牵涉其中，包括裴奈尔也可能如此。

今晚接到萝拉姐姐蕾雪的一张便条，说有要事相商，请我明天去她家。

爱德华日记（续）

9月28日

我在楼下找到了蕾雪，她正拿着抹布在干活，仍然是那么温驯忧郁，她要我先上去看她爸妈，过后再来找她。雅善斯在三楼，老人已经离不开靠椅，他立刻说起了拉贝鲁斯，说他现在独居，几乎粒米不进，因此他打算请他住到补习学校来，与大伙儿一起吃饭可能会增加他的食欲，他与孙儿也可以常聚，为了让他肯接受邀请并且不觉得是受了施舍，他准备让他交一点膳宿费，也会请他当监堂，他还可以帮学生们温习几何代数。他还说裴奈尔来找过他，他的灵魂虽然还没有走入正道，但他可以被培养成一个勇敢的青年基督徒。我起身告辞时，老人握着我的手又说他见到了萝拉，很高兴她已经回家，因为她丈夫受不了太长久的分离，更令他高兴的是她已经有了喜，他感谢上帝对萝拉夫妇的恩赐。

……

我下了楼，见到蕾雪，她说请我帮忙实在是万分惭愧，她原想与杜维哀商量，他也曾请求她那样做，但这次她见到了萝拉后，知道不能这样做了。说话时，她脸色苍白，下颌与嘴唇都颤动得要抽搐起来，终于，她从无限的挣扎中哽咽着说："您能借给我一万法郎吗？今年开学时的收入看去相当可观，我希望不久就能偿还。"

我问她什么时候需要，她不回答，我说我身上只有一千多法郎，但明天或者今晚就可以凑齐。她说明天可以，并请我把一千法郎先留下。我给了她一千四百法郎。

她低头说"好的"，但说得那么轻，我几乎分辨不出来，接着她蹒跚地跑向一张小学生坐的板凳前，坐下了，双肘支在桌上，手蒙着脸。

我要她别为有求于我而感到难受，我很乐意替她尽力。她抬起头，庄重地凝视着我，请求我别把这事向她外祖父或者母亲提起，他们太操劳了。

我说："蕾雪，操劳的不是她……而是您。"

"她曾操劳过来，如今，她已累了，就轮到我，我自然责无旁贷。"

这时那位索薪的教员来了，当蕾雪与他谈时，阿曼来了，他告诉我蕾雪姐姐的嫁妆一半已经给萝拉装了门面，另一半则给了他在殖民地欠了债的哥哥，她什么也没有了。这些她都瞒了父母。还有萝拉，蕾雪一切替她打算，现在"这娼妇"可真报答了她！阿曼这词让我厉声喝止，但阿曼不听，他怪我袒护萝拉，还说在家里外祖父已经不辨是非，母亲装作什么都不懂，忙于写诗，爸爸则把一切交给了"我主"，每遇难事他就跪下祷告，让蕾雪去想办法。外祖父显得对拉贝鲁斯那么关怀，实际上是自己需要一位温课教员了。

这时候蕾雪的父亲回来了，告诉他"一切办妥了"，浮台尔牧师说："孩子，你记得我常对你说的：上帝永不让信他的人绝望。"

爱德华日记（续）

9月29日

访拉贝鲁斯。女仆踌躇着不想让我进去，说先生不愿意见客。我十分坚持才得以进去。我看见老人坐在阴暗中，并不起身，只伸出软弱的手让我紧握。他问为什么要让我进来，他已经叮嘱女仆告诉任何来访者拉贝鲁斯先生已经去世。不但他说话的内容荒谬，语调更是夸张而做作。后来他叫我去给他倒一杯水来，他渴得要死。我问他是不是发烧了，他说："拉贝鲁斯先生并不发烧，他已无感觉。从礼拜三晚上起，拉贝鲁斯已经停止生活。"他的言行就像是在演一幕活剧。星期三正是小波利来看他的那天，我提到波利的名字时，他的面部闪现微笑，不再演戏了。不久我知道了个中原因。他说，星期三这天正是他准备结束自己生命的日子。看完波利后，他拿起他兄弟留给他的手枪，装好子弹，枪口对准了太阳穴，他感觉到了枪口的冰冷，然而却没有勇气扣下扳机。一件自己筹划了好久的事情到头来竟然缺乏勇气、执行不了，令他感到可耻，于是才有了刚才宣布自己死了的演戏似的一幕。

……

拉贝鲁斯又说自己已经对别人一无用处了，我立即搬出了小波利，还提出了雅善斯先生要他去当监堂的主意，他立即同意了。

那天很热，是浮台尔补习学校的开学日，雅善斯老人不会放过这次演讲的机会，他还介绍了新老师，就是拉贝鲁斯老人，他特别指出他与某一位学生的关系，波利则在盼着自己不要被人注意。他虽然希望与同学们自然相处，打成一片，但他做不到，他娇弱的性格使他在人群里特别拘束痛苦。

孩子们很快形成了小团体，以莱昂·日里大尼索为中心，他是个厚脸皮孩子，什么恶毒的话都敢说。这令得乔治·莫里尼哀服了他。巴萨房伯爵的弟弟龚德朗也在这里，父亲死后他没从哥哥那里得到一点同情与保护，寄宿在学校。他性格孤傲，勤奋读书，爱好运动。

开学那天早晨，乔治等着朋友费费，在进门前要他把那条黄丝带拿走，因为“小泼辣给关起来了”，原来，12天前他回到巴黎时，又去了那个地方，那里已经被警察封闭了。这个地方就是他父亲莫里尼哀院长所说的年轻人“纵乐的场所”，他们就是在这里与妓女鬼混。

裴奈尔当天晚上去见爱德华，谈起了在补习学校第一天的见闻，应爱德华的要求，他提到了阿曼，说自己内心的善良、仁慈、高贵、温驯等他都认为是耻辱，所以他整天专注于破坏，特别是破坏自己。

当晚俄理维也回到了巴黎，第二天，他穿得整整齐齐跑向索尔本，裴奈尔正在这里笔试，到中午才出来。见到俄理维他惊喜地向他伸出手叫道：“多漂亮呀！”这指的是俄理维的服装。不过他们谈得不好，俄理维问裴奈尔法文考试论文题目，就这个题目他们起了争执，因为俄理维引用了从巴萨房那里学来的几句话，激起了裴奈尔的尖锐批判。直至他们在街上遇到俄理维的弟弟乔治，他赶快拉裴奈尔躲到一边，因为弟弟还不知道他回巴黎了呢。

乔治正与日里大尼索和费立普在一起，日里大尼索用激将法怂恿乔治用一枚假钱买了烟，他的假钱是从表哥斯托洛维鲁那里得来的，斯托洛维鲁还有很多这种假钱。

午饭时日里大尼索向斯托洛维鲁报告了乔治的事，他得知乔治的父亲是法院院长，费立普的父亲是上议院议员，就决定用这些人建立一个小集团来消化他的假钱。他还要日里大尼索设法从乔治和费立普手里弄到对他们父母不利的证据，好在将来出事时要挟他们一把，使他们网开一面。

这时俄理维和裴奈尔已经在一家餐馆内准备用午餐了，俄理维终于提起了巴萨房的名字，说今晚有一场聚餐，他希望裴奈尔来参加，最好把爱德华也带来。他请求裴奈尔为他主编的杂志写点什么，但裴奈尔没有答应。因为他不能与巴萨房合作。他也谈起了对萝拉的感情，当俄理维问其中是否有欲念时，裴奈尔说恰恰相反，当他遇到萝拉时，就连以前的欲念也消失了，他对她是纯粹的崇拜，任何欲念在他都不啻亵渎。他说，由于萝拉的缘故，他的各种本能都起了升华。他问俄理维明天考完拉丁文后能不能见到他，俄理维说他已经有了约会，他们就这样分手了。

俄理维想起他请裴奈尔把爱德华带到聚会去的事，于是他自己跑去爱德华家找他，爱德华却不在家。因为爱德华去他家了，而他没有回家。

爱德华日记

> 我承认我不曾想到在菠莉纳幸福的外表下埋藏着这么多苦恼与容忍。……其实，关于他的私生活她知道得比他以为的多，每次他装着有要事出去时，虽然他装得总很笨拙，她还在孩子们面前替他打掩护，好像她是他的同党，其实她知道他要去干什么，甚至知道那个女人的名字。她唯一关心的是别让孩子们发现这些事。
>
> 我提到了她丈夫丢失的那些信，她当然没有拿，但我们立刻知道是谁拿走了。我答应找乔治一试，菠莉纳求我不要告诉丈夫这事，就让她仍疑心是她拿的好了，这样还好些。

俄理维未能遇见爱德华舅舅，感到懊丧而孤寂，他那渴求友谊的心就使他去找阿曼。

阿曼把他带到自己的房间内，这是一间可怜的小斗室，空气污浊，弥漫着一股臭味。阿曼说他最近想写一首诗《夜壶》。当他开始笑时，俄理维知道那是用来掩饰眼泪的。

晚上九点多钟，莎拉借口睡觉，但房间里只有她一人时，她立即在梳妆台前把自己修饰得越发鲜艳，然后移开隐藏在梳妆台后面的小门，钻到了阿曼的房间里，里面没人，莎拉一面静静地等着裴奈尔来找她，一面沉思，她已经决心不顾一切地争取她的自由，为此甘受任何非难，与俄理维的接近已经使她克服了惯有的羞怯与贞洁，她断不能再像萝拉与蕾雪两个姐姐那样活着。

裴奈尔来了，他们迅速地悄悄地出了门，不久到了举办聚会的万神酒家。那里的宴会已经结束，一片乱哄哄的，一个人在发表演讲，恭维新杂志的主编俄理维，说："诗神之宠儿，年少英俊的莫里尼哀，不远的将来，桂冠就会落在他纯洁而高贵的头上。"

看到三个朋友来了，俄理维连忙过来迎接，巴萨房也过来想奉承裴奈尔和爱德华，但他们对他十分冷淡。他只好转向莎拉进攻了，在这里他倒取得了一些成功，让莎拉坐到了自己腿上。

俄理维喝了不少酒，乘着酒劲把一些心里话告诉了爱德华舅舅，清醒时他是绝对不敢的。爱德华告诉他，他不应该和这些人来往，他指的就是巴萨房，俄理维岂听不出来。与爱德华在一起时，他感到奋发上进；与巴萨房在一起时，他感到的只是堕落。于是他对巴萨房由感恩变成怨恨。

一个小丑来大闹了一场，用装着纸塞子弹的大号手枪打中了某人的眼睛，引起了一片混乱与黑暗，黑暗中莎拉拉裴奈尔躲到了桌子底下，在他嘴唇上印下了热吻。这时先前被俄理维抢了主编之职的杜尔美喊道："快看莫里尼哀吧，他胆小得像女人一样。"听到这话，俄理维冲向杜尔美，给了他一耳光，但杜尔美躲开了。他还要追过去打他，被人拖住了，于是他大声宣布要与杜尔美一决胜负，并请裴奈尔与贝加当证人。他的领带已经松开，头发披散在额头，双手痉挛地抖动着。

爱德华看他像个疯子了，抓住他的手臂把他拖了出去。一出餐厅，俄理维才知道自己有多醉，他投向爱德华怀中，哭着说："把我带走吧！"

坐在一家咖啡馆的台子前，俄理维给乔治写了一封信，要他去巴萨房那里将他的东西取回来，如果要与巴萨房交涉，则要对他非常冷淡。

由于公开接到了俄理维要求与杜尔美决斗的要求，裴奈尔跑到贝加那里，与他订了约，明天去与当事人谈判。然后他与莎拉回家了，两人一路默默无言。到了家，裴奈尔陪莎拉到了她的房间，一进门，阿曼就从后面把门反锁上了，说："晚安！但夜间少出声音。父母都睡在隔壁。"

天刚亮时，阿曼起床了，把昨天他反锁着的门轻轻推开一条缝，他姐姐正与裴奈尔紧抱着躺在床上，这景象多美呀。但他不得不轻声唤醒裴奈尔，他像小偷一样溜回了与小波利合住的房间，把被子弄乱，好像在里面睡了一夜的样子。裴奈尔想起了萝拉的话："我只能接受您对我的这点热诚，其余的要求非在别处得到满足不可。"

到九点他去找贝加处理决斗的事。

爱德华住在一座大厦的顶层，他睡过一觉又起来时，突然感到要去看看俄理维。他发现隔壁工作室的躺椅前并没有人，那头的小浴室里一阵煤气味传来。他奔过去，发现俄理维的衣服已经脱去，身体冰凉发青。他立即开始用他懂得的一切急救的法子来抢救俄理维的生命，终于他感觉俄理维紧握在他手中的手有了微弱的反应，他俯下身去，在俄理维紧蹙的无限沉痛的额前印上了自己的嘴唇。

有人按铃，进来的是裴奈尔和贝加，爱德华把他们挡在门外，将裴奈尔叫到一边，问俄理维平常有什么异象？裴奈尔立即记起了俄理维谈到过自杀，他认为自杀的可能性只在人们达到某种最愉快的阶段时才有，而这种愉快此后每况愈下永不可追。

裴奈尔知道发生了什么事，说麻烦的是别人可能认为俄理维是因为畏惧才自杀。他们说能够由杜尔美退让，让他承当屈服的耻辱。这时候小乔治来了，他没有从巴萨房那里拿到行李，连门都没进去。他得知哥哥的秘密，喜出望外，跟着裴奈尔和贝加找杜尔美去了。

爱德华把工作室隔壁的房间安排了一下，让俄理维住在这里。

第二天爱德华对来访的裴奈尔说，昨天俄理维就想见他，只是太虚弱了。听到朋友来的声音，俄理维顿时容光焕发，不过他们并没有多说话，裴奈尔只静静地坐在俄理维的身边，读着他的考试资料。

第二天，裴奈尔再来时爱德华递给他一封信，是萝拉写的。信中告诉爱德华，请求他接待并且劝止丈夫杜维哀，因为他已下定决心要找那个让妻子萝拉怀上孩子又抛弃她的人决斗，并且已经动身前来巴黎。萝拉说杜维哀已经原谅了她，但与那个人却不共戴天。

当裴奈尔问爱德华怎么办时，爱德华说他只能尽力接待杜维哀，并尽力劝他。他们说起杜维哀与萝拉之间的差别，一个愈显伟大，另一个就愈显渺小。即使发生萝拉怀孕的事之后，由于忏悔，萝拉自愿向他屈膝，想不到他却五体投地，膝比她屈得更低。

裴奈尔听爱德华现在如此健谈，很是高兴，他也看出来爱德华仿佛把他当成了俄理维，决心等俄理维一好就离开爱德华，因为俄理维才是他要找的秘书。

到傍晚，俄理维的气色大好了，只是精神萎靡，爱德华开导他，说杜尔美已经逃往乡下，决斗的事解决了，杂志已经由贝加接手，他无须操心了。至于行李，乔治未能取回，但爱德华答应亲自去取。

夜里，俄理维喊爱德华过去，他像哄小孩子似的轻拍着他，虽然睡意已使俄理维昏沉，他还在说："在你身边，我幸福得乐而忘眠。"

到天明他才放爱德华离开。

次日，裴奈尔一早就来了，仍带着一本书，爱德华则可以乘机脱身去找巴萨房要俄理维的行李了。

这天阳光灿烂，爱德华的心里也是一样。爱德华本来很恨巴萨房的，现在自己既已代替了巴萨房此前在俄理维面前的位置，因此也就没有仇视巴萨房的理由了。他又问起俄理维的哥哥文桑的事，巴萨房于是得意扬扬地拿出了莉莉安给他的一封信让爱德华看，信中不停地称他为"亲爱的"，说她与文桑现在经常吵架，简直像仇人似的。不过爱德华没念完就把信还给了巴萨房，令他大感不快。

两人冷淡地告别后，巴萨房其实心里感到极度苦恼，这时候斯托洛维鲁来了，才使他吐出了一口闷气。巴萨房现在请斯托洛维鲁来主编他的杂志。斯托洛维鲁没有马上接受，先发表了一大通议论，他声称，利他主义是比利己主义更为卑劣的。乌合之众的大众不可能产生完整的整体，因此当他坐电车或火车时，总希望发生意外，使身边龌龊的大众化成肉浆。他说，生而为人，他对人对己，都一律的蔑视与憎恨。伟大的事物唯借强暴才能产生，保护弱者完全是错误。一方面，人类想尽方法使家畜、五谷、花卉等各存优种，但另一方面唯独对人类自己却反其道而行之，恰恰需要改良的乃是人类自己，人类需要的不是医院，而是育种场。当健全的人类产生之日，就是一切纤弱与多愁善感的细腻消失之时。

对于文学，他认为在人类一切排泄的污秽中，文学是最污秽的。现在的东西全是假的，就像伪币，却畅行无阻。因此如果让他来主编一份杂志，他先得戳破这纸老虎，废止一切所谓美丽的情感。他知道有许多这样的年轻人想这样做，正在等待有人振臂一呼，如果让他出任主编，他敢担保不出两年，明日的诗人如果他的作品被人理解，他会觉得是一种耻辱。他的杂志将有一个“铲污者”的名称。

斯托洛维鲁的话让巴萨房大感兴趣，不过他一时不能决定接受，他要斯托洛维鲁先给他找一个秘书来，斯托洛维鲁推荐了小哥勃拉勿勒，说他一定称职。

爱德华日记

把俄理维的行李取回后，我立即开始工作，从未有过的心旷神怡，写《伪币制造者》30页，没有一处涂改。我现在让自己的写作像水流一样，顺其自然，绝不事先布置。

杜维哀来了，他绝对是一个老实人，我尽力安慰他，我的同情实在是真实的，以至我自己都流泪了。当看到我流泪时，我相信他的悲哀已烟消云散。我早决定不透露诱惑者的姓名，然而他竟然不曾问起，我相信当他不被萝拉的目光追随时，他的妒意也就消失了。

俄理维问起我的工作，我不禁和他谈起我的书，他合理的建议使我获益匪浅。

普罗费当第先生来访，这实在出乎我的意料，他一来就说知道我是莫里尼哀院长的姻弟，有一桩不名誉的案子令他不得不来找我，因为乔治，此前他的风化案已经令他煞费苦心才过去，现在他又涉及了更大的案件，成为市面上使用和传播伪币中的一个。还有好几个与他年龄相仿的人也参与其中，他相信他们是受了某几个年长者的诱惑，但他不愿意通过逮捕他们而找出幕后主使，因此请我与乔治外甥谈谈。他说：“先生，我自己也是做父亲的人。”我突然知道他来此的目的，我看到，他对裴奈尔所抱的感情是极真挚的，虽非生父，但同样强烈而真切。他其实一直在幕后关心着裴奈尔，知道孩子的一切行踪，他说，虽然他的母亲已经永远地离开了他，但他始终爱他，有如亲子。他的话令我感动，我开始怀疑裴奈尔离家出走是否合理了，并答应找裴奈尔一谈。

我们又谈起了伪币，我提起了裴奈尔在沙费拿出来的伪币，他顿时大感兴趣，立即把我说得详细记录，并表示要派员去那里追查。他对这个发现极为满意，走时已经全然忘记了当初的目的。

对于一个像裴奈尔那样天性高贵的人，他最大的喜悦莫过于给人喜悦，但这天早晨他竟然不能这样，虽然他会考成绩优异，但他不知道能够与何人分享喜悦。他从索尔本的大院走到卢森堡公园，就是本书一开始他为借宿跑来这里找俄理维的地方。沉思间，一个天使向他走来，轻得像踏在水上一样。裴奈尔从没见过天使，但还是随着他进了教堂，与天使跪在祭坛前。天使说："过去你只凭机遇生活，此后你仍愿一任命运做主吗？"裴奈尔求天使教他，指导他。这天他就与天使待在一起，一起去听到演讲，还去看了贫民窟，甚至约好两人角力，晚上回到家后他与天使角力了一个晚上，仍不分胜负。天使离去后他遇到蕾雪，她说有话同他讲，他立刻理会她想说什么，不由恨起莎拉和他们那些销魂的时光来。

这天晚上小波利在床上痛苦不堪，他接到了勃洛霞的信，信中说她生了病，将不久人世，她永远不能再见到他。他多痛苦呀！没有勃洛霞，他将成为什么呢？

近10点钟时，裴奈尔到爱德华家去，手提包里装着他的家什，他来请求爱德华收容，因为他又没有栖身之地了，爱德华知道裴奈尔为什么必须离开实习学校，他早就看出来了他与莎拉的关系。爱德华说他可以睡在沙发上，其实他应该回自己的家去，他告诉了他父亲来的情形。裴奈尔犹豫着，他不愿再用父亲的钱，不过如今他最大的问题是将来做什么？讨论的答案是：从自身中觅取法则，以发展自己为目标。爱德华提议将他介绍进《大日报》工作。

这时候莎拉与蕾雪正在争吵，蕾雪说她不能让妹妹继续堕落，但莎拉说她不信从她的天堂，她不希望得救，她决定立刻回英国去。

爱德华特意在学生们到达之前到学校去找拉贝鲁斯，这位老人对他的工作可谓鞠躬尽瘁，同时也是一败涂地。他成了孩子们取笑与嘲弄的对象，这一切爱德华懵然不知。

爱德华日记

乔治来到了那间小自习室，看到我，乔治摆出一副"我不怕您"的架势，倒把我原先的自信打消了。我只能面带微笑地告诉他，有一个法院检事来找过我，乔治才突然失色，不过很快恢复镇定，要我把普罗费当第老人的话尽管告诉他。我没有直接说他的事，只把我正在写的小说中的一段给他读，里面的一个人物欧陀尔夫就是以他为原型的，通过书中的话我告诉他他这样下去的危险。读后乔治仍然镇定自若，说欧陀尔夫这名字起得不好。我只好直接地告诉他：检事知道他正在使用假钱，如果他不停止，只好把他和他的同伴们都加以逮捕。

乔治立即把爱德华的话告诉了他的同伙，爱德华的劝导对孩子毫无影响，他们只是由于不想吃眼前亏才找脱身之计。日里大尼索则赶快把剩余的假钱藏起来，又通知斯托洛维鲁，他也迅速做好了防备。

同一天，正当爱德华在与乔治谈话时，阿曼跑来看俄理维。他告诉俄理维，他现在已经是巴萨房的秘书，也是那份杂志的主编。他说巴萨房对俄理维很不满意，倒喜欢他的《夜壶》，它将是杂志的首篇。

他走时又突然回转身来，告诉俄理维，关于裴奈尔与莎拉之间的一切都是他告诉蕾雪的。他还叫俄理维看他口里的一个白点。俄理维说只是鹅口疮，阿曼说他故意瞎说，这东西是硬的，而且每周都在长大，但他没有去看医生，因为他宁愿不知道更好。他还谈起了他的大哥，他现在在非洲，过得好了，生意兴隆，还要他也去。他掏出他哥写的一封信来，抽出几页给俄理维看。信中他哥说他收容了一个怪人，他身高体壮，长得不错，像出自有身份的家庭，他不断地提到要把自己的手切下。他从不谈起过去，他对昆虫草木等很有兴趣，是一个饱学之人。他打算将他留在这里，因为他正需要一个助手。他来时有一个黑人陪着他，从黑人口中得知本来还有一个女人和他在一起，舟覆时她淹死了。他认为女人的死这个人很有嫌疑。

俄理维一言不发地把信还给阿曼，他没有想到信中的凶手就是他的哥哥文桑。

莎弗洛尼斯加夫人到学校来看波利，他才得悉勃洛霞去世已经有一个月了，波利自从接到她那封凄惨的信后就再也没有她的消息了。然而他珍藏起自己的悲哀，就像别人珍藏起财宝一样，他知道勃洛霞临终前想的是他。那时，她问母亲：

“妈，我那么地想知道……告诉我，人们所谓‘青梅竹马’究竟指的是什么？”

这句刺心的话只有波利一人理解。

他太爱勃洛霞，失去了她，他就永远失去了爱的必要。从此，这世界对小波利只是一片荒漠，母亲离他太远，祖父太老，他信赖的裴奈尔也已经离去。他那纤弱的灵魂需要一个人接受他所呈献的高贵与纯洁。但现在，他能够与之为伍的只有乔治、费立普和日里大尼索了。尤其是日里大尼索，他是头儿，他瞧不上波利，因此他联合其他两人来折磨他，总当着他的面商量事情，说不要告诉波利，因为他什么都不懂。他还问他的表兄斯托洛维鲁，为什么不准他动波利，斯托洛维鲁终于给了他波利那张写着“瓦斯 电话 十万卢布”字样的纸条。几天后，当小波利跑进教室里，突然在自己的桌子上发现了这张他早已经忘却的字条，它对波利的刺激不言而喻。这天晚上，他一进自己的卧室，就重归老路，他沉沦了。现在，同伴们对他的轻蔑使他那样痛苦，他甘冒任何危险，为的是求得他们的些许重视。

这机会不久就来了。自从不能贩卖伪币后，日里大尼索他们只得另找娱乐，现在波利成了这个娱乐的主人。他们成立了一个“壮士同盟会”，先故意不要波利参加，为的就是要他参加，这个组织的口号是“壮士视死如归”，他们一步步将波利引入陷阱，波利终于陷进去了。

日里大尼索设计了一个游戏，声称用来考验勇气，就是用拉贝鲁斯的手枪自杀，日里大尼索说他保证不装子弹，然而他却不说拉贝鲁斯已经在里面装了子弹。他们抓了一次阄，日里大尼索耍诈，故意让波利抓到了拿枪的那个阄。然而波利毫不畏惧，他一切按日里大尼索布置的陷阱行事。

这天下午，他们坐在同一条凳上，日里大尼索取出表来，放在他与波利之间，按他的规定，波利应该在六点差五分时执行。他不断地提醒波利还差多少时间。“老波，你只有15分钟了！”“只有10分钟了。”“还有5分钟。”

到了时间，只见波利走到他们指定的地点，拿出藏在衣服里的手枪，对准自己的太阳穴，坐在讲堂上的拉贝鲁斯看见了，但他无法阻止。

一声枪响，波利像沙袋似的倒下了。

波利事件的后果也非全都不好，经过此事，乔治投入了母亲的怀抱，走上了自新之路，彻底与日里大尼索断绝，不久裴奈尔也回到了父亲身边，普罗费当第和莫里尼哀两家从此享受着美妙的天伦之乐。

简评　我不喜欢纪德的作品，因为读起来有一种怪怪的感觉，它的主要人物大都是男人，处处展现的是那些男人——例如作家爱德华（无疑他的原型就是纪德自己）与俄理维（它的原型则是纪德的无数同性情人）——之间的脉脉温情，对于没有同性恋倾向的人来说难免有些不自然，就像我们如果在街上看到两个男人拥抱接吻也会不自然一样。不过这并不妨碍纪德作品的价值。

纪德作品的价值体现在两个方面：一是内容上的。我们知道，纪德作品中有大量同性恋内容，它是纪德作品的基调之一。这并没有什么不对，所谓存在的就是合理的，既然社会上广泛存在同性恋现象，将之纳入文学创作的范畴也是合理的。文学不应该以传统道德作为尺度，然而作家们过去确实是这么做的，现在纪德勇敢地站出来突破此一窠臼，这正体现了纪德在文学内容上的创新。二是形式上的。以这部《伪币制造者》为例，在形式上也颇有创造性，例如作品中有一个作家爱德华，他同样在写一部名为《伪币制造者》的小说，其内容也正是这部《伪币制造者》的内容……这样的写法使作品好像一环套着一环，绵绵不绝，读来回味无穷。

第四十八章　《一个欧洲人的回忆》，震撼人心的回忆

本来，这一章我应当像其余各章一样，用第三人称的形式来给这位伟大的、也是我偏爱的作家茨威格立传。

然而，这位伟人却写出了一部伟大的自传《一个欧洲人的回忆》，它虽然不同于一般的传记乃是其人生事迹的流水账，然而却从独特的视角、以优美的文字记录了他以及他所生活的那个时代。它既是一部忠实的传记，又是一部杰出的文学佳作，读来震撼人心，堪称西方文学史上甚至整个历史上最杰出的人生回忆录之一。

所以我在这里对待它如同对待一部文学杰作一样，采用了原著的自传体形式。

倘若要用一句话来形容第一次世界大战之前我长大成人的世界，那么这句话就是：这是一个太平的黄金时代。

黄金时代　我所在的这个奥地利君主国有几乎千年的历史，国家的稳定与连续本身就是太平的最好保证。谁都不相信会有战争、革命之类，一切暴力在这个理性的时代看来都已经不可能了。

这不但是一个太平盛世，也是一个繁荣幸福的时代。科学技术每天都在发展，夜晚照亮街道的已经不是昏暗的煤气灯而是耀眼的电灯；人们已经可以通过电话与远方的人交谈；坐的不再是马车而是飞驰的汽车。这种太平盛世的景象也使人们都成为理想主义者，他们认为随着科学技术的进步，人类的道德也会同步提高。

——当然这乃是假象，正如弗洛伊德早就看出来的一样，我们的文明随时都可能被人类破坏性的罪恶本能所颠覆。

我父亲的祖籍是摩拉维亚，他们早就不是正统犹太教的信徒，而是时代进步思想的追随者。后来他们迁居到了维也纳，经销手工纺织品。我父亲在波希米亚创办了一家小织布作坊，经过多年经营成为一家规模相当大的企业。他始终只用收入的极小一部分消费，而把逐年递增的巨额利润用来作资本。这样，到他50岁时，即使以国际标

准来衡量也可以称得上是一位巨富了。

虽然像我父亲这样的大工业家完全有资格被授予某种头衔或身份，然而在他的一生中从未这样做过，他宁愿不抛头露面，过着静悄悄的独立的生活。像我父亲一样，我也同样出于一种内在的自豪感，从未接受过任何一枚勋章、一个头衔，或者担任某个协会的会长，从未当过什么研究院的院士、理事或者某个评奖委员会的委员，我觉得就是坐在一张盛宴的餐桌旁也是受罪。

我母亲与父亲不同，她来自一个国际性的大家族，娘家姓布雷陶厄尔，为了经营银行业，这个家族很早就从瑞士分散到了世界各地，我们的外祖父则到了意大利，在这个家族里没有小商人，只有银行家、经理、律师、商人、教授等等。这也是一个十分自重的家族，每当较穷的亲戚中有姑娘要出嫁了，整个家族都会出力替她筹措一份丰厚的嫁妆，以免她因为嫁妆不够而“低就”嫁人。

然而，一个犹太人的真正愿望是提高自己的精神文明，使自己进入更高的文化层次。这种把精神视为高于纯粹物质利益之上的意愿反映在整个犹太民族之中。因此，一个虔诚者，一个研究《圣经》的学者的身份，在全体犹太居民中间要比一个富翁高一千倍。就连最有钱的富豪也宁愿把女儿嫁给一个穷得像乞丐的知识者而不愿意嫁给一个有钱的商人。这种对知识的敬重在犹太的各个阶层都是一致的，因此即便一个扛着背包沿街叫卖的小贩也要想尽一切办法让自己的一个儿子念上大学。

然而，后来的史实证明，由于大量的犹太人从事知识分子的职业，就像以前他们只着眼于物质利益时一样，同样给犹太民族带来了深重的灾难。

我在国民小学毕业后被送进中学。除了课程之外还要另外学习许多东西，首先就是语言，要学习希腊语和拉丁语这些死了的语言，还要学英语、法语、意大利语，也就是说，课余我必须学会五种语言。我们几乎没有体育锻炼甚至散步的时间，更谈不上有消遣与娱乐。这样的结果是，我对从小学到中学的整个生活始终感到无聊和厌倦，我不记得在那时候可曾有过什么“幸福”或者“愉快”，天天只盼望着尽早结束那可怕的岁月，总之，学校生活破坏了我一生中最美好、最无拘无束的时代。

然而这时候我们这些年轻人被迫沉浸在知识的海洋里，对这一切视而不见。直到几十年以后，屋顶都塌了时，我们才意识到：新世纪开始之日就是欧洲没落的开始之时。

在中学时代我们不屑于与女孩子交往，然而随着年龄的增长，我们都十七八岁了，已经是成熟的男性了，身体里自然而然有了那种本能并且要求满足。

那时候，妓女在城市街头可谓泛滥成灾，国家甚至给妓女颁发执照，只要她们每两星期去检查一次身体，就可以公开地卖淫了。她们就像一支真正的军队一样，分成各个兵种，例如骑兵、步兵、炮兵等，有的在几条固定的街道，有的则四处游击寻找她们身体的买主。也有各种档次，有些妓院非常高级，享誉国际，男人第一次进去会误以为是进入了某个贵妇办的沙龙，只是里面的女人有些放荡而已。

随着妓女泛滥而来的是性病横行，那时候十个年轻人中至少有一两个成为性传染病的牺牲品而丧命。在维也纳沿街到处是打着“皮肤病和性病专科医师”招牌的店子。

我盼望已久的时刻终于来到了——令人厌恶的中学生活在20世纪的最后一年结束了。我只是勉强通过了考试，因为我对数学、物理等经院似的烦琐课程懂得可没有多少呢。一毕业，同学之间长达八年之久的团聚也烟消云散了。我们大多数人进了大学，那些不得不去找工作的人只能用羡慕的眼光看着我们。

在那个时代的奥地利，当一个大学生会比没有上大学的同龄人感觉优越得多，这主要是因为那时候，奥地利的大学生享有许多来自中世纪的古老特权。例如，大学生不受一般法庭的制裁；警察不得进入大学来搜捕人或者找麻烦，甚至在街上也不能抓大学生；大学生穿着特制的制服，他们有权与人决斗而不受惩罚，等等。这样的特权在西方大学曾经普遍，现在只有奥地利和德国这样的操德语的国家还保持着并且凌驾于法律之上。

这些特权中关于决斗的条款产生的后果最大，那些大学生们为了显示自己的男子汉气概，总是想办法去决斗，经常向警察、军官和其他大学生等他们认为有资格与他们决斗的人寻衅，要是哪个脸上没有几道用击剑决斗留下的刀疤会觉得简直是一种耻辱。

这当然不是说所有大学生都这样，我就不属于这些人中的一个。对于我这样早已把心献给文学的人来说，连学哪一种专业都完全无所谓，我一向认为好的书籍胜过好的大学，这是放之四海而皆准的公理。所以我至今仍然坚信：尽管一个人没有上过大学，甚至没有读过中学，他仍然可以成为一个杰出的哲学家、历史学家、语言学家、法学家或其他什么家。因此，我在大学选择专业时，不是选哪个专业最吸引我，而是哪个专业最不使我头疼，能够在我自己的特殊爱好方面给予最大限度的时间与自由。我最好的选择是哲学专业，因为选这个专业唯一必须做的事就是在第八学期末交一篇论文和参加唯一的一次考试。我从一开始就把时间安排好了：在前三年对学习不闻不问，然后在最后一年全力以赴去抠讲义，草草对付一篇论文了事。这样大学也就给了我想要从它那里得到的唯一的东西：在我一生中有几年自由支配的时间去研究文学艺术，还有人生的大学。

得到这个自由之后，这时候我每天24小时都自由支配，我开始做的第一件事是把自己的诗作进行一次毫不惋惜的筛选，编成一部集子。我要承认，对于我这样19岁的刚毕业的中学生来说，铅字的油墨气味是世界上最好闻的气味，比玫瑰还香。编好后，我冒昧地将之直接寄给了当时出版德语诗歌最有声望的出版社。不久，那令人难忘的幸福时刻终于来到——这种幸福在一个作家即使获得辉煌成就之后的一生中都是不会重新体味到的——出版社竟然同意出版并且保留出版我今后著作的优先出版权。

初露峥嵘 我以前就在一些报纸上发表过许多诗歌、评论、短篇小说等，不过从来不敢向维也纳影响最大的一家报纸——《新自由报》——投稿。这家报纸在当时奥匈帝国的影响就像英国的《泰晤士报》一样。《新自由报》有份专门刊登文艺作品的副刊，只有权威人士才有资格在上面发表作品。我不知道自己为什么有那么大的勇气敢把一首小诗投向这里，更令我不敢相信的是，我得到的不是沉默，而是一个约会，《新自由报》副刊的编辑，这位维也纳读者最喜爱的人物，竟然请我去报社谈话。

这位副刊编辑就是特奥多尔·赫尔茨尔，他认真地接待了我，并且成为我一生中认识的第一位应当享有世界历史地位的人物。

我第一次去见赫尔茨尔时，他正处在这样的境地：他的《犹太国》已经激起了无数犹太人的梦想，然而他却不能全心全意地投入这项事业，也就是说还不敢为之放弃《新自由报》副刊编辑这个能够让他养家糊口的职业。

从此，赫尔茨尔对我多加关照，我也成了《新自由报》副刊的定期撰稿人之一，他这种提携对一个维也纳人意味着从此将平步青云。这令我感到莫大的荣幸，然而我却没有如他所愿的那样参加甚至共同领导他的犹太复国运动。

当赫尔茨尔去世时，每一列到达维也纳的火车里都装满了从世界各地来此参加赫尔茨尔葬礼的人们，送葬队伍一眼望不到头，维也纳人现在才清楚，在这里安葬着的是一位伟大的领袖，一位伟大的思想家。

跻身于《新自由报》副刊作者的行列之后，我很快差点成了这座城市里的名人，幸好我做出了一个明智的决定——到柏林去上大学。

当然，我到柏林并不是真的为了去上什么大学，我在那里和在维也纳一样，一个学期只去了两次：一次是为了进行听课注册，另一次是为了让教务人员在听课证书上签名盖章。我在这里所寻求的是比维也纳更彻底的自由。

放假时，我经常出去旅行。有一次目的地我选在了比利时，因为那里有我最崇敬的诗人维尔哈伦。维尔哈伦住在一个小村子里，很少到城里来，后来在一个朋友的帮助下，我见到了他，几个小时之后，我就非常喜爱他了，以后一生都这样。维尔哈伦从不为金钱所左右，宁愿在乡下生活，不愿为生计写一行诗，更不追名逐利。

大学毕业时，我必须戴着一顶博士帽回家了。于是我用几个月时间将四年的教材匆匆理了一遍，大开夜车，死记硬背。结果还行，在理解我文学活动的教授的帮助下，我的逻辑学成绩甚至是“优秀”，当然这也是我唯一一门得“优秀”的课程。

这些完成后，我的生活从此完全自由了。

在我获得自由的第一年，我把巴黎作为礼物奉献给自己。

没有一座城市像巴黎一样具有这种天赋的本领：能使任何一个与它接近的人感到欢欣，我到现在还觉得，能愉快地感到生活逍遥自在的地方莫过于巴黎。

在巴黎没有谁去关心什么种族、阶级，完全没有德国人那种等级观念和奴性；谁都可以和自己喜欢的女人一起去散步，每个姑娘都可以找到一个与自己般配的男人，每个小伙子都可以找到一个对两性关系比较开放的活泼女友。没有什么上等和下等，即使一个地道的农民坐在燕尾服男士和浓妆的女士之间也不会感到拘束，到处都是一样的热闹和欢乐。

我找到了一家颇为简陋的小旅馆，从房间里的窗户望出去就可以看到罗亚尔宫的花园。我极喜欢这个地方，记得有一次安德烈·纪德来看我时，对我能够在巴黎市中心找到这样清静的地方感到十分惊讶。

我急不可待地在巴黎的大街小巷四处溜达，我深切地感受到，我现在看到的巴黎在以前伟大的文学名著中都已经看到，只是实际生活中的更加生动罢了。维尔哈伦带我去看一些人，他们身处这灯红酒绿的地方，但每个人都沉浸在自己创作的静谧之中，犹如待在一个孤岛之上。我不久就和这些人熟悉了。他们大多数人都有一个清闲的职位，一方面能靠职位带来的收入生活，另一方面这工作又不占用多少时间，使他们有足够的时间进行创作。他们创作并不是为了追名逐利，相反，他们是为了一种崇高的目的。

我在巴黎见面次数最多的是里尔克，与他的关系也最好，他是那种一丝不苟的语言的守护人和献身于语言的人，将自己的全部爱奉献给了诗歌语言，绝不迎合潮流和舆论，而是去追求不朽的生命力。他过着一种极为隐秘的、不显眼的生活，连固定的住所都没有，总是在世界上漫游，连自己都不知道下一步会到哪里去，因此要找到他是极其困难的，我之所以与他相遇也纯属巧遇。

不过在巴黎我也交往了一位伟大的成名的艺术家，那就是罗丹，也是维尔哈伦介绍给我认识的。我见到他后得出了两个结论：一是伟大人物总是心肠最好的，二是伟大人物在自己的生活中几乎总是最朴实的。他曾请我参观他的创作室，不过当他创作时完全忘了我的存在，由此在一小时内我就看到了一切伟大的艺术永恒的秘密：全神贯注。

我原来准备在巴黎住到5月底再去伦敦，不过我被迫提前了，因为我遇到了一桩麻烦。这桩麻烦称得上是奇遇，原来，我有一次箱子被偷走了，房东帮我找到了小偷，我很可怜他，拒绝控告，于是房东对我大感恼火，处处与我为难，我只好卷铺盖走人了。

从巴黎到伦敦的感觉就像一个人从炎热的夏天突然走进阴凉之中。我在这里很少与文学界接触，当然也见到了一些文学人物，如诗人叶芝和一位孤寂的、有争议的天才威廉·布莱克。不过我十分之九的时间都待在自己的房间里写作或者去大英博物馆参观。

对于我的青年时代的最后几年，我的记忆相当模糊，我记得当时我已经发表作品，我的名声已经传开，甚至传到了国外，帝国各大报都供我发稿，而且不用我投稿，他们会向我约稿。不过，在一些人的引导之下，我的目光开始走出文学，甚至走出欧洲。

这些引导者中间最重要的一位是拉特瑙，他是一个在那最悲剧性的时代能驾驭德意志帝国命运的人，也是希特勒在攫取政权前11年就第一个被纳粹分子暗杀的人。他是我诚挚的老友，将我的视野由文学扩展到当代历史，并且首先鼓动我走出欧洲。于是我照他的规劝，第一次走出欧洲，到了印度。印度给我的感觉是可怕的忧郁，那里的人们骨瘦如柴，精力衰竭。我在外国期间认识到了与我以前的世界的人完全不同的另外类型的人，不过这时候我早已不把欧洲视为我们这个世界永远绕之旋转的核心。

后来我又去了美洲，在美国，我通过去职介所找职业为借口了解这个自由的国家。

现在，我在新世纪已经生活了10年，这也是第一次世界大战前的最后几年，我从来没有比在这几年更加希望欧洲的统一，更相信欧洲有前途。因为我看到的普遍的繁荣、科技的发展、财富的剧增，甚至人们也通过日益盛行的体育运动变得更加漂亮和健康，这一切使我仿佛看到了一缕理想世界的曙光。

战争乌云　然而，乌云也正是在这个时候悄悄涌来，欧洲各国之间没有统一，而是更加分裂。到处开始弥漫着战争的不安。于是许多人起来反对这些，要求各国人民之间和睦相处。这些人需要有一个领袖，一个高瞻远瞩之人，这个人就生活在我们中间，他就是罗曼·罗兰。

1913年，从我与罗曼·罗兰的第一次谈话中我就清醒地认识到，我们的责任是：不是没有准备的和无所谓地面对可能爆发一次欧洲大战的事实。

但是，1914年6月28日萨拉热窝的枪声揭开了第一次世界大战的黑幕。

我深深地看到，这就是弗洛伊德所看到的人类那内在的要消灭这个有法律、有条文的正常世界、要求放纵嗜血之欲的本能。

我自己没有陷入那种爱国主义的狂热之中，原因之一是我长期过着一种世界性的生活，要我一夜之间去恨另一个国家的人民是做不到的。在我的内心，从战争的最初一刻起，我就肯定自己要当一个世界公民。

就这样，我写下了《耶利米》，我觉得这剧本才是我的第一本书。我并不相信它能够上演，但即使如此，它也帮助我度过了最困难的时刻，我通过它使自己解脱了自己。总之，当我对时代的一切都不满意的时候，我却找到了自己满意的东西。

1917年复活节，《耶利米》的剧本出版了，遇到的情况出乎意外：两万册剧本很快销售一空。

不久我又接到了瑞士苏黎世市剧院经理的信，说要立即将我的《耶利米》搬上舞台，并邀请我参加首演，我立即同意了。

一进入瑞士，我立刻有从令人窒息的空气中突然来到自由世界的感觉，惊奇于食品架上的东西琳琅满目。不过我来这里最要紧的事不是我的剧本，而是找到罗曼·罗兰。

我立刻前往日内瓦，终于站在他的房间里时，我心里完全意识到，站在我面前的这位朋友是当时世界上最重要的人物，这位和我交谈的人代表着欧洲的良知。后来在我们的交谈中，他给我看了列宁在离开瑞士回俄国发动革命前从他坐的那列封闭的列车上给罗曼·罗兰发来的电报，恳请他一起到俄国去。列宁清楚地知道，罗曼·罗兰的道德威望对他的事业会有多么大的帮助！

在瑞士我还遇到了詹姆斯·乔伊斯，他非常干脆地说他与英国没有关系，他是爱尔兰人。我认识他的时间越长，就越惊奇于他非凡的语言知识，他对许多语言以及无数词汇的含义的细微区别了如指掌。我感觉到在他身上总存在着一种孤独感。所以我后来一点也不奇怪，那部充满孤独感的、和一切都没有联系的、像流星坠入我们这个时代的作品《尤利西斯》就是他写的。

在这期间，《耶利米》上演并取得了巨大成功。此时已经是1918年秋天了，战争的结局已经很清楚。

我们和无数其他人一样，相信随着这次战争的结束战争也永远结束了。一个新的世界已经开始，这将是我们的世界：一个我们梦想过的世界，一个更美好、更人道的世界。

但事实上，现在的奥地利已经一贫如洗，食品极其匮乏，衣服的料子只是加工过的纸，城里人将自己的东西拖到乡下去与农民交换粮食，为此甚至要褪下手上的结婚戒指。现在交易又回到了古老的物物交换，因为货币的贬值已经使它成为废纸。现在一个鸡蛋的价钱过去能够买一辆豪华汽车，不过这还不是最严重的，将来，在柏林，一个鸡蛋的价钱要40亿马克，相当于以前整个柏林所有房屋的地价。

虽然如此，我们并没有绝望，生活还在继续下去，面包师仍在烤他的面包、鞋匠继续做他的鞋，作家也继续写他的书。我从未在一个民族身上和我自己的心中感觉有过当时那样强烈的生活意志，这意志就是：继续活下去。

也许由于人民饿得没有力气了的缘故，无力起来斗争，因此，在战后几年，奥地利虽然随时可能爆发革命，然而终究没有。但这也只是表面现象，一场巨大的革命正在内部酝酿。那些政客们、军火商们仍然不停地在幕后操纵，进行秘密的谈判和签订种种秘密协定，他们有如一帮赌徒，又将国家和民众作为了赌注。而这时候在社会上，两种同样属于极端的思潮正在激烈地碰撞，就是法西斯主义和共产主义。

我呢，在这个大潮里只有一件事可做，那就是躲进小楼成一统，管它春夏与秋冬。我在萨尔茨堡山上的房子里过着隐居生活，搞自己的创作，几乎与世隔绝。现在我36岁，但已经属于老一代作家了，或者说属于已经死去的旧作家。

1919、1920、1921年三年我都是这样度过的，后来我看到一切慢慢地又好起来了，便再次跨越国界，到了近在咫尺的意大利。

我在意大利受到了很友好的接待，过去敌对的心态已经被人们抛弃了。然而战争并没有过去，我在这里看到了另外一些苗头，那就是法西斯主义。由年轻人组成的法西斯分子正在与罢工的工人争斗，他们穿着整齐的制服，唱着歌，挥舞着棍棒冲向罢工工人。我发现那是一股领导得非常好的势力。这也给我敲响了第一记警钟：在目前欧洲表面的平静下到处充满了危险的暗流。不久我在德国感到了第二记警钟的敲响。我这次去柏林，给拉特瑙打了电话。他是德国现任的外交部部长，正在国际会议中竭力为德国争取利益，他极其繁忙，只能乘去几个外国使馆拜会的路上在他的轿车中与我交谈一会。我在外交部门前与他告别，然而这却是我们的诀别：几天后他正是在我们一起坐过的那辆轿车里，在我们一起经过的那条街口被暗杀。随着这第二记警钟的敲响，德国和欧洲的不幸也就开始了。

随着拉特瑙的被杀，德国的物价飞涨，其强度远远超过了战争刚结束时奥地利物价的涨幅，达到了不可思议的程度：10万马克的钞票扔在阴沟里，乞丐都看不上眼，一根鞋带的价钱比过去拥有两千双鞋子的一整片豪华鞋店还高。人人事实上都不要马克，只要外汇，如果用外汇算，物价却低到了可笑的程度：用一百美元可以买到柏林市中心一座六层高楼。

这种情形一直到1924年才结束，这可以说是德国历史的一个转折点，这时候，随着以令人发晕的一个新马克兑换一万亿旧马克，德国人的生活总算恢复了正常。

此后10年，即从1924年到1933年之间，也就是从德国通货膨胀结束到希特勒上台之间的10年，在这期间，我个人生活最大的变化是我获得了自己从未期待过的成就。我的数百万册作品在各家书店和无数家庭中占有稳固的地位，我拥有了大批忠实的读者，他们等待着购买我的每一本新书，《人类群星闪耀时》的印数很快达到25万册。

这也许同我的写作方式有关。只有那些每一页始终保持高潮、能够让人一口气读到最后一页的书才会令我感到满足。而我所看到过的书十分之九都描写过多，对话啰唆。因此我经常向出版商们阐述我的一个大胆的计划：把全世界的名著，例如荷马、巴尔扎克、陀思妥耶夫斯基等等，进行彻底的缩写，去掉个别累赘的部分，出版一套简明的丛书。我的著作被大量翻译成世界各国文字，使我必须购买一个特大号的书柜以放置我不同文字译本的样书。有一天，我在日内瓦国际联盟的《智力合作》统计上看到，我是当时世界上被翻译得最多的作家。不过，我只为我的书籍所取得的成就而高兴，如果读者的好奇心转移到我本人身上，那么我所取得的成就只会令我反感。我觉得，任何一个酷爱个人自由的人，一旦到处刊登照片，他身上许多最美好的东西就会遭到破坏和歪曲。

从1924年到1933年之间的10年也是相对平静的10年，德国被接纳进国际联盟，利用贷款促进经济建设，欧洲的各大城市也变得更加漂亮，人们似乎又开始理想主义了。

在这期间我去过许多地方，现在我不再是个名不见经传的人了，到处都有我的朋友和读者。这给我带来了不少好处，我可以更为有效地宣传那个多年来已经成为我为之毕生奋斗的理想：争取欧洲的精神统一。为此我在瑞士用德语发表演说、用法语在布鲁塞尔发表演说、用意大利语在佛罗伦萨发表演说、用英语在美洲发表演说。我现在到处可以见到各国最优秀的人物，他们就像我的朋友一样。这些当然不是我求取的，而是自动送上门来的。

在这众多的旅行中，有一次我感到特别兴奋，就是去新生的俄国。萧伯纳、威尔斯、纪德等都去过这个国家，他们回来时有的热情满怀，有的失望沮丧。我的书在那里流传很广，有由高尔基作序的全集。1928年夏天我应邀去莫斯科参加托尔斯泰诞辰一百周年纪念活动并在纪念晚会上发表贺词。我在那里度过了高度紧张的14天，我感到这是一个官僚制度盛行的国家，新官僚们热衷于批条子签文件，而时间就这么白白浪费了。

我在俄国所见到的一切，再也没有比托尔斯泰的坟墓显得更伟大、更使人感动的了，它不过是树林之中一个由土堆积起来的墩子，没有人看守，也没有人保护，只有几棵大树给它遮阴。它是如此简朴，却是全世界给人留下最深印象的墓地，远甚于大理石拱门下的帝王陵寝，例如拿破仑或者威斯敏斯特的陵寝。

我从未见过墨索里尼，但他是我在意大利最热心的读者之一，有一次，为了帮助一个可怜的妇女，她的丈夫因为想帮助他人被判入狱，我给墨索里尼去了一封信，请求他怜悯那可怜的女人，结果他不久就完全赦免了那女人的丈夫。如果说我有一件文字的工作曾产生过作用，那就是这封信了。

在那风平浪静的最后几年，我生活的萨尔茨堡已经成了欧洲的艺术中心，我的住所也成了来萨尔茨堡的艺术家朋友们的必到之地。在那段时间，世界各地的画家、演员、学者，谁没有到过我家呢！罗曼·罗兰、威尔斯、乔伊斯、房龙、施尼茨勒、理查·斯特劳斯，等等，还有托斯卡尼尼，好几年时间，我是他排练时最忠实的客人之一。这些岁月渐渐恢复了我对这个世界、对人类的信任。

这时候，我仍然拿出许多精力来从事我对名人遗物遗墨等的收藏，我渐渐成了这个领域的第一权威。这时候我的收藏已经开始向精的方向发展，我只收集一位艺术家处于鼎盛时期的手稿，它们具有永恒的历史价值。例如我有达·芬奇的手稿、拿破仑手写的军令、尼采《悲剧的诞生》最初的手稿，巴赫、韩德尔的手稿等等。至于我收藏的莫扎特和歌德的手稿能够勾画出他们一生的轮廓。由于一次好运，我还得到了贝多芬去世时房间里全部的陈设，包括他的一绺白色鬈发。

后来，随着希特勒时代的到来，我的收藏也结束了，我放弃了它们，并且不感到后悔。在那个敌视一切艺术的时代，我们这些被追逐、被驱赶的人还必须学会一门新的艺术——舍得放弃的艺术。

黄昏岁月　岁月就这样随着写作、旅行、学习、读书、收集而年复一年地逝去了，当1931年11月的一个早晨我醒来时，已经是50岁的人了。

在德国有这样一种习俗，一个作家50岁时要在报纸上大大庆祝一番。这可累坏了那位可怜的老邮差。岛屿出版社特意出版了一本我各个语种的著作目录，作为庆祝我生日的礼物，它本身就像一本书了。

萨尔茨堡距慕尼黑只有两个半小时火车，那里发生的事这里很快会知晓。我正是在这里第一次听说了希特勒这个名字。

这时候，希特勒的奸雄本色已经暴露出来，多少年来，他早已经借助他的幕后指使者为自己在各阶层赢得了广泛的支持，他完全知道怎样用许诺来欺骗各方面的人，从而使他在掌权那天，即使在最对立的阵营里也传来一片欢呼声。

一开始，大家都不把希特勒的上台看作一件坏事，甚至犹太人也并不感到十分不安，他们认为一个德意志帝国的总理当然一定会阻止反对犹太人的野蛮行径，何况德国是一个牢固的法治国家，有法律作为他们权利的保障。然而不久国会纵火案发生了，霎时德国的法律已经化为乌有。紧接着出现了第一批逃难的人。在国际上希特勒一开始并没有做出什么惊天之举，他却成功地运用慢慢试探、逐步升级的战术来对付一个在道德上、后来是在军事上越来越孱弱的欧洲。

在对待犹太人方面也是如此，1933年和1934年，虽然有一些德国大学生公开烧毁我的著作，不过，对于我来说，我的作品能够与托马斯·曼、爱因斯坦、弗洛伊德的伟大杰作一起被烧毁倒是一种荣幸呢！这样我就添了一件令自己高兴的事——令希特勒恼怒。

这时候，在奥地利也不太平了，许多纳粹煽动者越过了边界来到这里招募新成员，我的一些老朋友在街上见到我也开始故意躲开。于是我决定去国外度过冬天，我原来只是想短暂地逃避一下，想不到这次离开我美丽的家园竟然是一种告别，这是1933年10月的事。

我在1934年2月底到达了英国，对它我有了一种异样的感觉，因为我已经决定在这里长期居住。

我被一片陌生感包围，我已经50岁了，却又要一切从头开始。

我在英国的最初几年很少感觉是一种流亡，我的祖国还继续挣扎了4年，我随时可以回家，我的书很好地保存在家中，我还持有奥地利护照。那种可怕的、没有亲身经历永远体味不到的失去祖国的处境还未开始。

在这几年里，我的整个灵魂并没有在英国，对欧洲的忧虑促使我在从希特勒掌权到第二次世界大战爆发的那几年里经常出去旅行，甚至两次横渡大西洋。这时候我隐隐有一种预感：我们的未来，以及我本人的未来，是在远离欧洲的大洋彼岸。

我到了南美，在阿根廷和巴西看到了那广阔的没有被鲜血和仇恨污染的土地，那里有无限的空间和未来的粮食。特别是巴西，一种奇怪的预感使我觉得我可以在那里安宁地生活。欧洲文明的一切能够在这里以新形式得到辉煌的延续和发展，我看到了自己的未来。

1938年3月13日发生了惨无人道的事件。这一天，奥地利和整个欧洲都成了赤裸裸的暴力的牺牲品。人们将会毛骨悚然地看到，那个空前绝后的仇恨狂人在20世纪的那座文化之城里犯下了什么样的罪行。在那里，大学教授必须用赤裸的双手擦洗马路，虔诚的白胡子犹太人被拽进神庙，跪在地上齐声高呼："希特勒万岁！"我母亲84岁了，她每天要做一会儿散步，在街道边的凳子上坐一会儿，然而希特勒在占领这座城市几天之后就下令犹太人不准坐长凳。这只是他们那些随意想出来的折磨人的肉体的许多禁令中的一条。

希特勒占领维也纳几个月之后，我的母亲就去世了，我为她感到庆幸，她逃脱了以后更加残酷的折磨。

奥地利被占领后，我失去了奥地利的护照，不得不去向英国当局申请一张白卡，即一张无国籍者的身份证。我一开始不在乎，因为我不用再为某个国家承担义务。但不久我就明白我又降了一级，昨天我还是一位外国客人，今天我就成为一个流亡者了，所有国家突然都对我们这类无国籍的人表示不信任，如果我们在那个国家变得令人讨厌或者停留的时间太长，就可能会被驱逐或者遣返。

事实是，自第一次世界大战以来，最使人感觉到世界大倒退的大概莫过于限制人的行动自由了。1914年以前，世界是属于所有人的。每个人想到哪里就到哪里，想在那里待多久就待多久。没有什么同意不同意，没有什么允许不允许。那时候不用护照，或者根本没有见过护照。人们上车下车，不用问人，也没有人问你。那些国境线只不过是象征性的边界而已，人们可以像越过格林尼治的子午线一样同样无忧无虑地越过那些边界线。而今天由于大家互相之间那种病态的不信任，海关官员、警察、宪兵队已经把那些边界变成了一道道铁丝网。

在我失去护照的那天，我已经58岁了，我发现，一个人随着祖国的灭亡所失去的，要比那一片有限的国土更多。

就在最后的灾难来临之前，我有幸与西格蒙德·弗洛伊德度过了一段美好的日子。他的学生波拿巴公主将这位仍然留在维也纳的最重要的人物救了出来。我在维也纳时就已经认识了他，和他的每一次谈话对我来说都是莫大的享受，我既学到了不少东西，也对他钦佩不已。在我们那个时代还没有人像他那样扩大和深化过有关精神的知识，他给自己的祖国增添的荣誉是世界性的和超越时代的。此后我们常常在一起，我们也常常谈论战争和希特勒世界的恐怖。作为一个有人性的人，他深为震惊。可是，作为一个思想家，他对那些可怕的野蛮行径一点也不觉得奇怪。他说，有人总是责骂他是一个悲观主义者，因为他否认文化能战胜本能。现在人们看到——这自然不会使他感到骄傲——他的见解得到了最惊人的证实，即野蛮残酷、自然的毁灭本能在人的心灵中是铲除不掉的。

逃到伦敦的犹太人越来越多，他们到各个领事馆去苦苦哀求，能到哪里就到哪里。有一个我过去认识的大工业家兼最有知识的艺术收藏家想去海地或者圣多明哥这些地方，还有人在问怎样才能去上海，他称听说中国人还会接受他们这些人。就这样，那里一个人挨着另一个人，拥挤不堪，他们是过去的大学教授、银行经理、商人、地主、音乐家。每一个人都准备拖着自己生活中可怜的破烂越过大地与海洋，他们什么都干，什么都能忍受，只要能离开欧洲，远远地离开，远远地离开！

我在那几个月里离开了伦敦，隐居到了乡间，我在我的一生中从未像当时那样感觉到自己对世界发生的事完全无能为力。

1939年9月1日，我准备第二次结婚，去民政局登记，就在一位官员准备替我们登记的时刻，有人大喊德国人已经入侵波兰，战争爆发了，我刹那间成了敌国公民，登记也不让了。

战争又降临了，一场比以前世界上的任何一次战争更可怕、范围更广的战争。

我知道，过去的一切又全完了，一切业绩化为乌有——欧洲、我们曾为它而活着的故乡遭到了彻底破坏，远不止我们自己的生活。

附注：1941年9月，茨威格像他曾经直觉过的一样，移居巴西。这年11月，茨威格将《昨日的世界》手稿寄给出版社，12月珍珠港事件爆发，第二次世界大战规模更加空前。德意日法西斯在战争之初一路势如破竹，民主国家空前危机。

1942后2月23日，他听到了英国在亚洲最主要的基地新加坡沦陷的消息。绝望终于使他走上了绝路。这天，他与妻子在里约热内卢近郊的寓所内双双服毒自尽，终年61岁。

第四十九章 《同情的罪》，同情有时候是一种罪

整个事件都是由我一手造成的，就是若干年后的今天，我也不能确定我的罪过是从何时开始的，恐怕以后也永远不会知道。

可怜的薏迪　那时我25岁，是禁卫军上尉。我的故事始于1913年11月，我们的部队奉命调到与匈牙利交界的一座小城里。

有一天下午，我正同当地的药剂师和代理市长坐在饮食店里下棋闲谈，突然一位褐色眼睛的漂亮少女风一样地飘了进来。

她一走，我立刻从药剂师那里问知她是柯克斯夫的侄女，名叫伊萝娜。他还告诉我，柯克斯夫是这一带最大的富翁，可以说这里的东西样样属于他，他在维也纳和布达佩斯的房子都占了六七个街口。他自己的生活当然过得像王公一样。

两天之后我就接到邀请去了他家里，认识了他，还有他的独生女儿薏迪小姐。

在他家里的舞会上，我跳得简直好极了，后来我找到了主人的女儿，说："小姐，您肯和我跳这支舞吗？"

接下来的情形太可怕了，她苍白的面颊一下子变得通红，眼睛带着我从未见过的可怕神气瞪着我，接着是一阵战栗通过他全身，她用两手支着，把整个身体的重量压到桌子上去，最后忽然爆发成失声的痛哭，像一条崩溃的河流，一发不可收拾。

原来她的腿残废了，走路都要靠拐杖，这样的邀请对于她简直是一种侮辱。

这就是引出下面整个故事的错误开端。

这件事令我十分羞愧，好恨自己。

于是第二天我跑到一家花店，订了最好的花，命令立刻送到柯克斯夫府上，给薏迪小姐，花里面夹上了我的一张名片。

到中午，勤务兵给我拿来一封信，是一个淡蓝色带香味的优雅信封，上面写道："亲爱的上尉，非常感谢您的厚赠，那些可爱的玫瑰使我欢喜之至。随便那天下午，只要您有空，请到舍下来一同吃茶，用不着事先通知，我是——唉——永远在家的——薏迪。"

我就这样认识了萱迪，并且当天就去拜访了她，在她家里得到了超乎寻常的友好接待。

我一次又一次地去拜访她，每一次似乎都给了他们大量的快乐，他们家里的每一个人都对我的来访表达了衷心的欢迎甚至感激，其中当然包括萱迪，而我也因为既自己获得了快乐，又能给其他人快乐，也就更加快乐，沉溺在这样的快乐之中了。

只是有点奇怪的是，萱迪在我面前有时候表现得喜怒无常，使我有些尴尬。

有一天，当我们正在她家楼顶的一个平台上面聊天时，她的情绪又爆发了。她咬牙切齿地说我以后不要来了，后来又要问我一个问题，并要我发誓说真话。于是，她问我这些日子到她家来，到底是为了什么？我的回答令她更大为愤怒，我的话让她认为我是因为同情她的孤独，来陪陪她这个“可怜的病孩子”，她根本不需要，不需要人当跛子来可怜。她甚至给我看她的手，那上面的伤口是她用剪子剪的，就是为了要摆脱这样的同情。她还说她总有一天会利用这平台达到她的目的，她还有力量两手在栏杆上一撑，这是五层楼，下面是水泥地。她甚至目光炯炯地看着外面，身子向栏杆外面探着。我赶快去抱她，她在我胸口狠狠打了一拳，自己摔倒了，起不来，还大哭大叫地不准我碰她，要我离开。

幸好老仆人约瑟夫上来，扶她下去了，我正要走，他请求我留下来，因为我一走，小姐的脾气会更大，我为他们的爱心感动，同意留下。这时伊萝娜来了，她说萱迪问我能不能去她房间里一会儿，只有一会儿。

我看见萱迪已经在床上了，她要我坐到她的身边，问我是不是生她的气？我说一点也不。我还同意以后继续经常来看她。但有一个条件，就是她不能老疑心重，她去掉了疑心时的样子多么美，例如那天她郊游的情景，回去我还想了一整个晚上呢。

这句话让萱迪很幸福，我们又谈了一会儿，我要走了，要萱迪好好休息。当我同她握手告别时，她又害怕又安心地微笑着，楚楚可怜地望着我。突然，她看到了我身上她倒地时打翻的茶水打湿的痕迹。我开玩笑说是一个顽皮的孩子撒了些茶水在我身上，但那个顽皮的孩子现在已经很乖了。我走到了门口，她突然说：“你忘记一个好孩子睡觉之前应该得到什么了。”她要我给她一个晚安的吻。

当我想用嘴唇蜻蜓点水般掠过她的脸时，她突然伸出双手，抱住了我的脖子，拼命地吻起我来，嘴唇、整个脸部，同时口里喃喃地说道：“你这傻瓜……你这傻瓜……呵，你这大傻瓜，你！”

我踉踉跄跄地走出屋去，感到一阵晕眩，我懂了，原来她的激动不安，她的喜怒无常都是由于爱的苦闷，这秘密地揭开简直把我吓呆了。因为对于她的乱发脾气，我什么都曾想到，就是没想到这一点——没想到她这个残废可怜的瘫痪者也渴望着爱人和被爱，她这个半像孩子半像女人的未成熟的人也有着完全的性感冲动。而可怕的是我出于怜悯之情的陪伴被她误解成爱情了！我也明白为什么她叫我傻瓜了，我的确有点像傻瓜，他们大家，老人、伊萝娜、仆人等大概早都看出来了，只有我还茫然无知。

我本想快快离开，但伊萝娜来了，她一见我的情形就明白发生什么事了。从她那里我得知，这几个星期薏迪一直生活在对我的思念之中，一遍又一遍地问家里所有人我是不是喜欢她，她们又怎么能够给她否定的回答呢？她一夜之间要摇三四次铃，把大家全叫醒，只是为了问大家是不是觉得我有点喜欢她。她给我写了一封又一封信，都写了又撕掉。这些，我难道真的一点没有感觉吗？我急忙否认，绝对没有。如果感觉了，我还能够那样与她们谈天、下棋、听唱片吗？想到自己不情愿地被人家爱着，急得我简直要跳起来。但伊萝娜劝住了我，说我不要对她太不公平。但我告诉伊萝娜，我拒绝这样去爱人和被爱，我对她只不过是纯粹的怜悯。这也是伊萝娜担心的事情，她劝我现在不要见她，她太激动了，赶快走。我就走了。

沉重的爱　我现在才知道，被不情愿地爱也是一桩多大的痛苦，尤其是对于男人，女人拒绝异性的追求是她们天然的特权，男人的拒绝会立刻变成苦难和罪过，会成为良心的歉疚。如果说拒绝一个女人的爱是残忍的事，那么要对这可怜的女孩说“不”将是怎样可怕呢？她忍受的痛苦已经够大了，现在还要我给她更沉重的打击吗？一个曾经引起我怜悯之心的女孩难道要由我来粉碎她信心的最后一点希望吗？但现在我已经没有选择的余地了。此前我的身体已经自动地抗拒过她突然而来的拥抱了，我并没有去爱一个跛脚女孩的忘我的魄力。

我完全像个梦游者一样，不知道是如何回到军营的，我随即接到了一封信，读着这封信时，我的手越来越抖。这是一封字迹潦草的信，是那种人一生中只能写一次收一次的情书。此后的一生里，我读它的遍数太多了，现在还能倒背如流：

> 我给你写过六封信了，总是写好了又撕掉。因为我不要泄露自己，我不要。我要尽力隐藏。几星期以来，我挣扎了又挣扎地来把我对你的感情遮掩。每次你以朋友的身份坦然自若地来看我们，我便命令我的手不要发抖，我的眼不要闪光，省得令你不安，甚至有时故意对你粗暴无礼，不要让你看出我那心的燃烧——总之，我想尽了所有的方法来控制自己。但今天事情终于还是发生了——请相信我，那完全是违反我的心意使我自己也大吃一惊的。我不知道怎么会做出这样的事来，实在觉得羞愧，恨不得把自己鞭打一顿。因为我知道，呵，我知道把自己献给你是多么疯狂的事，像我这样的残

废者是无权爱人，也无资格被爱的，她只应该躲到角落里悄悄死去，不要再连累别人。本来对于你，无论如何，我也不敢有所表示的，但哪里想到你竟忽然向我保证我还会有成为正常人的可能，有一天我也可以像千千万万不自知的幸福者一样能运用两腿自由活动，于是我的绝望中又有了希望。

但我下了铁一般的决心，在我恢复成人形，像其他女人一样之前，决不向你泄露我的爱慕，只是我渴望病愈的心是那么迫切，当你俯下身来的时候，我忽然觉得自己成了另外一个新生的健康者。你知道，我这样的梦想和渴望已经太久了，在这贴近你的一刻中，我的眼前只有你，心中也只觉得我是希望中的我，完全忘记了我的跛脚事实，一个人成年累月，日夜不停地做着唯一的白昼梦，他会忽然信梦为真，你能了解这情况吗？就是出于这一时的疯狂幻想，我才做出了违反心意的荒唐举动，也是因为我太急于摆脱残废的痛苦，以致神魂失迷不由自主了。请相信吧！了解吧！

本来是非等我行走自如，绝不让你知道的心事，现在你已经知道了，你已经知道我为谁求医，为谁而活了——在这世界上就只为了你！只为了你！亲爱的，看在爱的面上，原谅我吧！不要害怕，不要躲避，不要以为我一次失检忘形，就会接二连三地来烦扰你，甚至想抓住你。不会，我敢向你发誓说不会——你将再也不会被我追求，我要控制着自己，耐心地等待，等待上帝见怜，使我痊愈。所以我恳求你别怕，要记住，我是锁在轮椅上一步也不能行动的人，绝不会跟随你，追逐你；要记住，我本来是像一个受刑的囚犯，生活中只有痛苦烦躁，直到你的突然出现，我才第一次体验了什么是快乐。请想象一下看，几年来我不是躺在床上，便是坐在椅上，时光慢得那样令人难以忍耐，最近，一天中总算有那么一两小时令人有所期待了。可是你来了，我并不能像别的女人那样起身相迎，只有坐在那里控制自己，保持镇静，对于自己的每一句说话每一个眼色每一种表情都加以反省，使你不会想到我的暗恋。每次你毫无猜疑地走了之后，我便很得意地庆幸掩饰的成功，这种快乐虽然充满苦味，究竟还是快乐。

但是现在一切都完了。我再不能否认我对你的感情，只求你不要因此对我鄙视。就是最下贱最可怜的人也有他的自尊，如果你为了我泄露心事而看不起我，那是我绝不能忍受的。我并不希望你回报我的爱，你知道，我不要你做任何牺牲，任何怜悯，只求你允许我等待，静静地等待，不要就此一脚把我踢开。当然，我知道连这也是苛求，不过，对于一条狗，都能给它有时默默地注视主人的快乐，而对于同类的人，赐予这么一点幸福，真的会是过分吗？真的会用鞭子拍打把他赶开吗？不要再惩罚我吧，我自己的羞愧已经够受了。无以自容时，我会走上绝路的。

但是，不要惊惶，我不会恐吓你骗取你的同情代替爱情，那怜悯之心是你出自本意早就表达的，而我一点也不愿接受。现在我请求于你的是宽恕和忘记所发生的一切。

再也不要想到我说过的话，答应我，告诉我，说我并没变成讨厌的东西，你还会照常来玩。你不能想象我是怎样怕失去你。自从你走出我的房间，把门关上之后，我就怕那是最后的诀别，因为当时你的脸色那么苍白，你的眼神那么恐怖，使我在狂热中感到一阵冰冷。后来约瑟夫告诉我，你从我这里冲出，便跑去拿你的佩剑和帽子，立刻溜走不见了。我知道你是像躲避瘟疫似的在躲避我，我这话并不是责备——我完全谅解。在所有的人中，我是最怕看我那丑怪样子的，因此遇到别人看见我害怕时也最能了解。谁猛然看见我能不吓得后退或跑开呢？

让我再说一遍：宽恕吧，这生活中如果没有了你，那就只有绝望了。请给我一个回条，随便写的回条或是一张白纸一朵小花——只要是表示意思的一点东西就行，只要让我知道你没有踢开我，我没有变成你的厌物就好了。再过几天，我就要离开，几个月才回来，你的痛苦只要十天八天就会过去。请不要去想我的痛苦是否要加重千倍，只要想着你自己就行，因为我总是在想着你，只有你！不久你就可以解放了，照常地来吧！此刻先给我一个回音。在得不到你的宽恕之前，简直像不能呼吸，不能思想，不能感觉。如果你否定了我爱你的权利，我将不愿也不能再活下去。

紧接着我又收到了第二封信，很短，信里要我撕毁第一封信，再也不去想它。信中的狂热令我恐惧，我不能置之不理，于是我去找了一直在尽心尽力地坚持治疗她的康特医生，我认为他最了解薏迪，能教我怎么办。

第二天下午我到了维也纳，把事情的经过原原本本地告诉了他，还把信拿给他看。我要求他帮助制止薏迪这种疯狂的想法。但康特医生问我，我听说过感情有逻辑吗？如果我现在去告诉她我根本不爱她，那会置她于死地；如果我不再与她见面，甚至一走了之，那是对一个无辜的孩子的罪行，甚至是一种谋杀，一种狠毒的蓄意杀害。

可是我做不到去爱她，我受不了。康特医生问我，难道这可怜的孩子神魂颠倒地爱上我，真的使我这样害怕吗？莫非我对她的跛脚有一种生理上的厌恶？我断然否认，绝对没有。那么是因为怕同事知道了会笑话我？这下说中了，这也是我为什么一开始就在同事面前掩盖与薏迪的关系的原因。

康特医生安慰我说，他理解我这样的想法。因为他自己的妻子便是盲人，别人说他是为了这个那个娶她，但其实他娶她只有一个原因：没有他她便活不下去。个人的力量是很难应付生活环境中无边的苦难的，所以我们要人帮助，也要乐于助人。一个人如果知道自己救助了一个人，得到一个人的信赖，会有说不出的满足。如果能使别人的生活因我而有所改善，就是自己受点苦都很值得。

我回答康特医生，我不认为自己有这么伟大，我的忍受力也是有限的。一番沉默之后，康特医生请我答应最重要的一点：在薏迪去瑞士前的这一星期里，不要使她难堪，以后的事情再说。这我保证可以做到。

第二天我又踏进了柯克斯夫的家门，他们做了精心的安排，让我与薏迪不要一开始就赤裸裸地面对面，过了好一会儿，我与薏迪才交谈，我请她下一盘棋。然而薏迪下得太糟了，心根本不在这上面。我看到她快要爆发了，连忙恳求她："不要！请不要！求求你！"我俯身握住她的手臂，竭力安慰她，忽然好像有一股电流从她手臂散布到全身，她一下子平静了。我的手臂一直停留在她身上，后来她把我的手拉到她的胸前，轻轻地抚摸着，闭着眼睛，仿佛已经迷醉。

最后，我清醒过来，抽回了我的手，不过我找了一个借口，说伊萝娜快要来了。不过一下就听得出来是个借口，她也感觉到了，我的动作里绝无爱意。此后几天，我仍然像在这天一样，竭力迎合她，小心翼翼地不使她发觉其实我对她示爱的厌烦，但这怎么能躲过薏迪的眼睛呢？因此，我痛苦，她也痛苦。我知道她在等待什么，等待我对她的爱意的表态，等待我的接受，我的平静令她愤怒。到第四天，在餐桌上，当我提到还有三天半她就要离开时，她终于爆发了，说我在数着她离开的天数，盼望着早一点得到解放。但我没有生气，并向伊萝娜保证第二天还会来。

第二天我接到伊萝娜的电话，薏迪不舒服，那天我不要去，而且去瑞士的计划恐怕要延期。这话让我愤怒，想要发泄，这时候连队正好来了一匹难驯的野马，本来骑术不怎么样的我跳了上去，硬把它制服了。当我骑着马回营时，看到柯克斯夫的汽车经过，里面坐着康特医生，但他们没有停车，只向我挥了挥手。

这事令我感到奇怪，当我回到自己的房间时，看到柯克斯夫正在等我。他讷讷地解释为什么刚才没有停车，但我知道他不是为这个来的，并且在心里坚定信心不要被他的可怜样打动。果然，他说了，他说，他们支持不下去了，不知道事情会怎么办。薏迪情绪沮丧得要命，她昨天下午还盼望着出发的，可是，今天却哭着闹着不去了，她说她再也不受哄骗了，她要留在这里。她甚至还拒绝再做任何治疗，因为那个毫无意义，她说："因为他……他……他对我的一切只不过是怜悯。"

柯克斯夫要说出这句话真难，这段时间他一直躲避着我，女儿的公然表白令他实在难堪。忽然，他向我跪下了，我惊慌地要扶他起来时，他趁势抓住我的双手，哀求说："你一定要救救她，你是唯一能救她的人。……我求你，可怜可怜她吧！……她会自杀的。"

我说我愿意立刻到他的府上去，他要我做什么我就做什么。但柯克斯夫说这样不行，现在，我的暧昧不明会使她比死还难受，我为什么不给她一点希望？为什么对她那么冷酷无情？为什么要这么可怕的折磨一个可怜无辜的孩子呢？她在等待一件事，那是每个女人等待她心上人所做的事，我的沉默会使她发疯的。而且，在她的腿被治愈之前她绝不会希望什么。柯克斯夫还说，他年老多病，他所有的一切都要留给我和他女儿，如果我愿意，明天就可以得到。他相信我是个好人，会好好对待她的。

我回答说，在我力所能及的范围之内，我做什么都可以，但那件事，是绝对不可能的。正是因为我穷她富，如果我娶了她，一辈子都会有人说我是为钱结婚，薏迪也将终身猜疑我是别有所图。听了我的话，那位老人勉强站起来，用一种自言自语的话说："那么……那么一切都完了。"他两眼茫然地望着空中，说了声"请原谅我的打扰"，然后像梦游似的离开了。

他那身心崩溃的样子都是我造成的，而他还一再向我鞠躬道歉，我忽然一阵酸楚，热泪盈眶，怜悯之心又把我软化了。结果，我说了没有人比我更对她多情，更真心地喜欢她，她以为我不把她放在心上，那完全错了。相反，我是自认配不上她。等她治好后，我一定会来求他答应我娶她。

这些话让老人满眼感激的泪水，他忽然像变了一个人似的，用以前从未有过的轻快步伐走了。

不久我就接到了薏迪的信，说她明天就要出发去治疗，落款是"永远属于你的薏迪"。

第二天下午，我到柯克斯夫府上时，包括仆人约瑟夫在内，那里每一个人都那么快乐地迎接我，伊萝娜温柔多情地握着我的手，柯克斯夫又高兴得流泪了，我突然想到，一个人能使别人快乐，牺牲一点自己有什么不值得呢？我知道自己给别人带来了快乐，自己不由得也周身轻快起来，他们狂热的感谢使我发出一股自信的洪流，不由自主地在心里面漂浮起来。

至于薏迪，我简直认不出她来了，她是那样容光焕发，动作优雅，她接下来的话也让我感动，她说她以后的一切都是为了我，她要不顾一切地去努力使自己康复。如果失败了，她会独自承当一切，绝不会使自己心爱的人接受牺牲，成为他的负担。她的眼神是冷静的，口吻也完全是大人的。

致命的同情 于是，我第一次有了柔情，我轻轻地握着她的手，与她谈论旅行的准备，在晚餐时，我甚至吻了她的嘴唇，这就是我的订婚之吻，薏迪给我戴上了一枚戒指。这情景让约瑟夫都躲在角落里哭了。

但这种实际上只是同情的爱将是致命的。

这天晚上，我感到自己成为上帝，创造了一个新世界，一个充满了善良与正直的世界。

当很晚了我不得不离开时，我还感到一阵惆怅。

然而接下来发生的事永远地改变了一切。

当我走到前厅，拿了军帽，准备离开时，薏迪竟然不顾阻拦，跟了出来，她扶着门框，丢下拐杖，拼命舞动着双手，移了左脚，又移右脚，咬着牙，目光如炬地望着我，向我走来。在这突然出现的奇迹面前，我们都惊讶得目瞪口呆。薏迪一步一步挪动着，快到我的身边了，我也伸出双手，准备迎上去把她抱住时，她由于过于激动，忽然一下子失去平衡，膝盖像被什么切断似的整个人跌倒在我的脚前。在这可怕的一刻，我吓得没有向前扶她，而竟本能地倒退了一步。

在这顷刻之间，那整晚像纱幕似的笼罩在眼前的欢乐之雾，忽然被撕开，我又看到了可怕的现实：她的瘫痪是不会痊愈的，他们全体期待着我创造的奇迹并没有出现。我不是上帝，只是一个渺小可怜的人。我的怜悯什么效果也没产生，只有灾害和不幸。我知道此刻正是向她表达忠诚的时机，现在不做就永远不会做了。此刻也正是需要安慰她的时机，我应该追随他们，到她床前坐下来，骗她说刚才走得好极了，一定很快就会复原，现在不做，将永远不会做的。但是我完全惊慌失措了，我怕面对那充满渴望的眼光；我怕掩饰不了自己内心的冰冷；我怕应付不了悲惨的结局。于是对自己的举动毫不反省地便拿起军帽和佩剑，第三次也是最后一次，像个罪犯似的逃走了。

我感到自己是被他们强迫订婚了，我想找个地方喝口水洗把脸，我到了一家下等小酒店，在那里我又累又乏，竟然趴在桌上睡着了，梦见大家都在祝贺我，忽然间他们哈哈大笑，哈哈！七亿、七亿，原来七亿嫁妆里面还有一对拐杖！不行，我不能，明天全城都会知道，至于军营里，那更是没有办法解释的，人人都会说我为了钱娶了一个女子，一个出身不高的残疾人女子，与一个犹太人联了姻！这绝对不行。我想到了去找康特医生，这一切都是他惹起来的。

我要去城里喝点什么，我到了常去的咖啡馆，看到了几个同伴，他们竟然已经听药剂师说了我与薏迪订婚的事。我知道如果我承认了，马上会引来哄堂大笑的讥讽似的恭喜。我断然否认了这事。他们高兴极了，说我不会为钱出卖自己，还说要去教训那药剂师一通，因为他造出这谣言来。

和他们分手之后，这时我才完全清醒地想起了刚才发生的一切：我刚订了婚，立刻又毁约，并且是在军中同僚面前公然否认的。我让一个爱我的女孩任人奚落，让一个可怜的老人顶上坏蛋的恶名，让一个说实话的好人成为造谣者。我这些可耻的行为明天早晨将传遍全营，什么都完了。今晚亲热地拍我肩膀的人，明早就要恨不得把我扼死，军官的肩章将从我的身上取下，我将再不能回到我背弃的人们中间。那几分钟的懦弱已毁了我的一生，唯一留给我的只能是一枪了。

我为自己死后的事做出了种种安排，此后，我只要穿过院子，爬上楼梯，就可以了结一切了。这时，我在月色中遇到了司令官，我突然鼓起勇气，向他坦白了一切。他对我订婚的事一点也不介意，说这只是个人的私事。但当听到我在同僚前公开撒谎的事，并要以死来挽救部队的荣誉时，他阻止了我，他要我把那几个人的名字告诉他，由他来告诉他们，说我那时候是因为喝多了酒说了胡话，然后要我以名誉担保明天早晨五点半一定要来他这里报到拿调令，从此我将永远离开这里，到另一支部队去。

司令官的来令使我没有能够自杀，我以军人的机械执行着司令官的命令，第二天一早就坐上火车走了。直到坐在火车上，我才醒来，我突然想到薏迪，她不久就会知道我被调走的事，那时她会怎么办？我想起了康特医生的话："这是一桩谋杀！"我得赶紧去找他。我在维也纳下了车，去康特医生家里找他，他不在，只有他的太太，说要等到中午他才能回来。我在那里写了一封信，写下了发生的一切，包括我准备自杀的事。请他告诉薏迪，如果她能够原谅我的懦弱，我将把我们的婚约看得更加神圣；如果她允许的话，我可以脱离军队跟她到瑞士，不管她要医治多久，或是完全没有治好的希望，我都永远陪伴着她。我要康特医生赶快去找她，并且在"赶快"下面画了四条线。

我放下笔，觉得生平第一次做了个诚实的决定，知道从今以后，我知道为什么而活，为谁而活了。我获得了新生。

因为担心康特医生中午没回来，我又去拍一封电报："薏迪小姐安好，因公外出，即回。详由康特医生面告。到后信谈。"我奇怪的是，今天怎么有这么多人挤在电报室门口。

到达新驻地后，我找到一家旅馆睡了一觉，中途旅馆茶房敲门说我有电话，但当我去接时又挂了。此后我就在那里等着，等我的电话。但一直没有，电话线路这时候被军方紧急征用了。这一晚怎么过的，我无法形容，直到天亮时我才又睡着，醒来时已经十点。我立刻跑到军营报到。在那里得知一个消息：皇储被杀了！

回到旅馆时，我接到了一个通知，说我昨天的电报无法投递。我立刻给康特医生打了电话，他竟然在，在他的电话中我听到了那个我最害怕的消息：薏迪自杀了。

原来，前天晚上，我那几个同僚乘着酒意直接去找药剂师，在他那里大闹了一场，说他撒谎，药剂师受辱之后心有不甘，第二天便跑去找柯克斯夫质问，大吵大闹，他的话被薏迪在隔壁听得一清二楚。但她一点也不露声色，一如往常，与伊萝娜有说有笑，对父亲也温柔体贴。她还叫约瑟夫打电话到营里，证明我已经永久调离，没有留下一个字，一走了之。午饭之后，她叫人把她送到平台上，伊萝娜对她的反常欢畅觉得奇怪，寸步不离地跟着她。到了下午四点半，也就是我常来看她的时刻，她叫伊萝娜去给她拿一本书，伊萝娜一走，她便像告诉过我的一样，双手撑住栏杆，纵身跳下了高台。

在此后的战斗里，没有谁比我更不怕死了，我经常像是故意在找死般地战斗，抢着去执行最危险的任务。我的勇敢在军中盛传，使我挂满了勋章，然而我竟一直安然无恙。战争结束后，我看到了太多的死亡，经历了史无前例的血海的洗礼，我的心也归于平静了，安心地回到了这个世界。有一天，我去维也纳歌剧院听演唱，突然又看到了康特医生带着他的妻子，这位唯一知道我罪行的人令我不能不羞愧，我用发抖的手遮住自己的脸，迅速地逃离了。

从那以后，我重新知道了一个人只要良心存在，他的罪过是永远不会忘记的。

简评　很少人会将茨威格看作是能够同卡夫卡、普鲁斯特或者纪德媲美的作家，主要原因是茨威格的作品无论从形式还是内容上都缺乏真正的创造性。与传统作家相较，他不如莫泊桑，更不如托尔斯泰；与现代作家相较他又不如卡夫卡与普鲁斯特；他的作品有大量心理描写，但他又明显不是意识流作家。总之，茨威格在现代名作家里似乎是一个异类。他作品最大的特点是可读性极强，在这一点上恐怕整个西方文学史上也少有作家能超过他。其可读性可以从三个方面来分析：一是情节十分紧张曲折，使人读时有一种喘不过气来的感觉；二是绝不拖泥带水，使读者不知不觉之间一口气从头读到尾；三是语言生动有力，富于美感，使人读完之后仍感到余香满口，不忍释卷。也因此，茨威格虽不如其他作家之伟大，但其读者之数量几不亚于古今任何西方作家。

第五十章　海明威，举枪自杀的大作家

海明威的结局是：当他的妻子听到一声枪响跑下楼时，看到海明威的头几乎没了，只剩一个下巴和一些面皮，墙上到处是血与肉的碎末。

欧内斯特·海明威1899年7月21日出生在美国伊利诺伊州芝加哥郊区的小镇橡树园，父亲克拉伦斯·海明威是位医生，母亲是声乐教师，出身上流社会，海明威是长子，上面有一个姐姐玛丝琳，下面还有三妹一弟。

海明威从小就显示出了对大自然的热爱和过人的勇气，据说他外祖父曾这样说过他：这孩子总有一天会出名的，学得好就会出人头地，学不好就会坐牢。他这话是有道理的：一个聪明又胆大的孩子是不会默默无闻的，要么挺好，要么很坏。

六七岁时，双亲对海明威将来要干什么这个问题产生了分歧，母亲是艺术的狂热爱好者，希望他唱歌绘画，父亲是大自然的爱好者，希望孩子也像他一样爱好大自然并且喜欢运动，经常带孩子出去打猎钓鱼，对于一个男孩子而言哪个方面更有趣是显而易见的。

很早，他就显示出了对文学的爱好，10岁左右就开始写诗了，14岁时，海明威进了家乡的橡树园中学，但在这里他的最爱不是学习而是体育，最先喜爱的是足球和拳击，他强壮而敏捷，到了15岁，由于个子长得太快，行动变得笨拙，两项最重视速度的运动就都不适合了。他还是学校水球队的队长、学校乐队成员，等等，总之大脑四肢同样发达，这对他以后的人生经历很有帮助。

除了运动，海明威这时候最在意的事情就是写作了，两个女教师玛格丽特和芳妮给了他很大帮助，经常将他的作品推荐给学校的《书板》杂志发表。海明威最早发表的小说大概是1916年刊登在《书板》2月号上的《马尼托的判断》了。

除《书板》外，海明威还是学校周刊《吊桥》的通讯员，经常在上面发表各种报道。

1917年，海明威高中毕业，由于在学校里表现优秀，毕业典礼上作为全体毕业生代表发表了演说。

毕业后，海明威可以继续上大学、找份工作或者参军，第一、第二条路都简单而自然，第三条路无疑是最危险的，也说不上有多大前途，但海明威偏偏选择这条路，他想从军，参加第一次世界大战，但体检结果他左眼有毛病，不能入伍。

这时他的一位叔祖父出来帮忙了，他住在堪萨斯城，答应为侄孙在那里找份工作，于是海明威跑到堪萨斯去了，不久在《堪萨斯明星报》当了见习记者。

作为记者他必须经常写稿，对如何写新闻稿，《堪萨斯明星报》有一套严格的标准，要求写作时要尽量用短句，要用生动活泼的语言。据说它专门有一本“文体风格单”，其中第二十一条是：“避免用形容词，特别是过分的形容词，例如‘辉煌的’‘灿烂的’‘宏伟的’‘壮丽的’，等等。”

海明威开始不大习惯这种写作方式，还有些书生气，被老编辑几次训斥加训练，不久就适应了，写出来的东西简单明了，完全合乎报社的要求。

在报社，海明威有了一个朋友布伦贝克，他刚从欧洲战场回来，在那里为美军开救护车。他出生在堪萨斯城一个很有名望的大家族，两个好朋友不久就产生了同样的欲望，要去遥远的欧洲闯荡一番。于是，这年底，他们申请参加了去欧洲的红十字会救护队。

1918年5月，经过一些基本训练，在纽约参加了一个规模盛大的阅兵式后，他们乘船出发了，海明威成了少尉军官。《堪萨斯明星报》还特意将他们俩人的照片登在报纸上，称这两位年轻人为报社争了光。

他们从纽约港直驶法国南部的波尔多港，到达后海明威被分配至意大利，在前线担任救护车司机，他们是前来援助意大利盟友的第一批美国人。

几天后，海明威被分配到一个救护车队，驻扎在多罗米山麓附近的斯奇奥镇，不远处就是意大利和奥地利军队的战场，海明威几乎每天都要开着救护车往返前线，运送伤员或者其他东西。7月8日这天，海明威又到了前线，当他躲在战壕里时，一枚重型榴弹炮打过来，刚好落在附近，海明威负了伤，他旁边的一位士兵则被打死了，前面还有人在呼救，他不顾自己的伤势去拖那位呼救的士兵，背着他往救护站方向走去，中途遭到对面奥地利人重机枪扫射，子弹正打在他的膝盖上，他倒下了。

由于他是在抢救伤员时负伤的，而且是美国人，据说是在意大利与奥地利前线第一个受伤的美国军官，因此他的事迹被迅速传开，一夜之间仿佛成了英雄，后来被意大利政府授予多枚军功奖章。

海明威这次伤得很重，先后做了十多次手术，从身上取下的弹片就有二百多块，由于前线医疗条件有限，他被送到了米兰。

在米兰有一所美国医院，主要救治那些在前线受伤的美国兵，护士们也大都来自英国或美国。其中有一个叫阿格纽丝的护士来自华盛顿，样貌漂亮，风姿绰约，比海明威大7岁。海明威几乎对她一见钟情，她虽然也喜欢海明威，但开始还很犹豫，毕竟她快30岁了，海明威才20岁不到。但经不住年轻人的攻势，她不久就投入了海明威的怀抱，成了海明威的第一个正式情人。

不久阿格纽丝被调到了佛罗伦萨，这年底，海明威瘸着腿去佛罗伦萨看望阿格纽丝，到了那后却失望极了，因为阿格纽丝劝他尽早回国，不要再待在意大利浪费光阴了。一两年后当她也回美国时，也许会同意嫁给他。

海明威听了阿格纽丝的话，回美国去了。这是1919年1月的事。

我们在《永别了，武器》中将可以看到，海明威把这一时期的经历几乎真实地写进了小说里，只是小说中女人对男人的爱和现实中是相反的而已。这说明小说不过是作家满足现实生活中满足不了的欲望的工具而已。

当他踏上美国的土地时，被家乡人民当成了战争英雄。

回美国后不久，他就得知阿格纽丝已经爱上了一个英俊潇洒、出身高贵的意大利军官，把他甩了，阿格纽丝的变心令海明威伤心至极，也毁了他的自尊心，他大病一场，病好后成天借酒浇愁，随便与女孩鬼混，要不就去钓鱼打猎，反正绝不干正经事。

几个月后，当他心灵的创口终于慢慢结痂愈合时，他又收到了阿格纽丝的信，说那位意大利军官的家人嫌她出身低下，她的那段感情结束了，希望海明威会重新接纳她，但海明威断然拒绝。

这时候海明威已经20多岁了，但仍成天游手好闲，甚至夜不归宿，终于使母亲忍无可忍，几乎是将他赶出了家门，他只得自谋生路了。

他到了芝加哥，在《芝加哥论坛报》当了一名撰稿人，遇到了哈德莉。哈德莉上过大学，长相也不错，但比海明威大8岁之多，父母双亡，遗产每年就有3000美元进账，一般人上班还挣不了这么多，1921年9月，他们结婚了。

婚后不久，海明威认识了舍伍德·安德森这位已经成名的小说家，他告诉海明威，要在写作上更上层楼，他最好去巴黎，那里是作家的天堂。不久，《多伦多明星报》需要招聘一位驻巴黎记者，海明威赶忙去应聘，他的履历使他马到成功。

到了巴黎后，海明威很喜欢这里，他后来曾说过这样的话："如果你年轻时有幸在巴黎居住过，那么，无论你其余的有生之年到过哪里，巴黎都会伴随你，因为巴黎是流动的宴会。"

作为记者，他不但到了巴黎，还到过意大利、土耳其和瑞士等，在意大利米兰他还见到了当时尚未掌权的墨索里尼。在瑞士洛桑时，他让妻子也来，哈德莉不但来了，还随身携带了丈夫多年来的全部手稿，将它们装在一只手提皮箱里，里面包括了已近完成的一部长篇小说以及大量短篇小说、散文随笔等，结果手提箱被偷走了，后来虽然他凭记忆重写了一些，但绝大多数永远失去了，这对他的打击之重可想而知。

海明威没有气馁，他继续努力写作，1923年出版了他的第一部作品《三个短篇和十首诗》，没引起什么反响。

1925年他出版了第二本集子《在我们的时代》，只印了不到两百册，但引起了一些批评家的关注。

就在海明威准备在写作上大展宏图时，他的家庭出现了裂缝。有了孩子后，哈德莉将主要的关心目标转向孩子，海明威感到自己被疏忽了，还有，现在他的家庭生活相当困窘，住在狭小的房子里，胼手胝足，这样的生活对海明威自然毫无吸引力。不久他就出轨了，有了第一次就会有第二次，1927年，他离婚了，不久他就和情人法伊芙结婚了。

前一年，他已经出版了《太阳照常升起》，它成了海明威第一部大获成功的小说。

他又立即着手第二部重要作品《永别了，武器》，并于1929年出版，它是海明威的代表作之一，甫一出版立即大受欢迎，一个月内就销售了近3万册，在长达数月的时间里排在美国畅销书之榜首，这对于一部并非通俗作品的书来说是极难得的。

1928年夏天，海明威携妻子去古巴旅游，从此爱上了这里。

作品的畅销给海明威带来了高额的版税收入，使他过上了富翁生活。不仅他自己能挣钱，法伊芙也出生于大富之家，1930年，她伯父为她在佛罗里达半岛风光旖旎的最南端买了一幢别墅，从此海明威一家就生活在这里，他还买了一艘游艇，经常驾着它在大海中驰骋，他的家里也整天高朋满座。

1933年，海明威去了遥远的非洲，他多年的梦想之地，在那里他冒着不小的风险，终于打倒了一头强壮而敏捷的巨豹。

离开非洲后，海明威脑子里还满是它的影子，他提笔写下了《非洲的青山》这部长篇和两个短篇，其中一篇是《乞力马扎罗的雪》，写得非常棒，我认为是整个西方文学史上的最佳短篇小说之一。

1936年，西班牙爆发了内战，共和政府岌岌可危，全世界许多正义之士都起来援助共和政府，海明威就是其中最热情的人之一，不但捐款，还亲赴西班牙，甚至多次亲赴前线，有一次遭到佛朗哥军队大炮的轰击，差点被打死，海明威幽了一默："炮弹吗，就是这么回事。没打中你，你就没有东西可写；打中了你，你就写不成了。"

1940年，海明威写出了《丧钟为谁而鸣》，这是一部以西班牙内战为背景的长篇小说，也是海明威所有小说中最富有英雄气概或者说最有积极意义的一部，他的主人公就是一位参加了西班牙内战并且屡立战功、视死如归的美国人。

《丧钟为谁而鸣》也是为海明威的第二次婚姻而鸣丧钟，在它出版的同一年，法伊芙向海明威提出了离婚，理由是被他抛弃。她的这种指控并不过分，海明威从来不是一个好丈夫，甚至不是一个好男人，他既对女人冷酷又喜欢猎艳，是典型的花花作家。西班牙内战期间，他遇上了玛莎，是小说家兼记者，比法伊芙年轻漂亮得多。1941年初，海明威离婚后和玛莎结婚了。

这一年海明威来到了中国香港，见到了宋庆龄，又游了南岳衡山，到了临时首都重庆，见到了蒋中正和宋美龄夫妇，据说还秘密会见了周恩来。最后他们经过昆明到达缅甸，从那里回到了他们在古巴的新家。

他的新家就安在首都哈瓦那近郊，取名“瞭望山庄”，占地达15英亩，凭海临风，常年百花盛开，他还养了许多宠物，据说有猫52只、狗16条、母牛3头，还有成百的鸽子。他还在这里造了网球场、游泳池和拳击场，家里还有专职汽车司机、厨师和许多仆人，总之海明威过着几乎别的作家从来没有过的豪华生活。

海明威靠写作过着这样的日子，他这时候的写作习惯是独一无二的：他手拿铅笔，站在建筑师用的绘图板前写，他觉得这样能使他的思路更加敏捷，他还喜欢用老式的铅笔写，他说：“老式铅笔这玩意儿使你必须放慢速度。让你觉得似乎是在用文字绘画。铅笔的另一端也很有用，可以擦去后加以修饰，选择恰当的词语。”

1941年12月，日本偷袭珍珠港，美国卷入了第二次世界大战，海明威立即报名参军，想上战场，但他已经年过四十，又是著名作家，显然不适合从军。

到了1944年，他才得以与英国皇家空军签约，成为他们的战地记者，并能随轰炸机参加对德国城市的夜袭，他穿上了飞行服，先后在天上飞行了二十来次，写出了不少战地报道。

不久，他下到了地面，参加了盟军的诺曼底登陆，他加入美军第1军第4步兵师第22团，跟着部队一直往前冲，后来冲进了森林地带，在这里遭到德军猛击，全团3千多人只剩下了500来人，海明威幸运地就是这500来人之一。后来他又参加了各种军事行动，总是处在战线的前沿。据说还亲自指挥了一支法国人的地下游击队并打了胜仗。他还是最先攻入巴黎的人之一，也许比哪支正规军都要早。

海明威在欧洲的另一个收获是第四任妻子玛丽·威尔斯，她是美国《时代》周刊的记者。

与玛丽结婚时海明威已经47岁，他对玛丽的爱要远远超过此前对任何一个女人的爱。她几乎彻底征服了海明威这个一贯桀骜不驯的男人，他这样写道：

玛丽小姐是始终不渝的。她也勇敢、媚人、机灵，看看她就叫人兴奋，伴着她就觉得其乐无穷，实在是个好妻子。她还是个很出色的捕鱼能手，枪法相当准确的猎人，游泳健将，第一流的厨师，品酒的内行，优秀的园丁，业余天文学家，懂艺术、懂经济又懂斯瓦希里语、法语和意大利语，能用西班牙语管理船只和料理家务。她也很会唱歌，嗓音准确、真实。……她不在家时，整幢房子就像她曾拿开的倒得空空如也的空酒瓶一样空，我也就生活在真空里了，那种孤寂的情形活像电池用完后又没有电流可接的一个无线电真空管。

海明威此前的一生都是在放荡中度过的，他身材高大强壮、性情浪漫、富于生活情趣，还是著名作家，甚至还很富有，这种种特点加起来足以令任何女人动心，与他上过床的女人数不胜数，他过去也从不将女人放在眼里，现在玛丽为什么能管得住他呢？原因之一是玛丽根本不去管他，海明威知道他可以跟任何女人睡觉，于是这也没什么刺激了。还有，玛丽身强体壮，足以应付他的性需求，于是，就像海明威自己说过的："我妻子既使我幸福，又使我疲惫。"

1952年，他发表了另一部杰作——《老人与海》，迅速取得了巨大成功，甚至被认为是海明威的代表之作。海明威自己可能也这么认为，他曾说过："这本小说是我一生中打到的最大最美的狮子。"他甚至因此获得了一枚古巴政府颁布的卡里奥斯·曼奴埃尔·德斯皮迪勋章，使他也成了古巴人心目中的英雄。

1953年，海明威又一次远行非洲了，结果有两次差点送命，其中一次他乘的飞机起飞不久就一头扎下来爆炸了，不久全世界各大报都报道了海明威夫妇的死讯。然而奇迹发生了，海明威夫妇从飞机的残骸里爬了出来。

海明威两次飞机失事又幸存的消息传开后，倒给了他一件意想不到的惊喜。多年来瑞典诺贝尔文学奖委员会一直想给海明威颁奖，但由于他比较年轻，还有许多比他更年长的人等着，就一直拖着。现在看到这情形，就赶快行动了，以免在颁奖给他前他就去阴曹地府了。

于是，1954年10月28日，诺贝尔文学奖委员会宣布授予海明威当年的诺贝尔文学奖。颁奖理由是他"精通现代叙事艺术，突出地表现在其近作《老人与海》中，同时也因为他在当代风格中所发挥的影响。"

他得到了36000美元奖金，至于金质的奖章他赠给了古巴人民。

获得诺贝尔文学奖对海明威是个不好的兆头，此后他的健康每况愈下，他也再没有写出过好作品，这些又导致了他的精神日益抑郁。还有，1958年，古巴爆发了卡斯特罗领导的革命，第二年他被迫离开已经住了20年的瞭望山庄，离开了他深深喜爱的古巴，这令他十分难过。

虽然如此，但谁都没有想到下面将要发生的事。

1961年7月2日，清晨，他拿出最心爱的那支双筒猎枪，把枪口插在自己的嘴里，扣动了扳机。玛丽跑下楼时，看到海明威的头几乎没了，只剩一个下巴和一些面皮，墙上到处是血与肉的碎末。

第五十一章　《永别了，武器》，海明威早期代表作

读《永别了，武器》时我有一种鲜明的感觉，就是它是通俗作品与文学杰作的美妙结合，难怪海明威生时既靠写作发了大财，又在文学界地位尊崇。

我还是如前面一样，尊重作品本身，以第一人称来写。

那年晚夏，我们住在村庄上一幢房子里，望得见隔着河流和平原的那些高山。河床里有圆石子和漂石，在阳光下又干又白，清蓝明净的河水在河道里流得好快。

第二年打了好几场胜仗，山谷后面的那座高山已经打下来了，我们于是在8月渡河，驻扎在哥里察的一幢房子里。小镇上有两家妓院，一家供士兵用，另一家供军官用。

初识凯瑟琳　这天，我回到屋子里，同室的雷那蒂正在看英语语法，他把自己打扮得十分光鲜，还要我晚上同他一起去看镇上英国医院的巴克莱小姐。

英国医院位于一座由德国人盖的大别墅里，巴克莱小姐和一个英国护士在花园里聊天。我们朝她们走去，向她们行礼，不过我不像雷那蒂那么殷勤。

雷那蒂便同那护士说笑，我则同巴克莱小姐攀谈起来。她问我是不是意大利人，我说不是。我看见她手里握着根细藤条，就问是什么，她说那是她未婚夫遗留给他的，他们从小一块儿长大，订婚八年，但在结婚前他上前线了，在索姆河战役中被炸得粉碎。我问他们为什么不结婚，她说不知道为什么，她当时不结婚真傻。她问我有没有爱过人，我说没有。

她个儿挺高，金黄的头发，灰色的眼睛，我认为很美。我说她的头发好看，她说她的未婚夫死后她本想一刀剪掉。

我问她当护士多久了，她说他一参战她就当护士了，当时她有一个傻念头，想象他有一天会到她的医院里来，只是受了点轻伤。

后来我同雷那蒂回去，在途中他说巴克莱小姐比较喜欢我，不过那另一位护士小姐也不错，我问他喜欢她吗？他说不。

我第二次见到巴克莱小姐时，她正坐在花园里一条长凳上，弗格森小姐同她在一起。她们见到我很欢喜的样子，弗格森小姐一会儿就走了，说“你们俩没有我也是很行的”。

我们又聊了起来，我得知巴克莱小姐不是正式护士，是志愿救护队的，也就是没有经过正规训练的护士。我们在黑暗中对望着，我想，她实在长得美丽，就握着她的手。她任由我握着，我又伸出手臂去搂她。她说不要。我说要的，还在黑暗中靠拢去吻她，猛不防啪的一下感到刺痛，是她狠狠地打了我的脸。她打在我的鼻子和眼睛上，疼得我泪水涌了出来。我听到她说“很对不起”，立即感到了某种优势，她说“我就是受不了所谓护士下班调情这一套。我并没有存心伤你。”她在黑暗中看着我，我很生气，不过对自己很有把握，好像在下棋，所有步数早已看得清清楚楚。你打得实在对，我说，你知道，我一向过着一种奇怪的生活，连英语都不讲，而且你又长得这么美丽。

后来她说，你真讨人欢喜，并说如果我无所谓的话，她倒喜欢吻吻我。我一边看着她的眼睛，一边伸出胳膊像方才想做的那样搂她，狠狠地吻她，紧紧地搂她，逼着她张开紧闭着的嘴唇。当时我还在生气，而当我这么搂她的时候，想不到她突然全身颤抖。我搂着她，让她紧紧靠在我身上，我感到她的心在跳，她的嘴唇张开了，接着她扑在我的肩头哭了起来。

噢，亲爱的，你要好好待我，答应吗？她说。

该死，我心里想，抚着她的头发。

你答不答应？她望着我说，因为我们将要过一种奇怪的生活。

一会儿后，我们分手了，她陪我走到别墅门口。我回到宿舍时，雷那蒂看着我，说我像发情的狗。

我上前线救护站忙了两天，回来时已经很迟，所以到第三天晚上才去找巴克莱小姐。她还在上班，我只好在办公室里等她。等到她后我们往后面花园里去了。她问我上哪儿去了，我说到站上去了。她说我难道不能送张字条儿给她吗？我说当时很不方便，我以为当天就可以回来的。我们从公路上走到了树木底下，我停下来吻她。她望着我，说：“你是爱我的吧？”

“是的。”

“你说过你爱我的吧？”

“是的，”我撒谎，“我爱你。”这话我以前没有说过。

“你还喊我凯瑟琳吧？”

“凯瑟琳。”我们走了一会儿，在一棵树底下停住。

“说，‘我夜晚回来找凯瑟琳。’”

“我夜晚回来找凯瑟琳。”

“噢，亲爱的，你是回来了吧？”

“回来了。”

“我是那么的疼你，疼得难受。你不会离开我吧？”

“不会。我总会回来的。”

我吻她时看得到她的脸，想不到她双眼都是闭着的。我亲一亲她那一对合拢的眼睛，心里想她大概有点疯疯癫癫的。不过就是有点神经也没关系，我何必计较这个，这总比每天晚上逛窑子好得多。我知道我并不爱凯瑟琳，也没有任何爱她的念头。这是一场游戏，就像打桥牌一样。

一会儿后，我又握她的手，但她不让我用胳膊搂她。她低头看着地上的草，说：“我们演的这场戏坏透了，可不是吗？”她竟然将我刚才的心思看得一清二楚，当我否认，说我真的爱她时，她说我不必要还这么撒谎，说她并没有疯癫，只是有时候稍微有一点点。还说我是个很好的孩子，临别时我们又亲了嘴。

第二天下午我从高山上第一救护站回来，我看到掉队的散兵中的一个走路有些跛。我停车下来问他，他说是肠疝弄的。后来我得知他是故意把肠疝带弄丢的，因此人家不让他乘车走。他在美国待过，他恨这场战争，不想上前线。我替他想了一个办法，叫他把自己的脑袋弄破，然后当我从前线回来时把他捎到我们医院去。当我回来到约好的地方去找他时却发现他所属的部队派人正把他弄回去，他头上的血算是白流了。

我回到别墅已经五点钟了，我想着要快去找凯瑟琳，还幻想着与她此刻正在米兰，我们一起走进旅馆，一丝不挂地待在那里，相亲相爱一整夜。雷那蒂陪我一直走到了医院的门边，我在下面等了一会儿，弗格森小姐来了，说凯瑟琳今天不舒服，不能够见我。我说明儿再来就走了。

第二天下午我们听说当天夜里将由河上进攻，上级命令我们派四部车子前往指定地点。我坐第一辆，到了凯瑟琳医院的门口时下了车，得知她在上班，就请人去问能否见见她，她出来了。临别时她从脖子上解下来一件东西，是个圣安东尼小像，她送给我，说这可以庇佑我，后来我也将它挂在了脖子上。随后便完全忘掉它了，后来我受伤了，它也丢了。我的车子赶上了前面三辆车，当我们终于驶下平原，走上河边的大路时，天快黑了。

我去找少校替司机们要吃的，一颗大炮弹飞来，就在附近爆炸，我听见砖头和泥土像雨一般往下落。少校给了一些冷通心面和干酪，我冒着爆炸回到战壕，同大家一起吃东西。正吃时，我听到外边有一种咳嗽声，好像是火车头开动的声音，接着是一声震天动地的巨大爆炸声，听得出来是那种巨型的战壕臼炮。

吃完我那份干酪，喝了一口酒。这时我又听见了咳嗽声，接着是一阵“促——促——促——促”的响声——随后是一道闪光，好像是熔炉的门突然扭开了似的，接着一声轰隆，先是白后是红，一股疾风紧跟着扑了进来。我努力呼吸，可是没法子呼吸，只觉得灵魂冲出了身体，往外飘，往外飘，一直在风中飘。我的灵魂一下子全出了窍，我知道我早已经死掉了，还以为刚刚死去。随后我就飘浮，不是往前飘，反而是溜回去。我一呼吸，醒来了。地面已经被炸裂，有一块炸裂的木头就在我眼前。我听见有人在哀叫。我想动，但动不了。我听得见对岸和沿河河岸上的机枪声和步枪声，还有响亮的溅水声，我看见一些照明弹在上升，接着炸裂了，一片白光在天上飘浮着。

我感到自己的双腿又暖又湿，俯下身去一摸，我的膝头掉了，掉到了外胫底下。我还有三位司机呢，我大喊，才知道一位受伤去包扎了，另两位也受了伤，正在抬我。

他俩把我送到了救护站外，我们一大堆受伤的人躺在黑暗的地面上，有人把伤员抬进抬出，后来我被送上了英国人的救护车，送到了野战医院的病房里。

病房附近有一间治疗室，当病人死了便会从两排床之间抬出去，少校问我明天能否旅行，我说行，他们恨不得把我远远送到后方，越远越好，因为总攻一开始，这些前线医院另有用场。

米兰的幸福　第二天一早我们动身了，48小时后抵达了米兰。

我们是在大清早到米兰的，一辆救护车送我到美国医院去。我被安排进一间病房，我睡着了，等我醒来时，看见阳光从百叶窗里漏了进来。我按铃，来了一位护士，相当年轻漂亮，她叫盖琪小姐，另有一名主管范坎本女士。

门房喊来了一个理发师给我刮胡子。他人很严肃，一声不吭，我问他城里有什么消息，他什么都不说，称自己是意大利人，不与敌人通信息。理好发后我多给他半里拉小费，他拒绝接受。他走后，门房进来了，竭力忍住笑，原来他哄理发师说我是个奥地利军官，才出现了那样的场面。

他走后，我听见有人走来，有人进门了，是凯瑟琳·巴克莱！

她走到床边，看上去又新鲜，又美丽，又年轻，我从来没见过这样美丽的人！

“好啊！”我说，我一看到她，就爱上了她，爱得神魂颠倒。

她望一望门口，看没有人，就在床边坐下，俯下身来吻我，我拉她下来吻她，感觉到她心的跳跃。我爱她爱得疯了，简直不相信她真的就在跟前，我紧紧抱住她。

“别这样子，你身体还没复原呢。”她说。

“哪里，我行了。来吧。”

“不，你还不够强壮。”

“哪里，我行，我行的。

“你真的爱我吗？”

“我真的爱你，我为你发疯了，请你快来吧。”

“我们的心在跳哩。”

“心我不管，我要的是你，我只是爱你爱得疯了。”

“你果真爱我吗？”

“别老是说这个，来吧，求求你。”

“好，不过只一会儿。”

“好，”我说。“把门关好。”

“那你不行，你不该。”

“来吧。别说话。请你来吧。”

狂乱过后，我觉得空前愉快。她问我现在可相信她爱我吗？我说我爱她爱得发疯了，她非待下去不可。她说我们得十分小心，要在旁人眼前留个神，不过夜里来还是行的。

她走了出去。天知道我本不想爱她。我本不想爱什么人。但天知道我现在可爱上她了，现在，当我躺在米兰一家医院的病房里时，各式各样的思想越过了我的脑海，我感觉非常愉快幸福。最后盖琪小姐来了，告诉我医生今天下午来。

下午，三个医生来给我会诊，他们得出结论说必须等六个月后才能替我动手术，否则我的膝盖难保。我拒绝了，我怎么可能在这里待上六个月呢！我叫他们另找个医生来，他们答应找凡伦丁医生来。

两个小时后，凡伦丁医生来了，他是个少校军医，脸孔晒得黑黑的，老在笑着。在说了一大串话，赞美了一番巴克莱小姐的美丽后，他拍拍我的肩膀，说他要知道的都够了，绷带由它去，不要再包上。我问他什么时候开刀。他说：“明儿早上，再早不行。”还答应明天给我带一瓶好酒来，就走了。

第二天早上，我问凯瑟琳手术的准备工作，她说本来不该她做，但她不要别人来做，因为她不要别人碰我，那些盖琪小姐、弗格逊小姐什么的一碰我，她就恼火。

她把我里外弄干净后，问我爱过多少人。我说一个也没有，我只爱她一个。她又问我睡过多少女人，我说一个也没有，她说我在撒谎，不过没关系，她们长得漂亮吗？她还问男人与那样的姑娘在一起那个时，姑娘在什么时候说出价钱来。她们是不是要我说爱她们，等等。我说我从来没说过，当然我是撒谎，她说："你不会说的，我知道你不会说的，哦，亲爱的，我爱你啊！"

她又说："你要我说什么我就说什么，你要我做什么我就做什么，那么你再也不会要旁的姑娘了吧？"

她很快乐地望着我，说："我做你所要做的，我说你所要说的，那么我一定会成功，可不是吗？"

"是的。"

"你现在已掌握住我了，要我做什么呢？"

"再上床来。"

"好的。我就来。"

"哦，亲爱的，亲爱的，亲爱的。"我说。

"你瞧，"她说，"你要什么我就做什么。"

"你真可爱。"

"我倒怕自己还不大熟练。"

"你是可爱的。"

"我要的就是你所要的。我已经不再存在，只有你的需要。"

"你太可爱了。"

"我行了吧？你以后再不要旁的姑娘了吧？"

"不要了。"

"你瞧，我行啦，我做你所要做的。"

外边太阳已经升到了屋顶上，望得见阳光照耀着的大教堂尖顶。我现在里外都干干净净了，等着医生。

手术后我才醒来，看见了床头的盖琪小姐，她说医生在我膝头动了一次奇妙的手术，历时两个半小时。

现在医院里已经添了三个病人，护士们都很喜欢凯瑟琳，因为她肯夜夜值晚班。夜间她除了工作的时间外都与我在一起。我白天睡觉，醒时只要她不在就互通信札，弗格逊小姐当送信人。她待凯瑟琳很好，有一次我问她来不来参加我与凯瑟琳的婚礼，她断言我们永远不会结婚的，我们在结婚前就会吵翻。她还叫我当心，别给她惹出事来，别让她生一两个战时的野孩子，惹出祸来她就叫我死。我说不会的。她又叫我让凯瑟琳歇一两个夜班，她太疲乏了。

那一年夏天我们过得幸福快乐。我可以走动时，就在公园里赶马车玩儿，凯瑟琳坐在我的旁边，我们只要手碰一碰就会立即兴奋起来。后来我可以拄着拐杖走路了，我们便到饭店去，在那里有一个侍者对我们很好，连菜都帮我们点，有一次还借了我一百里拉。回到医院后，当凯瑟琳去为别的病人服务时，我就把受伤的腿搁在一把椅子上，一边看着燕子绕屋顶飞翔，一边等着凯瑟琳。晚上，她要等到别人都睡了才进来。我喜欢解开她的头发，她坐在床上，动都不动，除了偶尔突然低下头来吻我。我把她的发针一根根地取下来放在被单上，她的头发散开了，我定睛看着她，她一动不动地坐着，等到最后两根发针取了下来，头发都散下来，她的头一低，于是我们俩都埋在头发里了，那感觉就好比是在帐幕里或是一帘瀑布的后边。

事实上我们从她来这里的那天就结婚了，算来已经结婚好几个月了，我想举行一个结婚仪式，凯瑟琳说不行，如果我们那样他们就会把我们拆散，把她调走的，她离不开我，何况现在结婚有什么好处呢？我们实际上已经结了婚，没法子进一步结婚。我说要结婚本是为她打算。她说："哪里还有什么我，我就是你，别再造出一个分立的我。"我说，我们可不可以私下想个法子结婚，因为万一我有什么三长两短，或者她有了小孩怎么办？她说，要结婚只有通过教会或政府，倘若她信什么教，结婚一定是最重要的事，但她没有任何宗教信仰。她说："我只愁被人家调走和你分离，你是我的宗教，你是我的一切。"

"好吧，你哪一天说要结婚，我们就结婚。"我说，但请她将来不要离开我，另找别人。

她说："不会的，亲爱的。我永远不会离开你另找别人的。照我想，我们可能遭遇到各式各样可怕的事。关于你想的那一点，你可不必操心。"

"我不操心。但是我太爱你，而你从前又爱过别人。"

"那别人后来又怎么样呢？"

"死啦。"

"对啦，要是他还在的话，我就不会碰上你。我并不是不忠实的，亲爱的。我有好多短处，但人倒是忠实贞洁的。就怕我太忠实，你会觉得腻了。"

那年夏天就这么过去了。那些日子我记得不大清楚，只记得当时天气炎热，报纸上刊载了许多打胜仗的消息。我身体恢复得很快，拄拐杖不久后就改用手杖了。我一心只想着凯瑟琳，其余时间随便消磨。凯瑟琳现在受人欢迎，包括范坎本女士在内，因为凯瑟琳肯替她卖力做事，她还认为凯瑟琳出身于一个很高贵的家庭，对这一点她特别重视。意军已经消耗了数目惊人的兵力，我不知道他们怎么熬得下去，就算攻占了圣迦百烈山又怎样？奥军可以盘踞的高山还多着呢，我亲眼看见过，那些最高的山还在后面。这仗也许永远打不完，像又一次百年战争。

我小心翼翼地走上大街去，遇到了迈尔斯老头两口子，迈尔斯太太将医院的伤兵都看作是她的孩子，经常来看他们，送他们东西。我到了一间酒吧，喝了点酒出来，遇上了几位熟人，一位副领事、两个学唱歌的，还有一个来自旧金山的意大利人爱多亚。他是个真正的英雄，不过人人见了他都讨厌，凯瑟琳也这样，她讨厌爱多亚这种多话爱炫耀又自负的英雄。我说爱多亚要升上尉了，她喜不喜欢我也升官呢？她说不，只要我的官级可以进比较好的饭馆就行了。我说我现在这一级就刚好。她说：

“你的官级很好，我不要你升官，因为一升官人就会傲慢起来，亲爱的，我十分欢喜你的不自高自大。你就是自负我还是会嫁给你的，不过，丈夫不自负那就安静多了。”

这时候我们正在阳台上轻声谈话，不久下起雨来，越来越大。雨声落在屋顶上，仿佛擂鼓似的。

凯瑟琳说：“你听那雨声。”

“雨下得大。”

“还有你是不是永远爱我？”

“是的。”

“就是下了雨也没有差别吗？”

“没有。”

“这很好。因为我怕雨。”

“为什么呢？”我昏昏欲睡，外边雨潺潺下个不停。

“我不知道，亲爱的。我一向是怕雨的。”

“我喜欢雨。”

“我喜欢在雨中散步。但是雨对恋爱总是很不利的。”

“我永远爱你。”

“我爱你，不管雨也好，雪也好，冰雹也好，还有什么别的没有？”

“我不知道。我很瞌睡了。”

“睡吧，亲爱的，不管怎样，我总爱你。”

“你不是当真怕雨的吧？”

“同你在一起就不怕了。”

“你为什么怕雨呢？”

“我不知道。”

“告诉我。”

“别叫我说。”

“告诉我。”

“不。”

“告诉我。”

“好的。我怕雨，因为我有时看见自己在雨中死去。”

她哭了起来。我安慰她，她停止了哭泣。但是外边的雨还是漫漫地下着。

两度逃亡　时届9月，前线战事不断失利，意大利人攻不下圣迦百烈山，爱多亚已经回前线了，赛马已经没有了。有个英国少校在俱乐部里告诉我，意军在前线损失近20万，盟军倘若像今年一样用士兵去乱拼，一年内就要垮了。其实我们大家都垮了，只是装作不知道，哪一国熬到最后才知道这点就会胜利。

我回到医院，有些信件等着我，有私人的也有官方的，官方文件通知我痊愈休假三星期，我算了一下，10月25日就得走了。凯瑟琳到过几个病房后才来找我，我把收到的官方公文告诉了她。她问我准备去哪儿休假，我说就住在这儿，她说这样太傻了，叫我找个地方，她跟着来。我问她怎么能够跟着来，她说人只要不计较得失，就没有什么不能想法子克服，顶多她一走了之。那么我们去哪儿呢？她说哪儿都行，只要是没有熟人的地方。她的模样似乎烦躁紧张。我问她有什么事，她说没有，但我知道有，坚持要她说。她说说了怕我会不快活或是忧愁。我说她非说不可。于是她说了：“我怀孩子了，亲爱的。差不多有三个月了。你不忧愁吧？请你不要愁，你一定不要忧愁。”她还说，她用尽了种种方法，什么药都吃，但没用。看得出来，她不愁孩子，只全心全意地愁我因这事发愁。可我要上前线了，那时候她上哪儿去呢？我问。她说她现在还不知道，但由她自己来想法子吧。

这时我们静默了一会儿，都不开口。凯瑟琳坐在床上，我望着她，彼此不接触，我们中间有了距离，仿佛有个第三者闯进了房间，彼此都觉得怪不自然。她伸出手来抓住我的手，问我是不是觉得上了圈套，我说是觉得有点，不过不是上了她的，只是从生物学角度看总是有点。她一听有点不高兴，说她一切想法子顺从我，我现在倒说起这种话来。不过我们很快和好了，刚才那种不自然的感觉也消失了。她说我们不要争吵，因为我们只有两个人，而与我们作对的是全世界的人呢。我说，他们征服不了我们的，因为她太勇敢了。

那天夜里天气转冷，第二天早饭后我竟然呕吐起来了。医生诊断我得了黄疸病，这病一直折磨了我两个星期，有一天，我因为黄疸病躺在床上，范坎本小姐走进来，打开柜子，发现了一些空酒瓶，她本来就不喜欢我，立即大怒起来，说我是不愿意上前线，故意用酗酒来养成黄疸病，立即取消了我的休假。

我只得立即回了前线，到了哥里察，不久就去培恩施萨了。

那边现在有新修的一条险峻的山路，前线有许多大炮，村子被破坏得很厉害。

一天，我们听说敌人已经从北面突破了我们的阵地，更可怕的是，据说这次进攻的是德国人，一提德国人，大家脸色都变了。

第二天夜里，撤退开始了，大家在拥挤的道路上慢慢走，大炮、马拖着的车子、骡子、卡车，混在一起并不比进攻时更混乱。

大部队极缓慢地移动着，许多农民加入撤退的行列，于是更慢了。

天亮前我们到了塔利亚门托河的岸边，与无数人一起走近一座桥。没有人说话，大家只有一个念头，快点过桥。我们快要走过去时，看到桥的那一头站着些军官和宪兵。他们打着手电筒，在队伍中寻找，当军官指着什么人时，宪兵就会扑过去把那人抓住拖出来。我看见一个头发花白的中校被抓过去了，当我经过那一排军官面前时，有一位指了指我，宪兵立即跑过来抓我，我一拳头打过去，打得他流血，几个宪兵立即跑过来，我大声喊这是什么意思，一个军官说我再抵抗他们就开枪。我一问才知他们是战场警察，一个军官说我意大利语讲得不正，把我押到后面那堆被他们抓来的人中去。我看到那里已经有好几个被抓来的军官，正在审问刚才被抓的那个白头发中校，只问了几句，就判决“脱离部队，理应枪决。”中校被押到河岸边枪毙了。就这样，那些与所辖部队失散了的军官被一个个拖出去枪毙，无一例外，不过都是些少校以上的军官。至于我，他们认为我是个穿意军制服的德军间谍，也要被枪毙。

我瞧瞧宪兵们，他们正注意新被抓来的上校，我乘机挣脱，跑向河边，跳进了水中，我感觉到急流卷着我，后面传来追兵的枪声，我看见水中有根漂浮的木头，游过去紧紧抓住，河水很冷，我随波逐流，任由木头把我顺流带走，看不见河岸了。

我不晓得在河上究竟漂浮了多久，拼命划水，终于到了岸边。

我把制服袖管上的两颗星割下来同三千多里拉的钱一起放在口袋里，然后顺河岸走了。我走了许久，终于走到了从威尼斯到的里雅斯特的铁路线，从这里可以到我想去的美斯特列，现在凯瑟琳应该在那里。我趴在路基上，等得几乎要绝望时终于等到了一列火车。我跳了上去。

我不敢想凯瑟琳，一想她我会发疯的，因为我不知道能不能再见到她。我想起经历过的一国大军的撤退和另一国的进军，现在所感到的只有空虚。救护车和人员都失掉了，我感到自己好比一个店员，在火灾中损失了他那一部门的货物，而且又没保火险。倘若百货商店在火灾后要枪毙店员，那么百货店再开店复业时，店员不肯回来是一定的。现在我的愤怒已经在河边洗掉了，任何义务与职责也一齐洗掉了。其实我的义务在宪兵伸手抓我的衣领时就已停止了。我并不反对他们，我只是个人不干了。我祝他们万事如意。

我想了这么多，几乎不能忍受了，我生来不会思想，只会吃、喝、同凯瑟琳睡觉。不过我还有东西要想，同凯瑟琳相聚后，我们往哪儿去呢？

第二天天还没亮，火车要进米兰车站了，我趁它开得慢赶紧跳下来。我一路躲着军警，找到一辆马车，到了医院。我找到门房。他们夫妇看到我十分高兴，但告诉我巴克莱小姐同弗格森小姐都走了，去了施特雷沙。

我得知她们住在车站附近的一家小旅馆里，到达那家小旅馆时，凯瑟琳和弗格森小姐正在吃晚饭，看到我，凯瑟琳的脸孔光亮起来，快乐得不敢相信自己的眼睛。

这天晚上，在旅馆里，窗外下着雨，房间里铺着厚厚的地毯，灯光明亮，床单平滑，床也很舒服，我们快乐无比，好比回了自己的家。我们不再感觉孤独，夜间醒来，爱人仍在，并没有发觉梦醒人去。我们疲乏的时候就睡觉，一个醒来，另一个也就醒来，不会感觉孤独寂寞。不过我与凯瑟琳在一起时也有孤独的感觉，但那是感到与世人格格不入的孤独。我一生中只这一次有这种体验。我和好些女人在一起时总感觉孤独寂寞，但我与凯瑟琳在一起时从来不寂寞，也从来不畏惧。

第二天我与凯瑟琳差不多同时醒来，她说起人家发觉我不穿军装，岂不会逮捕我。我说大概要枪毙我。她说那么我们出国去吧，我们立刻找个可以去的地方，就是湖那边的瑞士。

那天夜里大风大雨，我被暴雨抽打玻璃窗的声音吵醒，雨从打开的玻璃窗口冲进来。有人在敲门，是酒伙计。他告诉我一件很严重的事：明儿早上有人要来逮捕我。那么我怎么办呢？那么到瑞士去。怎么去呢？用我的船。什么时候走？现在就走，他们也许一大早就来抓人。这时候凯瑟琳已经醒了，我给她说了，她说：那么请快吧，亲爱的，穿好衣服我们就走。

一会儿后我们就准备好了，我们到了湖边，酒伙计说行李在船里，他告诉了我应如何走。倘若我们不停地划，早上七点大概可以到瑞士那边，距这里35公里。

死于雨时　天很黑，风又冷，我沿着湖岸整夜地划，第二天天大亮时，我们到达了瑞士。

很快我们就被逮捕了，但很快放了我们，我们到了洛迦诺，人家待我们很好，因为我们既有护照又有金钱，后来我们到了蒙脱儿，在那里住了下来。

那年秋天的雪下得很迟，我们住在蒙脱儿附近山腰上松树环绕的一栋褐色木屋里。坐在床上吃早点时，望得见湖那边法国的山峰。房子附近是河谷，很深，谷底有一条溪流落进湖中，风从湖面吹来，听得见潺潺水响。有时我们会到周围森林里去散步，周围的景致非常可爱。更多的时候，我们坐在门廊下的阳光中，看着山路弯弯地向下延伸过去，那里有一片一片的葡萄园。

我们在蒙脱儿一个人也不认得，只是沿着湖溜达溜达，看看湖上的天鹅，我对凯瑟琳说，如果我们真生了小孩，总得结婚吧。凯瑟琳说她要等瘦下来才与我结婚，那时候她要叫人人都称赞我们是一对多么漂亮的年轻夫妻。她甚至还去查了美国的法律，知道随便我们什么时候结婚孩子都是合法的。她要跟我到美国去，看看大峡谷和旧金山的金门。

一天饭后我们坐在火炉边，望着窗外的飞雪，凯瑟琳说："亲爱的，你不想自己出去跑一趟，跟男人们一起滑雪吗？"

"不。我为什么要去？"

"我想你有时候，除了我以外，也会想见见旁的人。"

"你可想见见旁的人？"

"不想。"

"我也是。"

"我知道，但你是不同的。我因为怀着孩子，所以不做什么事也心安理得。我知道我现在十分愚笨，话又啰唆，你应当到外面溜达溜达去，才不至于讨厌我。"

"你要我走开吗？"

"不。我不要你走。"

"我本来就不想走。"

"我喜欢这种生活，这是一种很好的生活。你呢？"

"我觉得这生活太可爱了，我只是怕我现在肚子大，惹你厌烦。"

"哦，凯，你不知道我多么痴爱你。"

有天夜里我们醒来，月亮照在窗户上。凯瑟琳也醒了，她说她想起了第一次见到我时，她差点疯了。可现在她不疯癫了，她只是非常、非常、非常的快乐幸福。我们约定同时睡去，但我并没有同时睡去，我还醒了好久，东想西想，月光照在她脸上。

有一次，我们谈起即将降世的小家伙，她说："那不至于成我们的隔膜吧，那小光棍。""不会的，我们不让她使我们有隔膜。"她还说要等到小凯瑟琳生下后去剪发，那时候她又是一个女郎，又新奇又好看。剪发时我不要跟她一起去，好回来时让我惊奇一下。她说："到了那时，也许我又长得好看，亲爱的，又纤瘦又讨人喜欢，你重新又会爱上我了。"

"见鬼，"我说，"我现在爱你已经很够了，你要把我怎样？毁坏我？"

"是的，我是要毁坏你。"

"好，"我说，"我所要的正是这个。"

就这样，我们过着幸福的日子。

到了3月，季节又起了变化，夜里下起雨来。我问凯瑟琳要不要搬进城里去住，因为冬天过去了，雨季开始了，山上的生活未免太单调乏味，而且她快要生产了，需要找个靠近医院的地方。后来我们决定干脆上洛桑住，那里有好医院。

我们在旅馆里住了三个星期，有一天早晨，我三点钟醒来听见凯瑟琳在床上辗转不安，她说有点痛，我们便打了个电话给医生，医生说应当去医院了。我们立刻叫了部汽车，赶往医院，凯瑟琳一路兴冲冲地，说："我真欢喜，这可真开始了。"我说她是个勇敢的好姑娘。到医院后，凯瑟琳说她的名字是凯瑟琳·亨利。

在医院里，她难产了，看着她悲惨之极的样子，我想，可怜、可怜、亲爱的凯，这就是你同人家睡觉的代价，这就是陷阱的尽头，这就是人彼此相爱的结局。产痛一开始，女人的命就像水车车轮下的水流了。

终于凯瑟琳被送进手术室剖宫产了，我在走廊上踱来踱去，我怕进去。我望望窗外，天黑了，在下雨。

一个医生出来了，双手捧着一件东西，像是刚刚剥了皮的兔子，是个男孩，但已经死了。

我坐在走廊上等凯瑟琳的消息，终于碰见护士下来了，我感到心里好像有什么东西沉了下去，她告诉我产妇大出血了。

后来护士开了门，用手指招招我，叫我进去。我跟她进了房间。我进去时，凯瑟琳的头没抬起来。我走到床边，凯瑟琳望着我，笑了一下。我俯伏在床上哭起来。

"可怜的宝贝。"凯瑟琳轻悄悄地说，脸色苍白。

"你不要紧，凯，"我说，"你会好起来的。"

"我要死了，"她说，等一会儿，又说，"我憎恨死。"

我抓住她的手。"你不要紧，凯，我知道你不要紧的。"

“我本想写封信留给你，以防万一，可是又没写。”

过一会儿她又说：“我不害怕，我只是憎恨死。”她的脸灰白。

医生说她不能多说话，请我出去。

“不必操心，亲爱的，”凯瑟琳说，“我一点儿也不害怕。人生只是一场卑鄙的骗局。”

凯瑟琳死了。

我离开医院，冒雨走回了旅馆。

简评 如一开篇所说的，海明威的小说有一个鲜明的特点，就是它是通俗作品与文学杰作的美妙结合。

我们知道，一般通俗小说只讲情节，因此虽然好读，但语言不够艺术化；文学作品则相反，一般来说情节不动人，但有着出色的语言艺术，例如《到灯塔去》就是比较典型的例子。但海明威的作品则是两者的美妙结合，既情节动人，语言也很艺术。

因此，虽然海明威的作品表面上无论内容还是形式似乎都谈不上有什么创造性，但依旧是文学杰作，并且很早就获得了高贵的诺贝尔文学奖。

具体来说，海明威的作品既是文学杰作，又有极强的可读性，它们总是语言简洁生动，情节紧张刺激，读完后还令人不忍释卷，恨作家为什么就此搁笔。

第五十二章　阿尔贝·加缪，死于车祸的大作家

阿尔贝·加缪生于1913年11月7日，出生地是阿尔及利亚东部一个叫蒙多维的小镇，当时阿尔及利亚是法国殖民地。

加缪的父亲名吕西安·加缪，是阿尔及利亚首都阿尔及尔附近一个小村子里的酒窖工，加缪是他的第二个儿子。

1914年第一次世界大战爆发后，他的父亲入伍，参加了著名的马恩河战役，不久战死。母亲被迫带着孩子回到娘家，靠为别人家帮佣才能勉强养活一家人。

5岁加缪上小学了，读书的条件十分艰苦，连书桌都没有，但他有旺盛的求知欲，他大量读书，成绩优异，更重要的是显示了出众的天赋。

小学毕业后，依他家里的条件根本不可能上中学，但在老师热尔曼的帮助下，他以优异成绩考取了中学并获得了奖学金。

在中学，他唯一的朋友是富歇，后来成了知名诗人和艺术史家。

1932年中学毕业后，加缪进入了阿尔及尔大学哲学系。

在大学里，加缪最幸运的是遇到了格勒尼埃，他看出来加缪天赋过人，对他关爱有加，他的思想也影响了加缪一生的创作。

1933年，加缪订婚了。他的未婚妻名叫西蒙娜，是个富家女，长得很漂亮，身材尤其好，还是位时髦女郎，但却是个吸毒者。他们幸福地结合了，但幸福并不长久，一年多便结束了。

这时候的欧洲已经是山雨欲来风满楼了，希特勒已经在德国上台执政，法国的左翼政党组成了强大的人民阵线，与右翼法西斯对抗，在这样的政治背景下，出身贫困家庭的加缪自然转向了左翼，不久加入了法国共产党，但很快又离开了。

加缪现在的生活真是忙得不可开交，他参加政治运动，还要找工作挣钱，又要读书写作，够忙了吧！还不止呢，他在参加政治活动时，找到了一种比较独特的方法来搞宣传，那就是戏剧，他想利用戏剧来为他的政治理念服务。于是他与一些朋友成立了“劳动剧团”，先将法共领导人之一、同时也是著名作家的马尔罗的作品《蔑视的

时代》搬上了舞台，反响相当大。不久他又创作了《阿斯图里暴动》，加缪是导演兼男主角，还出版了剧本，都颇受欢迎。

这年2月，加缪与朋友们在阿尔及尔成立了“文化之家”并担任负责人，组织了丰富多彩的活动。

就在这年，加缪大学毕业了，毕业论文题目是《基督教玄学与新柏拉图主义》，分析了柏罗丁和圣奥古斯丁之哲学中的希腊和基督教思想之间的关系。

论文通过后，加缪本来想顺势获得大学助教候选人资格，以便将来在大学中谋得一个教席。但他运气不好，肺结核的老毛病又发作了，没能参加哲学教师衔的考试，也就不可能在大学教书了。

后来加缪便进了《阿尔及尔共和报》当记者，开始新闻生涯。同时他还在积极组织“文化之家”的活动，想以之使整个地中海地区形成一种统一的文化，当然这只是一种堂·吉诃德式的幻想。

到了这年5月，加缪出版了他的第一部作品，散文集《反与正》。

不久，第二次世界大战爆发了，当局进行了严格的新闻审查，致使《阿尔及尔共和报》上经常出现空白，而且报社有近一半职员都被征入伍，举步维艰。在这种情况下，加缪仍然坚持自己的主张，他与人写了一份公开声明，称他们不代表任何政党，只是凭良心办报，这也意味着他们不会做当局的传声筒。到1940年初，当局的耐性终于到了尽头，将《阿尔及尔共和报》封闭了。

这时《阿尔及尔共和报》的老板给他推荐了一份新工作，去《巴黎晚报》当编辑部秘书，他随即离开阿尔及利亚，横越地中海到了巴黎。

他到巴黎不久，德军就向法国发动了进攻，结果我们知道，当时号称“欧洲第一陆军强国”的法国在六个星期内就灭亡了，6月14日德军进入巴黎，《巴黎晚报》便迁到了南部重镇里昂，在那里与弗朗西娜·福尔结婚了。

由于加缪在报社的收入不高，养家比较困难，便在这年底离开里昂，来到了福尔的故乡，阿尔及利亚的奥兰，这时候已经是1941年1月。

奥兰是阿尔及利亚第二大城市，不久他就在这里找到了一份工作，在一家私立学校当老师。

这里没有战争的喧嚣，对加缪的创作大有好处，此时加缪已完成了代表作之一《局外人》，不久又完成了另一部重要作品《西绪福斯神话》，著名的《鼠疫》也登上了写作日程，它将以奥兰作为小说情节发生的地点。

他将《局外人》的稿件寄到了法国，几经辗转，这年12月到了著名的伽利马出版社，得到赞赏，准备出版。

1942年7月，《局外人》出版了，虽然处于战乱之中，也立即在巴黎文坛引起了震动。不少评论家如萨特都撰文赞赏，于是年仅29岁的加缪一跃成为文坛新星。

这年底他还出版了哲学性质的散文集《西西弗斯神话》，也是他的代表作之一。它所代表的哲学思想被用“荒诞”一词来形容，称为荒诞哲学，这是基于加缪所在的那个时代而言的，如果我们考虑到那个时代的特点：战祸连绵，纳粹横行，民不聊生，确实可以称得上“荒诞”二字。

1943年初，加缪到了巴黎，在伽利马出版社工作，并认识了萨特，他们被并称为存在主义在法国的两大代表，不过萨特偏重于哲学，加缪则偏重于文学。初见之时，两人相谈甚欢，但不久两人的思想分歧就显露出来了，这并没有妨碍他们彼此合作，他们都是法国地下抵抗运动的一员，都在用笔杆子与纳粹战斗。

1944年，在朋友介绍下，加缪进入了当时巴黎地下抵抗运动的重要喉舌之一《战斗报》并成为重要一员。

这年7月的一天，《战斗报》一位女编辑被盖世太保抓住了，得到这个消息后，加缪带着几个可能受牵连的朋友逃离了巴黎，在外面隐藏起来。

但不久，戴高乐将军率领的法军雄赳赳气昂昂地开入了巴黎，巴黎解放了。《战斗报》也立即公开出版发行，第一天的头版头条中就有加缪撰写的社论《战斗在继续》，号召法国人民继续战斗，解放整个法兰西，还要更进一步，建立一个新的自由的法兰西共和国。

这时候的《战斗报》已经成了一份日报与大报，加缪是主编。他想将《战斗报》办成一份高水平的、与以前的旧报纸完全不同的新报纸，例如它将不再依赖投资者，不用投合他们的胃口，也不要那些赚钱的广告，它要提供高质量的新闻和高水平的社论以赢得读者们的青睐。

1945年4月，加缪回到了阔别经年的阿尔及利亚，去探望他的老母亲和老朋友们，他见到了战时一直隐居在阿尔及利亚的纪德，由于纪德在战争时期没有鲜明的立场，遭到攻击，但加缪起来声援纪德，说他年事已高，不参加抵抗运动是可以理解的。

不久，加缪被法国政府授予抵抗运动勋章，这是对那些参加过抵抗法西斯占领军的战士的最高奖赏，是一项巨大的荣誉，就是萨特也没有得到过。

这年5月，第二次世界大战的欧洲战场结束了，德国法西斯被彻底击败。但加缪胜利的喜悦没有持续几天，就从阿尔及利亚的塞提夫传来消息，那里要求独立、反对殖民统治的阿尔及利亚人与法国军队发生了激烈冲突，许多阿尔及利亚人被杀。这立即激起了他作为记者的责任感，他前往塞提夫进行了详细调查，写出了八篇文章，他在这些文章中道明白了阿尔及利亚人要求独立，不愿意再当二等法国人的心声。

这年9月，已经年过三十的加缪终于有了孩子，而且一生就是两个—— 一对龙凤双胞胎。

不久，他的剧本《卡里古拉》在巴黎首演，获得极大成功，连演两百多场。这时候，他在伽利马出版社的地位已经很高了，可以说是半个老板，他还在这里主编了一套《希望》丛书，出版什么样的书、怎样出完全由加缪决定。

1946年3月，已经功成名就的加缪在法国政府的策划下，作为政府的文化代表出访美国。

到达美国后，加缪举行了一系列巡回演讲，讲演地包括哈佛、哥伦比亚等著名高等学府。3月28日在哥伦比亚大学的演讲中，加缪讲的不是他的作品，而是人类的危机，特别是他这一代人面临的精神危机。

他的这些演讲获得了很大成功，因为加缪乃是一个出色的雄辩家，思想敏锐、才智超群。不过当记者们问他关于存在主义的问题时，他坚决否认自己是存在主义者，也坚决否认通过什么主义来戴意识形态的帽子，认为这样的话会什么问题也讲不清楚。

回到法国后，他躲到了乡下，埋首创作他的第一部长篇小说《鼠疫》。这部作品他已经写了许久，但一直没有完成。到9月他回到巴黎时已经完成初稿了。

《鼠疫》出版后，大获成功，后来被翻译成20余种外文出版，其中包括中文，郭宏安教授的译文非常出色。《鼠疫》描述的是一场假想的鼠疫。在阿尔及利亚第二城市奥兰突然爆发了鼠疫，整个城市被封锁，小说描写了面对这场可怕的灾难时人们的各种反应与态度，全书读起来有些阴暗压抑，但却不难从中看到希望之星光。

但与此同时，由于《战斗报》内容过于严肃，基本上还与战争时期没有太大的区别，在越来越讲究可读性与娱乐性的和平时代显得不合潮流，致使发行量不断下降。面对这种情况，加缪这个主编自然要负起责任来，于是他只能选择离开。

1949年，加缪进行了一次南美之行。他到了南美各国，包括巴西、智利、阿根廷等，到处发表讲演。这时候的加缪虽然仅仅30余岁，但已经是举世闻名的大作家了，所到之处都受到热烈欢迎。

第二年加缪做的第一件事是去疗养，他的肺结核又发作了，他到了一个叫卡布里的地方，这里风光优美，气候干燥，很适合肺结核患者，现在他的收入也容许他找一个合适的地方进行比较长时间的疗养了。次年他再次到了卡布里，一边疗养一边写作，不久完成了5年以前就已经开始动笔的《反抗者》。

为此，萨特发表了《致加缪书》，回击加缪的批评，甚至替苏联的集中营辩解，认为是资产阶级分子在小题大做、幸灾乐祸。这样的争论之后，他们的友谊便中断了。

以后社会历史的发展表明加缪是正确的，然而在当时，苏联作为正在迅速崛起成世界第二个超级大国的社会主义强国、作为战胜法西斯德国的主力，在大多数知识分子心目中的地位如日中天，而马克思主义也是知识分子们最热烈信奉的主义之一。在这种大势下，加缪却站出来说反话，简直是自讨没趣。因此在这场争论中他至少表面上是失败了，因为支持他的人没几个，而加缪又是那种凡事极其认真的人，这令得他更加痛苦。

1953年初，他从阿尔及利亚回到巴黎，他将注意力放到了戏剧上，成为在法国昂热举行的戏剧节的领导人。

1954年春，《夏》出版了，这是一部抒情散文集，加缪称它是“以太阳为中心主题”，包括《巴旦杏树》《没有过去的城市的指南》《海伦的放逐》《重返蒂巴萨》《靠近大海》，等等。他还应意大利文化协会的邀请到意大利访问，并在都灵发表了一篇关于艺术的讲演，在讲演中，加缪指出艺术是建立在现实和对现实的反抗之上的，它既不是完全的拒绝，也不是完全的赞同，艺术代表着一种永远处于变化中的痛苦。

1955年加缪完成了一个长久以来的心愿：到希腊去。

他是在这年4月26日踏上希腊的土地的，首先去的是雅典，这个希腊文明也是整个西方文明的中心。他在雅典的法语学院发表了演讲，演讲题目是《悲剧之未来》，在演讲中回顾了当代法国戏剧的历史，认为法国戏剧正在向真正的悲剧回归。离开雅典后，加缪又去了迈锡尼、奥林匹亚等早已经久仰大名的地方。

不久加缪又当上了记者，这次是为《快报》工作。他的第一篇文章讨论的就是阿尔及利亚问题，表示反对法国当局镇压要求独立的阿尔及利亚人民，要求准许在阿尔及利亚举行公正的选举，实行内部自治。

这年5月，伽利马出版社出版了加缪的《堕落》，这是一部中篇小说，也是加缪小说中最晦涩的一部，这篇以“我”对“您”说话的形式写出来的小说，内容庞杂，评议微妙，读一遍是不够的，也读不大懂，不过大概少有人会从头读到尾。

9月，加缪改编自福克纳小说《为一个修女的安魂曲》的剧本在巴黎上演，获得巨大成功，连续演了两个季度，福克纳亲自致电加缪表示祝贺与感谢，评论界也众口一词地表示称赞。

第二年3月，加缪出版了短篇小说集《流放与王国》，包括《沉默的人们》《生长的石头》等六个短篇小说，其中《沉默的人们》写得很动人，但读起来不舒服，给人一种忧郁甚至无望的感觉。

这年最重要的大事当然是诺贝尔文学奖了。

1957年10月17日，瑞典皇家文学院正式宣布将当年的诺贝尔文学奖授予加缪，授奖原因是他的作品“照亮了我们这个时代人类良心的种种问题。”

这是一个作家能够获得的最高荣誉，加缪对自己的获奖颇感意外，因为他这年才44岁，差不多是一个年轻人，比他年长、名气似乎也更大的马尔罗和萨特还都没有获奖，却先落到他头上来了。所以加缪自己颇有些受宠若惊，声称如果是他去投票，他肯定会投给马尔罗。

这样，12月10日在瑞典首都斯德哥尔摩举行的颁奖典礼上，加缪发表的受奖词中，一开头就说：

> 在接受你们自由的科学院授予我的这项荣誉时，我的感激之情是难以言表的，而且我自知这一奖赏远远超出了我个人的成绩。所有的人，尤其是艺术家都希望自己的价值得到认可，我也渴望如此。但是，在获悉你们决定的同时，我不得不将这一决定的影响与真实的我做一比较。一个差不多还算得年轻的人，拥有的只是怀疑和尚待完成的作品，习惯于生活在孤独的工作和友谊的庇护之中，在得知这样一个突然把他置于一片耀眼光明的中心的决定之时，怎么能不感到惶恐呢?

从这些话中可以看出来加缪是个很谦逊的人。在谈到他的艺术时，他说：

> 从个人角度来说，没有我的艺术我就无法生存。但是我从未把艺术置于一切之上。如果说艺术对我是不可少的，那是因为它不脱离任何人，它使我能够以本来面目和大家过着同样的生活。我认为艺术并不是一种孤独的享受，它是通过给予最大多数人一个同甘苦的特殊形象来感动他们的一种方式。艺术迫使艺术家不离群索居，要求他服从于最谦卑、最普遍的真理。

加缪的这篇受奖辞被看作是诺贝尔奖历史上最出色的。

1958年是法国现代史上的重要一年。这年5月初，人民共和党党首弗林姆兰应邀出面组阁，与以前的政府领导人不一样，弗林姆兰主张和平解决阿尔及利亚问题，与叛乱领导人举行会谈。他的主张一下子捅了马蜂窝。5月13日，激烈反对任何谈判的叛乱分子在阿尔及利亚首都阿尔及尔公开发动叛乱。他们占领了阿尔及利亚总督府大楼，成立了以伞兵司令马絮为首的“救国委员会”。第二天一早马絮就发表声明，呼吁戴高乐重出江湖，以挽救法兰西于危机之中。顺应时势，戴高乐出山了，并于9月28日通过了新宪法，新宪法最大的特点是总统不再是徒具其名的虚位元首，他将成为最有实权的人物，戴高乐上台后要解决的第一个问题就是阿尔及利亚问题。

在阿尔及利亚问题上，加缪的基本立场是和平解决，绝不要战争，当然他也不希望阿尔及利亚完全脱离法国独立，最好是实行内部自治。但他的主张得不到阿尔及利亚民族主义者们的赞同，他们要求完全独立。虽然如此，1958年3月，当加缪踏上阿尔及利亚的土地时还是受到了热烈欢迎，在母校阿尔及利亚大学发表了演讲。他已经是诺贝尔文学奖获得者，阿尔及利亚是他的家乡，这也是阿尔及利亚人的骄傲呢！

这年10月，他在法国南部普罗旺斯一个叫卢马兰的小村子里买下了一幢房子，准备在这个远离都市的地方安顿下来静心写作。

这也是他渴望已久的田园生活：早晨起来，修整修整房子，栽花种草，下午写作，晚上读书，过着有规律而充实的生活。他还经常去村子里散步，同村民们相处和睦，从来不摆名人架子。

这时他正在写作自己的第二部长篇小说《第一人》，到1960年1月2日已经写了145页草稿。

1月3日，加缪乘汽车从家出发去巴黎，第二天，由于冬天天冷路滑，汽车突然失控，撞上了路边的树，加缪当场死亡，时年仅47岁。

这是加缪一生最大的不幸，也是文学的大不幸。

第五十三章　《局外人》，存在主义文学的代表作品

读了加缪的代表之作《局外人》，一个最大的感觉就是：作品中的“我”是一个彻彻底底的局外人，他人、社会、法律，甚至“我”自己的生死，跟“我”一点关系也没有，“我”是一切的、整个世界的局外人。

我的母亲死了，这与我无关　今天，妈妈死了，也许是昨天，我不知道。我收到养老院的一封电报，说：“母死，明日葬，专此通知。”这说明不了什么，也可能是昨天死的。

养老院在马朗戈，离阿尔及尔还有80公里，我明天晚上就能赶回来。我向老板请两天假，有这样的理由，他不能拒绝，不过显得不大高兴，我甚至说，这可不是我的错。我有点烦，因为我还得到艾玛努埃尔那里去借黑纱。他几个月前刚死了叔叔。汽车的颠簸、汽油味儿，还有道路和天空亮得晃眼，我几乎睡了一路。

到了养老院，在见到妈妈前我还得先见院长，一个小老头，戴着荣誉团勋章。他说母亲是三年前来的，我赶紧向他解释，他说我无须解释，我无力负担她，她需要有人照料，在这里更快活些。还说我年轻，她跟我在一起会闷得慌。这是真的，妈妈跟我在一起时，一天到晚总看着我，不说话。她刚进养老院时常常哭，这是因为不习惯。几个月后，如果再让她出来，她还会哭的，也是因为不习惯。近一年我几乎没来看过她，当然也是因为来看她就得占用星期天，还不算赶汽车、买车票、坐两小时车所费的力气。

去看母亲时，院长说母亲在小停尸间，我们穿过院子，里面有不少老人，正三五成群地闲谈，我们经过时他们都不作声了，我们一过去又说开了，像一群鹦鹉叽叽喳喳乱叫。院长临别时说母亲似乎常向同伴们表示希望按宗教仪式安葬。妈妈并不是无神论者，可活着的时候也从未想到过宗教。

我进去了，屋子里很亮，中间停着一口棺材，门房进来，建议打开让我看看，我说我不想。他问我为什么，我说不知道。 他说他明白。他站在我背后，这使我很不自

在。接着他滔滔不绝地跟我谈起下葬的事，他老婆说他不该对我说这些，我却觉得很有意思。他说到养老院这些人时，总是说“他们”，以表明自己与他们的不同。

这时天已经黑了，浓重的夜色很快压在玻璃天棚上，门房开了灯，突然的光亮使我眼花目眩，他端来了一杯牛奶，我们又抽起烟来。我还打了个盹儿。等我睁开眼睛时，房间里多了十来个人，都是母亲在养老院的朋友，来守灵的。有一阵我有种可笑的感觉，他们是来审判我的。

突然一个女人哭起来了，我真希望她别哭。这些人终于无声无息了，不过他们的沉默也使我难受。后来一个老头使劲地咳嗽把大家都吵醒了，这时天已经亮了，他们辛苦了一夜，一个个面如死灰。

我走出门时，看到乡下大好的景色，要不是因为妈妈，这会儿出去散步该多好啊。院长要见我，他要我在几张纸上签字，说要盖棺了，我要不要最后再看一眼母亲，我说不。他说他也要去送葬，院里的老人原则上不准送葬，但今天有个例外，一个叫贝莱兹的老人要去，我母亲总与他形影不离，被打趣说是他的未婚妻，母亲的死令他十分难过。

我们跟在抬棺材的人后面，送葬车停在大门口，长方形，漆得发亮，像个铅笔盒。旁边有个态度做作的老人，身材矮小，衣着滑稽，就是贝莱兹先生。天空阳光灿烂，炎热迅速增高，我穿着深色衣服，觉得很热，火辣辣的太阳晒得这片土地直打战，既冷酷无情，又令人疲惫不堪。

我们终于上路了。这时我才发觉贝莱兹有点瘸。车子渐渐走快，老人落在后面。我真奇怪太阳怎么在天上升得那么快。我发现田野上早就充满了嗡嗡的虫鸣和簌簌的草响。我脸上流下汗来，我没戴帽子，只好拿手帕扇风，殡仪馆那伙计用手帕擦着额头。我问他：“怎么样？”他指了指天，连声说：“晒得够呛。”我说：“对。”过了一会儿，他问我里边是我的母亲吗，我回了个“对”。他又问她的年纪，我答道：“还好。”因为我也不知道她究竟多少岁。

以后的一切都进行得迅速、准确、自然，我隐约记得有教堂，路旁的村民，墓地坟上红色的天竺葵，贝莱兹的昏厥（真像一个散了架的木偶），撒在妈妈棺材上血红色的土，杂在土中雪白的树根，又是人群，说话声，村子，在一个咖啡馆门前的等待，不停地马达轰鸣声，以及当汽车开进万家灯火的阿尔及尔，我想到我要上床睡它十二个钟头时所感到的喜悦。

醒来时，我明白昨天请假时老板为什么不高兴了，因为今天是星期六，再加上明天是星期天，我等于有了四个休息日，不过这可不是我的错。

昨天太累了，今天我要去放松一下，我坐电车去了海滨浴场，在那里我看见了玛丽·卡多娜，我们以前在同一间办公室工作过，我曾想把她弄到手，现在我认为她那时也是这么想的，只是她很快就走了，我们没来得及。她看见我戴着一条黑领带，问为什么，我说妈妈死了，昨天死的，她吓得倒退一步，但没说什么。晚上我们一起看电影，我抚摸她的乳房，电影结束后她跟我回到了我的住处。

第二天我醒来时玛丽已经走了，今天是我不喜欢的星期天，真烦人。我一直睡到十点钟，一根接一根地抽烟。煮几个鸡蛋吃了，没吃面包，因为没有了，我也不愿意下去买。午饭后，我闷得慌，就在屋子里瞎转悠，妈妈到养老院后，房子就太大了，我便把餐桌搬到了卧室里。后来我把一张旧报纸上的一则广告剪下来贴在一个簿子里，后来又上了阳台。

卧室外面就是通往郊区的大街，肮脏而人烟稀少。我学着对面卖香烟的人，将一把椅子倒放过来，叉开腿骑坐在上面。五点钟时电车驶过来了，车上满是从郊外看体育比赛归来的人，有一个对我喊："我们赢了他们。"我大声说"对"。一到黄昏，电影院又把大批人抛向街头，附近的姑娘们也挽着胳膊在大街上走，我认识好几个，她们向我打招呼。我在椅背上趴得脖子发酸时，下楼买了面包和面包片。现在妈妈已经安葬了，我又该上班了，总之，没有任何变化。

今天上午到了办公室，我要干很多活儿，老板对我很客气，问我妈妈的年纪，为了不弄错，我便说"六十来岁"。中午下班后，我与同事艾玛努艾尔跑上了汽车，在尘土与阳光中颠簸着。后来又到了赛莱斯特的饭馆，吃得很多，酒也喝多了。晚上下班后，我径直回了家。楼梯黑乎乎的，我遇到了老萨拉玛诺，八年来，他总与一条生了丹毒、全身毛都要掉光了的狗混在一块。每天两次，他们要沿着同一条路线散步，八年了，从来没有变过。一路上老萨拉玛诺经常打吓得发抖的狗，他们好像是同类，却互相憎恨。

我又遇到了第二个邻居莱蒙，人们都说他靠女人生活，可他说他的职业是仓库管理员。一般人都不理他，他经常跟我说话，我没有任何理由不回答。他对我说他那里有猪血香肠和葡萄酒，请我一块吃点。我想到这样就不用做饭了，就去了。他只有一间小房子，里面有几张裸体女人画片。我看见他的手用肮脏的纱布缠了起来，他解释说一个家伙向他挑衅，他揍了他一顿。他又说他正要就这事向我讨个主意，因为我是男子汉，又有生活经验，他还问我愿不愿意做他的朋友。我说怎么都行，他好像很满意。他拿出了香肠和葡萄酒，一边吃一边讲了他的故事。他说他有一个情妇，他供养着她，每个月总共要给她一千法郎，可她总说钱不够花，还欺骗他，他打了她一顿，打得她出了血。为这事他要听听我的主意。他还想惩罚那个女人，然而他对她还有感情，不想按他参加的流氓团伙的主意破了她的相。后来他说出了他的主意，他要给她写封信，信里狠狠羞辱她一顿，再给她点甜头让她后悔。然后，等她再来时，先跟她睡觉，正要完事的时候，吐她一脸唾沫把她赶出去。我觉得这样她就的确受到了惩罚。莱蒙说他写不好信，要我写，并问是不是马上写不方便，我说不。于是我按他的要求写完了信，根据名字，那个女人是摩尔人。信写完后，莱蒙就用“你”来称呼我了，问我做不做他的朋友，我说怎么都行。

我的女人与邻居，与我无关　又到了星期六，玛丽来了，穿着漂亮的连衣裙，我们坐公共汽车到了一处海滩，在水里接吻，然后急急忙忙回到我的住处，跳上了床。早晨玛丽没走，我们准备一道吃午饭，我下楼去买肉时，听到莱蒙屋子里传来女人的声音，老萨拉玛诺又在“混蛋！脏货”的叫骂声中牵着狗上街了。

我回来对玛丽讲了老萨拉玛诺的故事，她大笑起来，令得我心痒痒的。后来她问我爱不爱她，我回答说这种话毫无意义，我好像不爱她。她好像很难过，但做饭时又无缘无故地大笑起来。就在这时，莱蒙屋子里打起来了。

我听见莱蒙骂道“你不尊重我”，接着扑通几声，女人大叫起来，楼梯口立即站满了人，莱蒙一直在打，女人一直在叫。直到有人叫来了警察。莱蒙在警察面前抽烟，被狠狠地扇了一耳光。那女人一直在哭，不住地说莱蒙打了她，他是个乌龟。警察叫莱蒙在屋子里等着警局的传讯，他说莱蒙醉成这个样子，应该感到脸红。

下午三点钟时，莱蒙来敲我的门，说他已经惩罚了她，他问我愿不愿意跟他一块儿出去，还叫我当他的证人。我答应了。我们一起出去，喝了白兰地，打了弹子，他还要带我去妓院，我说不喜欢那玩意。但觉得他对我挺好。

回到家时，我看见萨拉玛诺站在门口，神色紧张不安，原来他的狗丢了。晚上我听见隔壁传来一阵奇怪的响声，原来是萨拉玛诺在哭。

莱蒙给我办公室打电话，说他一个朋友请我到他离阿尔及尔不远的海滨木屋过星期天。我说我很愿意，但已经答应与女友一起过了，他立刻说也请我的女友去。他还告诉我，一帮阿拉伯人已经盯了他整整一天，其中有他过去情妇的弟弟。这时候老板派人来找我，他说打算在巴黎开设一个办事处，问我愿不愿意去，那样的话我就能在巴黎生活了，一年中还可旅行旅行。我说怎么样都行。他又问我对改变生活是不是不感兴趣？我说生活是无法改变的，什么样的生活都一样。他说我没有雄心壮志。我上大学时也有过不少这类雄心壮志，但我不得不中途辍学，很快我就明白了这一切实际上并不重要。

晚上玛丽来看我，问我愿不愿意跟她结婚，我说怎么样都行，如果她愿意，我们可以结婚。她想知道我是不是爱她，我说这种话毫无意义。如果一定要说，我大概是不爱。她问那为什么我要娶她，我说这无关紧要，如果她想，我们可以结婚。再说是她要跟我结婚的，我只要说行就完了。她说结婚是件大事，我说不。她又想知道如果另外一个女人提出这个要求，我是不是会接受，我说当然。她心里想我是不是爱她，关于这我一无所知。后来她微笑着挽起我的胳膊，说她愿意跟我结婚。我说她什么时候愿意就什么时候结婚。我跟她说起老板的建议，她说她愿意认识巴黎。我说我在巴黎住过一阵，那里很脏，有鸽子，黑乎乎的院子，人的皮肤是白的。

我在赛莱斯特的饭馆吃饭，一个怪女人坐到我旁边，她走时，我跟了她一阵子，直到看不见她了，但我很快忘了她。

回家后，在门口我看见了老萨拉玛诺，他说他的狗丢了，找不到。他还说到我妈妈很喜欢这条狗。他称她“您那可怜的母亲”。他说他猜想我妈妈死后我很痛苦，我没说话。他又说他知道这一带的人对我的看法不好，因为我将母亲送进了养老院。但他了解我，知道我很爱妈妈。我说我认为把母亲送进养老院是自然的事，因为我雇不起人照顾她。

今天是星期天，我和玛丽去叫莱蒙，我们出门时街上已经一片阳光，照在我脸上，好像打了我一记耳光。

前一天我和莱蒙去了警察局，我证明那女人不尊重莱蒙，他只受到警告就没事了。我们乘公共汽车去海滩，莱蒙突然示意我看对面，原来一帮阿拉伯人正在那里盯着我们，莱蒙的对头，就是那情妇的弟弟，也在其中。

海滩离公共汽车站不远，莱蒙的朋友就在海滩尽头的一座小木屋里，他叫马松，高大魁梧，肩膀很宽，他妻子则又矮又胖。马松想去游泳，但他妻子和莱蒙不想去，我们三人就出了木屋，玛丽立刻跳进了水里，马松说她真不错。我也下去游了一会儿，累了后就趴在海滩上，太阳的热气烤得我迷迷糊糊地睡着了。

回去时我已经很饿了，狼吞虎咽地把我那一份东西吃掉了，我们三人计划8月份在海滩过，钱大家出。才十一点半，我们已经吃完了午饭。两个女人留在屋子里刷盘子，我们三人出去散步。

太阳直射在沙上，海面上闪着光，刺得人睁不开眼睛。海滩上一个人也没有。我没戴帽子，太阳晒得我昏昏欲睡。就在这时，我看见了海滩尽头一泓清泉旁有两个阿拉伯人，就是莱蒙的对头。我们越走越近，后来就打了起来，莱蒙打他对头，马松打另一个，打得他们满脸是血。莱蒙的对头抽出了刀，莱蒙嘴上和胳膊上各挨了一刀。

他们拿着刀慢慢后退，后来飞快地跑了。

马松陪莱蒙找医生去了，我把发生的事讲给两个女人听。听得她们一个哭一个脸色发白。这让我心烦，我不说话了，望着大海抽起烟来。

后来莱蒙和马松回来了，莱蒙只伤着了皮肉，但他脸色阴沉，闷不发声。后来他说要去海滩走走，还不让我跟着，但我还是跟去了。

我们在海滩上走了很久，此时太阳酷热无比，晒在沙上和海上，散成金光点点。我们又走到了海滩尽头，在那里看见了那两个阿拉伯人，莱蒙的手朝装着手枪的口袋里摸去，一边问我是不是干掉他。我说先不，后来又要莱蒙把枪给我，他去单挑对头，如果他们拿出刀子或者另一个也上，我就开枪干掉他。莱蒙就把枪给了我，但那两个人突然跑了。我们也就往回走了。

我们又回到了木屋前，他进去了，我脑袋被太阳晒得嗡嗡直响，我觉得无论待在屋里还是走开都是一样的，就转过身去往前走了。

我的杀人与死刑，也与我无关　到处依然是一片火爆的阳光，我慢慢地走着，觉得太阳晒得头都膨胀起来，从沙砾上，雪白的贝壳或一片碎玻璃上反射出来的光亮，像一把利剑劈过来，剑光一闪，我的牙关就收紧一下。

我走了很长时间，远远地，我又想到了那泓清泉，我想去休息一下。当我走近，我看见莱蒙的对头又回来了，只有他一个人，躺着。我吃了一惊，那件事我已经完全忘记了。他一看见我，就抬起了身子，把手插进了口袋里，我自然而然地握紧了口袋里的手枪。我盯着那个阿拉伯人，我只要一转身，事情就完了，可整个海滩在阳光中颤动，在我身后挤来挤去，太阳晒得我两颊发烫。我觉得汗珠聚在眉峰上。那太阳和我安葬妈那天的一样，头也像那天一样难受，皮肤下面所有的血管都一齐跳动。我热得受不了，又往前走了一步。我知道这是愚蠢的，我走一步也逃不过太阳。但我往前走了一步，仅仅一步。

这一次，阿拉伯人没有起来，却抽出了刀，迎着阳光对准了我。刀锋闪闪发光，仿佛一把寒光四射的长剑刺中了我的头。就在这时，聚在眉峰的汗珠一下子流到了眼皮上，给我蒙上了一幅模模糊糊的水幕。这泪水和盐水掺和在一起的水幕使我的眼睛什么也看不见。我只觉得铙钹似的太阳扣在头上，那把刀刺眼的刀锋总是隐隐约约地对着我。滚烫的刀尖穿过我的睫毛，挖着我痛苦的眼睛。

这时一切都摇晃了，大海呼出一口沉闷而炽热的气息，我觉得天门洞开，向下倾泻着大火。我全身都绷紧了，手紧紧握住枪。猛然一声震耳的巨响，我扣动了扳机，一切都开始了。我又对准那具尸体开了四枪，子弹打进去，也看不出什么来。然而，那好像是在我的苦难之门上短促地叩了四下。

被捕之后，我很快被审问了好几次，不过每次都是问些身份之类，时间不长。八天之后，一个预审推事好奇地看了看我，问我是否找了律师，我说没有，又问是不是一定要有一个。他说如果我不找，他们将为我指定一个临时的。我觉得法律还管这种小事，真是方便得很。他表示赞同。

第二天，一个又矮又胖的律师来监狱找我，他说研究了我的材料，胜诉毫无问题。他又问起我母亲的死，说法院已经调查了，我在那天表现得麻木不仁。还问我那天是否难过，对这问题我很为难，无言以对，后来我又说我很爱妈妈，但这不说明任何问题，所有健康人都或多或少盼望过他们所爱的人死去。我的话让他恐惧甚至厌恶，他说养老院的人那天会出庭作证，将会令我大吃其亏。后来他很生气地走了。

不久我又被带到了预审推事跟前，还有一个年轻的书记，律师没来。他首先说人家把我描绘成一个生性缄默孤僻的人，我说因为我没什么可说的，因此我就不说话。他让我把那天的情形再说一遍，我又说了一遍：莱蒙、海滩、游泳、打架、又是海滩、小水泉、太阳和开了五枪。这些话我翻来覆去已经说了多遍，感到厌烦，觉得我从来没有说过这么多话。他又问我是不是爱妈妈，我说爱，就像大家一样。推事又问我是不是连续开了五枪。我想了想，说是先开了一枪，几秒钟之后又开了四枪。于是他问为什么我在第一枪和第二枪之间停了停？我什么也没说。推事的神情这时候很不安，他说，为什么我还往一个死人身上开枪呢？为什么？声音都有点变了。我一直不说话。他觉得我的供词中就这一点他不懂，我觉得固执于这个是没有道理的。他冲动地拿出了一个十字架，问我是否信仰上帝？我说不。这回答让他疯狂，后来他说，从来没有见过我这样顽固的灵魂。他还问了我是不是感到悔恨，我感到的更是厌烦。

后来这样的预审又进行过了多次，每次都有律师，现在他们不对我追根究底地问这问那了，我觉得他们对我不坏，甚至有了一种大家都是一家人的感觉。推事有时叫我“反基督先生”。

进监狱的头几天，我并没有感觉是在坐牢，直到玛丽来看我之后，一切才开始。我被捕的那天，先被关在一间已经有好几个囚犯的牢房里，臭虫在我脸上爬，几天后我进了一个单间。有一天玛丽来了，在监狱的会见大厅里，我见到了她，她穿着连衣裙，站在一排人中间，由于我们中间隔着铁栅，要大声喊才听得见。她勉强地朝我微笑，很美。不久我收到了她的信，说她不再被允许来探视我了，因为她不是我妻子。在我被监禁的开始，我有些难受，因为我还有些自由人的念头，例如想去海滩走走。从我囚室的小窗子里就看得见大海。但几个月后我就只有囚徒的想法了。我等待着每天在院子里的放风或者律师的来访，其余时间我也安排得很好。我甚至想，即使我被关在一棵枯树干里，每天只能看天上的流云飞鸟，我也会习惯的。妈妈常常说人什么都能习惯。还有一件事开头几个月也很苦，就是老想女人，我年轻嘛！我并不特别想玛丽，只想女人，结果牢房里充满了一张张女人的面孔，到处都只见我性欲的冲动，这使我精神失常，但老想这个也使我消磨了时间。我终于赢得了看守长的好感，他跟我谈女人，说这也是其他囚犯抱怨的头等大事。我认为这不公正，他说正是为了这个才让我坐牢的，还说自由就是这个，而我被剥夺了自由，也就是剥夺了这个。还有我不能吸烟了，后来我也明白了，这也是惩罚的一部分，但不久我同样习惯了。

现在全部的问题就是如何消磨时间。这我也对付过来了，办法就是回忆。我从牢房的一个角落开始走，再回到原处，数着一路上看到的东西，每一件东西，包括每件家具上的裂缝、木头的纹理什么的，等等等等，把一切都数全。结果，几个星期之后，单单这样数就得花几个钟头了，而且这时候我已经能够睡觉了，白天黑夜都是，一天能够睡上十六到十八个钟头，剩下的六个来钟头还得吃饭、大小便或者回忆，这样时间很快就过去了。不过这时候我已经失去了时间概念。我还第一次清楚地听见了自己说话的声音，我这才明白，一段时间以来我一直在一个人说话，于是我想起了母亲下葬那天护士长说过的话，出路是没有的。

我的案子定于重罪法庭最后一次开庭时审理，听说在我之后立即有一件弑父案。早晨七点半，我被装在囚车里送进了法院，审判大厅里满是人，使我想起了节日里音乐会之后大家收拾场地准备跳舞的情形。我看到了陪审员、报馆记者还有许多其他人，他们彼此之间好像很熟悉，像老朋友一样打招呼打趣，场面热烈。我感到自己成了这里的局外人，一个陌生的闯入者。我看到红衣的庭长法官坐在中间椅子上，宣布审讯开始。

庭长传讯证人，我看见了养老院院长和门房、贝莱兹、莱蒙、萨拉玛诺、玛丽，最后是赛莱斯特，他身边还站着我在饭馆见过的小女人。开始审讯后，庭长似乎带着亲切向我发问，叙述我做过的事情，每隔三句就问一句："是这样吗？"我按照律师的指示回答："是，庭长先生。"后来他说，他要提出几个与我的案子表面上没有关系而实际上可能大有关系的问题。我知道他又要谈妈妈了。果然，他问我为什么要将妈妈送进养老院，我说我没有钱请人照看她，我与妈妈都不需要从对方那儿得到什么，我们都习惯了新生活。接着检察官问我是不是怀着杀死阿拉伯人的意图去泉水那里的，我说不是，那只是偶然。接着休庭，我被送回监狱，但很快就回来了。现在是传召证人。第一个是养老院院长，他们问妈妈是不是埋怨我，他说是的，不过这在养老院是一种通病。他还说了对我在妈妈安葬那天表现出来的冷静感到惊讶，说我不想看妈妈，没哭过一次，不知道她的年龄，下葬后立刻就走，没有在她坟前默哀。检察官大声说这已经足够了，他的得意扬扬使我多年来第一次产生了愚蠢地想哭的愿望，我意识到这些人是多么憎恨我。后来又问了门房和贝莱兹，他们说起了我在母亲的尸体旁边喝咖啡抽烟睡觉而不哭等等。再是赛莱斯特，他想为我辩护，但只能说我是个男子汉。他们又问玛丽，问她什么时候和我发生了关系。检察官指出那是我母亲死后的第二天。他还坚持让玛丽描述我们那天的情形，去游泳、看哪部电影、到我家睡觉等。这时，检察官一字一顿地说："陪审员先生们，这个人在他母亲死后的第二天就去游泳，就开始搞不正当关系，就去看滑稽影片开怀大笑。至于别的，我就用不着多说了。"下面是马松、萨拉玛诺，他们想为我辩护，但没什么可说的。轮到莱蒙，他说我是无罪的。但检察官指出他是我的朋友，并且是一个乌龟，而我和这样的人在一起干最荒淫无耻的勾当，为了了结一桩桃色事件就去随随便便地杀人。我的律师辩护说是控告我埋了母亲还是杀了人。检察官说，需要我这位可敬的辩护人那样的聪明才智才能不感到在这两件事之间有一种深刻的、本质的关系。他用力地喊道："我控告这个人怀着一颗杀人犯的心埋葬了一位母亲。"这话似乎在听众里产生了很大的效果，我明白不妙了。

即便坐在被告席上，听大家谈论自己也总是很有意思的，大家谈我的人比谈论我的罪行还多。律师说我有罪但有可以宽恕的地方，检察官说我有罪并且没有可以宽恕的地方。我有一种插话的冲动，但律师不允许，说这样对我更好。于是我很快感到厌烦了。检察官把我的罪证一一列举，包括妈妈、玛丽还有替莱蒙写信把那女人叫来的事，加上我向莱蒙要来了手枪，又一个人回去，在光天化日之下杀了人，甚至为了保证事情干得彻底，还沉着地、在某种程度上经过深思熟虑地开了四枪。总之，我是预谋杀人。他又说，自始至终我都没有表现出丝毫悔恨，这我也不能不承认，因为我对我的行为确实不怎么悔恨。他还探究起我的灵魂来，说我实际上根本没有灵魂，对于人性和人们心中的道德原则一窍不通，他还谈起了明天要审的弑父案，说我是一个在精神上杀死母亲的人，和一个在肉体上杀死父亲的人都是以同样的罪名自绝于人类社会，并且前者只是为后者所做的准备而已。他说我与一个我连最基本的法则都不承认的社会毫无干系，他说：

"我向你们要这个人的脑袋，而在我这样请求时，我的心情是轻松的。在我这操之已久的生涯中，如果我有时请求处人以极刑的话，我却从未像今天这样感到我这艰巨的职责得到了补偿、平衡和启发，因为我已意识到某种神圣的、不可抗拒的命令，因为我在这张除残忍之外一无所见的人的脸上感到了憎恶。”

这时候我已经因为炎热感到昏头昏脑了，庭长问我还有什么要说时，我想说话，但语无伦次，我听到有人在发笑。很快我的律师就发言了，他为我进行了辩护，他很激动，但我看得出他的才智远不及检察官。辩护结束后，他的同事都过来与他握手，说很棒。我也表示同意，但我的赞扬并不真心实意，因为我太累了。

我们等了很久，约三刻钟，我听到了庭长用一种奇怪的方式宣判要以法兰西人民的名义在一个广场上将我斩首示众。庭长问我还有什么话要说，我说没有，就被带走了。

现在是我最后的日子了，我一次又一次地拒绝接待神父，我跟他没什么可说的，我不信也不要上帝，它跟我没关系。我也想过无数次判死刑的人因为一种什么偶然，例如绞索的滑轮停了或者逃跑了而躲过那不可逆转的过程，当然这一切只是想想而已。我还考虑了上诉与特赦，不过事实上我不知道30岁或70岁死有什么区别，反正总是要去死，现在也好，二十年后也好，假如一定要死，那么怎么死，什么时候死，都无关紧要，于是我放弃了上诉。

在神父最后一次来我这里，对我大讲上帝时，我终于忍不住了，我揪住他长袍的领子，把我内心深处的话劈头盖脸地发泄起来，我说他的任何信仰都抵不上一根女人的头发。他甚至连活着不活着都没有把握，因为他活着就如同死了一样。而我，我好像是两手空空。但是我对我自己有把握，对一切都有把握，比他有把握，对我的生命和那即将到来的死亡有把握。是的，我只有这么一点儿把握。但是至少，我抓住了这个真理，正如这个真理抓住了我一样。我从前有理，我现在还有理，我永远有理。我曾以某种方式生活过，我也可能以另一种方式生活。但什么都不重要，我很知道为什么。他也知道为什么。在我所度过的整个荒诞的生活里，一种阴暗的气息穿越尚未到来的岁月，从遥远的未来向我扑来，这股气息所过之处，使别人向我建议的一切都变得毫无差别，未来的生活并不比我已往的生活更真实。他人的死，对母亲的爱，与我何干？既然只有一种命运选中了我，而成千上万的幸运的人却都同他一样自称是我的兄弟，那么，他所说的上帝，他们选择的生活，他们选中的命运，又都与我何干？他懂，他懂吗？大家都幸运，世上只有幸运的人。其他人也一样，有一天也要被判死刑。被控杀人，只因在母亲下葬时没有哭而被处决，这有什么关系呢？今天，玛丽把嘴唇伸向一个新的默尔索，又有什么关系？……

我喊出了这一切，喊得喘不过气来。但已经有人把神父从我的手里抢出去了，看守们威胁我。而他却劝他们不要发火，默默地看了我一阵子。他的眼里充满了泪水。他转过身去，走了。

神父走后，我平静下来，扑到床上，睡着了。我醒来时，发现满天星斗。突然，我第一次向这个世界的动人的冷漠敞开了心扉。我体验到了这个世界如此像我，如此友爱，我觉得我过去曾经是幸福的，我现在仍然是幸福的。为了把一切都做得完善，为了使我感到不那么孤独，我还希望处决我的那一天有很多人来观看，希望他们对我报以仇恨的喊叫声。

简评　加缪的小说从形式到内容似乎都与传统的小说没有太大区别，然而它又是地道的现代派作品。

它的现代派特色在哪里呢？在主人公对于世界的态度上。

读《局外人》时，一个鲜明的印象是，里头的“我”与“他人”——无论是母亲、朋友还是社会——之间，存在着一层极厚的隔膜，这种隔膜将“我”与“他人”分隔成两个互不相关的世界，“我”对于这个世界不过是一个局外人而已。

这令我们不由想起了另一个存在主义大师萨特的名言：他人就是地狱。因此，存在主义作家加缪作品的现代性意义在于它用文学的语言深刻地反映了现代人的心态、现代人存在的状态，具有极其深刻的思想性，这种深刻的思想性通常只有哲学著作能够达到，加缪却通过文学作品达到了。也因此，读毕《局外人》之后，我们通常的做法是掩卷深思。

第五十四章　马尔克斯，当代最伟大的作家

在世的时候——那还是几年前的事，马尔克斯就被公认为是现在还活着的最伟大的作家，所以他也是生活年代距我们最近的最伟大的作家，可称为当代最伟大的作家。

加西亚·马尔克斯的父亲出身贫寒之家，中学时成绩优异，上大学时成绩也很出色，但由于家贫付不起学费，被迫中途辍学，后来遇上了漂亮的伊瓜兰小姐，她是重要的哥伦比亚自由派将军马尔克斯上校的女儿。他们于1927年结婚，次年3月6日就生下了加西亚·马尔克斯，后来还生了11个孩子。

加西亚从小在外祖父家长大，在这里，小马尔克斯最喜欢的事是听外祖母讲鬼故事，对于她而言，现实世界就是一个梦幻世界，屋子里到处充满了鬼怪精灵和先人的魂魄。在她那里，几乎什么事情里面都包含着一个故事，大部分故事都是关于鬼呀、怪呀、神呀或者亡灵什么的，听得他如醉如痴。

外祖母家里还有一些印第安女人帮佣，两个姨妈也住在这里，都是讲鬼的能手，有的据说还能预卜未来。一个姨妈，身体好好的，有一天忽然替自己缝起寿衣来，就在她缝好的那天真的就死了。

这一切都镌刻在小马尔克斯的脑海里，不但激发了他丰富的想象力，而且直接为以后的写作准备了丰富的素材。例如，这替自己缝寿衣的姨妈后来就成了《百年孤独》中的阿玛兰塔。

还有他的外祖父马尔克斯上校，他仪表堂堂，深受当地人尊敬，他曾参加过多次内战，听说年轻时还杀死过本村一个向他挑衅的人，为了避祸，他带领家人远走他乡，在一个偏远的地方建立了一个村庄。他的妻子乃是他的亲表妹，他还曾牵着小马尔克斯的手去香蕉公司冷库看冰，这些情节也都将出现在《百年孤独》里，而他的外祖父将成为《百年孤独》里身经百战的马尔克斯上校的原型。

8岁这年，马尔克斯离开了外祖父家，回到了位于哥伦比亚北部苏克雷省巴兰基亚市的家里，不久进了附近的圣何塞学校。

两年后，1938年，马尔克斯进了巴兰基亚的耶稣会中学，这时候他已经开始写诗。

在这里，也许因为整天想诗和文学的缘故，马尔克斯有些落落寡合，但成绩很好，两年后得了奖学金，能够免费去位于首都波哥大附近的希帕基拉国立学校学习。

马尔克斯在希帕基拉国立学校待了四年，即1940年至1944年。

希帕基拉国立学校有丰富的藏书，在这里马尔克斯阅读了大量西方文学名著以及哥伦比亚本土的“石头与天空”诗派的作品。他还一直有意识地收集写作素材，到16岁离开希帕基拉国立学校那年收集到的素材已经有一大包了。

1946年底，马尔克斯中学毕业了，第二年就进了位于首都波哥大的哥伦比亚大学法律系。但他对法律毫无兴趣，从来没有好好听过课，也根本没打算过拿到毕业文凭后当律师。

这时候马尔克斯爱的只是写作，就在进入大学的这年他发表了第一篇小说《第三次无奈》，写一个死人的各种想法：他在18年前还只有7岁时就死了，但还能继续生长，也能思想，只是不能动弹，是一具“活尸”。

1948年，波哥大发生了一件大事：广受普通哥伦比亚人爱戴的在野党自由党领袖盖坦在光天化日之下被人杀害，他的被害激起了人们的强烈反抗，大规模的抗议活动持续多日，保守党当局残酷镇压，数千人被打死。后来抗议活动从首都发展到全国，终于将哥伦比亚引向残酷的内战，直到1966年才基本结束，期间有数十万哥伦比亚人死于非命。内战期间的基本态势是自由党在全国到处组织游击队反抗保守党，保守党政府则对游击队残酷镇压。马尔克斯的许多作品，包括《百年孤独》所反映的就是这段时期的哥伦比亚。

内战之初，马尔克斯也参加了抗议示威活动，后来学校被当局封闭，他只得离开波哥大，到了父母现在生活的卡塔赫纳市，不久进了《宇宙报》社。

他在《宇宙报》工作了一年多，写了近40篇各类文章。1950年4月，马尔克斯离开《宇宙报》，进入《先驱报》，并在这里开辟了一个叫《长颈鹿》的文学专栏，写些短篇小说和杂感散文之类。这时候他开始写自己的第一部长篇小说《家》，不过他并不满意，也不打算出版。

1953年，马尔克斯又担任了《国民报》的编辑部主任，但第二年就离开巴兰基亚前往首都波哥大。到了波哥大后，他进了一直为其写短篇小说的《观察家报》当编辑，负责电影专栏，写了许多电影评论和新闻报道。经过几年磨砺，这时候马尔克斯写起新闻报道来已经是驾轻就熟、游刃有余了。他的新闻报道与一般人的不一样，读起来就像一个故事甚至一部短篇小说，引人入胜，为报纸吸引来了众多读者。

1955年，波哥大的作家与艺术协会举行文学竞赛，马尔克斯听说此事，便提交了一篇《周末后的一天》，结果顺利获奖。

这一年马尔克斯最重要的作品是《枯枝败叶》，它就是由原来的《家》修改而成的，也是马尔克斯第一部正式出版的长篇小说。由于没有出版社愿意接受，只得自费出版。然而出版之后立即引起了强烈反响，被认为是当年哥伦比亚的最佳小说之一。

这年7月，马尔克斯写了一个长篇的新闻报道《水兵贝拉斯科历险记》，记述一位名叫贝拉斯科的水兵在军舰遇险后被抛进大海，在海上漂流了10天，不吃不喝，竟然奇迹般生还的事。由马尔克斯采访贝拉斯科写成，情节紧张曲折，有如惊险小说，但又是千真万确的事实，轰动一时，使《观察家报》一时洛阳纸贵。这本来对当局没有什么危害，然而由于在里面揭露了政府的军舰竟然被用来运输走私物品，使当权的皮尼利亚将军大为光火，指使新闻检查部门宣称要查封《观察家报》，马尔克斯也面临被迫害的险境。在这种情况下，《观察家报》决定派他去欧洲采访，马尔克斯同意了。

他先到了罗马，1955年底来到了欧洲的文化中心——巴黎。

到巴黎后不久，《观察家报》就被查封了。一直靠薪水勉强维生的马尔克斯顿时陷入了可怕的赤贫，他栖身在最破旧的出租屋里，身上的钱花光后，只能靠沿街捡破烂卖几个钱来填肚子，或者捡一些别人不要的没有肉的骨头熬点汤喝，由于营养不良而骨瘦如柴。有一次实在饿急了，只得向一个路人讨枚硬币好买点面包。

然而，即使贫困如此，他也没有放弃写作，仍然每天写他的小说，常常一写就到天亮。1957年初，他见到了心仪已久的著名作家海明威，给马尔克斯留下了难忘的印象。

这年6月，他在巴黎就遇上了由他的旧相识奥利维利亚率领的哥伦比亚民间艺术代表团，准备去苏联和东欧参加青年联欢节，马尔克斯乘机加入。从1957年6月一直玩到9月，逛遍了整个东欧和苏联。

这年底他接到了委内瑞拉《瞬间》杂志的主编邀请，并提供了回南美的路费，于是马尔克斯打起包就回去了。

1958年，马尔克斯结婚了，妻子是梅塞德斯·巴霞，他们11年前相恋，11年后才与一直在等他的未婚妻举行了婚礼。

马尔克斯此后之所以取得这么大的成就，与妻子的扶助是分不开的，她的细心照料、勤俭持家使马尔克斯能够全心全意地投身于创作之中。

婚后不久，他离开了《瞬间》杂志，到了《委内瑞拉画报》工作，又为《精华》杂志写稿，同时还在别的杂志上发表作品，例如在波哥大的《神话》杂志上发表了名作《没有人给他写信的上校》。

1958年拉丁美洲最重大的历史事件是爆发了古巴革命。不久古巴政府建立了自己的新闻机构拉丁美洲通讯社，他们请马尔克斯负责在波哥大建立分社，马尔克斯同意了，在1959年2月回到了波哥大。

1960年9月他到了哈瓦那，在拉丁社的总部工作了半年，但他自由的个性受不了革命政府的种种限制，他认为“如果我们留在那里，坚持我们的思想方式，最后我们一定会被那些教条主义者扣上‘反革命分子’‘帝国主义走狗’之类的帽子揪出来的。”于是他携娇妻和前一年刚出生的儿子罗德里戈离开哈瓦那，移居美国纽约，同时担任拉丁社驻联合国记者。

但第二年他就辞职了，他又一次失业，便决定去看看福克纳笔下的美国南方，然后从那里一直走到墨西哥，去那儿谋生。由于没钱，一路历尽艰辛。

1961年7月2日，也就是海明威开枪自杀的那天，马尔克斯到达了墨西哥。

次年4月，他出版了《格莱德大妈的葬礼》，这是马尔克斯的重要作品之一，包括八个短篇，所写的同样是马贡多发生的事。不过这年最重要的作品还是《恶时辰》。这年哥伦比亚要举办一次文学评奖，马尔克斯随手寄了被他视为失败之作的《恶时辰》，当时连名字都没署，他信手写下了《无名》就把稿子寄出去了，想不到一下子得了大奖，奖金高达三千美元，这可是马尔克斯从来没有见过的巨款。

1965年的某一天起，马尔克斯开始全心全意地创作他最伟大的作品——《百年孤独》。

那一天是这样来的：那天，他与妻子正开着车奔驰在马路上，准备去旅游，突然他脑海里灵光乍现，知道怎样写他长久以来一直在酝酿的那部小说了，他知道应该像外祖母讲故事那样，从父亲带儿子看冰的那天下午写起。他立即调转车头回家，开始创作了。他迅速写好了第一句、第一段，所谓万事开头难，一旦开好了头，以后的问题就迎刃而解了。

为了专心致志地写作，马尔克斯将刚买的新小汽车卖掉，把钱给妻子以维持接下来几个月的生活，因为这几个月里他只写这部小说，什么活也不干。

事实上，他这一写就是一年半，在这一年半里，他将自己关在写作间里写作，心无旁骛，可以说外面的世界对他而言不存在了。

他之所以能够做到这点，全靠了梅塞德斯，她将家庭生活的一切重担全部承担下来。卖小汽车的钱花光了，她就卖掉了家里的电视机、收音机等几乎所有值钱的东西，实在不行了就去向邻居借钱。由于马尔克斯写作时一页只要有一个字打错就会将整页纸扔掉重打，因此需要大量纸张，而这些都要用钱来买。所幸的是他的邻居是一对善良而小康的夫妻，他们对于梅塞德斯的求助总是来者不拒，才使得马尔克斯这么顺利地整整写了一年半。

一年半之后，书完成了，这就是《百年孤独》，它的稿纸厚1300页，这时他却已经欠下了约1万美元的债务。

1967年5月，《百年孤独》由阿根廷的南美出版社出版了，它立即激起了无比强烈的反响。整个文学史，尤其是现代文学史上很少有这样的盛况：从普通读者到批评家到著名作家，无数人立即对它着了迷，在讲西班牙语的世界，除了塞万提斯的《堂·吉诃德》，还从来没有这样的情形。确实也有许多人认为它是自《堂·吉诃德》以后最伟大的西班牙语文学作品，堪与《堂·吉诃德》媲美。它的影响迅速超越了西班牙语世界，其他文种的译本迅速出现，几个月内便有了近20种语言的译本。

《百年孤独》的走红受惠的不仅仅是马尔克斯及其作品，而是整个拉丁美洲文学，它引起了世人不只对《百年孤独》而是对于整个拉丁美洲文学的高度关注。

《百年孤独》就像一盏明灯，给世人照出了一片文学的新大陆——拉丁美洲文学，它那独特无比、魅力无边的写作手法使整个人类文学的面貌为之一新。

《百年孤独》的出版使马尔克斯几乎在一夜之间成了当代最伟大的作家之一，成了无数人崇拜的对象，成为新闻记者争相报道的对象。无论他走到哪里，总有这些崇拜者和“狗仔队”紧追不舍，使得他无法正常工作。到1967年10月，马尔克斯再也忍不住了，毅然离开住了6年的墨西哥城，漂洋过海迁居到了遥远的西班牙大城巴塞罗那。

住到巴塞罗那后，开始一年多没人来打扰他，他可以安静地写作，他每天早晨开始在一种特别的稿纸上写作，写了一些后，就修改誊清，放到一边，继续写下去。对于那些不满意的初稿则毫不客气地扔进字纸篓。

这时候他开始着手写另一部长篇小说《家长的没落》。1968年时，他发表了《巨翅老人》和《世界上最漂亮的溺水者》，都是精品之作。第二年又发表了《纯真的埃伦蒂诺和残忍的外祖母——一个令人难以置信的悲惨故事》。这年《百年孤独》的意大利文译本获得了“齐安恰诺”奖，并被法兰西学院评为当年的最佳外国小说。

到1970年，他已经名满天下，成为全世界最知名的哥伦比亚人的马尔克斯接到了一个提议，当时的哥伦比亚外交部长请马尔克斯出任哥伦比亚驻巴塞罗那总领事。这个建议不久就被传开了，大家议论纷纷。于是，马尔克斯就在1971年2月发出了一封公开信，公开拒绝了政府的任命。但下一年他接受了另一个荣誉：美国哥伦比亚大学授予的荣誉文学博士学位。

马尔克斯虽然是个作家，但并不是眼睛里只有写作的人，他一向关心政治，1973年他公开表示愿意加入委内瑞拉社会主义运动党，对于社会主义他这样说：

我是一个无用武之地的共产党人。不过，我仍然相信，社会主义是一种现实的可能，这对拉丁美洲来讲是个不错的途径，为此应该进行更积极的战斗。

自从1967年的《百年孤独》后，马尔克斯一直没有出版过长篇小说，是不是他江郎才尽了呢？当然不是。事实上，从1968年起他就在创作另一部巨作了，这就是《家长的没落》。但直到1975年5月，《家长的没落》才终于在西班牙面世，迅速引起了巨大反响，被尊为又一部经典之作，美国《时代》周刊将其评为这年的世界十大优秀作品之一。

这一年，马尔克斯从墨西哥城搬到西班牙巴塞罗并在那里生活了8年之后，又搬回了墨西哥城。

1976年，马尔克斯突然做出了一个令世人惊讶不已的决定：只要智利的独裁者皮诺切特不倒台，他就不再发表小说。

此后，马尔克斯将主要精力用于写政治新闻，他去了许多新兴社会主义国家，例如非洲的安哥拉、莫桑比克，亚洲的越南等，写出了许多优秀的政治新闻作品，也成为国际知名的政治新闻记者之一。

1979年，马尔克斯关心政治达到了顶点，他建立了一个“哈伯亚斯基金会”，其宗旨是维护拉丁美洲国家的人权。基金会的资金主要靠马尔克斯的钱来维持，现在他已经很有钱了，每年收到的版税、卖出作品的电影版权所得的收入等都很高。

1980年，在外国生活多年之后，马尔克斯终于回到祖国生活，但由于他在政治评论中一再抨击当时的哥伦比亚政府当局，特别是当时的自由党总统图拜，终于激怒了他们，他们向马尔克斯发出了逮捕的威胁。

这样的结果是，1981年3月16日，马尔克斯向墨西哥驻哥伦比亚大使馆发出了政治避难的请求。第二天，他们夫妻便由墨西哥外交官陪同，驱车前往波哥大机场，飞往墨西哥避难去了。

到墨西哥后，他继续从事新闻写作。这年底，他获得了当时的法国总统密特朗授予的荣誉军团勋章，密特朗在授奖时赞美马尔克斯是一位“伟大的作家”。

到1981年，马尔克斯坚持他不再发表小说的诺言已有5年，在各方面的强大压力下，他终于坚持不下去了。他自己也认识到：“如果我能够写出好书，那将比我搁笔坐视更能打击皮诺切特。”这年4月，他出版了中篇小说《一件事先张扬的谋杀案》。一经出版就引起轰动，销量空前，第一版印了100万册，第二版150万册，还译成了几十种外文。各种评论也充斥报端，掀起了另一股“马尔克斯热”。

1982年5月，马尔克斯应邀担任了著名的法国戛纳国际电影节评委，还应密特朗总统的邀请当了西班牙语国家与法国文化交流委员会的主席。这些足以显示马尔克斯在文学界执牛耳的地位了。

于是，另一桩更大的荣誉的到来就成了水到渠成之事。

1982年10月21日，瑞典皇家学院宣布将这年的诺贝尔文学奖授予哥伦比亚作家加西亚·马尔克斯。

由于马尔克斯良好的人际关系、已有的崇高地位和他的身份——他是整个西班牙语文学和拉丁美洲文学的代表，他的获奖引起的轰动远远超过我们此前看到过的那些诺贝尔文学奖的获得者们，例如纪德、海明威或者加缪。向他道贺的不但有许多著名作家和无数普通人，还有许多国家元首，例如法国总统密特朗、西班牙国王胡安·卡洛斯、古巴总统卡斯特罗、哥伦比亚当时的总统贝坦库尔，以及墨西哥、委内瑞拉、厄瓜多尔等国的总统总理，等等。最热闹的当然是哥伦比亚，举行了各种形式的庆祝活动，他的家乡阿拉卡塔卡更是举行了不亚于狂欢节的庆典，他的父母、11个弟弟妹妹和数不清的侄儿侄女真是无比自豪。

当他抵达斯德哥尔摩领奖时，可不是一个人或一帮人，而是整整一飞机的人，这里有他的朋友、亲人，有政府官员，还有一个完整的哥伦比亚民间乐队。仿佛这次不是马尔克斯去领奖，而是哥伦比亚甚至整个拉丁美洲和西班牙语文学界去领奖呢！

1982年12月10日，晚上，在斯德哥尔摩的诺贝尔奖颁奖大厅举行了隆重的颁奖仪式，马尔克斯从瑞典国王手中接过了15万美元奖金和镌刻着诺贝尔肖像的金质奖章。

接着，瑞典皇家学院常任秘书宣读了授奖辞，其中有这样的话：

加西亚·马尔克斯先生：

> 在这短短的时间里，我只能描绘出您的文学作品个别基本的、比较抽象的情况。当然，您的长篇和短篇小说是全面的，可以说它们具有全人类的意义和影响。但它们并不深奥难懂。
>
> 相反，您的作品具有生动的艺术真实性和对现实的高度凝聚力，这是任何抽象的概括所不能给予正确评价的。我所能做的就是劝那些没有读过这些作品的人去阅读它们。

确实，这话是对马尔克斯作品的抽象而简要的评价，如果我们想理解马尔克斯，就应该读他的作品，那的确是引人入胜的，与我们中国现在的这些小说味道迥然不同。

第五十五章　《百年孤独》，当代文坛最伟大的作品

《百年孤独》是魔幻现实主义的代表之作，也是整个现代派文学的经典之一，甚至堪称是当代世界文坛最伟大的作品。

早期马贡多　许多年之后，面对行刑队，奥雷良诺·布恩地亚上校将会回想起，他父亲带他去见识冰块的那个遥远的下午。

这时的马贡多还是一片崭新的天地，这里的许多东西连名字都没有。每年3月，这里总会涌来一伙吉卜赛人，他们搭起帐篷，吵吵嚷嚷地向村民们介绍外面世界的新发明，这些人当中包括墨尔基阿德斯，他带来了一块磁铁，称是马其顿炼金术士们创造的世界第八大奇迹。他拽着磁铁挨家挨户走着，村民们惊异地发现，那些铁盆、铁钳等东西纷纷从原地落下，木板里的铁钉也因为拼命想挣脱出来而嘎嘎作响，他们成群结队地跟在墨尔基阿德斯后面乱滚。

霍塞·阿卡迪奥·布恩地亚认为可以用磁铁来从地底下吸出金子来，就像吸出铁来一样，于是不顾妻子的阻拦，用一群家畜换来了磁铁，开始了他毫无结果的“吸金”活动。

墨尔基阿德斯后来还送给了霍塞·阿卡迪奥·布恩地亚一间炼金试验室。霍塞·阿卡迪奥·布恩地亚花了大量时间，将铜屑、硫黄、雄黄、铅等还有他费尽心机从妻子乌苏拉那儿哄到的30枚金币放到一起熔炼，结果，这些珍贵的金币成了粘在锅底抠都抠不下来的锅巴。

这一切让他的妻子、沉默而坚强的乌苏拉难以容忍，当她正准备反击时，吉卜赛人又来了，这次他们带来的玩意儿更加可怕：本来早已经老态龙钟的墨尔基阿德斯，这次竟然变成了一个充满朝气的年轻人！原来没有一颗牙齿的口里也有了满口新牙。更令霍塞·阿卡迪奥·布恩地亚惊奇的是，当墨尔基阿德斯将口里的牙齿——原来是假牙——取出时立即就变回了原来的糟老头子。

这时候的霍塞·阿卡迪奥·布恩地亚已经有两个儿子了，大儿子霍塞·阿卡迪奥

14岁，小儿子奥雷良诺6岁，他是创立马贡多后出生的第一个孩子，也是本书开头那个面对行刑队的人，他好静而孤僻，却有某些奇能。

在所有吉卜赛人的新玩意儿中，霍塞·阿卡迪奥·布恩地亚最迷的是冰块，当他从来没有接触过冰块的手放到上面时，他大声宣布：“这是我们时代最伟大的发明。”

这时候村子里有一个轻佻、满嘴脏话、同无数个男人睡过觉的女人，名叫庇拉·特内拉，她用纸牌算命，看自己要和哪个男人睡觉，她发现了强壮如牛的霍塞·阿卡迪奥已经成熟后，不久就把他拉上了床。初尝性事的霍塞·阿卡迪奥立即被迷住了，还将与庇拉·特内拉之间的性事秘密全都告诉了弟弟奥雷良诺。

乌苏拉又怀孕了，在1月的某个星期四的凌晨两点，阿玛兰塔出生了，乌苏拉在别人能够看到之前小心地看了看，虽然瘦得像条小蜥蜴，但还是个正常孩子，没有猪尾巴。

这时候，另一条小生命也快要降生了，庇拉·特内拉告诉霍塞·阿卡迪奥：“你就要有儿子了。”这使得他陷入烦恼之中，他开始躲开庇拉·特内拉。

就在乌苏拉生下孩子40天左右，另一群吉卜赛人来了，他们带来了会在天上飞翔的毯子和将人变成蛇。霍塞·阿卡迪奥喜欢上了这里一个美丽而纤弱的吉卜赛姑娘，他在遇到她的第一天就同她上了床，然后跟着她走了。

霍塞·阿卡迪奥·布恩地亚对儿子的出走一点也不急，乌苏拉只好自己去找，结果也失踪了。

这时候霍塞·阿卡迪奥·布恩地亚的试验室里发生了怪事：一根试管突然重得无法搬动、工作台上的水自己就沸腾起来、阿玛兰塔的摇篮自己在屋子里兜起圈子来，等等。这让霍塞·阿卡迪奥·布恩地亚父子高兴万分，认为是新物质诞生的征兆。

乌苏拉一脸平静地回来了，跟在后面的是同马贡多人一样的人：他们来自大沼泽另一面，距马贡多只有两天路的市镇，那里的人们每月都能收到信件，能看到造福于人类的机器。

庇拉·特内拉的孩子生下两个星期后被送到了霍塞·阿卡迪奥·布恩地亚家里，因为他不愿意自己的苗裔在外漂泊，这个孩子被取了他父亲同样的名字霍塞·阿卡迪奥，为了避免混淆，大家只叫他阿卡迪奥。

这时候，外面的文明世界已经迅速占领了马贡多，这里成了一个繁华的市镇。

一个星期天，雷蓓卡来了，她是个11岁的孤儿，她带来了她父母的遗骨和一封言辞恳切的信，声称她是霍塞·阿卡迪奥·布恩地亚的远房亲戚的孩子，并请求他们照顾这可怜的孤儿。

雷蓓卡开始时是一个健康状态不佳的胆怯的孩子，她父母的骨殖很长一段时间里到处作祟，常常自己在大家意想不到的地方出现，并且像生蛋母鸡似的“咯咯咯”乱响。更可怕的是，雷蓓卡还有吃土的恶习，她靠吃土来维持生命。但通过乌苏拉的大力教训，她终于变正常了，成了一个能干的讨人喜欢的孩子和霍塞·阿卡迪奥·布恩地亚家的一员。

然而，他们不知道，雷蓓卡已经患上了失眠症！

不久，失眠症显示了它可怕的威力，先是霍塞·阿卡迪奥·布恩地亚一家，然后是整个马贡多人都患上了失眠症。一开始，大家都认为没什么，他们夜以继日地干活，然而不久所有的活都干完了。他们变得无聊透了。更可怕的是，随着失眠症而来的是健忘症，他们慢慢地忘掉了日常用品的名字，忘掉了最熟悉的童年往事。不久他们不得不在所有的东西上贴张纸条，上面写了这东西的名称和用途，如在牛身上贴了这样的条子：“这是牛，每天早晨应挤奶以生产牛奶，牛奶应在煮沸后加入咖啡，配制牛奶咖啡。”

然而，他们也知道这一切只是暂时的，他们迟早会连文字的意义也忘掉。

直到有一天，霍塞·阿卡迪奥·布恩地亚家里来了一个衰朽的老人，他从随身携带的装满怪东西的箱子里倒了一些液体给霍塞·阿卡迪奥·布恩地亚喝，霍塞·阿卡迪奥·布恩地亚的记忆豁然开朗，立即认出了老人就是墨尔基阿德斯。

墨尔基阿德斯曾经遭遇过死神，由于不能忍受阴间的寂寞又重返人间，他决定在马贡多定居。这时候，由于他忠实于生活，遭到部落唾弃，并被剥夺了一切超人的神力。他跑到马贡多这个死神尚未光临过的地方来隐居。他在这里建起了一个铜版摄影室，不用说马贡多的人们第一次看到照片时有多么惊奇。

奥雷良诺现在在干银匠活，他技艺高超，工作室就与墨尔基阿德斯的试验室合在一块。

但他在人事上仍然一窍不通。一天，马贡多来了一个近两百岁的游吟歌手，他曾经与魔鬼对歌并击败了他。同来的还有一个老太婆，她带来了自己的孙女，以20个生伏太一次供男人们发泄。奥雷良诺也稀里糊涂地进去了，他得知这个可怜的瘦骨嶙峋的小女孩，以20生伏太的价格，每天接70个客人也要10年才还得清她欠的所谓的债！虽然他们两个再三努力，奥雷良诺也没有干成事，他心里直想哭，准备打一辈子光棍。

这时候乌苏拉正在振兴着这个家，她靠糖制品买卖挣了不少钱，决定大兴土木，建筑一座马贡多前所未有的大房子。

不久老房子里到处堆满工具，更热闹了，连雷蓓卡的父母的骨殖袋也不失时机地来凑热闹，到处“咯咯咯”地跟着工人们，令他们心烦意乱。

有一天，当房屋行将竣工时，马贡多来了一位镇长，他命令村民们将所有房子涂成蓝色而不是他们一向喜欢的白色。

这镇长的出现是马贡多剧变的开始。

奥雷良诺心里开始躁动不安了，因为他看见了镇长如天使一般美丽的小女儿雷梅苔丝。

乌苏拉洁白巨大的房子终于落成了，她用马贡多人从来没有过的各种豪华的东西装备着它，其中包括一架自动钢琴，它能够自己按着乐谱弹奏。为了安装这个新奇玩意儿，克雷斯庇来了，他是马贡多的姑娘们从来没有见过的最漂亮、最有教养的男子，他还教雷蓓卡和阿玛兰塔跟着钢琴的节拍跳舞。结果，雷蓓卡和阿玛兰塔都爱上了他，爱得如醉如痴。

现在，霍塞·阿卡迪奥·布恩地亚的家里充满了一样新奇的东西——爱情，它像空气一样到处弥漫。

就在年轻人们忙于恋爱时，墨尔基阿德斯正在迅速地走向死亡。他不知年岁，已经衰朽不堪，甚至于死过若干回，但这次他真的死了，死于水中。霍塞·阿卡迪奥·布恩地亚按照他死前的话，在他的尸体旁边烧了三天水银，直到他的尸体上起了紫斑发臭，才以最隆重的仪式安葬。

由于克雷斯庇选择与蕾蓓卡订婚，阿玛兰塔气得发疯；乌苏拉决定带她出去旅行找对象，她们一走，房间顿时空了，墨尔基阿德斯的幽灵便成天在房间里转悠，而霍塞·阿卡迪奥·布恩地亚也进入了一个幻想世界，终于完全疯了，奥雷良诺找了马贡多最强壮的20个男人才将他制服，捆绑在院子里的栗树下。乌苏拉回来时他已经认不出她来了，她在他头上搭了个棚子，阻隔日晒雨淋。

一个星期天，奥雷良诺与雷梅苔丝举行了婚礼，婚后她立即得到了布恩地亚全家人的热爱，她勤劳、孝顺、充满爱心。来替她主持婚礼的是一个远方来的牧师雷依纳神父，他看到马贡多的人们竟然不施行洗礼，连教堂都没有，大为愤怒，决定在这里兴建一座全世界最大的教堂。为了表现出神的伟力，他在马贡多人面前喝下一杯热巧克力，使自己双脚离地十五厘米。马贡多人被他的神力折服了，纷纷捐款，他的教堂开工了，进展迅速。

克雷斯庇和雷蓓卡原来准备等教堂一完工就举行婚礼，但雷梅苔丝的死却使婚礼无限期地推迟下去了。雷梅苔丝是这样死的：她的内脏像打嗝似的撕裂，一股热乎乎的液汁喷了出来。

一天，一阵地震似的声音传来，一个可怕的巨人，他的脚步踩在地上发出隆隆巨响，径直走了进来，这就是失踪了好多年的霍塞·阿卡迪奥。他曾经的历险是一部恐怖的传奇，他环球航行过65圈，曾经靠吃同伴盐腌的尸体活了下来。住在家里后，他打鼾的声音有如雷鸣，呼吸有如火山爆发，他靠在外面与女人干那事儿并收她们的钱厮混过日子。家里的女人都不喜欢他，只有雷蓓卡，他那山岳一样庞大和猛兽一样强壮的体魄使她意乱情迷，比起他来，克雷斯庇是只可怜的小鸡。有一天，她不知不觉地走到了正睡午觉的霍塞·阿卡迪奥面前，三天后他们就结婚了。但乌苏拉认为这对兄妹结婚是大逆不道，她不允许他们再踏进家门，他们俩便在墓地对面租了间小屋，他们的邻居从此倒霉了，他们叫床的声音响彻云霄，夜里要吵醒邻居们八次，白天午睡时还有三次。

不过这些已经不重要了，一件更重要的事浮现了，这就是大选。

革命与战争 这时候哥伦比亚正面临着执政的保守党和在野的自由党之间的激烈纷争，不久战争爆发了。

一天拂晓前，一队士兵由上尉带着悄悄来到马贡多，从此成了这里的统治者，每天都要到镇民们家里征税，还命令四个士兵冲进一个被疯狗咬伤的女人家里，将她拖出来当街用枪托砸死。

一天晚上，在与岳父玩牌玩到夜里九点后，奥雷良诺走到了一个同伴马尔克斯家，对他说：“你将年轻人组织起来，我们要打仗了。”

深夜，21名年轻人由奥雷良诺指挥，突然攻占了兵营，夺取了武器，并在院子里将那个上尉和砸死妇女的四个士兵枪毙了。

天亮后，奥雷良诺任命此前已经担任了马贡多第一所学校校长的阿卡迪奥为镇子的行政和军事首脑，然后带领他的士兵们与起义的革命军将领会师去了。

霍塞·阿卡迪奥成为镇子首脑后，读了几张报纸，就开始执政了，不久便成了马贡多有史以来最残暴的统治者，直到有一天乌苏拉扑过来狠揍了他一顿为止。

此前，阿卡迪奥像他的父亲霍塞·阿卡迪奥以及奥雷良诺一样，对庇拉·特内拉产生了扼制不住的欲望——他从来不知道庇拉·特内拉就是他亲生的母亲，可怜的庇拉·特内拉从来都不敢说，虽然她天天在乌苏拉的屋子里出入，但从来都不曾说过。庇拉·特内拉只得要他在晚上等她，她用尽平生所有的积蓄，将一个处女送上了儿子的床。当他成为镇子的新首脑时已经与那个处女有了个女儿。

他的掠夺还没有停止，他与父亲霍塞·阿卡迪奥合谋，对马贡多进行了空前贪婪的掠夺。直到有一天，大批政府军冲来将马贡多占领为止，阿卡迪奥投降被俘了，随后被处死。

乌苏拉从政府公告上得知，自由党的武装起义已经失败了，奥雷良诺已经被俘虏，并要被押回马贡多来枪毙。奥雷良诺一生有多次面临死亡，但他都事前有强烈的预感，因而逃脱了死神。

这时候政府军的军官们也在犹豫着、争论着，到底由谁来担负枪毙的差使。因为有一种甚嚣尘上的传言：枪毙奥雷良诺·布恩地亚上校的人即使逃到天涯海角也要被杀死。

这天清晨，上尉带着行刑队往公墓那边走去。奥雷良诺面对行刑队的枪口时，他闭上眼睛，仿佛看到了多年前的那个下午，父亲带他在吉卜赛人的帐篷里看见了冰。

霍塞·阿卡迪奥出现了，手里执着猎枪，上尉高兴地大喊了一声上帝，立即释放了奥雷良诺——他的正式称呼早就是奥雷良诺·布恩地亚上校了。行刑队一起加入了上校的队伍，他们前去营救正要被政府军枪毙的革命军将领，但当他们到达时，将军已经被枪毙了，于是奥雷良诺被推举为革命军总司令。

从此，有关他的传说更多了，政府公告一会说他被枪毙，一会又说他在某个地方举行了起义，这样天天变来变去，使得他好像不停地重生，不停在出现在每个地方。

最后确切的消息是，奥雷良诺·布恩地亚上校统领装备精良的两千多名土著人占领了战略要地里奥阿查，在那里建立了大本营。三个月后，他胜利开进马贡多。这时候他与庇拉·特内拉生的孩子奥雷良诺·霍塞已经长得和父亲一样高大了。

奥雷良诺·布恩地亚上校回来后，霍塞·阿卡迪奥仍然享用着他在阿卡迪奥执政时霸占的土地，不过他的好日子并没有持续多久，就发生了一件，也是唯一的一件马贡多从来没有查明原因的事。一天，当霍塞·阿卡迪奥刚关上门，一声枪响，震动了整幢房子。

一股鲜血从门下流出，流过客厅，流出家门淌到街上，在高低不平的人行道上一直向前流，流下台阶，漫上石栏，沿着土耳其人大街流去。先向左，再向右拐了个弯，接着朝布恩地亚家拐了一个直角，从关闭的门下流进去，为了不弄脏地毯，就挨着墙角，穿过会客室，又穿过一间屋子，划了一个大弧线绕过饭桌，急急地穿过海棠花长廊，从正在给奥雷良诺·霍塞上算术课的阿玛兰塔的椅子下偷偷流过，渗进谷仓，最后流到厨房里，那儿乌苏拉正预备打36只鸡蛋做面包。

可后来却无论如何也不明白他是怎么死的，因为他身上没有任何伤口。他被安葬时，大家用尽了办法也不能清除他身上那股刺鼻的火药味，甚至用文火和香料煮了整整一天也不行。尸体被装进一具特制的封得严严实实的棺材里，还在他墓地周围砌了一堵墙，然而种种方法都不能阻隔那散发出来的火药味，直到多年以后，香蕉公司的工程师给坟包又加了一层混凝土，那气味才终于止住。

奥雷良诺·布恩地亚上校任命马尔克斯上校为马贡多的首脑后就走了。一天他给乌苏拉送来一张条子，告诉他父亲快死了。

这时候，霍塞·阿卡迪奥·布恩地亚已经在那棵栗树下捆了几十年，早已经完全失去了与正常人包括乌苏拉交流的能力了。乌苏拉也感到他真的要死了，于是将他弄回来，但他已经有了随意增加自己体重的本事，好多个男人都抬不动他。这时候能与霍塞·阿卡迪奥·布恩地亚交流的唯一的人是若干年前被他用标枪杀死的阿基拉尔，他们一直在商量建一个设备完善的养鸡场，专门饲养杰出的斗鸡，好在无聊的阴间有事儿干。

霍塞·阿卡迪奥·布恩地亚死的那天，天上像下雨似的落下许多小黄花，下了整整一夜，第二天清晨，街上像铺了厚厚实实的一层地毯。

局势好像平静了，自由党和保守党政府达成了协议，自由党以和平换取三个政府部长职位。但奥雷良诺·布恩地亚上校不同意这样的协议，他秘密回到马贡多，又立即走了，不久他发动了起义。

这时候马贡多的市长是蒙卡达将军，他为马贡多建立了良好的秩序，在马贡多的新学校里，第一批学生中有雷梅苔丝，她是阿卡迪奥的女儿，还有他的双生子奥雷良诺第二和霍塞·阿卡迪奥第二，像奥雷良诺与庇拉·特内拉的儿子奥雷良诺·霍塞一样，他们都是由阿玛兰塔一手抚养长大的。

奥雷良诺·霍塞要跟阿玛兰塔结婚，但阿玛兰塔怎么能够同意？她是他的亲姑妈，实际上是他的母亲一样。直到最后他都没有成功，他只好从别的女人那里寻找安慰。他经常去他的母亲庇拉·特内拉那里，会算命的庇拉·特内拉算出来儿子被打上了死亡的烙印，于是当有一天他要去看剧时，她劝阻他，但他不听，结果，在剧院门口，他被实际上统治这里的上尉一枪打穿了胸膛。

这时候，奥雷良诺·布恩地亚上校已经发动了他规模最大的一次起义，10月1日，他统领装备精良的部下杀回马贡多。

现在的奥雷良诺·布恩地亚上校变了，他战争的目的已经不是什么自由党与保守党之争，而是权力了，他已经成了一个冷酷的统治者，他下令任何人不得走近他三步之内，否则将被处死。他将反对他的革命军将领剁成肉酱，并因此成为革命军无可争议的总司令。

当马尔克斯上校指出奥雷良诺·布恩地亚上校只为了夺取政权而战是一种背叛时，他毫不犹豫地将他交给革命法庭并被处以死刑。

如果照此下去，我们将会看到又一个暴君的出现，但乌苏拉及时阻止了这一切的发生：她走到儿子面前，以一切最庄严者的名义起誓，如果马尔克斯上校被处死，“不管你钻到哪儿，我都要把你拖出来，用我的双手把你杀死”。

这样，就在拂晓，马尔克斯上校被处死前一小时，奥雷良诺·布恩地亚上校来到他的牢房里，带他出来，要与他一起来结束这场“狗屎不如的战争”。

虽然结束一场战争比发动一场战争更难，但奥雷良诺·布恩地亚上校这时候显示出了甚至比在战争时候更加杰出的才能，经过难以想象的苦难和危险，他结束了战争，并尽量为放下武器的革命者们争取到了最好的条件。

在停战协议正式签署前，奥雷良诺·布恩地亚上校不停地在家里活动，致力于消除世界上有关他的一切踪迹，他送掉了衣服，埋掉了武器，烧毁了大堆诗稿，并要他的医生告诉他心脏的确切位置，医生在他的胸脯上画了一个小圈。

停战协议一签署，上校就到了设在旁边的一个帐篷里，用手枪里最后一颗子弹击向胸膛上的小圈。结果他没死，他的医生事后得意地说：那是胸前唯一一处可以穿透身体而不会造成致命伤害的地方。

不过他的战争是结束了。从此上校就生活在他自己的世界里了：他成天躲在年轻时用过的银匠间里，在那里打造他的小金鱼，然后用小金鱼换来金币，然后将金币打造成小金鱼，如此周而复始。

这时候在乌苏拉家里，她还是一家之长，但年轻一代已经成长，现在家里最活跃的是三个曾孙辈：他们是阿卡迪奥的三个孩子：俏姑娘雷梅苔丝和一对双生子霍塞·阿卡迪奥第二和奥雷良诺第二。

霍塞·阿卡迪奥第二和奥雷良诺第二长得一模一样，施洗礼那天，阿玛兰塔给他们每人戴上了标记各自名字的手镯和衣服。上学时，为了淘气就各自换了手镯和衣服，这样换来换去的结果就是谁也不知道究竟哪个是奥雷良诺第二哪个是霍塞·阿卡迪奥第二了。

12岁那年，奥雷良诺第二想方设法进了墨尔基阿德斯的房间，虽然自从几十年前墨尔基阿德斯死后这里从来没有人进来过，但当他进去时，这里竟然好像才刚刚有人打扫过，不但桌子上墨水未干，连炉上的余火都没有熄灭，搁板上放着一卷手稿。奥雷良诺第二阅读发现这是许多无头无尾的故事，他知道是密码，但无法破译。后来墨尔基阿德斯的幽灵出现在房间里，将他古老的智慧交给了奥雷良诺第二，然而却不肯翻译手稿上的话，他说："不满一百年，谁也不该懂得它的意思。"

一件偶然的事使奥雷良诺第二从对手稿的沉思中脱身出来。一次，他上街时，一个女人像熟识他一样跟他打招呼，他跟着她到了床上。奥雷良诺第二知道她是将他与霍塞·阿卡迪奥第二错认了，但他将错就错，从此这个女人对他一往情深。

这个女人名叫佩特拉·科特，成了奥雷良诺第二的福星，她有一种非凡的能使牲畜繁殖的本领，他只要带她骑着马到他的畜栏里兜上一圈，他的禽畜们就会像爆炸似的大群产仔，他的财富也像瀑布似的从天而降了。奥雷良诺第二尽情地享受财富，甚至有一天把乌苏拉的大房子里里外外糊了一层钞票。

这时候的马贡多也像布恩地亚家的财富一样，惊人地繁荣昌盛。

至于霍塞·阿卡迪奥第二，他搞了一个巨大的工程：他要在马贡多前面那条河里开辟出航道！这项工程之巨大可想而知，但凭着他祖先遗传下来的无穷精力还有兄弟给的大笔钱财，他取得了一次成功：从沼泽地外面通过他开辟的航道用木筏运回来了一帮风姿绰约的时髦女郎。她们在马贡多掀起了一次狂欢节，俏姑娘雷梅苔丝成了狂欢节女王。

俏姑娘雷梅苔丝的美貌这时候已经远远地传出了沼泽地，成了一种神话，乌苏拉一直害怕这种美貌会带来伤害，从来不允许她在人前露出她的脸来，但一次偶尔的露出已经让所有惊鸿一瞥的男人发疯了！一个最英俊的男人因她而死。然而她心中根本没有爱情的概念。

在狂欢节达到最高潮时，从沼泽地那边来了一队人，抬着轿子，里面坐着一位说多美有多美的女人，他们是赶来参加狂欢节的，美女就是他们的女王。后来她成了奥雷良诺第二的妻子，名叫菲南达。

菲南达来自遥远的荒凉的海边一个古老而极其虔诚的家族，也许还是王族，不过早就衰朽而贫困了。她是最后的孑遗。她与奥雷良诺第二结婚时，就在一张日历上钩来钩去，除去各种神圣的必须禁欲的节日和经期，结果一年能够做爱的天数只有42天。直到新婚后的两个星期才轮到第一天能够同床的日子，那天，当她丈夫进入她的房间时，差点笑死了：菲南达全身包裹得严严实这，只在裤子下方开了一个大洞。

与这样的妻子过日子自然没什么趣味，于是奥雷良诺第二又回到佩特拉·科特身边去了，他甚至使妻子相信了佩特拉·科特有那种使牲畜大量繁殖从而给他们带来财富的神奇本领，使他得享齐人之乐。

此时乌苏拉和阿玛兰塔都已老去，菲南达便自然而然成了一家之长，她使原来成天敞开门欢迎客人的乌苏拉家成了贵族的古堡，整天大门紧闭。

菲南达给奥雷良诺第二生了两个孩子，儿子同他的曾祖父和祖父一样仍叫霍塞·阿卡迪奥，女儿叫雷梅苔丝。

现在有关奥雷良诺·布恩地亚上校的传说已经成了神话，政府想要给他授勋，这事传遍了全国，于是引来了一群特别的人，就是上校的17个私生子。他们是上校在长期的征战中在各处留下的种子，因为按照当时的风俗，那些母亲总是在夜里把女儿送到最杰出的武士的床上，好让她们的后代更出色。17个私生子没有经过商量，来自大地的各个角落，却在同一天齐聚到了乌苏拉家，他们的头发肤色个头差别很大，却统统有一个共同的特点，就是脸上那孤独的表情，使人一眼就可以看出他们属于布恩地亚家族。

他们的到来给了奥雷良诺第二一个大肆庆祝的好机会，几天狂欢过后，他们到教堂去，神父像对所有人一样，在他们额头上画了一个十字，其他人的都能够轻易洗掉，他们的却无论如何也洗不掉。他们在热闹非凡的欢送中回去了，只有一个留了下来，他叫奥雷良诺·特里斯特，他在市郊开了间制冰厂，很快取得成功。

当特里斯特想租间屋子时，看中了一幢好像几十年前就没人出入了的大房子，然而，当他撞开房门进去时，却看见了几乎瘦成了骷髅的雷蓓卡，她仍活着。

第二年，17个奥雷良诺们又回来了，这次另一个留了下来，他叫奥雷良诺·森特诺，他跟特里斯特一起干。他有两个神奇的本领：一是有惊人的毁坏本领，无论什么东西一到他手上准会坏掉，二是有同样惊人的制造能力，他将制冰厂的产量大大增加了，远远超过了马贡多的所需。于是他们决定兴建一条铁路，将冰运到外面去卖。

奥雷良诺第二按一贯的慷慨给了特里斯特所要的钱数，他走了，很久都没回来，当大家都以为他圈了奥雷良诺第二的钱跑了时，他回来了，一起回来的还有铁路和用鲜花装饰起来的列车。

列车的到来像战争的到来一样根本性地改变了马贡多。

繁荣与死亡　列车通车后，大批外乡人涌入马贡多，使马贡多一下子热闹起来，不过使这里发生最大剧变的是一位美国佬，他带来了一列车一列车的人，使马贡多变成了喧嚣的海洋，新屋子像笋子似的长出来，以至于老马贡多人必须在一大早起床时仔细看看，好认清楚街道现在的样子，记住回家的路。

马贡多只知道美国佬要在这里、在无边的沼泽地带种香蕉了。

在原来乌苏拉的家里受到这喧嚣影响最小的就是俏姑娘雷梅苔丝了，她几乎与所有人完全不同，完全不属于这个世界，似乎对尘世的一切都有绝对的免疫力。她不做任何女人该做的事，甚至于不爱穿衣服，只光着身子套一件自己做的宽松的粗麻布套衫，一看就知道是中空的。

俏姑娘雷梅苔丝有一种能力，几乎能杀死任何对她动念头的男人，那些看到她俏丽得无法形容的男人，脸上总显出一种痛苦的神情，那是一种被美丽征服、无可挽回地征服，愿意或者说无奈地献出自己性命的表情。如果不是后面发生的事，不知道还要死多少个男人。这是3月的一个下午，在花园里，雷梅苔丝抓着一张床单，升上天去了，永远地消失在太空。

现在的马贡多已经是美国人的天下了，由握着大砍刀的恶棍统治，一个老人带着7岁的孙子仅仅因为在街上喝汽水时碰着了一个警察，竟然被砍成了肉泥。

这些行为终于激起了奥雷良诺·布恩地亚上校的愤怒，他声称要把兄弟们武装起来消灭美国佬。

然而，就在这个星期，他分布在大地各个角落的17个儿子都被射杀了，而且每个人都被子弹打中了额头上那个十字的中心。

乌苏拉现在已经真是老掉牙了，也许超过了100岁，她的双眼全瞎了，然而家里人谁都不知道，因为要强的乌苏拉记住了家里每件东西在什么地方，记住了每样东西之间的距离，记住了每个人的嗓音，等等，总之，她能够凭记忆“看见”一切。这样，她的生活是如此顺利，以至她自己都经常忘了是盲人。

自从菲南达的第一个孩子霍塞·阿卡迪奥出生起，乌苏拉就接过了教养他的责任，她决心要将他培养成与布恩地亚家传统的霍塞·阿卡迪奥或者奥雷良诺不一样的人，她自己深深知道，布恩地亚家的奥雷良诺们头脑发达，却性情孤僻，霍塞·阿卡迪奥们则充满活力，但结局总是不幸。她至少是部分成功了，现在霍塞·阿卡迪奥准备要去读神学院了。不久，霍塞·阿卡迪奥的妹妹梅梅也进了修女学校。

也就是在这个时候，阿玛兰塔开始织她的裹尸布了，她全心全意地扑在这事上面，并且永远也织不完，据说她是白天织晚上拆掉。这样菲南达便成了家里的主宰。她使好客的布恩地亚家成了她过去的陈规旧习的堡垒，空气都窒息了。这一切对于她丈夫是难于忍受的束缚，于是他便越来越多地往佩特拉·科特那里跑了，后来干脆住在那里。佩特拉·科特还是那么热情似火，他们没日没夜地做爱，奥雷良诺第二的牛马的繁殖也快得连他自己都要喊停了！他每天都在大宴宾客，无论什么人都拖到他家里来大吃大喝，为了待客他杀了那么多的猪牛鸡之类，以至院子里的泥土都被血沤成了黑色的泥潭。他热情好客的名声和惊人的食量已经远远越出了沼泽地，传到了遥远的地方，那些最有名的饕餮者都往他家扑来。在与那些饕餮者的食量比赛中，奥雷良诺第二总是胜利者，直到有一天他遇到了美貌而温文尔雅的“母象”，在两天里，奥雷良诺第二吞吃了一头小牛、两只猪、三十只鸡蛋、大量的烤木薯、烤山药和香蕉，喝了五箱半香槟、用五十只柑橘榨的汁、八公升咖啡，可两人还没有比出输赢。

因为在香蕉工厂当工头而被菲南达列为不受欢迎人物的霍塞·阿卡迪奥第二这时又回来了，他竟然一直闯进从来不让别人进去的奥雷良诺·布恩地亚上校的房间里，与他秘密地谈了许久，谁也不知道他们谈了什么。现在上校几乎成了一个影子，他饭都在工作间里吃，只有去院子里从前捆绑霍塞·阿卡迪奥·布恩地亚的栗树下方便时才出门，这天，他正要去那里时，听到外面鼓乐齐鸣，正如小时候吉卜赛人来时的样子，他直到大门口，站在看热闹的人群里，马戏团过后，他回到了栗树下，像小鸡似的把头缩进脖子里，前额往栗树一靠就一动不动了，第二天上午家里人才发现奥雷良诺·布恩地亚上校已经死了，政府为上校的死举行了隆重的悼念仪式。

梅梅在修女学校的学业结束了，她通过艰苦的练习在一件已经成了化石的乐器上取得了最高成绩。她有了一个情人叫马乌里肖·巴比洛尼亚，是香蕉工厂一个机修工学徒，她却以不可抑制的热情疯狂地爱上了他，并且在庇拉·特内拉——她从来不曾知道她就是她的曾祖母——提供的床上毫无抗拒、毫不羞耻、不拘形式地委身于他。

要找马乌里肖·巴比洛尼亚是很容易的，无论什么时候、在什么地方，他周围总飞翔着大群的黄蝴蝶。当菲南达发现他与女儿的恋情而把梅梅关在家中的日子里，他每天晚上都从屋顶爬进梅梅的洗澡间同她狂欢。后来菲南达在女儿房间里发现了用来避孕的芥子泥，她请市长在房子周围布置了暗哨，说夜里有偷鸡贼。当马乌里肖·巴比洛尼亚正要揭开瓦片钻进梅梅的洗澡间时一枪打倒了他。从此他下半辈子一直躺在床上，在翻飞的满屋子的黄蝴蝶堆里忍受无边的痛苦，但他永远没有透露过与梅梅的事。

阿玛兰塔一直在织着的裹尸布原来不是她自己的，她是在为雷蓓卡织的，她最大的渴望是不要比雷蓓卡先死。但她在自己死前许久就知道自己何时要死了，因为死神早就亲自来告诉了她。死神是一位穿蓝衣服的长发妇女，同庇拉·特内拉有点像，她可是富有人性的，有一次还请阿玛兰塔帮她穿针线呢。她没有告诉阿玛兰塔她具体怎么死，只是吩咐她在4月6日开始织她自己的裹尸布。她还让她可以尽其所能地织得精细复杂，她织完之日就是她的死去之时。

她织了好多年后，估计到某年的2月4日就要织完最后一针。她正是在这天上午八点织完最后一针的。她冷静地告诉全家人，她将在傍晚时去世。她还告诉了所有街坊邻居。她之所以要这样做，是想为大家做最后一件好事：给他们死去的亲人带去活着的亲人的信件或消息。

阿玛兰塔将于傍晚离开人世并且可以给死者捎带信件的消息立即传遍了马贡多，到下午，家里已经堆满了信。阿玛兰塔还用一个小本子记下没有写信而要她传递的口讯，还写上了要找的死者的姓名和去世的日期等。到傍晚，她真的去世了，身上包裹着无比精致的裹尸布，身旁还带着她的信箱。

为阿玛兰塔守灵祈祷九夜后，乌苏拉就再也没有从床上起来过了。

那天发现梅梅的事后，菲南达在卧室找到女儿，说声："走吧！"经过漫长又漫长的旅行，一直将梅梅送到了她由之而来的那个有32座教堂敲着丧钟的荒凉的城市。梅梅从此终生被禁锢在一座修道院里，她也终生没有再说过一句话。

几个月后，一位老修女给菲南达送来一个篮子，里面装着一个婴儿，不用说是梅梅的孩子。菲南达本来想在老修女一走就将他溺死，但她的心肠还没有那样硬，她将婴儿藏在了从前墨尔基阿德斯的房子里，直到三岁他自己偶尔跑出来时大家才发现了他。

霍塞·阿卡迪奥现在享受着从来没有过的孤独与宁静，他不出门了，成天在屋子里听着哗哗的雨声中钻研墨尔基阿德斯神秘的羊皮纸书。

这雨一下就是四年十一个月零二天。

乌苏拉很早以前就已经只能躺在床上了，她宣布她在等着雨停才死去。她的背上爬满了蚂蟥，差点把她的血都吸干。她一辈子最后一次上街是到门口在大雨中看为马尔克斯上校送葬的队伍。在下雨的第三年，她的头脑就不清楚了，有一次竟然伤心地为伊瓜朗的去世哭了整整三天。死者是她的曾祖母，去世已经一个多世纪了。她还颠倒时空，将现在的人与过去的人通通混淆起来，与他们进行超越时空的对话。这使她成了阿玛兰塔·乌苏拉，她是菲南达和奥雷良诺第二最小的女儿和小奥雷良诺，就是梅梅的孩子最好的玩具。小奥雷良诺是在3岁时从那间屋子里出来的，奥雷良诺第二发现了他并且喜欢这个小外孙。两个孩子是家里唯一不感到痛苦的人了，小奥雷良诺也成了阿玛兰塔·乌苏拉眼中顶好的玩具，他们经常在一块嬉戏，把乌苏拉当成老朽的大洋娃娃，给她披上花花绿绿的破布，涂上胭脂和烟垢，抱着她在家里走来走去。

在如此的大雨中，一切都变得如此潮湿，衣服里都长出了藏红色的苔藓，甚至鱼儿也完全可以从潮湿的空气里钻进门来，在屋子里畅游。

大雨下过四年十一个月零二天后终于停了，从此这里整整10年没有下雨。这时马贡多差不多完全毁了，香蕉公司和大批外乡人早已撤走，这里只剩下原来土生的马贡多人。奥雷良诺第二又回到了佩特拉·科特那里，看见她浑身长满了绿霉，正准备重做彩票生意，好重整她的家业呢！

乌苏拉本来答应雨停后就死掉，但可没那么容易。雨真的停后，她有些清醒了，第一次离开了床榻，鼓起从前一样的热忱，想恢复被大水冲得七零八落的家。她摸索着在空荡荡的屋子里走来走去，听到白蚁啃食木器时的轰鸣、蛀虫蛀蚀衣服时的“咯咯”声，还有大雨之后子孙满堂的大红蚂蚁挖掘地基时发出的巨响。她支使家里每一个人去做事，甚至打开了霍塞·阿卡迪奥第二已经在里面关了多年的屋子，把它整修了一番。然而她已经老了，不久就力不从心，重新糊涂了。又在时空的颠倒中看到了无数已经死去的人、过去的事。她的身体也逐渐萎缩，变成了活僵尸、变成了胎儿，最后几个月，她竟变成了一只裹在衬衣里的干洋梨。一天，两个孩子走进卧室，一个抬后脖一个抬脚地把乌苏拉抬了起来。

“可怜的曾祖母，她老死了。”阿玛兰塔·乌苏拉说。

乌苏拉吓了一跳，她说：“我还活着。”

“你瞧，”阿玛兰塔·乌苏拉忍住笑说，“她气也不吐了。”

乌苏拉大叫：“我还在说话呢！”

“她话也不说了，”奥冒良诺说，“她像蟋蟀一样死去了。”

于是，乌苏拉在事实面前认输了，承认自己真的已经死了。

一段时间后她真的死了，死前有许多预兆，大自然也反常起来，例如玫瑰花散发出蒺藜的气味，家里打碎了的瓢里的小扁豆和谷子在地下排成了整齐的海星形状，有天晚上，天上飞过一排闪着金光的圆碟。

乌苏拉死时大概有一百二十岁，参加她葬礼的人不多，因为现在的马贡多已经没几个人记得起她了。

这年底，雷蓓卡也终于去世了，她孤零零地躺在床上，头顶光秃秃的，大拇指还放在嘴里，身子蜷得像一只虾。

现在，奥雷良诺第二想尽一切办法挣钱，甚至跑到最偏僻的小村子去推销他的彩票，他这样做不是为了重振家业，而是为了挣钱送阿玛兰塔·乌苏拉去布鲁塞尔留学，后来总算成功了。

已经累得油尽灯枯的奥雷良诺第二回到了菲南达这里，一个星期后就去世了，这时候他瘦得只剩下了骨头，霍塞·阿卡迪奥第二也死了。

他们是同时下葬的，死亡又使他们像出生时一模一样了，连棺材都是一模一样，结果抬棺材的人把两具棺材搞混了，他们埋错了坟。

现在屋子里只剩下了三个人：奥雷良诺，也就是梅梅的孩子，他的名字叫奥雷良诺·霍塞，还有菲南达和圣塔索菲娅·德·拉·佩达，她就是俏姑娘雷梅苔丝、霍塞·阿卡迪奥第二、奥雷良诺第二的母亲，很久以前，阿卡迪奥被处死以后她就住在了布恩地亚家，不过她从来没有被当成正式的家庭成员，就像她从来没有与阿卡迪奥正式结过婚一样，她的地位介于用人与主人之间，她住的地方从来都是谷仓的地上，从来没有人关心过她的生活，不过她从来是比用人还要辛苦地操持着这个家，几十年以来不停地、毫无怨言地走遍房子的各个角落。菲南达虽然是家长，实际上做事情的从来都是她圣塔索菲娅·德·拉·佩达，菲南达只是指挥的主人而已。现在家里只剩下三个人了，圣塔索菲娅·德·拉·佩达就专心照顾起奥雷良诺来，仿佛他是她的儿子，但连她自己都不知道，他乃是她的曾孙子呢。这时候的奥雷良诺已经长得跟他的高祖父奥雷良诺·布恩地亚上校几乎一模一样了。

乌苏拉死后，圣塔索菲娅·德·拉·佩达发觉自己几十年以来都十分充沛的精力突然消耗殆尽了，房屋也似乎在一夜之间变得陈旧不堪，墙上长出了一层苔藓。庭院里无处不长荒草，野草从长廊的水泥地下钻出来，水泥像玻璃一样崩裂，裂缝中长出朵朵小黄花，跟一个世纪前乌苏拉在墨尔基阿德斯放假牙的杯子中看到的小花一模一样。圣塔索菲娅·德·拉·佩达在天天与蜥蜴、大红蚂蚁、蜘蛛等战斗过一阵子后，对奥雷良诺说："我服输了，我这把老骨头对付不了这栋大房子。"她走了，身上只有一个装两三件随身衣服的小包裹和一比索二十五生太伏的小钱。此后再也没有过她的任何消息。

一天早晨，奥雷良诺像往常一样去生炉子煮咖啡，发现菲南达已经死了。

不久她的儿子霍塞·阿卡迪奥从罗马回来了，事实上，他一到罗马就离开了神学院，只在信里用数不清的瞎话骗他的母亲，让她觉得他在罗马的神学界风光无限，注定要成为教皇，以便得到他母亲在同样的胡编中许给他的巨额遗产，逃离神学院后他在罗马一直过着穷困潦倒的生活。因此，当母亲在最后一封信中宣告她将不久于人世时，他赶忙回来继承巨额遗产了。不过回家的实际情况并没有将他赶走，反正他在外面也不可能过得比这里更好。他靠卖家里残存的东西过日子，唯一的消遣是将镇上大把的孩子们叫到家里来玩，有的还服侍他甚至陪他睡觉，因此一整天都听得见房子里到处是孩子的吵闹声。

有几个孩子甚至见到了在墨尔基阿德斯房间里潜心研究羊皮书的奥雷良诺，冲进去捣乱，结果被一股无形的神力托举到了半空，以后再也不敢来了。

奥雷良诺现在一心一意地研究起墨尔基阿德斯的羊皮书来，此前他已经在与墨尔基阿德斯的对话中了解到羊皮书是用梵文写成的，并且通过自学通晓了梵文，他译出了第一页，然而译成西班牙文后仍然是些无意义的密码。

一天，偶然地，霍塞·阿卡迪奥在乌苏拉的卧室里找到了埋藏在那里的一大堆金币，他用这笔巨款将家里装扮成了一个没落的天堂，在那里与来玩的孩子们狂欢，一天，他和四个最大的孩子在游泳池里装满了香槟酒，赤条条地在里面玩耍，四个孩子玩腻了，回到他床上睡着了。霍塞·阿卡迪奥回来看到他们赤条条地躺在那，突然感觉到了无法慰藉的空虚和无名的怒火，他用鞭子残酷地抽打那帮孩子们，将他们赶了出去。

现在家里只剩下甥舅两个，他们经常在一起聊聊天，霍塞·阿卡迪奥对这位虽然几乎从来没有出过门但却罕见地博学的外甥感到好奇。更令他惊奇的是，他不但懂百科全书里的知识，连外面街上东西的价格都知道。当霍塞·阿卡迪奥问他是怎么知道的时，他只是回答道："一切都是可知的。"

霍塞·阿卡迪奥一直准备离开马贡多回到意大利去，然而，9月的一天，被他殴打赶走的四个孩子从屋顶冲进来，把他摁在水池里溺死了，并抢走了他剩下的三麻袋金子。

乱伦与末日　12月初，阿玛兰塔·乌苏拉用一根丝带牵着她丈夫加斯东的脖子回到了马贡多。

她穿起一套旧亚麻布工装裤，开始收拾屋子。她驱散了已经占据整个走廊的红蚂蚁，救活了玫瑰花，拔除了野草，在栏杆上的花盆里重新种上了欧洲蕨、牛蒡和海棠。她带领一批木匠、锁匠和泥瓦匠，嵌平了地板的裂缝，修复了门和窗框，翻新了家具，里外墙壁粉刷一新。于是，在她回家三个月后，这里重又呼吸到了买自动钢琴那个年代的青春和节日的气息。

阿玛兰塔·乌苏拉像乌苏拉一样纤瘦、好动而倔强，像俏姑娘雷梅苔丝一样俊俏而风流，与她们不同的是，她是个极富现代感的姑娘，精通欧洲最新的时尚与潮流，准备重新振兴古老的布恩地亚家族。

百无聊赖之际，加斯东便常常去墨尔基阿德斯的房间找奥雷良诺聊天，他惊奇于奥雷良诺的无所不知，他对于加斯东从小生活于之的遥远的欧洲小镇的各种情况都了如指掌，好像他一辈子都生活在那里似的，当加斯东问他怎么知道连百科全书上都没有记载的东西时，奥雷良诺仍然只是回答道："一切都是可知的。"这时候，除梵文外，奥雷良诺还学会了英语和法语，并懂得希腊语和拉丁语。

自从阿玛兰塔·乌苏拉回来后，奥雷良诺的生活有了变化，他不再成天躲在墨尔基阿德斯的小房间里，有时候也去马贡多的街上走走。这时候的马贡多已经与繁荣时代判若两地了，从前人们大把烧钱的娱乐区如今只剩下一条条高低不平的小巷，寒碜得令人伤心，几盏零落的红灯还亮着，花瓣凋谢的花环装饰着无人光顾的舞厅，形容憔悴、体态臃肿的无主寡妇，法国曾祖母和巴比伦女族长们还在留声机旁等候接客。除了最早移居这里的一位黑人外，奥雷良诺没有遇到任何还记得他们家族的人，甚至连奥雷良诺·布恩地亚上校也早已不为人知了。奥雷良诺只用几个星期就学会了他们难懂的方言与老黑人聊天，老黑人有一个重孙女，是个身材高大的女黑人，两只乳房像两只活动的甜瓜，像母马一样结实。这时候，奥雷良诺的心里早已经不平静了，因为阿玛兰塔·乌苏拉两口子没日没夜、不分地点地在家里做爱，有一次甚至在他身后奥雷良诺·布恩地亚上校的银匠台做爱，房间里时时回响着阿玛兰塔·乌苏拉兴奋的尖叫。使奥雷良诺一分钟也睡不着，浑身像火烧一样。终于，有一天，他手里攥着阿玛兰塔·乌苏拉给他的一点钱，找那个女黑人去了。从这天起他们成了情人，奥雷良诺每天上午读他的羊皮书，下午则到女黑人那里去，一次又一次地做爱，赤身裸体地在床上吃饭。

有一天，觉得有些寂寞的阿玛兰塔·乌苏拉到奥雷良诺房间里来聊天，他们聊得起劲，奥雷良诺却很难受，因为他实在压抑不住对她的爱情的冲动，他实际上早就疯狂地爱上她了，虽然她是自己的亲姑妈。后来，奥雷良诺不知不觉地把自己的手放到了她的手上，她也像两个人在童年玩耍时一样勾住了他的手指。

以后，加斯东走了，她开始经常到奥雷良诺这边来聊天，一天，她在开罐头时割破了手指，奥雷良诺赶紧去吮她的手指。他的感情一下子爆发了，将自己隐藏在内心深处的爱情一股脑儿向阿玛兰塔·乌苏拉倾泻出来。听罢，阿玛兰塔·乌苏拉骂道："混蛋，等头班船一到我就去比利时。"

在一家妓院里，奥雷良诺见到了已经超过145岁的佩特拉·科特，她自从超过这个岁数后就不记自己的年龄了，她将马贡多自从创立起来的一切告诉了奥雷良诺，奥雷良诺则告诉了她他对姑妈的爱情，佩特拉·科特微笑着说："你放心吧，现在无论她在什么地方，她一定在等着你。"

奥雷良诺下午回到家时，阿玛兰塔·乌苏拉刚洗完澡走出浴室，奥雷良诺一把抱住了她，将她抛到了床上。阿玛兰塔·乌苏拉就在似真还假、半推半就的抗拒中与奥雷良诺苟合了。

现在的马贡多已经开始走近它的末日了，庇拉·特内拉终于死了，当她的妓女们在埋她的大坑中唱歌时，马贡多的历史陈迹已经在瓦砾堆中腐烂。

然而，这一切都没有进入奥雷良诺和阿玛兰塔·乌苏拉的脑海，他们现在完全沉醉在一种迟来的爱情激起的狂热之中，进入一种缺乏理智的、疯狂的、会使坟墓里的菲南达的骨殖吓得发抖的激情，这激情使他俩永久地保持着兴奋状态，这激情无论在午后两点的饭桌上，还是在深夜两点的谷仓里，都随时随地会爆发出来。在昏头昏脑的情爱中，一群群蚂蚁在毁坏着花园，它们啃噬着家里的木器，活像岩浆流似的红蚂蚁又一次淹没了长廊，但她不再去驱赶，奥雷良诺也把羊皮纸丢在一边。他们俩失去了现实感，失去了时间概念，失去了日常饮食起居的节奏。他们重新关起了门，免得费时脱衣服，索性像俏姑娘雷梅苔丝当初一直想干的那样光着身子在家里走来走去，赤条条地滚在花园的烂泥中，或者在水池里做爱。他们拆毁了大厅的家具，发疯似的撕碎了床帐，他们把床垫统统撕开，把棉花全倒在地板上，在这场棉花的暴风雨中做爱。两人配合得非常默契，当他们在一起玩腻后，又在厌倦之中寻觅新的乐趣。他们开始了对彼此身体的崇拜。有一天晚上，他们俩从头到脚涂上了蜜桃糖浆，躺在走廊的地板上，像狗一样互相舔来舔去，发疯似的做爱。一群准备把他俩活吞了的食肉蚁爬过来，才把他俩从梦中惊醒。

这时候，阿玛兰塔·乌苏拉已经怀上了他们的孩子，但有一件事令他们烦恼，就是奥雷良诺的身世，从来没有人告诉过奥雷良诺的血缘，就像他从来不知道他的母亲梅梅这个人一样。

一个星期天的下午，孩子生下来了，这是一个强壮、好动的家伙，个头极大，像叫霍塞·阿卡迪奥的，然而那睁大的眼睛和锐利的目光又像叫奥雷良诺的。当他们把他翻过身时，发现他多长了一样东西：屁股上有一条猪尾巴。

阿玛兰塔·乌苏拉产后发生大血崩。他们用蜘蛛网和灰头给她止血，还请来了一个女人念止血咒，但那奔流的血对一切措施都无动于衷，继续奔流，二十四小时后，阿玛兰塔·乌苏拉的血流尽了。

奥雷良诺将孩子放在他们准备好的摇篮里，出门去了，他脑子里一片茫然，漫无目的地在荒凉的镇子里游荡，这时候的镇子已经像昨天产后垂死的阿玛兰塔·乌苏拉了。

当奥雷良诺想起孩子，回到家里时，看到孩子没在摇篮里，当他找到孩子时，发现他已经成了一张肿胀干枯的皮了，全世界的蚂蚁群一起出动，正沿着花园的石子路费力地把他拖到蚁穴中去。

在这一瞬间，奥雷良诺突然领悟了墨尔基阿德斯羊皮书上的密码，他发现羊皮纸上的标题完全是按照人的时间与空间排列的：布恩地亚家族的第一人被绑在一棵树上，最后一个人正在被蚂蚁吃掉。

奥雷良诺仿佛醍醐灌顶，对一切大彻大悟了。他顿时忘记了两个死者，忘记了丧妻失子的哀痛，他把门窗钉起来，免得自己被世上的诱惑惊扰，因为这时他明白了，在墨尔基阿德斯的羊皮书上写着他的归宿。植物丛、冒着水汽的泥潭、闪光的昆虫已经把人的足迹从房间里完全抹去了，但在这中间，他却看到羊皮书完好无损。雷奥良诺甚至不需要光照，站在黑暗中毫不费力地大声把它们译了出来。

这是墨尔基阿德斯提前一百年写就的他的家族的历史，细枝末节无不述及。

奥雷良诺逐字逐句地大声朗读着，读到了阿卡迪奥将被处决的预言，读到了羊皮书上预言一个世界上最美丽的女人的降生，说她的肉体和精神将要飞升，他还看到那对孪生遗腹子的来历。

当奥雷良诺急着想知道自己的来历时，外面起风了，那刚刚吹起的和风中充满了过去的声音。这时候他发现了自己的身世。看到了他好色的外祖父奥雷良诺第二穿越了一片荒野去寻找一个漂亮女人菲南达，但女人没有使他幸福。他又看到了自己在一个昏暗的浴室里，在成群的黄蝴蝶中间被孕育的时刻。奥雷良诺全神贯注地看着，第二阵风吹来他也没有发觉。飓风的力量把门窗都吹脱了，掀掉了走廊的屋顶，拔出了房基。这时候奥雷良诺才发现阿玛兰塔·乌苏拉原来不是他的姐妹，而是他的姑母。

至此，马贡多在《圣经》上记载的那种飓风的狂怒袭击下已经变成了四下抛洒灰尘和瓦砾的可怕旋涡。而奥雷良诺也看到了最后一页，但他还没有看完就已经明白了，他从此再也不会离开这间屋子，因为马贡多这座镜子般的幻影城在奥雷良诺读出全本羊皮书的时刻将被飓风刮走，并将从人们的记忆中完全消失。

这手稿上所写的事情过去不曾，将来也永远不会重复，因为命中注定要一百年处于孤独的家族绝不会有二度出现在世上的机会。

简评 《百年孤独》是魔幻现实主义的代表之作，也是整个现代派文学的经典之一。要理解它首先要理解何谓魔幻现实主义。

“魔幻现实主义”这名字听起来也许有些怪，其实不然，它比一般的现代派文学作品，例如意识流或者象征主义都要好理解一些。所谓魔幻现实主义的含义实际上是两个词——魔幻与现实——的叠加。中心词乃是现实，即魔幻现实主义本质上是一种现实主义，是像狄更斯的《大卫·科波菲尔》或者托尔斯泰的《战争与和平》一样的现实主义，从这个角度上来说魔幻现实主义也是现实主义的作品，这乃是它的本质性的特征。

既然是现实主义，那么它所描绘的当然是现实。不错，正是如此，魔幻现实主义所描述的乃是它所处的地带即拉丁美洲的现实。而《百年孤独》所描述的则是它的作者加西亚·马尔克斯所在的哥伦比亚的现实。这一点从一个典型的例子，就是《百年孤独》中所描述的属于自由党的奥雷良诺·布恩地亚上校一生发动了32次内战，就可以看出来。

哥伦比亚自从19世纪初获得独立后，从来没有平静过，内乱频繁，各地诸侯割据，使领导哥伦比亚独立的伟大的玻利瓦尔也因此愤而辞去哥伦比亚总统之职，不久抑郁而终。此后，哥伦比亚的政坛更是一片混乱，反复无常。到1849年成立了自由党与保守党，两党的核心分歧是天主教教权，自由党反对教权，而保守党支持教权，两党的严重对立终于酿成一次次惨烈的内战，这些内战主要是由在野的自由党发动的，例如1899年自由党发动的“千日战争”导致哥伦比亚约10万人死亡。上述的情形我们在《百年孤独》中都可以分明地看出来。还有如美国资本进入哥伦比亚大搞种植园，这些也是哥伦比亚乃至整个拉美历史的现实。如此，我们不难看出在《百年孤独》中展现出来的强烈的现实主义。这种现实主义与《战争与和平》或者《大卫·科波菲尔》中表达的现实主义本质上并无二致。

然而，《百年孤独》毕竟是现代派文学作品，与西方传统的现实主义还是有着巨大的差别的，这种差别就表现在魔幻现实主义的第二个词“魔幻”上。什么是“魔幻”呢？我们可以近似地看作“魔术”与“幻想”两个词的结合。在《百年孤独》中，我们随处可以看到许多超越现实的情节，即这些事情在现实生活中是不可能发生的，它们有些类似于魔术，有些纯粹是一种头脑里产生的幻想。前者从吉卜赛人来到马贡多，在那里表演文明世界的伟大发明，例如飞毯、人蛇等，都可以说是魔术，尤其是后者，现在的魔术师们还玩呢。不过，《百年孤独》中更多的情节则是幻想，这些幻想类似于民间的神话传说。例如俏姑娘雷梅苔丝的升天：

> 菲南达觉得有一阵发光的微风把床单从她手中吹起，并把它完全展开，阿玛兰塔感到衬裙的花边也在神秘地飘动，她想抓住床单不致掉下去，就在这时，俏姑娘雷梅苔丝开始向上飞升。……床单令人目眩地扑扇着和她一起飞升，同她一起渐渐离开了布满金龟子和大丽花的天空，穿过了刚过下午四点钟的空间，同她一起永远地消失在太空之中，连人们记忆所及的、飞得最高的鸟儿也赶不上。

这就是典型的魔幻现实主义的描写场景，不用说，这些作品来自人们头脑中的幻想，当然不一定是作者的，更可能是作者听来的，是在哥伦比亚流传了数百年的民间传说，就像中国古代的“嫦娥奔月”的传说一样。不同的是，作者在这里不是将它作为民间传说来写，而是当作“事实”来写，好像这是正儿八经发生过的事实，这就使我们在《百年孤独》中读到它时产生一种如梦如幻的感觉与印象。

以上就是魔幻现实主义的两个基本元素：魔幻与现实，在这两个元素之中，现实仍然是更基本的、主体的内容，而魔幻相对来说则只是形式上的特征。如果我们从《百年孤独》中剥去这些魔幻的内容，它将成为一部现实主义文学作品。当然，这种“剥夺”是不必要的，也不可行的，因为《百年孤独》之所以成为《百年孤独》，之所以成为现代文学中的一座丰碑，更主要的不是其所描述的哥伦比亚社会现实的内容，而是它在现实的描述之中介入的魔幻情节。形式对于文学的意义是不言而喻的，文学，就其作为文学的本质特征而言，恰恰就在于它的形式，就在于它用一种独特的形式去反映其所反映的对象，这乃是它与历史、政治或者哲学区别开来的根本原因。